ZWING MICH, SIR

DIE MASTER DER SHADOWLANDS-REIHE: BUCH 5

CHERISE SINCLAIR

Übersetzt von
FRANZISKA POPP

VanScoy Publishing Group

@ Deutsche Ausgabe: FP Translations; 2022

ISBN: 978-1-947219-41-0

@ Originalausgabe: *Make me, Sir* by Cherise Sinclair; 2011

Lektorat: Christian Popp

ANMERKUNG DER AUTORIN

An meine Leser/Leserinnen,

dieses Buch ist reine Fiktion. Und wie in den meisten Romanen wird die Liebesgeschichte in eine sehr, sehr kurze Zeitspanne hineingepresst.

Ihr, meine Lieben, lebt in der wirklichen Welt. Ihr werdet mehr Zeit brauchen als die Romanfiguren. Gute Doms wachsen nicht auf Bäumen und es gibt ein paar sehr seltsame Menschen dort draußen. Wenn ihr auf der Suche nach eurem eigenen Dom seid, hört auf euer Bauchgefühl und seid bitte vorsichtig.

Und wenn ihr ihn findet, dann nehmt zur Kenntnis, dass er nicht eure Gedanken lesen kann. Ja, so beängstigend das auch sein mag, ihr werdet euch ihm öffnen, mit ihm reden und auch ihm zuhören müssen. Teilt eure Hoffnungen und Ängste miteinander. Erzählt ihm, was ihr euch von ihm wünscht und wovor ihr abgrundtiefe Angst habt. Okay, er wird eure Grenzen etwas austesten – er ist schließlich ein Dom –, aber ihr habt ja euer Safeword. Nicht das Safeword vergessen, okay? Und passt auf euch auf. Verhütet. Vertraut euch einer Person in eurem Freundeskreis an. Teilt euch mit, kommuniziert.

Denkt dran: Safe, sane, consensual. (Sicher, vernünftig, einvernehmlich.)

Ich wünsche mir für euch, dass ihr diese besondere Person findet, die euch liebt, die eure Bedürfnisse versteht und euch im Herzen trägt.

Während ihr nach diesem besonderen Menschen Ausschau haltet, könnt ihr Zeit mit den Shadowlands Mastern verbringen.

Fühlt euch gedrückt,
Cherise

KAPITEL EINS

Mit ihren vom Weinen geschwollenen Augen und ihren entschlossen aufeinandergepressten Lippen marschierte Gabrielle Renard über den Korridor der FBI-Abteilung in Tampa. Sie war auf der Jagd nach dem richtigen Büro. Da war es. Sie hielt an und atmete tief ein. *Du kannst das.* Sie drückte die Schultern durch und schob beherzt die Tür auf.

Es war ein typischer Raum mit einem von Kaffeeflecken eingefärbten Belag. Die Duftmischung aus Schweiß, Kaffee und moschusartigem Eau de Cologne brachte ihren Magen weiter in Aufruhr. Auf der rechten Seite stand ein Metallschreibtisch mit einem Computer. Auf der linken saßen zwei Männer an einem kleinen Konferenztisch, auf dessen Oberfläche verteilt überall Zettel und Dokumente lagen.

Ein Mann saß mit dem Rücken zu ihr. Mit Verachtung stellte sie fest, warum ihr das Eau de Cologne so bekannt vorkam. Agent Preston Rhodes. Höchstens zehn Zentimeter größer als sie war der blasse, braunhaarige Widerling, der mit seiner quengeligen Persönlichkeit − und den fehlenden Moralvorstellungen − an die Hyänen aus dem Film *Der König der Löwen* erinnerte. Letztes Jahr

1

in Tampa bei einem Fall hatte er doch tatsächlich versucht, die Schwester des Opfers ins Bett zu bekommen.

Der andere Mann hatte schwarze Haare und ebenso farbene Augen, einen olivfarbenen Teint und tiefe Falten neben seinem Mund. Stirnrunzelnd fragte er sie in seinem New-England-Dialekt: „Kann ich Ihnen helfen?"

Rhodes drehte sich zu ihr um und sah sie genervt an. „Was machst du hier, Renard?" Er blickte zu dem anderen Mann. „Sie arbeitet als Opferspezialist für die Kollegen in Miami."

Ihn ignorierend, richtete Gabi ihre Worte an den dunkelhaarigen Agent. „Führen Sie die Ermittlungen zu der Frau, die in Atlanta entführt wurde?"

Rhodes funkelte sie genervt an. „Was zum Teufel —"

Der Mann brachte Rhodes mit einem Blick zum Schweigen. „Ich bin Special Agent Galen Kouros. Warum?"

„Ich möchte als Lockvogel eingesetzt werden." *Und du wirst mich lassen.*

„Tatsächlich? Und wie haben Sie davon gehört?" Bei seinem eisigen Ton lief es ihr kalt den Rücken herunter. Sie erlaubte, dass ihre eigene Wut zum Vorschein kam.

„Eine der entführten Frauen ist eine Freundin von mir und ihre Mutter hat mich angerufen, nachdem Sie bei ihr waren." Hysterisch hatte sie in den Hörer geschluchzt und Kims Freundin vom FBI um Hilfe angefleht. Daraufhin war Gabi nach Atlanta gefahren, um sich von Kims Mom und der lokalen Polizei alle nötigen Informationen zu holen. Es waren keine guten Informationen gewesen. Gabi senkte den Blick und blinzelte die Tränen aus den Augen. „Ich habe herausgefunden, dass eine andere junge Frau entführt und erschossen wurde."

„In den Medien wird nur davon gesprochen, dass eine Frau auf dem Freeway von einer Kugel getroffen und getötet wurde. Woher haben Sie die zusätzlichen Informationen?" Der Agent lehnte sich zurück und musterte sie.

„Es gab Gerüchte." Vor allem in dem brodelnden Atlanta-

Team. Hier war das weniger einfach. Bei ihrem kurzen Aufenthalt im letzten Jahr war ihr in Tampa jedoch eine Sekretärin aufgefallen, die gerne tratschte. Sie war es auch gewesen, die Gabi erzählt hatte, dass Rhodes' Spitzname an diesem Standort *Sackgesicht* war.

Kouros zeigte auf einen leeren Stuhl. „Hinsetzen."

Menschen aus New England konnten so schroff sein. Er sollte sich mal mit einem Gentleman aus dem Süden zusammensetzen und Manieren lernen. Trotzdem nahm sie Platz.

„Sagen Sie mir, was Sie wissen. Ich will alles hören."

„Vier Frauen, inklusive Kim, wurden in Atlanta entführt. Jede Einzelne war ein Mitglied in einem BDSM-Club. Die letzte Frau konnte auf dem Freeway fliehen, indem sie in den Gegenverkehr gerannt ist. Sie ist jedoch an einer Schusswunde gestorben, bevor der Krankenwagen bei ihr ankam. Zuvor hat sie allerdings einem LKW-Fahrer ein paar Dinge verraten." Sie musste Höllenqualen durchlebt haben. Sie musste wahnsinnige Angst gehabt haben. Gabi schluckte schwer.

„Weiter", knurrte Kouros.

„Sie scheint mitgehört zu haben, dass Frauen in Tampa entführt werden sollen." Sie runzelte die Stirn. „Äh, die letzte Lieferung an Frauen soll am neunundzwanzigsten August stattfinden. Anschließend wird eine Sklavenauktion gehalten." *Sie wollen Kim verkaufen.* Gabi sammelte ihre Gedanken. „Das FBI hat vor, in Tampa weibliche Agents in verschiedenen Fetischclubs als Lockvogel einzuschleusen, in der Hoffnung, dass sich der Entführer eine der Frauen als Opfer aussucht." Etwas abwegig, wenn sie ehrlich war. Warum sollte er ausgerechnet eine dieser Frauen auswählen und nicht eines der anderen weiblichen Mitglieder?

„Sie sind erstaunlich gut informiert." Er hatte sich nicht bewegt, seit sie ihr Wissen mit ihm geteilt hatte, seine starre Haltung ein starker Kontrast zu Rhodes' offensichtlicher Nervosität. „Anscheinend gibt es hier zu viele, die nicht wissen, wie man den Mund hält."

Mr. Sackgesicht verzog das Gesicht.

Kouros ignorierte den Agent und musterte stattdessen Gabi. „Was für Qualifikationen können Sie vorweisen, um die gefährliche Aufgabe eines Lockvogels zu übernehmen, Ms. Renard? Ich kann sehen, dass es Ihnen nicht an Motivation fehlt. Leider ist es genau das, was mich Ihre Objektivität anzweifeln lässt. Sie haben das richtige Alter. Sie sind recht ansehnlich. Ein Agent sind Sie allerdings nicht. Sie gehören zur Verstärkung. Sie sind eine Sozialarbeiterin. Wieso sollte ich also Sie nehmen und mich gegen einen ausgebildeten Agent entscheiden?"

Zuerst hatte sie keine Möglichkeit gesehen, behilflich zu sein. Sie war eine Pädagogin, kein Agent. Dann hatte sie nachgesehen, wen sie für die Operation einsetzen wollten. „Es spielt keine Rolle, ob ich objektiv sein kann oder nicht. Ich arbeite nicht an dem Fall, sondern biete nur an, den Lockvogel zu spielen. Zumal ihr erst drei Lockvögel habt, nicht vier. Und keine der Frauen hat Erfahrungen in einem BDSM-Club gesammelt."

Sein Gesicht zeigte, wie sehr es ihm missfiel, dass sie so gut informiert war. Schnell fuhr sie fort: *„Ich* habe Erfahrung." *Ein wenig und es ist sehr lange her, aber das würde sie ihm ganz sicher nicht unter die Nase binden.*

Wie eine Katze, die eine Maus wahrnahm, lehnte er sich vor. „Sie sind eine Sub?"

Sie nickte.

„Sie denken doch nicht wirklich darüber nach, sie als Lockvogel einzusetzen!", platzte Rhodes heraus. „Sie wäre eine Schwachstelle."

Kouros ließ den Blick über sie schweifen und seine Augen verharrten auf ihrer Wange. „Woher haben Sie diese Narbe?"

Die unschöne Erinnerung fühlte sich wie ein Messerstich an. Sie ballte die Hände zu Fäusten. „Während einem Bandenkrieg war ich zur falschen Zeit am falschen Ort." Danach hatte sie sich geschworen, nie wieder ein Risiko einzugehen, wenn es in Gewalt enden könnte. *Pläne ändern sich.*

„Sie sind mutiger, als Sie aussehen." Kouros zeigte doch tatsächlich ein Lächeln. „Es könnte funktionieren, Ms. Renard. Es trifft sich ganz gut, dass ich noch einen Lockvogel für das Shadowlands brauche."

Rhodes starrte ihn an. „Denken Sie wirklich, dass Sie das Arschloch eines Besitzers davon überzeugen können, sie in den Club zu lassen? Sie ist nicht mal ein Agent!"

„Zachary Grayson hat einmal etwas Interessantes zu mir gesagt: Eine unerfahrene Frau, die keine Unterwürfigkeit in sich trägt, kommt damit möglicherweise an einem öffentlichen Ort durch. Die Mitglieder eines Clubs werden sich davon nicht täuschen lassen." Kouros drehte sich wieder ihr zu. „Das Shadowlands ist ein privater und exklusiver BDSM-Club außerhalb von Tampa. Falls wir den Besitzer dazu bringen können, uns zu unterstützen, wird er Sie als Auszubildende in den Club lassen."

Sie öffnete den Mund, um zu argumentieren, aber er hielt eine Hand hoch.

„Es gibt eine wichtige Information, die unser letztes Opfer vor ihrem Tod berichten konnte – und es wurde bestätigt. Ich möchte, dass Sie es sich gut überlegen, bevor wir die nächsten Schritte einleiten. Wie es scheint, sucht sich der Entführer nur rebellische Subs aus. Laute Subs. Die Käufer sehnen sich nach dem Privileg, die Seelen ihrer Sklaven zu brechen."

„Was? Das kann nicht –" *Oh Gott ... nicht Kim.* Ihr Magen drehte sich.

„Gabrielle." Er hatte sie mit ihrem Vornamen angesprochen. Kouros' Ausdruck verlor an Härte. „Ich wollte auf etwas anderes hinaus, Gabrielle. Ich spreche über deine Mitwirkung. Die Lockvögel müssen ungehorsames und unreifes Verhalten zeigen. Da du dich mit diesem Lifestyle auskennst, wirst du sicher wissen, wie ein Dom darauf reagiert."

Gabi erstarrte. Unfolgsamkeit wurde von Doms nicht toleriert. Es könnte sein, dass sie die Session beendeten und die Sub gehen ließen. Oder, sie bestraften die Sub.

„Ah. Ich sehe, dass du verstehst." Kouros' Mundwinkel zuckte. „Grayson meinte, dass nur wenige Doms im Shadowlands eine Göre anziehend finden. Das bedeutet, dass die Wahrscheinlichkeit groß ist, dass du einsam und allein rumsitzt und sich niemand mit dir abgeben will. Deswegen kam uns die Idee mit dem Auszubildendenprogramm. In dem Fall muss sich der Ausbilder mit dir befassen, ob er das nun will oder nicht."

Sie nickte. *Mit mir befassen ...* Ihre Hände waren schweißnass.

„Noch etwas: Trotz ihrer Einwände sind die Clubbesitzer zu Stillschweigen verpflichtet. Abgesehen von dem Besitzer und Rhodes wird sonst niemand wissen, dass du eine Rolle spielst. Das bezieht auch den Ausbilder ein, der, wenn man Grayson glauben möchte, gegenüber respektlosen Subs kein Mitleid zeigt. Bist du dir sicher, Gabrielle?"

Sie faltete die Hände und hoffte damit, ihr Zittern zu verbergen. Dass sie sich als Lockvogel für einen Mörder freiwillig meldete, bereitete ihr so viel Angst, dass sie sich in ihrem Hotel übergeben hatte, bevor sie sich auf den Weg gemacht hatte.

Und jetzt das. Sie sollte einen Dom dazu treiben, dass er sie bestrafte – einen Dom, der keine Ahnung hatte, dass sie nur eine Rolle spielte? *Oh Gott!*

Aber ... Kim. Während des Colleges hatte Kim sie des Nachts aus ihren Albträumen geschüttelt. Sie hatte ihr zugehört und ihr Trost gespendet. Nun steckte Kim mitten in einem Albtraum.

Gabi hob entschlossen das Kinn. „Ich bin mir sicher."

Marcus Atherton betrat das Shadowlands. In dem kleinen Eingangsbereich nickte er der Domina und dem Türsteher zur Begrüßung zu. In der Mitte hatten sich seine fünf Sub-Auszubildenden kniend aufgereiht. Er umkreiste die Gruppe und musterte jeden einzelnen Sub. Sie mussten aufreizend und gepflegt sein, die Kleidung angemessen für einen BDSM-Club.

„Sehr nett seht ihr heute Abend aus", sagte er. „Ich bin stolz auf euch."

Die temperamentvolle Sally, Gothic-Dara und der reizende Homosexuelle Austin waren bereits in dem Programm gewesen, bevor er im Frühling den Job als Ausbilder übernommen hatte. Nach einem ausführlichen Gespräch mit dem Clubbesitzer Z hatten sie Uzuri hinzugeholt – eine wunderschöne Frau mit schokoladenfarbener Haut und der Seele eines Witzbolds. Der fünfte im Bunde war der bisexuelle Tanner, der sich nach einer Mistress oder einem Paar sehnte.

„Heute Abend werde ich euch nicht beaufsichtigen." In der Nachricht auf seiner Mailbox hatte Z ihn gebeten, etwas Zeit für ihn freizuschaufeln. Den Grund hatte er nicht erwähnt. „Mistress Olivia hat sich bereiterklärt, für mich einzuspringen."

Die unglücklichen Gesichter würden das Herz eines jeden Doms erweichen. Sie waren ihm so zugetan wie er ihnen. Dann sah er den schalkhaften Ausdruck in Sallys Augen und er fügte hinzu: „Ich rate euch, nett zu Mistress Olivia zu sein, sonst bitte ich das nächste Mal Mistress Anne, mir zur Hand zu gehen."

Die fünf Subs erblassten.

Das musste er Anne erzählen. Die sadistische Mistress hätte Spaß an einer derartigen Reaktion. „Ich werde euch im Blick behalten. Enttäuscht mich nicht."

Sie murmelten „Nein, Sir" und „Das werden wir nicht, Master Marcus". Er nickte und trat zurück, um Olivia ans Ruder zu lassen.

Die kräftig gebaute Domina lächelte die Azubis an. „Zuerst werde ich euch meine Regeln näherbringen." Sie knallte mit einer Gerte gegen ihren Schenkel. Der Laut allein sorgte dafür, dass sie sich der Aufmerksamkeit seiner Schützlinge sicher war.

Glucksend lief Marcus in den Hauptbereich und wartete, bis sich seine Augen an das gedämpfte Licht von den Kron- und Wandleuchtern gewöhnt hatten. Da es früh am Abend war, spielte bisher keiner an den Geräten, die an den Wänden standen, und auch war noch kein Gemurmel von dem Sitzbereich zu hören. Stattdessen nahm er nur den schwachen Geruch nach Putzmitteln wahr, der sich mit einem Duft nach Leder vermischte.

In weniger als einer Stunde würde sich das Shadowlands mit Leben füllen. Schon merkwürdig, wie sehr er diesen Club lieben gelernt hatte.

Er sah sich um und entdeckte Z. Gekleidet in seinem typischen Outfit, einem schwarzen Seidenhemd und einer ebenso farbenen Anzughose, saß der Clubbesitzer an der ovalen Bar mitten im Raum, wo er sich mit dem Barkeeper und dessen Sub unterhielt.

Als Marcus sich näherte, grinste Cullen. „Hey, Kumpel, ich habe deine neue Auszubildende kennengelernt. Großartige Haare." Die Stimme des Barkeepers hallte durch den riesigen, menschenleeren Raum.

„Welche neue Auszubildende?" Marcus sah Z fragend an.

Z zog die Augenbrauen zusammen. „Ich habe gehofft, dass du etwas früher erscheinst, Marcus. Auf keinen Fall wollte ich dich mit dieser Sache überfallen."

„Die Verhandlung hat länger gedauert." Und war verdammt befriedigend gewesen. Nach seinem Schlussplädoyer war sich die Jury einig gewesen und der Bastard, der sich an kleinen Jungen verging, hatte keine Chance gehabt. Schuldig. Das Gefühl, wieder ein Monster von der Straße geholt zu haben, war so befriedigend, dass es die langen Nächte rechtfertigte. „Was ist los?"

„Es tut mir leid, dass wir nicht ausgiebig darüber sprechen konnten, aber ich habe eine weitere Auszubildende für dich." Z wies mit dem Kopf auf den hinteren Bereich des Clubs. „Sie sollte bei der Ketten-Station warten."

Marcus starrte ihn an. Normalerweise sprachen sie darüber, wenn jemand zum Programm hinzugefügt werden sollte. Eine neue Sub? Einfach so? Aus heiterem Himmel?

Z nahm einen Schluck von seinem Drink. „Ich schätze es sehr, dass du Gabrielle aufnimmst, Marcus. Sie ist nicht besonders gut erzogen und braucht eine starke Hand. Bitte behalte sie für einen Monat, bis Ende August, dann kannst du deine Bemühungen aufgeben."

Wut entbrannte in Marcus. Z hatte ihn nicht um einen Gefallen gebeten, nein, es handelte sich um eine Anordnung. *Was soll der Scheiß?* Ausgehend von Zs angespanntem Kiefer würde er kein Gegenargument zulassen. Entweder akzeptierte er die neue Sub oder er müsste als Ausbilder zurücktreten.

Jedoch mochte er es, die Auszubildenden zu beaufsichtigen und ihnen dabei zu helfen, sie als Subs weiterzubringen, damit sie schon bald einen Dom fanden, der perfekt für ihre Bedürfnisse war. Eine ehrenamtliche Aufgabe, da er so an die Gemeinde zurückgab. Er trommelte mit den Fingern auf den Tresen und überdachte seine Optionen. Vielleicht sollte er sich die Sub erst anschauen, bevor er die Brücken hinter sich abbrach. Nachdem er sich mit den anderen Mastern vertraut gemacht hatte, war ihm schnell aufgefallen, dass er sich noch nie so wohl in einem Club gefühlt hatte.

„Ich werde mit ihr arbeiten." Für den Moment. Er sah Z direkt in die Augen, um seinen Punkt klar und deutlich rüberzubringen. „Du bist der Boss, Z, aber die Auszubildenden liegen in meiner Verantwortung. Ich würde es sehr schätzen, wenn du das nicht vergisst." *Überrumpel mich nicht erneut.*

Ohne seinen grauen Blick abzuwenden, nickte Z und schob die Informationen zu der neuen Sub über den Tresen.

Grinsend stellte der Barkeeper einen Drink auf die Bar. „Weißt du, Marcus, du sagst *Fick dich* fast genauso höflich, wie der Boss."

Marcus entließ ein Lachen. Es war einfach nicht möglich, lange wütend zu sein, wenn Cullen in der Nähe war. Er ließ die Augen über die Dokumente schweifen und gab Cullen die Schwerpunkte. Eine kurze Zusammenfassung kam an das schwarze Brett der Shadowlands-Master, da sie alle in die Ausbildung der Subs involviert waren: „Frei von Krankheiten und medizinischen Problemen. Keine bekannten Phobien. Sie will keinen ernsthaften Schmerz erleben, kein Messerspiel, keine Narben. Bondage und Sex gelten als akzeptabel." Eine recht normale Auswahl für eine Sub in der Ausbildung. „Würdest du mir bitte die Bänder und ein Set der Auszubildendenfesseln reichen?"

Der Barkeeper kramte in den Regalen über der Bar und überreichte ihm dann goldene Lederfesseln und eine Schachtel mit bunten Bändern.

Marcus band die farblich passenden Bänder an die Lederfesseln. Jede Farbe symbolisierte eine Praxis, mit der sich die Azubine einverstanden erklärt hatte: Gelb für leichten Schmerz. Blau stand für Bondage, grün für Sex. Rot ließ er weg, denn diese Farbe verhieß starken Schmerz. „Ich sehe sehr viele Fragezeichen hinter den Auswahlmöglichkeiten und die Informationen über ihre Vergangenheit sind dürftig." In der Hoffnung auf eine Erklärung blickte er zu Z.

„Ich weiß nicht viel. Ich tue nur jemandem einen Gefallen." Z schenkte Cullen ein Lächeln. „Kommt dir diese Aussage bekannt vor?"

„Kann man so sagen." Cullens Lachen dröhnte, als er seine Aufmerksamkeit auf seine Sub lenkte. Sie war eine hochgewachsene Frau mit goldenen Haaren, die perfekt zu dem riesigen Dom passte. Anzüglich hob Cullen die Augenbrauen. „Manchmal ist es die Anstrengung wert."

Andrea rümpfte die Nase und sagte zu ihrem Dom: „Danke, Señor."

Marcus erinnerte sich, dass Cullen seine Sub zunächst aus einem Gefallen heraus in sein Programm gelassen hatte, als er noch der Ausbilder gewesen war. Na ja, vielleicht war diese neue Azubine auch so eine Freude wie Andrea. „Hat Gabrielle selbst darum gebeten, ins Auszubildendenprogramm aufgenommen zu werden?"

„Sie will rein, aber nein. Ein Freund von mir, Galen, hat für sie gefragt. Er hofft, dass sie als Auszubildende findet, nach was sie sucht. Er meinte, dass sie recht ungezogen ist und dass wir nicht zu zaghaft mit ihr umgehen sollen." Z runzelte die Stirn. „Sie klingt nach einer Herausforderung – sogar für dich, Marcus."

Eine schwierige Sub. Super. „Ich werde sehen, was ich tun kann. Um genau zu sein, sollte ich zu ihr gehen und mich mit ihr vertraut machen, damit wir beginnen können." Er befestigte die Fesseln an seinem Gürtel, nickte den beiden Männern zu und schenkte Andrea ein Lächeln. Er erinnerte sich an Cullen und wie schwer sie es ihm gemacht hatte, bevor er sie schließlich einfangen konnte. So viel Arbeit. Natürlich bestand die Möglichkeit, dass Z falschlag und die neue Azubine leise, liebreizend und gehorsam war.

Sogleich wurde seine Hoffnung zerschlagen.

Sie stand nicht an der Ketten-Station.

Stirnrunzelnd sah er sich um und entdeckte sie im Flur mit den Themenräumen. Dort starrte sie auf das Setup eines Arztzimmers. Der Gynäkologenstuhl, die Infusionsbeutel und die Regale gefüllt mit einem Scheidenspekulum, einem Dilatator und anderen spaßigen Spielzeugen schienen sie zu faszinieren. Leise näherte er sich und lehnte sich mit der Schulter gegen die Wand. Er verschränkte seine Arme vor der Brust und nahm sich Zeit, sie zu mustern.

Nicht hässlich. Wunderschön war sie auch nicht. Jedenfalls nicht von dem, was er sehen konnte. Durchschnittliche Körpergröße, gut gepolstert. Ein langer blauer Rock versteckte ihren Arsch und ihre Beine. Ihm gefiel das schwarze Bustier, in dem ein nettes Paar Brüste steckte. Ihre Haare erreichten nicht mal ihre Schultern. Wie Nolans Sub war sie ein Rotschopf, aber eher Erdbeerblond, während ihre Haut so blass war, dass sie regelrecht glühte. Keine Sommersprossen zu sehen. Ein leichter Sonnenbrand hatte ihre Schultern und ihre Brüste eingefärbt. Er lächelte und fragte sich, wie weit die Verbrennung wohl reichte.

Sein Blick fiel nach unten. Im Club waren die Subs barfuß. Sie hatte ansehnliche Füße, aber ihre Zehnägel hatte sie blau lackiert? *Blau?*

„Hast du dich verlaufen?", fragte er.

Sie wirbelte so schnell herum, dass ihr Rock nicht hinter-herkam und sich um ihre Beine wickelte. Wie es schien, hatte sie eine Locke ihrer Haare passend zu ihren Zehnägeln gefärbt. Eine lange Narbe, ein Farbton heller als ihre Haut, verlief von ihrem linken Wangenknochen zu ihrem Mundwinkel. Obwohl deutlich zu erkennen war, dass die Narbe älter war, traf ihn der Anblick bis aufs Mark. Ihm wurde eine Sub anvertraut, die in ihrem Leben verletzt worden war.

„Oh, hey. Hi!" Sie richtete ihren Rock und grinste ihn an. „Ich sehe mich nur um. Neuer Club und so."

„Ah ja." Interessantes Gesicht, dachte er. Nicht das Gesicht eines Models mit hohen Wangenknochen und einem spitzen Kinn, nein, ihres bestach durch weiche Züge. Nicht direkt wunderschön, aber ... herzlich. Und wenn sie lächelte, zeigten sich Grübchen an ihren Wangen.

Was aber machte sie bei den Themenräumen? In einem sanften Ton fragte er: „Wurdest du gebeten, hier zu warten?"

„Äh." Ihr Grinsen verschwand und in ihren braunen Augen zeigte sich Misstrauen. „Master Z meinte zu mir, dass mich der Ausbilder gleich holen wird."

„Und hat er zu dir gesagt ‚Warte hier', oder gab er dir die Erlaubnis, dich umzusehen?"

Im nächsten Augenblick färbten sich ihre blassen Wangen in ein berauschendes Pink. Diesen Anblick würde er ganz sicher genießen.

„‚Warte hier' waren seine Worte." Sie zeigte auf die Ketten-Station. „Ich hätte mich wohl nicht bewegen dürfen, oder?"

Wusste sie nicht, wie sie einen Dom anzusprechen hatte? Wusste sie nichts über Gehorsam? „Ja, ich denke, da hast du einen Fehler gemacht." Genau wie Z, der ihm diese Auszubildende in den Schoß geworfen hatte.

KAPITEL ZWEI

Der gutaussehende **Mann** im Anzug mochte sie nicht. Das war Gabrielle sofort klar gewesen. Nicht, dass das eine Rolle spielte. Beeindrucken musste sie nur Master Marcus, und sie hoffte, dass Mister Anzug sie nicht verraten würde. Der Kerl strahlte Reichtum und Macht aus, also musste er ein großes Tier im Club sein. „Ich sollte besser zur Bar zurück, bevor der Boss auftaucht."

„Wer?"

„Master Marcus. Auf ihn warte ich."

„Warten nennst du das?" Er musterte sie für eine Minute, Missfallen in seinem Blick. „Ich denke, ich sollte mich vorstellen, bevor du dich noch weiter reinreitest. Ich bin Master Marcus."

Sie schluckte schwer. *Oh nein! Was für eine Katastrophe.* „Ah!" Sie räusperte sich und wagte einen neuen Versuch: „Freut mich, dich kennenzulernen. Ähm –"

„Und darf ich auch deinen Namen erfahren?", fragte er höflich. Zu höflich.

Sie nahm sich eine Minute, um einen zweiten Blick auf ihn und seinen maßgeschneiderten Anzug zu werfen. Dunkelgrau mit weißen Nadelstreifen. Oh bitte, so dumm war sie nun auch nicht.

Niemals war der Mann ein Dom. „Gabrielle Anderson. Bist du sicher, dass du Master Marcus bist?"

Er legte den Kopf auf die Seite. Er sah viel zu gut aus. Groß, breite Schultern und eine schlanke Hüfte. Seine Haare waren braun mit goldenen Highlights, perfekt gestylt. Makellos – wie ihre Eltern. *Kotz.* Seine sonnengebräunte Haut war nicht ledrig, sondern genau richtig, sodass diese blauen Augen wunderbar zur Geltung kamen. Blaue Augen, die mit jeder Sekunde kälter wirkten.

„Warum denkst du, dass ich nicht Master Marcus bin?", fragte er.

Echt jetzt? Sie wedelte mit der Hand und schaffte es gerade so, nicht laut zu sagen: *Sieh dich an!* Schließlich war es möglich, dass sie doch Master Marcus vor sich stehen hatte. Könnte es sein, dass er sich bisher einfach noch nicht umgezogen hatte? „Der Anzug? Wo sind der Lack und das Leder? Oder die Motorradjacke? Eine Weste? Schwarz! Schwarz fehlt auf alle Fälle."

Für einen Moment starrte er sie unbeweglich an. Hatte sie etwas im Gesicht, oder was? Dann warf er den Kopf in den Nacken und lachte laut los. Unbeschwert und herzhaft – wunderschön, wenn es von jemandem kam, der aussah, als hätte er einen Stock im Arsch.

Hitze stieg in ihre Wangen und sie entschied, dass sie ihn wirklich nicht mochte. Vielleicht war er der Buchhalter des Clubs oder der Verwalter. Sie verlagerte ihr Gewicht von einem Fuß auf den anderen und sah bewusst an ihm vorbei. Hoffentlich tauchte der richtige Marcus bald auf. Sie musste sich eingewöhnen, bevor sich der Entführer zeigte – der Unsub, wie ein wahrer Agent ihn nennen würde. Was auch unbekanntes Subjekt bedeutete. Sie runzelte die Stirn. Unsub klang verdächtig nach unechter Sub. *Was mich sehr gut beschrieb.* Vielleicht sollte sie ihn stattdessen als *Täter* bezeichnen.

„Erzähle mir von deiner bisherigen Erfahrung im BDSM-Lifestyle", sagte der Anzug. Er machte einen völlig anderen Eindruck, wenn er lächelte. *Verdammt.* Wie viele Frauen hatte er mit diesen umwerfenden Grübchen in den Ruin getrieben? „Bist du bisher immer in den Clubs im Zentrum gewesen? Wo die Gothic-Szene verkehrt?"

„Ja, genau. Warum?" Was mehrere Jahre her war, aber das hatte sie auf ihrer Bewerbung weggelassen.

Er wies sie an, im Korridor vor ihm zu laufen. Als sie seine Anweisung befolgte, legte er seine Hand auf ihren Nacken. So fest, dass sie sich wie ein Hund fühlte. „Ich bin mir sicher, dass du schon bald erkennen wirst, wie exotisch ein privater Club sein kann. Größere Altersspanne, breit gefächertes Einkommen, speziellere Vorlieben. Manche Doms tragen Leder und kleiden sich in Schwarz. Viele jedoch wählen einen anderen Stil."

Ihr Herz rutschte ihr bei dem dominanten Griff in die Hose. Kein Buchhalter würde sich so verhalten. Sie hatte einen Dom hinter sich. In einem Anzug. Und er nannte sich ... „Du bist Master Marcus?"

„Ich fürchte ja, Schätzchen." Er hielt an. Ketten baumelten von einem tiefhängenden Balken. Er ließ sie los, nur um sie gemächlich zu umkreisen und sie wie einen Verkaufsstand mit neuen Produkten zu mustern. „Hast du deine gesamte Erfahrung aus öffentlichen Clubs gewonnen?"

„Ja, genau." Zu ihrer Collegezeit war sie in Clubs gegangen, um Spaß zu haben. Gelegentlich hatte sie auch jemanden mit nachhause genommen. Seit dem Abschluss hatte sie diese Freuden des Lebens jedoch runtergeschraubt. Ihr Ziel war von Anfang an das FBI gewesen. Auf keinen Fall hatte sie ihre Chancen ruinieren wollen.

„Okay." Er tippte gegen ihr Bustier. „Ausziehen bitte."

Sie starrte ihn an. Einfach so? *Ich habe dich doch gerade erst kennengelernt!* Sie zögerte, aber der gnadenlose Ausdruck in diesen blauen Augen brachte sie auf Touren. Nachdem sie die Haken gelöst hatte, warf sie das Bustier auf einen Stuhl, der außerhalb des abgegrenzten Bereiches stand. Sie zwang sich, ihre Arme seitlich zu behalten und ignorierte die kühle Brise der Klimaanlage an ihren nackten Brüsten.

„Sehr hübsch." Selbstbewusste Finger strichen über ihre Schultern, zeichneten ihr Schlüsselbein nach und fanden ihre Brüste. Die Berührung schickte Empfindungen direkt an ihre Pussy. Eine Tatsache, die besorgniserregend war, schließlich mochte sie den Kerl nicht mal. Sein autoritäres Verhalten war jedoch ... anziehend. Die Dominanz erweckte die Schmetterlinge in ihrem Bauch.

„Wo hast du sonst noch gespielt?", fragte er. „In deinen vier Wänden?"

Hitze stieg in ihre Wangen. „Nicht ... wirklich. Manchmal bin ich danach mit einem Mann nachhause gegangen. Für die kinky Dinge bin ich aber im Club geblieben. Ist sicherer."

„Ich verstehe. Du hast keinem Dom genug vertraut, um dich in der Abwesenheit von anderen von ihm fesseln zu lassen."

„Äh." So hatte sie das niemals gesehen, aber ... okay. Möglich, dass er damit recht hatte. Sie nickte.

„Ich bevorzuge verbale Antworten", sagte er in einem einnehmenden Ton. „Mit *Ja, Sir* gebe ich mich zufrieden."

Sie konnte einen Lustschauer nicht unterdrücken. Dem Mann haftete eine unbezwingbare Härte an, dabei spielte es keine Rolle, wie sanft er sprach. „Ja, Sir."

„Das klang sehr nett, Süße", sagte er. Seine Stimme wehte wie eine Berührung über ihre Haut und ihre Knie bebten. Seine nächsten Worte ruinierten den Moment: „Zieh bitte den Rock aus."

Ihr Blick schoss zu seinen Augen, die genauso gnadenlos sein konnten wie seine Stimme. Wieso machte er sich die Mühe, *bitte* zu sagen? Sie schob den Rock nach unten und trat heraus. Im Moment wünschte sie sich, mehr Zeit in einem Fitnessstudio verbracht zu haben. Überhaupt Zeit dort zu verbringen, wäre noch besser gewesen. Oder das Auto weniger zu benutzen. Ein fetter Arsch war nicht gerade das beste Mittel, um einem Mann zu imponieren.

Aber na gut, hier ging es nicht darum, diesen pingeligen Dom zu beeindrucken. Sie war hergekommen, um einen Entführer – einen Mörder – in die Falle zu locken. Sie erschauerte.

Seine Augen verengten sich. „Hast du ein Problem damit, nackt zu sein?"

Zur Hölle nochmal. Konzentriere dich, Gabi. „Nein, Sir. Mir ist nur ein bisschen kalt, Sir."

„Ah ja." Wieder umkreiste er sie, inspizierte sie, als wäre sie der Star bei einer Hundeshow. *Unverschämt.* Trotzdem wurden ihre Nippel hart und zwischen ihren Schenkeln fühlte sie den Beweis ihrer Erregung. Sie presste die Beine zusammen.

„Master Z hat verlangt, dass ich dich in mein Programm aufnehme. Hast du die Regeln für die Auszubildenden gelesen?"

„Ähm, ja." Seine eisblauen Augen funkelten und hastig fügte sie hinzu: „Sir."

Er löste die goldfarbenen Fesseln von seinem Gürtel. Nachdem er sie ihr angelegt hatte, überprüfte er, dass sie nicht zu eng waren, bevor er die linke Einschränkung an die baumelnde Kette über ihrem Kopf befestigte. „Das Safeword lautet *Rot*", sagte er, als er nach einer zweiten Kette griff und auch ihren anderen Arm fixierte. Die Ketten ließ er lang genug, sodass ihre Arme auf der Höhe ihrer Hüfte verblieben. „Ich möchte, dass du es benutzt, wenn du Angst bekommen solltest oder der Schmerz zu viel für dich wird. Dann kommen sofort die Aufseher, um zu sehen, ob alles mit rechten Dingen vor sich geht."

„Das Safeword bedeutet also, dass alles vorbei ist, richtig?" Sie konnte es sich nicht leisten, die Sache zu versauen.

Sein Gesicht verlor an Härte. „Nein, Süße. Es bedeutet, dass ich mit dem aufhöre, was ich gerade tue. Anschließend werden wir uns hinsetzen und darüber reden."

„Oh, okay. Gut. Ähm, Sir." *Kann ich das wirklich durchziehen?* Dieser Dom hatte nichts mit den Männern gemein, mit denen sie in den Clubs im Stadtzentrum gespielt hatte. Die Angst machte sich in ihr bemerkbar, doch sie drängte sie zurück. Jedenfalls das meiste davon.

Ihr fiel auf, wie eindringlich er sie beobachtete, und bemerkte erst jetzt, dass er die Narbe auf ihrer Wange nachzeichnete. Nun nahm er ihre gefesselte rechte Hand und fing sie in seiner warmen ein. „Gabrielle, hast du irgendein Problem mit Bondage, das du auf der Bewerbung nicht erwähnt hast?", fragte er.

„Nein, Sir." Als er sich nicht bewegte, fügte sie hinzu: „Wirklich nicht. Ich bin nur etwas nervös, Sir."

„Also gut." Er ging zur Wand. Einen Augenblick später verkürzten sich die Ketten und hoben ihre Arme nach oben. Er stoppte erst, als es nur noch wenige Zentimeter brauchte, bis sie sich auf ihre Zehenspitzen hätte stellen müssen.

Sie wollte bei diesem Zugeständnis dankbar sein, aber urplötzlich fühlte sie sich einfach nur ... nackt. Verdammt nackt − als hätte sie nicht nur ihre Klamotten abgelegt. Entblößt. Dann war sie über ihr Aussehen besorgt. Von ihren Gedanken abgelenkt wurde sie, als er sie erneut umkreiste und sie mit seinem intensiven Blick in die Mangel nahm.

„W-Was hast du jetzt v-vor?"

„Ich habe vor, mich mit dem Körper meiner neuen Auszubildenden vertraut zu machen. Gleichzeitig werden wir uns ein bisschen unterhalten." Seine Finger tanzten über ihre von der Sonne verbrannten Schultern und er murmelte: „Sonnencreme, Süße − ein Produkt, das du öfter benutzen solltest."

Es folgte eine Pause. Dann landeten seine blauen Tiefen auf ihr.

„Ja, Sir."

„Na bitte. Wie nett das klingt." Er spielte mit ihren Haaren, tätschelte die blaue Strähne. Er schüttelte den Kopf und strich dann mit dem Daumen über ihre Lippen.

Ihr Mund kribbelte und sie fragte sich, wie er wohl schmeckte. Konnte er gut küssen? Würde er sie küssen?

Er erwischte die Richtung ihrer Augen und sein Mundwinkel zuckte. *Nicht reagieren*, dachte sie. Als er jedoch mit der Hand über ihren Hals strich, hatte sie das Gefühl, dass ihre Brüste in Erwartung regelrecht anschwollen.

„Unsere Auszubildenden sind normalerweise Subs, die schon lange bei uns sind. Den Mitgliedern ist das bewusst", sagte er stirnrunzelnd. „Deine Bewerbung enthielt kaum Informationen über deine vorherige Erfahrung in diesem Lifestyle. Ich muss mir also die Frage stellen, ob du für diese Herausforderung bereit bist."

„Ich habe Erfahrung." *Ein bisschen.* „Alles gut. Ich komme klar."

„Es gibt für Auszubildende keine behutsame Eingewöhnung. Verstehst du das?"

„Das ist okay", sagte sie sofort. „Behandle mich nicht, als wäre ich jemand Besonderes, gehe nicht behutsam vor. Ich möchte direkt loslegen."

Er verengte die Augen. Dann schüttelte er den Kopf und ließ sie los. „Warum willst du eine Auszubildende sein?"

Seine Hand landete auf ihrer Brust und sie erschauerte bei der sanften Berührung und der Reibung, die durch seine Haut erzeugt wurde. Seine Finger waren nicht weich, wie sie das erwartet hatte. Wenn sie sich richtig erinnerte, hatte Master Z zu ihr gemeint, dass der Ausbilder ein Anwalt war. „Warum redest du nicht wie ein Anwalt?"

Er blinzelte und lächelte. „Ich bin in einer Kleinstadt in Georgia aufgewachsen. Du solltest mich aber im Gerichtssaal hören." Für eine Weile streichelte er ihre Brüste. „Gabrielle, ich bin mir ziemlich sicher, dass ich dir eine Frage gestellt habe."

Oh. Wie sollte sie sich an ihre Geschichte erinnern, wenn er sie ... begrapschte? Beeindruckende Befragungstechnik. Das sollte sie mal den Agents vorschlagen. „Ähm, ich möchte mehr über den Lifestyle und mich selbst erfahren." Master Z hatte sie über die richtigen und glaubhaften Gründe aufgeklärt. „Ich möchte einen passenden Dom für mich finden, aber in den anderen Clubs schienen alle immer nur an einmaligen Sachen Interesse zu haben. Ich wusste nie, wem ich vertrauen kann."

Während er sie aufmerksam beobachtete, rieb er mit dem Daumen über ihren Nippel. Sie fühlte, wie ihre Knospe reagierte und sich aufrichtete. Am liebsten hätte sie gestöhnt. „Was für eine Art Dom suchst du? Möchtest du eine Sklavin sein?"

Sehe ich aus, als wäre ich wahnsinnig? Andererseits stand sie in einem BDSM-Club. Vielleicht war sie dem Wahnsinn also schon verfallen. „Nein. Ich würde aber gerne jemanden finden, der sich länger als für ein Wochenende binden möchte", sagte sie. Eine Aussage, die nicht vollkommen aus der Luft gegriffen war. Jedoch hatte sie ihre kinky Seite zu Collegezeiten hinter sich gelassen. *Ich bin jetzt respektabel hoch zehn.*

Seine Hände schlangen sich um ihre Taille, und dass er sich nach unten bewegte, löste interessante Empfindungen in ihr aus. Würde er sie … dort berühren?

„Du bist gegenüber Sex aufgeschlossen", sagte er.

Gott, hätte er noch schneller zum Punkt kommen können? Sie hatte nicht groß darüber nachgedacht, bis ihr Master Z in Längen erklärt hatte, was sie zu erwarten hatte, wenn sie diese Option mit *Ja* ankreuzte. Somit hatte sie Geschlechtsverkehr ausgeschlossen. Während der Einsatzbesprechung hatte Agent Rhodes das Thema Sex stets gemieden. Jedoch erwähnte er immer wieder, dass alle entführten Subs öffentlichen Sex in den Clubs betrieben hatten. Sie konnte sich prüdes Verhalten also nicht erlauben.

Zumal sie in ihrer Jugendzeit und im College dämliche Dinge getan hatte, inklusive mehrerer One-Night-Stands, nur weil sie es konnte. Es sollte also kein Problem darstellen, mit ein paar Fremden Sex zu haben, wenn sie damit Kim helfen konnte.

Dennoch kam sie nicht umhin, sich bei dem Gedanken etwas … schmutzig zu fühlen. *Diese Art von Mädchen bin ich nicht mehr.* „Okay, ja, sicher. Sex ist okay."

Er verengte die Augen. „Du hast gerade eine meiner Regeln

gebrochen: Lüge unter keinen Umständen den Dom an. Wenn du dir bei einem Punkt unsicher bist, musst du das sagen." Er strich mit den Fingern tiefer, streichelte und erkundete ihre Hüften. „Versuch es nochmal, Gabrielle."

„Oh." Sie schluckte schwer und versuchte ihr Bestes, sich nicht von der Hand ablenken zu lassen, die ihre Pobacke umfasste. *Sex.* Im Moment verlangte ihr Körper danach. Ihr Kopf jedoch ... *Verdammt*, sie durfte nicht zulassen, dass Scham die Mission zum Scheitern brachte. „Das sind nur meine Nerven, Sir. Ich will Sex."

„Mmmhmm." Er mied ihre Pussy und kniete sich hin, um mit den Händen über ihre Beine zu fahren. Indessen betete sie, dass er die Cellulite an ihren Schenkeln nicht sah. Zumindest hatte sie großartige Waden und Fußknöchel. Er berührte ihre blauen Zehnägel und entließ ein Schnauben.

Ein konservativer Anwalt mit einem Stock im Arsch. Genau wie ihr Vater.

Als er sich erhob, wanderte er mit den Händen über ihre Haut. „Erzähl mir von deinen Erfahrungen mit Oral-, Vaginal- und Analsex."

Wieso musste er diese Themen so direkt ansprechen? Was war aus Anstand geworden? Privatsphäre? Schlagartig wurde ihr klar, dass dieser Mann ihr dies nicht zugestehen würde – weder körperlich noch emotional. *Reiß dich zusammen, Gabi.* „Ja zu den ersten beiden. Ich habe ... Ein Mann wollte mal das andere machen, aber ich wollte es nicht."

Er nickte. „Du hast also ein wenig Erfahrung. Analsex besprechen wir zu einem späteren Zeitpunkt." Mit den Fingern folgte er ihrem Hüftknochen zu ihrem Geschlecht und kam dann in Kontakt mit ihrer Pussy. „Ich erwarte von dir, dass du deine Pussy von Haaren befreist. Verstanden?"

Ihr Leben veränderte sich schneller, als ihr das lieb war. Würde sie im Internet an Informationen kommen, sodass sie sich dort unten nicht etwas Wichtiges mit dem Rasierer entfernte?

„Ja, Sir."

„Zum nächsten Punkt: Hast du etwas dagegen, wenn dich andere Doms berühren? Oder mit dir Sex wollen? Was ist mit Frauen? Mitglieder können einen Auszubildenden für eine Session verlangen, bei der von leichtem Play, bis hin zu Bondage, Schmerz und/oder Sex alles dabei sein kann."

„Ich denke –"

Im gleichen Atemzug berührte er ihre Pussy und sie schnappte nach Luft, als ihr Blut in Wallung geriet. Er schenkte ihr ein vernichtendes Lächeln. „Du bist feucht, Gabrielle. Das gefällt mir." Langsam und gemächlich glitt er durch ihre Spalte. Als er ihre Klitoris erreichte, spürte sie, wie das Nervenbündel pulsierte. Sie schwankte und konnte nicht dankbarer sein, dass sie die Ketten stützten.

Er hatte sie nur berührt. *Zur Hölle nochmal*, sogar beim Sex mit Männern war sie noch nie so erregt gewesen.

„Antworte mir", verlangte er.

„Echt jetzt? Wie soll ich mich in einer derartigen Situation an deine Fragen erinnern?"

Er gluckste und der Laut klang so tief und geschmeidig wie seine Stimme. „Möglich, dass dir das schwerfällt. Daraus folgt die nächste Regel: Eine Sub darf niemals respektlos gegenüber ihrem Dom sein. Gegenüber keinem Dom, und vor allem nicht gegenüber ihrem Ausbilder. Jedenfalls wird sie es unterlassen, wenn sie weiß, was gut für sie ist."

Sein verdammter Finger beschäftigte sich weiter mit ihrer Klitoris und ihre Welt drehte sich. „Ja, Sir."

Er fing ihren Blick ein und hielt ihn gefangen. „Ich werde dich bestrafen, wenn du mich mit respektlosem Verhalten anstachelst, Gabrielle. Habe ich mich verständlich ausgedrückt?"

„Ja, Sir." Würde er es merken, wenn sie sich ein wenig bewegte, nur ein bisschen, und ihre Hüfte gegen seine Hand presste? Würde sie dadurch –

„Stillhalten."

Sie schloss die Augen und unterdrückte ein Wimmern. *Gemeiner Bastard.* Wieso musste er sie heißmachen, aber weigerte sich, den Job zu beenden?

„Und jetzt beantworte meine Frage."

Wie zum Teufel lautete die Frage? Oh, richtig. Andere Doms, Berührungen, Sex, Frauen. „Der Gedanke, etwas mit einer Frau zu machen, sagt mir nicht zu. Habe ich das nicht auf der Liste vermerkt?"

„Ich frage lieber zweimal", entgegnete er. Er richtete sich auf und näherte sich, bis sie die Hitze seines Körpers an ihrer Haut spürte und seine Augen ihre gesamte Welt ausmachten. „Du wirst mit verschiedenen Doms spielen. Was sagst du zu mehr als einem Dom auf einmal?"

„Ich habe eine Vielzahl an Doms erwartet." Master Z hatte sie immer und immer wieder gewarnt. „Mit zwei Männern auf einmal hatte ich es aber noch nie zu tun." *Abgesehen von diesem einen Mal.* Die schreckliche Erinnerung ließ sie innerlich erschauern. Wäre es ihr überhaupt möglich, die Berührungen mehrerer Männer gleichzeitig zu ertragen? Und was, wenn sie die Männer mochte? Überraschenderweise reagierte ihr Körper auf diesen Gedanken und sie war sich nicht sicher, ob es sie anwiderte oder erregte.

Seinem aufmerksamen Blick entging ihre Reaktion nicht. „Was wirst du tun, wenn ich dich zwischen zwei Doms positioniere, Gabrielle?"

Zur Hölle nochmal. Sie biss sich auf die Lippe. „Ich bin mir nicht sicher ... Ich schätze, ich werde es probieren?"

Sein Lächeln wärmte ihr das Herz.

„Gute Antwort." Sanft zog er an ihren Haaren, sein Lächeln noch immer sichtbar. „Kannst du Erfahrungen mit Flogging aufweisen? Mit Rohrstöcken? Spankings?"

Sie schluckte. „Spankings, ja. Ein weicher Flogger. Sonst nichts."

„Na gut. Bei vielen der Punkte mit Impact-Play hast du ein Fragezeichen daneben gesetzt. Wenn ich Fragezeichen sehe, interpretiere ich das als Wunsch der Sub, den Punkt genauer mit ihr zu erkunden."

Ihre Hände waren schweißnass. Sie hatte auf der Liste sehr viele gruselige Sachen gelesen. Sah sie ihm aber ins Gesicht, entdeckte sie diese beeindruckende Selbstsicherheit. Dieser Ausdruck war es, der ihr Hoffnung gab. Sie würde das hinbekommen. Er strahlte ein Vertrauen aus, das ihr versicherte, dass er nicht zu weit gehen würde.

Noch hatte sie ihn nicht wütend gesehen. Wie würde er reagieren, wenn sie ihm den Gehorsam verwehrte? Schließlich war es ihre Aufgabe, sich wie eine unerzogene, freche Sub zu verhalten.

„Spreize deine Beine", verlangte er.

Um einen Vorgeschmack auf seine Reaktion zu bekommen, funkelte sie ihn an und sagte: „Meintest du nicht eben noch, dass ich stillhalten soll?"

Obwohl er ihr daraufhin einen Klaps auf den Schenkel gab, schoss die Empfindung direkt auf ihre Klitoris zu. „Entschuldige dich lieber und folge dann meiner Anweisung. Ich finde keinen Gefallen an görenhaftem Verhalten und werde es nicht tolerieren."

Oh Gott, er würde ihr für ihre Mission nicht viel Spielraum geben. Von Sorgen geplagt sagte sie: „Es tut mir leid, Master Marcus."

Ihr Schenkel brannte und trotz der Nervosität, die dieser Auftrag mit sich brachte, breitete sich Begierde in ihr aus – intensiver als bei der simplen Berührung mit ihrer Klitoris. Weil er sie geschlagen hatte? Hatte ihr der Klaps etwa ... gefallen? Bitte nicht.

Als hätte er alle Zeit der Welt, ließ er sie die letzten Sekunden in ihrem Kopf durchgehen und wartete mit verschränkten Armen. Schließlich spreizte sie ihre Beine und wurde von ihm mit einem Lächeln belohnt. Mit einer Hand krallte er sich an ihrer Hüfte fest. Die andere fand ihre Pussy und sie erstarrte bei der Erwartung auf das Kommende. Seine Fingerspitzen tanzten sanft über ihr Geschlecht und entfachten ein Feuer auf ihrer Haut, das sich langsam auf ihre Klitoris zubewegte.

Er glitt mit den Fingern zwischen ihre Schamlippen, öffnete sie weiter und drang schließlich in sie ein. Sie schnappte bei dem lustvollen Gefühl nach Luft und stellte sich auf ihre Zehenspitzen. In dem Versuch, seinen Fingern zu entkommen, zuckte sie weg von ihm. *Zu intim. Zu viel.*

Sein Griff an ihr festigte sich, desto länger er sie erkundete. Rein und raus, hoch und runter, von einer Seite zur anderen. Jede Bewegung baute den Druck in ihrem Körper weiter auf.

Verdammt, er sah sie wie eine Probe unter einem Mikroskop an, und sie bebte bei dem Gedanken, sich wie ein Objekt zu fühlen. *Konnte sie das wirklich durchziehen?*

„Ganz ruhig, Süße", sagte er und entließ seinen Griff an ihr. Stattdessen legte er die Hand auf ihre Wange. Seine andere Hand befand sich noch immer auf ihrer Pussy, in ihr drin, als er seine Lippen sanft über ihren Mund strich. Ihr entrang ein genügsamer Seufzer. Wie war es ihm möglich, gleichzeitig skrupellos und tröstend zu sein?

„Ich teste nur deine Enge, deine Reaktion." Sein Mundwinkel zuckte, wodurch in seiner linken Wange ein Grübchen erschien. „Schließlich wollen wir beide nicht, dass ich bei einem Spielzeug die falsche Größe wähle."

Spielzeug? Die Wände ihrer Vagina zogen sich um seinen Finger zusammen, und er lachte.

„Wie ich sehe, findest du an der Idee Gefallen." Er zog den einen Finger heraus und fügte einen zweiten hinzu, als er wieder in sie drang. Es dauerte nicht lange, bis drei seiner Finger in ihr steckten.

Zu viel. Sie zappelte, versuchte, für sich selbst herauszufinden, ob es sich erotisch oder einfach nur unbehaglich anfühlte. Eine Hand legte er auf ihren Po, hielt sie zwischen seinen Händen gefangen, während ihr Geschlecht um seine Finger pulsierte.

„Du hast eine enge kleine Pussy, Süße", flüsterte er, bevor er seine Finger aus ihr zurückzog. Dann hob er sie zu seinem Mund und kostete von ihrem Nektar, als wäre es eine neue Sorte Eiscreme. Lächelnd verkündete er: „Und du schmeckst sehr gut."

Sie entspannte sich. Er mochte ihren Geschmack. Eine weitere dämliche Angst des weiblichen Geschlechts. Warum machten sich Männer über solche Dinge keine Gedanken?

Seine Berührungen führten dazu, dass sich ihre Bedenken schmälerten. Nicht nur in Bezug auf Sex mit Fremden, sondern in Bezug auf Sex im Allgemeinen. Seit Längerem hatte sie kein großes Interesse daran. Wenn Master Marcus sie jetzt aber nehmen wollen würde – zumal seine Hose die riesige Beule nicht verschleiern konnte –, wäre sie bereit für ihn.

Zu ihrer Überraschung – und ihrem Entsetzen – befreite er sie von den Ketten. Sie wollte Sex! Und er hatte kein Interesse? „Aber ..."

Ah, der Ausdruck auf dem Gesicht der Sub war unbezahlbar. Gerade hatte sie die erste von vielen Lektionen überstanden.

Mit wunderschönen, braunen Augen sah sie ihn an und Marcus fand erneut ihre Pussy, genoss die Nässe zwischen ihren Schenkeln. „Du wirst in Kleidung erscheinen, die für einen Fetischclub angemessen ist. Ich nehme mir die Freiheit heraus, Kleidungsstücke zu entfernen. Ich habe das Recht an deinem Körper, darf mit ihm spielen und nur ich kann einem anderen Dom dieses Recht übertragen."

Er hielt kurz inne und sagte dann: „Es ist dir nicht gestattet, dich selbst zu berühren. Du darfst nicht ohne meine Erlaubnis einen Höhepunkt haben. Das betrifft den Club und auch dein Zuhause. Ich werde allerdings ein Limit setzen. Für die nächsten zwei Wochen wirst du nur kommen, wenn ich es dir erlaube. Deine Befriedigung liegt in meiner Hand."

Sie erschauerte und wieder fühlte er, wie sich ihre Pussy enger um seine Finger legte. „Ja, Sir", flüsterte sie.

Er hob ihre Klamotten vom Boden auf und reichte sie ihr. Da sie kein langjähriges Clubmitglied war, würde er mit den Standardsachen beginnen. Er ging mit ihr durch, was sie für heute Abend wissen musste: respektvolles Verhalten, angemessene Anrede für Doms, richtiges Knien, die Bedeutung ihrer farbigen Bänder und was den anderen Doms erlaubt war, mit ihr zu tun. Bei der Mischung aus Erregung und Bestürzung auf ihrem Gesicht fragte er sich einmal mehr, warum sie unbedingt in das Auszubildendenprogramm wollte. Sie schien nicht ... mit vollem Herzen dabei zu sein. Die meisten Subs flehten und bettelten, um ins Programm aufgenommen zu werden. „Gibt es Fragen?"

„Manchmal klingst du wirklich wie ein Anwalt", murmelte sie. Bevor er antworten konnte, fuhr sie fort: „Werde ich heute Abend eine Session spielen, oder –"

„Das entscheide allein ich."

Sie senkte den Blick auf die Kleidung in ihren Händen und sah ihn dann aus flehenden Augen an. Aus ihren braunen, einlullenden Tiefen, die einem Dackelblick in nichts nachstanden.

Er schüttelte den Kopf.

Bei dem kleinen Seufzer, der ihr entrang, lächelte er. Sie war wirklich bezaubernd. Sie würde jedoch ihre liebe Mühe haben. Es gab viel zu lernen: Verhaltensregeln. Wie man die Bedürfnisse von Doms mit Freuden erfüllt und Orgasmen zurückhält. Sich mit den verschiedene Arten des Plays und den Spielzeugen vertraut machen. Die Vorbereitung für Analplay. Eine Lehrstunde für Anal, falls notwendig. Seine Augen fielen auf die blaue Strähne in ihrem Haar. Leute, die Regeln befolgten, hatten selten blaue Strähnen. Er hatte bereits einen Klaps auf ihren Schenkel austeilen müssen. Normalerweise gaben Subs zu Beginn ihr Bestes, um lieblich und gehorsam zu wirken. Er verstand, warum Z um ihr Verhalten besorgt war.

Er spannte den Kiefer an. Seine Ex-Frau hatte es geliebt, sich voll und ganz als Göre zu präsentieren. Nicht, weil sie eine widerspenstige Natur hatte, nein, sie wollte Aufmerksamkeit. Nicht seine, sondern die der Zuschauer. Aus diesem Grund konnte er den unverschämten und undisziplinierten Subs nichts abgewinnen.

An der Bar wurde er von Andrea angelächelt. „Master Marcus."

„Schließe bitte Gabrielles Kleidung in einen Spind." Er wies Gabrielle an, der Sub ihre Klamotten zu überreichen. Das tat sie, aber nicht ohne einen Seufzer. Nur um ihre Reaktion abzuwägen, legte er seine Hand auf ihre nackte Brust. Einen Arm schlang er um ihren Rücken, um zu vermeiden, dass sie nach hinten auswich. Dann konzentrierte er sich darauf, ihre Brust zu berühren, zu streicheln und in ihren Nippel zu zwicken. Ihre Hände hatten sich zu Fäusten geballt. Daran mussten sie arbeiten. Bewegt hatte sie sich allerdings nicht. Ihre Wangen waren feuerrot und es dauerte eine Minute, bis sich ihr Körper entspannte und sie sich bewusst seiner Berührung entgegenlehnte.

„Gut gemacht, kleine Sub", flüsterte er ihr ins Ohr.

Sie hob den Blick zu ihm. Begierde und Hingabe sah er in ihren braunen Tiefen. Im nächsten Augenblick erstarrte sie, als wäre sie von ihrer eigenen Reaktion überrascht worden – als wäre sie enttäuscht von sich selbst.

Vielen Dank auch für die Herausforderung, Z.

KAPITEL DREI

Für den Großteil des Abends servierte Gabi Drinks. Marcus hatte ihr erklärt, dass das zu den Aufgaben einer Auszubildenden gehörte. Den Grund verstand sie noch nicht so ganz. Ihre Klamotten hatte er ihr nicht zurückgegeben. Das bedeutete, dass sie nackt war. Sie konnte nur daran denken, wie ihre Brüste und ihr Hintern bei jedem Schritt wackelten und die Aufmerksamkeit der Männer – und manchmal auch der Frauen – auf sich zogen. Die Doms taten mehr, als nur zu schauen. Wenn sie ihre Bestellungen aufgaben, dann berührten sie Gabi. Nicht an den Brüsten oder ihrer Pussy, doch sie glitten mit den Händen über ihre Arme und kneteten ihre Pobacken. Ein Dom war mit den Fingern über ihre Schenkelinnenseite gewandert. Nur wenige Zentimeter vor dem V zwischen ihren Beinen hatte er angehalten.

Es hatte zur Folge, dass sie dauererregt war. Als sie durch den Club lief, neckte sogar die Luft ihre Haut und erinnerte sie daran, wie feucht sie war.

Hin und wieder entdeckte sie Agent Rhodes, der durch den Club spazierte und vorgab, sich die Sessions anzusehen, um Zugehörigkeit vorzutäuschen. Wahrscheinlich hatte er zuvor noch nie einen Fuß in einen BDSM-Club gesetzt. Ein Dom war er nun wirklich nicht.

Hatte er schon eine verdächtige Person ausfindig gemacht? Rhodes und Kouros hatten ihr gesagt, dass sie nicht nach dem Täter schauen sollte. Natürlich tat sie das trotzdem. Sie wusste nur nicht, wie sie ihn von anderen Männern unterscheiden sollte. Alle Doms in diesem Club hatten diese einschüchternde Aura. Es war ein recht gruseliger Ort. Noch nie hatte sie einen derartigen Club betreten. Die Gothic-Clubs, die sie in ihrer Collegezeit besucht hatte, waren verglichen zu dem Shadowlands harmlos und brav gewesen. Wie Tag und Nacht. Wie Spongebob und ein Hitchcock-Film.

Unheilvolle Atmosphäre? Das Shadowlands erreichte dies mit Stil.

Leder überall: die schweren Sofas und Sessel, die Flogger, die Peitschen und die Zuchtriemen, die an den Wänden baumelten. Die Bondage-Tische und die Spanking-Bänke. Schwarze Eisenkronleuchter und Wandleuchten warfen ihr Licht auf die Mitglieder, die alles von Nippelklemmen bis zu hautengen Ganzkörperlatexoutfits mit Stiefeln trugen. Master Marcus hatte bei dem Sortiment an Styles nicht gelogen. Zudem war er nicht der einzige Dom in einem Anzug. Auch einige Dominas bevorzugten diese Aufmachung. Nicht jeder Dom war in Schwarz gekleidet, aber selbst diese Männer warteten mit Selbstbewusstsein und Dominanz auf.

Die abgetrennten Separees waren immer gut besucht, sodass sie eine schnelle Lektion in dem Lifestyle bekam. Floggings hatte sie schon mal gesehen, aber in diesem Club fand sich sogar ein extra großer Bereich nur für Peitschen-Play. Wirklich gruselig. Noch nie hatte sie unheimliche, elektrische Dinge gesehen, die an intimen Stellen zur Nutzung kamen und dann angeschaltet wurden. Der Anblick von Nadeln, die sich in Nippel bohrten, sah auch nicht gerade nach Spaß aus. Und auf wie viele Arten konnte man bitte Sex haben?

Als sie sich mit ihrem Tablett voller Bestellungen von der Bar entfernte, entdeckte sie eine Frau auf dem Strafbock. Und ... Oh je, zwei Männer an beiden Enden. Einer stieß in ihre Pussy und der andere bekam einen Blowjob. Die Arme der Sub waren fixiert. Die Doms konnten mit ihr tun, was auch immer sie wollten und sie konnte nichts dagegen unternehmen. Gabi vergaß, dass sie eigentlich Getränke zu servieren hatte. Stattdessen starrte sie mit offenem Mund, wie eine Jungfrau in einem Striplokal, auf die Szene, die sich vor ihr entfaltete.

Warum war es so heiß, die Session zu beobachten? Sie wagte es, sich an der Stelle der Sub vorzustellen. Ihr anfängliches Entsetzen wurde schnell von einer brennenden Begierde ausgelöscht. *Junge, Junge, wenn das nicht verwirrend ist ...*

Eine Sekunde, bevor er sich hinter sie stellte, nahm sie Marcus' maskulinen Geruch nach Johanniskraut und Moschus wahr. Sie sah über ihre Schulter, betrachtete seinen markanten Kiefer. Sie erstarrte, denn sie erwartete, für ihre Pause von ihm getadelt zu werden. Stattdessen schlang er einen Arm um ihre Taille und berührte sie mitten im Club und vor einer Ansammlung von Mitgliedern intim.

Oh Gott! Sie wand sich, als seine Finger durch die Nässe ihrer Pussy glitten. In dem Moment erkannte sie, dass sie von der Session noch feuchter geworden war.

„Interessant, Süße", hauchte er an ihrem Ohr. „Sieht ganz danach aus, als müsste ich Menage auf die Liste setzen."

Seine Berührung ließ Funken sprühen und trieb ihre Lust in ungeahnte Höhen. Sie packte ihr Tablett fester, um es nicht fallen zu lassen. Wollte sie ihn von sich wegstoßen? Oder wollte sie seine Hand packen und sie zu ihrer Klitoris führen? Das war nicht richtig. *Ich bin hier, um einen Job zu erledigen. Ich muss zur Göre werden. Zeig, was du kannst, Gabi!* „Zwei Männer? Auf keinen Fall, Mister Dom. Das wird nicht passieren", sagte sie laut. Für ihre unhöfliche Bemerkung erwartete sie, wieder einen Klaps auf ihren Schenkel zu bekommen.

Stattdessen landete seine Hand auf ihrer Pussy. Der Klaps schickte eine erregende Welle aus Lust und Schmerz durch ihren Körper. Als Reaktion hätte sie beinahe das Tablett fallen lassen.

Mit Leichtigkeit zog er sie an seine Brust. In einem gleichmäßigen Tonfall sagte er: „Sei respektvoll, Auszubildende." Dann ließ er sie los und lief davon. Wie hatte er es geschafft, dass sie jetzt noch erregter war? Ihre misshandelte Klitoris brannte, ihre Schamlippen kribbelten und die Gläser auf ihrem Tablett klirrten.

Sie war nicht nur furchtbar erregt, sie fühlte sich auch verdammt unzulänglich. Marcus klang wie ihr Vater – kalt und kontrolliert. Ihre Schultern sackten, als die Erinnerungen sie einholten. *Niemals gut genug für ihn oder Mutter.* Für diesen Club war sie ebenso nicht gut genug! Marcus dachte bereits, dass er sich mit ihr eine furchtbare Azubine angelacht hatte. Dennoch hatte sie den Entführer noch nicht herauslocken können. Oder vielleicht doch? Ängstlich sah sie sich um. Beobachtete sie der Täter?

Egal, schließlich kann ich nur mein Bestes geben.

Nach einer Weile atmete sie tief ein und machte sich wieder an die Arbeit. Sie servierte Drinks, obwohl sich ihre Pussy so geschwollen anfühlte, dass sie wahrscheinlich o-beinig lief.

Als sie fertig war, stellte sie ihr Tablett mit einem erleichterten Seufzer auf den Tresen. Vielleicht sollte sie kurz die Toilette aufsuchen, um ihren Nerven die Chance zu geben, sich zu beruhigen.

„Gabrielle." Master Cullen winkte sie zu sich und kehrte dann zum Bierzapfen zurück. Mit dem Kopf wies er auf zwei Drinks, die auf dem Tresen standen. „Sub, sei ein braves Mädchen und bring die Gläser zu dem Paar im Suspension-Bereich."

Ein unbekümmertes Grinsen zierte seine Lippen, bei dem sie sofort mit einem Lächeln antwortete. „Ja, Sir." Sie war bereits einige Schritte gegangen, als sie realisierte, dass das eine gute Chance gewesen wäre, um die Göre herauszulassen. *Gabi, konzentriere dich.*

In dem Suspension-Bereich hing eine Sub von der Decke. Zwei Doms hatten sie in einem eleganten Muster aus Seilen drapiert. Nicht weit entfernt wurde die Session von einem muskulösen, schwarzhaarigen Dom in einem Lederoutfit beobachtet. Seine Sub saß neben ihm, verdammt schwanger und bezaubernd. Der Anblick erinnerte an einen dicken Pudel neben einem Wolf.

Gabi wappnete sich. „Bitte sehr, Alter." Sie knallte die beiden Getränke hart genug auf den Couchtisch, sodass Flüssigkeit überschwappte. „Upsi, dumm gelaufen."

Seine Augen landeten auf den goldenen Fesseln um ihre Handgelenke und sein Ausdruck versteinerte sich. „Bitte sehr, Alter?", murmelte er, bevor seine Stimme eiskalt wurde und an Lautstärke gewann: „Wie lautet dein Name, Auszubildende?"

Oh Scheiße. „Ich heiße Gabrielle", – *sag nicht Sir, sag nicht Sir –*, „Sir." Die respektvolle Anrede rutschte ihr heraus. Unter seinem mitleidlosen Blick schaffte sie es einfach nicht, den Ausdruck zurückzuhalten. *Verdammt*, er und Master Marcus hatten diese Dominanz-Sache wirklich raus. *Lass dich nicht unterkriegen.* Sie entließ einen enttäuschten Laut. „Meine Großmutter hat immer gesagt, dass ich nicht so böse dreinblicken soll, weil das Gesicht sonst mit diesem Ausdruck einfriert."

„Sie hat Todessehnsucht", grunzte er. Dann stand er auf. *Oh Freude*, er war so groß wie Marcus. Er packte ihren Arm und warf einen Blick zurück auf seine Sub. „Warte hier, Kari. Ich bin gleich wieder bei dir."

Seine Sub sah Gabi schockiert an und antwortete ihrem Dom: „Ja, Sir."

Nachdem er sich in der Umgebung umgesehen hatte, zerrte der Dom Gabi zu einer Station, an der eine Domina einen korpulenten, älteren Mann mit einem Rohrstock schlug. Der Sub hatte einen Ballknebel im Mund und Gabi zuckte jedes Mal zusammen, wenn der Rohrstock in Kontakt mit seiner Haut kam. Der fiese

Dom wollte sich doch nicht etwa das Folterinstrument ausleihen, oder?

Er riss sie jedoch an der Session vorbei und lief direkt auf ... Master Marcus zu. *Mist.*

Das Lächeln auf Marcus' Gesicht erlosch, als er sie entdeckte. „Gibt es ein Problem mit der Auszubildenden, Master Dan?"

Oh, das ist nicht gut.

„Kann man so sagen." Der Dom funkelte Gabi an. Bis heute war ihr nicht bewusst gewesen, dass braune Augen so unbarmherzig erscheinen konnten. „Entweder ist etwas in ihrer Ausbildung schief gelaufen oder sie ist einfach nur frech und respektlos. Persönlich denke ich, dass es das Letztere ist."

„Ah ja." Master Marcus' Blick landete auf ihr. „Das wäre wirklich eine Schande."

Okay, blaue Augen konnten definitiv gnadenloser erscheinen als braune. Ein Schauer schoss durch ihren Körper, als der Dom sie weiterreichte und sich Master Marcus' kompromisslose Finger um ihren Oberarm schlossen. „Danke, dass du sie zu mir gebracht hast, Master Dan. Ich werde mich um sie kümmern."

Master Dans linker Mundwinkel zuckte. „Das reicht mir." Ein letztes Mal richtete er seinen Blick auf sie und gab ihr das Gefühl, ein Welpe zu sein, der gerade in seine Küche gepinkelt hatte, bevor er auf dem Absatz umdrehte und sie mit Master Marcus allein ließ.

Sie verlagerte ihr Gewicht von einem Fuß auf den anderen und wagte es schließlich, den Kopf zu heben. Durch ihre Wimpern betrachte sie Mr. Anzug.

Mit verschränkten Armen musterte er sie mit offensichtlichem Missfallen. „Du hast dir also Ärger eingehandelt. Ich habe dir doch erzählt, was für ein Verhalten von Auszubildenden erwartet wird. Hast du mir nicht zugehört?"

Wieso fühlte es sich an, als hätte sie ihn enttäuscht? Schließlich war es nicht ihr Job, ihn glücklich zu machen. Die Cheerleader in ihrem Kopf schrien: *Göre, Göre, Göre!* In einer quengeligen Stimme sagte sie: „Den ganzen Abend musste ich Getränke servieren. Meine Füße tun weh und ich wollte einfach etwas Spaß haben. Ich verstehe also nicht, warum er so ein Fass aufmachen musste."

„Deine Füße tun weh und du wolltest etwas Spaß haben. Ich verstehe." Seine Lippen zierte ein Lächeln. „Dann werden wir dich mal von deinen Füßen holen."

Seine Hand legte sich bestimmt auf ihren Nacken. Er führte sie zu einer kleinen Sitzgruppe, wo ein jüngerer Dom und einer mit silbergrauen Haaren saßen und sich unterhielten. Der ältere Mann hob den Blick. „Marcus, wie geht's dir?"

„Sehr gut. Danke." Seine herzliche Antwort stand im starken Kontrast zu seinem Ton noch vor wenigen Sekunden. „Master Sam, ich möchte euch einen Couchtisch anbieten. Sie hat sich beschwert, dass ihre Füße wehtun, also denke ich, dass es ihr zusagen wird, wenn sie eine Weile auf ihren Händen und Knien verbringt."

Couchtisch? Als Gabi versuchte, sich aus seinem Griff zu lösen, zog ihr Master Marcus so schnell den Boden unter den Füßen weg, dass sie hart gelandet wäre, hätte er sie nicht rechtzeitig aufgefangen. „Auf deine Hände und Knie, Gabi", sagte er, als er sie an seiner bevorzugten Stelle positionierte.

Das war einfach nicht richtig. Die Beine neben ihr meidend, drehte sie sich, bis ihr Hintern zumindest der Wand zugewandt war.

Sie hörte Master Marcus seufzen. Schon packte er sie an der Hüfte und platzierte sie so, dass ihr Arsch in den Raum zeigte. Dann schob er einen Fuß zwischen ihre Beine und zwang ihre Schenkel auseinander. Nachdem sie vollkommen entblößt war, sagte er: „Hier wirst du erstmal für eine Weile bleiben."

„Vielen Dank auch, Boss", zischte sie.

Brennender Schmerz breitete sich auf ihrem Po aus und sie quietschte.

„Sei ruhig, Sub", befahl der ältere Dom und zeigte mit der

Gerte auf sie. *Eine Gerte. Zur Hölle nochmal*, kein Wunder, dass es wehgetan hatte. Seine hellblauen Augen betrachteten sie ohne einen Funken Mitleid. „Ich verabscheue laute Couchtische."

Marcus rieb über die brennende Stelle. Als sie zusammenzuckte, gluckste er. „Gabrielle, bis ich zurückkehre, wirst du deine Strafe als Couchtisch absitzen. Ich rate dir, still zu halten. Wenn du von jemandem einen Drink verschüttest, verdient er sich damit einen Blowjob von dir."

Ein Blowjob? Ungläubig starrte sie zu ihm auf und ihr Magen rebellierte. *Das will ich nicht machen. Ich will nicht hier sein ...*

Er hielt inne und seine Stimme klang nun tiefer und schneidender. „Habe ich mich klar ausgedrückt?"

Sie hatte nicht den Mut, ihn erneut herauszufordern – nicht, wenn er diesen Ton an den Tag legte. Tränen sammelten sich in ihren Augen. „J-Ja, Sir."

Er lehnte sich vor und streichelte ihr durch die Haare. „Viel besser. Es tut mir leid, dass dir die Zeit als Couchtisch wahrscheinlich nicht in guter Erinnerung bleiben wird, Süße." Bei dem Mitleid in seiner Stimme hatte sie das starke Bedürfnis, sich an ihn zu schmiegen und ihn zu bitten, sie nicht mit diesen Männern allein zu lassen.

Aber das tat er. Er verließ sie. Schnell senkte sie den Kopf, weigerte sich, irgendjemandem in die Augen zu sehen. Nackt, auf ihren Händen und Knien, ihr Hintern zur Schau gestellt. Im nächsten Moment stellte der ältere Mann sein Bier auf ihren Rücken. Die Flasche war kalt und nass und die Empfindung ließ sie zusammenzucken. Gott sei Dank hielt er die Flasche noch in der Hand, sonst wäre sie auf dem Boden gelandet. Der junge Mann platzierte seine Bierdose auf ihr. Sie mussten den Kühlschrank an diesem Ort auf Eiszeit eingestellt haben, dachte sie. Gänsehaut war die Folge.

Sie blieb in ihrer Position, bewegte keinen Muskel und nach einer Weile erkannte sie, dass sie durch die gespreizten Beine ihr

Gleichgewicht besser halten konnte. Trotzdem würde sie Mr. Perfekt das niemals verzeihen.

Die Männer unterhielten sich, sprachen über Tampas Baseballteam, über einen Selbstmord, bei dem jemand von der Skyway Bridge in seinen Tod gesprungen war. Dann wechselten sie zu Master Zs vorlauter Sub und ihren letzten Eskapaden. Sie nahmen ihre Getränke, stellten sie wieder ab und schenkten ihr genauso wenig Aufmerksamkeit, als wäre sie ein echter Couchtisch.

Plötzlich erkannte sie, wie nah an der Kante Master Sam seine Bierflasche abgestellt hatte. Auf ihrem Schulterblatt spürte sie, wie die Flasche wackelte. Sie hielt die Luft an. Das Getränk beruhigte sich. *Kleine Atemzüge. Nicht bewegen.*

„Sie macht sich wirklich gut als Möbelstück." Marcus' Stimme kam von hinten. Sie erschreckte sich, zuckte und fing sich wieder. Die Flasche jedoch, sie neigte sich. Das Glas kam in Kontakt mit ihrer Haut und kaltes Bier ergoss sich über ihren Rücken, sammelte sich in der Kuhle über ihrem Hintern. Panik erfüllte sie und sie krallte die Fingernägel in den Parkettboden. Nein, nein, nein. Wenigstens hatte der andere Mann seine Dose in der Hand gehabt, sonst wären beide Getränke umgefallen. Sie setzte sich zurück. Das kalte Bier rann zwischen ihre Pobacken und ihr Anus zog sich zusammen.

„Zur Hölle nochmal, ich war mit dem Bier noch nicht fertig", sagte der ältere Mann in einem schroffen Ton.

„Eine Schande." Enttäuscht schüttelte Marcus den Kopf. „Na ja, beim nächsten Mal wird sie sich besser schlagen."

Das ist nicht fair. Ich hatte keine Chance, ihr Arschlöcher! Gabrielle beobachtete, wie der ältere Dom seine Lederhose öffnete, und sie schloss die Augen. *Sie würden doch nicht von ihr verlangen ...*

„Ist sie gut?", stellte Sam die Frage an Marcus.

„Ist ihre erste Nacht bei uns. Ich weiß es also nicht", antwortete Marcus. „Soll ich ihr Anweisungen geben oder möchtest du das selbst übernehmen?"

Verdammt nochmal, ich brauche keine verfickten Anweisungen! Im

Moment hatte sie jedoch nicht vor, ihre Gedanken laut auszusprechen. Es war schlimm genug, dass sie diesem Fremden einen Blowjob geben musste. *Ich will das nicht machen ...*

„Ich überlasse dir gerne diese Ehre." Sam rollte sich ein Kondom über seine Länge und fand dann ihren Blick. „Sicherheit geht vor. Komm her, Mädchen." Dann lehnte er sich zurück und schloss die Augen, während sich sein Schwanz von dem Leder erhob.

Sie sah zu Marcus. Es fehlte nicht viel und sie würde brechen, ihn anflehen, Gnade mit ihr zu haben.

Master Marcus wies mit einem Nicken auf Sam und gab ihr ohne Worte den Befehl, loszulegen.

Sie krabbelte zu dem Dom und fand sich zwischen seinen Beinen ein. *Ihm das Teil abzubeißen, ginge wahrscheinlich zu weit. Es wäre befriedigend, aber ... dämlich.* Ihr Herz polterte in ihrer Brust, ihre Hände waren schweißnass. Sie strich sich ihre Haare aus dem Gesicht und damit aus dem Weg. *Es ist nicht mein erster Blowjob. Eigentlich bin ich sogar recht gut darin.* Nachdem sie sich ihre Lippen befeuchtet hatte, umfasste sie seine Länge und führte die Eichel zu ihrem Mund.

„Langsam, Süße", flüsterte Marcus.

Sie warf einen Blick auf ihn.

Er hatte sich auf den leeren Sessel neben Sam gesetzt. Bequem hatte er es sich gemacht, die Knöchel überschlagen, als wäre er bereit für das Footballspiel am Sonntag. „Leck ihn, wie du eine Eiscremekugel lecken würdest. Necke ihn ein wenig, bevor du zum Hauptgang kommst."

Ihn necken? Sie wollte ihn so schnell wie möglich zum Orgasmus bringen. Ausgehend von Marcus' angespanntem Kiefer, schien er zu wollen, dass sie den Blowjob in die Länge zog. Vielleicht sah er diesen Moment auch als eine Lektion an. Ihr Herz rutschte ihr in die Hose. Sicher, sie hatte ihm gesagt, dass sie sofort loslegen wollte. Innerlich seufzte sie, bevor sie mit der Zunge über Master Sams gesamte Länge leckte.

Er hatte sich ein Kondom mit Orangengeschmack übergezogen. Ein Kichern entrang ihr. Daraufhin öffnete er ein hellblaues Auge, zwinkerte ihr zu und schloss es wieder.

Aus irgendeinem Grund fiel es ihr danach nicht mehr schwer, einen guten Job zu machen. Marcus überwachte den ganzen Prozess und flüsterte gelegentlich Anweisungen. *Umkreise die Eichel mit der Zunge. Sauge härter. Massiere seinen Hoden mit deiner Hand. Packe die Länge fester.*

Sie war von der Bestrafung nicht gerade begeistert gewesen, aber mit dem Wissen, dass Marcus sie die gesamte Zeit beobachtete, schlug ihr Puls höher. Wo ihre Brüste gegen Sams Hose rieben, kribbelte ihre Haut und sofort färbten sich ihre Wangen rot. Wie war es möglich, dass sie diese Sache, diese Demütigung heißmachte?

Ihr Mund wurde langsam müde. Master Sam wählte diesen Moment, um zu kommen. Sein ganzer Körper erstarrte, als er von dem Orgasmus abhob.

„Das hast du sehr gut gemacht, Süße", lobte Marcus. „Hör noch nicht auf. Begleite ihn auf dem Weg nach unten."

Als Sams Schwanz erschlaffte, wies Marcus auf einen Beistelltisch, der von Farnpflanzen verdeckt wurde. „Hol ein paar Tücher. Säubere ihn und entsorge das Kondom." Sie erhob sich und er fügte hinzu: „Wie heißt das?"

Ohne nachzudenken, zischte sie: „Ja, Sir." Dann ließ sie sich darauf ein, salutierte und funkelte ihn zusätzlich wütend an.

Als sie davonlief, hörte sie Sam in seiner tiefen Stimme sagen: „Mit der Sub wirst du noch viel Spaß haben, Marcus."

Es war wahrscheinlich besser, dass sie Marcus' Antwort nicht gehört hatte. Nachdem sie Sam gesäubert hatte, rieb er ihr über die Haare. „Gut gemacht, Mädchen." Anschließend packte er seine Länge in seine Lederhose und verschwand an die Bar.

Gabrielle zögerte. *Was nun?*

Bevor sie aufstehen konnte, lehnte sich Marcus vor, schlang den Arm um ihre Taille und zog sie mit dem Rücken zu ihm zwischen seine Knie. Entschlossen richtete er sie aus, bis sie eine kniende Position einnahm, ihr nackter Hintern auf ihren Fußsohlen, die Knie weit gespreizt und ihre Hände auf ihren Schenkeln. Als er seine Hände auf ihre legte, entdeckte sie weiße Narben auf seinen Fingerknöcheln. Ein Anwalt, der sich auf Faustkämpfe einließ?

Er lehnte sich weiter vor und drückte ihre Schultern. Seine Wange strich gegen ihre Haare, als er sanft in ihr Ohr sprach: „Wenn ich sage, dass du dich hinknien sollst, möchte ich diese Position sehen. Konzentriere dich zunächst darauf, meinen Befehl schnell auszuführen. An der Anmut arbeiten wir später."

„Ja, Sir", sagte sie. Nach diesem Abend hatte sie nun wirklich keine Lust mehr, es ihm schwer zu machen. Dass er sie mit seinen Beinen umgab, fühlte sich ... gut an. Genau wie seine warmen Hände auf ihrer kalten Haut und seine Wange an ihrem Haar. Vielleicht mochte er sie sogar ein bisschen.

Er griff um sie herum und streichelte ihre Brust. Sie biss sich auf die Lippe, wollte sich seiner Berührung verzweifelt entgegenlehnen. Sie verstand ihre eigene Reaktion nicht. Wieso fühlte es sich an, als hätte er das Recht, sie zu berühren? Bei jedem anderen Mann würde sie sich gegen das Begrapschen wehren.

Dann wanderte seine rechte Hand zwischen ihre gespreizten Schenkel und sie erstarrte. Das hielt ihn nicht davon ab, sie weiter zu erkunden. Er tauchte seine Finger in ihre Nässe und schon wurden ihre Sinne mit elektrisierenden Empfindungen überflutet.

Ein Finger umkreiste ihre Klitoris. „Sieh mal einer an, Süße", hauchte er. „Du tust vielleicht so, als hättest du es nicht genossen, Sam glücklich zu machen, aber du kannst nicht bestreiten, dass du feucht bist. Habe ich nicht recht?"

Schamesröte breitete sich auf ihren Wangen aus. Es stimmte, dass sie am Anfang wenig begeistert gewesen war. Dann hatte sie aber begonnen, hatte Marcus' entschiedenen Anweisungen gelauscht und als sie sich vorgestellt hatte, stattdessen seinen

Schwanz in der Hand zu halten und zu lecken, hatte sich das Blatt gewendet.

„Antworte mir, Süße." Er zwickte ihr in den Nippel, eine kleine Warnung, und verdammt, sie war so erregt, dass ein wenig Schmerz ausreichte, um einen Lustschauer in ihr loszutreten, der sich direkt ihr Geschlecht zum Ziel machte. Es fiel ihr schwer, sich auf seine Fragen zu konzentrieren, wenn ein Finger ihre Klitoris betörte.

„Du kennst die Wahrheit", sagte sie mürrisch.

Da sie die Anrede *Sir* untergraben hatte, zwickte er sie erneut, aber diesmal in das Nervenbündel zwischen ihren Schenkeln. „Sir! Ja, Sir!", quietschte sie.

„Gabrielle, du scheinst Schwierigkeiten damit zu haben, den Regeln zu folgen. Bist du dir sicher, dass du hier sein willst? Ich denke, dass dir der Status einer Auszubildenden zu viel abverlangt."

„Ich schaffe das." *Hoffentlich.* Körperliche Bestrafung schien jedoch einfacher als die Beobachtung, dass er sie mit einer Berührung von Null auf Hundert bringen konnte. Etwas stimmte mit ihr nicht. Genau hier wollte sie sein, in seinen Armen. Das war allerdings nicht Teil ihrer Mission. *Lockvogel. Ich bin ein Lockvogel.*

„Dickköpfiges Mädchen." Er ließ sie los. „Steh auf."

Sie erhob sich und vermisste bereits jetzt die Wärme seiner Umarmung. Nicht weit von ihnen saß eine Gruppe von Doms und Subs, die sie beobachteten. Zuschauer. Es war also an der Zeit, die Göre herauszulassen.

Aber ... *Oh Gott*, sie wollte nicht wieder bestraft werden. Sie wickelte die Arme um sich selbst und spürte, wie die Kälte in ihren Körper einzog. Allein. Sie wollte von ihm gehalten werden. Wie dämlich war es von ihr, zu denken, dass er sie vielleicht mögen könnte?

Wie dämlich von ihr, dass sie auch nur für eine Minute vergaß, warum sie in diesem Club war.

Als Marcus aufstand, verwies Gabi auf die Zuschauer und

sagte in einer Lautstärke, in der sie nicht überhört werden konnte: „Jeder an diesem Ort trägt Klamotten am Leib. Das ist einfach nicht fair, S –“ Es fiel ihr schwer, das *Sir* nicht auszusprechen. Was zum Teufel war los mit ihr?

Er presste die Lippen aufeinander. „Na gut, ich bin mir sicher, dass wir dir etwas zum Anziehen finden.“ Überrascht starrte sie ihn an, als er sie zur Bar führte. Er hatte nachgegeben?

Der riesige Barkeeper kam zu ihnen. „Was kann ich für dich tun, Marcus?“

„Ich brauche dicke Nylonseile, Schmuck, ein Blatt Papier und einen Textmarker.“

Hinter dem Tresen kramte der Barkeeper herum. Als er das aufgerollte Seil und den Rest von Marcus' Forderungen auf die Bar legte, sah er zu Gabi und schüttelte den Kopf. „Warst du eine böse, kleine Sub?“

„Er ist einfach nur ein sehr brummiger Dom“, sagte sie und der Barkeeper lachte. Bei einem Blick auf die Gegenstände runzelte sie die Stirn. Ein Seil? „Aber ... aber ich wollte doch Klamotten ...“

„Du willst in diesem Club sein? Beweise es mir.“ Master Marcus' kalte Stimme ließ ihre Willenskraft bröckeln.

Bei seinem erbarmungslosen blauen Blick fand sie keine Worte. In dem Moment wurde ihr bewusst, dass dieser Dom sich vielleicht schon bald weigern würde, mit ihr zu arbeiten, obwohl Z ihr versichert hatte, dass er sie für einen Monat behalten würde. Und er war der einzige Ausbilder in diesem Club. „Ich möchte hier sein.“

Ein Mundwinkel hob sich kaum merklich, als könnte er ihre Unsicherheit sehen. „Dann trage deine ... Klamotten bis zum Ende des Abends, ohne dich zu beschweren.“ Marcus nahm das Seil zur Hand und wickelte es entschlossen unter ihrem Busen entlang, über ihren Rücken. Nach einer Weile zog er es fest, sodass ihre Brüste straff saßen und wie auf einem Silbertablett dargeboten wurden.

Es fühlte sich merkwürdig an. Wie eine feste Umarmung von Seilen. Und als er sie berührte, lagen seine achtsamen Augen direkt auf ihrem Gesicht. Bei seiner ungeteilten Aufmerksamkeit kribbelte ihr ganzer Körper und ihre Nippel richteten sich auf.

Nachdem er fertig war, nickte er zufrieden und wandte sich dem Umschlag auf dem Tresen zu. Zwei perlenbesetzte Schmuckstücke fielen auf seine Handfläche.

Sie runzelte die Stirn. Sekunden bevor er sich vorlehnte und seine Lippen um ihren linken Nippel schloss, erkannte sie, um was es sich bei dem Schmuck handelte. Eine Hand legte er auf ihren Hintern, um sie davon abzuhalten, zu fliehen. *Oh, mein Gott!*

Hart saugte er an ihrer Knospe, seine Zunge rotierte um den Vorhof. Als ihre Brust anschwoll, wirkten die Seile noch einengender und das Gefühl seines Mundes – saugend und leckend – schickte erregende Empfindungen an ihre Pussy. Er richtete sich wieder auf und rieb über ihren Nippel, damit er aufgerichtet blieb, während die Haut trocknete. Am liebsten würde sie laut stöhnen.

Dann schloss er die Klemme um ihren geschwollenen und schmerzempfindlichen Nippel.

Sie quietschte und hob die Hände zu ihren Brüsten, um das verdammte Folterinstrument zu entfernen. So weit kam es nicht, denn er bekam ihre Handgelenke zu fassen.

„Der Schmerz wird vergehen. Da ich dich aber nun ein wenig kenne, vertraue ich dir nicht, dass du die Hände von den Nippelklemmen lassen wirst", sagte er und sah ihr dabei direkt in die Augen. „Lass uns die Versuchung vom Tisch nehmen." Er zwang ihre Arme hinter ihren Rücken und im nächsten Moment hakte er ihre Lederfesseln aneinander. *Oh Gott*, in der Position festigte sich die Klemme und es fühlte sich an, als würden sich kleine Zähne an ihr zu schaffen machen.

In Verbindung mit den Lederfesseln, der einhergehenden Kontrolle, die er damit über sie hatte, konnte sie ihre nächsten Worte nicht unterdrücken. „Bitte, Sir", wimmerte sie.

Er neigte den Kopf und musterte sie. „Bitte mach mich los? Oder: bitte, Sir, ich brauche mehr?"

Die Treffsicherheit hinter seinen Worten traf sie tief ins Mark. Die Klemme schmerzte und doch ... *Mehr. Ich will mehr. Führe mich an meine Grenzen. Kontrolliere mich* ... „Losmachen."

Das tat er nicht. Die Fesseln blieben, während seine Augen den Versuch wagten, direkt in ihre Seele zu blicken. „Nein", sagte er schließlich. „Du bist nicht ehrlich mit mir. Zudem hast du bewiesen, dass du keine Disziplin hast." Er lehnte sich vor und saugte an ihrem anderen Nippel, knabberte mit den Zähnen, bis sich ein brennender Schmerz bildete. Sie wand sich und riss an ihren Fesseln. „Verdammt!"

Er sah ihr ins Gesicht. „Du hast ein Safeword, Gabrielle. Du könntest es benutzen."

Das hätte er wohl gern! „Nein", keuchte sie.

„Nein, Sir."

Verflucht seist du! Wütend funkelte sie ihn an.

„Ich kann riechen, wie erregt du bist, Süße", flüsterte er. „Hör auf, frech zu sein, sonst beuge ich dich über den nächsten Barhocker und dringe in dich ein, damit jeder sehen kann, wie sehr du dich nach einem Mann verzehrst."

Sie nahm einen Schritt zurück. *Das würde er nicht tun.*

In seinen blauen Tiefen erkannte sie jedoch, dass er das sehr wohl tun würde. Bei dem Gedanken, der Vorstellung, dass er sie hier nehmen würde, wurde sie noch feuchter. Wie schaffte es dieser Anwalt, sie auf diese Weise zu erregen – das erste Mal seit sehr, sehr langer Zeit?

Obwohl sie wusste, dass sie ihn weiter reizen sollte, biss sie sich auf die Lippe und schwieg. *Ich möchte nicht mehr die Göre spielen.* Zudem war sie sich der Aufmerksamkeit aller im Umkreis sicher und hoffte, dass sie für heute genug getan hatte. Auf jeden Fall hatte sie es geschafft, Mr. Anwalt zu nerven.

Er schrieb etwas auf das Blatt Papier und klemmte es

zwischen das Seil. Sie versuchte, den Zettel zu lesen, aber ihre Brüste blockierten ihr Sichtfeld.

„Du musst für den Rest des Abends keine Getränke mehr servieren. Stattdessen möchte ich, dass du zehn Runden um die Bar drehst. Da du auf Aufmerksamkeit stehst, gebe ich dir damit die Chance, dich den Doms in deinem neuen Outfit zu präsentieren."

Er wartete. Seufzend zog er an einer Klemme, sodass die passende Erwiderung von ganz allein über ihre Lippen kam: „Ja, Sir!"

„Dann mal los."

Agent Rhodes saß unweit von ihr, ein Getränk in der Hand, und beobachtete sie. Als der Blick des Sackgesichts über sie schweifte, über die Seile um ihren nackten Körper, zog er eine Grimasse, bei der sie sich billig und schmutzig fühlte.

Sie spannte den Kiefer an und lief entschlossen weiter, watschelte ans Ende der Bar, während sie sich wünschte, nach-hause gehen zu können. Das konnte sie aber nicht. *Das ist für dich, Kim. Und wenn du wieder bei mir bist, dann haben wir einen Mädchen-abend und lachen darüber, was ich getan habe, um dich nachhause zu holen. Das werden wir. Ganz bestimmt.*

Sie warf einen Blick über ihre Schulter und sah, dass sich Marcus keinen Millimeter vom Fleck bewegt hatte. Während er sich mit Cullen und einem dritten Dom unterhielt, beobachtete er sie, als wundere er sich, was sie wohl als Nächstes anstellen würde. Bei seinen Augen auf ihr fühlte sie sich nicht schmutzig. Nur machtlos – was sie dahinschmelzen ließ.

Eine Sekunde später wurde sie von einem jungen Dom gestoppt. „Cooler Schmuck", sagte er.

„Verschwinde." Sie versuchte, um ihn herum zu laufen.

„Eine unhöfliche Sub." Er packte eine baumelnde Nippel-klemme und benutzte sie als Leine, während er ihre andere Brust umschloss.

Aua! Mit geballten Händen hielt sie still, da sie wusste, dass

Marcus sie beobachtete. Er hatte die Erlaubnis gegeben. Und das gab diesem Fremden das Recht, sie zu berühren. Beunruhigenderweise erregte sie der Gedanke. Der Dom massierte ihre Brüste, bis sie brannten.

Nachdem er losgelassen hatte, machten sich zwei weitere Doms an ihr zu schaffen. Was hatte Marcus auf den Zettel geschrieben?

Es hörte nicht auf. War sie frech und patzig, zogen die Doms an ihren Klemmen, bis ihre Brüste sie nach Linderung anflehten. Sie versuchte, ihre Runden schneller zu drehen, aber Doms rutschten dennoch von ihren Barhockern, um sich ihr in den Weg zu stellen. Zwei Runden. Drei. Und die gesamte Zeit spürte sie Master Marcus' Blick auf sich.

Acht ...

Zehn Runden. *Oh, Gott sei Dank!* Sie hatte es geschafft. Sie sah sich um. Da der Abend dem Ende zuging und sich der Club leerte, musste sie nicht länger Köder spielen. Sie sehnte sich so verzweifelt danach, nachhause zu fahren, dass ihr Körper wie bei einem Drogensüchtigen bebte, der seinen nächsten Schuss brauchte.

Marcus saß noch immer auf dem Hocker, trank von seinem Glas und betrachtete sie mit einem unergründlichen Blick.

Vor ihm hielt sie an. Niemand war in der Nähe. „Bitte, Sir, kannst du mir die jetzt abnehmen? Darf ich nachhause gehen?" Wenn er *Nein* sagte, würde sie wahrscheinlich in Tränen ausbrechen.

Die Falten neben seinen Augen vertieften sich. „Süße, da du so nett gefragt hast, erfülle ich dir gerne diesen Wunsch."

Erwartet hatte sie, dass er ihr erst die Fesseln abnehmen würde. Stattdessen klemmte er sie zwischen seinen Schenkeln ein und hob seine Hand an ihre rechte Klemme. „Sei stark, kleine Sub", sagte er.

„Was?"

Er entfernte die Klemme.

„Ahhh!" Sie konnte den Schrei nicht unterdrücken, als ihr das Blut in die geschundene Knospe schoss. Mit den Armen hinter ihrem Rücken fixiert, zuckte sie vergeblich. Ihre Brust brannte, als hätte er sie mit Säure übergossen.

„Ganz ruhig." Er lehnte sich vor und leckte sanft über ihren wunden Nippel, linderte das brennende Gefühl. Es dauerte nicht lange, bis seine kreisende Zunge erotische Impulse an ihr Geschlecht sandte.

Als sich der Schmerz verabschiedete und Hitze in ihre Venen einkehrte, erkannte sie mit Entsetzen, dass sie schwer atmete. Sofort versuchte sie, sich von ihm zurückzuziehen.

Er gluckste. „Nein, Süße." Er schlang einen Arm um ihre Taille, wie ein Stahlträger, der sie an Ort und Stelle hielt.

Ohne sich mental auf den Moment vorbereiten zu können, entfernte er die zweite Klemme. *Sadistischer Bastard!* Wieder linderte er ihre Schmerzen mit seiner talentierten Zunge. So viele Empfindungen! Schmerz und Begierde und Verwirrung. Wie bei einem Erdbeben breitete sich ein Schauer von ihrer Mitte in ihrem ganzen Körper aus, bis ihre Knie bebten und sie sich kaum auf den Beinen halten konnte.

Er richtete sich auf und seine Hände stellten sicher, dass sie nicht zusammenbrach. Nachdem er sie für eine Weile betrachtet hatte, löste er ihre Lederfesseln und zog sie in seine Arme. Sie schmiegte ihre Wange an seine Brust und hatte das Gefühl, dass die Welt um sie herum zerbrach. Was war nur los mit ihr?

Seine Arme festigten sich und sein steinharter Körper bot ihr die Sicherheit, die sie gerade nötig hatte. „Alles ist gut, meine Kleine. Ganz ruhig."

Der Schmerz ließ ab und wandelte sich zu einem seichten Pochen. Auch ihr bebender Körper beruhigte sich durch den Trost, den er ihr mit seiner Nähe spendete.

„Du hattest keine Erfahrung mit Nippelklemmen, oder?", murmelte er. „Noch nie hast du öffentlich einen Blowjob gegeben, niemals wurdest du mit Seilen verschönert, noch nie hast du dich wahrhaftig unterworfen. Entspricht irgendetwas in deiner Bewerbung der Wahrheit?"

Er wusste es. Bei dem Gefühl des Versagens schloss sie die Augen und schluckte lautstark. „Ein wenig."

„Warum hast du gelogen?" Seine Frage stellte er in einem gleichmäßigen Tonfall, während er seine Arme fest um sie gewickelt hatte. Sanft hob und senkte sich seine Brust bei jedem seiner Atemzüge.

„Ich musste sichergehen, dass du mich in dein Programm aufnimmst." Zumindest das entsprach der Wahrheit.

Als wüsste er das, seufzte er. „Es bedeutet dir so viel, Süße?"

„Ja, Sir", flüsterte sie an seiner Schulter.

„Warum?"

Panik breitete sich in ihr aus. Musste er so viele Fragen stellen? „I-Ich ... es ist schwer, zu erklären. Es ist einfach etwas, das ich will – das ich brauche." *Für Kim.*

„Hmm." Eine Minute lang bewegte er keinen Muskel. Zwei Minuten. „Na gut, Süße. Wenn Master Z willig ist, dir eine Chance zu geben, dann werde ich das auch."

Oh, Gott sei Dank, er würde sie nicht rauswerfen! Die Erleichterung schickte Tränen in ihre Augen und sie sagte mit belegter Stimme: „Danke, Sir."

„Lüg mich nicht nochmal an, Gabrielle."

Dieses Versprechen konnte sie ihm nicht geben. Während ihres gesamten Aufenthalts in diesem Club müsste sie ihn anlügen. Ihr wurde ein Moment geschenkt, in dem sie ihren Ausdruck unter Kontrolle bekommen konnte, als er einen Schritt zurückging und sich darauf konzentrierte, ob sie allein stehen konnte. Ihren Blick ließ sie gesenkt, damit er ihr das schlechte Gewissen nicht vom Gesicht ablesen konnte. Sollte er doch denken, dass ihr die Situation peinlich war, oder dass sie kurz vor einem Tränenausbruch stand.

Er entfernte den Zettel von dem Seil und legte ihn auf den Tresen. Er machte kurzen Prozess mit der Einschränkung. Bei der wiedergewonnenen Freiheit pulsierten ihre Brüste schmerzhaft. Als Gabi die Hände hob, um ihre empfindlichen Nippel zu berühren, schob er sie beiseite. Lächelnd fanden sich seine Hände auf ihren wunden Hügeln ein. Er massierte sie und funkelte sie wenig erfreut an, als sie es wagte, seine Handgelenke zu umfassen.

Ergeben senkte sie ihre Arme, aber sie ballte die Hände zu Fäusten. Schmerz verschmolz mit Lust, als jeder Kontakt mit ihren Nippeln direkten Einfluss auf ihre Klitoris hatte. Sie biss sich auf die Lippe und fühlte, wie sich die Hitze in ihr aufbaute. Nach einer Weile wagte sie es, den Blick zu heben. Wieder einmal musterte er sie aufmerksam: ihr Gesicht, ihre Hände, ihre Schultern. Ein kleines Lächeln zierte seine Lippen.

„Also, Gabrielle." Seine Daumen umkreisten ihre aufgerichteten und furchtbar empfindlichen Nippel und die Wände ihres Geschlechts zogen sich zusammen. „Was hast du heute gelernt?"

Dass mir nicht klar war, wie feucht ich werden kann. Nein, nicht die beste Antwort.

Ihr Blick fiel auf den Zettel, den er ihr am Anfang unter das Seil gesteckt hatte. GENIESSE DIE HÜBSCHEN BRÜSTE. GENIESSE SIE LÄNGER, WENN DIR DIE SUB FRECH KOMMT. MASTER MARCUS. Kein Wunder, dass die Doms nicht von ihr gelassen hatten. *Ich habe gelernt, wie gemein du sein kannst*, schien auch keine gute Idee zu sein. „Ich habe gelernt, keine Kleidung zu verlangen."

Er spannte den Kiefer an. „Versuch es nochmal."

„Ich darf gar nichts verlangen und muss zu jeder Zeit Respekt zeigen, Sir." Gott sei Dank hatte sich der Club geleert. Sogar Agent Sackgesicht war gegangen. Er wartete auf dem Parkplatz, um ihr später unauffällig auf dem Weg nachhause zu folgen. Sie könnte wetten, dass er hoffte, dass der Entführer bei seiner Schicht zuschlug.

„So ist es." Er schenkte ihr ein Lächeln. „Gib mir einen Kuss und bedanke dich bei mir für deine Lektion."

Ja, super, Boss, danke, dass du mich gefoltert hast!

Die Finger einer Hand schlossen sich um ihren Oberarm und er zog sie zu sich.

Als ihre Nippel mit seinem Anzug in Kontakt kamen, zuckte sie zusammen. Gott sei Dank fühlte sich das Material nicht rau an, dachte sie, bevor sich seine Lippen auf ihre legten. Samtweich und dominant. Kompetent und sanft.

Dann vertiefte er den Kuss, küsste sie hart und leidenschaftlich, bis sich ihr Kopf drehte. Seine Hand an ihrem Arm hielt sie fest. Seine andere Hand legte sich auf ihre Wange, während er ihr mit seinem Kuss bewies, wer genau das Sagen hatte.

KAPITEL VIER

Bei dem tiefen Brüllen des Löwen lief es Gabi eiskalt den Rücken herunter. *Heilige Scheiße*, sie war lange nicht hier gewesen und sie hatte vergessen, wie diese Tiere aus der Nähe klangen. Der Schweiß unter ihren Achseln kam nicht allein von der Hitze. Eine Stimme in ihr schrie: *Lauf weg, lauf weg, lauf weg! Er wird dich mit einem Biss verschlingen!* Gabi atmete tief ein und nahm das Ammoniak im Katzenurin wahr, vermischt mit tropischen Blumen und der schwülen Morgenluft. Nachdem sie das üppige Unterholz und die moosbedeckten Bäume nach großen Katzen abgesucht hatte, beeilte sie sich, um mit ihrer Gruppe aufzuholen.

Die Männer und Frauen lauschten aufmerksam dem Tourguide. Indessen spazierte Gabi hinterher, ohne die Worte aufzunehmen. Schließlich war sie nicht zum ersten Mal auf der *Big Cat*-Tour. Heute hatte sie nur das Bedürfnis verspürt, die Nähe der Katzen zu genießen, um nicht an die letzte Nacht denken zu müssen.

Im nächsten Käfig lag ein Jaguar auf einem dicken Ast und betrachtete die Gruppe mit einer Gelassenheit, die Gabi an Master Marcus erinnerte. Und das war auch das Problem. Anstatt sich abzulenken, sorgten die gelbbraunen Raubkatzen dafür, dass ihre Gedanken stets zu ihm zurückkehrten. Geschmeidig und elegant und selbstbewusst. Marcus besaß sogar den gleichen raubtierartigen und wohl überlegten Gang.

Im Vergleich fühlte sie sich wie ein Hund. Ein flauschiger Cockerspanielwelpe, der über seine eigenen Pfoten stolperte und alles in seiner näheren Umgebung lecken musste. Apropos, lecken ... Sie grinste, als sie sich an Master Sams Kondom mit Orangengeschmack erinnerte.

Oh ja, ein erfolgreicher Ablenkungsversuch. Mit einem resignierten Seufzer streckte sie sich und versuchte, ihren Körper wach zu bekommen. Die letzte Nacht war sie weit nach ihrer normalen Schlafenszeit nachhause gekommen.

Heute war sie einfach verdammt müde ... und wund. Sogar ihr weichster BH rieb schmerzhaft über ihre empfindlichen und noch immer geschwollenen Nippel. Nur eine weitere Sache, die sie den verdammten Dom nicht vergessen ließ. Ganz zu schweigen von seinen Berührungen, die so selbstbewusst und ein wenig grob gewesen waren.

Sie hatte von ihm geträumt.

Warum hatte Z sie nicht einem anderen Dom anvertrauen können? Einem Dom, der nicht so unbeständig war. Eine Minute schien er ihr gegenüber gleichgültig, in der nächsten war er warm und verständnisvoll. Erst hatte er mit Befehlen um sich geworfen, als wäre sie noch in der Schule. Im selben Atemzug hatte er sie geküsst. Seine Lippen waren so beharrlich gewesen und er hatte sie gehalten, als hätte er das Recht dazu, mit ihr zu tun, was auch immer er wollte. Sie wurde von einem spontanen Lustschauer überwältigt und musste die Augen schließen. Es fühlte sich an, als säße sie in einer Sauna. *Gott*, ihr war so heiß!

Verdammt, dies war nicht die richtige Zeit, Interesse für einen Mann zu entwickeln. Als Lockvogel hatte sie erwartet, ein Spanking zu bekommen oder für ihr Verhalten gedemütigt zu werden. Sogar begrabscht zu werden und mit Männern Sex zu haben, hätte sie nicht überrascht. Niemals, nicht in einer Million Jahren, hätte sie gedacht, dass sie in diesem Club jemanden entdeckte, mit dem sie auch privat Sex haben würde. Sie wollte ihn. Sicher, Marcus war attraktiv, jedoch hatte sie in ihrem bisherigen Leben noch nie Interesse an schönen Männern gezeigt. Mr. Stock-im-Arsch-Anwalt war es dennoch gelungen, sie mit einem Blick feucht zu machen.

Wahrscheinlich lag es daran, dass sie so lange ohne diese Empfindungen gelebt hatte. Nach Andrew hatte sie das Interesse am Dating verloren, da sie nach der Trennung gemerkt hatte, dass auch er ein Mann war, den ihre Eltern für sie auswählen würden. Eigentlich sollte man doch aus Fehlern lernen. Diese Art Mann mochte sie immer nur zu Beginn der Beziehung. Nach einer gewissen Zeit wurden sie stets kritischer, was ihr Selbstbewusstsein in den Keller trieb. Sie schaffte es einfach nicht, die hohen Erwartungen zu erfüllen. Sie enttäuschte sie, wie sie auch ihre Eltern enttäuschte. Sie war nicht perfekt. Das würde sie niemals sein.

Marcus ist das sehr wohl ... und verdammt, ich mag perfekte Leute nicht. Na ja, es spielte ohnehin keine Rolle. Noch ein Abend mit ihrem unmöglichen Verhalten und Marcus würde sie hassen.

Super, jetzt fühlte sie sich noch elender.

Hinter ihr hörte sie die Pfauen kreischen. Das holte sie in die Realität zurück. Eine schreckliche Realität. Mürrisch folgte sie der Gruppe, zog ihre Sneaker über den Schotterpfad. In einem Gehege gab ein Jaguar ein Brüllen von sich, das eine Oktave höher war als normal.

Sie dachte an ihre armen Katzen. Als sie in das billige Apartment gezogen war, das ihr vom FBI bereitgestellt wurde, hatten ihre beiden Jungs geschmollt. Es gefiel ihnen nicht, ihre alten Möbel zurückzulassen, in die sie bereits ihre Krallen gejagt hatten. Das konnte sie nachvollziehen. Der Auftrag gab ihr das Gefühl, ein Tier im Zoo zu sein – gefangen in einem winzigen Käfig. Es gab eine Anzahl von Regeln und Vorschriften, während sie zu jeder Zeit unter Beobachtung stand. Das erklärte auch ihr plötzliches Bedürfnis, heute Morgen diese Tour zu machen. Sie konnte sich in die eingesperrten Tiere hineinversetzen.

Es gab noch etwas, das sie mit den großen Katzen verband. Jagen war ihre Spezialität.

Trotz der brühenden Hitze zitterte Gabi. *Ich bin die Beute.* Hoffentlich hatte der Entführer den Köder geschluckt und war ihr nun auf den Fersen. Wenn das nicht der Fall war, wenn er keinem Lockvogel auf den Fersen war, würden die Ermittlungen stocken, bis er den nächsten Schritt machte – höchstwahrscheinlich in einer anderen Stadt. Ein Teil von ihr wollte seine Auserwählte sein, das unglückliche Opfer, das ihn in die Fänge des FBI führte. Der andere Teil hatte Todesangst, wollte einfach nur nachhause und mit ihren Katzen kuscheln.

Wie viele Frauen hatte er aus ihren Leben gerissen und verkauft? Kouros hatte gemeint, dass dieser Kerl das wahrscheinlich schon eine Weile tat. Unbewusst rieb sie über die Narbe auf ihrem Gesicht. Als ihr klar wurde, was sie tat, riss sie die Hand weg. *Ich will nicht sein Zielobjekt sein.* Sie wusste jedoch nicht, wie sie sonst ihrer Freundin helfen sollte. Was würde mit Kim passieren – mit den vielen Frauen –, wenn er weiterhin frei herumlief? *Zieh die Sache durch, Gabi.*

Die Gruppe hatte gestoppt, da der Tourguide über einen Tiger sprach, der aus einem Zoo gerettet wurde. Alle Blicke landeten auf dem Tümpel, als ein Wärter eine Wassermelone in das Gehege warf. Die große Katze sprang von einem Felsvorsprung herunter und attackierte die Melone. Wasser spritzte bei dem verspielten Verhalten und Gabi kicherte.

Auf dem Weg zum Parkplatz machte sie ihr Handy mit einem Grinsen auf dem Gesicht an. Zwei verpasste Anrufe von Rhodes. Noch bevor sie es zu ihrem Auto schaffte, rief er erneut an. *Freude.*

„Hallo?", antwortete sie.

„Du bringst es nicht, Renard ..." Das Sackgesicht fuhr damit fort, ihr zu sagen, dass sie einen furchtbaren Job machte und sie nicht genug herausstach ... „Zwei andere Frauen haben gestern Abend mehr Aufmerksamkeit erregt als du, Renard. Eine Blondine und eine kleine Brünette. Besser als du sehen sie auch aus. Sag mir also, warum sich der Entführer dich aussuchen soll, wenn er sich genauso gut eine der anderen Frauen schnappen kann?"

Okay, das tat weh. Das sollte es nicht, denn sie wusste ja, dass sie nicht besonders hübsch war, aber ... Sie unterdrückte ihre ursprüngliche Antwort. Als Sozialarbeiterin hatte sie gelernt, dass es nicht besonders klug war, jemanden einen abgefuckten Versager zu nennen. Zu dumm, dass der Wichser auf der anderen Seite der Leitung dieses Konzept noch nicht verstanden hatte. „Ich verstehe", antwortete sie in einem lieblichen Ton. „Du darfst auch nicht vergessen, dass es verdächtig sein könnte, wenn ich es übertreibe und Z mich nicht aus dem Programm wirft. Ich werde aber versuchen, heute Abend mehr Aufsehen zu erregen."

„Ja, das solltest du besser tun!"

Und wenn nicht? Wirst du mich dann von der Ermittlung abziehen und jemanden einschleusen, der keine Ahnung hat, wie man sich in einem BDSM-Club benimmt? Sie entschied, das Thema zu wechseln. „Werde ich auch am Tag beschützt?"

„Natürlich. Ein Agent ist immer in deiner Nähe. Du machst einfach, was du sonst auch tun würdest und überlässt den Rest uns."

Ihre Finger festigten sich um das Handy. Den Rest, ja? Sie würde auch lieber als Rückendeckung arbeiten. Vielleicht sollte sie Klemmen an seinem Schwanz anbringen und ihm die Freuden ihres Jobs näherbringen. Natürlich bezweifelte sie, dass jemand seinen winzig kleinen Penis überhaupt finden würde. Sie grinste und sagte: „Geht klar."

Sie legte auf. Er hatte sich im vergangenen Jahr kein bisschen verändert. Sie verzog das Gesicht zu einer Grimasse. Nach einem Amoklauf an einer Schule in Tampa waren Opferspezialisten aus anderen Gegenden angefordert worden, inklusive ihres Büros in

Miami. Das Sackgesicht hatte die Ermittlungen geleitet und sein Verhalten gegenüber Frauen hatte ständig zu Auseinandersetzungen geführt. Auch gegenüber den Schwestern der Opfer, die anschließend zu eingeschüchtert waren, seine Fehltritte zu melden. Als sie sich dann getraut hatten, kam heraus, dass er die richtigen Leute kannte, sodass die Anschuldigungen im Sand verlaufen waren. Er war wirklich ein Bastard.

Dummerweise hatte er nicht ganz unrecht. Sie musste noch frecher, noch respektloser sein.

Sie rollte mit den Augen. Dass sie tatsächlich im Wettkampf mit anderen Gören des Clubs stand, war unfassbar. Leider bekam die unhöflichste Sub am Ende keine Trophäe, sondern die Position einer Sklavin. Ihre Belustigung löste sich in Luft auf.

Ihr waren im und außerhalb des Clubs Agents zugeteilt, die auf sie achtgaben. Die anderen Subs im Shadowlands hatten das nicht. Wenn sich der Entführer für diese Frauen entschied, weil Gabi nicht ihr Bestes gegeben hatte, würde sie sich das niemals verzeihen.

Also muss ich lauter und noch unverschämter sein. Sie nahm erneut ihr Handy heraus, spielte damit, während sie überlegte, wie sie beweisen sollte, dass sie eine knallharte Sub sein konnte, die es sich zu entführen lohnte. Freches Verhalten hatte sie bereits drauf. Beleidigungen? *Hmm.*

Sie lächelte. Die Jugendlichen, mit denen sie regelmäßig arbeitete, kannten die besten Kraftausdrücke. *Vielleicht sollte ich eine Liste machen und sie auswendig lernen.*

Was konnte sie sonst noch tun, um wie die Obergöre zu wirken? Sie rutschte hinter ihr Lenkrad und kicherte, als sie sich an Marcus' Anordnung von gestern erinnerte.

Sie hatte sich da unten ohnehin nicht rasieren wollen.

Nachdem Marcus für eine Stunde Gewichte gehoben hatte, lief er in die Umkleide des Fitnessclubs. Er nickte einem schlaksigen Collegestudenten zu, der sich in sein Karateoutfit warf. „Tim, wie geht's dir?"

„Gut, gut." Tim machte einen Knoten in seinen braunen Gürtel. „Sensei hat bereits gefragt, ob du schon hier bist. Er will, dass du ein paar der neuen Jungs unter deine Fittiche nimmst."

„Okay." Marcus runzelte die Stirn. Einige seiner Fälle waren abgeschlossen. Gerade war er im Prozess ein Abschlussplädoyer zu schreiben, danach stand eine Gerichtsverhandlung an. Als Staatsanwalt gab es immer etwas zu tun. Jedoch bevorzugte er es, die junge Generation anzuleiten, anstatt ihnen im Gerichtssaal zu begegnen. Er würde Zeit finden. „Bitte sag ihm, dass ich gerne aushelfe."

„Super. Ihre Mutter hat sie hergebracht. Wie es scheint, haben sie Kontakt mit einer Gang."

„Verstanden." Als der junge Mann die Umkleide verließ, schüttelte Marcus den Kopf. *Verdammte Gangs.* Er würde dem Sensei dabei helfen, die Jungs auf richtige Bahnen zu lenken.

Er zog sich seinen Karate-Gi an und warf einen Blick auf die Uhr. Nach dem Kurs hätte er gerade genug Zeit, um sich zu duschen und sich dann zum Shadowlands aufzumachen.

Ein Lächeln stahl sich auf seine Lippen. Er freute sich auf den Abend. Er genoss es, mit den Auszubildenden zu arbeiten und Sessions mit verschiedenen Subs zu spielen. Gabrielle jedoch stellte eine Herausforderung dar, die er seit Langem nicht mehr erlebt hatte. Ihm war nicht bewusst gewesen, wie er das vermisst hatte.

Nichtsdestotrotz mochte er ungehorsame Subs nicht. Als er seinen schwarzen Gürtel fixierte, überlegte er, warum er dann so aufgeregt war, sie wiederzusehen. Die neue Auszubildende hatte einen erregenden Körper, kurvenreich und mit samtweicher Haut. Ihr Gesicht hatte Persönlichkeit, was er attraktiver empfand als schlichte Schönheit. Hübsch war sie allemal, mit diesen warmen, braunen Tiefen und der hellen Haut, die durch ihre roten Haare an Wärme gewann. Also ja, ihre Erscheinung sagte ihm zu.

Und ihre Persönlichkeit? Na ja, sie hatte Humor und ihr sinnliches Kichern brachte ihn regelmäßig zum Lachen. Sie war klug. Definitiv klug. Und sie verfügte über einen unbekümmerten Charme – jedenfalls, wenn sie nicht ihre unausstehliche Trotzphase hatte.

Den ganzen Abend hatte sie ihn gereizt. Die wenigen Male, in denen sie sich aber unterworfen hatte, waren berauschend gewesen. Er wollte mehr davon. Er wollte sie mit williger Hingabe in ihren Augen fesseln.

Wie sie wohl im Bett war? Bei ihrem Kuss hatte sie ihm ihre ganze Aufmerksamkeit geschenkt. Sie hatte keinen Gedanken an die anderen Mitglieder im Club verschwendet, hatte nicht länger an ihre Nacktheit, ihr Bedürfnis nach Kleidung oder ihre Haare gedacht. Nein, sie hatte alles von sich in den Kuss gelegt. Das war einfach sexy. Sexy und erregend.

Natürlich fragte er sich, ob sie sich auch beim Sex einzig und allein auf ihren Partner konzentrieren würde.

Sein Schwanz zuckte und er entließ ein genervtes Schnauben. Einen Steifen während eines Karatekurses konnte er nun wirklich nicht gebrauchen. Zumal es zu früh war, auch nur daran zu denken, mit der kleinen Sub Sex zu haben. Zu früh, um Pläne zu schmieden, sie nach seinen Vorlieben auszubilden. Durch ihre Unberechenbarkeit musste er Schritt für Schritt vorgehen. Bald würde er hoffentlich herausfinden, warum sie so ein aufmüpfiges Verhalten an den Tag legte. Erst dann konnte er Sessions planen, um dem Problem entgegenzuwirken.

Mit einem breiten Lächeln auf den Lippen knallte er die Spindtür zu und rastete das Schloss ein. Von welcher Perspektive er die Situation auch betrachtete, langweilig würde es heute Abend ganz sicher nicht werden.

Boot Camp *à la Shadowlands.* Der Parkettboden war hart unter ihren Knien, als sie mit den anderen Auszubildenden im Eingangsbereich auf Master Marcus' Inspektion wartete. Bei jedem Einzelnen hielt er an und jedes Mal erwartete sie, dass er brüllte: *Hast du dein Gewehr gereinigt, Soldat?* Sie starrte auf den Boden. *Nicht kichern, du Blödi. Nicht kichern.*

Schuhe traten in ihr Blickfeld, dann eine schicke dunkelgraue Anzughose und ein passendes Sakko. Als sie ihm in die Augen sah, wurde ihre Belustigung im Keim erstickt. Keinen klaren Gedanken konnte sie noch fassen. Mit einem Blick hielt er sie an Ort und Stelle gefangen.

Dann stahl sich ein Lächeln auf sein ernstes Gesicht. „Willkommen zurück im Shadowlands, Gabrielle. Steh auf."

Im Vergleich zu der Anmut, die ihm zuvor präsentiert worden war, stolperte Gabi auf die Füße und kopierte die Pose der anderen: Die Füße schulterbreit auseinander, die Hände hinter dem Rücken verschränkt, Rücken gerade, Kinn nach oben. *Ja, Sir. Jawohl, Sir.* Dann ließ er den Blick über ihren Körper schweifen und sie errötete, ihre Nippel richteten sich auf. Gott sei Dank lagen ihre Brüste versteckt hinter ihrer Weste. *Schließlich hatten harte Nippel in einem Boot Camp nichts zu suchen.*

„Sehr hübsch siehst du heute aus", sagte er in seiner tiefen Stimme. Seine Anerkennung ging runter wie Öl. Es fühlte sich an, als hätte sie einen Bienchen-Sticker für eine Hausaufgabe bekommen. Allein für ihr Outfit am heutigen Abend hätte sie einen zweiten Sticker verdient. Sie hatte sich für einen Barbaren-Look entschieden, der eine Lederweste mit Schnürung und einen winzigen Rock im selben Material einschloss. Mit dem Wissen, dass sie barfuß sein würde, hatte sie ihre Zehnägel in einem knalligen Rot lackiert. Abzieh-Tattoos mit Schwert- und Dornenmotiven schmückten ihre Oberarme.

Seine Finger tanzten über ein Tattoo. Dann beobachtete sie,

wie sich seine linke Augenbraue hob. Seine schwielige Hand wanderte ihren Arm herunter und ihre Knie bebten. Wie war es möglich, dass seine Berührung allein sie völlig aus der Bahn warf?

Ohne den Blickkontakt zu unterbrechen, hob er ihre Hand zu seinem Mund und knabberte an ihren Fingern.

Ihre Knie bebten und auf seinen Lippen formte sich ein selbstzufriedenes Grinsen. „Heute wirst du neben der Tanzfläche Getränke servieren. Erinnere dich daran, dass du ohne meine Erlaubnis keine Session spielen darfst. Ich möchte aber, dass du dich mit Mitgliedern unterhältst und sie besser kennenlernst." Seine geschmeidige Stimme glitt über ihre Haut und fand ihren Weg zu ihrem Geschlecht, als hätte sie einen Shot Begierde getrunken. „Da du gestern mit Regeln und Anweisungen überflutet wurdest, nehme ich an, dass dieser Punkt etwas untergegangen ist. Master Z könnte mit Leichtigkeit Kellner einstellen. Allerdings lernst du so Doms kennen, ohne dass du unter Druck stehst, etwas sagen zu müssen. Ergibt das Sinn, Süße?"

Er wartete auf ihre Antwort. Unglücklicherweise war sie nicht hier, um Doms kennenzulernen. Sie wollte einen Entführer finden. „Ja, Sir."

„Dann geh."

Die erste Hälfte des Abends war um und sie hatte das Gefühl, gleich zu bersten. Getränke zu servieren, hätte sie langweilen sollen. Die Doms jedoch flirteten mit ihr. Sie berührten Gabi auf eine Weise, für die sie aus normalen Bars herausgeworfen werden würden. Oft fanden die Männerhände den nackten Bereich zwischen ihrer Weste und ihrem Minirock. Ein Dom hatte die Finger um ihren Oberschenkel gelegt, als er sich mit ihr unterhielt. Zu jeder Zeit hatte er sich höflich gezeigt, während er ihr deutlich zu verstehen gegeben hatte, dass er irgendwann vielleicht Master Marcus um ihre ... Gesellschaft bitten würde.

Mit einem neuen Tablett voller Getränke in der Hand lief sie durch das Shadowlands. Die Musik vom Tanzflächenbereich pulsierte in einem erotischen Rhythmus. Begleitet wurde dies von

Schreien und Stöhnlauten aus den Separees. Die lautesten Schreie kamen von Master Sam, dem Dom mit den orangenaromatisierten Kondomen, der in der Ketten-Zone eine Sub auspeitschte. Seine kurze, gemein gefährlich aussehende Peitsche hinterließ auf der gebräunten Haut der Frau rote Streifen.

Gabi näherte sich und verzog das Gesicht zu einer Grimasse, als sie feststellte, wie jede Pause zwischen den Schlägen kalkuliert war, um den größten Schmerz zu erzeugen.

Die Sub schrie erneut, diesmal höher als zuvor. Sam stoppte und sprach mit ihr, streichelte ihr über die Haare und prüfte die Ketten und die Lederfesseln, mit denen sie von der Decke hing. Als die Sub lächelnd antwortete, gluckste Sam vergnügt, küsste sie auf die Lippen und kehrte an seinen Platz zurück, um fortzufahren.

Er machte weiter. *Gott*, ihm zuzusehen, war erschreckend. *Ich mag Schmerzen gar nicht.* Dennoch konnte sie mit eigenen Augen beobachten, wie die Verbindung zwischen Master Sam und seiner Sub enger wurde. Sie war regelrecht greifbar. Er ging bei jedem einzelnen Peitschenhieb so konzentriert vor, dass das Gebäude einstürzen könnte, ohne dass er es bemerken würde. Diese Art Aufmerksamkeit war ... faszinierend. Aufregend.

Nichtsdestotrotz zuckte sie bei jedem Schlag zusammen. *Auf das Auspeitschen kann ich gut und gerne verzichten.* Wenn sie ehrlich war, hoffte sie, die Rolle der Göre zu spielen, ohne jemals ernsthaft bestraft zu werden.

An der Bar nahm ihr Master Cullen das Tablett ab, ein Lächeln auf seinem schroffen Gesicht. „Das hast du gut gemacht, Sub. Für heute bist du fertig. Geh und finde Master Marcus."

„Oh. Okay." Sie sah seine hochgezogene Augenbraue und fügte hastig hinzu: „Ja, Sir." *Finde Master Marcus.* Als sie sich an ihren Traum von letzter Nacht erinnerte und wo Marcus' Mund und seine Hände gewesen waren, erschauerte sie. Plötzlich war ihr ganz heiß. Sie leckte sich über ihre trockenen Lippen. Was würde er heute mit ihr anstellen? Würde er eine Session mit ihr spielen? Bei dem Gedanken schmolz sie wie Eiscreme in der Sonne dahin.

In der nächsten Sekunde fegte ein kalter Wind durch ihren Körper und kühlte sie ab. Sie war nicht hier, um Spaß zu haben. Ihr Ziel bestand nach wie vor darin, Aufmerksamkeit zu erregen. Bisher war sie nicht sehr erfolgreich gewesen. Sicher, sie hatte sich gegenüber ein paar Mitgliedern frech verhalten, aber eine unhöfliche Kellnerin flog unter dem Radar. Sie musste bei einer Session zwischen Dom und Sub respektlos sein. Das bedeutete, dass sie Master Marcus Trotz bieten musste. Bei dem Gedanken wurde ihr schlecht und sie legte die Hand auf den Bauch.

Der riesige Barkeeper platzierte einen Unterarm auf die Bar. „Kleine Sub, du siehst besorgt aus. Hast du ein Problem mit Master Marcus?"

„Nein, Sir." *Aber ich werde schon bald sein Problem sein.*

Für eine Sekunde musterte Master Cullen ihr Gesicht. „Rede mit ihm darüber, Kleine. Dafür ist er da."

„Ja, Sir." Schnell ergriff sie die Flucht. Auf keinen Fall wäre sie in der Lage, ihm gegenüber respektlos zu sein. Nicht, wenn er seine Sorge für sie so deutlich gemacht hatte. Sie hätte dennoch den Mund aufmachen sollen. *Du kannst es dir nicht leisten, nett und freundlich zu sein, Gabi!*

Auf der Suche nach Marcus blieb sie wachsam, immer auf der Hut vor jemandem, der zu viel Interesse an ihr zeigte. Leider trug der Entführer kein Schild mit dem Wort *Bösewicht* um den Hals. Und als neue Auszubildende stand sie ständig im Mittelpunkt der Aufmerksamkeit.

Schließlich fand sie Marcus. Er sah sich eine Session am Pranger an. Ein männlicher Sub war vorn übergebeugt, seine Hände und sein Kopf festgeschnallt. Seine Domina trug einen Umschnalldildo und stieß so brutal in den Sub, wie sie es bisher nur von Männern gesehen hatte. Gabi schluckte schwer und nahm einen Schritt zurück. Das war einfach merkwürdig. Faszinierend, aber merkwürdig.

Obwohl das Stöhnen des Subs auf Schmerzen hinwies, konnte sie in seinen Augen die Erregung glühen sehen und seine Erektion stand kurz vor der Explosion. „Bitte, Mistress", flehte er. „Bitte lass mich kommen."

Armer Kerl.

Gabi richtete ihre Aufmerksamkeit auf Marcus. Er wirkte entspannt, dennoch sprach seine Aura von einer unmissverständlichen Dominanz. Nichts schien ihn aus dem Gleichgewicht zu bringen, während sie ihres immer suchte. Begleitet mit einem Seufzer begab sie sich an seine Seite.

Er lächelte sie an und strich mit seinen Fingern über ihre Wange. Jede Zelle in ihrem Körper verlangte nach mehr. „Du machst dich gut, Süße. Mir ist zwar zu Ohren gekommen, dass du ein bisschen frech warst, trotzdem denken die Mitglieder, dass du eine wundervolle Ergänzung darstellst."

Na toll. Wie sollte sie eine knallharte Sub sein, wenn sie bei seinen Worten dahinschmolz? „Danke, Sir." Schließlich wurde ihr bewusst, was er ihr gerade gesagt hatte. So viel Arbeit und dann wurde sie nur als frech bezeichnet? Nicht mal als ungehorsam? Kein respektlos? *Zur Hölle nochmal ...*

„Nun ruhe dich etwas aus und erzähle mir, was du von den Sessions denkst, die du bisher beobachten konntest."

„Ähm, okay." Mit einem Nicken wies sie auf die Session mit dem Umschnalldildo. „Ich sehe, dass er die Behandlung genießt, aber ein Kerl, der bettelt, tut nichts für mich."

Marcus' Mundwinkel zuckte. „Nein", murmelte er, „du bist auf jeden Fall unterwürfig."

Unterwürfig. Er sprach das Wort wie eine Liebkosung aus. An diesem Ort schwang Gefahr in seinem Ton mit, was sie mehr verängstigte, als sie zugeben wollte. In der Vergangenheit hatte sie bei Fesselspielen nichts außer ihrer Mobilität aufgegeben. Hier ... in diesem Club ... reichte bereits der Ausdruck in Marcus' Augen. Ihr Atem stockte. In seinen Tiefen konnte sie sehen, dass er ihr mehr abverlangen würde als ihre körperliche

Freiheit. Der Gedanke war erregend ... und absolut furchterregend.

Als sie instinktiv von ihm auf Abstand ging, legte er die Hand
in ihren Nacken und zog sie wieder an sich. Die Wärme, die
seiner Handfläche anhaftete, breitete sich auf ihrer Haut aus, bis
sie in Flammen stand. „Fahre fort, Gabrielle."

Sie leckte sich über ihre trockenen Lippen. „Also, ähm ...
Master Sam zu beobachten, wie er jemanden auspeitscht, hat mir
nicht gefallen. Bei dem Anblick hätte ich mich am liebsten unter
dem Tisch verkrochen."

Marcus gluckste. „Gut zu wissen. Es klingt allerdings so, als
gab es auch etwas, was dir an der Session gefallen hat."

Der Dom sollte dem FBI Unterricht in Beobachtung geben.
„Ich ... Die Interaktion der beiden? Ich kann es nicht beschreiben." Diese Art von allumfassender Kommunikation hatte sie in
ihrem Leben nur einmal erlebt. Bei ihrem ersten Mal in einem
Club wie diesem, mit einem älteren Dom während einer kurzen,
aber einprägsamen Session. Ihre darauffolgenden Erfahrungen
hatten an diesen Moment nicht herangereicht. Bis jetzt.

Marcus sah sie aus sanften Augen an. „Das Herz einer Session.
Sehr gut. Weiter."

„Ähm, die Sache mit den zwei Frauen und dem einen Mann ...
hätte mir ohne die extra Frau besser gefallen."

Er lachte und wartete dann geduldig.

Erneut versuchte sie, auf Abstand zu gehen, aber wieder
unterband er ihren Rückzug. Dass sie ihre privaten Gedanken mit
ihm teilte, war ihr unangenehm. Sie hatte ihm von den Sessions
erzählt, die wenig Einfluss auf sie gehabt hatten, sodass sie jetzt ...

Sein Daumen rieb über eine empfindliche Stelle unter ihrem
Ohr. Gänsehaut breitete sich auf ihrem Körper aus. „Was ist los,
Süße?"

„Ich ... ich kenne dich nicht. Und mit dir über diese Dinge zu
sprechen ... über diese persönlichen Dinge ..." Sie seufzte. „Die

Fragen von gestern waren schon schlimm genug." Nun wollte er auch noch alles über ihre geheimsten Fantasien hören!

Mit der Hand in ihrem Nacken drehte er sie, bis er ihr direkt in die Augen sehen konnte. In seinen blauen Tiefen entdeckte sie Verständnis; sein angespannter Kiefer sprach jedoch eine andere Sprache. Er würde nicht nachgeben. „Du hast recht. Zwischen uns besteht keine normale Dom-Sub-Beziehung, und ich hoffe, dass du irgendwann in den Genuss davon kommst. Für den Moment bin ich aber für dich verantwortlich. Ich beobachte dich nicht nur, lehre dich nicht nur, um es dir leichter zu machen, den passenden Dom für dich zu finden, sondern ich habe auch die Ehre, dir deine Bedürfnisse zu erfüllen."

Ihre Kinnlade klappte herunter. „Du ... ich habe keine Bedürfnisse. I-Ich ... was ich meine −"

„Wir alle haben Bedürfnisse, Süße. Wenn dir spontan nichts einfällt, bedeutet das nur, dass wir uns darauf konzentrieren müssen, sie dir zu entlocken."

Dieses Mal rührte die Gänsehaut ganz sicher von seinen Worten und dem unerschütterlichen Ausdruck in seinen Augen. *Oh Gott!*

„Erzähl mir von anderen Sessions." Bei ihm hatte sie stets das Gefühl, dass er ihr direkt in die Seele blicken konnte. In ihr Herz. Das war einfach unheimlich. Er verlangte mehr von ihr, als sie bereit war, ihm zu geben ... als sie bereit war, irgendjemandem zu geben.

Ich habe keine andere Wahl. Sie drückte die Schultern durch und gab vor, dass er sie nicht berührte, ignorierte seinen männlichen Geruch, der ihr Gehirn zu Matsch verarbeitete. *Denk nach.* „Der Mann in dem Käfig war gruselig." Eine sichere Antwort. „Wachs-Play ist ..." Sie zögerte, unsicher, wie sie es beschreiben sollte. *Du darfst auf keinen Fall das Wort interessant benutzen. Erschreckend erotisch? Nein, auch nicht gut.* Festgeschnallt auf einem Tisch unhöflich zu sein, wenn die nächste Bestrafung in der Form heißer

Wachstropfen wartete, klang doch recht masochistisch. „Beängstigend."

Er zog eine Augenbraue hoch. „Ah ja. Beängstigend also." Er schien wenig überzeugt.

„Die Sub schien völlig neben sich zu stehen. Sie wirkte betrunken oder etwas in der Art."

„Dieser Zustand wird Subspace genannt, Süße. Ein Rausch, der von Endorphinen ausgelöst wird. Dabei handelt es sich um eine gute Sache – einen Moment vollkommener Ekstase."

„Oh. Hmm." Sie dachte an die Session zurück. Die Sub hatte gelächelt, war dem Orgasmus stets nah gewesen und war dann regelrecht abgehoben. Sie hatte auf einer Wolke hoch in den Wolken gesessen. „Okay."

„Weiter."

„Das war alles." *Lieber aufhören, solange ich einen Schritt voraus bin.*

„Bist du zufälligerweise über die Session gestolpert, bei der ein Dom mit seiner Sub Analsex hatte?", fragte er in einem saften Ton.

Sie schluckte schwer. Oh ja, sie war sehr wohl über diese Session gestolpert. Die Frau war so hart gekommen, dass sie sogar die Schreie von Master Sams Sub übertönt hatte.

„Wie ich sehe, bist du das." Er legte seinen Zeigefinger unter ihr Kinn und zwang sie, ihm in die Augen zu blicken. „Hast du Interesse an Analsex, Kleines?"

Gott, ja! Nein. „Äh, vielleicht? Nein." Sie rieb ihre schweiß-nassen Hände über ihren Rock. Der Gedanke, ihn hinter sich zu haben, wie er in sie ... „Nein."

Sein rechter Mundwinkel zuckte. „Anscheinend müssen wir nicht nur an deiner Ehrlichkeit arbeiten, sondern sollten auch schnellstmöglich dein hübsches Arschloch vorbereiten."

Bitte was? Ihr *hübsches Arschloch* zog sich entsetzt zusammen. Ihre Brüste schwollen vor Erregung an. Wieso fiel es ihr so schwer, sich daran zu erinnern, dass sie an diesem Ort eine Aufgabe zu erfüllen hatte? *Ich bin so verwirrt.*

„Apropos, Vorbereitung. Zeig mir deine Pussy. Ich habe bei der Inspektion vergessen, nachzusehen, ob du meine Anweisung befolgt hast."

Er wollte, dass sie ihren Rock hob? Sie errötete. Es dauerte ein bisschen, bis sie verstand, worauf er hinaus wollte. *Anweisung. Oh Gott!* Ihr stockte der Atem. Sie hatte sich nicht rasiert. Sie hatte seine Anweisung bewusst ignoriert. Nun wünschte sie wirklich, dass sie das nicht getan hätte. Er wäre so enttäuscht von ihr, würde seine Missbilligung zeigen. Wie ihr Vater, der ihr immer das Gefühl gab, dass sie nichts richtig machte.

Mir sollte Marcus' Reaktion egal sein. Göre, Göre, Göre. Sie holte ihre innere Diva heraus und warf den Kopf zurück. „Welche Anweisung?"

Seine Augen verengten sich. Sah er, wie schwer es ihr fiel, die aufmüpfige Sub zu spielen? „Heb deinen Rock, Gabrielle. Sofort."

Seine einschüchternde Stimme schwappte über sie hinweg, und am liebsten würde sie zu seinen Füßen dahinschmelzen. Sie erkannte, dass sie mit den Händen bereits den Saum ihres Mini-rocks gepackt hatte und ihn langsam nach oben zog. *Nein, nein, nein!* Sie zwang ihre Finger, das Material loszulassen. *Jede meiner Handlungen muss Aufmerksamkeit erregen. Sei unhöflich. Sei unverfro-ren.* Zunächst atmete sie tief ein. Dann schnaubte sie. „Heb du den Rock doch hoch. Du bist schließlich ein großer Junge."

Es folgte Stille. Er schüttelte den Kopf. „Dann werde ich das mal tun." Er packte ihren Arm, nahm auf dem Sessel hinter sich Platz und riss sie mit dem Gesicht nach unten über seinen Schenkel.

„Hey!" Schlagartig wurde ihr bewusst, was er vorhatte. Ein Spanking? Als wäre sie ein Kind? Dann erinnerte sie sich, wie viele Leute bei ihrem Ausbruch in der Nähe standen und sie fühlte sich erniedrigt. Sie würden es alle sehen ... Das Schamge-fühl, das Entsetzen und die Wut bündelten sich zu einer schaumigen Mischung. Sie trat wild um sich und versuchte, wieder auf ihre Füße zu kommen.

Er positionierte sie, bis es keine Möglichkeit mehr gab, sich abzustützen und somit von seinem Schoß zu fliehen. Da sie auf seinem rechten Bein ruhte, nutzte er sein anderes, um es gegen ihre Schenkelrückseiten zu pressen. Sie spürte, wie ihr Rock angehoben wurde. Eine frische Brise wehte über ihre nackte Haut. Dann schlug er sie auf den Po. Hart.

„Aua!" Der Zorn in ihr setzte sich durch und sie schrie. Eine Szene machen? Wenn er ihr den Arsch versohlen wollte, würde sie ihm zeigen, was für eine albtraumhafte Göre sie sein konnte. Eine ungehorsame und nörgelnde Sub. Er dachte also, ein Spanking würde helfen? *Das werden wir noch sehen.* „Du blöder Idiot!"

Seine Stimme blieb gelassen, kontrolliert, doch sie konnte seine Wut in ihm brodeln hören. „Langsam werde ich deines unmöglichen Verhaltens überdrüssig. Gestern, als du neu warst, habe ich nicht viel von dir verlangt. Aber du versuchst, mich absichtlich aus der Reserve zu locken, und ich glaube, dass du den Mund zu voll genommen hast."

Er pausierte, als würde er ihr die Chance zum Sprechen geben. Sie hatte nichts zu sagen.

„Zähl für mich. Wenn du mir zeigst, wie leid es dir tut, höre ich bei zehn auf. Ansonsten versohle ich dir den Arsch bis in alle Ewigkeit."

„Bis in alle Ewigkeit", äffte sie ihn nach. „Was für ein dummer Spruch." Sie war zu wütend, um den Filter zwischen ihrem Gehirn und ihrem Mund anzuschalten. „Du bist ein Volltrottel." Sie versuchte, mit den Beinen zu treten, und erreichte nichts. „Sogar Jesus würde mir zustimmen."

Sie hörte ein Lachen. Darauf folgte ein viel zu harter Schlag auf ihre linke Pobacke.

Ihr Arsch brannte. „Aua!" *Das kann er doch nicht einfach tun, verdammt nochmal!* „Du Arschgeige! Warst du schon immer so doof oder feiern wir heute den Tag der Doofen?"

„Oh, Gabrielle, ich denke, es wird mir gefallen, dich zu bestrafen. Sag mir Bescheid, wenn du bereit zum Zählen bist, kleine Sub." Dann rieselten die Schläge auf ihren Hintern nieder. Jeder einzelne Hieb schmerzte höllisch.

Schreiend trat sie um sich. Sie musste ihn zum Aufhören bewegen, sie musste ihm die Schmerzen heimzahlen. Sie biss ihm ins Bein.

Er stoppte und packte ihre Haare, bevor sie viel Schaden anrichten konnte, und zog sie von seiner Wade weg. *Au, aua, au!* „Nein, Gabrielle", sagte er in einem Ton, der für ein Kleinkind gedacht war. Daraufhin erhob sich ihr Schamgefühl. Hatte sie wirklich versucht, ihn zu beißen?

Lange genug, sodass sie sein Anliegen verstand, hielt er ihren Kopf an den Haaren. Dann ließ er sie wieder los und fuhr mit dem Spanking fort. Er verstärkte seine Bemühungen, schlug härter zu. Als ihre ganze Welt nur noch aus Schmerz bestand, stoppte er. „Willst du jetzt zählen, Gabrielle?"

„Eins!" Sie sog scharf den Atem ein. Sie war wütend und konnte die Beleidigung nicht zurückhalten. „Eins, du arschiger Anzug!"

Marcus spannte den Kiefer an, um nicht in Lachen auszubrechen. Nolan und Dan hatten angehalten und beobachteten die Szene. Auch die Schultern der beiden Doms wiesen auf Belustigung hin. *Verdammt*, wie sollte er das Bedürfnis für eine Bestrafung entwickeln und ihren hinreißenden Arsch versohlen, wenn sie doch so bezaubernd war?

Er wartete, bis er sich erneut unter Kontrolle hatte und sagte: „Deinen Dom zu beleidigen, hat nichts mit Respekt zu tun, Sub. Fang mit dem Zählen wieder bei Eins an." Sie wand sich auf ihm und zwischen ihren Schenkeln blitzten ihre erdbeerblonden Löckchen auf. Er seufzte und verabreichte drei weitere Schläge, dieses Mal auf die empfindliche Unterseite ihrer Pobacken.

Sie entließ ein Knurren, das in ein Quietschen überging. „Es tut mir leid! Eins! Eins, okay? Eins, Sir."

Er stoppte. „Das klingt schon besser, Gabrielle. Eins, sehr gut."

Die Wut sickerte aus ihrem Körper und sie presste das Gesicht an sein Bein. Dann kamen die Tränen.

Der Anblick machte ihm schwer zu schaffen. Er liebte es, ein erotisches Spanking zu geben. Und obwohl es ihm Spaß bereitete, sich mit einer schreienden Sub auseinanderzusetzen, fühlte es sich furchtbar an, einer weinenden Sub wehzutun. Es fühlte sich an, als würde er einen Welpen treten. Er durfte jedoch nicht nachgeben. Nicht jetzt. Das wäre kontraproduktiv. Sie musste lernen, dass ihr Handeln Konsequenzen nach sich zog.

Trotz allem nahm er die Härte aus den Schlägen und verlängerte die Pausen, sodass sie zählen konnte. „Zwei, Sir. Drei, Sir ..."

Bei zehn betrachtete er ihren Hintern und schüttelte den Kopf. Er hatte sie nicht so hart geschlagen, wie er das bei Masochisten und Spanking-Süchtigen tun würde, aber ihre helle Haut glühte dennoch so rot wie ein Feuerwehrauto. Wahrscheinlich würde sie blaue Flecke bekommen, da sie an die Bestrafung nicht gewöhnt war. Seufzend streichelte er sie und erlaubte ihnen beiden einen Moment der Stille.

Er bemerkte Nolans Sub. Sie reichte ihrem Dom eine Salbe. Nolan fing Marcus' Blick ein und zeigte ihm die Salbe aus der Ferne, während er die Fingerknöchel über Beths sommersprossige Wange strich. Ihre Haut war fast so blass wie die von Gabrielle. Wie es schien, war dem Dom das Problem von geröteter Haut nicht unbekannt.

Marcus nickte.

Nolan näherte sich, öffnete den Deckel und drückte etwas von der Salbe auf Marcus' Handfläche.

Der Duft nach Wintergrün und Arnika breitete sich in der Luft aus. *Riecht gut.* „Danke, Nolan."

Auf dem schroffen Gesicht des Doms konnte er Mitgefühl

ausmachen. „Es hilft", flüsterte er und verschwand dann mit seiner Sub in der Menge.

„Nicht bewegen, Süße", warnte er Gabrielle. *Verdammt*, die Behandlung würde genauso wehtun wie das Spanking. Eine Hand legte er auf ihren Rücken, während er mit der anderen die Salbe in ihre rote Haut einmassierte.

Ihre Schluchzer wandelten sich zu einem leisen Schrei. Er nahm an, dass die gedämpfte Reaktion daher ruhte, da sie ihre Zähne fest aufeinandergepresst hatte.

Marcus seufzte erneut. „Die Salbe wird dir helfen, Süße", sagte er und obwohl sie versuchte, seiner Berührung zu entkommen, machte er einen guten Job.

Fertig. Marcus schloss die Augen und entließ den Atem. Verflucht sei Z, dass er ihn in diese Lage versetzt hatte. Diese kleine Sub sollte keine Auszubildende sein. Er schenkte ihr eine Minute, während er sie sanft streichelte.

„Es ist vorbei, Kleine", sagte er und half ihr hoch. Über ihre Wangen rannen Tränen, ihre Augen waren rot unterlaufen. Sein Herz zog sich schmerzhaft zusammen.

Er setzte sie auf seinen Schoß. Indem er sich zurücklehnte, stellte er sicher, dass sie nicht auf ihrem wunden Hintern saß. Sie schluchzte noch immer und er zog sie eng an sich. *Verdammt*, er hasste es, Subs zu bestrafen. Dabei spielte es auch keine Rolle, ob sie es verdient hatten. Heute fühlte er sich furchtbarer als sonst. Trotz ihres rebellischen Verhaltens war sie eine liebenswerte Frau.

Er streichelte über ihre Haare. *Wieso bist du hier, kleine Sub?* „Du könntest dein Safeword benutzen, Gabrielle. Du musst nicht bleiben."

Stille. Dann wurde er Zeuge davon, wie sie trotz ihrer bebenden Unterlippe das Kinn entschlossen hob. „Nein."

Er seufzte und rieb seine Wange an ihren samtweichen Haaren, atmete ihren weiblichen Geruch aus Rosen und Johanniskraut ein. „Na gut, kleine Miss Dickköpfig." In dem Fall musste er die Lektion noch einmal untermauern. Hoffentlich lernte sie daraus. „Respekt, Gabrielle. Eine Sub muss zu jeder Zeit höflich und respektvoll sein. Verstehst du das?"

Wie ein erschöpftes Kind seufzte sie und hauchte an seinem Hals: „Ja, Sir."

„Das freut mich. Keiner von uns beiden sehnt sich nach einer Wiederholung von heute." Mit den Armen fest um ihren Körper geschlungen, hielt er sie, bis sie sich entspannte und seinen Trost akzeptierte. Das gab beiden ein gutes Gefühl. Eine Sub sehnte sich nach der Sicherheit, die die Arme eines Doms boten. Der Dom sehnte sich danach, diese Sicherheit zu schenken.

Er konnte es sich nicht erklären, aber aus irgendeinem Grund verlangten seine Instinkte, dass er Gabrielle in den Armen hielt, sie vor Gefahr bewahrte und sie beschützte. Wirkte sie verletzlicher als andere Subs, obwohl sie ein Großmaul war? Oder wurde er von ihrer Wärme angezogen, die ihn an ein warmes Feuer in den Wintermonaten erinnerte? Er legte den Kopf in den Nacken und hob den Blick zu den dunklen Holzbalken. *Verdammt*, sie sprach etwas tief in seinem Inneren an. *Gott, steh mir bei.*

Sie fühlte sich so weich an, war unglaublich anschmiegsam. Nach einer Weile verlangsamten sich ihre Atemzüge und ihre Finger entspannten sich. Eine Hand lag auf seinem Hemd, direkt auf seinem Herz. Auch er konnte sich entspannen, als er merkte, dass sie mit ihm kuschelte. Wie lange war es her, dass er mit einer Frau gekuschelt hatte?

Er küsste sie auf die Haare und sagte widerwillig: „Hoch mit dir, Süße." Bis sie ihr Gleichgewicht gefunden hatte, hielt er sie fest. Dann lehnte er sich zurück und befahl: „Und jetzt zeig mir deine Pussy."

Ihre Reaktion sprach Bände. Sie traute sich nicht, frech zu werden. Leider sah er in ihren Augen, wie verängstigt sie war. Langsam hob sie ihren Rock und offenbarte vor ihm die roten Löckchen, die sie seiner Anweisung nach hätte rasieren müssen.

· · ·

Als Master Marcus seinen Kopf enttäuscht schüttelte, trat Gabi einen Schritt zurück und blinzelte die Tränen weg, die sich in ihren Augen formten. Ihr Hintern brannte so sehr, weshalb sie bezweifelte, dass sie noch eine Bestrafung überleben würde.

„Es wird heute kein zweites Spanking geben, Gabrielle." Er stand auf und fuhr fort: „Allerdings muss ich dir sagen, dass ich wirklich enttäuscht bin." Ohne ein weiteres Wort zu sagen, hakte er ihre Lederfesseln hinter ihrem Rücken zusammen und führte sie zu einer Sitzecke, die für Subs gedacht war. Dort angekommen, wartete er, dass sie sich hinkniete, bevor er eine Kette vom Boden aufhob und diese an ihren Fesseln befestigte.

„Du wirst für eine Weile hier bleiben. Irgendwann werde ich nach dir schicken lassen."

Ihr war nicht bewusst gewesen, wie sehr sie seine warme, geschmeidige Stimme liebte, bis er ihr mit Kälte entgegenkam. Beschämt senkte sie den Kopf. Sie hatte keine Kraft mehr, ihm gegenüber aufsässig zu sein.

KAPITEL FÜNF

O kay, das war amüsant. Der Rekrutierer für die Harvest Association trank von seinem Bourbon, als Marcus die kleine Rothaarige zu einem Bereich zerrte, wo Subs angekettet wurden, wenn die Doms anderweitig beschäftigt waren. Es war eine unterhaltsame Vorstellung von ihr gewesen, aber jetzt schien sie unterworfen. Wenn ein Spanking ausreichte, um ihren Willen zu brechen, war sie nicht die Richtige.

Recht hübsch. Die Narbe war ärgerlich. Derartige Dinge minderten den Verkaufspreis. Ihr Alter war gut. Jung genug, um anziehend zu sein. Alt genug, um Durchhaltevermögen zu beweisen. Die Unerfahrenen zerfielen zu schnell in Scherben. Die Harvest Association bildete sich etwas darauf ein, Qualitätsware anzubieten, und für die kommende Auktion hatten sie eine bestimmte Persönlichkeit angefordert. Das Versprechen besagte, dass ein Master lange Zeit Spaß mit seiner neuen Sklavin haben würde, bevor sie letztendlich brach.

Na ja, es gab keinen Grund, mit der Entscheidung zu hetzen. Er hatte bereits zwei Subs im Auge. Falls sich auch diese als vielversprechend herausstellte, konnte er sie sich bei der nächsten Ernte schnappen.

Er lächelte. Er hatte eine Vorliebe für rote Haare.

Marcus würde andere Doms auf Anfrage eine Session mit ihr spielen lassen. Könnte Spaß machen, die Ware zu testen.

Gabis Knie schmerzten. Ihr Hintern schmerzte. Ihre Augen waren vom vielen Weinen geschwollen. Sie bezweifelte, dass ihr Mascara das überlebt hatte. Bestimmt sah sie gerade wie ein Waschbär aus. Im Inneren jedoch fühlte sie eine nie gekannte ... Zufriedenheit. Ihr war warm, so als würden ihre Katzen auf ihrem Bauch schlafen.

Er hatte ihr den Arsch versohlt.

Verflucht sei er, dachte sie. Sie gab ihr Bestes, um einen Funken an Wut zu entfachen. Es gab nichts zu entfachen. Sie hatte ihn gereizt. Sicher, sie hatte es getan, weil das ihre Aufgabe als Lockvogel war, aber ... ein Teil von ihr war neugierig gewesen, wie weit sie ihn treiben könnte. Wie weit er sie gehen lassen würde.

Nicht sehr weit. Er hatte schnell reagiert. Auf schmerzhafte Weise. Jedenfalls hatte er seine Enttäuschung nicht ausgedrückt, indem er sie angeschwiegen hatte. So kannte sie es von ihren Eltern. Und nach dem Spanking hatte er sie in den Armen gehalten, als wäre alles vergeben und vergessen.

Hatte sie gehofft, dass er ihr unmögliches Verhalten nicht lange akzeptieren würde? Dass er die Kontrolle an sich reißen und sie bestrafen würde?

Fünfzehn Minuten später war sie immer noch nicht schlauer. Sie konnte sich ihre merkwürdigen Emotionen nicht erklären. Aus dem Augenwinkel sah sie Rot aufblitzen.

In einem kurzen roten Vinylrock und einem Bustier spazierte die brünette Auszubildende herüber, der es nie an Energie zu mangeln schien. „Hi, Gabrielle. Falls du dich nicht erinnerst, ich heiße Sally."

Gabi drückte die Schultern durch und setzte sich aufrecht hin. „Du kannst Gabi zu mir sagen. Ist einfacher."

„Okay, Gabi also." Die Brünette stützte sich auf einer Stuhllehne ab und massierte ihren Fuß. „Das Karma wird Master Z irgendwann einholen, dafür, dass er es zur Regel gemacht hat, dass Subs nur barfuß oder in supersexy und superhohen Stilettos hier rumrennen dürfen. Stilettos, die uns bewiesenermaßen verkrüppeln. Noch mehr, als wir das ohnehin schon sind."

Gabi schaffte ein Lächeln. „Seit meinen Tagen als Kellnerin zu Collegezeiten haben meine Füße nicht mehr so weh getan."

„Also wenn deine Füße das Einzige sind, was am Ende des Tages schmerzt, hast du Glück gehabt."

„Ja, richtig."

„Er hat sich nicht zurückgehalten, oder?" Sally sah sie mitleidig an. „Als er von Master Cullen übernommen hat, dachte ich zunächst, er wäre der Aufgabe nicht gewachsen. Er ist wirklich ein Gentleman. So höflich. Niemals hebt er die Stimme, aber verdammt, er ist streng."

Gabi verzog das Gesicht. „Das ist mir auch schon aufgefallen."

„Er mag görenhaftes Verhalten überhaupt nicht. Einmal habe ich ihn zu Nolan sagen hören, dass sich seine Ex-Frau oft aufgeführt hat. Uns ist bereits aufgefallen, dass er für Sessions nur die supergehorsamen Subs wählt. Wie seine Freundin – sie ist so liebreizend, dass es schon abartig ist."

Er wollte seine Subs brav und bezaubernd. Bei dieser Information wurde es ihr schwer ums Herz. *Dann wird er mich wohl niemals mögen.* Selbst wenn der Auftrag nicht wäre, könnte sie niemals vollkommen fügsam sein. Das war einfach nicht sie.

„Na ja, eigentlich bin ich nur hier, um dir zu sagen, dass er dich im Arztzimmer sehen will. Weißt du, wo der Themenraum ist?"

„Im hinteren Bereich, den Flur entlang, richtig?"

„Genau." Sally befreite sie von der Kette und löste die Lederfesseln hinter ihrem Rücken.

„Danke." Ihre Vorstellungskraft lief Amok, als sie den Raum durchquerte und sich fragte, was er nun wieder mit ihr vorhatte. Sie passierte eine Gruppe Doms, eine weinende Sub, die von ihrer Domina getröstet wurde. Sie wich einem schwulen Paar aus, das sich über ihre nächste Session unterhielt. Jeden Mann nahm sie genau unter die Lupe, in der Hoffnung, dass sich der Täter vielleicht verraten würde. Aber nein, so einfach machte er es ihr nicht.

Als sie an jener Auszubildenden vorbeilief, die stets im Gothic-Stil daherkam, erntete sie von ihr einen missbilligenden Blick. Hatte es damit zu tun, dass ihr Verhalten die anderen Auszubildenden in ein schlechtes Licht rückte? Gabi hatte keinen Gedanken daran verschwendet, wie ihre Leidensgenossinnen auf ihre Theatralik reagierten. Schuldgefühle machten sich in ihr breit. *Es tut mir leid, aber ich habe keine andere Wahl.*

Im Flur näherte sie sich widerwillig dem Arztzimmer. Gestern Abend war ihr das Equipment in diesem Raum nicht entgangen … und Marcus war wütend auf sie. Auf der Türschwelle stoppte sie und rieb abwesend mit den Fingern über die Narbe auf ihrer Wange.

Der Gynäkologenstuhl stand mitten im Raum. Ein Waschbecken und ein Regal waren an der linken Wand zu finden, mehr Regale im hinteren Bereich, und in einer Ecke entdeckte sie einen Rollwagen mit einem Transfusionsbeutel.

Am Waschbecken zog sich Master Marcus sein Sakko aus. Er warf es über die Stuhllehne, rollte die Ärmel an seinem weißen Hemd hoch und gab damit den Blick auf muskulöse Unterarme frei. Als er Gabi entdeckte, klopfte er auf den Gynäkologenstuhl. „Hinsetzen, Süße."

Ihre Füße klebten am Boden fest, als hätte jemand Klebstoff verschüttet. Gestern Abend hatte sie beobachtet, wie eine Frau einen Einlauf bekommen hatte. Nach Spaß hatte das nicht ausgesehen. Er würde doch nicht … oder? Nun musste sie den Ungehorsam nicht mal vorspielen. „Was auch immer du vorhast, ich will es nicht tun."

Er zog eine Augenbraue hoch. „Habe ich dich nicht gelehrt, wie du angemessen auf eine Anordnung zu reagieren hast?"

Der dominante Ausdruck in seinen Augen erstickte ihre Rebellion im Keim. „Ja, Sir." Im Schneckentempo lief sie zum Stuhl, sodass sie sich ein Lachen von ihm verdiente. Im gleichen Atemzug packte er sie wie einen tollwütigen Köter im Nacken. Überraschend war, dass seine starke Hand ihre Nerven beruhigte und er ihr damit die Angst nahm. Ihr wunder Po landete auf dem kühlen Leder und sie quietschte.

Er gluckste. Nachdem er die Lehne begradigt hatte, legte er eine Hand auf ihren Rücken, eine zwischen ihre Brüste und gab ihr die Anweisung, sich hinzulegen. Ihr rauschte das Blut in den Ohren und sie kam nicht umhin, einen Blick auf den Klistier-beutel zu werfen.

Sein Mundwinkel zuckte, als er die Hände über ihre Arme rieb. „Entspann dich, kleine Sub. Ich werde keine langen Schläuche in deine Pussy oder deinen hübschen Arsch schieben."

„Danke, Sir!", sagte sie inbrünstig. Er lachte, und verdammt, er schien so verändert, wenn er lächelte, dass sie wiederholen wollte, was auch immer diese Reaktion bei ihm hervorgerufen hatte. Sogar die Lachfalten neben seinen –

„Ich werde dich jedoch fesseln."

Ihr Blick schoss zu seinen Augen.

„Und dann werde ich deine kleine Pussy rasieren."

Oh Gott! Auf keinen Fall! „Das würde ich lieber selbst machen."

Natürlich ignorierte er sie und zog den Metallrollwagen in die Nähe ihrer Füße.

Sie fuhr fort: „Ich schätze das Angebot, aber ich habe kein Interesse an deiner Hilfe." Er wollte sie da unten berühren, sie ansehen. Das Licht in diesem Raum war dafür viel zu grell!

„Ich habe dich nicht nach deiner Meinung gefragt." Sein Blick bohrte sich in ihren. Dann schmunzelte er. „Du wirkst so nervös wie eine Katze mit einem langen Schwanz, die in einen Raum voller Schaukelstühle geraten ist."

Aus gutem Grund, verdammt nochmal!

Am unteren Ende des Stuhls platzierte er ihre Füße auf der vorgesehenen Ablage. Als er Riemen um ihre Knöchel wickelte, weiteten sich ihre Augen. Ihr Frauenarzt hatte das noch nie mit ihr gemacht. *Oh, das ist nicht gut.*

Nachdem er ihren Rock bis auf ihre Hüfte geschoben und damit ihren Intimbereich freigelegt hatte, zog er sie nach unten, bis ihr Hintern mit der Kante abschloss. Es folgte ein breiter Riemen unter ihren Brüsten, mit dem er auch ihre Arme einschränkte. Den nächsten legte er ihr über die Taille. Dann nickte er zufrieden und sagte: „Das sieht gut aus."

Gut? Sie zappelte und als ihr bewusst wurde, wie ausgeliefert sie ihm war, brach Schweiß auf ihrer Stirn aus. Sie konnte ihre Arme nicht bewegen. Bei jedem Versuch wuchs ihre Panik.

Mit verschränkten Armen beobachtete er ihre Anstrengungen. „Gabrielle." Nur das eine Wort. Ihr Name. In seiner tiefen Stimme. Und genau das war es, was sie gebraucht hatte, um ihrer Panik zu entkommen.

Sie sah in seine Augen, in denen sich seine Unerschütterlichkeit widerspiegelte. Er war so selbstsicher. Kontrolliert. Dominant. Ein seltsames Licht ging in ihr an – wie die Flamme einer Kerze, die ihre Ängste dahinschmelzen ließ.

Gleichzeitig wurde sie von innen heraus gewärmt. Sie versuchte, ihre Beine zu schließen, testete die Einschränkungen, ohne etwas zu erreichen. Ihre Pussy lag vollkommen entblößt vor ihm. Gleich würde er sie mit diesen Händen an ihrer intimsten Stelle berühren. *Oh Gott!* Die Hitze in ihr intensivierte sich, als hätte jemand Brandbeschleuniger auf die Kerze geschüttet.

Er lächelte und sagte in einem sanften Ton: „Schon besser."

Der Rollwagen hielt eine Schüssel mit Wasser, Rasierern und verschiedenen Fläschchen bereit. Er nahm auf einem Hocker Platz und rollte sich direkt zwischen ihre Schenkel. Mit einem unzufriedenen Laut spreizte er ihre Beine weiter auseinander und öffnete sie bis zum Anschlag.

Sie erstarrte, vollkommen verunsichert von der Situation. Er wollte keine Gegenworte hören; sie sollte einfach gehorchen. Er machte mit ihr, was auch immer er wollte. Erregung breitete sich in ihr aus. Ihre Haut kribbelte und sie fühlte, wie sich ihre Nippel aufrichteten.

Bei einem Summen, das von Unterhaltungen rührte, drehte sie den Kopf. Im Flur standen Clubmitglieder, die sich hinter einem riesigen Fenster eingefunden hatten und sie anstarrten. Sie blickten direkt auf ihre entblößte Pussy. Stöhnend schloss sie die Augen.

Eine warme Hand rieb über ihre Wade. Es war eine tröstende Geste. „Auszubildende werden oft zur Schau gestellt, Süße. Kommst du damit klar?"

Seine Besorgnis raubte ihr den Atem. Wann hatte es das letzte Mal jemanden interessiert, wie sie sich dabei fühlte? Sie versuchte, diesen Gedanken in den Hintergrund zu schieben. *Du darfst dich nicht in diesem Sub-Zeug verlieren, Gabi. Du bist ein Köder. Nicht mehr, nicht weniger.*

Abgesehen von dem Bedürfnis, schreiend aus dem Club zu rennen, machte sie sich wirklich gut. *Mach dich besser.* Was, wenn der Entführer im Flur stand? Bei dem Gedanken erschauerte sie. Sofort trat sie in Aktion. Sie zappelte in ihren Einschränkungen und zischte: „Als hätte ich eine Wahl! Fesselst du alle deine Freundinnen?"

Stille. Der Hocker quietschte, als er aufstand. Langsam lief er um sie herum und näherte sich ihr von der Seite. Für eine lange Zeit betrachtete er sie. Plötzlich verschwand die Strenge aus seinem Gesicht und sein Ausdruck zeigte Verständnis – ein Ausdruck, der ihr Tränen in die Augen trieb. Er legte die Hand auf ihre Wange und rieb mit dem Daumen über ihre Lippen. Sie musste ihren Kiefer anspannen, um ihr Kinn vom Beben abzuhalten.

„Zeigt sich deine freche Seite, wenn du Angst hast, meine Kleine?"

Sie wusste nicht, was sie darauf antworten sollte.

„Gabrielle, die Subs im Auszubildendenprogramm haben normalerweise mehr Erfahrung in dem Lifestyle, und sie sehnen sich danach, was das Shadowlands bietet. Du hingegen ..."

Sie erstarrte, sich nun darüber bewusst, dass sie ihn vielleicht zu weit getrieben hatte. Zwei Abende und er wollte sie bereits rausschmeißen. Z hatte jedoch gemeint, dass er dazu nicht in der Lage wäre, wenn sie sich weigerte. „Das tue ich auch, Sir. Ich will es, sehne mich danach!"

Er musterte sie. „Ich glaube dir nicht. Wenn es nicht Master Z gewesen wäre, der darauf bestanden hat, dich ins Programm zu holen ..." Er seufzte. „Würde ich dich fragen, den Club jetzt zu verlassen, würdest du es tun?"

Sie presste die Lippen fest aufeinander und schüttelte den Kopf.

„Ich denke, dass die Nummer ein wenig zu groß für dich ist, aber okay." Er betrachtete sie noch immer und stupste dann seinen Finger gegen ihre Nasenspitze. „Dickköpfig."

Erleichtert entließ sie den Atem, als er zu seinem Hocker zurückkehrte. Eine Sekunde später landete ein warmer Waschlappen auf ihrer Pussy und sie zuckte zusammen.

Marcus rasierte sie mit gerunzelter Stirn. Es fiel ihm sonst immer leicht, eine Sub zu durchschauen und herauszufinden, was sie ausmachte, was sie wollte und nach was sie sich sehnte. Bei diesem kleinen Knallbonbon jedoch ...

Nicht daran gewöhnt, von anderen intim berührt zu werden. Unsicher bei öffentlichen Zurschaustellungen, obgleich er ihr glaubte, wenn sie sagte, dass sie bereits in Clubs gespielt hatte. Das Shadowlands war privater und bestand nicht aus einer Vielzahl von Fremden.

Nachdem er ihren Venushügel rasiert hatte, schob er zwei Finger in ihre Vagina und ignorierte, dass sie schockiert nach Luft schnappte. Heiß und samtweich. Sehr nett. Erneut fiel ihm auf, wie eng sie war – als hätte sie länger keinen Mann mehr gehabt. Er bezweifelte, dass es ihr an Lust auf Sex fehlte, denn auch jetzt war sie erregt.

Er genoss das Gefühl ihrer süßen Pussy und stieß seine Finger gemächlich in sie. Die Wände ihres Geschlechts zogen sich um ihn zusammen und er wurde hart. Sein Schwanz verlangte, dass er weiterging, aber das konnte er nicht tun. Obwohl er Sessions mit anderen Doms für sie geplant hatte, würde er warten, bevor er Sex mit ihr hatte. Zunächst musste er eine Vertrauensbasis mit ihr aufbauen. Schließlich war er ihr Ausbilder.

Bereits jetzt freute er sich darauf, mit ihr zu spielen. Ihre freche Art nervte ihn nicht so, wie er das erwartet hatte. Er sah es als eine Herausforderung. Und zwischen ihren idiotischen Rebellionsanfällen wurde er von ihrer lebhaften Persönlichkeit angezogen. Als wäre sie das Kaminfeuer an einem kalten Morgen in den Bergen. Ein paar Funken würden ihn nicht davon abhalten, die Wärme aufzusuchen.

Nachdem er die Finger aus ihrer Vagina gezogen hatte, zog er die Haut ihrer Schamlippen straff. Sie hatte niedliche Löckchen, in demselben Rotgold, das sich auch auf ihrem Kopf fand. Eine natürliche Rothaarige. Eine feurige Farbe, die perfekt zu ihrer Persönlichkeit passte. Der Rasierer entfernte das letzte Härchen und entblößte cremeweiße Haut, während die rosafarbene Spalte ihn lockte.

Als Nächstes schob er ihre Pobacken auseinander. Er konnte sich das Grinsen nicht verkneifen, als sie erstarrte. Dann machte er sich daran, auch den Bereich um ihr Arschloch von Haaren zu befreien. Dieses Loch würde ein wenig Vorbereitung brauchen, bevor es einen Schwanz akzeptieren konnte.

Erst entfernte er den übrig gebliebenen Rasierschaum, dann massierte er das Gel ein, um Hautirritationen zu unterbinden.

Indessen dachte er über sein Problem nach. Im Gegensatz zu seinen anderen Auszubildenden war Gabrielle nicht schon seit Monaten ein Mitglied des Shadowlands. Um die Situation noch schlimmer zu machen, schien ihre bisherige Cluberfahrung recht gelinde gewesen zu sein. Aufgrund ihres ständigen Ungehorsams hatten sie nicht den besten Start gehabt.

Es wunderte ihn nicht, dass Zs Freund sie als Problem einstufte. Kein Dom würde sich lange mit exzessiven Unverschämtheiten auseinandersetzen. Manch einer würde es leider sogar als Ausrede nehmen, um sie über ihre Schmerzgrenze hinaus auszupeitschen. Bei dem Gedanken wurde ihm schlecht. Viele Möglichkeiten blieben ihm jedoch nicht. Er musste dafür sorgen, dass ihr Bedürfnis, ihn zufriedenzustellen, größer war, als das Bedürfnis, ihm bei jedem Schritt zu trotzen. Bis es so weit war, oder er herausfand, was sie motivierte, musste er zu Bestrafungen greifen.

Er hatte das Gefühl, dass er außer Bestrafungen heute Abend nichts erreicht hatte. Also streichelte er ihren Schenkel und fühlte, dass sie erschauerte. Ihre Augen waren geschlossen, ihre Atmung etwas beschleunigt und ihre Nippel salutierten ihm. Sie war notgeil. Und schon gefesselt. Marcus grinste. Gerne würde er ihr genauso viel Lust verschaffen wie Schmerz, und nichts machte eine Frau verletzlicher oder kreierte schneller eine Verbindung, als ihr einen Orgasmus zu schenken.

Er lehnte sich vor, platzierte seine Hände zu beiden Seiten ihrer Pussy und leckte mit der Zunge durch ihre Spalte hoch zu ihrer Klitoris.

Sie wusste, dass er fertig war, als er kühlendes Gel in ihre Haut einmassierte und tröstend über ihre Schenkelinnenseite streichelte. Gabi entspannte sich. Für einen kurzen Moment hatte sie sich Sorgen gemacht. Schließlich hatte er zwei Finger in sie geschoben. Danach war er jedoch einfach mit der Rasur fortgefahren. Gleich würde er die Fesseln lösen. Dann konnte sie nachhause gehen. Das wollte sie unbedingt. Sie wollte nachhause, um dort ihre Emotionen wieder in den Griff zu bekommen.

Sie beobachtete, wie er sich vorlehnte und fühlte, wie er ihre Schamlippen spreizte und ... etwas Heißes und Feuchtes glitt über ihre Klitoris. Erschrocken zuckte sie so gewalttätig zusammen, dass die Riemen in ihre Haut zwickten. *Oh, mein Gott!* Er leckte sie! Heiß und unaufhaltsam wie ein Waldbrand schwappte die Empfindung durch ihren Körper.

Seine Zunge erkundete sie, fand die neu enthüllten Bereiche ihres Geschlechts, die noch nie auf diese Weise verwöhnt worden waren. Geduldig neckte er ihr Nervenbündel, die Vorhaut, umkreiste und fuhr darüber hinweg. Ihr gesamter Körper betrat das Level der Erregung. Sie fühlte sich wie ein Rennwagen, der in unter acht Sekunden von Null auf Hundert beschleunigte.

Mit zwei Fingern drang er in sie ein und sie schnappte nach Luft. Er dehnte sie, trat Begierde in ihr los. Langsam zog er sich zurück, umkreiste ihren Eingang und stieß wieder in sie. Rein, raus, rein, raus. Er gab einen schnellen Rhythmus vor. *Heilige Mutter Gottes*, er machte keine halben Sachen. Dies war eine Maßnahme, die nur darauf ausgerichtet war, sie zum Höhepunkt zu führen. Hier und jetzt, und es zog jemand die Fäden, der genau wusste, was er tat. Ihr Becken unternahm immer wieder den Versuch, seinen Fingern entgegenzukommen, stets unterbunden von dem Riemen über ihrer Hüfte. Druck baute sich in ihr auf, bündelte sich und bündelte sich, bis ... Für einen Moment schwebte sie direkt über der Kante.

Dann saugte er ihre Klitoris in seinen Mund, während er mit der Zunge über das empfindliche Nervenbündel leckte.

Sie explodierte. Bodenlose Lust schoss nach außen und schüttelte sie durch. Wellen der Ekstase schwappten unaufhörlich über sie hinweg, bis sogar ihre Fingerspitzen kribbelten.

Auch jetzt noch leckte er sie sanft und ihre Vagina pulsierte um seine Finger. *Gott*, sie konnte sich nicht bewegen, konnte nicht entfliehen, und wenn sie es versuchte und versagte, erregte sie das Gefühl erneut und sie wurde von der nächsten Welle mitgerissen.

Als die Achterbahnfahrt der Empfindungen zu einem Ende kam, zog er die Finger aus ihr heraus. Der Verlust ließ sie erschauern. Für eine Minute streichelte er wieder ihren Schenkel, eine besänftigende Geste, die sie auf den Boden der Tatsachen zurückholte. Dann lief er um sie herum und sah ihr in die Augen.

„Du bist wunderschön gekommen, Süße", sagte er lächelnd. Er stützte sich zu beiden Seiten ihres Kopfes mit den Unterarmen ab. Für einen Moment bewunderte sie die Adern in seinen muskulösen Armen, bevor er sich mit dem Gesicht näherte und ihren Hals liebkoste. Sein wundervoller Duft, eine subtile Mischung aus Johanniskraut und Moschus, hüllte sie ein. Seine Stoppeln kratzten erregend über ihre Haut und sie erschauerte. Dann küsste er sie, knabberte an ihrer Unterlippe und tauchte mit der Zunge in ihren Mund.

Sie konnte sich selbst an seinen Lippen schmecken. Nach einer Weile nahm sie nur noch seinen Geschmack wahr. Er vereinnahmte sie mit seinem Mund und verlangte nach einer Reaktion von ihr, so wie er das auch bei ihren intimen Lippen getan hatte. Mit dem Wissen, dass er mit ihr machen konnte, was er wollte, schmolz sie dahin. Es gab keinen Zweifel daran, dass sie ihm geben würde, was auch immer er von ihr wollte.

Als er ihr seine Lippen entriss, sah er sie aus Schlafzimmeraugen an. „Das war ein sehr netter Kuss, Gabrielle. Nächste Woche werden wir mehr Zeit miteinander verbringen, aber ich wollte dich bis dahin nicht unbefriedigt zurücklassen."

Eine hohe Stimme erinnerte sie daran, dass sie Zuschauer hatten. *Zuschauer.* Sie hatte einen Job zu erledigen, obwohl sie lieber hier liegen und seine Aufmerksamkeit in sich aufsaugen würde. Seine anerkennende Aufmerksamkeit, die ihr das Gefühl gab, dass er sie mochte. *Verdammt*, sie wünschte sich so sehr, von ihm gemocht zu werden.

Nein, Gabi. Denk nach. Muss mich wie eine Göre benehmen. Für die Zuschauer. Etwas schwierig, wenn man bedachte, dass sie gefesselt war. Zudem hatte sie gerade einen Orgasmus. Andererseits konnte sie den Mann damit treffen, indem sie seine Performance kritisierte. „Du denkst also, dass du mich befriedigt hast? Das war doch nur ein Schluckauf von meinem großen Mittagessen!", sagte sie so laut, dass sie hörte, wie die Anwesenden nach Luft schnappten, während andere ihr Lachen nicht zurückhalten konnten.

Marcus verengte die Augen. „Was für ein mürrisches Gör du bist. Auszubildende, ich rate dir, die Reaktionen deines Körpers nicht zu verwechseln. Das schreit regelrecht nach einer kleinen Lektion." Der Ausdruck auf seinem Gesicht zeigte keine Wut. Er wirkte auch nicht genervt. Nicht mal entschlossen. Sie hatte das Gefühl, dass sie gerade einfach seine Vermutungen bestätigt hatte. Ohne Erklärung wandte er sich ab und zog aus dem Regal hinter sich Handschuhe und Gleitgel.

Handschuhe? Gleitgel? *Oh je.* „Sir?"

„Ganz ruhig, Süße. Ich denke, wir sollten an einem zweiten *Schluckauf* arbeiten." Stehend umfasste er die Ablagen, auf denen ihre Beine lagen, und schob sie weiter hoch. Nun war sie nicht nur gespreizt, ihre Füße fanden sich zudem in der Höhe seiner Schultern ein. In dieser Position wurde ihr Po angehoben und der Riemen über ihrem Bauch fixierte ihre obere Körperhälfte auf dem Tisch. „Perfekt", kommentierte er.

Sie hob den Kopf, um zu sehen, was er machte. Seine Hände jedoch hielt er unterhalb des Tisches. Sie gab auf und senkte den Kopf wieder auf das Polster. Am liebsten würde sie ihre Worte zurücknehmen, dennoch erregte es sie, dass sie nicht wusste, was genau er mit ihr vorhatte. Nichts an ihm war vorhersehbar. Das würde er wahrscheinlich niemals sein. Er war … klug. Vielleicht zu klug für sie, und das war wirklich ein Gedanke, der ihr ein ungutes Gefühl bereitete.

Nachdem er wieder Platz genommen hatte, glitt er mit der Zunge und seinen Lippen über ihre Pussy. Langsam, so langsam und gemächlich tat er dies, dass ihr schwummrig wurde. Als er über ihre Klitoris leckte, ballte sie bei der Rückkehr ihrer Lust die Hände zu Fäusten. Er knabberte an ihren Schamlippen und das komische schmerzende Gefühl ließ alles andere so viel intensiver erscheinen. Er neckte sie und ihr wurde schnell bewusst, dass er sie ein weiteres Mal zu einem Höhepunkt treiben wollte. Sie hatte keine Chance, dagegen anzugehen. Ihre Klitoris pochte unter seiner unerschütterlichen Behandlung. Es spielte also keine Rolle, was sie wollte, denn er hatte vor, sie erneut vor diesen Leuten zu einem Orgasmus zu führen.

Im nächsten Moment fühlte sie etwas Nasses und Rundes an ihrem Anus. „Warte, dem habe ich nicht zugestimmt! Hey!"

„Eigentlich wollte ich Analsex später in deiner Ausbildung erkunden", sagte er und presste seinen Finger gegen besagtes Loch. Sie zuckte von ihm zurück. „Dinge ändern sich. Dein Arschloch ist eng, Süße. Wenn du mir entgegenkommst, wird es dir einfacher fallen."

Genervt entließ sie den Atem. Da sie keine andere Wahl hatte, befolgte sie seinen Rat. Ein gnadenloser behandschuhter Finger drang ein, wo zuvor noch nie jemand gewesen war. Ein Schauer jagte durch ihren Körper, als er unbarmherzig sein Vorhaben in die Tat umsetzte.

„Gabrielle, sieh mich an."

Sie hob den Blick.

Er musterte ihr Gesicht, als sein Finger tiefer und immer tiefer in sie vordrang. Es tat eigentlich nicht weh. Das kühle Gel half bei seinem Vorstoß. Sie musste sich jedoch in Erinnerung rufen, dass er im Moment nur einen einzigen Finger in sie schob, und der alleine reichte aus, um sie zu dehnen. Es zeichnete sich ein brennendes Gefühl dort unten ab. Indem er diesen geheimen Ort für sich beanspruchte, löste er merkwürdige Dinge in ihr aus. Es fühlte sich an, als würde er sich ihr Inneres aneignen. Sie versuchte, ihm zu entkommen. Erfolglos. „Nein ... bitte."

„Sei ruhig. Du hast nicht das Sagen, Süße." Seine dominante

Stimme sickerte in ihr Bewusstsein. Sein solider Blick blieb auf ihr haften und zwang sie, sich allein auf ihn zu konzentrieren. Indessen ließ sein Finger nicht locker, motiviert, die Lektion durchzuziehen. Er könnte sie an jedem beliebigen Ort belehren, doch er tat es in der Öffentlichkeit.

Das gefällt mir nicht. Seine Berührungen waren zu intim und sie fühlte sich auf eine Weise entblößt, die –

Er entließ sie aus seinem penetrierenden Blick. Lächelnd senkte er den Kopf. *Oh Gott, er wird doch nicht ...*

Ihr entrang ein Wimmern, als er bei ihrer Klitoris zum Wiederholungstäter wurde. Mit seiner heißen, feuchten Zunge leckte er über das Nervenbündel. Bevor sie sich daran gewöhnen konnte, drang er mit zwei Fingern in ihre Pussy und kreierte somit einen Kontrapunkt zu dem Finger in ihrem Arsch. Seine Zunge glitt erbarmungslos links an ihrer Klitoris vorbei, suchte sich einen Weg zur rechten Seite und schnellte dann direkt über das Nervenbündel.

Verschiedenste Empfindungen jagten durch ihren Körper. Ihre Begierde wuchs stetig an, baute sich auf. Als würde jemand einen Schalter umlegen, veränderte sich das ungute Gefühl in ihrem Anus zu einer unheimlichen Lust. Schnell verschmolz es mit seinen Bemühungen in ihrer Vagina, bis sich ihre Pussy – ihre gesamte untere Hälfte – wie eine riesige Klitoris kurz vor der Explosion anfühlte.

Jeder Muskel in ihrem Körper pulsierte. Erfolglos zuckte sie mit dem Becken und versuchte, seinen Lippen näher zu kommen. Ihr Atem stockte. Sie wartete, wartete auf mehr von ihm, auf irgendetwas, dass sie über die Klippe –

Sein tiefes Lachen vibrierte an ihren Schamlippen. Im selben Atemzug leckte er direkt über die geschwollene Perle. Er verharrte mit der Zunge auf ihrer Klitoris, bewegte sie nur ein wenig nach rechts, dann nach links. *Oh ja, genau da!* Ein Tsunami an Empfindungen schwappte über sie hinweg und riss sie hinfort. Was er mit ihrem geheimen Loch anstellte, fügte eine besondere

Dimension zu der Ekstase, bis es sich anfühlte, als würde sie aus ihrer Haut bersten. *Gott, Gott, Gott!*

Als sich die Welle zurückzog und sich ihr Gehirn wieder einschaltete, rang in ihrem Kopf noch immer das Echo ihrer Lustschreie nach.

Gelächter und auch Applaus traten von dem Flur an ihre Ohren. Sie öffnete die Augen und erinnerte sich an die Zuschauer. *Oh, zur Hölle nochmal ...*

„Netter Schluckauf, Gabrielle." Master Marcus leckte ein letztes Mal über ihre Klitoris und sie stöhnte.

Sie biss sich auf die Lippe. *Im Moment werde ich ihn ganz sicher nicht reizen.*

Mit Feuchttüchern von dem Rollwagen säuberte er sie, hinten und vorne, was ihr die Schamesröte in die Wangen trieb.

Schließlich half er ihr vom Stuhl runter. Ihr Kopf drehte sich, als hätte sie eine Stunde auf einem Karussell verbracht. Er fing sie rechtzeitig auf, bevor ihr Gesicht mit dem Boden Bekanntschaft machen konnte. Amüsiert wickelte er eine Decke um sie und brachte sie zu einem Stuhl. Eingekuschelt beobachtete sie, wie er den Bereich aufräumte und desinfizierte.

Am Ende zog er sich sein Sakko an und kam zu ihr. Für eine Weile stand er einfach nur vor ihr, bevor er sie kopfschüttelnd in seine Arme hob.

„Oh Gott, warte, du kannst mich nicht tragen!", sagte sie entsetzt. Was, wenn er sich dabei das Rückgrat brach? Was, wenn er sie fallen ließ?

Er lachte einfach nur. *Zur Hölle*, er sah nicht mal nach, wo er lang lief!

Sie versuchte, der einengenden Decke zu entkommen, woraufhin er in einem strengen Ton sagte: „Stillhalten, kleine Sub, sonst muss ich dir die nächste Lektion geben."

Oh, das hatte nach einer Drohung geklungen! Sie erstarrte. Als er sie vom Flur in den Hauptraum trug, warf sie einen Blick zurück und verzog das Gesicht zu einer Grimasse. Noch eine

Lektion? *Darauf kann ich verzichten.* Schnell fand sie seine Augen. Seine Züge waren markant und streng. Sein weißes Hemd stand ein paar Knöpfe offen und entblößte seinen sehnigen Hals. An ihrer Schulter spannte sich sein Oberarm an, trotzdem machte er nicht den Eindruck, etwas Schwereres als einen Pudel zu tragen.

Sie gab ihr Bestes, sich zu entspannen. Nur wusste sie nicht, was sie davon halten sollte, dass sich jemand um sie kümmerte – ob sie das nun wollte oder nicht.

In einer kleinen Sitzecke, die hinter Topfpflanzen versteckt lag, nahm er auf einem riesigen Ledersessel Platz. Sie sah sich um. Privatsphäre. Sie müsste also keine Vorstellung liefern.

Er zog sie eng an seine Brust und ihr Kopf kam auf seiner Schulter zur Ruhe. „Sehr schön", murmelte er. „Sitzt du bequem, Süße?"

„Ja, Sir", flüsterte sie. Er war so nett. Unerwartete und unwillkommene Tränen brannten in ihren Augen. „Wieso tust du das?"

Er schob ihr die Haare hinter die Ohren, legte einen Finger unter ihr Kinn und hob ihr Gesicht, sodass sie ihm in die Augen sah. „Was meinst du? Dass ich dich in den Armen halte?"

„Ja. Und ... und dass du mir einen Orgasmus geschenkt hast, wenn du ... und dass du mich rasiert hast und –"

„Du hast nicht viel Erfahrung mit Dom/Sub-Beziehungen, oder?" Mit ihrem Kopf an seiner Schulter konnte sie sein Lachen fühlen. „Ich habe mehr als einen Grund für dich, Süße. Erstens, im Moment halte ich dich in den Armen, weil du gehalten werden solltest." Er küsste sie auf den Haarschopf. „Als dein Ausbilder und dein Dom ist es mein Job, dass du bekommst, was du brauchst."

„Aber ich will, dass du mich runterlässt."

Sein Mund formte ein kaum merkliches Lächeln. „Was du brauchst, Süße, und nicht, was du willst."

Wieso wurde bei seinen Worten ein Angstschauer in ihr losgetreten, während sie sich gleichzeitig enger an ihn schmiegte? Warum fühlte sie sich in seinen Armen so sicher und behütet?

Wie ihr ihre Eltern jedoch immer wieder vermittelt hatten, gab es niemanden, der streitlustiger war als Gabrielle. „Ich brauchte keinen Orgasmus." Sie hatte nicht mal an eine Erlösung gedacht.

„Du musst lernen, dass du sowohl Schmerz als auch Lust nun von deinem Dom bekommst." Er fand ihren Blick mit einem selbstbewussten Ausdruck. „Und du solltest verstehen, dass mir zu jeder Zeit uneingeschränkter Zugang zu deinem Körper zusteht."

Er hatte sie rasiert, was sie als privat einstufen würde. Zudem hatte er sie berührt, sie unterworfen und ihr einen Orgasmus entlockt. Dann hatte er seinen Finger in ihren Hintern gesteckt und hatte sie erneut zu einem Höhepunkt geführt. Sogar jetzt hielt er sie in seinen Armen, wo sie sich so sicher fühlte, dass sie sich eingestehen musste, noch immer unter seiner Kontrolle zu stehen.

Bei dieser Erkenntnis fing ihr Körper an, zu zittern, als hätte sie zu viel Zeit im Schnee verbracht. Sie bekam kaum noch Luft und musste bei jedem Atemzug um Sauerstoff ringen. Dafür war sie nicht bereit. Er nahm und nahm von ihr. Wie bei einer Runde Monopoly sah er ihre Hotels und ihre Straßen und eignete sich alles an, bis der Bank ihre Seele gehörte. *Ich will ihm nicht gehören.*

Will ich nicht ...

Sie versuchte, sich aufzusetzen, doch seine Arme festigten sich um ihren Körper.

Er rieb sein Kinn an ihren Haaren und atmete ihren weiblichen Duft tief ein. Die Note erinnerte ihn an ihren Intimbereich. Er nahm an, dass ihr Shampoo und ihr Duschgel ein ähnliches Aroma hatten. Ihre Kleidung am heutigen Tag war aufeinander abgestimmt gewesen. Gestern hatten ihre Zehnägel die Farbe der blauen Haarsträhne. Sie mochte es, sich gegen Regeln aufzulehnen. In ihrem normalen Leben bevorzugte sie jedoch Beständigkeit? Ordnung?

Vielleicht lehnte sie sich also nicht gegen alle Regeln auf, sondern nur gegen die, die ihr von anderen auferlegt wurden.

Ihre Reaktion auf seine Kontrolle – wie sie jetzt bebte – machte ihm Sorgen. Dominanz war ihr so neu. Sie sollte keine Auszubildende sein. *Was zum Teufel hast du dir dabei gedacht, Z?* Ihre Besuche in Fetischclubs hatten ihr vielleicht einen kleinen Kick gegeben. Zum ersten Mal dominiert zu werden, egal wie intensiv es war, konnte eine wahre Offenbarung für die Sub sein. Sie hatte jedoch keine Erfahrung darin, sich zu unterwerfen. Denn Unterwerfung beinhaltete nicht nur den Körper, sondern auch den Geist.

Trotzte sie deswegen jedem? Sie wollte sich untergeben, gleichzeitig machte es ihr Angst? *Nein. Vielleicht.* Er runzelte die Stirn. Manchmal schien sie sich bei ihrem eigenen Verhalten unwohl zu fühlen. Als hätte sie kein Interesse daran, ungehorsam zu sein. In anderen Momenten erweckte sie den Eindruck, als würde ihre Frechheit ihre wahre Persönlichkeit widerspiegeln.

Jedes Mal, wenn er sie abschreiben wollte, war ihre Reaktion so entzückend, sodass sie seine dominanten Instinkte hervorrief.

Er festigte die Arme um sie, weil er sich nach Kontrolle sehnte, sie trösten wollte und einfach, weil er es genoss, sie zu halten. Denn das brauchte sie gerade – genau wie er. Das Spanking blieb ihm nicht in guter Erinnerung.

Wo er herkam, verletzte ein Mann keine Frauen. In diesem Lifestyle hatte er jedoch gelernt, dass viele Subs es liebten, wenn ihnen Schmerz zugefügt wurde, dass es ihre Lust steigerte. Er hatte lange gebraucht, um zu verstehen, dass der Schmerz von einer Bestrafung ein emotionales Bedürfnis in einer Sub erfüllen konnte.

Andere Aspekte im BDSM hatte er leichter akzeptieren können. Dominanz. Bondage ... Oh ja, Fesselspiele genoss er. Eine kleine Sub zu beobachten, wie sie sich in ihren Einschränkungen wand, bevor sie ihm schließlich seine eigenen Bedürfnisse erfüllte, war ein berauschendes Gefühl.

Wie lange würde es dauern, bis Gabrielle diesen Punkt erreichte?

Wahrscheinlich eine Weile. Sie machte es ihm nicht einfach.

Er vernahm leise Schritte und hob den Kopf. Celine schlich an der Sitzgruppe vorbei. Er war mit der reizenden Blondine ein paar Mal ausgegangen und hatte sie im Club auch gelegentlich getoppt, aber es war Monate her, dass er sie angerufen hatte. Wenn er ehrlich war, hatte er die Reißleine gezogen, als ihm auffiel, dass sie mehr an seinem Status im Club als an ihm persönlich interessiert war.

Sie drehte den Kopf und gab vor, überrascht zu sein, ihn entdeckt zu haben. Gleich darauf näherte sie sich und kniete sich vor ihm hin. „Kann ich dir einen Drink bringen, Master?"

Verdammt, dass sie ihn mit *Master* anredete, störte ihn. Der Titel ohne seinen Namen deutete an, dass er *ihr* Master war. Es deutete an, dass die Beziehung zwischen ihnen über ein paar Sessions hinausging. Was nicht stimmte.

Gabrielle regte sich. Sie starrte Celine an und versuchte dann, von ihm auf Abstand zu gehen.

„Stillhalten, Gabrielle", befahl Marcus. Mit zusammengezogenen Augenbrauen zuckte er mit dem Kopf, um Celine klar verständlich zu machen, was er von ihr erwartete. Eine erfahrene Sub sollte es besser wissen, als einen Aftercare-Moment zu stören.

Schmollend erhob sie sich und verschwand.

Gabrielle zappelte nicht länger, aber ihr unzufriedener Ausdruck zeigte, dass der ruhige Moment zu einem Ende gekommen war. Zumal es an der Zeit war, nach den anderen Azubis zu schauen. Er ignorierte den Widerwillen, sie loszulassen, und stellte sie auf ihre Füße. Ihr Gleichgewicht schien in Ordnung. Ihre Augen waren klar und aufmerksam. Ihr von Tränen verschmierter Mascara brach ihm das Herz.

Sie war jedoch zu ihrem normalen Selbst zurückgekehrt. Das

bedeutete, dass er nicht länger eine Ausrede hatte, sie zu halten, egal wie sehr er es genossen hatte und wie erfüllt er sich in dem Moment gefühlt hatte.

Ihre Hände richteten ihren Rock, den er in ihren Bund gesteckt hatte.

„Lass ihn, Gabrielle. Die Leute sollten die Möglichkeit haben, meine Arbeit zu bewundern." Als sie ihn anfunkelte, musste er ein Lachen unterdrücken. Oh ja, sie war eindeutig wieder ihr altes Selbst. „Folge mir mit einem Schritt Abstand und rede nur, wenn dich jemand anspricht. Verstanden?"

„Ja, Sir."

KAPITEL SECHS

Gabi **folgte Marcus** wie ein Welpe durch den Raum. Indessen versuchte sie, die Göre heraufzubeschwören. Es fühlte sich jedoch an, als hätte er eine unsichtbare Leine an ihr befestigt, die sie unter Kontrolle hielt. Jedes Mal, wenn er eine Anordnung gab, verharrte ihre Wut im Hintergrund. Stattdessen schmolz sie regelmäßig dahin.

Er wanderte durch den Club, sah nach, wie es seinen anderen Auszubildenden erging, stoppte und unterhielt sich mit Mitgliedern. Er mochte Menschen, das konnte sie sehen, und er schien sich mit allen zu verstehen. Er war ein Charmeur, wusste stets, was er sagen musste. Genau wie ihr Vater.

„Bleib hier stehen, Süße", sagte er.

Frustriert rieb sie sich über das Gesicht. Wo war ihr Rückgrat geblieben? *In einer Pfütze auf dem Boden,* war nicht die Antwort, die sie hören wollte.

Marcus entfernte sich ein paar Schritte, um mit der Blondine zu sprechen, die ihm angeboten hatte, einen Drink für ihn zu holen.

Folgsam wartete Gabi. *Komm. Bleib. Guter Hund.* Sie amüsierte sich, indem sie ihre Zähne fletschte und die Blondine leise anknurrte. Die Sub war Marcus so nah gekommen, dass ihre Brüste gegen seinen Arm rieben.

Als er zurückkam, streichelte er Gabi über die Wange. „Danke für deine Geduld, Süße. Jetzt muss ich Sally und –"

„Marcus."

Bei der tiefen Stimme drehte sie sich um. *Master Z. Oh, verdammt.* Hitze schoss in ihre Wangen, als die Augen des Clubbesitzers über ihren Körper schweiften. Er zeigte keine Reaktion bei dem Rocksaum, der in dem Bund steckte und damit ihre Pussy offenlegte. Wieso fühlte es sich schlimmer an, wenn sie jemandem gegenüberstand, der wusste, wer sie wirklich war?

Meine Güte, sie musste sich zusammenreißen. Es durfte keine Rolle spielen, welche Gefühle Master Marcus in ihr auslöste. Sie musste gegen seine Befehle angehen.

„Z, wie geht es dir heute Abend?", fragte Master Marcus in einer, wer hätte es gedacht, geschmeidigeren Stimme als Master Z.

„Es geht mir gut. Wie steht es um deine neue Sub?"

„Wir mussten ein paar Schlaglöcher umgehen, aber ich denke, sie lernt dazu." Marcus' Ton kühlte sich ab. „Ich fürchte allerdings, dass sie weniger Erfahrung mitbringt, als du angedeutet hast."

„Ah ja." Master Z runzelte die Stirn. „Darf ich mich kurz mit ihr unterhalten?"

Marcus zögerte zunächst und nickte.

Master Z trat nah an sie heran, legte einen Finger unter ihr Kinn und musterte ihr Gesicht. „Es klingt, als hättest du es gerade etwas schwer, Kleine", sagte er leise genug, sodass nur sie es hörte. „Alles in Ordnung?"

Sein Mitgefühl trieb ihr die Tränen in die Augen und sie nahm sich eine Sekunde, bevor sie antwortete. „Ja, Sir. Alles gut." Unwillkürlich sah sie zu Master Marcus und seine zusammengezogenen Augenbrauen ließen sie innehalten.

Die blonde Frau, die hinter Master Z stand, trug den gleichen verärgerten Ausdruck.

Jessica Randall starrte Z schockiert an. Er wirkte so besorgt und berührte die neue Sub auf eine besonders beschützende Weise. *Noch nie habe ich das beobachtet. Nicht so.* In ihrer Brust formte sich ein Gefühl, dass sich verdächtig nach Eifersucht anfühlte.

„Solange du dir sicher bist", sagte er zu der Rothaarigen. Er drückte ihre Schulter und trat dann zurück.

Den Arm, den er anschließend um Jessica legte, wärmte sie nicht, wie er das sonst vermochte. „Jessica, darf ich dir Gabrielle vorstellen? Sie ist unsere neue Auszubildende."

Auszubildende? Nicht Marcus' neue Sub? Jessica wandte sich überrascht zu Marcus und zögerte eine Sekunde. Sie kannte ihn noch nicht besonders gut. Nichtsdestotrotz ... „Du hast eine neue Auszubildende in das Programm aufgenommen? Sie ist nicht mal ein Mitglied."

„Master Z tut jemandem einen Gefallen", sagte Marcus, seine Stimme abgehackt.

Jessica trat von Z zurück und funkelte ihn an. „Rainie stand doch ganz oben auf der Liste. Sie sollte als Nächstes die Ehre bekommen, ins Programm aufgenommen zu werden."

„Das geht dich nichts an, Jessica", sagte Z in einem gefährlichen Tonfall.

„Das ist nicht fair." Jessica stemmte die Hände in die Hüften. Rainie war bei der Ankündigung vor Freude auf- und abgesprungen. „Wieso wird Rainie für jemanden übersprungen, der noch nie –"

„Ruhe." Sein schneidender Ton brachte nicht nur sie zum Schweigen, sondern auch alle Mitglieder in der näheren Umgebung.

Sie trat einen Schritt zurück, denn ihr war klar, dass sie zu weit gegangen war. Bei Z war das wirklich dämlich.

Er zog einen Lederknebel aus seiner Tasche. „Du hast meine Geduldsgrenze nun überschritten, Jessica."

Ein Knebel? Wütend funkelte sie ihn an und schüttelte den Kopf. Er hatte das Ding in seiner Tasche gehabt, so als hätte er von Anfang an geplant, es an ihr zu benutzen.

Seine grauen Augen färbten sich schwarz und ihre Entschlossenheit versiegte. Als er sie mit dem Finger zu sich lockte – *komm zu mir, kleine Sub* –, zögerte sie keinen Augenblick.

Am Montag nach der Arbeit fuhr Jessica über die winzige Landstraße, die zum Shadowlands führte. Der Nieselregen auf ihrer Windschutzscheibe spiegelte ihre Stimmung perfekt wider – eine Stimmung, unter der sie seit Samstag litt. Was wagte er sich, sie zu knebeln? Er wusste genau, wie sehr sie das hasste, verdammt nochmal. Sie bewegte ihren Kiefer von rechts nach links und hatte das Gefühl, das Ding noch immer im Mund zu haben. Sie hätte ihm zeigen sollen, wie großartig ihr rechter Haken war!

Dummerweise hatte ihre Reaktion eine andere Sprache gesprochen. Regelrecht dahingeschmolzen war sie. Wie immer. Die Berührungen seiner Hände, die ihr den Knebel angelegt hatten, der Ausdruck, mit dem er sie regelmäßig betrachtete, der unerbittliche Griff an ihrer Schulter, damit sie ja nicht von seiner Seite wich. Davon würde sie niemals genug bekommen.

Die Frage war nur, wie lange sie ihn noch in ihrem Leben haben würde. Der entmutigende Gedanke zog an ihr wie Treibsand. Sie sank tiefer und tiefer. Es gab keine Chance aufs Entkommen.

Sie nahm Tempo heraus und fuhr durch das Eisentor und die Einfahrt umgeben von Palmen hinauf. Im Regen wandten sich die Blüten dem Boden zu, was ihre Stimmung weiterhin runterzog.

Z knebelte sie selten. Warum also hatte er sich vergangenen Samstag für diese Bestrafung entschieden? War es wegen dieser Frau? Gabrielle? Sie verengte die Augen. Eine neue Auszubildende ohne Vorwarnung war ... merkwürdig. Er und die Ausbilder – erst Cullen und jetzt Marcus – besprachen mögliche Anwärter für das Programm. Ausführlich und über einen langen Zeitraum. Schließlich wollten sie keine Fehler machen. Abgesehen von Andrea hatten sie sich immer für Langzeitmitglieder entschieden.

Was hatte sich also verändert? Das ungute Gefühl in ihr wuchs. Wie Z Gabrielle angesehen hatte ... Sicher, er sah es als seine persönliche Aufgabe, die Subs im Club zu beschützen. Ein Charakterzug, den sie an ihm liebte. Na ja, meistens. Sie hasste es, dass manche Subs keine Skrupel hatten und sich ihm an den Hals warfen, obwohl sie alle wussten, dass Jessica seine Sub war. Das Schlimmste war, dass sie ihnen nicht mal einen Vorwurf machen konnte. Wer würde Z nicht wollen? Viele von ihnen waren wunderschön. Das verunsicherte sie. Was, wenn er irgendwann eine Sub sah, die ihm besser gefiel?

Die neue Auszubildende war jedoch nicht gerade ... hübsch. Sie war nicht so rund wie Jessica, aber dennoch recht kurvenreich. Freundliche Erscheinung, mit einem breiten Lächeln und großen Augen. Trotz allem hatte Z ihre Schulter ermutigend gedrückt und sie angelächelt, als wäre sie mehr für ihn als eine simple Azubine. Es fühlte sich an, als teilten die beiden ein Geheimnis.

Warum hatte er ihr nichts von dem Gefallen erzählt?

Wenn sie so darüber nachdachte, war Z diese Woche ausgesprochen wortkarg gewesen. Sie hatte sich sogar bei ihm erkundigt, ob etwas auf der Arbeit vorgefallen war. Seine Patienten bestanden nur aus Kindern und es kam vor, dass ihre Probleme, ihre Vergangenheit, ihn innerlich zerrissen. Er hatte auf ihre Frage jedoch mit *Nein* geantwortet.

Zudem hatte sie sich gefragt, ob es vielleicht daran lag, dass sie letzten Monat auf ärztliche Anweisung die Pille absetzen musste. Nervte es ihn, dass er wieder Kondome benutzen musste? Als sie ihm davon erzählt hatte, schien es ihn nicht gestört zu haben.

Sie parkte seitlich am Gebäude und schaltete den Motor aus. Windböen schüttelten das Auto durch, während sie die dunklen Wolken am Himmel beobachtete.

Vielleicht machte sie auch aus einer Mücke einen Elefanten. Sie musste zugeben, dass sie im Moment wirklich unsicher war ... aus gutem Grund. Zs Söhne waren gestern angekommen, um ein paar Tage mit ihm zu verbringen, bevor sie zurück an die *University of Florida* fuhren. Z wollte, dass sie die beiden kennenlernte. Seine Söhne zu meiden – *sagen wir mal für immer* –, klang nach dem besseren Plan. Natürlich weigerte er sich, ihre Proteste zu akzeptieren.

„Du hast dich lange genug davor gedrückt, Sub", hatte er gestern gesagt, als sie sich fertiggemacht hatte. Sie hatte die Belustigung in seinen dunkelgrauen Augen gesehen. „Vielleicht solltest du es einfach hinter dich bringen."

Er konnte so ein Arschloch sein.

Okay. Wird schon schiefgehen. Sie stieg aus, ging durch das seitliche Tor zum hinteren Bereich, in der Hoffnung, dass die drei Männer auf der überdachten Veranda saßen, wo sie schnell den Rückzug antreten könnte. Fehlanzeige. Großartig. Mittlerweile waren ihre Hände schweißnass. Sie erklomm die Außentreppe zum zweiten Obergeschoss. Der Nieselregen und der Wind ruinierten ihre Frisur. Sie seufzte. Vollkommen umsonst hatte sie sich zurechtgemacht. Konnte es noch schlimmer werden?

Oben angekommen, klopfte sie.

Eine Minute später öffnete Z die Tür, gekleidet in seine Uniform bestehend aus einer schwarzen Anzughose und einem ebenso farbenen Hemd. „Hast du deinen Schlüssel verloren?"

„Äh, nein, ich wollte einfach nicht ..."

Er gluckste, legte seine Hand auf ihren Rücken und führte sie ins Haus. „Du wolltest nicht, dass meinen Jungs vor Augen gehalten wird, dass ich ein Leben habe?"

„Na ja ... ja."

Z drehte sich ihr zu und legte die Hände auf ihre Schultern. „Kätzchen, meine Jungs wissen von dir."

„Oh." Was hatte er ihnen erzählt? Warum hatte sie ihn nicht schon gestern gefragt, was seine Söhne von ihr wussten?

Er führte sie ins Wohnzimmer, in dem zwei junge Männer auf den Ledersesseln saßen. Neben der Couch hielt Z an und wies auf einen hochgewachsenen, schlaksigen Blonden. „Jessica, das ist Eric. Er ist im letzten Jahr an der Uni. Und das ist Richard. Er ist in seinem vorletzten Jahr." Richard hatte schwarze Haare und braune Augen. Er war muskulös. Beide trugen sie Jeans. Richards T-Shirt zeigte eine Countryband, auf Erics war eine weibliche Metalband zu sehen.

Sie nahm auf der Couch Platz und sagte: „Es freut mich, euch kennenzulernen." Sie lehnte sich gegen die gepolsterte Armlehne, zeichnete gedankenverloren eine Delle im Leder nach, die von Samstag herrührte, als Z sie über die Lehne gebeugt hatte und ... Sie riss ihre Hand weg, drückte die Schultern durch und fühlte bereits, wie ihr die Hitze in die Wangen stieg.

Z gluckste und sagte: „Ich hole dir einen Drink, Jessica." Seine Augen funkelten belustigt. Er wusste genau, an was sie sich gerade erinnert hatte. *Blödmann.*

Lautlos verließ er den Raum und sie wandte ihre Aufmerksamkeit seinen Söhnen zu. Sie wurde gleichermaßen unter die Lupe genommen.

Während Eric die Stirn runzelte, zierte Richards Gesicht ein breites Grinsen, das offensichtliche Zustimmung ausstrahlte. „Du bist seit einem Jahr mit Dad zusammen?"

„Ein wenig mehr als ein Jahr." In dem Zeitraum hatten sich ihre Gefühle für ihn nicht verändert.

„Wie habt ihr euch kennengelernt?", fragte Eric. Sein kalter

Blick schätzte sie ab und er machte deutlich, dass er sie für eine Prostituierte hielt, die zu weit vom Strich abgekommen war. Sie versuchte, es nicht persönlich zu nehmen. Wahrscheinlich hatte er bei allen Frauen so reagiert, die sein Vater ins Haus gebracht hatte.

„Es war eine dunkle und stürmische Nacht", begann sie, was ihr einen Lacher von Richard gewann. „Auf der Straße lag ein Gürteltier. Ich bin auf die Bremse getreten und direkt in den Wassergraben geschlittert."

„Hat das Gürteltier überlebt?", fragte Richard besorgt.

Seine Besorgnis erinnerte sie an seinen Vater. Sie schenkte ihm ein herzliches Lächeln. „Hat es. Schließlich bin ich zu diesem Haus gelaufen, um einen Abschleppdienst anzurufen."

Z reichte ihr ein Glas. Er setzte sich neben sie auf die Couch und legte den Arm hinter ihr auf die Lehne. „Sie wies eine starke Ähnlichkeit zu einem begossenen Pudel auf."

Die beiden Jungs lachten.

„Vielen Dank auch." Jessica runzelte die Stirn, aber als sie seinen Blick erwiderte, erinnerte sie sich an den Rest des Abends. Wie er die Kontrolle an sich gerissen, sie gezwungen hatte, eine Dusche zu nehmen, und sie anschließend abgetrocknet hatte. Überall – und das trotz ihrer Proteste. Alle ihre Sinne hatte er überwältigt – das tat er noch immer.

Die Lachfalten neben seinen Augen vertieften sich und es gab keinen Zweifel daran, dass er ebenso in Erinnerungen schwelgte.

„Ja, na ja, Mom lässt dich grüßen", sagte Eric und lenkte die Aufmerksamkeit damit auf sich zurück. „Sie lässt sich von diesem Versager scheiden. Endlich."

„Endlich", stimmte Richard ein. „Sie hat wirklich einen furchtbaren Geschmack bei Männern. Anwesende natürlich ausgenommen."

Z neigte dankbar den Kopf. „Natürlich."

„Immer wieder fällt mir auf, dass die erste Wahl nach einer Scheidung scheiße ist", sagte Eric, eine direkte Attacke auf sie.

Sie versuchte, nicht zusammenzuzucken, aber selbst mit dem Wissen, dass die Kinder mit einem neuen Partner oftmals ein Problem hatten, schmerzten seine Worte. Dass sie ihre Reaktion nicht hatte verschleiern können, bemerkte sie, als Z ihre Schulter tröstend drückte.

„Eric." Zs strenger Ton hatte den gleichen Effekt auf die Jungs wie auf die Subs im Club.

Eric errötete. „Tut mir leid." Er sprang auf die Füße und marschierte in langen Schritten durch den Raum. „Aber ... Fuck, Dad, sieh sie dir an. Sie ist in unserem Alter. Um Gottes willen, sie könnte deine Tochter sein."

Z seufzte. „Nur, wenn ich mit dem Kinderzeugen im Alter von elf Jahren begonnen hätte."

Sie hatte gewusst, dass das Kennenlernen mit seinen Söhnen zum Desaster werden würde. Jessica zwang sich ein Lächeln auf die Lippen. „Ich schätze das Kompliment, Eric. Vor allem, da es wirklich nervig war, dass ich dieses Jahr dreißig geworden bin."

Eric machte nicht den Anschein, als würde er ihnen glauben.

Richard grinste seinen Bruder an. „In wie viele Fettnäpfchen willst du noch treten, Trottel?"

Eric funkelte ihn wütend an und richtete diesen Blick dann auf sie. „Ja, okay, tut mir leid."

Nein, tut es dir nicht. Sie senkte die Augen auf ihre Hände, während sich das ungute Gefühl in ihr ausbreitete. Vielleicht hatte er recht.

***

Hoffentlich würde die Personalabteilung nicht ihre Zeit verschwenden und sie einstellen, dachte Gabi, als sie das Kaufhaus in Tampa verließ. Die schwüle Luft legte sich auf ihre Haut, bis ihre billige hautfarbene Stoffhose und ihre Bluse regelrecht an ihr klebten. Mit einem angewiderten Seufzer zog sie die Tageszeitung aus ihrer Handtasche und betrachtete den nächsten Stopp auf ihrer Jobsuche. Oh, was für eine Freude – eine Autowerkstatt suchte nach einer Rezeptionistin.

Die Idee mit der Jobsuche war auf dem Mist der beiden leitenden Agents in der Ermittlung gewachsen. Kouros und sein Partner wollten, dass sie als arbeitssuchend galt, sodass der Entführer der Auffassung war, dass niemand sie vermissen würde. Aber verdammt, sie hatte es nicht mal genossen, nach Jobs zu suchen, als sie dringend einen gebraucht hatte.

Für drei Wochen musste sie dieses Spiel noch durchhalten. Es sei denn, der Widerling wagte es, sie zu entführen. Bei dem Gedanken lief es ihr kalt den Rücken herunter. Sicher, sie hatte Rückendeckung, sie wusste jedoch sehr gut, dass Festnahmen schief gehen konnten. Es war also nicht abwegig, dass sie wie Kim endete.

Ich könnte sterben. Dann wäre ihr Leben vorbei. *Hör ... auf.* Sie sah sich um. Niemals wieder auf brühendheißen Bürgersteigen laufen. Niemals wieder den strahlend blauen Himmel betrachten, oder ein kleines Mädchen kichern hören, weil es ein Eis essen durfte. Jeden Tag arbeitete sie mit den Überlebenden von Gewalttaten, kannte die verheerenden Folgen, die sinnloser Tod nach sich zog.

Nun begab sie sich freiwillig ins Kreuzfeuer. Als würde sie sich direkt vor einen herannahenden Zug werfen. Sie schluckte schwer. Zumindest war die Gewalt in diesem Fall nur auf sie gerichtet. Falls etwas schief ging, würde niemand in ihrem näheren Umkreis leiden müssen.

Schließlich wurden ständig unschuldige Menschen verletzt, wenn etwas nicht nach Plan lief. Trotz des heißen Nachmittags kühlte ihre Haut ab, als sie an den lauten Schuss dachte, der sich in einem geschlossenen Raum aus einer Pistole gelöst, durch Kleidung und Fleisch getreten war, und Danny ein herzzerreißendes Grunzen entrissen hatte. Rotes Blut war überall hin gespritzt. Dann war er auf den Boden gekracht. Ihr entsetzter Schrei hatte den Aufprall übertönt. Seine weit aufgerissenen Augen hatten die

Situation noch furchterregender gemacht. Er hatte nicht erwartet, an diesem Tag zu sterben.

Die Erinnerung lähmte sie und ihr wurde schlecht. *Hör auf, hör einfach auf!* Sie zwang sich, tief einzuatmen. Ein zweites Mal. Mit der Hand auf der Ziegelsteinwand direkt hinter ihr, erlaubte sie der groben Struktur, sie in die Gegenwart zurückzuholen. In das Hier und Jetzt, wo Autos über die Straße fuhren. Viele weiße Autos, ein gelbes Cabrio, ein roter Pickup. Eine Hupe ertönte, Reifen quietschten. Zwei Teenager, die Haare in Dreadlocks, argumentierten, als sie Gabi passierten. Dann warf einer von ihnen den Kopf in den Nacken und lachte. *Das Leben geht weiter.*

Von der Panikattacke noch immer aufgewühlt beobachtete sie das geschäftige Treiben um sie herum, eine Welt, die niemals zur Ruhe kam. Ein Jahr war sie nicht mehr zu diesem Tag katapultiert worden. Sie hatte wirklich gehofft, dass sie es überstanden hatte. Schließlich waren Danny und Rock vor zehn Jahren gestorben. Ein einprägsamer Moment, in dem ihr klar geworden war, dass furchtbare Dinge jedem passieren und geliebte Menschen sterben konnten. Plötzlich. Gewalttätig.

Sie rieb sich mit beiden Händen über das Gesicht und marschierte dann in dem Versuch über den Bürgersteig, ihren Erinnerungen zu entkommen. Das war nicht möglich, das wusste sie. Manchmal gelang es ihr jedoch, die Ereignisse vorzuspulen. Wie sie in der Ecke gesessen hatte, verängstigt, erstarrt, nicht in der Lage, wegzurennen. Blut rann über ihre Wange, mehr Blut zwischen ihren Schenkeln. Nach einer Weile hatte ein Mann das winzige Apartment betreten. Silberweiße Haare, tiefe Falten neben dem Mund, sein Ausdruck offen und vertrauensvoll. Sein Hemd weiß und sauber, keine roten Flecke zu sehen.

Wie ein verletztes Tier hatte sie gewimmert, nicht fähig, die mitleiderregenden Laute zu unterdrücken. Als er sich ihr genähert hatte, unternahm sie den verzweifelten Versuch, mit der Wand hinter ihr eins zu werden, sich kleiner zu machen. Sie zog an ihrer zerrissenen Kleidung, eine Barriere gegen die Blicke. Er brüllte etwas über seine Schulter und jemand reichte ihm eine Decke. Er kam einen Schritt auf sie zu. Sofort schüttelte sie den Kopf. *Nein, nein, nein!* Indessen hatte er lediglich die Decke ausgebreitet und sie mit ausgestreckten Armen auf ihren Schoß gelegt. Anschließend ging er einige Schritte zurück und hockte sich hin. Der Abstand war ausreichend, damit sie wieder zu Atem kam. Ihn anzusehen war das Ziel. *„Hallo."* Ein Lächeln. *„Ich heiße Abe, und ich gehöre zum FBI."* Er wartete eine Weile, bis sie die Information verarbeitet hatte und sagte: *„Ich bin nur für dich hier. Um dir zu helfen. Erlaube mir, dich an einen sicheren Ort zu bringen."*

Es gab Gutes in dieser Welt, um dem Bösen entgegenzuwirken.

Das Geschenk erreichte sie in der Form einer Person, die verstand, die zuhörte, die ihr half, ihr Leben wieder in den Griff zu bekommen. Ein Mann, den sie sich als Vorbild genommen hatte. Er war der Grund, warum sie sich für eine Karriere als Opferspezialist beim FBI entschieden hatte. Sie wollte die Person sein, die die Hand ausstreckte, zuhörte und einen Überlebenden ins Leben zurückholte.

Apropos ...

Eine Bank an der Bushaltestelle bot eine Sitzmöglichkeit. Ein hochgewachsener Ahornbaum spendete Schatten und schützte sie vor der unerbittlichen Sonne. Mit dem hässlichen Wegwerfhandy, das ihr Agent Kouros zur Verfügung gestellt hatte – *sehe ich aus, als würde ich ein graues Handy verwenden?* –, prüfte sie den Status der Entschädigung für ein Opfer und rief dann ihre Vertretung Zella an, um sie an Joshs Gerichtstermin zu erinnern und dass der Junge seelische Unterstützung brauchte.

Als Gabi die Fragen von Zella zu anderen Fällen beantwortete, kämpfte sie mit Gewissensbissen. Es gab Leute, die sich auf sie verließen, und was machte sie? Sie rannte nach Tampa, wo sie als Lockvogel herhielt. Nachdem die wichtigen Punkte abgearbeitet waren, sagte Zella: „Der Boss meint, dass du aus gesundheitlichen Gründen nicht arbeiten kannst." Eine Pause. „Mir ist jedoch ein

Gerücht aus dem Büro in Tampa an die Ohren gekommen, dass du auf einer aufregenden Mission bist."

Gabis Kinnlade klappte herunter. Gleich darauf fühlte sie, wie sich die Wut in ihr aufbaute. Jemand sollte die Sekretärin mit der großen Klappe zum Schweigen bringen. Mit dem Blick auf den Verkehr – schwarzes Auto, Taxi, weißes Auto – sagte sie aufrichtig: „Aufregend ist hier rein gar nichts. Spätestens in drei Wochen komme ich zurück."

„Das freut mich. Die Kinder beschweren sich alle über deine Abwesenheit."

Die Wärme, die sich daraufhin in ihrem Körper ausbreitete, strahlte heißer als die Sonne. *Es ist nett, vermisst zu werden.* „Danke. Bis bald."

Nachdem sie aufgelegt hatte, wählte Gabi Rhodes' Nummer. Er antwortete nicht. So typisch. Das Sackgesicht würde niemals außerhalb seiner Dienstzeit an das Handy gehen. Dennoch musste sich jemand dem Problem annehmen. Stirnrunzelnd wählte sie die zweite Nummer, die ihr zur Verfügung gestellt worden war.

„Galen Kouros." Allein von seinem Dialekt, der ihn in die New-England-Gegend einordnete, hätte sie ihn erkannt.

„Hier spricht Gabrielle Renard."

„Gabrielle, was kann ich für dich tun?"

Sie biss sich auf die Lippe. Jemanden anzuschwärzen, fühlte sich falsch an. Vielleicht hätte sie nicht –

„Gibt es ein Problem, Gabrielle?"

„Na ja, es gibt ein Gerücht, dass ich an etwas *Aufregendem* in Tampa arbeite und nicht aus gesundheitlichen Gründen im Büro fehle. Vielleicht sorge ich mich unnötigerweise, aber –"

„Wie hast du von diesem Gerücht erfahren?" Seine Stimme nahm einen grimmigen Ton an.

Oh, Scheiße, sie hätte ihre Arbeitsstelle nicht anrufen dürfen.

„Äh, ich ... also, ich habe mit meiner Vertretung gesprochen, um sicherzustellen, dass in meiner Abwesenheit alles glatt läuft und habe ihre Fragen beantwortet, die sie über meine Fälle hat."

Es folgte Stille, dann ein resignierter Seufzer. „Opferspezialist. Ich schätze, ich sollte nicht überrascht sein. Sozialarbeiter mit ihren großen Herzen." Es klang eher nach einer Beleidigung und nicht nach einem Kompliment. „Ich kümmere mich um die undichte Stelle und werde mich mit deiner Vertretung unterhalten. Ich möchte, dass du dich voll und ganz auf deine Aufgabe konzentrierst."

Da er es bereits schaffte, dass sich Gabi wie eine Idiotin fühlte, wollte sie wirklich nicht in den Schuhen der Sekretärin stecken. „Ja, Sir."

„Ich habe übrigens mit Z gesprochen. Du hast dich vergangenes Wochenende im Club gut geschlagen. Deine Erfahrung in dem Lifestyle macht einen Unterschied – die anderen drei Lockvögel machen sich nicht ganz so gut."

Das Gespräch ging zu Ende, doch sie bewegte sich nicht. Tief in Gedanken starrte sie auf das Handy. Ein Kompliment? Na gut. Nach Rhodes' Beschwerden nahm sie, was sie kriegen konnte.

Auch das Missfallen von Marcus machte ihr schwer zu schaffen. Bei der Erinnerung schnürte sich ihr die Kehle zu. Wie war es möglich, dass die Enttäuschung in seinen blauen Tiefen härter zu ertragen war als körperliche Bestrafung?

Das spielt keine Rolle, Gabi. Mach dich an die Arbeit. Seufzend nahm sie wieder die Tageszeitung zur Hand. Nur eine Straße weiter. Sie warf sich die Tasche über die Schulter und machte sich auf den Weg. Der Agent, der ihr tagsüber folgte, tat ihr leid. Er musste in der Hitze warten und sie füllte Bewerbungen in einem Büro mit Klimaanlage aus – für Jobs, die sie niemals antreten würde.

Zumindest hätte er das Wochenende frei, während sie im Shadowlands ihren Part spielen musste.

Bald würde sie Master Marcus wiedersehen. Ihr Herz machte einen Salto. Was hatte dieser Mann nur an sich? Dieser Dom?

Wie konnte es sein, dass sie nach ihrem Ex-Freund schon wieder an einem dieser perfekten Männer im Anzug Interesse zeigte? In den letzten Wochen mit Andrew hatte er sie ständig kritisiert: ihre Kleidung, ihr Benehmen, sogar beim Sex mit ihm. Als sie erkannte, dass er wie ihre Eltern klang und er ihr das Gefühl gab, unzulänglich zu sein, hatte sie die Beziehung beendet.

Mr. Perfekt Marcus war nur ein weiterer Andrew. Hinzu kam, dass er ein Anwalt war. *Um Himmels willen! Lass dich nicht auf den nächsten konservativen Dödel ein, Gabi.*

An der Kreuzung wechselte die Ampel zu Grün und sie folgte der Menschentraube über die Straße. Neben ihr zog ein Mann einen anderen wegen eines furchtbaren Dates auf.

Im Gegensatz zu ihrem reservierten Vater, wusste Marcus, wie man Spaß hatte. Sein Lachen war stets offen und laut, und auch er scherzte mit seinen Freunden. Sie seufzte. Und wenn er nicht gerade unzufrieden mit ihrem Benehmen war, dann war seine Art so einladend, dass sie sich am liebsten vor ihm auf die Knie lassen und sich an seinen Beinen reiben würde.

Auch nachdem sie ihm getrotzt hatte, war er gelassen geblieben. Nicht einmal hatte er seine Kontrolle verloren. Stattdessen hatte er sein Bestes gegeben, sie zu erreichen und herauszufinden, warum sie dieses Verhalten an den Tag legte. Als Sozialarbeiterin erkannte sie, wie er nach einer Lösung suchte, um sie in die Richtung zu lenken, die er sich für sie wünschte. Möglich, dass er irgendwann ans Ziel gelangte. Jeder hatte wunde Punkte, jeder war verletzlich, und sie war das vielleicht mehr als andere.

Unbemerkt hat er sich in meine Gedanken geschlichen und wollte einfach nicht mehr verschwinden. Verdammt. Sie wollte ihn zufriedenstellen und fühlte sich schlecht, wenn sie sich gegen ihn auflehnte. Und ja, sie konnte es nicht erwarten, ihn wiederzusehen.

Diese Erkenntnis war besorgniserregend. Wie konnte sie sich ernsthaft darauf freuen, von ihm dominiert zu werden? *Gott*, das Spanking hatte so weh getan! Seit Jahren hatte sie nicht so heftig geweint. Danach hatte er sie jedoch in den Armen gehalten, hatte ihren Kopf an seine Schulter gelegt und ihr tröstende Worte ins Ohr geflüstert. Hatte sich jemals jemand so rührend um sie gekümmert?

Oder sie so feucht gemacht? Sie war sich hundertprozentig sicher, dass sie noch nie so hart gekommen war. Die Erinnerung allein hatte seither zu feuchten Träumen geführt. Jede Nacht wachte sie erregt auf.

Masturbiert hatte sie jedoch nicht. *Ich verdiene den größten Bienchen-Sticker aller Zeiten!* Schließlich hatte er ihr verboten, ohne ihn zu kommen, und sie wollte ihn zufriedenstellen, obwohl ihr Aufenthalt im Shadowlands darin bestehen sollte, sich gegen ihn aufzulehnen. Oh ja, der verschlagene, perfekte Dom hatte ihre Schutzmauer überwunden. Sie spannte den Kiefer an. Tja, zu dumm – für sie und ihn.

Sie drückte die Schultern durch und beschleunigte ihre Schritte. Am kommenden Freitag und Samstag musste sich Master Marcus mit ihrem Ungehorsam auseinandersetzen. Im Gegenzug musste sie mit seiner Reaktion leben. Das musste sie. Anders ging es nicht.

KAPITEL SIEBEN

Mit einem vollen Tablett auf den Armen musste Gabi anhalten, als sie in eine Gruppe rannte, die eine lautstarke Menage-Session beobachtete. Sie schüttelte den Kopf. Der Club war voll ausgelastet. *Wundervoll.* Mehr Leute, die ihre Bestrafungen genießen konnten.

Sie hatte so im Gefühl, dass der heutige Abend nicht so angenehm werden würde wie der gestrige.

Am Freitag hätte sie wirklich einen Preis für ihre görenhafte Vorstellung verdient. Trotz allem hatten sie nur ein dunkelhäutiger Dom und der Barkeeper für ihr Benehmen bestraft. Sonst schien es niemanden zu interessieren, was sie machte. Marcus war erst spät in den Club gekommen und hatte dann eine Session mit einer Blondine gespielt. Ihm war keine Zeit geblieben, ihr die Hölle heißzumachen.

Heute ist Marcus hier. Der Gedanke trat Vorfreude in ihr los.

Als die Sub bei dem Dreier stöhnte, lachte einer ihrer Doms. Neugierig näherte sie sich. Unglücklicherweise stieß sie versehentlich gegen den Dom, der sie frech und respektlos genannt hatte. Master Dan, wenn sie sich richtig erinnerte.

Wenig begeistert sah er auf sie herunter und wies sie mit einer

Geste an, wieder an die Arbeit zu gehen. Nett war er nicht gerade. Sie verstand nicht, warum manche der Doms so taten, als wäre sie deren Eigentum, während andere einen Scheiß auf sie gaben ...

Er wandte ihr den Rücken zu, woraufhin sie ihm die Zunge rausstreckte und die Augen verdrehte. Um sie herum wurde gelacht und die schwangere Sub an seinem Arm kicherte. Schmunzelnd lief Gabi zur Bar zurück. Das hatte sich gut angefühlt.

Während sie sich von der Gruppe trennte, warf sie erneut einen Blick auf Master Dan. Um seinen Oberarm entdeckte sie ein goldenes Armband. Interessant. Sam und Cullen trugen die gleichen Armbänder. Genau wie Master Marcus. In einem sicheren Abstand zu Master Dan hielt sie an und ließ den Blick über den Raum schweifen. Nur wenige waren im Besitz dieser Armbänder: zu ihrem Unglück der muskulöse, dunkelhäutige Dom von gestern, eine Domina mit einem männlichen Sub und eine weitere Domina mit einer weiblichen Sub.

Als die brünette Auszubildende bei ihr vorbeikam, stoppte sie die Frau. „Ich weiß, dass die Aufseher im Kerker Westen mit goldenen Akzenten tragen. Was aber haben die Armbänder zu bedeuten?" Sie wies mit einem Nicken zu den beiden Dominas. „Steckt ein Grund dahinter?"

„Oh, haben wir vergessen, dich zu warnen?" Sally schlug sich gegen die Stirn. „Sie weisen die Shadowlands Master und Mistresses aus."

„Und wie unterscheiden sie sich von normalen Doms oder Dominas?"

Sally ruhte ihr Tablett auf ihrer Hüfte und dachte kurz nach. „Okay, manche Doms sind nur ein bisschen dominant. Die gleiche Waffel, gefüllt mit nur einer Kugel Eis. Andere packen zwei Kugeln in ihre Waffeln."

Gabi nickte.

„Na ja, bei den Mastern kannst du an einen riesigen Eiscremebecher mit allem drum und dran denken." Sie kicherte. „Und das ist nur der dominante Teil. Füge dazu jahrelange Erfahrung im Lifestyle, das Bedürfnis nach Kontrolle und so weiter. Sie können nur von den Mitgliedern zu Mastern ernannt werden, und es ist nicht gerade ein Beliebtheitswettbewerb."

„Oh, okay. Verstanden."

„Mit den Mastern lässt es sich am besten eine Session spielen, aber ..." Sally rümpfte die Nase. „Zwar können uns die regulären Doms ein wenig umherkommandieren, aber sie müssen Master Marcus um Erlaubnis bitten, wenn sie mehr von uns Auszubildenden wollen. Oh, und alle Master helfen mit dem Programm. Auf diese Weise können sie dich auch für eine Demonstration in eine Session ziehen. Wenn du frech bist und Marcus nicht in der Nähe ist, haben sie die Erlaubnis, dich zu bestrafen."

„Das sagst du mir jetzt", grummelte Gabi. „Der hispanische Dom mit den vielen Muskeln? Gestern Abend hat er mich zur Schnecke gemacht. Er hat mich an den Pranger gestellt und dann allen, die der Meinung waren, dass ich sie mal beleidigt habe, einen Schlag mit dem Paddel gestattet."

„Autsch. Ich habe mich schon gefragt, wie du am Pranger gelandet bist. Master Raoul gilt eigentlich als recht nachsichtig – vor allem im Vergleich zu Marcus. Du musst wirklich unartig gewesen sein. Mehr als ich." Lachend begab sich Sally auf den Weg, als ein Dom winkend nach einer Bedienung verlangte.

Gabi ging zur Bar. Nun wusste sie, warum die anderen Doms sie nicht angerührt hatten. Anscheinend musste sie ihre Anstrengungen auf die Master konzentrieren. *Das klang spaßig. Nicht.*

An der Bar entdeckte sie Master Marcus. *Gott*, er war attraktiv ... und gefährlich. Trotz seiner lockeren Haltung strahlte Dominanz in Wellen von ihm ab, und als seine blauen Tiefen auf Gabi landeten, sprangen Funken wie bei einem kaputten Stromkabel auf sie über.

Neben Marcus stand ein brutal aussehender Mann. Er trug ein schwarzes Tanktop, sodass ihr sofort das goldene Band an seinem

Oberarm auffiel. Narben im Gesicht des Mannes und auf den Händen kreierten weiße Linien auf seiner rotbraunen Haut. Als seine einschüchternden, dunklen Augen sie beim Herantreten beobachteten, überlegte Gabi kurzzeitig, einen großen Bogen um das Paar zu machen. Zögernd landete ihr Blick auf Agent Rhodes, der am anderen Ende der Bar saß. Sein Anblick war es, der sie daran erinnerte, was auf dem Spiel stand.

Okay, Kim – das ist für dich. Sie spannte den Kiefer an, wappnete sich und lief direkt auf Marcus und den anderen Mann zu. Sie zwang sich zu einem übermütigen Grinsen und grüßte Marcus mit: „Hey, heißes Schnittchen."

Sein Lächeln erlosch. „Gabrielle, das willst du nicht tun."

Ignorierend, dass seine Stimme ihre Organe zum Stepptanz anregte, wandte sie sich seinem Freund zu. „Hey, Alter, wie steht's?"

Marcus presste die Lippen fest aufeinander.

In den Augen seines Freundes sah sie Belustigung aufflackern, bevor die Dunkelheit gewann. „Deine neue Auszubildende, Marcus?"

„Ich fürchte ja. Gabrielle, das ist Master Nolan." Marcus betrachtete sie neugierig. „Wie lange hat es gedauert, bis du nach Samstag wieder schmerzfrei sitzen konntest?"

Zwei ganze Tage. Unwillkürlich nahm sie einen Schritt zurück. Um ihre Panik zu verbergen, lief sie um die beiden herum und stellte ihr Tablett auf dem Tresen ab. Mit einem Ellbogen auf der Bar sagte sie in einem beschwingten Ton: „Oh, gar nicht so lange."

Master Marcus' intensive Augen schweiften über ihr Gesicht, ihren Körper und verharrten auf ihren Händen.

In dem Moment bemerkte sie, dass sie mit den Fingern über ihre Narbe rieb. *Ups.* Nachdem sie ihre Haare hinter ihre Ohren geschoben hatte, bemühte sie sich um ein ungezwungenes Lächeln.

· · ·

Marcus' Verwirrung spiegelte sich in Nolans Augen wider. Gabrielle war in ihren Handlungen nicht so selbstbewusst, wie sie vorgab. Bei der Erwähnung des Spankings hatte sich in ihrem reizenden Körper jeder einzelne Muskel angespannt und sie war erblasst. Nun zeichnete sie mit den Fingern die lange Narbe auf ihrer Wange nach. Schnell hatte er gelernt, dass diese Geste von ihr bedeutete, dass sie Panik übersprungen und direkt zu Todesangst übergegangen war.

Wieso hatte sie es stets auf Bestrafung abgesehen?

Manche Subs sehnten sich nach Schmerz. Gabrielle gehörte nicht dazu. Einige wollten Aufmerksamkeit, und er dachte nicht, dass sie daran kein Interesse hatte, aber ... er hatte das Gefühl, dass sie von Zuschauern nicht viel hielt. Es gab Subs, die sich als Göre aufführten, um mit anderen Leuten eine Verbindung aufzubauen. Gabrielle jedoch war eine freundliche Person und hatte in dem Punkt keine Schwierigkeiten. Sie hatte ein ansteckendes Lachen, kam mit Menschen schnell ins Gespräch und war charmant. Jeder einzelne Dom im Club hatte ihn um eine Session mit ihr gebeten.

Meistens fand er ihr freches Verhalten einfach nur niedlich. Dieser Moment, in dem sie eindeutig versuchte, einen Dom aus der Reserve zu locken und eine Bestrafung zu provozieren, gehörte nicht dazu.

Als Marcus sie musterte, schluckte sie schwer. Sie verlagerte ihr Gewicht von einem Fuß auf den anderen und ihre Augen mieden den Augenkontakt. *Sie hat Angst.*

Verdammte Scheiße. Ihr ein Spanking zu verpassen, hatte nicht geholfen, und er glaubte nicht, dass er es körperlich ertragen würde, sie noch härter zu schlagen. Seine Aufgabe als Ausbilder bestand jedoch darin, ihr zu zeigen, was die Konsequenzen für ihr unhöfliches Verhalten waren.

Heißes Schnittchen, ja? „Master Nolan, kann ich darauf vertrauen, dass du sie für einen Moment im Auge behältst?"

„Kein Problem." Nolan legte die Finger um ihren Oberarm

und gab sogar vor, nicht zu bemerken, dass sie den Rückzug antreten wollte.

„Lass mich los!" Sie holte nach ihm aus. „Du hast mir gar nichts zu sagen!"

Ihre lauten Proteste ließen nicht ab, als Marcus seine Spielzeugtasche hinter der Bar vorholte. Er war gleichermaßen belustigt und besorgt. Er hatte viel über sie nachgedacht und fragte sich, was er mit ihr machen sollte. Gleichzeitig hatte er sich immer wieder ins Bewusstsein rufen müssen, dass er ihr Ausbilder war. Nicht mehr, nicht weniger. Unfassbar, dass er sich zu dem kleinen Plagegeist hingezogen fühlte.

Er überlegte kurz, was er mit ihr machen wollte und fügte weitere Spielzeuge zu seiner Tasche hinzu. Eins war besonders passend.

Als er zurückging, wehrte sie sich noch immer und verfluchte Nolan lautstark. „Du dämlicher Affe, lass mich los! Was soll das? Bist du der Erste in deiner Familie, der ohne Schwanz geboren wurde?"

Der Dom starrte sie an, als konnte er nicht fassen, was sich vor ihm abspielte. Am liebsten hätte Marcus gelacht. Vor der Cluböffnung hatte er Gabrielle mit den anderen Mastern besprochen und Nolan hatte ihm nicht geglaubt, wie schwer sie es ihm machte. Na ja, jetzt hatte er den Beweis.

Marcus stellte seine Tasche auf den Tresen, packte ein Bündel ihrer Haare und sagte: „Sei still."

Für dreißig Sekunden führte ihre natürliche Unterwürfigkeit zu Ruhe. Dann fing sie wieder an: „Ich stehe nicht auf grobe Behandlung und das hier —"

Marcus umfasste ihre Handgelenke, zog die Arme hinter ihren Rücken und hakte die Fesseln zusammen. Als sie den Mund erneut öffnete, schob er einen Lederknebel zwischen ihre Lippen. Eng band er den Knoten an ihrem Hinterkopf und lächelte, als ihr gedämpfter Schrei ertönte.

Dann wurde ihr bewusst, dass sie sich nicht bewegen konnte.

Und dass ihr keine Möglichkeit blieb, sich verbal auszudrücken. Ihr Körper erstarrte und in ihren Augen entdeckte er aufsteigende Angst.

Bevor die Panik übernahm, legte er die Hand unter ihr Kinn und zwang sie, ihm in die Augen zu sehen. „Gabrielle." In seiner anderen Hand hielt er ein pinkes Spielzeug, das beim Drücken quietschte. „Kneble ich dich, bekommst du dieses Spielzeug von mir. Es ist der Ersatz für das Safeword, Süße. Lässt du es fallen oder bringst es zum Quietschen, kommt die Session zu einem Stopp."

Aus geweiteten braunen Augen starrte sie ihn an. Sie bebte am ganzen Körper. Sie erinnerte ihn an eine verängstigte Maus. Warum folterte sie sich selbst? Seine Hand wanderte zu ihrer Wange. Instinktiv rieb sie sich an ihm, was ihm bewies, dass sie ihm vertraute und sie sich gerne unterwerfen würde. Und doch tat sie es nicht.

Entschlossen blieb er seiner Linie treu und legte ihr das Spielzeug in die Hand. „Hast du mich verstanden, Süße? Benutze es, wenn es dir zu viel wird. Lass es quietschen, damit ich weiß, dass du dazu in der Lage bist."

Sie drückte das Spielzeug mehrere Male und er konnte beobachten, wie sich ihre Atmung normalisierte.

„Dann mal los." Mit Bedauern zog er ihr die neongelbe Hotpants aus. Sie sah verdammt hinreißend darin aus. Für eine Sekunde verweilte er an ihrem weichen, saftigen Hintern. Erregende, vorlaute kleine Sub. Dann packte er sie um die Taille, und legte sie mit dem Gesicht nach unten auf den Tresen, sodass sie von der Hüfte abwärts über der Kante baumelte.

Ihre Zähne bohrten sich in den Knebel und sie zog erfolglos an ihren Lederfesseln. Natürlich unternahm sie den Versuch, von der Bar herunterzurutschen. Erregende, vorlaute, *dickköpfige* kleine Sub. Marcus sah zu Nolan. „Würdest du?"

Nolan nickte und lehnte sich gegen ihre Schenkel, presste sie gegen die Bar und unterband somit, dass sie um sich trat. Der

Dom packte ihre Fesseln. Obwohl sie völlig unbeweglich war, wehrte sie sich noch immer und erinnerte an einen Fisch an Land.

Marcus blickte zu Cullen, der ein Bier zapfte und gleichzeitig die Show genoss. „Gib mir bitte ein Messer." Bevor Gabrielle mit mehr als geweiteten Augen reagieren konnte, tätschelte er ihren nackten Arsch. „Ich habe nicht vor, dich damit zu schneiden, Süße."

Für eine Minute starrte sie ihn an, dann gab sie auf und erschlaffte in Nolans Griff. Wie es schien, hatte ihr die Erwähnung des Messers die Impertinenz geraubt.

Cullen stellte das Bierglas auf den Tresen und warf Marcus ein Messer zu.

Marcus fing es aus der Luft, zog aus seiner Tasche eine faustgroße Ingwerknolle und schnitt ein fingergroßes Stück ab. „Das ist Ingwer, Gabrielle. Ein Gewürz, das gerne in der asiatischen Küche verwendet wird." Er entfernte die braune Schale und schnitzte das längliche Stück in die Form eines Analplugs, mit einem schmaleren Bereich und einem dickeren Ende, damit der Plug nicht herausrutschte.

Als er ihr seine Arbeit präsentierte, sog Gabrielle scharf den Atem ein. Wie es schien, kam ihr die Form bekannt vor.

Marcus lächelte sie an. „Der Spaß, den wir heute Abend haben werden, nennt sich Figging."

Nolan gluckste und sie erstarrte, als wäre ihr seine Anwesenheit vollkommen entfallen.

„Gewöhnliches Gleitgel kann ich in dem Fall nicht benutzen, da es die Wirkung aufhebt. Kannst du sie mit ihrem eigenen Nektar vorbereiten?", fragte Marcus mit einem Blick auf seine Hände. „Wenn ich sie jetzt an ihrer Pussy berühre, würde sie die Laute einer Dampfmaschine nachmachen."

Nolan schnaubte. „Oh ja, das würde sie. Ich schätze, ich kann dir zur Hilfe gehen, *heißes Schnittchen*." Der Dom spreizte ihre Beine und glitt mit den Fingern durch die Spalte ihrer Pussy. Er gluckste amüsiert. „Sie ist feucht, Marcus." Ihre gedämpften

Laute ignorierend, fuhr Nolan damit fort, ihr Arschloch mit ihren Säften zu versehen.

Auf ihren Wangen zeigte sich entrüstete Röte und sie funkelte Marcus an, als er den Ingwer anhob. Dankbar nickte er Nolan zu und richtete seine Worte an Gabrielle: „Es ist besser, wenn du dich entspannst, Gabrielle."

Während Nolan ihre Pobacken spreizte, schob Marcus langsam den nachgemachten Plug in ihr Arschloch. Das enge Loch kämpfte gegen die Invasion an – so wie es das auch bei einem Schwanz machen würde, bevor sich die Öffnung wie eine Faust um die Eichel legte. Der Gedanke machte ihn hart.

Der Ingwer glitt in sie und sie entließ ein Stöhnen.

„Geschafft, Süße. Nun zeige ich dir, wie heiß ich wirklich bin. Ich möchte, dass du weißt, dass von Ingwer keine Gefahr ausgeht – egal, was du auch beim Figging fühlen solltest."

Mit einem Arm auf der Bar küsste er Gabrielle auf die Wange und ihre Stirn. „So ein hübsches Gesicht und trotzdem schaust du ständig böse drein. Wärst du nicht lieber artig?"

Seine blauen Augen betrachteten sie neugierig, seine volltönende Stimme ein tiefes Summen. Gabi musste die Lider schließen, damit er nicht sah, wie sehr sie die Frage erschütterte. *Ich möchte artig sein. Ich hasse es, wenn du böse auf mich bist.*

„Ach, Süße", flüsterte er, „zusammen schaffen wir das. Es wird passieren."

Sie ließ die Augen geschlossen, bis sie hörte, dass er sich entfernte. Er war hinter die Bar spaziert, um sich die Hände zu waschen, während der herzlose Dom noch immer gegen ihre Beine lehnte. Sie konnte die Gespräche um sie herum wahrnehmen, hin und wieder schlich sich ein Lachen ein, woraufhin sich Schamesröte auf ihrem Gesicht ausbreitete. Der Aufmerksamkeit der Mitglieder war sie sich also sicher.

Als Marcus zurückkam, trat Nolan zur Seite und fragte in

seiner harschen Stimme: „Wenn du mich nicht mehr brauchst, werde ich mich auf die Suche nach meiner Sub begeben."

„Vielen Dank für deine Hilfe."

„Es war mir ein Vergnügen." Nolan gab Gabi einen leichten Klaps auf den Po und sie biss auf das Leder, um ein Quietschen zu vermeiden. „Soll ich sie später mit dem Rohrstock bekannt machen? Ich brauche wieder mal ein wenig Übung."

Gabi erstarrte. *Sag nein, sag nein, sag nein.*

„Hmm." Marcus rieb über die zwiebelnde Stelle. „Wenn sie nicht bald besseres Benehmen lernt, könnten deine Talente viel bewirken."

Nolan entfernte sich von der Bar. Indessen schlang Marcus seinen Arm um Gabis Taille und setzte sie mit Leichtigkeit auf ihre Füße. Als sich das Ding in ihrem Po bewegte, erschauerte sie und sie versuchte mit diversen Bewegungen, es sich angenehmer zu machen.

„Meine Hoffnung war, dass du sie auf der Bar lässt", sagte der Barkeeper, der entspannt mit einem beeindruckenden Unterarm auf dem Tresen lehnte und sie wertschätzend betrachtete. „Es ist eine Weile her, seit ich das letzte Mal ein dekoratives Ornament bewundern durfte."

„Nicht heute." Marcus rieb seine warmen Hände über ihre Arme. In seinen Augen sah sie Belustigung. Lächelnd fuhr er fort: „Ohne Hilfe wird es ihr wohl nicht gelingen, still zu halten."

Cullen zog die Augenbrauen zusammen. „Wofür brauchtest du eigentlich das Messer?"

„Ingwer. Sie hat mich *heißes Schnittchen* genannt."

Der Riese blinzelte Marcus an und brach dann in Lachen aus. *Was ist so lustig?*

Marcus löste die Fesseln hinter ihrem Rücken, zog ihr das gelbe Vinyloberteil aus und befreite sie endlich von dem Knebel.

Gott sei Dank! Sie rieb sich über ihre Wangen und schluckte, um den ekligen Geschmack des Knebels aus ihrem Mund zu verbannen. Knebel, Analplug, Tresen. *Oh je.* Sie hatte ein Spanking erwartet, vielleicht sogar ein Auspeitschen. Aber das ... niemals. Als Marcus die Einschränkungen in seine Tasche packte, bemerkte sie, dass die Blicke noch immer auf sie gerichtet waren – wahrscheinlich in der Hoffnung auf eine weitere Show. *Scheiß auf sie.*

Sie funkelte Marcus und Cullen wütend an. Es fiel ihr nicht besonders schwer, sie zu nerven. *Ein Barornament? Das wollen wir mal sehen.* „Soll ich mit dem Ding in meinem Arsch jetzt etwa Getränke servieren, oder was?"

Cullen stützte sein Kinn auf die Faust und beobachtete sie, als wäre sie ein seltenes Insekt.

„Nein, Gabrielle", antwortete Marcus in einem gelassenen Ton. „Du wirst neben mir sitzen und Selbstkontrolle praktizieren. Sorge dafür, dass ich es nicht bereue, dir den Knebel abgenommen zu haben."

„Das würde mir nicht im Traum einfallen, heißes Schnittchen." Sie spitzte die Lippen und hörte, dass die Leute um sie herum lachten.

Sein Ausdruck zeigte keine Veränderung. Er musterte sie mit seinen blauen Tiefen und sie bemerkte, dass sie rot wurde. In ihr wurde eine Lustwelle losgetreten, die Scham und Begierde mit sich trug. Unfähig den Blickkontakt länger aufrechtzuerhalten, senkte sie die Augen.

„Komm her, Süße", sagte er sanft. Er setzte sich an die Bar und hob sie auf seinen Schoß.

Als sich ihr Gewicht absenkte, wurde sie sich dem Ding in ihrem Hintern gänzlich bewusst. Sie zuckte zusammen und auch ihr Temperament nahm eine Veränderung vor – aus gutem Grund. Schließlich hatte dieser Blödmann etwas in ihr Arschloch geschoben!

Seine schwieligen Finger legten sich um ihre Hände und platzierten sie mit den Handflächen nach oben auf ihre nackten Schenkel. „Ich möchte, dass du die Hände in dieser Position lässt."

„Ist ja gut", grummelte sie. Dann knurrte sie, als er ihre Knie spreizte und ihre Beine seitlich von seinen positionierte. *Nein! Ich werde ganz sicher nicht jedem, der vorbeiläuft, meine nackte Pussy präsentieren! Das geht zu weit.* Ohne ein Wort zu äußern, versuchte sie, von seinem Schoß zu rutschen.

Er gluckste. „Oh nein." Eine Hand legte er auf ihre linke Brust, seine andere landete auf ihrem Venushügel, und so hielt er sie erfolgreich auf seinem Schoß.

Sie erstarrte, ihr Herzschlag beschleunigte sich bei dem Gefühl seiner Hände auf ihr, seiner starken Hände an ihren intimsten Stellen. Seine Handfläche, unnachgiebig und schwielig, presste sich gegen ihre nackten Schamlippen. Sie bebte, als er ihre Brüste knetete und ihre Nippel neckte. Es dauerte nicht lange, bis sich Begierde in ihr erhob.

„So ruhig. Das gefällt mir, Gabrielle", hauchte er ihr ins Ohr, sein Atem warm an ihrer Wange. „Sag: Danke, Sir, dass du mir eine Sitzmöglichkeit bietest."

Ihr Zögern führte zu einem Zwicken in ihren Nippel. Die Empfindung schickte sofort ein Signal an ihre Pussy. Wie war es möglich, dass sie in dieser Situation Erregung verspürte? Sein Mittel- und sein Zeigefinger ruhten zu beiden Seiten ihrer Klitoris. Wenn er sie dort berührte, würde sie auf diesem verfickten Barhocker zum Orgasmus finden. Durch ihre Nase atmete sie ein, bis die Hitze versiegte. „Danke, Sir, dass du mir eine Sitzmöglichkeit bietest."

„Sehr schön." Obwohl er ihre Fügung erzwungen hatte, klang er höchst zufrieden mit ihr. Eine Wertschätzung, nach der sie sich – wie sie in diesem Club gelernt hatte – wirklich verzweifelt sehnte.

Sie überlegte, was sie als Nächstes sagen oder tun könnte, wurde aber aus ihren Gedanken gerissen. Seine Hand zwischen ihren Schenkeln hatte sich in Bewegung gesetzt. Er berührte ihre feuchten Schamlippen und wieder entließ er einen befriedigten Laut. „Ist dir bewusst, dass dein Körper dich verrät, Gabrielle?", flüsterte er ihr ins Ohr, während sein Finger ihren Eingang umkreiste. „Dein Mund entlässt trotzige Laute, aber dein Körper sagt: Fick mich, bitte fick mich."

Er rieb über ihre Klitoris und spreizte dann seine Beine noch weiter, sodass sich bei ihr das gleiche Ergebnis zeigte. „Ich mag es, dich so offen auf mir sitzen zu haben. Auf diese Weise kann ich mit dir spielen, wann auch immer ich Lust dazu habe", hauchte er mit belegter Stimme.

Im Sitzbereich saßen zwei Auszubildende, die beide stirnrunzelnd zu ihr blickten. In der Umkleidekabine hatten sie sich lautstark darüber beschwert, wie viel Zeit Marcus mit ihr verbringen musste, weil sie sich nicht zu benehmen wusste.

Andere Mitglieder wanderten an ihr vorbei, lachten beim Anblick der nackten Sub, die auf dem Schoß ihres Doms gefoltert wurde. Sie konnte ihre Schamesröte nicht unterdrücken. *Ignoriere, was Marcus mit dir macht, was er in dir auslöst. Halte Ausschau nach dem Entführer.*

Aber er neckte sie weiter und ihre Konzentration bekam einen Knacks weg. Er wusste genau, wie er sie berühren musste. *Verdammt nochmal.* Erregung und Demütigung vermischten sich in ihr und ihre Fingernägel bohrten sich in ihre Schenkel, als sie versuchte, still zu halten. Ihre Klitoris schwoll an und allmählich machte sich das Ding in ihr bemerkbar. Es hatte sich ... erwärmt. Das ergab keinen Sinn. Sie hatte gesehen, wie er den Ingwer zurecht geschnitzt hatte. Es waren keine Batterien, keine Kabel involviert. Es handelte sich einzig und allein um eine Ingwerknolle. Sicher, Ingwer war ein Gewürz, aber ein mildes. Oder?

Es erhitzte sich stetig, und sie wand sich auf ihm. In dem Moment erkannte sie, dass er sie auf eine bestimmte Weise auf seinem Schoß platziert hatte. Es wäre ihr nicht möglich, das Ding zu entfernen. Ihr Anus brannte. Stand der Plug in Flammen? Das Teil musste raus. Sofort. Sie zappelte, wollte runter von seinem Schoß.

Er festigte den Griff an ihrer Brust, seine Handfläche an ihrer

Pussy übte Druck aus und fixierte sie damit. „Stillhalten, Gabrielle. Ich habe dir nicht die Erlaubnis gegeben, dich zu bewegen", warnte er in einem eiskalten Ton, der im starken Kontrast zu dem brennenden Ingwer in ihrem Arsch stand.

„Es brennt!" Sie schlug gegen seinen Arm, aber sein Griff war unnachgiebig. Beeindruckend für einen Anwalt. Es war ihr egal, ob sie erneut Ärger bekam. Es fühlte sich an, als hätte jemand einen brennenden Stock in ihren Arsch gesteckt. „Etwas stimmt nicht. Das Ding –"

„Erinnert es an ein heißes Schnittchen?" Von der Belustigung in seiner Stimme hatte er genau gewusst, was der Ingwer zur Folge haben würde. Schockiert schnappte sie nach Luft, was ihm ein Lachen entlockte. Sie wollte schreien! Das Ding verbrannte sie von innen heraus!

„Bitte, bitte, hol es raus." Auf ihrer Stirn brach Schweiß aus, als das Feuer an Intensität gewann.

„Nein." Ihre Anstrengungen ignorierend spielte er mit ihr, rollte den linken Nippel zwischen seinen Fingern, dann den anderen. Er ließ sich nicht von ihr aus der Ruhe bringen, erhöhte mit jedem Wechsel den Druck, bis die Berührungen an Schmerz grenzten. Ihre Brüste waren geschwollen und ihre Knospen pulsierten. Schließlich bewegte er die Hand über ihrer Pussy, glitt mit einem langen Finger in ihre Nässe, entfernte ihn, umkreiste ihre Klitoris. Rein und raus. Ihr Nervenbündel schwoll an, nahm sich ein Beispiel an ihren Brüsten. Jeder Kontakt mit ihrer Klitoris ließ ihre Begierde in ungeahnte Höhen steigen.

„Nicht. Ich will das nicht." Sie packte sein Handgelenk und versuchte, ihn wegzuschieben, weg von ihrer Pussy.

„Leg deine Hand wieder auf deinen Schenkel, Gabrielle." Die Härte in seiner Stimme löste ihren Widerstand auf. Ein Lustschauer schoss durch sie, als sie die Entscheidung traf, ihm zu gehorchen.

„Genau so möchte ich dich", murmelte er. „Du wirst stillhalten, was auch immer ich mit dir anstelle, was auch immer ich mit dir tun möchte."

Dass er ihr die Entscheidungen abnahm, hatte ungeahnte Auswirkungen auf sie. Sie schmolz dahin und schmiegte sich mit dem Rücken an seine Brust.

„Hübsche kleine Sub", flüsterte er. Er küsste sie auf ihre errötete Wange. „Und nun sei ruhig, damit ich in Ruhe mit dir spielen kann."

Irgendwie schaffte sie es, bewegungslos zu bleiben, als er ihre Klitoris neckte und er in ihrer Pussy eine andere Art von Feuer entfachte. Ein Feuer, das sich im Wettstreit mit dem brennenden Schmerz in ihrem Anus befand. Dann zwickte er in ihren Nippel. Schmerz und Lust schossen wie über ein Stromkabel zwischen ihrer Pussy, ihrem Hintern und ihren Brüsten hin und her. Lange würde es nicht mehr dauern. Sie stöhnte, ertrank in den elektrisierenden Empfindungen.

Erbarmungslos führte er sie an die Klippe, bis sie nicht mehr ruhig sein konnte, bis sie auf seinem Schoß umherrutschte. Wenn sie nicht bald kam ... Sie wimmerte. Alles brannte ... überall. Jede einzelne Berührung trieb sie näher, bis die Welt um sie herum in den Hintergrund trat und nur das Gefühl seiner Hände und die Hitze des Ingwers zurückblieben. Immer, wenn sie der Klippe besonders nah kam, nahm er Druck heraus, seine Berührungen sanfter, um sie auf der pochenden, brennenden Kante zappeln zu lassen.

Marcus strich mit den Lippen über die Wange der zappelnden Sub auf seinem Schoß. Sie wandelte mit Schmerz und Lust. Eine Berührung würde ausreichen, um sie abheben zu lassen, um sie zum Schreien zu bringen. Ihr sanftes Wimmern erfüllte ihn mit unbändiger Freude, genau wie die Tatsache, dass sie keinen klaren Gedanken, kein klares Wort mehr formen konnte. Auch Beleidigungen brachte sie nicht länger hervor. Master Z lief an ihm vorbei, musterte Gabrielle für eine Sekunde und nickte Marcus zu.

Der Ausdruck des Clubbesitzers war verwirrend, dachte Marcus. Beinahe besorgt ... mitfühlend. Er schob die Beobachtung beiseite und konzentrierte sich wieder auf seine Sub. Ihre Reaktionen waren entzückend. Er musste sie vielleicht zwingen, ihre Schutzmauern zu senken, aber hatte sie das erstmal getan, gab sie ihre Unterwerfung so bereitwillig, dass er mehr davon wollte. Um eine weitere Empfindung hinzuzufügen, knabberte er an ihrem Hals und entlockte ihr ein lautes Stöhnen.

„Flehe mich an, Gabrielle", befahl er. „Flehe mich an, dich kommen zu lassen."

Ah, okay, anscheinend war er zu weit gegangen, denn sie entließ ein bezauberndes Knurren.

„Ich will alles von dir, Süße", flüsterte er und schnellte mit dem Finger über ihre geschwollene Klitoris. Zu sanft, um sie zum Orgasmus zu bringen, aber hart genug, sodass ihre Schenkel bebten. Der Geruch ihrer Erregung vermischte sich mit dem Duft ihrer Haut und ihrer Haare. „Flehe mich an."

Sie presste die Lippen fest aufeinander und er lachte. Dickköpfige kleine Sub. Ihr Widerwille kam so natürlich, ihr Ausdruck ein offenes Buch. Wie lange war es her, dass sie dermaßen getestet wurde? Er platzierte die Hände zu beiden Seiten ihres Hinterns und schob ihre Pobacken zusammen. Druck auf die Ingwerknolle würde das Brennen verstärken.

Sie zuckte zusammen und entließ ein heißeres Stöhnen. „Bitte. Oh Gott, bitte, Marcus."

Nah dran. „Wer?"

„Sir! Sir, bitte!"

„Na gut. Du hast so nett gefragt, Gabrielle, also werde ich dich belohnen", flüsterte er. Er tauchte seine Finger in ihre Nässe und glitt nach oben, passierte ihre Klitoris und arbeitete sich dann langsam wieder nach unten. Ihr Körper erstarrte, als er seinem Ziel näher kam. Schließlich erreichte er die geschwollene Perle erneut und fuhr einmal drüber hinweg.

Sie wölbte den Rücken, ihr Hinterkopf lehnte sich gegen seine Schulter, als sie ihre Lust hinausschrie. Ein hoher befriedigter Laut, der ihn noch härter machte. Er knirschte mit den Zähnen. Wenn sie ihren hübschen Arsch weiter an seinem Schwanz rieb, würde er sie über den Barhocker beugen und sie von hinten nehmen.

Er festigte den Arm um ihre Taille und umkreiste ihre Klitoris, während sie von ihrem Hoch herunterstieg. Wenige Sekunden später sackte sie an ihm zusammen. Kleine Schauer jagten regelmäßig durch ihren Körper.

Einfach weil er es konnte, umfasste er eine weiche Brust. Er küsste ihre schweißnasse Wange. „Bedank dich bei mir, Gabrielle."

Ihre Lider waren auf halbmast, ihre Lippen zierte ein befriedigtes Lächeln. Wunderschön. „Danke."

Er drehte ihren Kopf zu sich und küsste sie. Auf wundervollste Weise gab sie sich ihm hin und erwiderte den Kuss.

Schließlich zog er sich zurück, obwohl seine Sehnsucht nach ihr noch nie so ausgeprägt war. Von dem Kuss waren ihre nassen Lippen rot und geschwollen. Sie schloss die Augen und ihre langen rotgoldenen Wimpern legten sich auf ihre rosafarbenen Wangen.

Lehrstunde. Das ist eine Lehrstunde, Atherton. Sich an seine Aufgabe erinnernd rieb er seine Wange an ihrer. „Ich genieße es sehr, einer höflichen Sub Befriedigung zu verschaffen, Süße." Den zweiten Teil ließ er ungesagt – dass Unhöflichkeit Schmerz nach sich zog.

Ihre Augen hoben sich und trafen auf seine. Der verletzliche Ausdruck hatte Auswirkung auf sein Herz. Im gleichen Atemzug wurde er Zeuge davon, wie sie ihre Emotionen hinter einer Tresortür verschloss.

Die Schlampe war spät dran. Cesar Maganti sah auf sein Handy. Ein Uhr dreißig in der Nacht. Im Schatten neben dem Apartmentkomplex seines Zielobjektes lehnte er gegen eine Wand. Schweißtropfen rannen seinen Rücken herunter. Sein Overall, der ihn als Handwerker auszeichnete, fühlte sich in der Schwüle wie eine Winterjacke an.

Es war nicht lange her, dass Jang ihm mitgeteilt hatte, dass Candi den BDSM-Club im Stadtzentrum verlassen hatte. Eigentlich müsste sie gleich hier sein. Wenn alles nach Plan lief, hätte er sie in seiner Gewalt, verpackt und bereit für den Transport, bevor die Docks öffneten. Für den aktuellen Auftrag benötigte er vier Frauen. Sie war die Nummer zwei.

Er beobachtete, als ein Auto auf den Parkplatz fuhr. Ein roter Jeep. Nein. Ein betrunkenes Paar stieg aus und schunkelte in ein Erdgeschossapartment. Er bezweifelte, dass die beiden jemand anderes als sich selbst wahrgenommen hatten. Die Nächte an den Wochenenden waren auf jeden Fall die beste Zeit, um Frauen zu entführen. Vor zwei Jahren, als der Aufseher ihm eine E-Mail geschrieben hatte, in der ausführlich erklärt wurde, wie er bei einer Entführung vorgehen sollte, hatte er sich halb totgelacht. Die Vorschläge des Bastards hatten sich jedoch als hilfreich herausgestellt.

Der Aufseher. Hochtrabender Name für einen Zuhälter. Der herablassende Sack bezahlte jedoch für jede Ladung Frauen gutes Geld. Letztes Mal hatte der Gewinn dafür gesorgt, dass er seine Privatdetektei nicht hatte schließen müssen. In diesem Jahr wollte er seine Spielschulden abbezahlen und somit vermeiden, dass er in den Golf von Mexiko geworfen wurde.

Dieses Mädchen, dann noch zwei mehr und er wäre frei.

Und da war sie auch schon. *Komm zu mir, Schnecke.* Sie parkte und schloss ihren alten, weißen Kompaktklasse-Sedan ab. Anschließend lief sie zu der Treppe am Ende des Gebäudes. Eine

Frau, die auf ihre Gesundheit achtete. Die Frauen, die er entführte, nutzten kaum die Fahrstühle. Er sah sich in der Umgebung um. Auf der anderen Seite des Parkplatzes fuhr ein Auto los, die Scheinwerfer tanzten über die Büsche. Freie Bahn. *Los geht's.*

Maganti lächelte, als sich die Brünette näherte. Gute Titten. Sie erreichte die Treppe und er entschied, in diesem Moment aus den Schatten zu treten. „Hey, Candi", sagte er grinsend. „Lange nicht gesehen."

Er benutzte absichtlich ihren Vornamen. Anstatt also schreiend wegzurennen, zögerte sie kurz. Mit einem alkoholisierten Gehirn brauchte sie eine Minute, um zu erkennen, dass sie ihn noch nie in ihrem Leben gesehen hatte. Dann weiteten sich ihre Augen und –

Mit einem Taser setzte er sie außer Gefecht.

Sie fiel. Er entfernte die Drähte aus ihrem Bauch und injizierte ihr ein Betäubungsmittel, um sie zu den Docks zu fahren, sein Geld einzuheimsen und sie an die Jungs zu übergeben, die sich um die Übergabe kümmerten.

Maganti zog die Waschmaschinenbox aus dem Gebäude, hob sie hinein und schloss sie darin ein. Mit einer Sackkarre rollte er die Box zu seinem Van und die Rampe hinauf. Nachdem er die Tür geschlossen hatte, holte er sie raus und fesselte dann ihre Hände und Füße. Er durfte schließlich nicht unvorsichtig werden. Als er vom Parkplatz fuhr, wusste er, dass jeder nur einen harmlosen Lieferwagen sehen würde. Auch diese Idee hatte er von der Liste des Aufsehers. Niemand hinterfragte Handwerker. *Es gab einen Notfall, Ma'am. Die Maschine hat den ganzen Waschraum unter Wasser gesetzt.*

Sobald er auf die Straße eingebogen war, warf er die unechte Brille und seine Baseballkappe auf den Beifahrersitz.

Noch zwei kleine Vögelchen. Pfeifend dachte er an die Frau im hinteren Teil des Vans. Lange Haare. Netter Arsch. Große Titten. Er wurde hart. Wenn er sich beeilte, könnten Jang und er sich ein wenig amüsieren, bevor das Boot kam.

KAPITEL ACHT

Später an diesem Abend lief Marcus durch den Club und sah nach seinen Auszubildenden. Zwei neuere Doms hatten ihn um Zeit mit Sally gebeten. Er hatte gehofft, dass zwei Männer sie etwas einschüchtern würden. Wie immer toppte sie aus ihrer Rolle als Bottom. Sie sagte ihnen, was sie tun sollten und wo sie Fehler machten. *Verdammt.*

Ein junges Dom/Sub-Paar hatte sich Tanner für eine Flogging-Session hinzugeholt. Der junge Mann stand kurz vor einer Explosion und grinste bei jedem Schlag über beide Ohren. Dara, Austin und Uzuri hatten bereits eine Session gespielt, und so servierten sie nun Drinks. Daras Session hatte lange angedauert und Marcus lächelte bei den roten Streifen auf der Rückseite ihrer Schenkel.

Er machte sich auf den Weg zu dem Pranger-Bereich, wo sich Gabrielle aufhielt. Marcus wollte sehen, wie sie mit einem neuen Dom und leichten Schmerz umging. Also hatte er einem jungen Dom in seinen späten Zwanzigern erlaubt, die Gerte an ihr zu benutzen.

Danach sollte er sich selbst eine freie Sub suchen. Sein stetiger Kampf mit Gabrielle und ihr Orgasmus durch seine Hand hatte eine Erektion produziert, die nach Erlösung verlangte.

Gabrielle zu ficken, solange sie noch in dieser trotzigen Phase war, konnte er nicht verantworten.

Am Pranger angekommen, sah er den blonden Dom. Er trug ein schwarzes Lederoutfit. Nachdem er Gabrielle mit Holt bekanntgemacht hatte, waren ihre Augen über seine Motorradaufmachung geschweift. Anscheinend war dies genau das Outfit, was sie an einem Dom erwartet hatte. Sie konnte sich demnach ein Grinsen in Marcus' Richtung nicht verkneifen. Marcus gluckste. Möglich, dass sie ihn schon bald in den Wahnsinn treiben würde, aber Langeweile kam mit ihr ganz sicher nicht auf.

Diagonal zum Spielbereich nahm er Platz. Holt hatte sie gut fixiert, mit ihrem Kopf und ihren Händen zwischen den Holzlatten. Ihre gelbe Hotpants hatte er heruntergezogen, um ihren hinreißenden Arsch der Welt zu präsentieren.

Die kleine Sub war ein farbenfroher Anblick. Blasse Haut, ein gelbes Oberteil, das ihre hübschen Brüste kaum zu bändigen wusste. Die drei gelben Ohrringe in ihrem rechten Ohr farblich passend zu ihrem Outfit, die zwei in Blau auf der rechten Seite koordiniert zu der Strähne in ihrem Haar. Ein feminines Rebentattoo an ihrem Arm griff die Farben erneut auf. Im hell erleuchteten Separee funkelten ihre Haare in einer Myriade aus Rot- und Goldtönen – die blaue Strähne ein besonderer Hingucker. Nicht zu glauben, dass er sie zu Beginn nur als recht ansehnlich eingestuft hatte. Sie war wirklich eine hinreißende kleine Sub.

Holt umkreiste sie langsam und auf Gabrielles Wangen stahl sich die Röte. Sie ballte die Hände zu Fäusten und verlagerte ihr Gewicht von einem Bein auf das andere, als sie bemerkte, wie ausgeliefert sie ihm war und dass ihr Hintern in dieser Position einiges zu erwarten hatte. Nervös. Aufgeregt. *Sehr nett.*

Der Dom nahm sich Zeit, spielte mit ihrer Pussy und ihren Brüsten, um ihre Erregung zu steigern. Marcus hatte Holt mehr als einmal beobachtet. Er machte sich gut. Marcus musste jedoch zugeben, dass er derjenige sein wollte, der mit den Händen über ihren weichen Hintern rieb und ihre hellrosa Nippel neckte, bis sie vor ihm salutierten.

Holt begann, sie leicht mit der Gerte zu schlagen, und musterte gleichzeitig ihre Reaktion.

Nach ein paar sanften Hieben ballte Gabrielle die Hände zu Fäusten und ihr Kiefer spannte sich an. Schmerz war nicht der Grund. Sie schien mit sich selbst zu kämpfen. *Los geht's*, dachte Marcus. Er wusste nicht, ob er lachen oder ... fluchen sollte.

„Ist das alles?", fragte sie laut. „Sogar der spießige Ausbilder kann härter zuschlagen!"

Spießiger Ausbilder. Verdammt.

Mit ihrer melodischen Stimme sang sie: „Alles, was du machst, kann er besser ..."

Marcus unterdrückte ein Schmunzeln.

Holt schlug mit der Gerte auf seine Handfläche und warf sie dann von sich, während er versuchte, herauszufinden, warum sie ihn absichtlich provozierte. Er lief auf die andere Seite des Prangers und packte ein Bündel ihrer Haare. Die Musik von der Tanzfläche übertönte seine Worte. Anschließend ging er wieder hinter sie und hob die Gerte auf. Marcus musterte ihn. Er war kontrolliert. Keine Wut zu erkennen. *Sehr gut.*

Bei einem Blick auf Gabrielle erstarrte Marcus. Ihr Gesicht war kreidebleich und ausdruckslos, ihre Augen hatten den Fokus verloren. Was zum Teufel hatte Holt zu ihr gesagt? Als Marcus sich erhob, holte Holt Schwung. In dem Moment bemerkte er jedoch, dass sie regelrecht gelähmt wirkte. Sofort nahm er den Arm herunter. Er legte die Gerte weg und lief zu ihrer Vorderseite, gerade als Marcus die Seilabtrennung erreichte.

„Marcus, hilf mir, sie loszumachen. Sie reagiert nicht." Mit einer Hand rieb Holt tröstend über ihren Rücken, mit der anderen öffnete er den Pranger. Sanft flüsterte er: „Alles wird gut, Kleine. Du bist in Sicherheit." Er hob den Teil, der ihren Hals und ihre Handgelenke fixiert hielt. „Gabrielle. Sieh mich an,

Gabrielle." Holt schüttelte den Kopf. „Sie ist vollkommen wegge-treten, verdammt."

Ihre Knie waren nicht eingeknickt, erkannte Marcus, als er ihre Shorts hochzog und ihr aus dem Pranger half. Er hatte ein ungutes Gefühl. Das war keine normale Reaktion. Holt schlang einen Arm um sie, hielt sie an seine Seite gepresst, noch immer die Session kontrollierend. In dem Moment bebten ihre Knie und Marcus musste alles geben, um nicht die Hände nach ihr auszu-strecken. *Gott*, das wollte er so sehr. Er sehnte sich danach, sie Holt aus den Armen zu reißen, sie zu halten und herauszufinden, was falsch gelaufen war.

Holt hob den Blick. „Ich bin ein Fremder für sie und ich werde bei einer Session nicht mit einer Sub um die Vorherrschaft kämpfen. Bitte nimm du sie."

Marcus nickte dankbar und hob die kleine Sub in seine Arme. „Süße, du bist sicher. Ganz ruhig. Alles wird gut." Er verließ das Separee.

Olivia in ihrer Aufseherweste stand in der Nähe, falls Marcus etwas brauchte.

„Wir kommen klar", entgegnete er. Dann setzte er sich auf die Couch. Holt nahm neben ihm Platz. Mit einem Arm hinter ihrem Rücken zog Marcus sie an seine Brust und legte seine freie Hand auf ihre Wange. „Gabrielle, sieh mich an", sagte er in einem sanften Ton.

Ihre Augen weiteten sich, noch immer starr dreinblickend, ähnlich einer Sub im Endorphinrausch. Ihr erstarrter Körper, ihr blasses Gesicht und ihre schweißnasse Haut sprachen eine andere Sprache. Besorgt vertiefte er die Stimme und legte mehr Härte in seine Worte: „Gabrielle. Sieh. Mich. An."

Sie zuckte zusammen, als hätte er sie geschlagen. Ihr starrer Blick löste sich etwas auf. Sie blinzelte und fand seine Augen. Dann sah sie sich um. Wie es schien, erinnerte sie sich nicht, wie sie auf seinem Schoß geendet war. Sie zitterte und er wickelte die Arme fest um sie.

Holt besorgte eine weiche Decke und bedeckte sie damit.

„Danke", wimmerte sie. Verwirrt betrachtete sie den jungen Dom. „Wir hatten eine Session. Am Pranger?"

„Das stimmt, Gabrielle." Holt nahm ihre Hand und musterte sie aufmerksam. Sofort bemerkte er, dass sie ihm die Hand nicht aus dem Griff riss. Das war schon mal gut. „Kannst du mir sagen, was passiert ist? Was hat dich verängstigt?"

Sie schüttelte den Kopf und zog die Augenbrauen zusammen.

„Habe ich dich verletzt?"

„Nein." Ihr Lächeln wackelte. „Ich weiß nicht ..." Wieder erstarrte sie.

„Ganz ruhig, Süße", flüsterte Marcus in ihr Ohr.

Sie fand seinen Blick. „Marcus?" Ihr Körper entspannte sich und sie schmiegte sich an ihn.

Er küsste sie auf die Stirn. Sie vertraute ihm und diese Erkenntnis wärmte ihm das Herz. Es erleichterte ihn. In den Augen der kleinen lebhaften Sub nur noch Todesangst zu sehen, hatte ihn krank vor Sorge gemacht.

„Du warst frech zu Holt", sagte Marcus. „Erinnerst du dich?"

Sie nickte und richtete ihre Worte beschämt an Holt: „Äh, das tut mir leid."

„Du hast versucht, mich aus der Reserve zu locken", sagte Holt. „Hast du es getan, sodass ich mit der Gerte härter zuschlage? Wolltest du das wirklich?"

Erneut erstarrte sie. Kaum merklich schüttelte sie den Kopf. „Nein", hauchte sie.

Marcus runzelte die Stirn. Wieder einmal eine Situation, in der ihr Ungehorsam keinen Sinn ergab. Schmerz mochte sie nicht. Manchmal sehnte sich die Sub nach der Aufmerksamkeit ihres Doms, aber Gabrielle war sich dessen bereits sicher gewesen.

Er schüttelte den Kopf. *Analysiere später, Atherton.* Für den Moment musste er herausfinden, was zu der Reaktion geführt hatte. Da sie sich nicht erinnerte, würden sie schrittweise vorgehen. „Holt hat deine Haare gepackt", begann Marcus. Behutsam glitt er mit den Fingern in ihre Haare und zog sanft.

Wenn überhaupt wollte sie ihm jetzt noch näher sein.

Holt grinste. „Also das war es eindeutig nicht."

„Dann hat Holt etwas zu dir gesagt. Erinnerst du dich, was es war, Süße?"

„Hat er?" Sie biss sich auf die Lippe und sah zu dem jungen Mann. „Du hast meine Haare gepackt, hast dich vorgebeugt und –" Und ihre Muskeln spannten sich an.

„Gabrielle", zischte Marcus.

Sie zuckte zusammen und fand seinen Blick.

„Na bitte. Bleib bei mir, meine Kleine." Er streichelte ihr über ihre verwuschelten Haare. Mit einem müden Seufzer entspannte sie sich. „Holt, kannst du laut aussprechen, was du zu ihr gesagt hast?"

Holt presste die Lippen zusammen. Ermutigend drückte er Gabrielles Hand. „Ich will dir nicht nochmal Angst machen, Kleine, aber wir müssen herausfinden, was zu deiner Reaktion geführt hat. Verstehst du das?"

Sie nickte, ihr Körper jedoch verfiel erneut in eine Starre. Vielleicht erinnerte sie sich nicht direkt an den Auslöser, etwas in ihr tat das aber sehr wohl.

„Du kleine Göre", sagte Holt.

Gabrielles Seufzer erinnerte eher an ein Lachen.

Schmunzelnd rieb Marcus sein Kinn über ihre Haare. Sein kleiner Hitzkopf ließ sich nicht lange unterkriegen. Langsam konnte auch er etwas entspannen.

„Ich schätze, das war es nicht." Holt lächelte und fuhr mit dem nächsten Teil fort. „Wie es scheint, willst du hart von mir ausgepeitscht werden ..."

Sie verzog das Gesicht zu einer Grimasse, aber Angst war nicht zu sehen.

Holt nickte. „... oder bist du eine dreckige Schlampe, die –"

Gabrielles Körper erstarrte, ihre Augen ausdruckslos.

„Das ist es." Marcus hob ihr Kinn an. „Gabrielle, sieh mich an. Jetzt!", befahl er.

Die Verbindung, die er mit ihr aufgebaut hatte, reichte tief und sie erschauerte. Ihr Blick konzentrierte sich auf ihn.

„Gutes Mädchen", flüsterte er. „So ein braves Mädchen. Bleib bei mir, Süße." *Denn du jagst mir eine Heidenangst ein, wenn du verschwindest.*

Seufzend kuschelte sie sich an ihn.

Marcus blickte zu Holt. Der Ausdruck des jungen Doms erzählte von Schock und Schuldgefühlen. „Ich wollte nur sehen, ob sie es mag, betitelt zu werden."

Es gab einige Subs, die es genossen, *Schlampe* oder *Hure* genannt zu werden. „Du hast dir nichts vorzuwerfen, Holt. Noch nie habe ich so eine extreme Reaktion auf verbale Demütigung erlebt. Das hat sicherlich etwas mit einem Ereignis aus ihrer Vergangenheit zu tun."

„Okay." Der Dom fuhr mit den Fingern durch seine Haare. „Wirst du mit ihr daran arbeiten?"

„Auf jeden Fall."

„Na gut." Sein Ausdruck zeugte von dem Bedürfnis nach einem Faustkampf. „Wenn du herausfindest, wer für diese Angst verantwortlich ist ... Ich hätte nichts dagegen, dem Kerl Benehmen beizubringen."

Marcus nickte. *Stell dich hinten an, Holt.* Als der junge Dom davonlief, streichelte er nachdenklich über Gabrielles blasse Wange.

Dreckige Schlampe. Es gab Frauen, die dieser Ausdruck anwiderte, andere wären schockiert und bei einem Teil hätte es Erregung zur Folge. Gabrielles Reaktion schien eher ein katatonischer Flashback zu sein. Was könnte in ihrer Vergangenheit vorgefallen sein, um einen derartigen Trigger zu setzen? Die wahrscheinlichste Antwort war ...

. . .

Seine Arme fühlten sich himmlisch an. Er strahlte Hitze aus wie die Sonne an einem warmen Sommertag. Gabi presste die Wange an sein weiches Hemd, das seine muskulöse Brust bedeckte. Sie sollte sich wieder auf ihren Job als Lockvogel konzentrieren, aber ihr Körper spielte nicht mit. Ihr Blick lag auf dem Pranger. Die beiden Männer hatten sie losgemacht, sie zu der Couch getragen, und sie konnte sich an nichts davon erinnern. Wie war das möglich? Ihr Gehirn hatte vollkommen ausgesetzt. Als die Panik zurückkehrte, krallte sie sich an Marcus' Sakko. *Verlass mich nicht.*

Bei ihrer Bewegung strich er mit den Fingerknöcheln über ihre Wange und benutzte seinen Daumen unter ihrem Kinn, um ihren Blick zu seinem zu heben. Die Intensität in seinen blauen Augen reichte bis tief in ihre Seele und sie schaffte es nicht, den Blickkontakt zu unterbrechen.

„Hast du jemals Rape-Play versucht, Süße?", fragte er in einem rauen Tonfall, als hätte das hässliche Wort seine geschmeidige Stimme abgeschliffen.

Ihre Haut kühlte ab und ihr wurde übel. Sie bohrte die Finger in seinen Arm und spürte nichts als Muskeln. „Nein." *Nein, nein, nein.* „Bitte nicht, Sir."

„Ich verstehe." Er zog die Hand von ihrem Gesicht zurück und nahm die ihre in seine, erdete sie in der Gegenwart. „Wann wurdest du vergewaltigt?"

Der ganze Sauerstoff verließ ihren Körper, als hätte ihr jemand in die Magengrube geboxt. Ihr nächster Atemzug schmerzte und sie wehrte sich gegen den Knoten in ihrer Brust. „Wie ... woher weißt du das?"

Seine Augen blieben auf ihr haften. „Ich wusste es nicht, Süße. Jetzt weiß ich es aber. Wann?"

Sie schluckte schwer. „Vor zehn Jahren. Ich bin bei einem Bandenkrieg zwischen die Fronten geraten."

„Mmm." Die emotionslose Antwort erleichterte ihr das Atmen. Sie senkte den Blick, beobachtete, wie sein Daumen kleine Muster auf ihrem Handrücken zeichnete. Allmählich lockerten sich ihre Muskeln.

„Stört es dich, wenn ein Mann die Kontrolle über dich hat?"

„Nein. Das liegt alles in der Vergangenheit. Ich komme damit klar. Deswegen habe ich auch nichts davon auf dem Fragebogen vermerkt."

Er entließ einen widerstrebenden Laut. „Nicht lügen, Süße. Sieh mich an."

Sie versuchte, bei seinem intensiven Blick nicht zusammenzuzucken. *Ich will nicht darüber reden. Ich will einfach nur von dir gehalten werden.*

„Wann stellt es ein Problem für dich da, unterworfen zu werden?" Um die Frage zu unterstreichen, nickte er in die Richtung des Prangers.

Okay, manchmal ergaben sich Schwierigkeiten. „Ich habe nie darüber nachgedacht." *Und das will ich auch jetzt nicht.*

Während er sie eindringlich betrachtete, strich er mit den Fingern über ihre Wange. Wie immer schaffte es die Kombination aus Dominanz und Sanftheit, dass sie dahinschmolz. Seine Augen verloren jegliche Härte und er flüsterte: „Kleine Sub." Er küsste ihre Stirn. „Denk darüber nach, was du am Pranger gefühlt hast. Dann möchte ich wissen, wann du das letzte Mal diese Gefühle hattest."

Leichthin sagte sie: „Na ja, es scheint mir doch ganz so –"

„Jetzt nicht frech werden, Gabrielle." Er nahm ihr Kinn zwischen Daumen und Zeigefinger und machte deutlich, wer die Kontrolle hatte. „Ich möchte von dem Moment hören, an dem du das letzte Mal Angst hattest."

Mit Ausweichmanövern konnte sie seiner Beharrlichkeit nicht entkommen. „Ich bin eine Weile mit diesem Kerl ausgegangen. Er hat mir an den Haaren gezogen und mich recht brutal gefickt. Das hat mir gefallen. Sehr sogar. Einmal hat er mich jedoch mit Namen betitelt ..." Ihre Hände waren wieder schweißnass und sie versuchte, den Blick abzuwenden.

Seine Hand festigte sich an ihrem Kinn. „Bleib bei mir, Gabrielle." Seine blauen Tiefen erreichten sie in der Dunkelheit und vertrieben die Wolken. „Welche Worte hat er benutzt?"

„Schlampe." Die Beleidigung hallte in ihrem Verstand wider. In ihren Ohren rauschte das Blut wie Wellen, die während eines Sturms an Felsen brachen. Sie schluckte an dem Kloß in ihrem Hals vorbei und kämpfte gegen ihre Übelkeit an. „Hure. Fotze. Dinge dieser Art."

„Ah, na gut. Deine Reaktion bezieht sich also auf diese Worte." Für einen Moment schwieg er, dann zeigte sich eine Sorgenfalte zwischen seinen Augenbrauen. „Du zitterst noch immer, Süße. Wir werden eine Weile hier sitzen, damit du etwas zur Ruhe kommen kannst." Seine Hand fuhr in ihren Nacken und er legte ihren Kopf an seine Schulter. Als die Laute in ihrem Verstand abebbten, konzentrierte sie sich auf seinen ruhigen Herzschlag. Mit seiner Hilfe glitt ihre Welt wieder in die Angeln zurück.

Ab und zu hörte sie ihn Sprechen … Er bat den Dom mit der harschen Stimme, einem Jugendlichen mit einem schlechten Ruf einen Job auf einer seiner Baustellen zu geben. Jemand mit einem spanischen Akzent überredete ihn, nächste Woche an einem Pokerabend teilzunehmen. Die Techno-Musik wechselte zu den klassischen Klängen von Rachmaninow.

Fest hielt er sie in den Armen, ohne jemals den Griff zu lockern. Manchmal küsste er sie auf die Haare, als hätte er das Bedürfnis, ihr zu versichern, dass er sie nicht vergessen hatte. Noch nie war sie so glücklich gewesen, wie hier auf seinem Schoß und eingehüllt in seine Wärme.

Schließlich setzte er sie aufrecht hin und sagte belustigt: „Stehst du kurz davor, einzuschlafen, Süße?"

Sie schüttelte den Kopf und erinnerte sich, dass sie ihm verbal antworten musste. „Nein, Sir." Eine Sekunde verging, bevor sie es wagte, ihm in die Augen zu sehen. „Danke."

„Es war mir ein Vergnügen, aber wir sind für heute noch nicht ganz fertig, Sub."

Oh je.

„Zuerst, und ich möchte, dass du das nicht vergisst: verbale Demütigung ist für dich eine harte Grenze. Das musst du jedem Dom vor einer Session verständlich machen. Verstanden?"

Für den Moment hieß das, dass sie das ganz sicher *nicht* tun würde. „Ja, Sir."

„Okay. Nun möchte ich ein paar der Wörter sagen und sehen, wie du reagierst." Auf ihr Einverständnis wartend nahm er ihre Hand in seine.

Sie sammelte ihre Kräfte und umklammerte sein Handgelenk. „Okay."

„Schlampe", sagte er sanft, seine Augen stets auf ihr Gesicht gerichtet.

Sie zuckte zusammen und atmete zittrig ein.

„Dreckige Schlampe."

Gleiche Reaktion.

„Fotze. Miststück."

All diese Worte hörte sie nicht zum ersten Mal. Die furchtbare Stimme erhob sich in ihr, als ... Schnell drückte sie die Erinnerung nieder. „Alles gut."

„Du bist sehr mutig, Süße, aber gut geht es dir nicht. Zwischen den beiden gibt es einen Unterschied." Er küsste sie auf die Stirn. „Brutaler Sex und Kontrollverlust stören dich nicht – nur die Wörter?"

Das ergab keinen Sinn, oder? Sie starrte auf die Narben auf seinen Fingerknöcheln und dachte nach. „Ich ... Als ... es ... passierte, sind zunächst andere Dinge vorgefallen." *Danny und Rock sind gestorben. Der Schnitt in ihre Wange. Der darauffolgende Schmerz. Blut überall und ...* „Ich war wie gelähmt, nur die Stimmen konnte ich nicht ausblenden."

„Stimmen." Er krächzte das Wort, betonte den letzten Buchstaben, der es zur Mehrzahl machte. Unter ihren Fingern spannten sich seine Muskeln an.

Wäre diese eisige Emotion auf sie gerichtet gewesen, hätte ihr Herz seine Funktion aufgegeben. Stattdessen war es seine Wut, die ihr das Gefühl gab, in dieser brutalen Welt nicht allein zu sein. Mit den Fingern strich sie auf seinem Unterarm durch goldfarbene Härchen.

Nach wenigen Sekunden atmete er zittrig ein und platzierte einen Kuss auf ihren Haarschopf. „Na gut. Nur die Worte. Es freut mich, dass du nicht erstarren würdest, wenn dich jemand angreift." Ein kleines Lächeln zierte seine Lippen. „Solange er dich nicht mit Kraftausdrücken bewirft."

Ihr Lachen erinnerte an einen Schluckauf. Besser als nichts. „Das kann ich dir garantieren." Vor drei Jahren hatte sie ein Mann aus heiterem Himmel angegriffen und sie war nicht erstarrt. An dem Tag hatte sie herausgefunden, dass sich die Knie eines Mannes nur in eine Richtung beugen konnten.

„Gutes Mädchen." Er zog die Augenbrauen zusammen. „Es gefällt mir kein bisschen, dass wenige Worte dazu in der Lage sind, dich zu lähmen. Was, wenn du nicht im Club, sondern bei dir zuhause spielen möchtest?"

„Ich ..." Die Reaktion ihres Dates hatte gezeigt, dass sie ihm Angst gemacht hatte. Der Gedanke, dass es erneut passieren könnte, erschreckte sie. Eine Reaktion, die nur auf ein paar abartige Wörter zurückzuführen war. „Mit dir gab es kein Problem."

„Kleine Azubine, würdest du mir nicht mit deinem Körper und deinen Emotionen vertrauen, wärst du nach der ersten Nacht nicht zurückgekommen."

„Oh." Für Kim hätte sie es versucht, aber wenn die Panik zu groß gewesen wäre ... Sogar jetzt sang ihr Körper: *sicher, sicher, sicher und behütet.* „Guter Punkt."

„Ausgehend von deiner Reaktion bei Holt ist es zu gefährlich, wenn jemand anderes diese Worte zu dir sagt." Gedankenverloren hob er ihre Hand und küsste ihre Finger. „Bei mir hast du kaum reagiert. Natürlich wusstest du, was ich zu dir sagen werde. Vielleicht sollte ich dich stattdessen überraschen."

Sie unterdrückte ein Lachen. „Ich bezweifle, dass die Doms es genießen würden, wenn du ihre Sessions ruinierst."

„Nein. Ich denke aber, dass eine andere Methode funktionieren könnte." Er runzelte die Stirn. „Nichtsdestotrotz solltest du dir professionelle Hilfe suchen, Gabrielle, und mit jemandem deine Ängste besprechen."

„Das habe ich. Danach", unterbrach sie ihn. „Dieses Problem hat sich dabei nicht offenbart." Nicht mal bei den regelmäßig durchgeführten Evaluierungen bei der Arbeit. *Natürlich wollte ich nicht wahrnehmen, wie ernst es ist.* „Im Moment kann ich nicht ... Wenn ich es nicht selbst unter Kontrolle bekomme, werde ich mir Hilfe suchen." *Tut mir ja furchtbar leid, Agent Rhodes, aber ich muss zum Psychiater. Mit der Lockvogel-Sache müssen wir später weiter machen.* Verlockend. Dennoch würde sie bleiben. Für Kim.

Aber, Gott, wie würde sie reagieren, wenn sie jemand – zum Beispiel der Entführer und Mörder – mit diesen Ausdrücken betitelte? Sie bekam Gänsehaut. Sie musste so schnell wie möglich über ihre Ängste hinwegkommen. „Welche Methode hast du im Sinn?"

Er zögerte. „Vielleicht ist es zu realistisch. Es könnte Dämonen heraufbeschwören, für die wir gerade keine Zeit haben."

Wir. Die Benutzung dieses Wortes vertrieb die Kälte, die sich in ihr auszubreiten suchte. Sie musste sich ihren Ängsten nicht allein stellen. „Erzähl weiter."

„Das Shadowlands verfügt über Gärten, kreiert für Mitglieder, die draußen spielen möchten. Manchmal schließt Z den Bereich und bereitet ..." Sie beobachtete, wie er die wahre Bezeichnung mied. „... Jagdspiele vor. Subs wird ein Vorsprung gewährt. Dann gehen die Doms auf die Jagd nach ihnen. Meistens endet es damit, dass die Subs für ihre Flucht bestraft und/oder gefickt werden."

Marcus würde sie jagen, sie auf den Boden drücken, ihre Haare packen und ... Ihr Körper erhitzte sich, heiß schoss es durch ihre Venen, und sie wurde feucht. Bis sie sich einen Mann vorstellte – irgendeinen Mann, einen Fremden –, der sich ihr aufdrang. Sofort zog sich ihre Erregung zurück.

„Verdammt", sagte Marcus gedehnt. „Niemals hätte ich gedacht, dass dich der Gedanke erregen könnte. Aber das tut er. Für einen Moment. Sag mir, was dich danach abgetörnt hat."

Ihre Gedanken mit ihm zu teilen, fiel ihr nun leichter. Sie nahm an, dass es daran lag, wie aufrichtig interessiert er klang. „Ein Fremder, der mich packt und sich nimmt, was ich nicht geben will."

Er zog die Augenbrauen zusammen. „Was hat dich erregt?"

Sie senkte den Blick und fühlte, wie ihr die Schamesröte in die Wangen stieg. *Na los, erzähl dem netten Dom, dass du ihn anziehend findest.*

Seine warme Hand auf ihrer Wange ließ ihr keine andere Wahl, als ihn anzusehen. „Rede mit mir, Süße."

„Du", flüsterte sie. „Dass du mich schnappst."

„Ah." Mit dem Daumen strich er über ihren Kiefer. „Viele Frauen, die eine Vergangenheit wie du erlebt haben, möchten sich den Mann für ihre Fantasien selbst aussuchen, Süße. Eine ... Jagdfantasie war jedoch nicht, was ich mir vorgestellt habe."

„An was hast du dann gedacht?"

„Ich möchte mit dir verstecken spielen. Und wenn ich dich finde, werde ich abwertende Ausdrücke benutzen."

„Echt jetzt?"

„Oh ja. Die Gärten sind gruselig. Vor allem, wenn alle um dich herum ihren Jagdspielen frönen. Wenn du wirklich nervös bist, könnte es funktionieren. Heute verlange ich nur von dir, dass du, anstatt zu erstarren, dein Safeword benutzt. Wenn wir es so weit schaffen, ist es in einer BDSM-Umgebung zumindest sicherer für dich."

Kein Rape-Play, sondern nur ein Spiel, das Kinder jeden Tag

spielten. Ihr Mund fühlte sich dennoch zu trocken an und ihr Herz raste. „Aber nur du wirst mich ... suchen?"

Verständnisvoll sah er sie an. „Nur ich. Ich bin der Einzige, der sich auf die Suche nach dir begeben wird. Niemand sonst."

Sie nickte und fühlte sich wie ein Wackeldackel, den sie mal auf einem Rummel gewonnen hatte. „Ja, okay."

KAPITEL NEUN

Marcus brachte Gabrielle zu Cullen, sodass er auf sie aufpassen konnte. Dann ging er in die Umkleide und entledigte sich seines Anzugs.

Als er zurückkam, beobachtete er Gabrielle aus der Ferne. Belustigt stellte er fest, dass sie in seiner Abwesenheit frech gewesen sein musste. Cullen hatte ihr einen Ballknebel angelegt. Die Bestrafung hatte nicht nur den Effekt, dass sie den Mund hielt, sondern fügte auch den Aspekt der Demütigung hinzu, da die Spucke seitlich aus den Mundwinkeln lief.

Hin und wieder legte Cullen eine Pause ein, um ihr Kinn abzuwischen. Ausgehend von den wiederkehrenden roten Wangen machte er ihr zudem die Hölle heiß. Neue Subs schätzten den immer gut gelaunten Barkeeper oft falsch ein. Sie hielten ihn für harmlos. Dieser Fehler würde ihr kein zweites Mal unterlaufen.

Marcus näherte sich, stoppte für ein wenig Smalltalk mit verschiedenen Mitgliedern.

Cullen betrachtete Marcus fasziniert. Er trug nun eine schwarze Jeans und ein Tanktop. „Nett, dich auch mal in normalen Klamotten zu sehen. Übrigens war deine Azubine für meinen Geschmack zu großmäulig."

Marcus sah zu Gabrielle.

Sie ließ ihre braunen Tiefen über seine Aufmachung schweifen, als hätte sie noch nie einen Dom in einer Jeanshose gesehen.

Seine Belustigung unterdrückend wartete er, dass sie ihm in die Augen sah. Erst mit dem Blickkontakt ließ er sie wissen, wie enttäuscht er war.

Zu seiner Überraschung füllten sich ihre Augen mit Tränen und sie drehte hastig den Kopf weg.

Der Anblick schmerzte. Der Bund zwischen ihnen wurde stärker, entwickelte sich. Sie vertraute ihm und wollte – sehnte sich regelrecht danach – ihn zufriedenzustellen. Es gab also Hoffnung für sie. Die Verbindung, das musste er zugeben, funktionierte in beide Richtungen, was an seinem ausgeprägten Beschützerinstinkt lag. Hegen und pflegen wollte er sie. Und besitzen. Schnell hatte er festgestellt, dass es ihm nicht gefiel, sie in den Einschränkungen anderer Doms zu sehen. „Mach sie los", sagte er zu Cullen.

Der Barkeeper löste die eingehakten Handgelenksfesseln und reichte ihr ein Taschentuch, bevor er ihr den Ballknebel abnahm. Sie wischte sich die Spucke vom Mund und funkelte Cullen wütend an.

Als der Dom ihren Blick ungläubig erwiderte, musste Marcus die Hände zu Fäusten ballen, um nicht in Lachen auszubrechen.

„Und ich dachte, Andrea wäre schlimm." Cullen packte mit seiner großen Pranke ein Bündel ihrer Haare und knurrte: „Entschuldige dich, Sub, und bedank dich bei mir für die Lektion." Seine potente Stimme führte dazu, dass sie eine Entschuldigung und ein Dankeschön stotterte, bevor sie wieder zu ihrer frechen Persönlichkeit zurückfand.

Die Leute an der Bar lachten.

Marcus musterte sie aufmerksam. Ihre cremeweiße Haut war errötet, aber sie zeigte keinerlei Befriedigung an der Aufmerksamkeit, der sie sich mit ihrem Benehmen sicher war. Was auch immer der Grund für ihren Ungehorsam war, es hatte nichts mit der Art von Aufmerksamkeitssucht zu tun, die seine Ex-Frau stets an den Tag gelegt hatte. *Gott sei Dank.* „Komm mit, Gabrielle, bevor du dir mehr Ärger einhandelst, als dir lieb ist."

Als ihnen Cullen den Rücken zuwandte, steckte sie ihm die Zunge raus. Da die Mitglieder um sie herum laut lachten, rannte sie schnell an Marcus' Seite. Der Schalk stand ihr in die Augen geschrieben.

In dem gedämpften Licht leuchtete ihre blasse Haut. Er strich mit den Fingerknöcheln über ihre weiche Wange und schob sanft eine Haarsträhne hinter ihr Ohr. „Kleine Göre", flüsterte er liebevoll.

Sie grinste ihn an.

Es war ihm nicht möglich, diesem Grinsen zu widerstehen. Er senkte seine Lippen auf ihren Mund, presste sich an sie, sodass sie zwischen ihm und der Bar eingekeilt war. Reizende Brüste, saftiger Arsch. Und als sie die Arme um seinen Hals schlang, ließ er sich vollkommen gehen und genoss den Kuss mit einer willigen Sub. Diese Sub – Gabrielle –, die alle anderen Subs in den Schatten stellte. Er knabberte an ihrer Unterlippe, neckte sie, und so öffnete sie den Mund für ihn. Er tauchte mit der Zunge ein und sie erwiderte den Kuss begierig. Seine Arme festigten sich um sie, als er sich in ihr verlor. Er wollte alles, was sie ihm so großzügig anbot. Es dauerte nicht lange, bis er hart wurde. Auch Gabrielle entging dies nicht und sie stöhnte, rieb sich nun gierig an ihm.

Widerwillig trat er zurück. Höchst zufrieden bemerkte er ihre erröteten Wangen und die Hitze in ihren Augen. Mit dem Daumen fuhr er über geschwollene Lippen und er wünschte, dass er es rechtfertigen könnte, sie in das erste Obergeschoss zu einem privaten Raum zu geleiten.

Aber ... nein. Du bist ihr Ausbilder. Sie braucht deine Hilfe, keinen guten Fick. Obwohl sie wahrscheinlich nichts dagegen ... Nein. Entschlossen ging er einen Schritt auf Abstand.

Cullen schüttelte den Kopf. „Und es hat den Nächsten erwischt. Hättest du gerne deine Spielzeugtasche, Marcus?"

„Nein, heute nicht." Er legte seine Hand auf ihren Rücken und führte sie durch den Raum, wo sich seitlich der Durchgang zum Vorbereitungsbereich für die Gärten befand.

Die potenziellen Teilnehmer standen für Zs obligatorische Prüfung in einer Reihe. Als Psychologe sprach der Clubbesitzer mit jedem Paar und jeder Gruppe, die sich beteiligen wollten. Es kam vor, dass er den Zutritt verweigerte. Aus Gründen, die nur er sah. Die anderen Master behaupteten, dass Z Gedanken lesen konnte. *Idioten.*

Als sie eintraten, verfiel Gabrielle in Schweigen und ihre Muskeln spannten sich an. Er zog sie an seine Seite, wollte ihr zeigen, dass sie mit ihm nichts zu befürchten hatte. *Alles wird gut.* An sich war Nervosität wichtig für ein erfolgreiches Experiment. *Vielleicht wird auch nicht alles gut.* Dass sie sich vertrauensvoll an ihn schmiegte, hatte auf ihn genauso eine tröstende Wirkung wie auf sie.

Schließlich mussten sie sich Z stellen. Er berührte Gabrielles Wange mit seinen Fingerspitzen und seine dunklen Augenbrauen zogen sich besorgt zusammen. „Bist du dir sicher, dass du teilnehmen möchtest, kleine Sub?", fragte er sie. Sein Ton erinnerte eher an einen fürsorglichen Vater als an einen Dom.

„Ja, Sir", flüsterte sie.

„Also gut." Er trat beiseite und ließ sie passieren. Besorgt sah er zu Marcus. „Dir ist klar, dass sie zu gleichen Teilen verängstigt und erregt ist? Etwas an ihr —" Er brach den Satz ab und lächelte. „Ah ja, es ist dir bewusst. Viel Spaß, Marcus."

„Danke." Er lief an dem Clubbesitzer vorbei und blickte nochmal über seine Schulter. Das war ... merkwürdig.

Unterhaltungen dröhnten um sie herum und prallten von den Holzverkleidungen ab. Die Vorfreude in den Gesprächen war leicht auszumachen. Mit pochendem Herzen kratzte Gabi mit ihrem großen Zeh über den rauen Steinboden und betrachtete die Mitglieder, die alle darauf warteten, in die Gärten gelassen zu werden. Um gruselige Spiele zu spielen.

Bei der Befragung von Master Z hätte sie am liebsten das Handtuch geworfen. *Nein, ich bin mir sicher!* Immerhin konnte sie nicht ihr Leben lang mit dieser Schwäche durch die Welt wandeln. Und wie sollte sie jemals jemanden finden, dem sie so bedingungslos vertraute wie Master Marcus? Nichtsdestotrotz hatte sie Angst. Oh ja, sehr große Angst.

Die Warteschlange bewegte sich. Subs rannten in die Gärten, während sich die Doms seitlich sammelten. Schließlich standen Marcus und sie nur noch wenige Schritte von dem Eingang entfernt. Neben einem Tisch mit Leuchtstäben wünschte Master Sam dem Paar vor ihnen viel Spaß. Anschließend wandte er sich Master Marcus zu.

„Marcus, ich wusste nicht, dass du heute Abend spielen wolltest." Der Mann mit den silberfarbenen Haaren lächelte. Mit seinen hellblauen Augen musterte er Gabi. „Ein hübsches gelbes Outfit. Da sollten wir doch etwas Passendes finden." Er nahm drei gelbe Plastikstäbe und knickte sie, um sie zum Erstrahlen zu bringen. „Gib mir deinen Arm, Mädchen."

Sie folgte seiner Anweisung. Sogleich legte er ihr einen Leuchtstab um das Handgelenk und einen um ihren Fußknöchel. Der dritte Stab kam an Marcus' Handgelenke. „Die Farbzuweisung soll den Aufsehern helfen, sodass sie kontrollieren können, ob sich ein Dom die richtige Sub schnappt. Anders gesagt: Nur Master Marcus darf dich für sich beanspruchen, Gabrielle. Verstanden?"

„Ja, Sir." *Nur Marcus. Ich schaffe das.*

Marcus legte den Arm um sie. „Nicht vergessen: Das Club-Safeword lautet *Rot*, Süße. In den Gärten sind Aufseher, die sicherstellen sollen, dass alle den Regeln folgen."

Auf seinen besorgten Ausdruck reagierte sie mit einem Nicken. Sie lächelte Master Sam an. „Danke, Sir."

Er zwinkerte ihr zu und wandte sich an die nächste Gruppe bestehend aus drei Männern – zwei Subs, ein Dom. Musste der arme Dom etwa beide Subs jagen?

Marcus führte sie zu einem hispanischen Master, der direkt neben dem Eingang stand. Gabi verzog das Gesicht zu einer Grimasse. Das war der Dom, der sie für ihr freches Verhalten mit dem Paddel bestraft hatte.

Er grinste Marcus an. „Soll ich sie vorbereiten?"

Marcus betrachtete sie. „Nein, ich denke, es ist bereits genug Aufregung für die kleine Sub. Danke dir, Raoul."

Was auch immer es bedeutete, vorbereitet zu werden, Gabi war froh, dass sie diesem Schritt entgangen war.

„Ich möchte allerdings, dass du Sklavenkleidung anlegst", sagte Marcus.

„Bitte was?" Sie folgte seinem Blick auf einen Haufen aus verblassten, abgetragenen Kleidern, die an Haken hingen.

„Hänge deine Kleidung auf und zieh eines dieser Kleider an."

Sein höflicher Ton konnte nicht verbergen, wie ernst er es meinte. Instinktiv nahm sie einen Schritt und hörte dann einen Mann hinter ihr lachen. *Leute. Zuschauer.* Wie hatte sie ihre Aufgabe vergessen können? Sie bekam Gewissensbisse. Gleichzeitig lief es ihr bei dem Gedanken, dass der Täter im Raum sein könnte, eiskalt den Rücken herunter. Sie konnte sich nicht entspannen, durfte sie nicht, denn sie musste verdammt nochmal ihren Job machen. „Ich bevorzuge meine eigene Kleidung, aber danke für das Angebot", sagte sie unverschämt.

„Fängst du schon wieder an?", fragte Marcus in einem sanften Ton. „Ausgerechnet jetzt?" Er betrachtete sie, als stellte sie für ihn ein unlösbares Puzzle dar.

„Ich verlange wirklich nicht viel." Sie stemmte die Hände in die Hüften. „Die Auswahl ist furchtbar. Ich habe lange nichts Hässlicheres gesehen."

„Das sind sie wirklich. Ich dachte nur, dass du sie zu der Alternative bevorzugen würdest." Er sah zu dem anderen Mann. „Master Raoul, die ausführliche Vorbereitung. Ich bitte dich, ihr gegenüber höflich zu bleiben."

Master Raoul blickte beleidigt drein. „Habe ich jemals −"

„Nein, es tut mir leid, mein Freund. Ich habe mich falsch ausgedrückt", entschuldigte sich Marcus in seinem schleppenden Südstaatendialekt. Er streichelte über Gabis Wange. „Wir haben kürzlich herausgefunden, dass sie durch verbale Beschimpfung von traumatischen Erinnerungen eingeholt wird. Ich setze es also als harte Grenze für sie fest."

„Ich verstehe." Dunkelbraune Augen musterten sie für eine Minute. Dann lächelte Master Raoul. „Solange ich sie körperlich ein wenig ärgern kann, werden wir uns gut verstehen. Gabrielle, zieh dich aus. Alles ablegen, inklusive der Fesseln. Häng deine Kleidung an einen Haken und komm dann wieder zu mir."

„Aber ..." Was bedeutete es, vorbereitet zu werden?

„Brauchst du Hilfe, *Chiquita*?", fragte der Dom sanft.

Die Lederweste gab nicht mal vor, seine muskulöse Statur verstecken zu können. Seine Unterarme hatten den Durchmesser ihrer Waden. Er schien gerne Gewichte zu heben. Wahrscheinlich war er in der Lage, ihr die Klamotten vom Körper zu reißen. „Nein, Sir."

Indessen hatte Master Marcus die Lippen aufeinandergepresst. Ihr entging jedoch nicht, dass sein Mundwinkel zuckte. *Bastard.*

Sie ging zu dem Bereich, wo sich bereits zwei Subs ein Sklavenoutfit anzogen. Gabi schälte sich aus ihrer Kleidung und hing sie auf. Gerne würde sie so tun, als wäre sie noch bekleidet, aber die sanfte Brise, die von draußen über ihre Haut strich, genau wie die Belustigung der wartenden Doms, zerstörten ihre Illusion. Sie öffnete ihre goldfarbenen Fesseln und zögerte. Sollte sie die auch hinhängen?

„Ich nehme sie an mich, Gabrielle." Master Raoul nahm ihr die Fesseln ab.

Überrascht von seinem plötzlichen Auftauchen errötete sie und unternahm den Versuch, ihre Nacktheit zu bedecken.

Er entließ ein Schnauben. „Marcus, hast du dir etwa eine schamhafte Sub angelacht?"

Mit einem unzufriedenen Ausdruck näherte er sich ihnen. Er packte ihre Handgelenke und präsentierte ihren Körper. „Nach deinem ersten Abend verwundert es mich, dass ich noch immer nachhelfen muss, Süße."

Er trat zurück und ließ den Blick wertschätzend über sie schweifen. Auf ihren Brüsten und ihrer Pussy verbrachten seine Augen die meiste Zeit. Die Luft um sie herum schien sich zu erhitzen. „Dein Körper ist hinreißend, Süße. Ich genieße es, dich ohne Kleidung zu sehen."

Seine Bewunderung wärmte sie, so wie es auch die Hitze in seinen Augen schaffte. Sie sah zu ihm auf und die Zeit stoppte.

Nach einer halben Ewigkeit streichelte er mit einem Finger über ihre Wange und die einfache Berührung ließ sie erschauern. „Begleite Master Raoul, damit er dich für die Gärten vorbereiten kann."

Bevor sie antworten konnte, packte der muskulöse Dom sie am Arm und führte sie durch die Tür.

In der Hoffnung auf eine Atempause warf sie einen Blick über ihre Schulter. Marcus musste nicht viel tun, um ihr auch aus der Ferne zu verstehen zu geben, dass sie jetzt endlich seinem Befehl folgen sollte.

Ist ja gut. „Meine Güte", murmelte sie und rollte mit den Augen.

Daraufhin landete ihr Blick auf Master Raouls Gesicht, in dem eindeutig zu lesen war, dass er ihr den Arsch versohlen würde, wenn sie nicht langsam die Klappe hielt. Sie richtete die Augen auf den Boden und presste die Lippen zusammen, als er sie an einem Gebäude vorbei und über weiches Gras führte.

Ein drahtiger Mann in Lederhosen wartete mit einem ... Drucksprühgerät. „Immer bekomme ich diese Aufgabe", beschwerte er sich. „Warum kann ich nicht mal –"

„Weil dir Heather sonst die Hände abhacken würde." Raoul wandte sich Gabi zu. „Heb deine Haare von den Schultern."

„Warum?"

Master Raoul schüttelte den Kopf. „Reize mich nicht, kleine Sub. Jake, wirf mir die Gerte zu."

Ein langer, dünner Stock flog durch die Luft. Raoul fing ihn auf und schlug damit gegen seine Lederhose.

Sie nahm einen Schritt zurück und gab ihr Bestes, um nicht zusammenzuzucken. *Schmerz wird mir immer unsympathischer. Genau wie du, Mister Muskelprotz.*

„Muss ich mich wiederholen?"

„Nein, Sir." Sie sammelte ihre Haare zusammen und hob sie von den Schultern.

„Sollte reichen. Und jetzt stillhalten." Er nickte Jake zu.

Der braunhaarige Dom pumpte das Drucksprühgerät und richtete die Düse auf sie. Warme Flüssigkeit, die nach Zitrone roch, verteilte sich auf ihrer Vorderseite, und als er um sie herumlief, auch auf ihrem Rücken und ihren Beinen. „Fertig", sagte er.

Gabi entließ einen Seufzer. Na gut, das war zu ertragen gewesen. Sie hatte Schlimmeres erwartet. Als sie mit dem Finger über ihren Bauch glitt, erkannte sie, dass es sich um Öl handelte. Sie kicherte. Der Mann hatte sie eingeölt, als wäre sie der Star bei einem dieser Wettbewerbe, bei dem Schweine gejagt wurden.

Raouls Grinsen zeigte sich in seinem gebräunten Gesicht. Sogar in dem gedämpften Licht sah sie, dass die Härte aus seinen dunklen Tiefen verschwunden war. Das veränderte seine gesamte Erscheinung. Jetzt sah er ... nett aus. „Dein Lachen ist bezaubernd, Gabrielle", sagte er. „Du kannst deine Haare loslassen." Er schob die Gerte in seinen Gürtel und streckte seine Hand Jake entgegen, der ihm Öl auf die Handfläche spritzte. Mit schwieligen Händen ölte er ihre bisher unbehandelten Arme ein.

Gerade als sie sich entspannte, glitt er zu ihren Schultern, dem anderen Arm, ihrem Rücken, und massierte das Öl in ihre Haut. Sie erstarrte. Hatte Marcus ihr nicht versichert, dass sie es bei dieser Erfahrung nur mit ihm zu tun haben würde? Das hatte sie sich selbst versaut, oder?

Er war unzufrieden mit ihr. Schon wieder.

Ständig machte sie etwas falsch. Entweder war sie nicht laut genug für Agent Rhodes, oder ihr aufmüpfiges Benehmen enttäuschte Master Marcus. Ihn zu enttäuschen ... tat weh.

„Was macht dich so traurig, *Chiquita?*"

Sie blinzelte und sah zu Master Raoul. Er hatte aufgehört und musterte nun aufmerksam ihr Gesicht. Bei dem Ausdruck in seinen Augen hätte sie sich am liebsten alles von der Seele geredet. Stattdessen schüttelte sie den Kopf. „Nichts, bei dem du mir helfen kannst."

„Und Master Marcus? Kann er dir helfen?", fragte Raoul sanft.

Das Brennen in ihren Augen kam unerwartet und war nicht willkommen. Was stellte dieser Ort mit ihr an? „Nein." Ihr Lächeln wackelte. „Es ist mein Problem."

Seine dunklen Tiefen ließen sie nicht gehen. „Was auch immer es ist, *Querida*, er würde zuhören." Er drückte ihre Schulter und kniete sich dann hin, um ihre Beine einzuschmieren. Er begann an ihren Knöcheln, arbeitete sich über ihre Waden, ihre Schenkel. Es fühlte sich gut an, ungewohnt, vielleicht auch ein wenig erregend, bis er sich ihrer Pussy näherte. Ihre Muskeln spannten sich an. Zu ihrer bodenlosen Erleichterung erhob er sich.

Ihre Panik verebbte ... und dann legte er seine großen Hände direkt auf ihre Brüste. Sie quietschte, trat einen Schritt zurück und krachte dabei gegen Jake.

„Du bist noch nicht fertig, Sub", sagte der junge Dom. Trotz ihres Gezappels umfasste er ihre Oberarme, sodass Raoul das Öl einmassieren konnte. Als er aufhörte, fühlten sich ihre Brüste schwer an.

Noch war er nicht fertig. Sie sah an ihm vorbei und spürte

trotzdem seine Augen auf sich, als er sie neckte und in ihre Nippel zwickte, ihre Knospen mit gezielten Berührungen in Erregung versetzte. Zu ihrem Entsetzen stellte sie fest, dass sie feucht wurde.

Er schien ihre Gedanken lesen zu können, denn die Lachfalten um seine Augen vertieften sich. „Ich denke, jetzt bist du bereit für Master Marcus." Er küsste sie auf die Lippen. „Du bist eine süße kleine Sub, wenn man ignoriert, wie frech du sein kannst."

Jake entließ ihre Arme und sagte: „Viel Spaß, Gabrielle."

Raoul begleitete sie zurück an den Ausgangspunkt. Anstatt sie durch die Tür zu schicken, wies er jedoch auf die riesigen Gärten und den breiten grünen Pfad zwischen den Büschen. „Renn da entlang, Gabrielle. Von dort kannst du die Richtung einschlagen, die dir beliebt. Schenke Master Marcus eine gute Jagd."

Sie sah sich um und lief dann im Schneckentempo in die angewiesene Richtung.

Laut seufzend zog er die Gerte aus seinem Gürtel und gab ihr einen Hieb auf den Arsch. Schockiert schnappte sie nach Luft und sie hörte ihn knurren: „Ich sagte: Renn, Sub. Renn!"

Sie hüpfte davon, als sie vernahm, wie er erneut mit der Gerte ausholte. Ihr Hintern brannte. Er hatte sie gut erwischt. *Verdammter Dom.* Erst gab er vor, nett und freundlich zu sein, nur um ihr dann einen höllischen Schlag zu verpassen.

Ihre Brüste schwangen schmerzlich, als sie durch die Gärten rannte. Sie nahm an Tempo heraus. Der saftige Rasen kitzelte ihre Fußsohlen und die Brise der Nacht wehte über ihre Haut. Es fühlte sich merkwürdig an – falsch –, im Freien ohne Kleidung herumzurennen.

Über die Arme reibend spazierte sie weiter. Zu beiden Seiten türmten sich Hecken, die gelegentlich dunkle Ecken freigaben. *„Schenke Master Marcus eine gute Jagd"*, hatte Master Raoul zu ihr gesagt. Also bog sie auf einen schmaleren Pfad ab und arbeitete sich tiefer in die Gärten. Hin und wieder entdeckte sie leuchtende Plastikbänder und wurde somit daran erinnert, dass sie nicht die einzige Sub war.

Ein wunderschöner Ort, das musste sie zugeben. Der Mond tauchte die geschwungenen Blumenbeete in silbernes Licht. Die Brunnen plätscherten und gurgelten aus allen Richtungen. Das Wasser leuchtete und weißer Nebel schwebte durch die schwüle Luft, wirbelte um ihre Knöchel. Nebel? Sie hob den Blick zu einem wolkenlosen Himmel und runzelte die Stirn. Nach einer Weile erkannte sie, dass der Nebel aus den Brunnen über die Ränder quoll.

Aus Spaß kreierten sie Nebelschwaden? Sie schüttelte den Kopf. Sie wollte es amüsant finden, nur verwandelte dieses Element die Gärten in einen unheimlichen Ort.

Die Stimme eines Mannes brach durch die Stille. „Lords und Ladys, die Jagd ist eröffnet. Findet eure Sklaven und macht mit ihnen, was ihr wollt."

Oh, mein Gott!

Knicklichter in allen möglichen Farben tanzten wie Glühwürmchen durch die Dunkelheit. Leute rannten hier und da und überall. Manche von ihnen. Andere bewegten sich überlegter. Die Doms, die ihre Sklaven stalkten.

Und die Laute ... Ein Schrei durchschnitt die Nacht. Ein Schlag auf Fleisch und Wimmergeräusche – jemand bekam ein Spanking. Gabi drehte ihren Kopf nach links, von wo sie feuchte Laute vernahm, begleitet von regelmäßigem Grunzen. Sex. Harter Sex.

Sie stellte sich vor, wie sie von Marcus gepackt, auf ihre Knie und Hände gezwungen wurde, sodass er schnell und hart von hinten in sie eindringen konnte. Scharf sog sie den Atem ein. Das würde er nicht tun. Das wollte sie nicht. Wirklich nicht. Und doch richteten sich ihre Nippel auf und zwischen ihren Schenkeln fühlte sie die unmissverständliche Nässe.

Auch er war hier irgendwo und suchte nach ihren gelben

Bändern. Er jagte sie. Die Luft schien sich zu erhitzen, strich wie der Atem eines Liebhabers erregend über ihre Haut.

Sie lief weiter, erkundete verschiedene Pfade, lunzte immer wieder in die Nischen und wandte den Blick schnell ab, wenn sich darin Paare ... oder Gruppen aufhielten: Eine schwarze Frau war an einen Baumstamm gefesselt und wurde mit einem Flogger bearbeitet. Ein schlanker, nackter Mann kniete und saugte an dem Schwanz seines Doms. Eine stämmige Domina in einem glänzenden Latexkorsett ritt auf einem Mann und dirigierte ihn auf allen vieren zu einem abgeschiedenen Eckchen. Sie hatte dem Mann Zaumzeug angelegt, erkannte Gabi. *Yee-haw!*

Ihre Aufmerksamkeit lag noch immer auf dem Paar hinter ihr, sodass sie direkt in einen harten Körper krachte und ein erschrockenes Quietschen entließ.

Der Mann packte sie an den Armen. „Ganz ruhig, Sub."

Sie hob den Blick. Helle Augen und silbergraue Haare glitzerten im Mondlicht. „Master Sam."

„Ich bin heute Abend einer der Aufseher. Erinnerst du dich an das Safeword, Mädchen?"

„Rot." Sie standen auf einem beschäftigten Weg, wo sie schnell entdeckt werden konnte ... Vielleicht sogar von dem Täter, weshalb Gabi hinzufügte: „Oh, Herr und Gebieter, du hohes Tier, du."

Seine dünnen Lippen formten sich zu einem Grinsen und seine Hände um ihre Arme festigten sich.

Oh je. Sie versuchte, einen Schritt zurückzuweichen.

Trotz ihrer Bemühungen hatte er keine Schwierigkeiten, sie umzudrehen und ihr einen harten Schlag auf den Po zu geben. Zu allem Überfluss hatte er genau die Stelle erwischt, auf der zuvor die Gerte gelandet war.

Das Brennen überbot den zwiebelnden Schmerz, der von der Gerte noch zu spüren war. „Verdammt, das hat wehgetan!"

Er zog sie mit der Vorderseite an seine Brust und flüsterte ihr ins Ohr: „Ich bin ein Sadist, Mädchen, und ich genieße die

Schmerzlaute. Wenn du nicht schreien willst, rate ich dir, dich in meiner Nähe zu benehmen."

Ein wahrer Angstschauer schoss durch ihren Körper. Natürlich gluckste der Bastard bei dem Anblick und ließ sie los. Dieses Mal brauchte sie keine schriftliche Aufforderung; sie rannte so schnell, wie sie konnte.

Ein paar Minuten später kam sie zu einem Halt und stützte die Hände auf die Schenkel, um zu Atem zu kommen. *Notiz an mich selbst: mehr Ausdauertraining.* Als sie sich aufrichtete, sah sie, dass ein hoher Holzzaun ihren Weg blockierte. Sie hatte das Ende der Gärten erreicht. Wie groß war dieses Grundstück? Sie drehte sich um und wählte einen Pfad, der an einem Beet mit unschuldigen weißen Blumen vorbeiführte, die unter dem Mondlicht geheimnisvoll funkelten.

Eine dunkle Figur trat nicht weit von ihr aus den Büschen. „Komm her, Schlampe."

Sie erstarrte. Ihr stockte der Atem. Vollkommen regungslos beobachtete sie, wie sich der Mann näherte.

„Gabrielle." Sanft legten sich Hände auf ihre Schultern und schüttelten sie. „Gabrielle. Sieh. Mich. An. Benutze das Safeword. Sag es."

Marcus. Es ist Marcus. Sie hob den Blick und sah ihm ins Gesicht. Sein männlicher Duft vermischte sich mit den tropischen Blumen, und so schaffte sie es, tief Luft zu holen. „Rot", flüsterte sie.

Lächelnd zog er sie in eine Umarmung. „Das hast du gut gemacht, Süße."

Als er von ihr ablassen wollte, krallte sie sich verzweifelt an ihm fest. Ohne auch nur ein Wort zu sagen, hielt er sie in den Armen, bis sich ihr wild pochendes Herz wieder beruhigt und ihre Muskeln gelöst hatten. Schließlich lehnte er sich zurück. „Können wir weitermachen?"

Nein. Dennoch spannte sie ihren Kiefer an. Immerhin wollte sie sich nicht auf Lebzeit wegen ein paar Wörtern in eine

Kartoffel verwandeln. Es gab nichts, das Marcus tun könnte, dass ihr mehr Angst machte. „Ja."

„Also los. Ich bin so stolz auf dich, Süße." Er lehnte sich vor und küsste sie, knabberte an ihrer Unterlippe. Schnell wurde der Kuss leidenschaftlich und besitzergreifend, regelrecht gierig kostete er von ihrem Mund. Ihre Welt bestand nur noch aus seinen Berührungen und seinem Geschmack.

Gott, dieser Mann wusste, wie man küsste.

An ihren Lippen hauchte er: „Bleib stark, kleine Sub." Lautlos ging er zwei Schritte nach hinten und verschmolz wie ein schwarzer Panther mit den Schatten.

Sie runzelte die Stirn. Er hatte sich regelrecht in Luft aufgelöst. Dann fiel es ihr wie Schuppen von den Augen. Wo war sein gelbes Band? Wahrscheinlich versteckt in seiner Jeanstasche. *Hinterhältiger Bastard.*

Nach wenigen Schritten erhöhte sie das Tempo. Sie rannte los. Jetzt sollte er mal versuchen, mit ihr mitzuhalten. Warum sollte sie es ihm leicht machen? Um eine Ecke ging es und sie wagte einen Blick über ihre Schulter. Er war nicht zu sehen.

Schwielige Hände packten sie und rissen sie mit dem Rücken an einen harten Körper. „Dreckiges Luder."

Wieder erstarrte sie.

„Safeword. Sag es, Gabrielle."

„*Rot.*"

Das Ganze wiederholte sich vier Mal. Viermal entsandte er sie in die Dunkelheit und spürte sie auf. Beim letzten Einfangen war sie so erschöpft und genervt, dass sie das Safeword ohne zu zögern in seine Richtung brüllte: „*Rot*, du Arschloch!"

Lachend packte er ein Bündel ihrer Haare und zog sie zu sich, um ihren Mund für einen Kuss zu vereinnahmen. Er küsste sie, wie sie schon immer geküsst werden wollte. Leidenschaftlich und mit einer Brutalität, die an Schmerz grenzte.

Als er ihr seine Lippen entriss, musste er viel Kraft aufwenden, um ihre Arme, die sie hinter seinem Nacken verschränkt hatte, von sich zu lösen. „Lass uns zurückgehen, Süße", sagte er mit belegter Stimme.

Sie entließ ein enttäuschtes Seufzen. Sein Kuss hatte sie mit neuer Energie gefüllt. Nun wünschte sie, er würde sie einfach nur aus Spaß jagen und nicht aus dem Beweggrund einer Schocktherapie. „Wenn du das sagst."

„Wenn ich das sage?" Anstatt sich von ihr zu entfernen, trat er näher. Seine riesige Hand landete auf einer Brust, knetete und massierte und neckte sie.

Bei dem erregenden Gefühl schnappte sie nach Luft.

„Du scheinst gar nicht müde zu sein, Süße." Er sprach in seinem schleppenden Tonfall, der darauf hinwies, dass er entweder wütend war oder einen interessanten Gedanken verfolgte – wie zum Beispiel, dass er Interesse an einer echten Session mit ihr hatte.

Ihr Mund trocknete aus. Wenn er sie wahrhaftig jagte, würde sie Angst bekommen? Sie sah, dass sich ihre Frage in seinen Augen widerspiegelte. Sie ließ es sich durch den Kopf gehen und kam innerhalb einer Sekunde zu einem Urteil. Vielleicht würde er sie erschrecken, aber der Gedanke, von ihm gefangen ... von ihm genommen zu werden, schickte Hitze direkt zu ihrer Mitte. Sie wurde von einem Lustschauer erschüttert, der alle ihre Bedenken in den Wind schlug. „Ich bin überhaupt nicht müde, Sir. Um ehrlich zu sein, habe ich gerade darüber nachgedacht, zum Haus zu rennen und mir einen Dom zu suchen, der nicht so ein ... Weichei ist."

Ein tiefes Lachen entrang ihm. „Ist das so?" Er zog sein Leuchtband aus der Tasche und legte es sich um das Handgelenk. Anschließend hob er ihren Kopf und sah ihr in die Augen. „Denkst du, du schaffst es zum Haus, bevor ich dich einfange?"

Ihr Atem stockte, und dieses Mal hatte die Reaktion nichts mit Angst zu tun. Sie schnaubte verächtlich. „Kleinigkeit."

Er trat zurück. „Ich werde bis hundert zählen."

In ihrem Kopf zählte sie mit. Sie legte alles in die nächsten fünfundsiebzig Sekunden. Rannte, so schnell sie konnte. Nach links, nach rechts und am wichtigsten: weg vom Haus und nicht darauf zu. Niemals würde er sie finden. Natürlich tat er das immer. Nach Luft schnappend wechselte sie in ein Gehen. Indessen hielt sie das leuchtende Armband vor ihrem Körper. Als sie einen Blick in die Dunkelheit und den wallenden Nebel wagte, stellte sie fest, dass kaum noch schnelle Teilnehmer unterwegs waren. Sie sah einige bewegungslose Grüppchen, was zeigte, dass der Dom erfolgreich gewesen war und die Sub erwischt hatte. Ein paar der farbigen Bänder waren dem Boden verdächtig nah und sie kicherte.

Wieder fand sie sich dem hohen Holzzaun gegenüber. Kein Marcus in Sicht. Ein wenig enttäuscht drehte sie sich um und entschied sich für einen Pfad, der zum Haus führte. Sie hatte wirklich gedacht, dass Marcus Sex mit ihr haben wollte. Die Vorstellung hatte ihr Blut in Wallung versetzt.

Die anderen seufzten immer verträumt, wenn sie von ihm sprachen.

Sie verzog das Gesicht zu einer Grimasse. Die meisten Auszubildenden mochten Gabi nicht, weil sie sich stets wie eine Göre aufführte. Sally war die einzige Ausnahme. Als ihre Vorfreude verpuffte, kam sie zu einem Halt. Abgesehen von ihren Eltern verstand sie sich eigentlich mit allen Menschen. Leute mochten sie. Hier in diesem Club mochte sie niemand. Niedergeschlagen sackten ihre Schultern zusammen.

Mehr als einmal hatte sie Gespräche mitgehört, in denen besprochen wurde, dass sie zu viel Zeit mit Marcus beanspruchte. Sie seufzte. Wahrscheinlich fühlte er genauso. Sie war keine zufriedenstellende Auszubildende. Niemals zeigte er seine Abneigung für ihr Benehmen, und sie wusste genau, wie das aussah, denn ihr ganzes Leben musste sie das schon ertragen. Sie hasste es jedoch, ihn immer und immer wieder zu enttäuschen. Mit den Fingern massierte sie die schmerzende Stelle unter ihren Rippen.

„Ich kann es nicht erwarten, wenn das hier alles vorbei ist", murmelte sie.

Aus dem Zentrum der Gärten ertönte der erlösende Schrei einer Frau und Gabi wurde mit Neid erfüllt.

Das Spiel hatte seinen Reiz verloren. *Ich bin auch nicht hier, um Spaß zu haben.* Nach der Ermittlung hätte sie keinen Grund zurückzukommen. Sie würde also keinen von diesen Leuten jemals wiedersehen. Selbst wenn sie gerne zurückkommen würde, bezweifelte sie, dass sie willkommen wäre. Ihr Benehmen machte dies unmöglich. Sie schluckte an dem Kloß in ihrem Hals vorbei und ihr Blickfeld verschwamm.

Apropos, Spiele ... sie musste zurück in den Clubraum und ihren Job erledigen. Sie hob den Kopf und suchte mit Tränen in den Augen nach dem richtigen Pfad. In dem Moment landete ihr Blick auf einem leuchtend gelben Band. Nur wenige Meter entfernt. Regungslos.

„Ich bin mir ziemlich sicher, dass du die einzige Sub bist, die weint, noch bevor ihr Dom sie einfangen konnte", sagte Marcus mit sanfter Stimme. Er stand in den Schatten und wie es schien, stand er schon so lange dort, dass er miterlebt hatte, wie sie sich im Selbstmitleid gesuhlt hatte.

Sie schluckte. Am liebsten würde sie in seine Arme rennen und das Gesicht an seine Brust schmiegen, wo sie dann ihren Tränen freien Lauf lassen würde. *Oh nein, das kannst du dir abschminken, Weichei!* Sie drückte die Schultern durch und hob das Kinn stolz in die Höhe. Sie musste erkennen, dass sie mitten auf einer Lichtung stand und der Mond sein Licht direkt auf sie warf. „Ich habe mich selbst bemitleidet, da mein lahmer Dom nicht mal eine Schnecke auf einem Zebrastreifen einfangen könnte."

Er lachte. „Ich genieße, wie du mit Worten umgehst." Es folgte eine Pause. In einer tiefen, bedrohlichen Stimme sagte er nur eine Sache: „Lauf."

Oh Gott! Ihr Körper reagierte mit Angst und schon rannte sie auf die nächsten Büsche zu. Wenn sie es um das Gewächs herum schaffte – das tat sie –, würde es ihm schwerer fallen, ihr Leucht-armband zu sehen.

Keuchend stoppte sie und drehte sich im Kreis. Sie entdeckte ein gelbes Knickband. Nur wenige Schritte entfernt. Es bewegte sich nicht.

„Lauf."

Ihr Herz hämmerte im Einklang mit ihren Schritten, als sie über den Pfad raste. Was würde er mit ihr machen, wenn er sie in seine Gewalt bekam? Er erinnerte sie so sehr an eine Raubkatze, die mit ihrer Beute spielte. Sie bog um eine Hecke und rannte direkt in ihn rein, in eine solide Wand aus Muskeln. Kurzzeitig blieb ihr die Luft weg.

Er gluckste und stellte sicher, dass sie ihr Gleichgewicht hatte. „Wenn ich dich das nächste Mal fange, Süße, gehörst du mir." Er ging einen Schritt auf Abstand. „Lauf."

KAPITEL ZEHN

Die tief ausgesprochene Drohung erregte sie und sie war sich plötzlich dem kühlen Nebel auf ihrer Haut viel mehr bewusst. Er wirbelte um ihre Fußknöchel, so wie auch die Büsche über ihren nackten Körper kratzten, wenn sie ihnen zu nah kam. Ihre Brüste schwangen beim Rennen und schwollen an. Um die Ecke. Noch eine. Sie sprang in eine abgelegene Nische, um zu Atem zu kommen, und verließ sie wied –

Von hinten packte er sie.

„Nein!" Instinktiv erhob sich die Todesangst in ihr. Sie wehrte sich, trat und schlug nach ihm.

Marcus ... Es war Marcus, kein Fremder. *Okay. Okay. Tief einatmen.* Nun agierte sie mit Verstand, wich ihm aus und schon glitten seine Hände von ihrem eingeölten Körper.

„Kleine Göre." Wieder streckte er die Arme nach ihr aus.

In diesem Szenario bin ich eindeutig das eingeölte Schwein. Kichernd rannte sie an die Grenze der Lichtung. Sie schaffte nur ein paar Meter, bevor sich seine Hand erneut um ihren Arm legte. Erfolgreich riss sie sich aus seinem Griff. Kein Schlagen oder Kratzen, erinnerte sie sich.

„Du bist ein glitschiges kleines Ding, hmm?", sagte er, sein Südstaatendialekt nun ausgeprägter. Und was machte der Bastard? Er packte sie an den Haaren.

„Au!" Sie drehte sich zu ihm. *Scheiß auf die Regeln!* Sie wollte ihm eine verpassen! Dummerweise reagierte er schneller, als sie erwartet hatte. Er schlang einen Arm um ihre Schultern, schob den anderen zwischen ihre Beine und riss sie zu sich, sodass sie nach hinten fiel. Dann ließ er sich mit ihr in den Armen auf seine Knie herunter. Bevor sie sich fassen konnte, rollte er sie auf ihren Bauch.

Oh nein! Sie zog die Beine hoch und sprang nach vorn.

Mit einem tiefen Lachen packte er ihren Knöchel und zog sie zurück. Um sie davon abzuhalten, erneut einen Fluchtversuch zu unternehmen, platzierte er ein Knie auf ihrem Hintern. Sein Gewicht fixierte sie auf dem Boden, was ein ... merkwürdiges Gefühl in ihr auslöste. Vorfreude. Vorfreude auf das Kommende.

Dennoch kehrte die Angst zurück, als er seine Finger um ihre Schultern legte. Kalter Nebel setzte sich in ihrem Verstand fest und sie erstarrte.

Er hielt inne. Wartete. In dem Moment trat sein typischer Geruch nach Moschus und Johanniskraut in ihre Nase. Ein warmes Gefühl breitete sich in ihr aus und vertrieb den Nebel. Marcus berührte sie. Das Wissen, dass es sein Knie war, das auf ihrem Po ruhte, dass sein Gewicht sie fixierte, machte den Unterschied. Sie wand sich unter ihm und konnte es sich nicht verwehren, ihn ein bisschen zu reizen. „Du idiotischer Hornochse, lass mich gehen!"

Glucksend festigte er den Griff. „Freche kleine Sub." Mit einem lauten Klicken löste er ihre Fesseln von seinem Gürtel. „Ich werde unsere gemeinsame Zeit sehr genießen."

Oh Gott! Nervös und erregt zugleich zappelte sie unter ihm, woraufhin er mehr Druck mit seinem Knie ausübte. Er hatte sie unter seiner Kontrolle, dominierte sie.

Trotz ihres windenden Körpers schaffte er es, ihr eine Handgelenksfessel anzulegen. Die zweite folgte sogleich und dann hakte er beide hinter ihrem Rücken ineinander. Als er das Gewicht von ihr nahm, dachte sie, er würde sie auf ihre Beine ziehen. Stattdessen schob sich sein Knie zwischen ihre Schenkel und spreizte sie.

Seine Jeans kratzte über die empfindliche Haut ihrer Schenkelinnenseiten. Für eine Minute bewegte er sich nicht. Dann rieb er mit den Händen über ihre Beine, zeichnete ihre Pospalte nach, drückte ihre Hüfte. Schonungslos berührte er sie, wo und wie er wollte. Ihre Haut brannte unter seinen schwieligen Händen, bis sie befürchten musste, dass das Gras unter ihr Feuer fing.

Er schob die Hand zwischen ihre Beine, fand ihre Hitze und sagte befriedigt: „Mmm, du bist so feucht, Süße."

Seine Berührung erregte sie, dennoch fühlte sie sich zu … nackt, zu eingeschränkt, zu verletzlich. Mit dem Bedürfnis, ihm zu entfliehen, zappelte sie unter ihm. Erfolglos.

„Nein, Gabrielle." Seine Stimme vertiefte sich, eine geschmeidig ausgesprochene Warnung, als seine Hand eine Arschbacke packte und sie wieder nach unten drückte. „Nicht bewegen, Süße. Ich möchte mir meinen Preis genau ansehen."

Sein kommandierender Tonfall und das Wissen, dass er ihr nicht gestattete, sich zu rühren, ließen sie dahinschmelzen. Genau danach hatte sie sich gesehnt. Sie hatte jemanden gebraucht, der sie kontrollierte. Sie drehte den Kopf und legte ihre Wange auf den Boden. Das kühle Gras kribbelte an ihrer Haut und neckte ihre Nippel – ein erotischer Kontrast zu der warmen Hand auf ihrem Hintern.

„Braves Mädchen." Entschlossen fixierte er sie, während seine andere Hand sie intim berührte, über ihre Schamlippen rieb und Hitze in ihrer Mitte entfachte. Als er sich langsam einen Weg in sie bahnte, wurde sie von Lust überrumpelt.

Er zog den Finger zurück, nur um daraufhin tiefer in sie vorzudringen. Wieder entließ er einen zufriedenen Laut. „Oh ja, kleine

Göre, ich werde dich fesseln, dich weit spreizen und dann testen, wie viel du von mir aufnehmen kannst."

Oh Gott, ja! Die Wände ihres Geschlechts zogen sich um seinen Finger zusammen.

Glucksend erhob er sich und zog sie mit Leichtigkeit auf die Beine. Er hielt sie an ihren Fesseln und griff mit einer Hand nach ihren Brüsten, neckte ihre Nippel, bis auch diese mit der erregenden Intensität ihrer Pussy brannten. Er schubste sie zu einem dunklen Eckchen und sagte mit tiefer Stimme: „Später werde ich mir mit dir Zeit nehmen, aber jetzt, mein kleines entflohenes Sklavenmädchen, werde ich dich hart ficken." Das obszöne Wort aus Marcus' Mund war erschütternd. Und machte sie so heiß, dass ihre Knie bebten.

Etwas funkelte im Mondlicht und sie entdeckte an einem dicken Ast vier Ketten, die zu einer Reifenschaukel führten. Normalerweise hing der Reifen aufrecht. In diesem Fall schwang er horizontal über dem Boden. „Eine Schaukel?"

„In einer Minute wirst du den Grund dafür verstehen." Marcus löste ihre Handgelenke voneinander und packte sie fest, sodass sie nicht wieder entwischen konnte. Dann hob er sie auf den Reifen, mit den zwei Kettenpaaren seitlich von ihr. Über dem Reifenloch war ein Segeltuch gespannt, und so fand sie Halt. Mit ihrem Nacken ruhte sie auf dem Reifenrand. *Ich will nicht auf einem verfickten Reifen Liebe machen!* Entschlossen setzte sie sich auf.

Marcus lachte und drückte sie wieder nach unten. Anschließend befestigte er ihre Fesseln an den Ketten neben ihren Schultern. Da sie sich wehrte, geriet der Reifen ins Schaukeln. Indessen nahm ihre Erregung exponentiell zu, sobald sie an ihren Einschränkungen riss. Er lief zu ihren Füßen und sie trat ihn. „Hier will ich keinen Sex haben."

„Ich habe dich nicht gefragt, was du willst." Er schnappte sich ein Bein. Da sie ihn nun ohne Anzug gesehen hatte, wusste sie, wie muskulös er war. „Ich werde es sehr genießen, dich zu fesseln,

Süße." Er versuchte, ihr Bein zu beugen, und sie gab alles, um es gerade ausgestreckt zu lassen – schließlich war das der Sinn dieses Spiels, richtig? Dass sie ihm die Stirn bot?

Am liebsten hätte sie gekichert. Vielleicht war nicht ihr ganzes ungehorsames Verhalten auf den Auftrag zurückzuführen. Und jedes Mal, wenn er sie unterwarf, schürte das die Flammen in ihrem tosenden Schmelzofen.

Von einem amüsierten Laut begleitet, hielt er ihr Bein und pikste sie mit dem Zeigefinger in ihre Seite. Sie quietschte und schon war ihr Knie gebeugt und an einer der Ketten gefesselt. Auf der anderen Seite wiederholte er die Aktion. Wenige Sekunden später lag sie nackt auf einer Reifenschaukel, ihre Handgelenke mit der Hilfe ihrer Lederfesseln an die Ketten gehakt, während Riemen ihre Beine fixierten und weit spreizten.

Gott, das war so falsch. Kinky. Verrückt.

Nichtsdestotrotz sprühten Funken über ihre Haut, wo er mit den Händen über ihre Schenkelrückseiten strich. „Ich brauche diese süße Pussy näher, sodass ich jeden Millimeter problemlos erreiche", sagte er und zog an ihren Hüften, bis ihr Po über der Reifenkante hing. Durch ihre Einschränkungen bewegten sich ihre Beine auf ihre Schultern zu. Über ihrem Bauch legte er einen Riemen, um ihren Hüften jeglichen Bewegungsfreiraum zu nehmen.

Ihre Pussy war vor ihm entblößt. Er hatte freien Zugang auf sie und der sanft schwingende Reifen führte dazu, dass ihr feuchtes Geschlecht von der Nachtluft liebkost wurde. Für eine Minute musterte er sie und lächelte. „Sehr schön. Bereit für alles, was ich dir geben will. Du siehst wunderschön aus, Gabrielle", hauchte er.

Sie konnte es nicht mehr ertragen, nicht von ihm. „Gabi."

„Bitte was?" Seine Finger glitten durch ihre Spalte, fanden ihre Klitoris.

Ihr Nervenbündel reagierte, schwoll an, und ihre Atemzüge beschleunigten sich. „Meine Freunde nennen mich Gabi."

„Ah, na gut, ich schätze, man könnte uns ... freundschaftlich nennen", sagte er offensichtlich amüsiert. Indessen hatte er nicht aufgehört, sie zu necken, zu reizen, ihren Eingang und ihre Klitoris zu umkreisen. Seine Finger waren viel zu talentiert. Es war nicht fair. Ihre Begierde wuchs, ihre Pussy sehnte sich danach, von ihm gefüllt zu werden, während sich ihr Nervenbündel mehr von seinen erregenden Berührungen wünschte. Sie wand sich, wusste nicht, wo sie mit ihrer ganzen Energie hinsollte. Sie brauchte mehr! So viel mehr!

„Stillhalten, Süße." Er schlug sie auf den Hintern und der Schmerz wirkte sich direkt auf ihre Klitoris aus.

Sie stöhnte.

Seine Finger stoppten. „Ich habe Holt gebeten, zu testen, ob du ein wenig Schmerz magst. Wie es aussieht, ist das der Fall."

Ihre Augen weiteten sich. „Nein, ich mag keinen Schmerz!"

„Hmm." Er drang mit einem Finger in ihre Höhle, so unerwartet und tief, dass sie nach Luft schnappte. Hitze breitete sich von der Stelle in ihrem ganzen Körper aus. Ihr blieben die Worte im Hals stecken, als ekstatische Empfindungen ihr Bewusstsein füllten.

Der nächste Klaps auf ihren Hintern fiel härter aus.

Ah! Der Schmerz entfachte ihre Pussy und sie wäre beinahe gekommen.

Ein tiefes Lachen drang an ihre Ohren. Indessen rieb er über die wunde Stelle auf ihrem Po. „Ich werde mehr Vielfalt zu deiner Ausbildung hinzufügen, sodass wir diese Seite deiner Natur erforschen können."

Ihre Zunge erlaubte ihr keine Antwort. Sie konnte sich nur noch darauf konzentrieren, was seine Finger machten. Gemächlich stieß er in sie. Hin und wieder zog er sich aus ihr zurück, um über ihre Klitoris zu reiben. Ihre Pussy war von den Empfindungen vollkommen überfordert. „Was?"

„Süße, du magst ein bisschen Schmerz beim Sex." Er untermalte seine Aussage, indem er ihr hart genug auf den Hintern schlug, um ihr einen Schrei zu entlocken. Gleich danach stieß er mit seinen Fingern in ihre Vagina. Noch ein Schlag. Finger. Das brennende Gefühl von ihrem Hintern verschmolz mit der versengenden Hitze um den Eindringling. Alles in ihr spannte sich an, wartete ... Sie packte die Ketten, versuchte ihm mit dem Becken entgegenzukommen.

Als er sich aus ihr zurückzog, wimmerte sie.

Dann vernahm sie, wie eine Kondompackung geöffnet wurde. Ihre Augen weiteten sich. Ihre Pussy pulsierte, war feucht und geschwollen, und der Gedanke, ihn – Master Marcus – in sich zu haben, katapultierte ihre Lust in ungeahnte Höhen. Sie wollte es, gierte danach, von ihm genommen zu werden.

Es folgte Stille. Verwirrt hob sie den Blick und sah, dass er sie beobachtete. Ein schiefes Grinsen formte sich auf seinen Lippen. „Du bist bereit für mich, kleines Sklavenmädchen", flüsterte er. Sie fühlte, wie er mit der Eichel durch ihre Nässe glitt. Sie erschauerte. Er rieb seinen Schwanz über ihre geschwollene Klitoris und trat eine Lustwelle in ihr los. Sie war dem Höhepunkt direkt auf den Fersen.

In der nächsten Sekunde glitt sein dicker Schaft in sie und sie stöhnte bei dem Gefühl. Erbarmungslos gewann er an Tiefe, füllte sie, dehnte sie. *Zu viel.*

„Nein. Nein. Stopp." Sie riss an den Ketten und versuchte, ihm zu entkommen.

Seine Hände an ihren Hüften festigten sich. „Du kannst mich aufnehmen, Süße."

Sie schnappte nach Luft, ihre bebenden Beine ließen die Ketten rasseln. Der Riemen über ihrem Bauch, die Hände an ihren Hüften ... sie war hilflos, und diese Erkenntnis, dass er mit ihr machen konnte, was er wollte, hätte sie fast zu einem Orgasmus gebracht.

Oh Gott!

„Du bist so feucht, kleine Gabi", sagte er so langsam, als würde er jedes einzelne Wort genießen. Wusste er, was seine tiefe, sexy Stimme in ihr auslöste? Er schob die Hände unter ihren Arsch und drückte ihre Pobacken. „Und ich plane, dich so hart zu ficken, bis du meinen Namen schreist." Dennoch ging er behutsam vor. Er war groß und von ihm gedehnt zu werden, schmerzte. Schließlich kam sein Hoden in Kontakt mit ihrem Po. Langsam zog er sich zurück, stieß sofort wieder in sie.

Nach wenigen Stößen passte sich ihr Körper an und sein Schwanz glitt ungehindert durch ihre Nässe, kreierte eine wundervolle, prickelnde Reibung.

Sie stöhnte.

„Na bitte." Ohne Warnung stieß er gewalttätig in sie. Bei der Attacke auf ihre Sinne wölbte sie den Rücken. Tiefer und tiefer drang er in sie vor, fickte sie, wie er das versprochen hatte, und ihre Begierde wuchs. *Gott*, sie wollte mehr. Sie unternahm erneut den Versuch, ihre Hüfte zu bewegen. Ohne Erfolg, und sie entließ ein verzweifeltes Knurren.

„Jetzt werde ich dir zeigen, dass Schaukeln Spaß machen können, kleine Sub", sagte Marcus. Sein Schwanz glitt aus ihr heraus. Gleichzeitig zog er den Reifen zu sich, sodass er sich erneut tief in ihrer Pussy vergrub. Grinsend handhabte er die Schaukel, bewegte sie vor und zurück, nach links, nach rechts, um jeden Millimeter ihrer Vagina zu stimulieren.

Viel, zu viel, und dennoch schaffte sie es nicht zum Ziel. Der Druck in ihr baute sich auf, staute sich, sodass jeder seiner Stöße an Schmerz grenzte.

Bezaubernd, **dachte Marcus.** Er kontrollierte die Bewegungen der Schaukel, um Gabi so lange wie möglich auf der Klippe zu halten. Jeder Muskel in ihrem Körper war angespannt, ihre Finger hatten sich so fest um die Ketten gewickelt, dass ihre Fingerknöchel weiß anliefen. Und die Stöhnlaute aus ihrem sinnlichen Mund sangen ein Lied der Lust.

Ihr Zustand war ihm nicht fremd. Seine Eier fühlten sich an, als steckten sie in einer Hodenquetsche. Es brauchte viel, um seinen Orgasmus zurückzuhalten. Er verlangsamte die Bewegungen der Schaukel und packte mit einer Hand den Riemen um ihren Bauch. Mit der anderen konnte er das Equipment noch immer kontrollieren. Nun stellte sich die Frage, ob er mit ihrer Klitoris spielen sollte, um sie sofort in einen ekstatischen Orgasmus zu katapultieren.

Nein, er wollte sie hart nehmen, wollte ihr einen brutalen Höhepunkt entlocken und sie ein wenig schockieren. Da er mit erotischem Schmerz begonnen hatte, wollte er es damit auch beenden. Fest umklammerte er den Riemen über ihrem Bauch und drückte den Reifen von sich weg. Als sein Schwanz zur Hälfte aus ihr herausglitt, teilte er einen Klaps auf ihren Hintern aus. Dann riss er mit der anderen Hand die Schaukel zu sich und drang tief in sie. Sein Schaft wurde von ihrer heißen Pussy umfangen. Er wiederholte dies, immer und immer wieder. Die Art und Weise, wie sie sich bei jedem Klaps um seine Länge zusammenzog, hätte ihn beinahe der Kontrolle beraubt.

Schneller. Mehr. Eins, zwei, drei, vier, fünf Schläge später erhob sich ihre Stimme. Die Bauchmuskeln unter seinen Fingerknöcheln spannten sich an. Noch ein Klaps, ein harter Stoß und sie tauchte in einen brutalen Orgasmus. Ihre lustvollen Schreie korrespondierten mit den Zuckungen ihrer Vagina. Sie kommen zu hören, zu fühlen, wie ihre Pussy an ihm saugte, führte dazu, dass er sich einer Erlösung nicht länger erwehren konnte. Er gab seine Kontrolle auf und riss die Schaukel in kürzeren Abständen zu sich. Der Orgasmus jagte durch seinen Körper, schoss von seinen Eiern in seinen Schwanz und entfaltete sich in einer heißen Explosion aus puren Empfindungen.

Stöhnend bewegte er sanft die Schaukel, und entlockte ihr so ein Nachbeben. Bei dem Gefühl ihrer massierenden Wände würde er sie am liebsten gleich nochmal ficken.

Mit den Händen rieb er über ihre anregenden Kurven. Schwacher Schweißgeruch vermischte sich mit dem berauschenden

Duft nach Sex. Er lehnte sich vor, ließ sein Gewicht auf sie herunter. Ihre Brüste pressten sich an seinen Oberkörper und er fühlte ihr wild pochendes Herz. Sie blinzelte zu ihm auf, wirkte leicht benommen. Er zögerte nicht und küsste sie. Sogar in ihrem derzeitigen Zustand erwiderte sie den Kuss mit der gleichen Aufmerksamkeit, mit der sie sich dem Sex gewidmet hatte. Was sie auch tat, wenn sie sich mit jemandem unterhielt.

Er hätte nichts dagegen, die ganze Nacht hier zu verbringen, mit dem Reifen sanft schaukelnd und seiner kleinen Sub unter ihm. Gabi, nicht Gabrielle. Wirklich passend. Sie war so süß und scharf, wie er das vermutet hatte ... wie er es befürchtet hatte.

Sie ist nicht dein, Atherton. Mit Bedauern küsste er sie ein letztes Mal. Dann zog er sich aus ihrer Hitze zurück und entsorgte das Kondom.

Nachdem er die Riemen und Fesseln gelöst hatte, lag sie schlaff auf dem Reifen. Sie musste erst wieder zu sich selbst finden. Ihr Zustand wunderte ihn nicht. Der Abend hatte sich für sie nicht einfach gestaltet, war emotional und körperlich eine Herausforderung gewesen. Und dann war sie wie ein wahr gewordener Traum gekommen. Er hob sie von der Schaukel in seine Arme und nahm vor dem Baumstamm Platz, um sich mit ihr auf seinem Schoß anlehnen zu können. Es war beeindruckend, wie befriedigend es sich anfühlte, sie in seinen Armen zu halten. Er ruhte mit dem Kinn auf ihrem Kopf, atmete ihren Geruch nach einem frischen Shampoo und dem Zitronenduft des Öls ein. Mit ihrer erröteten Wange schmiegte sie sich an seine Schulter, und ihr Atem, noch immer beschleunigt, wehte über seinen Hals.

Eigentlich hatte er geplant, sich mehr Zeit mit ihr zu lassen. Er hatte sie ein bisschen necken, ein wenig foltern wollen, aber die Jagd, die sie ihm mit ihrem temperamentvollen Gemüt geboten hatte, hatte in ihm den primitiven Instinkt losgetreten! Er wollte sie für sich beanspruchen und sie als sein Eigentum markieren. Als Anwalt glaubte er an zivilisiertes Benehmen; als

Dom hatte er gelernt, dass die animalische Natur der Menschen stets unter der Oberfläche lauerte.

Er rieb mit der Wange über die kleinen Babyhärchen an ihrem Haaransatz – manchmal führte diese animalische Natur wirklich zu sehr viel Befriedigung.

Kaum hatte er es sich bequem gemacht, hallten drei Glockenschläge durch die Nacht. Abgesehen von der Frau, die gerade zu einem ohrenbetäubenden Orgasmus kam, kehrte Stille ein. Als die Schläge verstummten, brach Gelächter aus und Bewegungen waren zu hören. „Wach auf, Süße. Wir müssen reingehen."

„Mmm." Sie rieb ihre Wange an seiner Brust und schmiegte sich enger an ihn.

Er runzelte die Stirn. Die energiegeladene kleine Sub kehrte nicht so schnell wie sonst zu ihrem alten Selbst zurück. Andererseits, wie oft hatte er sie heute verängstigt und sie an ihre Grenze geführt? Die Desensibilisierung war zu ihrem eigenen Wohl, aber natürlich zog es Nachwirkungen mit sich. Die Nacht beendet hatte er mit einer Jagd, brutalem Sex, Bondage und Schmerzen. Egal, wie sehr sie das Spiel auch genossen hatte, es hatte sie emotional aufgewühlt. Er wusste mit absoluter Sicherheit, dass er sie nach der Erfahrung nicht einfach nachhause schicken durfte. Er wollte bei ihr sein, falls sie mit Albträumen zu kämpfen hatte. „Gabi."

„Mmm?"

„Du wirst heute Nacht mit mir verbringen, Gabrielle. Ich überlasse dir die Wahl des Ortes: Bei mir, bei dir, oder hier im Club in einem der Privaträume?"

Das löste sie aus ihrem berauschten Zustand. „Aber – Ich brauche ... Ich sollte nicht ..."

Das Denken fiel ihr noch immer schwer. „Vertraust du mir, Gabrielle?"

Ihr Kopf landete wieder an seiner Brust, ihre Atemzüge normalisierten sich. „Mmm."

Das reicht mir.

Neben dem Andreaskreuz gleich am Eingang musste sich Z am Handy anhören, wie sich der FBI-Agent über Gabrielles Verantwortungslosigkeit echauffierte. Mit einem angewiderten Laut legte er auf und schob das Handy in seine Tasche. *Was für ein Idiot dieser Agent doch ist ...*

Er drehte sich und nahm sich einen Moment, um Jessica zu betrachten. Erst vor wenigen Minuten hatte er sie am Kreuz fixiert. Ihre Gesichtsfarbe sah gut aus, ihre Atmung normal, ihr Blick haftete auf ihm. Sehr nett. Es schadete nicht, sie in Geduld zu üben. Mal wieder hatte sie sich bei ihm unbeliebt gemacht, indem sie sich bei einem Dom und seiner Sub eingemischt hatte. Sein kleines Kätzchen, das zu jeder Zeit das Wohl der anderen Subs im Blick hatte.

Aus den Augenwinkeln bemerkte er eine Bewegung. Marcus trug Gabrielle aus dem Shadowlands. Was auch immer in den Gärten passiert war, hatte den kleinen Lockvogel in einen Zustand katapultiert, in dem sie sich nicht hinters Lenkrad setzen sollte. Demnach nahm Marcus sie mit zu sich nachhause.

Das schlechte Gewissen lastete schwer auf Zacharys Schultern. Zum Wohle von Gabrielle wollte er Marcus die Wahrheit sagen. Dummerweise hatte er sein Wort gegeben, und so hatte Marcus sie an ihre Grenze geführt – wie das ein Dom tun sollte. Zweifellos sah er die Unstimmigkeiten in ihrem Verhalten. Er würde kein Mitleid zeigen – schon gar nicht, wenn er erfuhr, dass sie Geheimnisse vor ihm verbarg.

Z zog die Augenbrauen zusammen. Er wünschte, dass er den Dom besser kennen würde. Er war freundlich, sicher, etwas reserviert, und er ließ sich Zeit, im Club Freundschaften zu schließen. Nichtsdestotrotz war er ein großartiger Dom, hatte einen guten Sinn für Humor und auch mit einem ausgeprägten Beschützerinstinkt war der Mann ausgestattet.

Ja, bei ihm war die kleine Gabrielle in Sicherheit.

Jedoch sollte er Galen und Vance vorwarnen. Im Gegensatz zu dem idiotischen Rhodes waren die beiden leitenden Agents erfahrene Doms, und sie würden verstehen, warum es mit der Auszubildenden so weit gekommen war.

Zachary rieb über seinen Nacken und sah sich im Club um. So spät am Abend waren nur noch gut die Hälfte der Mitglieder anwesend. Obwohl er die Musik zu den ruhigeren Klängen von Enigma geändert hatte, fühlte sich sein Kopf wie ein zum Bersten gefüllter Ballon an. Den Abend hatte er zum Großteil damit verbracht, sich mit Mitgliedern zu unterhalten. Emotional saugte ihn das aus, da er es sich zum Ziel gemacht hatte, das Raubtier aufzuspüren. Es bräuchte nicht viel und sein Gehirn würde explodieren. Unter diesen Umständen konnte er niemanden lesen, egal wie nah er der Person auch kam.

Er war sich nicht mal sicher, was Jessica gerade durch den Kopf ging. Ausgehend von ihrer Körpersprache würde sie ihn wohl mit dem Rohrstock attackieren, wenn er sie jetzt losmachte. Bevor er sie an das Andreaskreuz gefesselt hatte, war erneut der Knebel zur Anwendung gekommen. Bei der Wut in ihren Augen schüttelte er den Kopf. Normalerweise fand er ihre Impertinenz entzückend. Das Letzte, was er wollte, war eine demütige Sub.

Da es der Entführer aber auf rebellische Subs abgesehen hatte, bekam er Panik, wenn sie frech wurde. Der Gedanke, dass jemand seine Jessica verletzt ... Er spannte den Kiefer an. Ohne zu zögern, würde er den Mann umbringen. Und er würde ihn leiden lassen.

Er hatte sie davon überzeugen wollen, dass sie ein paar Wochen in den Urlaub fuhr. Ohne ihn. Sie hatte lachend abgewunken.

Jessica war nicht die einzige Sub im Club, die in Gefahr war. Er sollte zumindest ein mögliches Zielobjekt aus der Gefahrenzone bringen.

Eine Minute später entdeckte er Sally und wies sie an, zu ihm zu kommen. Dann sah er nach, ob bei Jessica alles in

Ordnung war. Arme und Beine in einem X, weit geöffnet und entblößt, ihre saftigen Brüste bettelten ihn an, mit ihnen zu spielen. Sie fing seinen Blick ein und trotz des Knebels hörte er das Knurren laut und deutlich. Ein amüsiertes Schnauben löste sich aus seiner Kehle. Als Sally sich näherte, verließ er kurz das Separee.

Die lebhafte Azubine grinste ihn an. „Master Z, was kann ich für dich tun?"

Mit einem Auge auf Jessica musterte Zachary die kleine Sally. So spitzbübisch wie ein Wurf Kätzchen war die Auszubildende gleichermaßen frech und liebenswert. Hatte sie die Möglichkeit, toppte sie gerne von unten. Für seinen Geschmack passierte das zu oft. Die Master konnten sie kontrollieren und spielten auch Sessions mit ihr. Sie war in dem Lifestyle erfahren und war für viele der gewöhnlichen Doms zu intelligent. Zu klug und zu dickköpfig. Mittlerweile musste er sich wundern, ob sie jemals den richtigen Dom für sich finden würde. „Ich muss dich um einen Gefallen bitten, Sally."

„Sicher. Um was geht's?" Für den heutigen Abend hatte sie sich für ihr liebstes Schulmädchenoutfit entschieden, bestehend aus einem kurzen Faltenrock und einem weißen Hemd, das sie unter ihren Brüsten zu einem Knoten gebunden hatte. Ihre seitlichen Zöpfe schwangen, da sie sich aufgeregt auf ihre Zehenspitzen rollte, als hätte er ihr Süßigkeiten angeboten.

„Ich möchte, dass du Tampa für ein paar Wochen verlässt." Zachary hob die Hand, um sie vom Reden abzuhalten. „Ich kann und darf dir diese Bitte nicht erklären. Ich möchte aber, dass du weißt, dass du nichts falsch gemacht hast. Rein gar nichts. Ich habe es mit einem internen Clubproblem zu tun."

„Aber dann habt ihr zu wenige Auszubildende."

Natürlich sorgte sie sich zuerst um die anderen. „Ich werde mit Marcus eine Lösung finden." Er lächelte, denn er wusste genau, wie er bei ihr zum Erfolg kam. „Am Check-In-Schalter von United Airlines habe ich ein Flugticket nach Des Moines für dich hinterlegt. Morgen früh um elf geht der Flug. Besuche deine Familie, bevor die Uni wieder anfängt. Abgemacht?"

Ihre Augen weiteten sich. „Wirklich? Zum Teufel, ja!" Ihr entging sein Ausdruck nicht und sie schluckte schwer. „Ähm, was ich meine: Danke, Sir!"

„Viel besser." Er zog sanft an einem ihrer Zöpfe und zögerte. Sie lebte allein. „Eine Sache noch, Kleine. Ruf bitte hier im Club an, wenn du sicher in Des Moines angekommen bist. Hinterlasse mir eine Nachricht auf dem Anrufbeantworter. Und wenn es irgendetwas gibt, dass dir ... Sorgen bereitet, melde dich bei mir."

Misstrauisch beäugte sie ihn. „Etwas stimmt nicht. Was ist los?"

Die kontaktfreudige Göre kannte immer den ganzen Klatsch. Mit dem Zeigefinger unter ihrem Kinn hob er ihren Kopf und sah ihr tief in die Augen. „Du wirst diese Sache, und dass ich dich gebeten habe, Urlaub zu machen, mit keiner Menschenseele besprechen. Habe ich mich deutlich ausgedrückt?"

Der Ausdruck in ihren Augen zeigte, dass er ihr Angst gemacht hatte. *Gut.*

„Ja, Sir. Hol Flugticket, verlasse Tampa, Bescheid geben, dass ich gut angekommen bin, und bespreche das Thema mit niemanden."

„Sehr gut. Du darfst gehen." Er kehrte zu der zweiten Anwärterin für die frechste Sub im Club zurück. Jessica. Vor ein paar Stunden hatte er ihre Emotionen gefühlt – ein Kuddelmuddel aus Gedanken, das seiner direkten Sub nicht ähnlich sah. Traurigkeit spielte eine Rolle, genau wie Unsicherheit. Ihr Benehmen war schlimmer als sonst, vor allem im Shadowlands, und er hatte keine Ahnung, worauf es zurückzuführen war. Er vermutete, dass es etwas mit dem Besuch seiner Jungs zu tun haben könnte. Für einen Moment musterte er sie aufmerksam.

Verdammt, er liebte sie – jeden Tag, den er mit ihr verbrachte, liebte er sie mehr. Sie erwiderte seine Gefühle, aber wäre er in der Lage, sie auf Dauer glücklich zu machen? Er war älter als sie, wie es seine Söhne mit einer taktlosen Bemerkung ins Gespräch gebracht hatten. Liebe überwand nicht alle Gegensätze. Im vergangenen Jahr hatte er sich bewusst nicht gänzlich auf sie eingelassen, um ihr die Möglichkeit zu lassen, die Beziehung zu beenden.

Wollte sie ihn verlassen? War ihr Verhalten der Vorbote für das frühzeitige Ende? Oder nur eine Reflexion seiner eigenen Laune?

Ein klärendes Gespräch war von Nöten. Aber nicht jetzt. Nicht, wenn er die Informationen über die FBI-Ermittlung und die Entführungen mit niemandem teilen durfte. Verflucht seien die Agents, dass sie auf Geheimhaltung pochten.

Er rieb sich über den Nacken und schlenderte zu seinem frechen Kätzchen. Ihre grünen Augen funkelten ihn genervt an, als er ihre hilflose Position zu seinem Vorteil nutzte und mit ihren Brüsten spielte. Mit seinen Fingern und seinem Mund neckte und saugte er an ihren Nippeln, bis sie sich aufrichteten und zu einem erotischen Rot anliefen. Dann wandte er sich ihren weichen Schenkeln zu, die einladend gespreizt waren. Ihre Pussy war bereits feucht. Er berührte sie und wartete, bis ihr Knurren zu einem Keuchen überging und ihr Gesicht mit roten Wangen lockte.

Erst dann entfernte er den Knebel und küsste sie, glitt mit der Zunge gegen ihre, während er mit den Fingern über ihre Klitoris schnellte. Was auch immer die Zukunft für sie beide bereithielt, im Moment gehörte sie ihm allein. Unter seiner Berührung schwoll ihr Nervenbündel an und sie beschenkte ihn mit einem Wimmern.

Als er einen Schritt zurücktrat, unternahm ihr Körper den Versuch, ihm zu folgen. Sie wollte mehr. Dann wurde ihr bewusst, wo sie sich befand, und die Schamesröte breitete sich aus. Sie war so reizend. „Du manipulatives Arschloch."

„Bin ich das?"

Bei seinem kalten Tonfall schossen ihre Augen zu seinen, und sie zuckte zusammen. Er hielt ihren Blick gefangen und öffnete seine Hose. In der Öffentlichkeit gefickt zu werden, war ihr unangenehm. Als ihr Dom wusste er aber, dass es sie auch erregte. Ein schiefes Grinsen zierte seine Lippen. Wie viele Orgasmen würde es brauchen, bis sie ihre Stimme verlor? Bis Erschöpfung ihr Bedürfnis nach Ungehorsam im Keim erstickte?

„Z. Master. Warte."

„Nein", flüsterte er. „Das werde ich nicht."

Bei der Rothaarigen hatte er sich eindeutig geirrt. Der Rekrutierer lehnte sich mit einem Lächeln an der Bar zurück. Vor wenigen Minuten hatte Marcus die Sub aus dem Shadowlands getragen. Kein Ton war noch von ihr zu hören gewesen.

Sie sah gebrochen aus. Aber das hatte er auch schon bei anderen Gelegenheiten gedacht. Wie es schien, konnte ein Dom sie für eine Weile unterwerfen, so wie mit dem Spanking letzte Woche, und doch kam sie danach als ihr altes Selbst zurück. Rebellisch und laut. Er hatte gelacht, als sie ihr Missfallen für die Sklavenkleidung zum Ausdruck gebracht hatte.

Ihr Temperament hatte die Figging-Session besonders unterhaltsam gemacht. Oh ja, in dieser Woche würde er sie auf jeden Fall in seinen Bericht mit aufnehmen. Wirklich ergötzlich.

Eine Schande, dass Marcus nicht das Paddel hinzugeholt hatte, als sie den Ingwer in ihrem Arschloch hatte. Wenn eine Sub einen Schlag erwartete, drückte sie die Pobacken zusammen und der Druck erhöhte das Brennen.

Insofern sie mit auf die Liste kam, würde er diese Technik vorschlagen. Es könnte zum Programm der Auktion werden, um die Käufer zu unterhalten. Er hätte nichts dagegen, das Paddel selbst zu schwingen.

Grinsend nickte er Cullen zu und ließ dann den Blick in den Bereich mit den Subs schweifen. Noch immer eine adäquate

Auswahl. Heute sehnte er sich nach einer weichen Runden. Er überlegte. Er entdeckte eine jüngere Frau. Er genoss Jugend, aber nein. Manchmal brauchte es eine ältere Sub. Die jüngeren waren zu nah am Wasser gebaut. Die Älteren zeigten Widerstand, wodurch es befriedigender war, sie schreien und betteln zu hören.

KAPITEL ELF

D
as ist völlig wahnsinnig. Dämlich. Stirnrunzelnd erlaubte sie Marcus, ihr aus seinem Sedan zu helfen. „Es geht mir gut", sagte sie. „Ich brauche keine –"

„Doch, das tust du, Süße." Er legte den Arm um sie, als hätte er Angst, sie würde fallen. „Sei ruhig mürrisch, aber ich werde dich heute Nacht nicht allein lassen." Er küsste sie auf den Haarschopf.

„Ah ja." Sie hätte im Club protestieren sollen ... wenn sie dort dazu in der Lage gewesen wäre. Aus einem ihr unerklärlichen Grund hatten ihre Synapsen nicht geschaltet. Nach einem kurzen Gespräch mit Z hatte Marcus Sally gebeten, Gabis Tasche und ihre Alltagskleidung aus der Umkleide zu holen. Anschließend hatte er Gabi und ihre Habseligkeiten in seinen Sedan verfrachtet.

Auf dem Weg zu seinem Haus dachte sie an Agent Rhodes. Sogleich rollte eine Panikattacke auf sie zu, bis sie sich daran erinnerte, dass Master Z sie umarmt und ihr ins Ohr geflüstert hatte, dass er ihrem *Bekannten* Bescheid geben würde. Dem Sackgesicht würde das nicht gefallen, und na ja, sie fand den Gedanken recht amüsant, dass er zur Abwechslung Master Z anschrie und nicht sie.

Wenn sie ehrlich war, dann musste sie zugeben, dass Marcus recht hatte. Es spielte keine Rolle, wie sehr sich ihr gesamtes Sein gegen sein Vorhaben auflehnte, im Moment sollte sie nicht fahren.

Als sie sich das eingestehen konnte, erhob sich eine andere Emotion in ihr. Vorfreude. Master Marcus hatte sie zu seinem Haus gebracht. Die ganze Nacht würde sie mit ihm verbringen. Und das wollte sie. Sie *wollte* in seinen Armen schlafen, *wollte* erneut mit ihm Sex haben, *wollte* mehr über ihn erfahren und ... *Verdammt, sei nicht dumm! Dies ist ein befristeter Auftrag, Gabi, und ganz sicher kein Date.*

Bewegungsmelder brachten Lampen zum Erstrahlen, als sie sich näherten und durch eine schwarze Tür traten. Der kleine Eingangsbereich war mit köstlich riechenden Gardenien gefüllt. Marcus ließ kurz von ihr ab, um sich einem Bedienfeld zuzuwenden, an dem er einen Code eingab. Nach der schwülen Nachtluft zitterte sie nun in dem kühlen, trockenen Innenbereich. Sie trug wieder ihr neongelbes Outfit, in das Marcus ihr nach der Session geholfen hatte. Na ja, eigentlich hatte er sie angezogen. Er allein. Dass sie in diesem wunderschönen Haus ihre Fetischkleidung anhatte, gab ihr das Gefühl, billig zu sein.

Sie ging einen Schritt auf Abstand, suchte nach der Türklinke.

In dem Moment wandte sich Marcus ihr zu. Mit zusammengezogenen Augenbrauen näherte er sich. Seine warme Hand umfasste ihre Wange. „Was ist los, Süße?"

„Ich denke ..." Er wollte, dass sie ehrlich war. Ihr Gehirn arbeitete noch immer zu langsam, um sich eine glaubwürdige Ausrede auszudenken. Sie wies auf ihre Kleidung. „Ich fühle mich billig."

„Dann zieh dich aus." Die Lachfalten um seine Augen vertieften sich, als sich ein Grinsen auf seinen Lippen formte. „In den seltenen Anlässen, in denen ich eine Sub in mein Haus bringe, bestehe ich darauf, dass sie das Wochenende auf Kleidung verzichtet."

„Du –" Entsetzt sah sie ihn an, woraufhin sein lautes Lachen den Raum füllte. Dieser Laut aus seinem Mund schickte eine Lustwelle durch ihren Körper.

„Ich meine es ernst." Mit dem Daumen zeichnete er ihre Lippen nach und musterte sie aufmerksam. „Ich bin kein *Rund um die Uhr*-Dom. Nächte und Wochenenden sind für mich allerdings eine Fortsetzung der Zeit im Club. Jagdsaison auf die kleine Sub in meinem Haus."

Das ganze Wochenende? „Aber –"

„Aber für heute hattest du genug, kleine Sub. Es gibt also keinen Grund, nervös zu werden."

Als sie erleichtert ausatmete, lachte er wieder. „Komm, ich führe dich herum." Er lief vor ihr, um das Licht einzuschalten. Automatisch landeten ihre Augen auf seiner Jeans. Was das Denim mit seinem Hintern anstellte ...

Der Eingangsbereich öffnete sich zu einem großen Raum, in dem eine abgetrennte Sitzecke zu finden war. Gegenüber entdeckte sie das Lieblingsspielzeug eines jeden Mannes: einen riesigen HDTV. Sie grinste. Die Einrichtung erinnerte sie sehr an Marcus. Cremeweiße Wände, helle Marmorfliesen, braune Ledersessel und -sofas. Alles aufeinander abgestimmt. Schlicht und dennoch gemütlich. Sie musste jedoch zugeben, dass es sie traurig machte, keine strahlenden Farben zu sehen.

Ein dekorativer schwarzer Gusseisenholzofen mit einer Glastür trennte den Wohnbereich von dem Esszimmer. Wirklich nett. In Tampa wurde es – gelegentlich – auch mal kühl, sodass ein Feuer gerechtfertigt war. Warf er dann eine Decke auf den Boden und machte vor dem wärmenden Ofen Liebe mit einer Frau? Die Sehnsucht, diese Frau zu sein, traf sie unerwartet. „Dein Zuhause ist wunderschön." Im gleichen Atemzug wandte sie sich von dem Raum ab und rang die überraschende Emotion nieder.

„Danke. Und jetzt folge mir, Kleine." Er legte die Finger

bestimmt um ihr Handgelenk und entfachte damit ein Gefühl, das sich direkt auf ihre Mitte auswirkte. Dann führte er sie den Flur entlang zum Schlafzimmer. Beiger Teppich, cremeweiße Vorhänge, ein riesiges Bett mit einer dunkelblauen Satintagesdecke. Ein Kleiderschrank mit wunderschön geschnitzten Türen, dazu Nachttischschränkchen und ein farblich passendes Bett aus dunklem Holz. Neugierig tanzte sie mit den Fingerspitzen über ein paar Kratzer. Der einzige Makel.

Obwohl sie keinen Ton gesagt hatte, breitete sich ein wissendes Grinsen auf seinen Lippen aus. „Von Fesseln."

Oh. Hastig trat sie zurück. Mit einem Mal wurde ihr bewusst, dass sie mit diesem Mann vollkommen allein war – einem Mann, den sie erst seit zwei Wochen kannte, und der zudem ein Dom war.

Er verengte die Augen und zog sie in seine Arme. „Gabi, es spielt keine Rolle, wo wir sind oder was wir machen, dein Safeword verliert nicht an Geltung. Zumal ich heute Abend nicht mehr plane, dich auf das Bett zu werfen und zu fesseln. Für heute bist du fertig." Tröstend streichelte er mit der Hand über ihren Rücken.

Warum fühlte sie sich stets so sicher, wenn er sie in den Armen hielt? Sie lehnte sich mit der Stirn an seine Brust. *Ich bin ein Idiot.* „Es tut mir leid. Ich muss aber zugeben, dass es merkwürdig ist. Nicht, dass ich noch nie mit einem Mann nachhause gegangen bin, um – na ja, Fesselspiele waren nicht involviert, aber … du verstehst schon." *Für Sex.*

Ein Lächeln stahl sich auf seine Lippen. „Ich bezweifle, dass du bei diesen Gelegenheiten vollkommen nüchtern warst."

„Äh." Sie blinzelte und funkelte ihn dann an. Das klang wirklich … schlimm. Sie seufzte. „Wo du recht hast, hast du wohl recht." Das erklärte, warum es sich heute anders anfühlte. Sie war nicht nur mit einem Dom heimgegangen, sondern hatte sich zuvor auch keinen Mut angetrunken.

„Das können wir ändern. Gönne dir eine Dusche. Indessen mache ich uns einen Wein auf."

Sie war mit Öl bedeckt, hatte bei der Session in den Gärten geschwitzt, Dreck klebte in jeder ihrer Poren. *Eklig.* „Eine Dusche klingt super."

Er öffnete den Kleiderschrank, zog einen langen, dunkelblauen Seidenmorgenmantel heraus und zeigte ihr anschließend das Badezimmer. „Benutze, worauf du Lust hast. In der unteren Schublade findest du Zahnbürsten und Kämme."

Okay. Sie schüttelte den Kopf. Wie es schien, genoss dieser Mann ... Gesellschaft. Natürlich tat er das. Finanziell ging es ihm gut, er war charmant und zudem attraktiv. Jede Frau könnte sich glücklich schätzen, ihn in ihrem Leben zu haben.

In der ebenen Dusche hoffte sie, dass sie durch das heiße Wasser wieder zu Verstand kam. *Niemals wird er dir gehören. Das darfst du nicht vergessen, Gabi.* Sie schrubbte ihre Haut, zuckte hin und wieder, wenn sie auf einen blauen Fleck stieß. Mit den Händen kämmte sie durch ihre Haare und fand kleine Äste und Blätter. *Na super.*

Das Einbauregal in der Wand hatte ein Duschgel, das nach Marcus roch. Zudem entdeckte sie Fläschchen, die speziell für Gäste gedacht waren. *Meine Güte*, ihr Liebesleben sollte mal so aufregend sein. Sie versuchte, ihre Enttäuschung niederzuringen. *Ich bin nur eine von vielen.* Sie war eine Auszubildende, die er retten musste, weil sie ... schwach war. Er hatte es nicht rechtfertigen können, sie allein nachhause gehen zu lassen. *Das darfst du auf keinen Fall vergessen, Gabi. Du bist nicht sein Date.*

Sie wählte ein Shampoo, das nach Zitrone roch, wusch ihre Haare und trat in den Raum voller Wasserdampf. Der angelaufene Spiegel zeigte eine verschwommene Frau ohne Make-up und mit nassen Haaren. Gut, dass Master Marcus nicht leicht Angst bekam. Jeder andere würde bei dem Anblick, den sie gerade bot, schreiend aus dem Haus rennen. Dominanz – nichts für schwache Nerven.

Nachdem sie sich den Morgenmantel übergezogen hatte, ging sie ins Wohnzimmer. Niemand zu sehen. Die einlullende Stimme von Sarah McLachlan erfüllte den Raum. In der Küche klirrte es. Wenige Sekunden später trat Marcus mit zwei Weingläsern in den Händen in ihr Blickfeld und küsste sie sanft auf den Mund.

„Du siehst besser aus." Er blickte an sich selbst herunter und lächelte reumütig. „Ich brauche auch eine Dusche. Du hast es mir bei der Jagd nicht leicht gemacht, kleine Sub."

Sie kicherte.

Lachend schob er ihr liebevoll die Haare hinter die Ohren. „Du bist ja so stolz auf dich." Er wies auf das Wohnzimmer. „Mach es dir bequem. Ich komme gleich wieder."

Der Fliesenboden war kalt unter ihren Füßen und der Morgenmantel aus Seide glitt bei jedem Schritt über ihre nackte Haut. Sie nahm einen Schluck von dem Wein. Ein köstlicher Spätburgunder. Genau, was der Arzt verschrieben hatte.

Sie lief zu einer Wand, um sich die Bilder anzusehen. Familienfotos mit einer freundlich aussehenden Frau und einem grauhaarigen Mann, der Marcus' Kinn und seine Augen hatte. Ein Foto zeigte eine Vielzahl von Verwandten. Dann fiel ihr Blick auf die Bilder, auf denen Teenager mit unterschiedlicher ethnischer Zugehörigkeit auf Basketballfeldern zu sehen waren, bei Karatewettkämpfen und bei einer Wohltätigkeitsaktion, bei der ein Haus gebaut wurde. Ein Foto mit Marcus inmitten einer Gruppe von Jugendlichen. Marcus hatte den Arm um die Schultern eines Jungen gelegt, der Gangtattoos aufwies. Der Junge grinste von einem Ohr zum anderen.

Für einen Moment musterte sie die Karatefotos. Wie die Kinder auch trug Marcus einen weißen Karate-Gi, nur hatte sein Gürtel die Farbe ... *Oh wow, ich sollte wohl keinen Streit mit einem Mann anfangen, der den schwarzen Gürtel hat.*

Im Bücherregal entdeckte sie verschiedene Genres: Jura, Ethik, Bestseller und Horror, bei dem Stephen King vorherrschend war. *Ah ja, interessant.* Bei ihr fanden sich Werke über Sozialarbeit, Psychologie, Gesellschaftswissenschaft, Shakespeare, Liebes- und Fantasyromane. Im wahren Leben hätten sie wohl nichts gemein. Andererseits ... ihr Blick landete erneut auf den Bildern mit den Kindern. Er schien vielschichtiger, als sie zuerst angenommen hatte. Nicht in einer Million Jahre würde man ihren Vater auf einem Basketballfeld antreffen, und schon gar nicht in einem Elendsviertel.

Sie vernahm Schritte und drehte sich um.

Marcus kam in einem zweiten Morgenmantel in den Raum. Als er vorne den Knoten band, beobachtete sie, wie sich die definierten Muskeln seiner Brust und seines Bauches unter dem dünnen Stoff abzeichneten. Bisher hatte sie ihn noch nicht ohne Oberteil gesehen, und ihre Finger kribbelten mit dem Bedürfnis, ihn zu berühren. Wenige Schlucke des Weins hatten bereits ausgereicht, um sie in einen kleinen Rausch zu versetzen. Sie rieb ihre Hände über ihren Morgenmantel. *Böse Gabi.* Sie räusperte sich und schenkte ihm ein Lächeln. „Und jetzt?"

Er wies auf die Couch. „Jetzt setzen wir uns hin, sodass ich dich über dein Leben ausfragen kann."

Sie erstarrte. Ausfragen? Sie konnte keine Fragen zu ihrem Leben beantworten. „Ähm, also eigentlich bin ich etwas müde. Vielleicht sollte ich ... also, wenn du ein Gästezimmer hast, kann ich mich rar machen."

„So spät am Abend solltest du nicht mehr flunkern, Süße. Vorhin warst du noch müde, jetzt nicht mehr." Seine blauen Augen sahen einfach alles. „Ich nehme an, es gibt Aspekte an deinem Leben, die du nicht besprechen möchtest?"

Manchmal war es ziemlich erschreckend, wie einfach es ihm fiel, von seiner Südstaatenmundart direkt zu seiner Anwaltssprache zu wechseln. „Ich muss wirklich nachhause. Könntest du mir Geld für ein Taxi leihen? Gleich am Freitag bezahle ich dich zurück." Sie blinzelte. „Sir."

. . .

Sehr interessant, **dachte** Marcus. Er trank von seinem Wein und betrachtete sie, bis sie bei seiner Stille nervös mit den Fingern spielte. Die kleine Sub war so entspannt gewesen, hatte mit ihm gescherzt. Nun war sie steif und fühlte sich sichtlich unwohl.

Auf der Fahrt zu seinem Haus, nachdem sie aufgewacht war, hatte sie mit ihm über Gott und die Welt gesprochen, über Politik und auch einen Verein, der Raubkatzen aus schwierigen Situationen befreite, von dem auch seine Großmutter viel hielt. Danach waren sie zum Thema Kriminalität in dieser Stadt gekommen und wie man das Problem angehen sollte. Er hatte die Zeit im Auto überaus genossen. Die Frau war lebhaft, mitfühlend und verdammt klug. Zur Hölle nochmal, sie war bei Debatten nicht nur beeindruckend, sondern hatte ihn mit Kommentaren über die Landschaft stets abgelenkt, nur um wieder zum Thema zurückzukehren und ihn unerwartet mit einem Argument zu treffen.

Dennoch aktivierte der Gedanke, über sich selbst zu sprechen, ihren Fluchtinstinkt. Als er ihren Blick einfing, wandte sie die Augen auf die unterwürfige Art ab, die er bereits einige Male bei ihr beobachten durfte. Aus irgendeinem Grund hatte sie ihr görenhaftes Verhalten im Club gelassen. *Die Frau, die gerade vor mir steht, mag ich sehr.* Herzlich, energiegeladen, klug. Und verdammt, sie passte in dieses Haus. Nein, es war mehr als das – sie machte sein Zuhause zu einem besseren Ort.

Langsam umkreiste er sie und sie erschauerte. Eingewickelt in den Morgenmantel, kein Make-up, ihre Haut köstlich gerötet von der heißen Dusche, die Haare wie von einem begossenen Pudel. Verletzlich. Wie ein Magnet rüttelte sie an seinem Herz. Er wollte sie an sich ziehen, mit ihr kuscheln ... und sie dann unter sich rollen und erneut mit ihr Sex haben. Zuneigung, Lust und das Bedürfnis, sie zu beschützen. Es war sehr gut möglich, dass er in der Scheiße steckte.

Er stellte sich vor sie hin und drang absichtlich in ihren Wohl-fühlraum ein. „Nein, du wirst nicht wegrennen, Gabrielle."

In ihren schokoladenbraunen Augen sah er Misstrauen. Was machte sie so nervös?

„Wir werden uns jetzt hinsetzen, den Wein genießen und uns nett unterhalten. Wenn ich dir eine Frage stelle und du sie nicht beantworten willst, sagst du mir das. Ich bitte dich nur, mich nicht anzulügen."

Sie schaffte es, den Blickkontakt aufrecht zu erhalten, die Muskeln neben ihrem Mund spannten sich jedoch an. Wie es schien, hatte sie ihn bereits wegen etwas Anderem angelogen.

Na ja, darum würde er sich später kümmern. Jetzt wollte er ihre Erlebnisse im Club besprechen und wie sie in der Zukunft verfahren würden. Er nahm einen Schritt zurück und entließ seine Kontrolle über sie. „Holt schien es zu genießen, dich als Sub zu haben."

Ihr erleichterter Seufzer entlockte ihm ein Lächeln.

Als Master Marcus sie zur Couch führte, gab Gabi den Kampf auf und fügte sich. Sie nahm neben der Armlehne Platz und hoffte, dass er sich auf den Sessel –

Er setzte sich direkt neben sie. Natürlich. Anschließend stellte er sein Glas und auch ihres auf den Couchtisch. Nachdem er ihre Beine über seinen Schoß gelegt hatte, zog er an ihr, bis sie mit dem Rücken auf der Lehne ruhte. Entsetzt stellte sie fest, dass sich der Knoten ihres Morgenmantels gelöst hatte, und so öffneten sich beide Seiten und entblößten ihre nackten Brüste.

Hastig hob sie die Arme, um den Stoff zu richten.

Er warf ihr einen strengen Blick zu. „Nicht. Ich genieße es, dich anzusehen."

Ihre Finger erstarrten. Gott sei Dank waren sie nicht im Club, denn sie bezweifelte, dass sie ihm im Moment trotzen könnte. Die Zeit in den Gärten hatte ihren Widerstand gebrochen. Hier in seinem Haus trafen sie seine Befehle und sein unermüdlicher Blick bis ins Mark.

Kaum merklich hob er sein Kinn. „Deine Antwort lautet ...?"

„Ja, Sir." Sie nahm sich ihr Weinglas, da sie das starke Bedürfnis hatte, etwas in der Hand zu halten.

„Sehr gut, Süße." Er umfasste ihren linken Fuß und massierte ihre schmerzenden Muskeln. *Gott*, das fühlte sich gut an! Seine Daumen übten genau die richtige Menge Druck aus und sie hätte bei der Empfindung am liebsten laut gestöhnt.

Schmunzelnd nahm er sich die nächste Stelle vor und wiederholte seine talentierten Handlungen. Zum Reden verlockt durch eine Fußmassage. *Hinterhältiger Dom.* „Ich möchte wissen, wie du zwischen die Fronten eines Bandenkrieges gelangen konntest, Gabi. Würde es dich stören, es mir zu erzählen?"

„Ähm." Sie unternahm den Versuch, ihren Fuß wegzuziehen und er packte sie fester. Er massierte sie weiter und wartete. Sein Vorgehen war ihr nicht fremd. Sie selbst hatte diese Methode angewendet. Obwohl sie sich dessen bewusst war, wollte sie die Stille mit Worten füllen. Aber ... Es formte sich ein Kloß in ihrem Hals. *Ich will nicht darüber sprechen.* Andererseits hatte er ihr heute Abend geholfen. Vielleicht sollte er wissen, was er sich mit ihr auferlegt hatte.

Geduldig wartete er, seine Hände warm an ihrer Haut – hatte sich etwa der Raum abgekühlt? In Vorbereitung nahm sie einen Schluck von ihrem Wein. „Okay, wenn du es wirklich wissen willst ... Als ich noch sehr jung war, bin ich von zuhause weggelaufen und habe in Miami mit zwei Männern auf der Straße gelebt. Ich war sehr naiv. Sie haben mir viel beigebracht." Leicht belustigt wartete sie auf die Reaktion eines spießigen Anwalts. „Autos kurzzuschließen, gehörte nicht gerade zu meinen Talenten, aber ich war recht gut als Taschendieb." Und darin, Danny und Rock im Bett zu befriedigen.

Wie erwartet spannte sich sein Kiefer an, bis seine Wangenknochen herausstachen. „Wie alt warst du?"

„Sechzehn."

„Man sollte die beiden zur Strafe auspeitschen."

„Dafür ist es zu spät. Sie sind tot." Ihre Belustigung verebbte und machte Platz für Traurigkeit. Ein kalter Wind kehrte in ihr Bewusstsein ein, der einen tiefsitzenden Schmerz in ihrer Brust zurückließ.

„Erzähl mir davon, Süße." Er senkte den Blick und wandte sich ihrem anderen Fuß zu. Seine starken Hände waren die Stabilität, die sie in dieser Welt brauchte, sodass sie auf dem stets schwankenden Schiff nicht über Bord ging.

„Dort war ich ungefähr für ein Jahr. Die Straße wurde rauer. Es war schwieriger, an Geld zu kommen, sodass Rock mit dem Verkauf von Drogen begonnen hat, obwohl es bereits zwei Gangs gab, die sich das Gebiet unter den Nagel reißen wollten. Eine davon ist bei unserem Apartment aufgetaucht. Rock und Danny haben sie umgebracht und ..." Sie zuckte mit den Achseln und gab ihr Bestes, um Gleichgültigkeit zu projizieren, obwohl ihr bereits schlecht wurde. Die Galle kroch ihren Rachen hoch und sie schluckte, bevor sie sagte: „Mich haben sie nicht getötet." Sie zeigte auf ihre Wange. „Sie haben mich nur ein wenig mit dem Messer bearbeitet." *Und vergewaltigt haben sie mich.*

Sein Blick fand die Narbe auf ihrer Wange. „Du warst also anwesend, als sie deine Freunde getötet haben?", fragte er in einem sanften Tonfall.

Beende die Geschichte, bring es hinter dich. Ruckartig nickte sie und richtete ihren Blick dann auf den roten Wein in ihrem Glas. „Danny hat die Tür geöffnet. Ihn haben sie zuerst erschossen." *Die Pistole war laut, schockierend, erschreckend, dämpfte das Brüllen der Männer und ihre Schreie. Danny flog nach hinten, krachte auf den Boden, seine Augen weit aufgerissen, die Lippen geteilt, Blut überall. Sie hatte es nicht geschafft, aufzustehen. Vollkommen erstarrt war sie gewesen. Erst an diesem Morgen hatte er mit ihr Liebe gemacht und ihr gesagt, dass sie sein besonderes Mädchen war.* „Rocks Waffe lag auf dem Küchentisch. Einen Schuss hat er abgegeben und ... Sie hatten eine vollautomatische Pistole." *Kugeln bohrten sich in Holz, prallten von Metall ab ... drangen in Fleisch ein. Sein Körper hatte gebebt, als hätte er einen Krampfanfall, und alles färbte sich rot, als er mit dem Rücken gegen die Wand krachte und daran herunterrutschte.*

Marcus zog sie auf seinen Schoß und wickelte die Arme um sie. Das musste er oft tun, oder? Sie trösten?

„Er hat mir immer Liebesromane gekauft. Wir hatten nicht viel Geld, aber irgendwie hat er es stets geschafft, mir mit Büchern eine kleine Freude zu machen", flüsterte sie mit schwerem Herzen.

Seine Augen waren auf ihr Gesicht geheftet. Er war wie eine Rettungsleine, die sie aus der tiefen See ihrer Erinnerungen rettete. „Erzähl weiter. Erzähl mir den Rest."

„Ich habe mir ein Messer geschnappt und versucht –"

„Du hast sie mit einem Messer angegriffen?", unterbrach Marcus sie mit erstickter Stimme.

„Die haben meinen Danny, meinen Rock erschossen! Ich war so wütend, und ich wollte sie verletzen. Ich habe den Kerl mit der Waffe erwischt." Sie ballte ihre rechte Hand zu einer Faust, erinnerte sich gut an das Gefühl des Messers in ihrer Hand. Als die Klinge durch Fleisch geschnitten hatte und auf Knochen gestoßen war, hatte sich Entsetzen in ihr ausgebreitet. Sein Schmerzensschrei riss sie noch heute aus dem Schlaf.

Marcus löste ihre angespannten Finger und nahm ihre Hand in seine.

„Getötet habe ich ihn nicht", sagte sie. Auch jetzt war sie sich nicht sicher, ob sie darüber erleichtert oder enttäuscht sein sollte.

„Süße, damit zu leben, wäre nicht einfach gewesen. Zudem hätten sie dich wahrscheinlich getötet, wärst du erfolgreich gewesen."

„Kann sein. Stattdessen haben sie mir das Messer abgenommen und es an mir benutzt." *Die Beschimpfungen, die glänzende Klinge, das merkwürdige Gefühl, als sich die Haut an ihrer Wange geteilt hatte. Warme Flüssigkeit auf ihrem Gesicht, ihrem Hals, die weißen*

Blumen auf der Couch nun ein erschreckendes Rot. Die Schmerzen – Gott, die Schmerzen. Dann hatte sich das Lachen verändert. Sie benutzten erniedrigende Wörter, furchtbare Wörter. Hände drückten sie nach unten, hielten sie, zerfetzten sie ... Sie hörte sich selbst wimmern.

„Ganz ruhig, meine Süße. Es ist vorbei." Marcus' Stimme. Sein wundervoller, maskuliner Geruch.

Sie fand Sauerstoff, fand schon bald mehr davon und sog ihn zittrig in ihre Lungen. Ihre Fingernägel bohrten sich in seine Handflächen. Sie zwang sich, ihre Hand zu lockern und entließ ein Lachen. Es klang grausig. „Als die Bullen in das Apartment geprescht sind, war ich .... Na ja, wenigstens haben sie mich nicht erschossen. Und dann kam ein Mann ..." *Danke, Gott, dass du mir Abe geschickt hast.* „Er hat mich davon überzeugt, die Ecke zu verlassen, in der ich gekauert habe."

Seine Arme festigten sich, als könne er sie so vor ihrer eigenen Vergangenheit beschützen. Zu spät. Dann hörte sie ihn seufzen und er legte seine Wange auf ihren Haarschopf. Seine Sorge um sie spülte die Angst hinfort. „Es tut mir so leid, Gabi", flüsterte er. „Für dich und deine Freunde."

„Sie waren erst Anfang zwanzig. Jünger als ich es jetzt bin." *Zu jung, um alles enden zu lassen.* Der bittere Kummer verließ sie niemals vollständig. „Also, ähm, das war alles."

Für einen Moment schwieg er. Diesmal störte sie die Stille nicht. Sie würde sich nicht beschweren, wenn er sie die ganze Nacht in den Armen halten würde.

„Seither warst du offensichtlich mit anderen Männern intim", sagte er.

„Mmm." Mit der Wange an seiner Brust spürte sie die drahtigen Härchen, die sich durch den Seidenstoff seines Morgenmantels bohrten. „Die ersten Versuche waren ... schwierig." Kim hatte ihr stets Mut zugesprochen, hatte sie gehalten, wenn sie von Albträumen heimgesucht worden war. Sie war es auch gewesen, die Gabi im nächsten Jahr in einen BDSM-Club gezerrt hatte. Nichts verängstigte Kim, Konventionen hielten sie nicht zurück.

Gabi vergrub ihr Gesicht an Marcus' Brust. *Wir werden dich retten, Kim. Bitte halte durch. Bleib stark.*

„Aber du hast einen Punkt erreicht, an dem du mit einem Mann nachhause gehen konntest. Indem du dir ein bisschen Mut angetrunken hast?", sagte Marcus leichthin, sodass sie wieder an Boden gewann. Seine Hand massierte die angespannten Muskeln in ihren Schultern.

„Ja."

„In deiner ersten Nacht im Club haben wir kurz über die Möglichkeit gesprochen, mehr als einen Mann ins Spiel zu bringen. Als du eine Menage beobachten konntest, hat dich das erregt." Er pausierte. „Gabi, ist ein Dreier wirklich etwas, das dich interessiert oder wirst du davon Albträume bekommen?"

„Ich ... ich bin mir nicht sicher." Hin- und hergerissen seufzte sie. „Ich denke, ich würde es gerne probieren. Wieder Sex zu haben, hat einige meiner Ängste zum Schweigen gebracht." Sie schluckte und fügte hinzu: „Manchmal, auch mit einem Mann, fühle ich zu viele Hände auf meinem Körper, und das führt zu Panik. Vielleicht schaffe ich es irgendwann, das zu überwinden."

„Okay." Er rieb mit dem Kinn über ihre Haare. „Ich werde darüber nachdenken, wie ich das am besten organisieren kann."

„Danke." *Denke ich.*

„Bist du danach wieder zu deinen Eltern?"

„Bin ich." Eigentlich hatte sie nicht nachhause zurückkehren wollen. Die Missbilligung ihrer Eltern hatte wie ein Damoklesschwert über ihr gehangen: *Dafür kannst du dir nur selbst die Schuld geben.* „Ich bin wieder in die Schule und so."

„Was machst du beruflich?"

„Ich bin eine —" *Ich bitte dich nur, mich nicht anzulügen.* Sie erkannte, dass sie zu lange gezögert hatte, viel zu lange, wenn ein erfahrener Dom im Raum war.

„Ich nehme an, das gehört zu den Themen, die du lieber nicht besprechen möchtest?", fragte er in einem Ton, der so sanft war wie die Hände, die über ihre Arme rieben.

„Ja, Sir."

Er seufzte und positionierte sie auf seinem Schoß um, sodass sie es bequemer hatte und er ihr direkt in die Augen sehen konnte. „Dann lass uns darüber reden, warum du als Sub so aufsässig bist. Warum bist du ungehorsam, wenn du es eigentlich nicht sein willst?"

Oh, zur Hölle nochmal. Sage die Wahrheit, ohne ins Detail zu gehen.
„Äh, so bin ich einfach. Sogar als Kind. Meine Eltern sind recht ... spießig, und ich habe noch nie besonders viel von Regeln gehalten."

Sein Lachen ließ seine Brust vibrieren. „Das glaube ich sofort."

„Ich schätze, dass ich mir dieses Verhalten niemals komplett abgewöhnt habe."

Sein scharfsichtiger Blick nagelte sie fest. „Du warst ein rebellisches Kind und hast eine lebhafte Persönlichkeit, aber manchmal sehe ich auch noch etwas anderes, Süße. Ich denke, dass du für dein Theater eine bestimmte Motivation hast. Willst du mir verraten, was diese Motivation ist?"

Sie wandte den Blick ab und schloss den Mund.

Stille. Er umfasste ihre Wange. „Ich will dir helfen, aber dafür muss ich wissen, was vor sich geht. Du vertraust mir. Vertraust du mir nicht genug, um dein Geheimnis mit mir zu teilen?"

Gewissensbisse erhoben sich in ihr. Sie konnte es ihm nicht sagen. Ihre Kehle schnürte sich zu. Sie schaffte es, den Kopf zu schütteln. *Nein.*

„Ich verstehe."

Ihr Kinn bebte und sie presste ihren Kopf an seine Schulter. Sie hoffte, damit die Tränen zurückhalten zu können. Sie musste sich zusammenreißen. Als sie sich wieder aufsetzte und ihn ansah, lächelte er und reichte Gabi ihr Weinglas. „Wie wäre es mit einem Film?"

Er tat so, als wäre nichts passiert, als hätte sie ihn nicht gerade enttäuscht. Die Erleichterung brach wie eine Welle über ihr zusammen. „Das würde mir gefallen."

„Ich habe keine Liebesfilme, und ich bezweifle, dass du in der Stimmung für einen Horrorfilm bist. Allerdings habe ich immer Filme für die Kinder meiner Schwester hier. Du entscheidest: *Shrek* oder *Der König der Löwen?*"

„Oh, das ist schwer." Mit ihren jungen Schützlingen schaute sie oft Filme. *Der König der Löwen* war ihr Favorit, aber ein Mann würde wahrscheinlich *Shrek* bevorzugen. „Ich entscheide mich für den tollkühnen Helden."

Sie schlief ein zu der Stimme eines Ogers, der über die Schichten einer Zwiebel sprach.

Sie erwachte am nächsten Morgen und fühlte sich wundervoll. Na ja, abgesehen von ihrem wunden Körper, der sie augenblicklich daran erinnerte, was sie gestern getan hatte. Ihre Knie hatten gelitten. Genau wie ihr schmerzempfindlicher Hintern. Sie grinste bei der Erinnerung an Master Raouls Gerte.

In der Nacht war sie von einem furchtbaren Albtraum aus dem Schlaf gerissen worden. Marcus' tiefe Stimme hatte sie daran erinnert, dass sie in Sicherheit war. Ihre Entschuldigung ignorierend hatte er sie umgedreht, sodass ihr Rücken an seiner Brust ruhte. Da er ihr verboten hatte, dass sie sich zum Schlafen etwas anzog, war sie sich seiner harten Erektion an ihrem Po zu jeder Zeit bewusst gewesen. Dann hatte er ihre rechte Brust umfasst, ihre Schulter geküsst und ihr befohlen, wieder die Augen zuzumachen.

Sie war sich nicht sicher, was sie von seiner Kontrolle in dem Moment denken sollte, und doch war sie schon bald wieder ins Land der Träume abgetaucht.

Sie rutschte aus dem Bett. Aus dem Haus waren keine Laute zu hören. Nachdem sie sich die Zähne geputzt hatte, wünschte sie sich

Klamotten herbei. Seufzend zog sie sich wieder den Morgenmantel an und trat durch die Glasschiebetür nach draußen. Er hatte einen Pool, der groß genug war, um Bahnen zu schwimmen. Auf dem klaren blauen Wasser trieb ein riesiger aufblasbarer Schwan.

Nur in einer weiten Baumwollhose stand Marcus auf der Wiese neben dem eingezäunten Pool. Sie beobachtete ihn für einen Moment und erkannte seine kontrollierten Bewegungen als Tai-Chi. Eine geschmeidige Position folgte der nächsten, gemächlich und perfekt ausgeführt. Anmutig wie ein Panther. Im College hatte sie einen Selbstverteidigungskurs gemacht und so hatte sie niemals ausgesehen.

Als er seine Routine beendet hatte, stand er für einen Moment ganz still und lief dann auf den Pool zu. Er entdeckte sie und lächelte ... und ihr Herz machte einen Satz.

„Ich habe die Fotos in deinem Wohnzimmer gesehen", sagte sie in einem ungezwungenen Ton. „Du machst viel Karate und so, oder?"

„Ein wenig." Er lief über die Wiese. „Mit dreizehn war ich ein dünner, haarloser Schwächling. Es gab dieses eine Mädchen, das ich unbedingt beeindrucken wollte. Also habe ich mich für Karate angemeldet. Einen Monat später hat mich Marybeth für einen Footballspieler verlassen. Der Sport hatte mich jedoch bereits in seinen Fängen."

Ein Schwächling? Seine Schultern waren doppelt so breit wie ihre. Drahtige goldene Haare bedeckten seine Brust. Die Muskeln in seinen Oberarmen tanzten vor ihren Augen und sie folgte den erotischen Adern auf seinen Unterarmen bis zu seinen Händen.

Sie wollte ihn so verzweifelt berühren, dass sie zitterte.

Marcus trat in den abgesperrten Bereich des Pools und stellte sich direkt vor sie. „Du siehst so viel besser aus, Süße. Wie fühlst du dich?"

„Gut." Sie verwob die Finger vor ihrem Bauch. *Du bist nicht seine Freundin, Gabi. Du bist nur eine verkorkste Azubine, mit der er*

Mitleid hat. „Ähm, wann auch immer du bereit bist, können wir los."

Er neigte den Kopf und betrachtete sie mit Neugierde in den Augen. Im Morgenlicht erschienen seine blauen Augen klarer als der wolkenlose Himmel über ihnen. „Ist das so?"

Mit den Fingerspitzen glitt er über ihren Kiefer. Als wäre er die Sonne, erhitzte sich ihre Haut. Gedankenverloren rieb sie die Wange an seiner Handfläche. Sie bemerkte, was sie tat, und errötete wie ein Teenager, der seinem Schwarm gegenüberstand. „Nicht." Sie trat einen Schritt zurück. *Gott, so erbärmlich.*

Die Lachfalten neben seinen Augen vertieften sich. Sein Ausdruck jedoch sprach von Begierde. „Darf eine Sub das sagen?" Wie war es möglich, dass seine ruhige Stimme so bedrohlich klang?

Ihr Herz setzte einen Schlag aus. „Nein. Nein, Sir."

„Dachte ich es mir doch", murmelte er. „Öffne deinen Morgenmantel, Gabrielle."

Die schwüle Hitze Floridas war vorherrschend und trotzdem schaffte es sein Befehl, dass ihr noch heißer wurde. Mit zittrigen Fingern öffnete sie den Gürtel, umfasste die beiden Seiten und teilte sie. Vollkommen entblößt stand sie nun vor ihm.

„Du hast einen wunderschönen Körper, kleine Sub." Er umfing eine Brust, massierte sie, rieb mit dem Daumen über ihren Nippel.

Bei der überwältigenden Empfindung schloss sie die Augen. Seine Nähe, die Wärme seiner sicheren Hände, das Gefühl seiner rauen Haut an ihren Knospen. Was sie wirklich berauschte, war die Gewissheit, dass *er* sie berührte.

Als seine Finger stoppten, öffnete sie die Lider und sah, dass er sie beobachtete. „Deine Wangen sind rot, Süße. Vielleicht sollten wir –"

Wenn er ihr jetzt sagte, dass er Frühstück essen will, würde sie ihn umbringen. Leicht genervt ließ sie den Morgenmantel los, umfasste seine Hände und presste sie beide auf ihre Brüste. „Mehr."

Seine Augen verloren an Wärme, und sofort zog er seine Arme zurück.

Ihr Herz brach. Nichts konnte sie richtig machen. „Es tut mir leid, Sir." Sie nahm die Arme an ihre Seite und senkte den Blick auf den Boden. Sie wünschte, es würde sich im Boden ein Loch auftun, in dem sie sich verstecken könnte.

Zu ihrer Überraschung gluckste er und legte einen Arm um sie. „Alles okay, Süße. Manchmal vergesse ich, wie neu du in diesem Lifestyle bist. Und auch wir kennen uns noch nicht lange."

Eine Welle der Erleichterung schwappte über sie hinweg. Sie seufzte und schlang die Arme um seine Taille, schmiegte sich an seinen Körper. „Ich wusste nicht, wie ich es dir sagen sollte, dass ich ... Also, es liegt nicht an der Sonne, dass ich rote Wangen habe. Ich wollte weitermachen." Schnell fügte sie hinzu: „Natürlich nur, wenn du das auch willst. Sonst nicht."

Er küsste sie auf die Schläfe. „Du wirst es nicht glauben, aber ich kenne sehr wohl den Unterschied zwischen einer überhitzten und einer erregten Sub", sagte er in einem trockenen Ton. „Und, um dir eine Antwort darauf zu geben, ob ich dich will oder nicht ..." Seine Hände legten sich unter ihre Pobacken und seine äußerst harte Erektion glitt über ihre Pussy.

Oh, okay. Er ließ ihr keine Zeit, sich dämlich zu fühlen. Als seine Hände ihre Pobacken kneteten, richtete er sie aus, bis er mit dem Schaft über ihre Klitoris rieb. Ihre Brüste pressten sich gegen seinen Oberkörper und die Hitze in ihr bäumte sich auf. „Ähm ... Oh!"

Sein Lachen wehte über ihre Haare. „Bist du wieder überhitzt, Süße? In den Pool mit dir." Er zwickte ihr in den Po.

Erstaunt sah sie ihn an. „Du willst, dass ich mich abkühle?"

Er hob das Kinn und der strenge Ausdruck auf seinem Gesicht raubte ihr den Atem. Sie warf den Morgenmantel auf eine Liege und erreichte schon bald das seichte Ende.

In der Ecke fand sie die breite Treppe und betrat den Pool. Das Wasser war angenehm kühl, bis es auf ihren Intimbereich traf. Eiskalt schwappte es gegen ihre brennende Pussy. Sie quietschte und hob den Kopf. Hatte er ihre Reaktion gesehen? Ihre Kinnlade klappte herunter.

Er hatte sich die Hose ausgezogen. Kräftige Schenkel, eine schmale Hüfte und ein knackiger Po. *Oh wow.* Ihr wurde so heiß, dass sie den Blick auf das Wasser senkte, um nachzusehen, ob es kochte.

Am tiefen Ende hob er eine Stange auf und schob den Schwan in ihre Richtung. Gabi kicherte. Wer hätte gedacht, dass Mr. Spießig einen aufblasbaren Schwan in seinem Pool pflegte? Und dieses Ding war riesig. Mit Sicherheit war die Liegefläche anderthalb Meter im Durchmesser.

Nachdem er die Stange und einen weiteren Gegenstand am Poolrand abgelegt hatte, näherte er sich der Treppe. Ohne ein Wort hob er sie auf den Schwan.

Das warme Plastik kratzte über ihre Brüste und ihre Nippel richteten sich auf. Kichernd versuchte Gabi, weiter nach oben zu klettern. Es war ewig her, seit sie das letzte Mal auf einer Badeinsel gespiel –

Seine unerbittlichen Hände rissen sie an den Beinen zurück, sodass sie mit der unteren Hälfte im Wasser baumelte. Dadurch war sie gezwungen, den Flügel auf der anderen Seite zu packen. Sie sah über ihre Schulter. Seine Erektion erhob sich aus dem Wasser, dick und lang. Über die Länge schlängelten sich Venen. Die Eichel schien samtweich, und bei dem Anblick lief ihr das Wasser im Mund zusammen.

Mit einer Hand auf ihren Schenkeln bewegte er sich rückwärts, ging eine Stufe hoch, sodass sein Schwanz die Höhe der Liegefläche des Schwans erreichte.

„Marcus, was hast du vor?"

„Ich möchte lediglich vor dem Frühstück meine kleine Sub genießen." Er spreizte ihre Schenkel und glitt mit den Fingern durch ihre Spalte, zu ihrer Klitoris. Sofort entfachte ein Feuer in ihr, das schnell zu einem Inferno anwuchs, als er ihr Nervenbündel bearbeitete.

Für einen Moment ließ er von ihr ab, wandte sich dem Poolrand zu und nach dem Geräusch zu urteilen, öffnete er sich ein Kondom.

„Bereite dich vor, Süße." Und schon stieß er in sie, vergrub sich bis zum Anschlag in ihrer Hitze. Er war groß, dehnte sie, sodass die Invasion an Schmerz grenzte. Gleichzeitig war die Lust so überwältigend, dass sie den Rücken wölbte. *Gott!* Ihre Vagina musste alles geben, um ihn in sich aufzunehmen. Die Wände ihrer Pussy pulsierten um seine Länge. Mit den Händen auf ihren Hüften stellte er sicher, dass sie nicht fliehen konnte. Der Schwan schwankte unter ihr und die Härchen seines Intimbereichs neckten ihr Geschlecht. Sie stöhnte.

„Also das war ein netter Laut", sagte er. Seine Finger krallten sich an ihren Hüften fest und er zog sich aus ihr zurück. Langsam, so langsam. Sie wollte ihm folgen, ihn dazu bringen, das Tempo anzuziehen, doch ihre Beine baumelten nutzlos im Wasser. Er kontrollierte die Bewegungen des Schwans und ihres Körpers. Indessen konnte sie sich nur festhalten.

Dann ging es los. Er nahm sie hart. Erbarmungslos. Hier in diesem Pool, noch vor dem Frühstück und ohne ihre Erlaubnis eingeholt zu haben.

Er wusste genau, was er tat und brachte sie zweimal zu einem Orgasmus, bevor er sich seine Erlösung gestattete.

KAPITEL ZWÖLF

Die nächsten Tage verbrachte Gabi mit der unechten Jobsuche. Am liebsten würde sie laut schreien. An sich wäre es kein Problem, würde sie denn einen Job brauchen, aber das tat sie ja schließlich nicht. Ihre Füße schmerzten, als hätte jemand mit einem Fleischhammer seine Wut an ihr ausgelassen. Sie hob die Füße auf die Couchlehne.

Wo war der nette Dom mit den talentierten Händen, wenn ihre Füße ihn brauchten?

Sie seufzte, ihre Gedanken beim letzten Wochenende und der Kontrolle, die Marcus an ihr zur Anwendung gebracht hatte. Auf ihre Füße. Ihre Brüste. Ihre Pussy. Im Pool hatte er mit den Fingern ihr Geschlecht gefunden und sie so lange geneckt, in ihre Klitoris gezwickt, bis ... Sie seufzte. Das Nervenbündel zwischen ihren Schenkeln pulsierte. Die Erinnerung allein reichte aus, um es aus dem Tiefschlaf zu holen.

Gott, wie er sie auf den aufblasbaren XXL-Schwan geworfen und dann mit ihr gemacht hatte, zu was er lustig gewesen war! Sie erschauerte. An diesem Morgen hatte er sich nicht zurückgehalten. Als hätte ihre gemeinsame Zeit in den Gärten den Startschuss für ihre Unterwürfigkeit gesetzt.

Und ich habe es geliebt! Sie liebte sein Lächeln, wenn sie seinen Aufforderungen Folge leistete, liebte es, in seiner Anerkennung zu baden, anstatt ständig mit seiner Enttäuschung konfrontiert zu werden. Er hatte nicht die gesamte Zeit den Herrn und Gebieter raushängen lassen. Nach der Session im Pool – und der Dusche – hatten sie zusammen Omeletts und Brot gemacht. Sie hatten sich über die benötigten Zutaten gestritten und darüber, wer danach abwaschen sollte. Der sehr geehrte Herr Anwalt hatte tatsächlich niedergeschrieben, wer bessere Argumente hervorgebracht hatte. Sie grinste. *Ich habe gewonnen.* Er hatte sie nicht wie eine Sklavin behandelt. Na ja, jedenfalls nicht während des Aufräumens.

Erst als sie ein weiteres Mal erwähnt hatte, dass sie jetzt nachhause gehen sollte, hatte sich die Dominanz in seinen Augen erneut gezeigt. Seine Stimme war samtweich geworden. „Oh nein, Süße, du wirst noch nicht gehen. Schließlich bist du noch nicht in den ... Genuss meines Bettes gekommen."

Oh je, oh je! Die Erinnerung allein machte sie heiß. Verflucht sei der Mann!

Sie hörte ein Poltern. Ein Krachen. Es hörte sich an, als würde eine Pferdeherde durch den Raum galoppieren. Stattdessen fiel ihr Blick auf ihre zwei Katzen, die zusammen einen großen Fellball formten und unter den Küchentisch rollten. Gabi lachte. Wer auch immer sagte, dass Katzen leise Haustiere seien, sollte mal seinen Kopf durchchecken lassen. Sicher, sie waren talentierte Stalker, aber in der restlichen Zeit ...?

Beide fauchten sie und gaben dann den Kampf auf. Erst hüpfte Hamlet auf ihren Bauch und dann Horatio.

„Uff. Wirklich jetzt, Jungs?" Lächelnd streichelte sie die beiden. Horatio mit seinem langen, flauschigen und Hamlet mit seinem kürzeren und glänzenden Fell waren letztes Jahr ein Geburtstagsgeschenk von ihrer Großmutter gewesen. Kleine Fellknäuel zum Liebhaben, von jemandem, den sie liebte. „Wisst ihr, Jungs, eure Mutter muss in der Nachbarschaft rumgekommen sein, denn wie Brüder seht ihr nicht aus." Wehmütig fügte sie hinzu: „Ich wünschte, ich hätte auch einen Bruder oder eine Schwester." Ihren Eltern hatte es nicht gefallen, wie sehr ein Kind die Abläufe des Alltags störte, und so hatten sie nie ein zweites Kind in Erwägung gezogen.

Hamlet stieß mit dem Kopf gegen ihre Hand und verlangte, endlich von ihr gestreichelt zu werden.

„Das bin ich, Jungs. Ein Störfaktor für die Karriere." Zuerst hatte sie versucht, die beste Tochter aller Zeiten zu sein. Als ihr auch dann keine Zuneigung zuteil wurde, hatte sie die entgegengesetzte Richtung eingeschlagen. Der Plan war nicht ausgereift gewesen, aber zumindest hatte sie Aufmerksamkeit bekommen, wenn sie sich von ihrer schlechten Seite zeigte.

Als würde er sie trösten wollen, rieb Horatio seine Wange gegen ihr Kinn.

Sie erwiderte die Geste. „Vielleicht hätten sie sich anstelle eines Babys lieber eine Katze anschaffen sollen." *Oder auch nicht.* Mit zehn hatte sie ihre Eltern um ein Haustier angefleht. Daraufhin hatten sie eine Liste verfasst, auf der Punkte gelistet waren, die dagegensprachen. *Zerstören Möbel mit ihren Krallen, Tierhaare, laut* … „Sie würden euch nur mögen, wenn ihr leise und haarlos wärt. Und die Krallen müssten wir auch loswerden."

Hamlet starrte sie aus grünen Augen an. Er war schon immer konservativer gewesen als Horatio.

Bei dem Blick auf die Uhr stöhnte sie. „Jungs, ich muss los. Ich treffe mich mit unserem hoch geschätzten Sackgesicht und den beiden ermittelnden Agents in einem Hotel in Clearwater." Rhodes würde wahrscheinlich das ganze Treffen damit verbringen, sie herunterzumachen. *Verdammt.*

Sie hatte Agent Galen gebeten, ihr einen anderen Agent an die Seite zu stellen, aber Rhodes hatte das Shadowlands angefordert. Das kam nicht überraschend. Natürlich bevorzugte er den hochtrabendsten Club auf der Liste. Durch seine jahrelange Erfahrung im Tampa-Büro konnten sie ihn nicht ohne guten Grund von dem Fall abziehen.

Horatios Ohren zuckten, als würde er sie fragen wollen, warum sie den unausstehlichen Agent nicht einfach ausweidete? Krallen hatten schließlich einen Zweck.

„Führe mich nicht in Versuchung." Sie schwang ihre Beine über die Kante und setzte sich aufrecht hin. „Was mich an diesem Auftrag stört, ist Marcus. Mein ganzes Leben habe ich meinen Eltern getrotzt und nun habe ich plötzlich das starke Bedürfnis, mich zu benehmen? Na ja, die meiste Zeit wenigstens."

Grinsend erinnerte sie sich, wie sie bei einer Dusche mit Marcus vor dem Verlassen der Kabine das Wasser auf kalt gestellt hatte. Der Mann hatte ein bemerkenswertes Wissen über die profanen Elemente der englischen Hochsprache.

Und einen harten Schlag mit der Hand hatte er auch.

Und Stehvermögen.

Sie seufzte. Er war nicht so konservativ, wie sie zunächst angenommen hatte.

Seine Einrichtung wirkte jedoch recht reizlos. Genau wie seine Kleidung. Und wie er manchmal redete – Mr. Anwalt. Sie schüttelte den Kopf. Nein, sie hatten gar nichts gemein.

Und er mag keine Gören, also war sie ohnehin nicht sein Typ. Er hatte sie nur mit zu sich nachhause genommen, weil sie ein emotionales Wrack gewesen war und er als Ausbilder einen stark ausgeprägten Beschützerinstinkt hatte. Auch als sein Mitleidsfick hatte sie das Wochenende an seiner Seite genossen. Der Gedanke jedoch schmerzte.

Sie hob Hamlet auf die Arme, küsste ihn auf seinen haarigen Kopf, setzte ihn ab und wiederholte die Routine mit Horatio. Dann warf sie sich die Handtasche über die Schulter und ließ den Blick über das Apartment schweifen. Beige auf fade auf langweilig. *Kotz*. Ein sehr kreativer Innenausstatter war hier am Werk gewesen.

Hamlet und Horatio saßen nebeneinander und es war ihnen eindeutig anzusehen, dass sie nichts von ihren Plänen hielten.

„Wir schaffen das, Jungs. Noch zwei Wochen und dann

können wir nachhause." Zurück in ihr gemütliches, farbenfrohes Apartment, zurück zu den Annehmlichkeiten der Katzen und ihren Fensterplätzen.

Zurück in ein Leben, das keinen spießigen, dominanten Anwalt beinhaltete, der manchmal den Anschein gab, perfekt zu ihr zu passen.

Im schicken Hotel in Clearwater angekommen, stellte sie sicher, dass ihr niemand gefolgt war. Sie grinste, als sie sich an die flüchtige Lektion von dem Sackgesicht erinnerte. *In fünf Schritten zum Agent.* Nichtsdestotrotz folgte sie den Anweisungen, stieg zwei Stockwerke zu früh aus und nahm dann die Treppe. Wie schafften sie es, diese verdeckten Sachen zu tun, ohne sich wie Volltrottel zu fühlen?

Etwas außer Atem stoppte sie vor dem Hotelzimmer und musterte für einen Moment den Fahrstuhl und das Treppenhaus. Nur für den Notfall. Die Stille im Flur war bedrückend. Ihre Belustigung verebbte, als ihr in Erinnerung gerufen wurde, warum sie hier war. Jemand wollte sie verkaufen, wollte sie wie ein wildes Pferd brechen und sie bis zu ihrem Tod benutzen. *Oh, Kim.* Sie klopfte an die Tür.

Sie öffnete sich und Agent Rhodes trat zur Seite, sodass sie eintreten konnte. „Wird auch Zeit, Renard."

Ihre Erleichterung, dass sie das Hotelzimmer betreten hatte, verflüchtigte sich. Sie sah auf ihre Uhr. Zwei Minuten zu spät. Sie wandte sich von ihm ab und sah sich im Raum um, der in warmen Brauntönen gehalten war, zusammen mit Akzenten aus einem tropischen Orange und heißblütigem Rot. Noch immer etwas atemlos ließ sie sich auf das Ecksofa fallen, ohne auf eine Einladung zu warten. Beim nächsten Mal würde sie zwei Stockwerke über das Ziel hinaus fahren und dann die Treppe nach unten nehmen. Und sobald sie wieder in Miami war, würde sie sich bei einem Fitnessstudio anmelden. Dieses Mal meinte sie es ernst. *Oh ja!*

Sie sah sich in dem leeren Raum um. „Was ist mit der Besprechung?", fragte sie.

„Sie befinden sich in Buchanans Hotelzimmer in einer Telefonkonferenz. Kouros meinte, es wird nicht lange dauern." Rhodes nahm am anderen Ende der Couch Platz und richtete die Manschetten an dem weißen Hemd, die aus den Ärmeln seines schwarzen Anzuges lunzten. J. Edgar würde seine biedere Kleidung absegnen, die er mit Sicherheit nur gewählt hatte, um die Karriereleiter so schnell wie möglich emporzusteigen.

Er griff nach seinem Kaffeebecher und nahm einen Schluck. „Du bist kein Agent, Renard, aber was du gestern Abend abgezogen hast, gefährdet die Ermittlung. Ich weiß nicht, wo du dein Gehirn gelassen hast – na ja, vielleicht weiß ich das doch." Er zischte: „Mir ist sehr wohl aufgefallen, wie du deine Abende genießt."

Gabi legte die Hände mit gespreizten Fingern auf ihre Schenkel. Ein Opferspezialist musste sein Temperament zu jeder Zeit im Zaum halten, musste geduldig bleiben und ein Problem verbal lösen, musste verhandeln. Dummerweise wusste sie, dass er nicht unrecht hatte. Sie fühlte sich schuldig. Sie hätte im Shadowlands nicht anfangen dürfen, an ihren eigenen Problemen zu arbeiten. Andererseits war sie froh, dass sie es getan hatte. Sie wollte sich wegen ein paar unangebrachter Wörter nicht verletzlich fühlen.

Im Moment musste sie sich darüber jedoch keine Gedanken machen. „Rhodes", sagte sie in einem gelassenen Ton. „Das war sehr unpassend. Bitte konzentriere dich auf Themen, die die Ermittlung betreffen."

Er errötete. Hatte er vergessen, wie oft sie ihn letztes Jahr auf sein unmögliches Benehmen angesprochen hatte? Ihr Mundwinkel zuckte. Da sie eine Sub war, lag er vielleicht in der Annahme, dass sich ihre gesamte Persönlichkeit geändert haben musste. Äh, nein, das war nicht der Fall.

Wütend funkelte er sie an. „Okay, dann will ich dir eines sagen: Wenn du nochmal so eine Show abziehst und mit einem dieser Kerle verschwindest, werde ich dich feuern lassen. Verstanden?"

Sie seufzte. *Kleinkariertes Arschloch.* „Du scheinst immer wieder zu vergessen, dass ich nicht für dich arbeite, Rhodes. Ich habe mich freiwillig gemeldet und kann jeder Zeit das Handtuch werfen. Dann musst du eine neue Sub finden." Zuckersüß lächelte sie ihn an. „Viel Glück wünsche ich."

Er öffnete den Mund und schloss ihn. Gute Entscheidung. Ausgehend von dem unreifen Benehmen, das sie im Shadowlands zum Besten gab, schien er zu denken, dass sie sich nun von ihm umherschubsen ließ. *Ganz sicher nicht.* Als das Kind einer Englischprofessorin und eines Firmenanwalts konnte sie ihn nicht nur in seinem hochtrabenden Getue überbieten, sondern ihn gleichzeitig verbal in Stücke reißen. Leider würde ihr das auf Dauer, abgesehen von einem Moment höchster Befriedigung, nichts bringen.

Bei ihrem Wunsch, eine Beschwerde über ihn einzureichen, stellte sich das gleiche Problem. Andere hatten es versucht und waren gescheitert. Er hatte zu viele einflussreiche Freunde. Sie bezweifelte nicht, dass er im Gegenzug alles geben würde, um ihren Ruf zu ruinieren.

Nachdenklich lehnte sie sich zurück. Ihr war eine Erkenntnis gekommen: Wenn Rhodes seine verdrehte Meinung zu den Dingen abgab, die sie im Club machte, könnte ihr dieser Job sehr wohl das Genick brechen. Ihr Herz schmerzte bei dem Gedanken, dass sie verlieren könnte, was sie sich in den letzten Jahren erarbeitet hatte.

Bevor sie sich eine Strategie ausdenken konnte, kamen zwei Männer in den Raum. Einer davon war Galen Kouros, groß, dunkelhaarig, attraktiv, und mit einem uncharakteristischen Humpeln. Bisher hatte sie ihn nie Laufen sehen. Mit der Art und Weise, in der er sich auf einen schwarzen Gehstock abstützte, jagte er wohl keinen Kriminellen mehr hinterher. Die harten Züge in seinem Gesicht rührten vielleicht von Schmerzen und nicht von schlechter Laune.

Trotz der zeitgemäßen hellbraunen Stoffhose und dem weißen Hemd erinnerte der andere Mann eher an einen schottischen Highlander: helle Haut, markante Züge, zurückgebundenes, braunes Haar, hochgewachsen und breite Schultern. Beide unrasierten Männer schienen erschöpft und hatten wohl seit einiger Zeit kein Bett mehr gesehen.

Ein wirklich interessantes Team. Jing und Jang. Ob der Mann mit der hellen Erscheinung bei Befragungen den guten Cop spielte?

„Gabrielle, es freut mich, dich persönlich kennenzulernen. Vance Buchanan mein Name." Die Lippen des braunhaarigen Kriegers zierte ein lässiges Lächeln. Zur Begrüßung streckte er den Arm über den Couchtisch. Seine Hand hatte die Größe von Boxhandschuhen. „Galen kennst du bereits."

„Agent Kouros", begrüßte sie den anderen Agent höflich.

Buchanan schnaubte. „Galen und Vance reicht vollkommen. Hättest du gerne eine Limo oder einen Kaffee?"

„Gerne, eine Limo klingt gut", sagte sie.

Als sich Galen gegenüber von dem Sackgesicht hinsetzte, holte ihr Vance eine Dose aus dem kleinen Kühlschrank, reichte sie ihr und nahm dann neben seinem Partner Platz. „Wir haben dich für heute eingeladen, um ein paar Dinge zu besprechen. Der Hauptgrund jedoch ist, dass wir dich auf dem Laufenden halten wollen."

Bei seinem grimmigen Ausdruck wurde Gabi schlecht. „Was ist passiert?"

„Du bist scharfsichtig." Er rieb sich über das Gesicht und seufzte. „Wir wissen genau, welche Subs in den verschiedenen Clubs Tampas als besonders ungehorsam und rebellisch gelten. Eine von ihnen ist seit Samstag spurlos verschwunden. Eine andere war seit letzter Woche nicht wieder im Club. Wie auch in

Atlanta gehörten die beiden Subs zwei unterschiedlichen Clubs an. Unsere Lockvögel hatten bisher nichts zu befürchten."

„Oh nein, verdammt", flüsterte Gabi.

„Die gute Nachricht ist, dass sich damit unsere Vermutung bestätigt und es der Entführer auf ungehorsame Subs abgesehen hat. Die schlechte Nachricht: Die beiden Lockvögel machen generell einen guten Job, aber ich schätze, dass sich die möglichen Opfer noch rebellischer und frecher gezeigt haben. Es kann auch sein, dass die Agents, die wir zum Schutz in die Clubs eingeschleust haben, zu unerfahren in dem Lifestyle sind und sich daher verraten haben. Zudem denke ich, dass öffentlicher Sex eine große Rolle spielt. Ein Lockvogel hatte Sex, aber nur mit dem Agent, der vorgibt, ihr Dom zu sein. Im wahren Leben ist er ihr Ehemann. Der andere Lockvogel konzentriert sich einzig und allein auf Aktivitäten ohne Geschlechtsverkehr."

„Uns fehlen die Informationen", warf Galen grunzend ein.

„Es gibt also keine Hinweise auf den Täter?", fragte Gabi.

Sie schüttelten die Köpfe. „Hätten wir die Clubs nicht im Auge, wäre die Abwesenheit der Frauen vielleicht erstmal gar nicht aufgefallen", sagte Vance. „Der Entführer scheint Singlefrauen zu bevorzugen, die mit Freunden und Familie nicht jeden Tag in Kontakt stehen. Und er verwischt seine Spuren. In Atlanta hat er an den Arbeitsplatz eines Opfers eine E-Mail geschickt, in der von dem Tod eines Verwandten die Rede war, und um Sonderurlaub gebeten."

Rhodes lehnte sich zurück. Er wirkte frustriert, während die ermittelnden Agents vollkommen niedergeschlagen waren. Rhodes war dafür bekannt, sich mehr um den Erfolg einer Ermittlung zu sorgen als um die Opfer.

„Wir lassen die Lockvögel in den Clubs, falls der Entführer ein zweites Mal zuschlägt", sagte Galen. „Aber, Gabrielle, es ist sehr wahrscheinlich, dass sein nächstes Ziel das Shadowlands ist."

Sie erschauderte. Was, wenn etwas schief ging? *Ich bin nicht mutig, verdammt nochmal.* Als die Dose in ihrer Hand knirschte, stellte sie diese langsam auf den Couchtisch und atmete tief ein.

Galen positionierte seinen Gehstock neben seinem Bein und lehnte sich nach hinten. Mit einem Ausdruck, der ihr nur allzu bekannt vorkam, schweiften seine Augen von ihren Händen zu ihrem Gesicht. Er schätzte sie ab. Ein erfahrener Agent ... oder ein erfahrener Dom? Sie verengte die Augen und sein Mundwinkel zuckte.

Schnell wandte sie den Blick ab. *Nur in deiner Einbildung, Gabi.* Da sie so viel Zeit im Shadowlands verbrachte, sah sie nun überall Doms aus den Löchern kriechen.

Vance sagte: „Für den Moment behalten wir die Informationen über die vermissten Frauen für uns, um den Täter nicht aufzuschrecken. Noch wissen wir nicht, wo die Übergabe stattfinden soll. Unsere einzige Chance, dies herauszufinden, besteht darin, einem entführten Lockvogel zu folgen. Es ist also wichtig, dass du dein Bestes gibst, um die Aufmerksamkeit des Entführers auf dich zu ziehen."

Seine Worte traten eine Welle der Angst los, die wie ein Tsunami über ihr einbrach. Sie senkte die Augen auf ihren Schoß und schob die Hände zwischen ihre Knie, um ihre zitternden Finger vor den Agents zu verbergen. Sie schluckte an dem Kloß in ihrem Hals vorbei und presste heraus: „Ja, ich weiß." Sie atmete tief ein und hob entschlossen das Kinn. „Ich werde mein Bestes geben."

Bei dem Mitleid in Galens Augen hätte sie am liebsten geweint. „Es tut mir leid, Gabrielle. Es ist dir gegenüber wirklich nicht fair."

„Was soll das denn heißen?", warf Rhodes ein. Seine Stimme kratzte an ihren Nerven. „Wir beschützen sie." Murmelnd fügte er hinzu: „Ausgehend von der wenigen Kleidung, die sie trägt, riskiert sie doch lediglich eine Erkältung."

Gabi sah den wütenden Blick, mit dem der riesige Agent das Sackgesicht betrachtete.

Galen schüttelte den Kopf und sagte zu Rhodes in einem Tonfall, der ähnlich schneidend war wie von Marcus. „Wie jede andere Freiwillige wirst du auch Gabrielle mit Respekt entgegen-kommen – und du solltest besser gut auf sie achtgeben, Rhodes. Haben wir uns verstanden?"

Rhodes erblasste.

Ha, du Idiot. Wie fühlt es sich an, auf der Empfängerseite eines wütenden Doms zu stehen? Gabi seufzte. Und genau dort würde sie sich für die nächsten zwei Wochen wiederfinden. Und das Schlimmste an der Sache: Nach der Nacht, die sie mit Marcus verbracht hatte, würde ihm ihr Verhalten noch verdächtiger vorkommen, als das bereits der Fall war.

KAPITEL DREIZEHN

Samstagabend beobachtete Marcus halbherzig, wie Cullen seine Sub Andrea mit dem Flogger auspeitschte. Indessen trommelte er mit den Fingern auf die Armlehne der Couch. Die ganze Woche hatte er sich auf Gabi gefreut. Ihr Benehmen am Freitag und auch heute ließ allerdings zu wünschen übrig. Am vergangenen Sonntag in seinem Haus hatte sie sich enthusiastisch und liebenswürdig gezeigt. Dort war ihre freche Art bezaubernd und verspielt gewesen. Mit ihrem heiseren Kichern hatte sie sein Zuhause mit Leben gefüllt. Er wollte mehr.

Und er war davon ausgegangen – *zur Hölle*, er war sich sicher gewesen –, dass sie seine Gefühle geteilt hatte. Am Sonntagabend hatte er sie zu ihrem Auto gebracht, das noch immer vor dem Shadowlands gestanden hatte. Dort angekommen, war sie aus seinem Fahrzeug gesprungen und ... ja, sie hatte die Flucht ergriffen. Vor ihm.

Marcus schüttelte den Kopf. Gestern Abend hatte sie sich ihm gegenüber verhalten, als wäre nichts zwischen ihnen geschehen. Zurück zu ihrem görenhaften und widersprüchlichen Benehmen. Warum? In seinem Haus hatte sie es genossen, sich ihm zu unterwerfen. Er war lange genug ein Dom, um zu wissen, dass sie ihre

Unterwerfung nicht gespielt hatte. Weshalb er sich auch hundertprozentig sicher war, dass der Scheiß, den sie im Club abzog, das sehr wohl war. Dummerweise hatte er keine Ahnung, wie er das Problem angehen sollte.

Ein Schrei aus dem Sessionbereich erregte seine Aufmerksamkeit. Er lächelte, als Cullen seinen Flogger zur Seite warf. Der riesige Barkeeper öffnete seine Lederhose, nahm sich zuerst ihren Mund vor, dann ihren Arsch, während weitere und äußerst interessante Spielzeuge zum Einsatz kamen, um eine gute Zeit für beide zu garantieren.

Eine wirklich gute Zeit, wenn man bedachte, dass sich die Sub, nachdem Cullen sie von dem Strafbock losgemacht hatte, nicht auf den Beinen halten konnte.

Als sich Cullen um seine Sub kümmerte und das Equipment säuberte, konzentrierte sich Marcus auf seine Auszubildenden: Dara hatte er die Erlaubnis gegeben, mit einem recht neuen Dom, der von ihren Piercings fasziniert war, ins Obergeschoss zu gehen.

Austin hatte die letzten Monate Interesse an einem älteren Dom gezeigt und sich endlich getraut, mit dem Mann zu flirten. Erfolgreich, wohl bemerkt. Der Dom hatte sich mit Marcus kurzgeschlossen und dann einen höchst erfreuten Austin in den Kerker gezerrt. Marcus grinste. Das schien den Beginn einer neuen Beziehung zu markieren.

Uzuri war heute früher gegangen und da Tanner momentan mit einem Paar spielte, würde er den Abend mit dem Servieren von Getränken in den Themenräumen beenden. Wie es schien, war Sally für einen spontanen Besuch zu ihrer Familie geflogen, bevor ihre Seminare an der Uni wieder losgingen. Es überraschte ihn, dass die kleine Sub nichts von ihren Plänen erwähnt hatte. So frech sie auch im Club war, wusste er doch, wie pflichtbewusst sie war.

Gabi nahm gerade Bestellungen entgegen und stiftete schon wieder Unruhe. Nachdem sie eine Limo auf dem Schoß eines Doms verschüttet hatte, fragte sie ihn, ob er gerne Eiswürfel zu seinem Getränk hätte. Hinter zwei Doms, die früher am Abend in eine Unterhaltung vertieft gewesen waren, hatte sie ein Kondom aufgeblasen und es platzen lassen. Anschließend hatte sie zu einem Dom gesagt, der seinem Sub Fußfesseln angelegt hatte, dass er sich auf den Knien gut machte. Also, ja, er gab es zu: Er hatte es gerade rechtzeitig aus dem Bereich geschafft, bevor er in Lachen ausgebrochen war.

Nüchtern betrachtet, stellten ihre kleinen Scherze kein Problem dar. Schlimm war, dass sie die letzten beiden Tage noch ungehorsamer geworden war und bei jeder Interaktion versuchte, dem Dom eine Reaktion zu entlocken.

Er hatte rein gar nichts bei ihr erreicht. *Verdammt.* Frustriert spannte er den Kiefer an und wandte sich wieder Cullen zu, der die Putzmittel wegräumte.

Der Barkeeper hob Andrea vom Boden auf, wo sie mit einer Decke um ihre Schultern auf ihn gewartet hatte. Im Sitzbereich ließ er sich auf einen Sessel fallen und verdiente sich bei der harten Landung einen schockierten Laut von seiner Sub. Sie funkelte ihn an. „Unfassbar, dass du mich wie eine Puppe von einer Ecke in die nächste zerrst."

Lachend schob Cullen eine Hand unter die Decke. „Aber du bist mein Püppchen, Liebes, und das darf ich dich nicht vergessen lassen."

Unter seiner Berührung schmolz sie dahin. Bei dem verliebten Ausdruck in seinen Augen kuschelte sie sich enger an ihn.

Marcus musste sich eingestehen, dass er neidisch war. Schnell drückte er dieses Gefühl in den Hintergrund. Er wusste sehr genau, wie schmerzhaft es sein konnte, die falsche Frau an seiner Seite zu haben. Bevor er sich von Patricia hatte scheiden lassen, hatte sie ihn entweder ignoriert oder Liebe vorgeheuchelt, um zu bekommen, was sie wollte. Wenn das nicht funktioniert hatte, war ihre beliebteste Methode ein Wutanfall. Auch er hatte das bevorzugt. War sie wütend, hatte sie immer die Wahrheit ausgesprochen.

Er dachte an Gabi und die Nacht, die er mit ihr verbracht hatte. Wie sie sich im Bett an ihn gekuschelt und der rebellische Funke in ihren Augen erloschen war, weil sie sich auf die Hingabe eingelassen hatte. Wie sie ihn berührt hatte ... Das war alles echt gewesen. Oder? War es möglich, dass er sie falsch eingeschätzt hatte?

„Alles okay bei dir, Marcus?", fragte Cullen.

Jetzt war nicht der richtige Moment, um über seine Befürchtungen zu sprechen. Stattdessen kramte er einen Lieblingsspruch seines Großvaters heraus: „Zumindest regnet es nicht."

„Wie geht's deiner Göre?"

„*Meine* Göre scheint einen Knopf zu haben, den sie regelmäßig betätigt, um den Dämon in ihr zu aktivieren."

Cullen lachte.

„Mal ehrlich: Sie erinnert an einen misshandelten Hund, der erst deine Hand leckt und dich dann plötzlich angreift." Marcus runzelte die Stirn. „Ich denke, sie kennt den Grund, will ihn mir aber nicht sagen."

In dem Moment tauchte sie in Marcus' Sichtfeld auf, in einem neonblauen Neckholdertop und einem Vinylrock. Auf ihren Schultern wand sich ein Drachentattoo und um ihre Ohrläppchen legten sich goldene Krallenohrringe. Seine kleine Drachendame war weiterhin frech zu den Mitgliedern. „Hast du mal mit ihr gesprochen, Andrea?"

„Nur, um ihre Bestellungen an der Bar zu erfüllen."

Marcus musterte sie. Andrea war eine Sub. Angefangen hatte sie als Auszubildende und er wusste, dass sie ein gutes Herz hatte. „Vielleicht öffnet sie sich dir."

Andrea dachte kurz nach. „Stell uns vor", sagte sie. „Erzählt sie mir aber etwas Vertrauliches, werde ich es nicht weitererzählen. Ich verspreche jedoch, dass ich mit ihr spreche, wenn es sich ergibt."

„Für den Moment reicht mir das." Als sich Gabi der Gruppe näherte, winkte Marcus sie zu sich.

Ihre Augen leuchteten bei seinem Anblick. Im selben Atemzug presste sie die Lippen entschlossen aufeinander. Dann drückte sie die Schultern durch und hob ihr Kinn, und so wusste er, dass sie etwas vorhatte. Ja, er durchschaute sie, obwohl er noch immer keine Ahnung hatte, was ihre Motivation war.

Vor ihm hielt sie an und stemmte die Hände in die Hüften. „Was seid ihr für faule Kerle? Solltet ihr nicht Sessions spielen und Subs auspeitschen?"

„Hinknien. Sofort." Marcus zeigte auf seine Füße und legte genug Härte in den Befehl, sodass sie der Anordnung Folge leistete, bevor ihr Gehirn aufholen konnte.

Sie fiel auf ihre Knie. Eine Sekunde später funkelte sie ihn wütend an.

Er lächelte und zog sie mit dem Rücken zu sich zwischen seine Beine. Trotzkopf oder nicht, es war wundervoll, ihren hinreißenden Körper zu berühren. Er drückte ihre Schultern, zeichnete die Muskeln unter ihrer weichen Haut nach, bewunderte ihren eleganten Hals. Wie hinreißend würde sie in einem schulterfreien, langen Kleid aussehen? Vielleicht in Blau, passend zu der Strähne in ihren Haaren? „Gabi, Master Cullen kennst du bereits. Seine Sub heißt Andrea. Als er den Job des Ausbilders innegehabt hatte, war sie seine Auszubildende gewesen."

Interesse zeigte sich in Gabis Blick. „Freut mich, Andrea."

Andrea blickte zu Cullen, der mit dem Kopf schüttelte. *Nicht antworten.* Andreas Reaktion bestand darin, böse dreinzublicken.

Marcus unterdrückte ein Lachen und sagte zu Cullen: „Von dem Ausdruck auf dem Gesicht deiner Sub zu urteilen, hast du sie immer noch nicht im Griff."

„Scheint so." Cullens Mundwinkel zuckte, bevor er seinen dunklen Blick auf sie richtete.

„Es tut mir leid, Señor." Sie schmiegte die Wange an seine Schulter und fügte in einer herzallerliebsten Stimme hinzu: „Ich liebe dich."

Cullen schnaubte. „Netter Versuch, Sub. Ich sollte dir trotzdem den Arsch versohlen."

Flüsternd sagte sie: „Das hast du doch gerade erst, *Cabrón.*" Ihre Antwort trat so deutlich an Marcus' Ohren wie Cullens nachfolgendes Lachen.

Gabis wehmütiger Ausdruck ging ihm ans Herz. Sie sehnte sich danach, was Andrea mit Cullen hatte. Warum benahm sie sich dann auf eine Weise, die eine Beziehung unmöglich machte?

„Obwohl Andrea nicht wie du auf der Straße gelebt hat", sagte Marcus zu Gabi, „ist sie in einem Elendsviertel aufgewachsen. Sie hatte es mit den anderen Auszubildenden nicht immer leicht."

„Aber die Auszubildenden sind nett ..." Er hörte in ihrer Stimme, dass sie nicht mit der ganzen Wahrheit rausrückte. Machten ihr die anderen Programmteilnehmer das Leben schwer?

Nachdem sich Andrea die Erlaubnis zum Sprechen eingeholt hatte, sagte sie: „Nur eine Sub war furchtbar. Sie verabscheute nicht nur, wo ich herkomme, sondern auch, dass der heißeste Typ im ganzen Club an mir Interesse zeigte."

„So groß war mein Interesse gar nicht", protestierte Marcus.

Andrea kicherte, bevor sie klarmachte, wen sie gemeint hatte. Sie rieb über Cullens Brust und sagte: „Natürlich meinte ich *diesen* heißen Typ."

„Welche Auszubildende war es?", fragte Gabi.

„Sie ist nicht mehr hier." Andrea spannte den Kiefer an. „Sie hat mir Geld untergeschoben, um alle in dem Glauben zu lassen, dass ich es ihr gestohlen hätte. Master Marcus und Dan haben mich anschließend wie eine Kriminelle verhört und mich dann aus dem Club geworfen."

Marcus zuckte zusammen. Er hatte noch immer ein schlechtes Gewissen, wenn er daran dachte, wie sie Andrea behandelt hatten.

. . .

Schockiert drehte sich Gabi dem Ausbilder zu. „*Du* warst gemein?" Sie ging in der Annahme, dass Mr. Südstaaten-Anwalt stets den Gentleman gab.

Andrea schnaubte. „Dan war gemein. Master Marcus war jedoch auf seiner Seite. Nachdem ich das Bedürfnis überwunden hatte, die beiden umzubringen, wurde mir klar, dass die Beweise vernichtend sind. Sie waren so wütend auf mich, weil sie dachten, ich hätte Cullens Vertrauen gebrochen. So wütend, dass sie die Wahrheit nicht sehen konnten. Sie haben sich geirrt."

Kichernd warf Gabi Master Marcus einen gespielt entsetzten Blick zu. „Soll das etwa heißen, dass du *nicht* Gott bist? Das ist ja nicht zu glauben!"

Er lehnte sich vor, umfasste mit beiden Händen ihre Brüste und flüsterte ihr ins Ohr: „Für dich, kleine Sub, bin ich Gott."

Der Klang seiner tiefen Stimme, das Gefühl seiner schwieligen Hände, während seine Daumen über ihre Nippel glitten, machte sie heiß. Nicht einmal ein Gott könnte sie in so kurzer Zeit dermaßen erregen. Für eine Sekunde schloss sie die Augen, um zu genießen, wie nah er ihr war und dass er sie berührte. Nach einer Weile seufzte sie und konzentrierte sich wieder auf ihre eigentliche Aufgabe. *Nicht ablenken lassen, Gabi.* „Wurde die Sub zumindest bestraft?"

Andrea lachte. „Nach Sabrinas Verhör haben die Männer sie an Z weitergegeben. Bis er mit ihr fertig war, hat sie geheult, sodass er ihr ein Taxi rufen musste. Er hat sie auf die Liste aller Clubs setzen lassen – na ja, in Florida. Ich hatte ja keine Ahnung, wie gut vernetzt er ist."

Sie fuhr fort: „Nun ja, Master Z hat sich bei mir entschuldigt. Genau wie Master Dan und Master Marcus. Und das vor der gesamten Mannschaft, obwohl sie zuvor unter vier Augen mit mir gesprochen haben und ich ihnen bereits vergeben hatte." Stirnrunzelnd sah sie zu Marcus. „Ihr habt es fast geschafft, mich zum Weinen zu bringen."

„Eine kleine Heulboje bist du, stimmt's?" Sanft streichelte Cullen mit seiner riesigen Pranke über ihre Wange.

„Das hättest du wohl gern", knurrte Andrea und schnappte mit den Zähnen nach seinen Fingern. Sie rümpfte die Nase, als sie sich wieder Marcus zuwandte. „Tränen sind mir in die Augen geschossen, als ihr mir den Gutschein für das größte Geschäft für Fetischkleidung in Tampa gegeben habt." Zu Gabi sagte sie: „Mit meinem Budget bin ich nicht weit gekommen, und ich habe stets wie die arme Stiefschwester ausgesehen. Neue Fetischkleidung zu kaufen, habe ich also sehr genossen. Ich habe immer noch Guthaben übrig."

„Und ich genieße die Vorzüge", sagte Cullen, der mit der Hand über das Mieder des hautengen Vinylkleides an Andreas Körper strich. „Lass mich das Kleid von hinten bewundern. Ich hätte gern ein Bier."

„Ja, Sir." Andrea rutschte von seinem Schoß.

Marcus drückte Gabis Schulter und hauchte in ihr Ohr: „Grey Goose bitte."

Sie erhob sich auf ihre Füße und das *Ja, Sir* entfleuchte ihr schneller, als es ihr lieb war. *Streng dich mehr an.* Sie atmete tief ein, salutierte und rief: „Jawohl, Mr. Superdominant!" Dann wirbelte sie herum und marschierte zur Bar. Es raubte ihr viel Kraft, auf dem Weg zur Bar nicht an Marcus' enttäuschten Ausdruck zu denken.

Verdammt. Ich hasse, hasse, hasse es!

Master Raoul sprach mit Andrea an der Bar. Als sie näherkam, spazierte er jedoch davon.

Andrea grinste sie an. „Dir ist doch klar, dass du Master Marcus in den Wahnsinn treibst, oder?"

„Ich weiß." Und machte damit beide unglücklich. Der Kloß in ihrem Hals erschwerte ihr das Reden.

„Machst du es mit Absicht?"

Die direkte Frage von einer Sub warf Gabi vollkommen aus der Bahn. Die Doms waren der Feind, na ja, das Zielobjekt. Die

Subs sah sie als Verbündete. Nun hatte sie das starke Bedürfnis, sich einer Freundin anzuvertrauen. „Ich –" Sie schüttelte den Kopf und versuchte, wieder einen klaren Gedanken zu fassen. „Vielleicht. Möglicherweise."

Andrea schnaubte. „Da habe ich meine Antwort. Wieso?"

„In dem Augenblick klingt es immer nach einer guten Idee." Gabi verlagerte ihr Gewicht von einem Bein auf das andere. „Ignoriert uns Master Raoul?"

„Nein, nein. Er mag es, sich mit den neuen Doms und Subs zu unterhalten." Andrea fuhr mit dem Finger durch eine nasse Stelle auf der Bar. „Also ... wie hast du auf der Straße überlebt?"

Meine Fresse, war die Frau direkt. Gabi grinste. Andrea könnte sie sehr gern haben. „Ich bin in Häuser eingebrochen, habe geklaut und Taschendiebstahl begangen." Andreas Kleid wies eine Tasche auf. Gabi lehnte sich vor, streckte die Hand nach den Servietten aus, die hinter Andrea zu finden waren, stieß gegen die Sub und ... stibitzte ihr dabei den Autoschlüssel.

„Warte", sagte Andrea und schob die Servietten zu ihr.

„Warte", ahmte Gabi sie nach und legte den Schlüsselbund auf den Serviettenstapel.

Andrea brach in Gelächter aus. „Du bist gut! Meine Cousins wollten es lernen, aber sie sind zu ungeschickt." Ihr entging Gabis besorgter Ausdruck nicht und Andrea fügte hinzu: „Sie sind alle geläutert und haben sich respektableren Berufen zugewandt."

„Oh, okay, das freut mich."

„Wem sagst du das. Alles Jugendtorheiten. Trotzdem war eine derartige Vergangenheit unangenehm, da Cullen ein Brandermittler und Dan ein Bulle ist."

Dan. Der humorlose Dom. „Er ist ein Polizist? Das erklärt einiges." Gabi rieb sich den Arm, als sie sich daran erinnerte, wie er sie durch den Raum geschleift und zu Marcus gebracht hatte.

„Oh, den Griff kenne ich auch. Er ist ein Polizist aus Überzeugung. Kari – die Schwangere – ist Lehrerin, und alle sagen, dass er viel umgänglicher geworden sei, seit sie in sein Leben getreten ist."

„Total, er ist jetzt richtig zahm." Gabi lehnte sich mit einem Ellbogen auf den Tresen. Raoul hatte sich noch nicht bewegt, sodass sie ihre Neugierde über die anderen Master befriedigen konnte. „Wie heißt der gemeine dunkelhaarige Master mit den schwarzen Augen?"

„Master Nolan. Bauunternehmer. Seiner Sub Beth gehört eine Firma für Landschaftsgestaltung. Sie hat die Gärten für den Club entworfen."

„Also das ist eine Erleichterung."

„Was meinst du?"

„Ich bin einfach nur froh, dass Nolan und Dan vergeben sind. So gruselig die beiden. Mit ihnen möchte ich wirklich keine Session spielen. Andererseits: wenn Marcus wütend wird ..." *Ist das noch schlimmer.* Gabi gab vor, aus Angst zu erschauern, und ignorierte ihr schmerzendes Herz, da sie ihn schon wieder enttäuscht hatte.

„Du hast Angst und dennoch bist du frech zu ihnen?" Andrea blickte verwirrt drein. „Besonders klug ist das nicht."

Gabi zuckte mit den Achseln. „Mein Vater meinte schon immer, dass meine Schuhgröße höher ist als mein IQ."

Als Andrea lachte, gesellte sich Master Raoul zu ihnen, um ihre Bestellungen entgegenzunehmen. Endlich.

Am späten Samstagabend saß Jessica im zweiten Obergeschoss in Zs privaten Räumen. Sie schäumte vor Wut. Gestern war sie nicht ins Shadowlands gegangen, da sie einen Kundentermin wahrnehmen musste. Steuerzahlungen konnten einen Zeitplan durcheinanderwerfen. Sie hatte sich also auf den heutigen Abend gefreut. Z hatte jedoch gemeint, dass er sie nicht im Club wollte. Und der Sack wollte ihr den Grund dafür nicht nennen, hatte einfach nur gesagt, dass es sich um interne Probleme handelte.

Is' klar. Sie marschierte durch das Wohnzimmer. Galahad beobachtete sie, sein Schwanz zuckte, als er zu überlegen schien, ihre Füße anzugreifen. Wenigstens einer, der sie jagen wollte.

In dem leisen Raum hörte sie die Klänge des Shadowlands und den pulsierenden Bass der Musik. Gelegentlich schnitt ein Schrei durch die Nacht. Nicht oft. Z hatte zu ihr gemeint, dass er viel Geld investiert hatte, um das Shadowlands schalldicht zu machen.

Was würde er tun, wenn sie entschied runterzukommen? Jessica rieb über ihre Arme und versuchte, die Kälte in ihrem Körper zu vertreiben. Er hatte keinen Raum für ein Missverständnis gelassen. *Bleib dem Club heute und auch nächste Woche fern. Mehr will ich nicht,* hatte er zu ihr gemeint. Er wollte, dass sie heute und das darauffolgende Wochenende daheimblieb.

Sie presste die Lippen aufeinander. Bei der Buchhaltung für das Shadowlands war ihr aufgefallen, dass die Mitgliedsgebühren der neuen Azubine nur einen Monat galten. Nach dem kommenden Wochenende würde sich Gabrielle also nicht länger im Club rumtreiben.

Na ja, ich vielleicht auch nicht mehr.

Der Gedanke fühlte sich wie ein Stich ins Herz an. Sie schüttelte den Kopf. Zs Rückzug hatte etwas mit *ihr* zu tun ... mit dieser Person. Wollte er mit ihr spielen, während Jessica nicht in der Nähe war, sodass er ihre Gefühle nicht verletzte?

Nachdenklich starrte sie die Wand an. Zu Beginn hatte Z Cullen erlaubt, einer Session beizuwohnen und Jessica zu berühren. Z dachte womöglich, dass sie damit einverstanden wäre, ihn mit anderen zu teilen.

Die Wut in ihr raubte ihr den Atem. *Das bin ich ganz sicher nicht, verdammt nochmal!* Sie ballte die Hände zu Fäusten. Wäre er anwesend, würde sie ihm eine reinhauen. *Ich muss hier weg, bevor ich mich wie ein Kind auf den Boden werfe und eine Szene mache.*

Sie nahm die Innenbereichtreppe zum Erdgeschoss. *Kein Auto.*

Z hatte sie abgeholt. Nachdem der Club zugemacht hatte, sollte sie sich den Jungs beim Pokern anschließen. Sie war also hier gefangen, bis Z nach oben kam. *Verdammt.*

Vor der Treppe lief sie im leeren Flur auf und ab. Möglicherweise trat sie auch mehrmals gegen die Wand. *Scheiß drauf!*

Eine unbekannte Zeit später hörte sie einen Schlüssel und schon stand Z in der Wohnung. *Gott,* er sah so müde aus. Unter den harschen Flurlichtern wirkten seine Sorgenfalten tiefer als sonst. Die zwischen seinen Augenbrauen stach auf besondere Weise hervor. Wie war es möglich, dass ihr Herz in einem Moment wie diesem einen Salto vollzog? Wie war es möglich, dass sie sich um ihn sorgte und ihn gleichzeitig hasste?

Er entdeckte sie und neigte den Kopf. „Jessica, gibt es ein Problem?"

„Nein." *Ja.* Sie drückte das Bedürfnis nieder, ihm in die Arme zu fallen, sich von ihm trösten zu lassen und ihm im Gegenzug Trost zu spenden. Er sah aus, als hätte er eine Umarmung nötig.

Tja, er musste sich seinen Trost wohl von woanders herholen.

Vielleicht hatte er die Schnauze voll von ihr. Von der kleinen, dicken Sub. „Ich brauche eine Mitfahrgelegenheit nachhause. Kannst du die Männer fragen, ob mich jemand fahren würde?"

„Hatten wir nicht geplant, dass du die Nacht bleibst?"

„Ich habe meine Meinung geändert." Sie klang wie ein bockiges Kind und es war ihr egal. Den ganzen Abend hatte er sie allein gelassen. Er wollte sie nicht hier haben. Seine Söhne hassten sie und dachten, sie sei zu jung für ihn – vielleicht war sie das. „Finde jemanden, der mich heimfahren kann oder tue es selbst."

Er musterte ihr Gesicht für eine lange Zeit und seufzte. „Na gut, Kätzchen. Für heute Abend ist das wahrscheinlich das Beste." Er streckte ihr seine Hand entgegen. „Ich fahre dich heim."

Sie ignorierte seine Hand. Alles in ihr schmerzte. Sie hatte erwartet, dass er mit ihr argumentierte, sie unter Druck setzte, sodass sie mit ihm über ihre Ängste sprach. Sie hatte gehofft, er würde ihr zeigen, dass er sie in seiner Nähe *wollte*. „Danke." Sie drehte sich um und ging zu der Garagentür. Das würde eine unangenehme, schweigsame Fahrt zu ihrem Zuhause werden.

Momentan hatte sie nur das Ziel, dort anzukommen, ohne in Tränen auszubrechen.

Auf dem Parkplatz in der Nähe der Docks in Clearwater trank Cesar Maganti seinen Kaffee und beobachtete die Lichter der Boote in der Dunkelheit. Die Anlegestelle war immer gut besucht, auch zu dieser Uhrzeit. Aus Erfahrung wusste er jedoch, dass seinem Handwerkerauto niemand Aufmerksamkeit zukommen lassen würde.

Gedämpfte Schmerzensschreie traten aus dem hinteren Bereich, wo Jang seinen Spaß mit einer Frau hatte, die sie sich erst vor ein paar Stunden geschnappt hatten. Sie war noch nicht vollständig von dem Betäubungsmittel erwacht, da hatte Jang bereits begonnen. Er war ein brutaler Mistkerl, jedoch verlässlich und diskret. Gute Hilfe war schließlich schwer aufzutreiben. Dem Aufseher ging es am Arsch vorbei, wenn die Mädchen ein wenig verbeult ankamen. Hauptsache, sie heilten innerhalb von drei Wochen. Das ließ für jemanden wie Jang eine Menge Spielraum zu.

Das Mädchen fing an, bitterlich zu schluchzen, und Maganti vernahm eindeutige Sexlaute.

Auf dem Sitz neben ihm vibrierte sein Handy. Maganti prüfte die Nummer. Der Aufseher. „Ja?" Keine Identifikation, keine Spur. Sie benutzten beide Wegwerfhandys, die nach der letzten Übergabe im Müll landen würden.

„Ich habe deine Nachricht im Hinblick auf das Problem mit der Ware gelesen."

Maganti setzte sich aufrecht hin, als er von Panik ergriffen wurde, die seine gute Laune vollkommen ruinierte. „Richtig. Es tut mir leid, aber –"

„Was ist passiert?"

„Das helle Teil hat für zu viel Ärger gesorgt, um es lohnenswert zu machen." Auf der Liste des Aufsehers hatte eine freche Blondine und eine Brünette von dem Shadowlands gestanden. Maganti sollte sich das Mädchen schnappen, bei dem es sich am einfachsten gestaltet hätte.

Seine Recherche hatte jedoch ergeben, dass die Blondine in einer Beziehung mit einem Dom war, den sie an BDSM-Wochenenden und auch in der Woche regelmäßig traf. Eine Frau, die nur im Club spielte, konnte entführt werden, ohne große Wellen zu schlagen. *Zur Hölle*, oftmals kannte ein Dom nicht mal den wahren Namen einer Sub, mit der er eine Session gespielt hatte. Ein Ehemann oder ein Partner würden keine Ruhe geben und konnten für Unannehmlichkeiten sorgen.

„Verstanden. Und das andere Teil?"

„Nicht länger erhältlich." Die verfickte Brünette hatte sich in Luft aufgelöst.

„Das ist enttäuschend. Lass mich nachsehen, ob ich ein Update habe." Das Klicken der Tasten zerschnitt die Stille. „Ah, na bitte. Es gibt ein Teil, das genau unseren Anforderungen entspricht. Ich schicke dir die Artikelnummer."

Maganti grinste. *Volltreffer!* Als die brünette Fotze letzten Samstag wie vom Erdboden verschluckt wurde, hatte er bereits befürchtet, ein Viertel seiner Bezahlung zu verlieren. „Gut. Ich werde danach Ausschau halten." Er wusste nicht, woher der Kerl die Namen bekam, und er wollte es auch nicht wissen.

„Gab es mit der restlichen Ware Probleme?"

„Nein. Ich warte gerade auf den Weitertransport." Die Schlampe zu packen, hatte sich als einfach gestaltet. Die einzigen Leute, die sie vielleicht vermissen würden, waren ihre Arbeitskollegen. Am Montag würde er ihrem Boss eine E-Mail schicken und darin erklären, dass es zu einem Tod in der Familie gekommen war.

„Sehr gut. Wird das nächste Teil vor Sonntag bereitstehen? Später wäre ungünstig."

„Wenn es mit dem Teil keine Probleme gibt, werde ich die letzte Bestellung am Freitag oder Samstag verpacken."

„Gut." Die Stille auf der anderen Seite deutete darauf hin, dass der Aufseher aufgelegt hatte.

Hinter sich vernahm Maganti Würgelaute. Er drehte sich um und brüllte Jang zu: „Nimm ihr verdammt nochmal den Knebel ab, bevor sie erstickt!" Eine Sekunde später entdeckte er ein Boot, das an den Docks anlegte. „Ihre Mitfahrgelegenheit ist hier. Beweg dich."

KAPITEL VIERZEHN

D as **Shadowlands hatte** für den Abend die Tore zugemacht. Mit den Fingern um das Handgelenk der kleinen Azubine lief Marcus durch den privaten Korridor, der nach draußen führte. Nach dem trockenen Raumklima durch die Klimaanlage legte sich die schwüle Luft im Freien wie eine schweißnasse Faust um ihn.

Gabi stoppte. Ihre Augen waren weit aufgerissen und sie schien verängstigt, was stets das Bedürfnis in ihm auslöste, sie in eine Umarmung zu ziehen und ihr gut zuzureden. „Ich muss nachhause", sagte sie.

„Du lebst allein und hast derzeit keinen Job. Gibt es einen Grund, warum du nicht ein paar Stunden dranhängen kannst?"

Ihre Lippen erinnerten ihn an einen Fisch außerhalb des Wassers. Sie hatte also entschieden, ihn nicht anzulügen.

„Dachte ich's mir doch." Er lief um die Hausecke zu Zs privatem Garten hinter dem Shadowlands. Die anderen drei Doms hatten sich bereits auf der Terrasse eingefunden. Z war nicht zu sehen.

Gabi stemmte die Füße in den Boden. Wahrscheinlich, da sie erkannte, dass sie es nur mit Mastern zu tun hatte. „I-Ich −"

„Knie dich hier hin, Süße."

Wortlos kam sie seinem Befehl nach, was ihm bewies, wie verängstigt sie wirklich war. Mit weit aufgerissenen Augen starrte sie die Männer an.

Viele Doms, eine Sub. Natürlich machte sie sich sorgen. Er streichelte über ihre Wange. „Gabrielle, ich möchte eine Session mit dir spielen. Nur du und ich."

Ihre Schultern entspannten sich.

Besser. „Bleib kurz hier, Süße." Er spazierte zu den Mastern, die sich alle um den Kühlschrank versammelt hatten.

„Wird auch Zeit, dass du dich bei unserem Pokerabend blicken lässt, Kumpel." Cullen grinste. „Kann ich darauf hoffen, dass deine Verspätung bedeutet, dass du keine Ahnung hast, wie man spielt?"

„Poker? Hatte Raoul nicht etwas von Bridge erzählt?"

Lachend reichte Cullen ihm ein Bier.

Noch immer in seiner schwarzen Lederhose und einem T-Shirt zeigte Nolan mit seinem Getränk auf Gabi. „Hast du sie mitgebracht, um mit uns Poker zu spielen, oder gibt es ein Problem?"

„Problem." Marcus fand Nolans Blick, schließlich Cullens und Raouls. „Ich verstehe einfach nicht, was in ihrem Kopf vor sich geht. Sie ist unterwürfig, gelegentlich auf eine schmerzlich hinreißende Weise. Und dann, aus heiterem Himmel, trotzt sie jedem, der es wagt, sich ihr zu nähern. Dabei ignoriert sie sogar ihren Selbsterhaltungstrieb."

„Das habe ich mit eigenen Augen gesehen." Cullen kratzte sich am Kinn. „Auch ich komme nicht hinter ihre Motivation."

„Wie können wir dir helfen?", fragte Raoul.

„Ich möchte eine Session mit ihr spielen, sie in das Subspace führen und endlich an ein paar Antworten kommen. Normalerweise kenne ich zumindest die Richtung. In dem Fall −"

Cullen nickte. „Du bittest uns um Rückendeckung und darum, die Augen offenzuhalten, falls uns etwas auffällt."

„Richtig. Mir ist bewusst, dass es das Pokerspiel nach hinten schieben wird."

„Das passiert hier schon mal", sagte Nolan. „Außerdem hat Z vorhin angerufen und gemeint, dass er erst Jessica nachhause fahren muss und sich demnach verspäten wird. Willst du auf ihn warten?"

Marcus zögerte und schüttelte dann den Kopf. „Nein. Er weiß etwas über sie, dass er mir nicht verraten will. Wir werden es ohne ihn machen."

„Brauchst du Hilfe, um die Session vorzubereiten?", fragte Raoul.

„Es ist keine Vorbereitung nötig. Ich werde die Pfosten benutzen." Marcus drehte sich um und sah nach Gabi. Aus ihrer knienden Position beobachtete sie ihn. Ihre Nervosität strahlte in Wellen von ihr ab, war sichtbar in ihren großen braunen Augen und ihren geballten Händen. So ruhig. Warum zeigte sie sich jetzt so unterwürfig? „Komm zu mir bitte."

Anmutig erhob sie sich. Sie hatte also ein wenig geübt.

Nolan grunzte wertschätzend und Cullen murmelte: „Eine hübsche kleine Sub, Marcus."

Direkt vor ihm hielt sie an und fragte: „Ja, Sir?"

Er sah das Bedürfnis in ihren Augen, ihn zufriedenzustellen, und sagte: „Wunderschön. So gefällst du mir."

Sie errötete.

Er schob eine entflohene Strähne hinter ihr Ohr. „Ich werde heute den Flogger an dir benutzen, Süße."

Gabi sog scharf den Atem ein und nahm einen Schritt zurück. War er wahnsinnig? „Dafür hast du mich hergebra –"

„Ich bin kein Sadist, Gabi, und wir wissen beide, dass du ein wenig Schmerz genießt. Das ist nur eine andere Form." Ohne ihr Zeit zum Nachdenken zu geben, führte er sie zwischen zwei

Terrassenpfosten, in denen am oberen Ende Bolzen eingearbeitet waren.

„Marcus?"

Er drehte sich zu dem ruppigen Dom – Nolan – um, der ihm in dem Moment zwei kurze Ketten zuwarf.

Marcus benutzte diese, um Gabrielle zwischen den Pfosten mit den Armen in einem V anzuketten, sodass sie der Terrasse zugewandt war.

Ihr Atem stockte, als sie an den Ketten riss. Würde sie ihn das tun lassen? „Ich – Warum jetzt und nicht im Club?"

„Du machst dich besser, wenn weniger Leute in der Nähe sind, Süße."

Oh verdammt, das war ihm also aufgefallen. Während sie versuchte, sich einen Schlachtplan zu überlegen, spürte sie, wie sich Erregung in ihr breitmachte. Die Flamme wurde weiterhin geschürt, als er ihr das Oberteil auszog. Dann machten sich seine gnadenlosen Hände an ihren Vinylrock und schon stand sie vollkommen nackt vor ihm.

Oh Gott! Ihr Herz raste los und sie fühlte, wie sich ihre Nippel aufrichteten und ihre Haut in Erwartung auf das Kommende kribbelte.

Sein Blick schweifte über sie, von ihrem Gesicht zu ihren Händen und den Brüsten. Dann zeigte sich ein sinnliches Lächeln auf seinen Lippen. „So erregt, obwohl wir noch gar nicht richtig begonnen haben."

Sie errötete und ihre Augen wagten einen Blick auf die anderen Doms. *Was müssen sie von mir halten?* Und warum war sie die einzige Sub?

Er bemerkte, wo sie hinsah. „Süße, ich werde dir die Augen verbinden."

Was? Gabi schüttelte den Kopf. Ihre Angst erhob sich wie das Quecksilber in einem Thermometer an einem heißen Tag. „Sir, nein."

Er umfasste ihre Wange und sah ihr direkt in die Augen.

„Gabrielle, mit einer Augenbinde wird es dir möglich sein, den Rest der Welt zu vergessen und dich voll und ganz auf deine Empfindungen einzulassen. Ich werde nichts tun, von dem du nichts weißt und, das möchte ich betonen, ich werde nicht mal für eine Sekunde von deiner Seite weichen."

Sie sah die Frage in seinen Augen: Vertraust du mir? Dagegen kam sie nicht an. Den ganzen Abend hatte sie sich selbst dafür verabscheut, wie sie ihn immer und immer wieder hatte enttäuschen müssen. Die Master Nolan, Raoul und Cullen waren schon seit Jahren Mitglieder dieses Clubs. Sie glaubte also nicht, dass einer von ihnen der Entführer war. Erleichtert stellte sie fest, dass sie sich hier nicht wie eine Göre aufführen musste. Es war ihr gestattet, Marcus' Anordnungen Folge zu leisten.

Vorfreude gepaart mit Erregung machte sich in ihr breit. *Ein Flogging.* „Okay."

„Braves Mädchen", sagte er.

Ihr Herz wusste nicht, wo es mit all diesen Gefühlen hinsollte. Er legte ihr die Augenbinde an.

Die Dunkelheit umfing sie und sie erstarrte. Funken sprühten über ihre Haut, als wäre es der Unabhängigkeitstag.

„Für den Notfall hast du ein Safeword." Er bewegte sich nicht, blieb ihr so nah, dass es sein Körper vermochte, sie zu wärmen, während er ihr sanft über ihre Haare streichelte.

Als sich ihre Atmung langsam beruhigte, hörte sie die anderen Männer leise reden. Cullen lachte. Der Duft des Meeres wehte zu ihr, Tropenblumen und Marcus' maskuliner Geruch traten an ihre Nase. Sie kratzte mit den Zehen über den Betonboden, um sich daran zu erinnern, wo sie sich befand.

Unter ihren Füßen schien sich der Boden aufzuweichen.

Sein Atem wehte über ihr Ohr. „Du kannst schreien, mich beschimpfen oder weinen. Es spielt keine Rolle. Ich werde mit dir trotzdem machen, was ich will." Er drehte ihren Kopf und küsste sie, brutal und besitzergreifend, womit er zusätzlich untermauerte, dass sie nichts tun konnte, um ihn zu stoppen.

Nervös verlagerte sie ihr Gewicht von einem Fuß auf den anderen. Gleichzeitig fühlte sie, wie die Erregung in ihrer Mitte aufblühte. Dies war, nach was sie sich sehnte. Sie wollte sich hingeben, wollte sich unterwerfen.

Mit seinen unerbittlichen Händen rieb er über ihre Haut, übte genügend Druck aus, sodass seine Berührungen ein bisschen schmerzten. Dann schlossen sich Fesseln um ihre Fußknöchel. Unüberwindbar. Ketten rasselten, als er ihre Beine weit gespreizt fixierte.

Eine sanfte Brise wehte über ihre entblößte Pussy und ihre Schenkelinnenseiten.

„Wunderschön präsentierst du dich vor mir. Jetzt kann ich mit dir tun, was auch immer ich möchte. Und du kannst es nur hinnehmen, kleine Sub."

Das klang wie eine Drohung und doch schaffte er es mit seiner tiefen Stimme, dass sie erschauerte. *Berühre mich. Bitte berühre mich!*

Er musste hinter ihr knien, denn seine Hände strichen über die Rückseiten ihrer Schenkel und bewegten sich direkt auf ihr Geschlecht zu. Er glitt durch ihre Spalte. Obwohl sie verängstigt war, konnte sie den Beweis ihrer Erregung fühlen. Oder war sie feucht, eben weil sie Angst hatte? *Ein Flogging.* Gleich würde er sie auspe –

„Bleib bei mir, Süße", murmelte er. Sein Finger glitt direkt über ihre anschwellende Klitoris und ihr Verstand setzte vollkommen aus, als sich die elektrisierende Empfindung in ihrem Körper ausbreitete. Sie stöhnte und ihr Becken zuckte nach vorn.

„Sehr schön." Sein Finger umkreiste ihr Nervenbündel und sie wurde nachgiebig. Als er mit ihrer Klitoris spielte, küsste er ihre rechte Pobacke und biss in das weiche Fleisch. Hart genug, dass der Lust der Schmerz beiwohnte und ihre Erregung angestachelt wurde.

Noch nie hatte sie sich so gefühlt. Er spielte mit ihr, wie das ihre Kater mit ihrer Beute taten. Sie wand sich, wusste nur nicht, in welche Richtung sie sich bewegen sollte, um den Druck seiner Berührung auf ihre Klitoris zu verstärken. Als die Ketten rasselten, kamen ihr die anderen Doms in den Sinn. Sie erstarrte und die Schamesröte schoss ihr in die Wangen.

Marcus entließ ein tiefes Lachen. „Oh ja, sie beobachten dich, Gabi. Sie sehen, wie du dich mir hingibst, und wie du mir gibst, nach was ich mich sehne." Die Befriedigung in seiner Stimme schwappte wie eine Welle über sie hinweg.

Er wandte sich von ihrer pulsierenden Pussy ab, stand auf und presste seine harte Brust gegen ihren Rücken. Als er ihre Brüste umfasste, bewegte sich die Hitze und wanderte durch ein Labyrinth in ihrem Körper. Er neckte ihre Nippel, rollte sie zwischen Daumen und Zeigefinger und erhöhte den Druck, sodass die Empfindungen von lustvoll zu schmerzhaft übergingen.

Gefangen in seinen Armen zog sie sich von dem Schmerz zurück und drückte sich dann nach vorn, um mehr von der Lust zu bekommen. Er saugte an ihrem Ohrläppchen, sein Atem wehte durch ihre Haare. Gänzlich von ihm umgeben, wimmerte sie.

„So ein gutes Mädchen", flüsterte er. Dann ging er einen Schritt auf Abstand.

Eine Sekunde später rannen samtweiche Finger über ihren Rücken – nicht seine Hände. Ein Flogger. Er neckte sie mit einem Flogger.

Regelrecht sanft führte er einen Schlag aus. Und nochmal. Langsam löste er so Empfindungen aus, die wie Funken über ihre Schenkel und ihren Po sprangen. Er behielt den Rhythmus bei und dann verstärkte sich der Aufprall. Ihr Hintern und ihre Schenkelrückseiten zwiebelten. Mit der Zeit konnten die Hiebe nur als schmerzhaft beschrieben werden. Nach jedem einzelnen Schlag verweilte der Schmerz ein wenig länger.

Bevor es zu viel wurde, vergrößerte Marcus die Pausen zwischen den Hieben.

Mit der Erkenntnis, dass sie die Ketten fest umklammerte

und wie das vielleicht nach außen wirkte, drückte sie die Schultern durch und hob ihr Kinn. Er war fertig, richtig?

Falsch gedacht. Sein Atem wehte über ihre Pussy.

Scharf sog sie die Luft ein. Ihre Pussy erwachte zum Leben, als er die Hände zwischen ihre Schenkel schob. Ihre Knie bebten. Seine Finger umfingen ihren Po, während er mit den Daumen ihre Schamlippen teilte und ihre Klitoris freilegte.

Dass er sie berührte, als hätte er das Recht dazu, ließ sie erschauern.

Erbarmungslos machte er sie noch zugänglicher für sich. „So hübsch, meine Süße. Geschwollen und pink." Seine heiße und nasse Zunge leckte über ihr Nervenbündel und sie zischte bei dem schockierenden Gefühl.

Mit seinen langen Fingern hielt er sie, als er ihre Klitoris zwischen seine Lippen saugte. Wieder leckte er darüber, glitt rechts entlang, dann links, umkreiste und presste die Oberlippe fest auf die Perle.

Ihre Beine bebten. Gnadenlos fuhr er fort, während sich in ihr der Druck aufbaute, sich staute. Sie schnappte nach Luft. Dann passierte es: Ihr Körper explodierte, ein Tsunami aus bodenloser Begierde riss sie mit sich. Instinktiv zuckte ihr Becken nach vorn, doch er hielt sie an Ort und Stelle, kontrollierte sie sogar inmitten ihres Orgasmus.

Bevor ihr Körper zur Ruhe kam, brachte er den Flogger wieder ins Spiel. Sanfte Schläge, Liebkosungen der Floggerzungen. Er folgte dem gleichen Rhythmus, schlug nach und nach härter zu. Ihre Haut kribbelte und doch schaffte es das Brennen, dass sich das Pulsieren zwischen ihren Schenkeln verstärkte.

Nach einer Weile mischte sich Schmerz in die Schläge.

Er nahm sich zurück, vergrößerte die Pausen, stoppte. Schließlich kniete er sich wieder vor sie und fuhr mit den Händen über ihre Beine.

Nochmal? Oh Gott!

Sie bebte, als er sie mit seinen unerbittlichen Händen zu sich zog. Sein Mund landete auf ihrer Pussy. Dieses Mal neckte er sie nicht – nein, seine Lippen verlangten nach einer sofortigen Reaktion.

Seine Zunge glitt direkt über ihr Nervenbündel und es schwoll erneut an, verhärtete sich und ihr Körper bereitete sich auf den nächsten Höhepunkt vor. Sie stöhnte. Die Welt rückte in den Hintergrund, als sich das brennende Gefühl auf ihrer Haut mit dem Feuer verband, dass er mit seiner Zunge um ihre Klitoris kreierte. Der Druck baute sich auf. In dem Moment schloss er die Lippen um den einzigen Punkt, der noch von Bedeutung war. Gleichzeitig schnellte er mit der Zunge über das lustbringende Nervenbündel.

„Oh Gott!" Die Erlösung entlockte ihr einen lang gezogenen Schrei.

„Mein gutes Mädchen", flüsterte er. „Lass los. Lass dich fallen."

Wieder kam er mit dem Flogger und nun schlug er von Beginn an härter zu. Sie kam erneut. Der Schmerz auf ihrer Haut nahm zu, und so tat das auch die Lust. Schlag um Schlag heizte er ihre Erregung an. Ihre Klitoris pulsierte. Wieder fühlte sie den Atem an ihrem Geschlecht. Dann saugte er die Perle in seinen Mund und löschte den Brand, verwandelte den Schmerz in pure Ekstase. Schon bald kämpfte sich das Brennen erneut an die Front, so berauschend und einnehmend wie die Lippen an ihrer Klitoris.

Als die Hiebe wieder begannen, spürte sie es nicht. Der Boden unter ihren Füßen war verschwunden. Sie konnte den Flogger nicht hören. Nur ihren Herzschlag nahm sie wahr. Ihre Arme und Beine hatten sich aufgelöst. Alles war fort. Sie schwebte in den Wolken. Weiße Zuckerwatte stupste sanft gegen sie.

„Gabi." So beharrlich. „Gabi." Die tiefe, befehligende Stimme zog an etwas in ihrem Inneren und ihr Herz setzte einen Schlag aus.

„Äh." Ihre Zunge funktionierte nicht richtig. Sie versuchte es nochmal. Die Wolken um sie herum lösten sich langsam auf, bis sie den Himmel sehen konnte. So blau. Ein klares Blau. Intensive ... Augen.

„Sag mir, warum du so ungehorsam bist."

Es dauerte ein bisschen, bis der Satz bei ihr ankam. *Unge ... was? Ungehorsam.*

„Warum, Gabi?"

Ihre Lippen fühlten sich taub an. Seine Augen waren so blau. „Muss ich. Laute Sub. Haben sie gesagt."

„Sie? Was haben sie gesagt, Süße?"

„Errege Aufmerksamkeit. Falle auf."

Marcus runzelte die Stirn. Die Augen der kleinen Sub waren glasig, die Atmung langsam. Der Schmerz in Verbindung mit der Lust hatte sie überwältigt, sodass sie eine Welle aus Endorphinen und Unterwerfung ritt. Sie war in das Subspace eingetaucht. Noch nie im Leben hatte er eine schönere Frau gesehen.

Im Gegenzug hatte er das Topspace erreicht, seine Sinne geschärfter als zuvor. Jeder ihrer Atemzüge und ihrer Bewegungen zogen ihn tiefer hinein, banden ihn an sie. Aber ... *Haben sie gesagt?* Hörte sie Stimmen? „Wer hat das gesagt, Gabi? Wer hat dir gesagt, aufzufallen?"

Sie runzelte die Stirn und blinzelte. „Kouros. Agent Kouros."

Was zum Teufel? In seinem Haus war sie der Frage nach ihrem Beruf aus dem Weg gegangen ... „Wo arbeitest du, Gabi?"

„FBI."

Es brauchte eine Sekunde, doch dann trafen ihn die Buchstaben wie drei Kugeln mitten in die Brust. Bei jedem Aufprall grunzte er. Hinter ihm kratzten Stuhlbeine über den Boden, als sich die anderen Doms erhoben, wahrscheinlich gleichermaßen schockiert. *Hat sie mit mir ein Spiel getrieben?* „Du bist ein FBI-Agent?"

„Ja." Sie zog die Augenbrauen zusammen. „Nein."

„Du ermittelst verdeckt?"

„Ja." Ihr Kinn fiel auf ihre Brust.

Er musste sie runterholen. Ein Blick zu den anderen Doms reichte aus und sie kamen ihm zur Hilfe. Raoul und Cullen lösten ihre Handgelenksfesseln und Nolan wandte sich ihren Fußknöcheln zu. Indessen stützte Marcus sie und hob sie dann in seine Arme. Sie hatte ihn angelogen. Aber das durfte im Moment keine Rolle spielen, denn ein wahrer Dom ließ seine Sub unter keinen Umständen nach einer Session im Stich.

Er setzte sich auf die breite Hollywoodschaukel und positionierte Gabi auf seinem Schoß. Als Nolan ihm ein Leinentuch anbot, akzeptierte er es dankbar. Der Abend war zu warm für eine Decke, aber sie brauchte das tröstende Gefühl einer Bedeckung, damit sie nicht nackt war, wenn sie aufwachte. Nolan legte es ihr um die Schultern und sie erschauerte.

„Ganz ruhig, Süße," sagte Marcus. „Alles ist gut. Ich bin bei dir, meine Kleine."

Sobald die Endorphine abklangen, würde sich der Schmerz des Floggings bemerkbar machen. Er hatte sie nicht besonders hart ausgepeitscht, aber es hatte eine Weile gebraucht, um sie tief genug ins Subspace zu schicken.

Sie bewegte sich, zog die Augenbrauen zusammen, fühlte wahrscheinlich ihre brennende Haut. Ihr Kopf hob sich und sie blinzelte zu ihm auf, schenkte ihm ein Lächeln, das zeigte, dass sie noch nicht ganz bei sich war. „Hey."

Trotz seiner Wut auf sie, wärmte sie ihm das Herz. An ihn geschmiegt sah sie herzallerliebst aus. Wie ein Welpe im Milchkoma blickte sie ihn aus aufrichtigen Augen an.

Keine Zurückhaltung mehr zu sehen. Eine Zurückhaltung, über die er sich erst bewusst geworden war, als sie sich vor seinen Augen aufgelöst hatte. Geheimnisse. *Verdammt.* Tief holte er Luft.

„Hey", antwortete er in einem sanften Ton. Sein Zorn und sein Bedürfnis, nach einer Erklärung zu verlangen, mussten warten, bis sie wieder auf dem Boden gelandet war. Im Moment war sie für diese Unterhaltung zu verletzlich.

„Ruh dich aus, Süße. Ich bin hier", wiederholte er. Ihr einzigartiger Duft nach Rosen, Sandelholz und Frau sickerte in seine Poren.

Ihre Finger streichelten seine Brust, als sie mit ihm kuschelte. Ihr Vertrauen in ihn entfachte eine Wut in ihm, denn auch er hatte ihr vertraut. Und was hatte sie getan? Sie hatte ihn angelogen! Er setzte die Schaukel in Bewegung und dachte daran, wie Z von ihm verlangt hatte, für einen Monat eine neue Auszubildende ins Programm aufzunehmen. Eine schreckliche Vermutung setzte sich in ihm fest und er hob den Kopf.

Die Männer hatten sich Stühle herangezogen und sich im Halbkreis um ihn positioniert. Cullen, der Barkeeper schlechthin, reichte Marcus eine offene Limodose.

Er nahm einen großen Schluck, dennoch schaffte es die mit Kohlensäure versetzte Flüssigkeit nicht, den bitteren Geschmack des Verrats in seinem Mund wegzuspülen. „Z wusste es. Der verdammte Kerl wusste es."

Nolan musterte die kleine Sub mit seinen schwarzen Augen, während er von seinem Bier trank. „Mit Sicherheit." Auch in seinen Worten schwang Wut mit.

Bei einem Geräusch von oben hob Nolan den Blick in das zweite Obergeschoss. Z trat auf die Treppe und stieg die Stufen herunter.

Als er sich der Gruppe näherte, sagte Z: „Gentlemen, die Verspätung tut mir leid." Jeder einzelne Master wandte sich dem Clubbesitzer zu, sodass Z einen Schritt zurücknahm und die Hand zu seiner Stirn hob, als hätte er sich gestoßen. Lieber würde ihm Marcus eine verpassen. „Was ist hier los?"

„Wir haben ein paar interessante Dinge über unsere neue Auszubildende in Erfahrung gebracht", sagte Cullen mit monotoner Stimme und wies mit einem Nicken auf Gabi.

Z bewegte keinen Muskel. „Was ist passiert?"

„Es geht ihr gut. Sie ist im Subspace", fügte Cullen schnell hinzu.

„Verstehe." Z presste die Lippen fest aufeinander und fragte Marcus: „Du hast sie verhört?"

Schuldgefühle machten sich bei Marcus bemerkbar, doch er rang sie nieder. Stattdessen rief er sich die vielen Nächte in Erinnerung, in denen er wachgelegen hatte, um die Beweggründe einer Sub zu entschlüsseln, die Z ihm aufgedrängt hatte. Seine Stimme war schneidend: „Sie ist keine ungehorsame Sub – sie ist ein FBI-Agent. Was hast du uns sonst noch für Lügen aufgetischt, Z?"

In dem Moment regte sich Gabi auf seinem Schoß. Mit der Hilfe seines Armes hob sie sich in eine sitzende Position und rieb sich dann über das Gesicht. Sie lächelte Marcus an. „So etwas habe ich noch nie erlebt."

„Das glaube ich dir aufs Wort." Er versuchte es wirklich, aber er schaffte es nicht, seine Wut aus seiner Stimme zu halten.

Ihr Lächeln wackelte und löste sich dann auf. Sie blickte zu den anderen. Zu Z. Wieder zu Marcus. Ihr Gesicht nahm die Farbe von Marcus' weißem Hemd an und sie spielte nervös mit den Händen. „Noch ergibt nicht alles Sinn in meinem Kopf, aber ich erinnere mich, dass ... Ich habe dir erzählt –"

„Ja", unterbrach er sie, „das hast du." Der Zorn über ihren Verrat ließ die Worte abgehackt klingen. Kalt.

Ihre Augenbrauen zogen sich zusammen. „Du hast mich verhört – wie eine Kriminelle. Du hast dir mein Vertrauen erschlichen, damit du ... das mit mir tun kannst." Sie rutschte von seinem Schoß und schwankte auf ihren Beinen.

Hastig erhob sich Marcus, um einen Arm um sie zu legen.

„Fass mich nicht an, du Bastard!" Sie schob seine Hand von sich. „Geh weg von mir. Ich verschwinde. Ich möchte dich nie –"

„In dem Zustand wirst du nicht Auto fahren, Gabrielle", sagten Marcus und Z gleichzeitig. Er funkelte Z wütend an. „Halt dich da raus."

Ohne zu antworten, näherte sich Z der kleinen Sub und legte ihr die Hand auf die Wange. „Geht es dir gut, Kleine?"

Marcus' Zorn gewann an Intensität, als er das Bedürfnis zu bekämpfen suchte, Gabi aus Zs Reichweite zu zerren.

Sie gab sich alle Mühe, ein Lächeln auf ihre Lippen zu zwingen. Der Anblick brach ihm das Herz.

„Es geht mir gut."

Sie konnten beide spüren, dass sie bebte. *Verdammt*, er musste bei ihr bleiben. Sie konnte nicht allein gelassen werden. Er festigte seine Finger um ihren Arm. „Ich werde sie nachhause bringen, Z. Wenn ich zurückkomme, unterhalten wir uns."

„Nein", zischte Gabi und riss den Arm aus seinem Griff.

„Gabrielle", warnte er sie.

„Es hat d-dich nicht zu interessieren, was ich mache." Der Ausdruck des Verrats spiegelte seinen wider. Es fühlte sich an, als hätte er ein hilfloses Kind in den Hintern getreten. „Ich will dich nicht in meiner Nähe haben. D-Du Arschlo −" Ihre Stimme brach und schließlich wandte sie sich von ihm ab.

Marcus überlegte. Er könnte ihren Wunsch missachten und sie dennoch heimfahren, aber er wusste, dass seine Präsenz gerade schädlich für sie wäre. Zumal er immer noch keine Ahnung hatte, was hier eigentlich vor sich ging. „Raoul?"

„Natürlich", sagte er verständnisvoll. „Ich fahre sie in ihrem Auto nachhause." Ihre Proteste ignorierend zog Raoul Gabi in seine Arme. „Du brauchst gar nicht diskutieren, *Chiquita*. In dem Punkt hast du keine Wahl."

Als sie an Raoul zusammenbrach, zu erschöpft, um sich gegen die Entscheidung aufzulehnen, sagte Raoul: „Nolan, kannst du mir hinterherfahren und mich danach mit zurücknehmen? Es könnte eine Weile dauern, da ich sicher gehen will, dass sie nach ihrer Subspace-Erfahrung nicht in ein tiefes Loch fällt. Noch tiefer, sollte ich wohl sagen."

„Kann ich machen. Kein Problem." Nolan richtete seine dunklen Augen auf Z. „Wir unterhalten uns später."

„Verstanden." Als die zwei Doms Gabi durch das Tor führten, zückte Z sein Handy und gab jemandem Bescheid, dass Gabi nachhause eskortiert wurde. Aus dem Lautsprecher waren Kraftausdrücke zu vernehmen und Z legte auf. Er hob beide Hände zu seinen Schläfen. „Was für eine Nacht."

„Das kannst du laut sagen." Cullen reichte Z einen Drink und verdiente sich einen überraschten Blick des Clubbesitzers. „Ja, sicher, ich bin stinksauer, aber ich weiß aus Erfahrung, dass du immer einen guten Grund für deine Handlungen hast. Also warte ich mit meiner Reaktion, bis ich deine Erklärung kenne."

Marcus fühlte sich nicht so gnädig. Sein Urteil lautete schuldig.

Cullen nahm Platz und streckte seine langen Beine vor sich aus, während sich Z und Marcus nicht von der Stelle rührten

Marcus war auf einen Kampf aus. Die anderen Master kannten Z schon seit Jahren. Auf Marcus traf das nicht zu und der Clubbesitzer hatte sich mit dieser Aktion die Chancen darauf wirklich verspielt. Auf Geheimnisse hatte Marcus keine Lust. Er würde seinen Mitgliedsausweis zerreißen und nicht zurückblicken. Im Moment überlegte er nur, ob er seine Entscheidung mit einem rechten Haken untermalen sollte.

Zs Blick traf auf seinen. „Marcus." Er seufzte. „Lass uns reden. Ich habe Entscheidungen zu treffen und da das Geheimnis gelüftet wurde, könnt ihr mir dabei helfen." Der Bastard zog zwei Stühle heran. Gegenüber von Cullen und dem Stuhl für Marcus setzte sich Z hin. Bewusst hatte er sich für den Platz unterm Scheinwerferlicht entschieden.

Trotz seiner Wut schätzte Marcus die Selbstbeherrschung des Mannes. Er ließ sich auf den Stuhl fallen, stützte sich mit den Ellbogen auf seinen Schenkeln ab und übte sich in Geduld.

„Vor zwei Wochen hat mich das FBI kontaktiert", begann Z. „Im letzten Monat wurde eine Sub entführt. Sie konnte fliehen. Bevor sie an ihrer Schussverletzung verstarb, hatte sie jemandem erzählen können, dass rebellische Subs bei einer Auktion versteigert werden sollen. An Männer, die eine Vorliebe für besagte Subs haben, da es länger dauert, sie zu brechen. Weitere Frauen sollen aus Tampa entführt werden. Die letzten Opfer sollen nächsten Sonntag an einem bisher unbekannten Ort abgeholt werden."

„Verdammte Scheiße", murmelte Cullen.

„In Atlanta fehlen drei Subs aus unterschiedlichen BDSM-Clubs. Das FBI hat keine Spur, weshalb sie weibliche Lockvögel in den Clubs in Tampa und St. Pete eingeschleust haben. Gabrielle wurde dem Shadowlands zugewiesen. Ich musste den Agents mein Wort geben, dass ich diese Information mit niemandem teile – nicht mal mit dir, Marcus. Natürlich habe ich mich gegen die Geheimhaltung aufgelehnt. Beide Seiten hatten jedoch gute Argumente und das FBI hat die endgültige Entscheidung getroffen."

Z sah zu Marcus. Sein Ausdruck gab nichts preis. „Ich habe sie dir anvertraut, weil ich wusste, dass du ihr eine Chance geben würdest, wenn ein anderer Dom sie schon nach der ersten Nacht fallen gelassen oder sie ernsthaft verletzt hätte. Ich wusste, dass dich deine Wut nicht kontrollieren würde." Z lehnte sich zurück und nahm einen Schluck von dem Bier, das Cullen ihm gereicht hatte. Damit gab er ihnen die Zeit, die Information zu verarbeiten.

Sein Wort hatte er also gegeben. Marcus rieb sich mit der Hand über das Gesicht, fühlte die Stoppeln an seinem Kinn. Ein ehrlicher Mann konnte ein derartiges Versprechen nicht brechen.

Cullen schnaubte. „Dan würde diese Situation als ein Riesenscheißdurcheinander bezeichnen."

Marcus starrte auf die Palmen. Die schwarzen Umrisse verdeckten die Sterne. Cullen hatte es gut getroffen. Dies war ein ausgewachsenes Riesenscheißdurcheinander, bei dem Verrat und ein gewisser Schaden nicht ausgeschlossen werden konnten. Zu jeder Zeit stellte Z sicher, dass sich die Subs in seinem Club wohl fühlten und in Sicherheit waren. Es überraschte ihn also nicht, dass er hatte helfen wollen. Seufzend legte Marcus seine

Wut ab. „Es muss dich fertiggemacht haben, wenn sie bestraft wurde."

Zs Schultern sackten zusammen – das einzige Anzeichen darauf, dass ihm Marcus' Meinung wichtig war. „Nichts an dieser Angelegenheit war oder ist einfach. Für niemanden." Er fand Marcus' Blick. „Marcus, ich entschuldige mich. Es tut mir wirklich leid."

„Scheint mir ganz so, als hättest du keine andere Wahl gehabt. Und Gabrielle wusste, auf was sie sich einlässt."

„Das bezweifle ich. Obwohl ich darauf bestanden habe, dass sie den Fragebogen ehrlich ausfüllt, nehme ich stark an, dass sie für diese Ermittlung ihre eigene Wohlfühlzone verlassen hat. Auf keinen Fall wollte sie versagen. Leider vermute ich, dass ihre Erfahrung begrenzt ist und bereits mehrere Jahre zurückliegt."

„Fuck." Cullens Gesicht gewann an Härte. „Ich habe ihr einen Ballknebel angelegt. Aber ich –"

Z nickte. „Aber das musstest du. Deine Reaktion rechtfertigt den Grund für die Geheimhaltung. Wie kannst du Ungehorsam angemessen bestrafen, wenn du weißt, dass die Sub nur eine Rolle spielt? Die beiden ermittelnden Agents sind erfahrene Doms. Sie wussten genau, wie wir reagieren würden."

„Mutige kleine Sub", flüsterte Cullen. „Ich wusste ja bereits, dass FBI-Agents beeindruckend sind, aber ..."

Z verzog das Gesicht zu einer Grimasse. „Ich möchte wirklich nicht, dass du dich noch schuldiger fühlst, Marcus, obwohl ich bezweifle, dass deine Schuldgefühle die meinen übertreffen können, aber sie ist kein Agent."

„Bitte was?" Marcus versuchte, den Ton in seiner Stimme so höflich wie möglich zu gestalten.

„Auch ich habe davon erst diese Woche erfahren, als sich ihre Rückendeckung bei mir darüber ausgelassen hat, dass ihr das nötige Training fehlt." Z rieb sich wieder über die Stirn. „Sie ist eine Opferspezialistin – eine Sozialarbeiterin, die den Überlebenden einer Gewalttat zur Seite steht."

„Was zum Teufel hat eine Sozialarbeiterin bei einer Ermitt-lung wie dieser mitzumischen?", fragte Marcus. Sein Kiefer war so angespannt, dass es gefährlich knackte.

„Eine der Frauen, die in Atlanta entführt wurden, ist ihre Freundin. Gabrielle hat sich freiwillig gemeldet – hat verlangt, Teil der Ermittlung zu sein. Ich schätze, dass es beim FBI einen Mangel an BDSM-erfahrenen Subs gibt, also haben sie ihr Angebot angenommen." Z rutschte auf dem Stuhl umher. „Mar-cus, sie ist eine der mutigsten Personen, die ich jemals die Ehre hatte, kennenzulernen. Sie hat panische Angst und tut es trotzdem."

Panische Angst. Er hatte ihre Angst gesehen. Jede einzelne Nacht. Behutsam stellte er seinen Drink ab. Durch ihn hatte sie noch mehr fürchten müssen. Ein Spanking hatte er ihr verpasst. Ein brutales Spanking. Er hatte eine unschuldige Frau verletzt und sie zum Weinen gebracht.

KAPITEL FÜNFZEHN

Gabis Gehirn formte sich nur langsam von einem Klumpen Eis zu einem funktionierenden Organ. Sie spannte die Finger um ihre Häkeldecke an und drückte sie an ihre Brust. Ihre Augen öffneten sich in ihrem langweiligen FBI-Apartment.

Sie versuchte, sich zu bewegen. Versagte. Stirnrunzelnd blickte sie auf den muskulösen Arm um ihre Taille, der sie gegen einen harten Körper gepresst hielt. *Den Arm kenne ich nicht.* Marcus' Arm war kräftig, aber nicht ganz so unheimlich. Sie hob den Blick, ließ die Augen über einen sehnigen Hals schweifen, einen markanten Kiefer und fand schließlich schokoladenbraune Tiefen. Nicht blau. „Master Raoul."

Er lächelte sie an. „Bist du wieder bei mir? Wie fühlst du dich?"

Was machte er denn bitte in ihrem Apartment? Als die Erinnerungen zurückkamen, schnürte sich ihr die Kehle zu. Flogging. Marcus. Fragen. Die anderen Doms. Sie spannte den Kiefer an. Dieser Dom hatte seelenruhig zugesehen, während Marcus ihr Gehirn in Matsch verwandelt und sie anschließend ausgefragt hatte.

Sie schob seinen Arm von sich, ignorierte ihre schwachen Beine und stand auf. „Ich will, dass du sofort gehst. Los. Jetzt." Sie wickelte sich die Decke enger um ihre Schultern und versuchte, ihr Beben zu unterbinden. Wer hatte die Klimaanlage aufgedreht? Die eisige Kälte drang bis tief in ihre Knochen vor. Wie sollte ihr jemals wieder warm werden?

„*Chiquita* ...“

„Geh weg von mir." In ihrem Kopf sah sie bei ihrem unhöflichen Tonfall den enttäuschten Ausdruck ihrer Mutter aufblitzen. *Is' mir egal.*

„Du zitterst noch immer, Gabrielle", sagte er.

Raoul war wirklich nett zu ihr gewesen. Auf der Fahrt nachhause hatte er geschwiegen, hatte nicht versucht, Marcus' Taten zu entschuldigen oder ihr Vorwürfe gemacht. Stattdessen hatte er ihre Hand in seiner gehalten, um sie daran zu erinnern, dass sie nicht allein war. Er hatte sie in ihr Apartment eskortiert. Im Inneren hatte er ihre Proteste ignoriert und sie während ihres Zusammenbruchs in den Armen gewogen.

Dass sie zitterte, war jedoch seine Schuld. Marcus' Schuld. Ihre Pobacken und die Rückseiten ihrer Schenkel brannten. Es fühlte sich an, als hätte sie einen furchtbaren Sonnenbrand. Das machte sie nur noch wütender. Stolz hob sie das Kinn. „Es geht mir gut. Deine Arbeit ist getan. Danke."

Für seine Mitwirkung in Marcus' Plan würde sie ihm aber wohl niemals verzeihen.

Als hätte er ihre Gedanken gehört, verzog er das Gesicht zu einer Grimasse. „Gabrielle, dir muss klar sein, dass Marcus nur versucht hat, dir zu —“

„Wenn du nicht augenblicklich verschwindest, werde ich die Polizei rufen." Sie schaffte es, das Handy in die Hand zu nehmen, ohne es fallen zu lassen.

Auf ihren Beistelltisch legte er eine Visitenkarte. Zumindest war er klug genug, sie ihr nicht zu reichen. „Gabrielle, wenn du ... einen Freund brauchst, dann ruf mich bitte an." In seinen dunkelbraunen Augen zeigte sich nur die Sorge um sie, als er hinzufügte: „Zum Reden oder vielleicht auch für eine Schulter zum Anlehnen. Niemand verlangt von dir, dass du immer stark und unabhängig sein musst."

Oh doch, ich verlange das von mir selbst! „Danke für das Angebot." Mit einem Nicken wies sie auf die Tür.

Ohne ein weiteres Wort verschwand er. Hinter ihm schloss sie die Tür ab und lehnte sich dagegen.

Was habe ich getan? Mitfahrgelegenheit zu ihrem Apartment, eskortiert in ihre vier Wände. So konnte der Entführer nicht zuschlagen. *Oh, Kim, es tut mir so leid ...*

Sie hatte ihre Deckung verloren. Rhodes würde niemals verstehen, wie es dazu kommen konnte.

Ich verstehe es ja selbst nicht.

Marcus hatte jedoch genau gewusst, was er tat und hatte sie in eine Richtung getrieben, in der sie ihre Gedanken nicht mehr hatte kontrollieren können, ganz zu schweigen von ihren Worten. Dann hatte er sie verhört. Im Beisein der anderen. Sein Verrat fühlte sich wie eine Wunde auf ihrer Seele und ein Messer in ihrem Herzen an.

Ihre Knie bebten und sie ließ sich auf ihren dünnen Teppich herunter. Horatio und Hamlet wagten sich aus ihrem Versteck hinter der Couch hervor und rieben ihre Körper an ihren Beinen. „Ich habe ihm vertraut", sagte sie ihnen. Aus Horatio drang ein schwaches Schnurren und er platzierte eine flauschige Pfote auf Gabis Knie.

Ihre Augen brannten mit unvergossenen Tränen. „Das habe ich wirklich. Ich habe ihm vertraut. Gott, ich bin so dämlich." Obwohl sie versucht hatte, ihr Herz rauszuhalten, hatte Marcus sie schnell in seinen Bann gezogen.

Na ja, also der Zauber war jetzt gebrochen. *Wach auf, Aschenputtel. Deine Glasschuhe sind kaputt und die Scherben bohren sich in deine Fußsohlen.* Sie stand auf und strauchelte. Wie war es möglich, dass ein Flogging ihre Muskeln in gekochte Nudeln verwandelte? Ihre

Beine fühlten sich nicht wie ihre eigenen an. Wäre sie überhaupt in der Lage, lange genug zu stehen, um sich zu duschen? Das musste sie. Sie musste sich den Schweiß und die Erregung abwaschen, musste sich von seinem Duft und seinen Berührungen befreien.

Keine heiße Dusche der Welt wäre dazu in der Lage, ihre Erinnerungen an seine fähigen Hände, das Gefühl seiner Stoppeln an ihrer Haut und den warmen Atem an ihrer Pussy zu entfernen. Ihr wunder Rücken, ihre brennenden Beine und ihr misshandelter Po ließen sie nicht vergessen. Auch jetzt fühlte es sich noch an, als würden die Hiebe weitergehen und sich langsam verstärken, bis sich der Schmerz in Lust umwandelte.

Oh Gott!

Nachdem sie sich abgetrocknet hatte, wischte sie mit der Hand über den beschlagenen Spiegel. Sie drehte sich um und blickte über ihre Schulter. Rosafarbene Linien waren der Beweis für die Session. Heller auf ihrem Rücken, dunkler auf ihrem Hintern und der Rückseite ihrer Schenkel. Keine Wülste oder Erhebungen zu sehen. Die roten Stellen wären bis morgen wahrscheinlich abgeheilt.

Dennoch fühlte es sich an, als hätte Marcus sie langfristig markiert und sie als sein Eigen gebrandmarkt.

Wut erhob sich in ihr. Ein Gefühl, das mehr schmerzte als ihre geschundene Haut. Darunter, tief vergraben, nahm sie jedoch eine erschreckende Erregung wahr – eine innere Stimme, die über seine besitzergreifenden Markierungen nicht glücklicher sein konnte.

Riesenscheißdurcheinander. Marcus lehnte sich auf dem Bürostuhl in seinem Haus zurück und starrte die weiße Decke an. Interessanter Ausdruck. Zu dumm, dass er ihn nicht im Gericht benutzen konnte. *Der Beschuldigte hat ein M16-Gewehr gestohlen und* *dann ... Ja, sehr geehrte Damen und Herren, hierbei handelt es sich um ein wahres Riesenscheißdurcheinander.*

Das war der Abend wirklich gewesen. Ein totales Riesenscheißdurcheinander.

Bevor er und Cullen das Shadowlands verlassen hatten, meinte Z zu ihnen, dass er den anderen Mastern die Situation erklären und sie bitten müsste, die Operation geheimzuhalten. Begleitet von einem schlechten Gewissen hatte Marcus zugestimmt. Z hatte so erschöpft ausgesehen.

Wie es schien, war Marcus nicht der Einzige, der das Gefühl hatte, einen Welpen getreten zu haben.

Raouls Bericht hatte auch nicht geholfen. Obwohl sich die kleine Sub noch nicht vollständig erholt hatte, so hatte sie damit gedroht, die Polizei zu rufen, wenn Raoul nicht augenblicklich verschwand. Marcus hatte das starke Bedürfnis, zu ihr zu gehen und sicherzustellen, dass es ihr gut ging. Ein Dom brachte eine Sub nicht in diesen Zustand und überließ sie dann sich selbst.

Seine Schuldgefühle lasteten schwer auf ihm. Sicher, er hatte mit guten Absichten gehandelt und hatte es trotzdem versaut, hatte etwas zerstört, obwohl es sein größter Wunsch gewesen war, ihr zu helfen.

Verflucht seist du, Z.

Marcus rieb sich die Augen und warf einen Blick auf die Uhr. Vier Uhr am Morgen. Schlafen könnte er jetzt ohnehin nicht. Stattdessen machte er den Computer an.

Mit der Erkenntnis, dass Gabi wahrscheinlich einen falschen Namen benutzt hatte, verlangte er von Z, den korrekten zu erfahren. *Renard.* Er tippte *Gabrielle Renard* in die Suchmaschine.

Die Resultate erschienen. Sie arbeitete für das FBI in Miami. Eine Opferspezialistin. Eine Sozialarbeiterin, so wie es Z gesagt hatte.

Nachdem er verschiedene Artikel gelesen hatte, lehnte er sich wieder zurück und richtete seinen Blick auf die Wand. Sie half den Opfern von Gewalttaten und schien zumeist mit Kindern und Jugendlichen zu arbeiten. Als sie über ihre ermordeten Freunde gesprochen hatte, über ihre Vergewaltigung, hatte sie einen Mann erwähnt, der ihr – wie hatte sie es formuliert? – geholfen hatte, die dunkle Ecke, in der sie sich verkrochen hatte, zu verlassen. War er ein Opferspezialist gewesen, der sie auf den richtigen Pfad gelenkt hatte?

„Jeden Tag eine gute Tat zu tun, bedeutet auch jedem Tag einen Sinn zu geben." Das war das Motto seiner Mutter. Wie es schien, lebte Gabi nach derselben Devise. *Mama würde sie mögen.*

Nachdem er den Computer ausgeschaltet hatte, schenkte er sich einen Brandy ein. In seinem Garten setzte er sich auf einen Stuhl und hob die Füße auf einen anderen. Über den Lichtern der Stadt strahlten die Sterne hell am schwarzen Firmament. Trotz des heutigen Desasters auf diesem blauen Planeten tröstete es ihn, dass das Universum weiter funktionierte. In dem Moment entdeckte er eine Sternschnuppe.

Na gut, jetzt kannte er ein wenig ihrer Vergangenheit und von den Artikeln entnahm er, dass seine kleine Sub Entschlossenheit und Barmherzigkeit praktizierte. Eine Frau mit einem großen Herz. Die Schuldgefühle ließen nicht nach. *Wirklich toll gemacht, Atherton. Mein Gott, hätte ich es mir noch mehr mit ihr versauen können?*

Der nächste Meteor schoss auf die Erde zu und damit seinem Untergang entgegen. Im Club hatte sie sich für den Täter wie eine Göre aufgeführt. Das erklärte ihre idiotische Rebellion, so wie es ein Beweis im Gerichtssaal tat, der das Gesamtbild vervollständigte. Plötzlich ergab das Gesamtbild Sinn. So oft hatte er beobachtet, wie sie sich unterworfen hatte, nur um die Schultern durchzudrücken und etwas Unverschämtes in die Welt zu rufen. Alles gestellt. Sein Herz schmerzte, als er sich daran erinnerte, wie oft er sie bestraft hatte. *Gott*, wie sollte sie ihm das jemals verzeihen?

Ausgehend von dem Wissen, das ihm über sie bereitgestellt worden war, hatte er angemessen gehandelt. Diese Erkenntnis brachte ihm rein gar nichts. Wie sollte er das wieder gut machen?

In seiner Ehe hatte seine Ex-Frau nach einer Auseinandersetzung immer Geschenke, Schmuck und Blumen verlangt. Er rieb sich über das Gesicht und stöhnte. Schmuck würde das Problem nicht aus der Welt schaffen. Nichts würde das.

In der Ferne ertönte eine Sirene. Seufzend legte Marcus den Kopf in den Nacken. *Furchtbare Welt.* Jeden Tag gab er sein Bestes, um aus ihr eine bessere zu machen. Dass er jetzt eine Frau verletzt hatte, die er ... die er was? Mochte? Vielleicht.

Höchstwahrscheinlich. Von Anfang an hatte er sich zu ihr hingezogen gefühlt, görenhaftes Verhalten oder nicht. Früh hatte er erkannt, dass nicht alles geschauspielert war. Marcus lächelte und nahm einen Schluck von seinem Brandy. Oh ja, sie hatte eine große Klappe.

Viel von sich hatte sie verborgen gehalten, was er aber über sie wusste, fand er extrem anziehend. Ihr Lachen. *„Ich habe mich selbst bemitleidet, da mein lahmer Dom nicht mal eine Schnecke auf einem Zebrastreifen einfangen könnte."* Er brauchte diesen Humor in seinem Leben.

„Die haben meinen Danny und meinen Rock erschossen! Ich war so wütend, und ich wollte sie verletzen." So nüchtern hatte sie die Worte ausgesprochen, als wären ihre Loyalität und ihr Mut nicht absolut bemerkenswert.

Er legte den Kopf in den Nacken und rief sich ihre wehmütigen Worte in Erinnerung: *„Er hat mir immer Liebesromane gekauft. Wir hatten nicht viel Geld, aber irgendwie hat er es immer geschafft, mir mit Büchern eine kleine Freude zu machen."* Eine so kleine Sache hatte ihr so viel bedeutet. Er wollte der Mann sein, der sie tröstete. Der Mann, der sich um sie kümmerte. Er lächelte. Der Mann, der ihr Liebesromane kaufte.

Natürlich wollte sie gerade nichts mit ihm zu tun haben. Was, wenn sie niemals wieder in das Shadowlands zurückkehrte? Sie wollte ihm vielleicht keine zweite Chance geben. Entschlossen presste er die Lippen fest aufeinander.

Eine Schande, dass eine Sub nicht immer bekam, was sie wollte.

Am Montag stand sie erneut im Fahrstuhl des Hotels in Clearwater. Dieses Mal fuhr sie an der eigentlichen Etage vorbei und nahm die Treppe zum korrekten Stockwerk. Mit jedem Schritt wurde sie nervöser.

Sie öffnete die Tür des Treppenhauses, trat in den Flur und schleppte sich über den dicken Belag. Schlaf war gerade nicht ihr Freund. Ihr Körper war so erschöpft, dass sich der Weg anfühlte, als würde sie durch Wasser waten.

An der Hotelzimmertür zögerte sie. Was sollte sie ihnen sagen? Sie war sich nicht mal sicher, was am Samstag eigentlich passiert war. Wie sollte sie es also den Agents erklären?

Vielleicht hatten sie mit Master Z gesprochen? Andererseits sollte die Kommunikation ausschließlich über Rhodes laufen. Und seine Meinung kannte sie bereits. Sie verzog das Gesicht zu einer Grimasse. Als er sie am Samstag endlich ans Telefon bekommen hatte, war er völlig ausgerastet: *„Was zum Teufel läuft falsch mit dir? Du arbeitest verdeckt. VERDECKT! Weißt du überhaupt, was das bedeutet? Er fickt dich und du entscheidest, ihm alles zu verraten? Bettgeflüster, oder was?"* Er beendete seinen Anfall, wie erwartet: *„Du wirst schon sehen, was du davon hast!"*

Schon vor ihrem Telefonat mit ihm, war ihr klar, dass dies wohl das Ende ihrer Karriere beim FBI bedeutete. Für immer. Niemand würde es verstehen. Sie würden einfach denken, dass sie eine laufende Ermittlung gefährdet hatte. *Nein, Lockvogel ist nicht mein richtiger Job. Ja, ich habe mich freiwillig gemeldet.* Nach dem, was sie sich geleistet hatte, würde das aber keine Rolle spielen.

Also sollte ich es schnell hinter mich bringen und dann mit der Jobsuche anfangen. Einer echten Jobsuche. Sie zupfte an ihrem T-Shirt

– warum sollte sie sich auch schick anziehen, wenn sie sowieso gefeuert wurde? –, drückte die Schultern durch und klopfte.

Die Tür öffnete sich und der riesige Agent Vance Buchanan ließ sie rein. Er trug eine helle Jeans, ein blaues T-Shirt und sein Kiefer war von Stoppeln bedeckt. Seine Augen schweiften über ihren Körper. „Schlimme Woche, oder?"

Bei dem Mitleid in seinen Augen füllten sich die ihren mit Tränen. Sie wandte den Kopf ab und atmete tief ein. „Ich hatte schon bessere."

„Glaube ich dir. Z hat uns gestern angerufen." Er wies auf das Ecksofa und die Sessel, wo Galen bereits wartete. „Bitte setz dich."

Gegenüber von Galen nahm sie auf einem Sessel Platz. Indessen holte Vance eine Limo aus dem kleinen Kühlschrank, öffnete sie und stellte die Dose vor ihr auf den Couchtisch.

„Danke." Okay, es war Zeit, dass sie alles beichtete. Rhodes hatte es ihnen ohnehin schon gesagt. *Gott*, und wie er es ihnen gesagt hatte. Sie musste das jedoch auch tun. Das gehörte sich so. „Einige Master des Shadowlands haben herausgefunden, dass ich verdeckt arbeite. Es ist meine Schuld." Sie streckte die Hand nach der Limo aus, stoppte und zog sie zurück. Der Kloß in ihrem Hals würde keine Flüssigkeit durchlassen. Stattdessen faltete sie die Hände auf ihrem Schoß und zwang sich, in Galens Augen zu sehen. „Ich habe es ihnen erzählt. Aus Versehen. Es ist dennoch meine Schuld. Ich –"

„Hör auf", unterbrach Galen sie. „Ich bin mir nicht sicher, dass ich deine Logik verstehe. Du hast einen Dom, einen Dom, der so erfahren ist, dass Zachary Grayson ihm die Verantwortung über das Auszubildendenprogramm gibt. Er fesselt dich, schickt dich in das Subspace und stellt dir Fragen. Warum also denkst du, dass es deine Schuld ist?"

„Ich –"

„Sei ruhig und trink deine Limo." Galens Baritonstimme klang … freundlich.

„Ihr gebt mir nicht die Schuld?"

„Du hast zu lange die Göre gespielt, Renard. Was habe ich gerade gesagt, was du tun sollst?"

Oh wow, wenn der Mann kein Dom war, würde sie einen Besen fressen. Hastig griff sie nach der Dose und nahm einen winzigen Schluck.

Hinter der Couch stützte sich Vance mit den Unterarmen auf die Lehne. „Gabrielle, der einzige Grund, aus dem wir dich als Lockvogel akzeptiert haben, ist, weil du eine Sub bist. Gegen einen Master wie Marcus Atherton hattest du keine Chance." Er sah ihr direkt in die Augen. „Habe ich mich klar ausgedrückt? Wir geben dir nicht die Schuld."

Erleichtert entließ sie den Atem, den sie gehalten hatte, seit ... oh, seit dem gestrigen Telefonat mit Rhodes.

Galens Augenbrauen zogen sich zusammen. „Du dachtest, wir würden dich feuern?"

„Ja."

Vances blaue Augen gewannen an Härte. „Rhodes ist ein Arschloch. Er hatte die Verbindungen, die es braucht, um in dieser Ermittlung mitzuwirken. Er macht seine Arbeit gut genug, sodass wir es nicht rechtfertigen können, ihn vom Fall abzuziehen. Du kannst uns aber glauben, dass wir keine Idioten sind."

Ein Lachen entrang ihr und beide Männer grinsten.

„Schon besser." Galen lehnte sich vor, stützte sich mit den Ellbogen auf den Beinen ab. „Wir haben dich nicht gebeten, zu uns zu kommen, damit wir dich feuern können. Ganz im Gegenteil. Gabrielle, wärst du dazu bereit, ins Shadowlands zurückzukehren?"

Das hatte sie nun wirklich nicht erwartet. Ihr Verstand überschlug sich. „Bin ich. Das wisst ihr, aber Master Marcus ... er weiß es. Er weiß, dass ich ihn angelogen und alles vorgetäuscht habe."

Vance neigte den Kopf. „Eigentlich bin ich mir ziemlich sicher, dass du nur fünfzig Prozent vortäuschst. Was denkst du, Galen?"

„Ich denke, wir liegen bei sechzig zu vierzig. Zu sechzig Prozent eine wahre Göre."

Ihre Kinnlade klappte herunter und sie funkelte die beiden genervt an.

Vance gluckste. „Ja, du gewinnst. Eindeutig mehr Göre als fünfzig Prozent."

„Das ist nicht lustig. Habt ihr gehört, was ich gerade gesagt habe?" Gabi verschränkte die Arme vor der Brust. Nicht aus Trotz, sondern um ihre zitternden Finger zu verbergen. „Auf keinen Fall wird es Marcus akzeptieren, dass ich zurückkomme. Und selbst, wenn er das täte, will ich mit ihm ... will ich mit ihm nichts machen. Niemals wieder." Sie hatte ihm vertraut und er hatte ihre Verletzlichkeit ausgenutzt. Sie schüttelte den Gedanken ab und versuchte, sich auf das eigentliche Problem zu konzentrieren. „Zumal die anderen Master jetzt auch davon wissen."

„Alles okay", beruhigte Vance sie. „Z hat es uns erklärt. Die Master sind nicht dämlich und sie verstehen sehr wohl, warum deine Identität ein Geheimnis bleiben musste. Auch für sie wird es nicht einfach werden. Sie müssen ihr Bedürfnis, dich zu beschützen, zurückdrängen, um eine Bestrafung glaubwürdig zu machen."

Galen mischte sich ein: „Sie haben geschworen, dass sie ihr Bestes geben werden." Sein Mundwinkel zuckte. „Das beruhigt dich wahrscheinlich nicht gerade."

Zurückgehen. Wieder Angst haben, dass der Entführer mich auswählt. Mehr Bestrafungen.

Mit Marcus Zeit verbringen. Wenig begeistert ballte sie die Hände zu Fäusten. Er hatte ihr in ihrem verletzlichsten Moment gegenübergestanden und den Zustand zu seinem Vorteil genutzt.

„Kann ich mit einem anderen Dom arbeiten?" Könnte sie es ertragen, von einem anderen Mann kontrolliert zu werden? Sie senkte den Blick und beobachtete, wie sich ihre Fingerknöchel weiß färbten. *Habe ich eine Wahl? Nein.* Schweißgebadet war sie heute Nacht aufgewacht. Wieder hatte sie den Albtraum gehabt, in dem Kim ausgepeitscht wurde. Ihre Schreie hatten sich in Gabis Verstand gebohrt, bis sie an den Wänden ihres Apartments abgeprallt waren.

An der Tür war ein Klopfen zu hören und sie hob den Kopf.

Galen sah auf seine Uhr. „Diese verfluchten Anwälte sind immer so verdammt pünktlich."

„Die Entscheidung liegt allein bei dir, Gabi", sagte Vance über seine Schulter, als er den Raum durchquerte. „Wir geben euch beiden die Möglichkeit, zu besprechen, wie ihr die Situation handhaben wollt." Er öffnete die Tür.

Master Marcus trat ein. Er sah sich um. Wie die Zielbestimmung in einem Videospiel landete sein Blick auf ihr.

Jede Zelle in ihrem Körper sprang vor Freude in die Höhe, bis sie sich daran erinnerte, was sie ihm angetan hatte. Was *er* getan hatte. Ihre Freude verebbte und hinterließ den bitteren Beigeschmack nach Verrat auf ihrer Zunge.

Galen stand auf. „Marcus", sagte er und streckte ihm seine Hand entgegen. „Es freut mich, dass du kommen konntest."

„Galen." Anmutig näherte er sich, schüttelte Galens Hand und nickte Vance zu, bevor er seinen Blick wieder auf sie richtete.

Sie schaffte es nicht, ihm in die Augen zu sehen. Seine blauen Augen hatten sich nicht verändert, seit sie ihre Welt wie der Himmel über einer Wüste erhellt hatten. Und seine Stimme – sanft und tief – erinnerte nicht länger an den Moment, in dem sie ihm verraten hatte, dass sie für das FBI arbeitete. An dem Tag hatte es sich angehört, als hätte ihm jemand mit dem Messer direkt in den Magen gestochen. Ihre gesamte Konzentration richtete sie auf die Dose. Vorsichtig nahm Gabi sie in die Hand. Ihr Magen rebellierte. Ihr war so schlecht, dass sie wirklich nichts davon trinken sollte.

Vance lachte. „Geh mit ihr spazieren, Marcus, bevor sie noch grüner wird."

Galen sagte: „Sie wäre bereit, in den Club zurückzugehen. Sie hat mehr Schneid als die meisten Agents. Wenn ihr euch also einig seid, wie ihr es machen wollt, kommt ihr einfach wieder zurück, damit auch wir alle Informationen haben."

Ich soll mit ihm gehen? Vollkommen entsetzt erstarrte sie. Die Agents warfen sie den Wölfen zum Fraß vor.

Mit einem Blick nagelte Marcus sie fest. Okay, einem Wolf. Mit durchdringenden blauen Augen. Er hielt ihr seine Hand hin. „Komm mit, Gabrielle."

„Nein. Ich werde nirgendwo mit dir hingehen." Stocksteif erhob sie sich und lief zur Tür. Auf dem Weg warf sie den Agents einen verwundeten Blick zu.

„Kleiner Hitzkopf." Vance fing ihr Handgelenk ein und stoppte sie. Seine Augen waren in einem dunkleren Blau als die von Marcus. Überraschend verständnisvoll sah er sie an. „Wir haben mit Z, Marcus und den anderen Mastern gesprochen. Sie alle wollen das Gleiche: Dass du auf die sanfteste und sicherste Weise deine Aufgabe als Lockvogel fortsetzen kannst. Wir sind uns einig, dass Marcus dafür am geeignetsten ist. Rede mit ihm, Gabi, und wenn du dich dagegen entscheidest, werden wir uns eine andere Lösung überlegen."

Mit Marcus reden. Würde sie das überstehen? Hatte sie denn eine Wahl? Vance hielt ihren Blick gefangen, bis sie sich nickend ergab.

„Gutes Mädchen." Er gab ihren Arm an Marcus weiter. Starke Finger legten sich um ihr Handgelenk, schränkten sie effektiver ein als jede Fessel.

Die Agents hatten eigentlich Z zu dem Meeting eingeladen. Marcus hatte ihre Schuldgefühle gegen sie verwendet. Möglich, dass er seine Taktiken aus dem Gerichtssaal zur Anwendung gebracht hatte, aber die Wahrheit war es allemal. Der Scheiß mit der Geheimhaltung hatte ihm einige schlaflose Wochen bereitet und am Ende zu einem Fiasko unermesslichen Ausmaßes geführt.

Sie waren es ihm schuldig, dass er die Chance bekam, die Sache mit Gabrielle zu richten. Widerwillig hatten sie zugestimmt – unter der Voraussetzung, dass Gabi das letzte Wort hatte.

Marcus hatte sich lange den Kopf zerbrochen und überlegt, was er sagen und wo er mit ihr hingehen sollte, damit sie sich zu jeder Zeit sicher fühlte. Nicht an einen Ort, wo sie allein wären. Er führte sie also aus der Lobby und zum Strand. Vor dem Hotel raschelten die Palmen in der frischen Meeresbrise. Die Möwen kreischten über ihnen, ritten die Luftströmungen und tauchten immer wieder in die Schaumhauben der Wellen. Menschen waren hier und da zu sehen, ihre Handtücher, Decken und Sonnen-schirme farbenfrohe Flecke auf dem weißen Strand. Ein Kind mit feuerroten Haaren schrieb mit einem Ast seinen Namen in den Sand.

Marcus führte Gabi auf den Fußweg parallel zum Strand und langsam hob sich seine Stimmung. *Verdammt*, es gefiel ihm, sie endlich wieder ansehen zu können, auch wenn er sie dazu hatte zwingen müssen. Der Wind zerwühlte ihre schulterlangen Haare und wehte ihren typischen Sandelholzduft in seine Richtung. Unter Anstrengung verstaute er die Erinnerung, wie sich ihr Geruch an ihren intimen Stellen besonders stark ausprägte, wenn sie erregt war.

Stattdessen betrachtete er sie. Ihre Schultern waren noch immer angespannt, sie lief steif und ihre Lippen hatte sie fest aufeinandergepresst. „Gabrielle."

Sie hob die Augen zu ihm, ihr Blick misstrauisch. „Ich werde mir anhören, was du zu sagen hast, aber du solltest wissen, dass ich nicht länger mit dir ... arbeiten möchte." Ihr Gesicht verzog sich, als hätte sie eine Zitrone gegessen. „Du vergeudest nur deine Zeit."

Ihr Worte taten weh. „Ich verstehe." Sie hatte ein Anrecht auf diese Gefühle. Versteifte sie sich jedoch auf die Vergangenheit, würde sie nicht hören, was er zu sagen hatte. Wie könnte er sie dazu bringen, sich etwas zu entspannen? Ihm kam eine Idee.

Mitten auf dem Gehweg hielt er an. Nachdem er sich seine Schuhe ausgezogen hatte, schob er seine Socken hinein und krempelte seine Jeans um.

Sie starrte ihn an, als hätte sie noch nie nackte Füße gesehen, und sofort brach Belustigung durch seine Schuldgefühle. Sah sie ihn wirklich als diesen spießigen Langweiler? Er band die Schnürsenkel zusammen und warf sich die Schuhe über eine Schulter. Dann wies er mit dem Kopf auf den langen Strand. „Kommst du?"

Skeptisch beäugte sie ihn, bevor sie schließlich sagte: „Ja, okay." Auch sie zog sich Schuhe und Socken aus. Zwar trug sie nur ein schwarzes T-Shirt und eine Jeans, aber ihre Sneaker waren blau und ihre Socken feurig Rot, passend zu ihren Zehnägeln. *Verdammt*, sie schaffte es immer wieder, ihm ein Lächeln auf das Gesicht zu zaubern.

Gemeinsam liefen sie zum Wasser. Der warme Sand fühlte sich samtweich an und sie sanken recht tief ein, sodass die Schritte unsicher waren. Befriedigt beobachtete er, wie sich ihr Hass auf ihn verflüchtigte, da sie sich darauf konzentrieren musste, Meeresalgen, zerbrochenen Muscheln und enthusiastischen Hunden aus dem Weg zu gehen.

Als sie den nassen Sand erreichten, kompakt vom Wasser, nahm er ihre Hand in seine.

Überrascht runzelte sie die Stirn. Testend zog sie an ihrem Arm, um zu sehen, ob er nachgeben würde. Als er das nicht tat, zuckte sie mit den Achseln und schien für sich zu entscheiden, dass es den Kampf nicht wert war. Stattdessen drehte sie den Kopf zum Meer und sagte: „Rede."

Er grinste. „Eine taffe kleine Sub bist du."

Sie spannte den Kiefer an und hielt den Blick abgewandt.

Er stoppte, nahm ihr die Schuhe ab und warf beide Paare auf den Sand. Eine Hand legte sich auf ihre Wange. Mit dem Daumen unter ihrem Kinn hob er ihre Augen zu seinen. Ihre stürmischen Tiefen erschütterten ihn. „Gabrielle, es tut mir leid."

„Ah ja, okay", sagte sie in einem zynischen Ton. „Was genau tut dir denn bitte leid? Ich bin es schließlich, die gelogen hat."

Sie wollte sich nicht eingestehen, dass sich zwischen ihnen etwas geformt hatte, das Schaden nehmen könnte. Er konnte nicht genau sagen, was ihr durch den Kopf ging. Ihr Gesicht zierte zu viele Emotionen auf einmal. Ablehnung. Schmerz. Wut. Und noch etwas. „Z hat auch gelogen, Gabi. Hattet ihr eine Wahl?"

„Nein, aber –"

Er seufzte. „Mir gefällt das alles nicht, aber du hast rein gar nichts falsch gemacht."

Ihre braunen Augen hellten sich etwas auf und dann formte sich eine Sorgenfalte zwischen ihren Augenbrauen. „Für was hast du dich entschuldigt?", flüsterte sie.

Auch die andere Hand legte er auf ihre Wange, ihre Haut unter seinen rauen Handflächen fühlte sich so weich und warm an wie der Sand. Das Sonnenlicht glitzerte in ihren rotblonden Wimpern. „Ich wusste vielleicht nicht um deine Rolle, dennoch belastet es mich schwer, wie brutal ich mit dir verfahren bin."

„Nicht deine Schuld, Sir."

Die unbeabsichtigte Benutzung seiner Anrede wärmte ihm das Herz. „Was ich wirklich bereue –"

Ein wenig belustigt wartete Gabi geduldig, dass er den Satz beendete. Fehlten dem hochkarätigen Anwalt die Worte? Ihr Humor löste sich schnell auf, denn seine Hände hielten sie davon ab, auf Abstand zu gehen. Angesicht zu Angesicht teilten sie ihre Gefühle, so wie er das von Anfang an von ihr verlangt hatte.

Sein Daumen rieb über ihr Kinn. „Ich bereue es, dein Vertrauen verloren zu haben, Gabrielle. Vorsätzlich habe ich dich am Samstag nach der Clubschließung im Shadowlands behalten. Ich konnte dir ansehen, dass es einen Grund für deinen Ungehorsam gibt und ich wollte herausfinden, was es ist, sodass wir gemeinsam eine Lösung erarbeiten können." Seine Lippen spitzten sich. „Dich in diesem Zustand zu befragen, sollte dir am Ende helfen; dich zu diskreditieren, war nicht meine Absicht. Schneller als ich gucken konnte, hat sich mein Versuch, dir zu helfen, in einen Verrat deines Vertrauens gemausert. Es tut mir so leid, Gabi."

Auch er hatte gelitten. Tat dies noch immer. Der Schmerz in seinen Augen ließ ihre Schutzmauer bröckeln. Irgendwie hatte er es geschafft, direkt den Kern ihrer Wut anzusprechen. Er wusste, dass sie sich verraten gefühlt und er ihren Zustand ausgenutzt hatte. Einen Zustand, in den sie nicht geraten wäre, hätte sie ihm nicht zu hundert Prozent vertraut. Zittrig atmete sie ein und ihre Augen füllten sich mit Tränen. *Oh verdammt!* Zum wiederholten Male versuchte sie, sich aus seinem Griff zu befreien und krächzte: „Lass mich los."

„Nein, Süße, das werde ich nicht tun." Er wickelte seine Arme um sie und zog sie an seine solide Brust. Mit der Hand legte er ihren Kopf an seine Schulter. Der daraus resultierende Trost, die Tatsache, dass sie gehalten wurde, gab ihr den Rest. Sie brach in Tränen aus, weinte und weinte, ließ ihren Schmerz heraus, auch die Wut, die sich nach den ganzen Bestrafungen angestaut hatte, deren Ausführungen sie selbst heraufbeschworen hatte. *Er hat mir wehgetan, mich geschlagen und ausgepeitscht, und er bedeutet mir so viel ...*

Er wickelte seine stählernen Arme fest um sie, flüsterte ihr unverständliche Worte ins Ohr, die ihren Zweck erfüllten und sie einfach nur trösteten, während er sie sanft in der Sicherheit seiner Präsenz wog. Als der Sturm ihrer Emotionen nachließ, schaffte sie es schließlich, sich weitestgehend zu fassen.

Seine Arme lockerten sich und er ließ sie gehen. Am liebsten würde sie sich wieder an ihn pressen.

„Kleine Sub", hauchte er und wischte mit seinen Daumen die Nässe unter ihren Augen fort.

„Ich habe dein T-Shirt nass gemacht."

Er sah nicht wie er selbst aus. Seine Haare waren vom Wind zerwühlt. Er trug eine Jeans. Sein Baumwoll-T-Shirt wies Falten auf und war nass von der Flut ihrer Tränen. Seine blauen Augen jedoch hatten sich nicht verändert. Genauso wenig wie der Ausdruck, mit dem er sie regelmäßig musterte. „Das wird trocknen. Ich hoffe einfach nur, dass du dich jetzt besser fühlst."

Sie fühlte sich ... leer, befreit von Wut und Schmerz. Ihre Angst jedoch hatte sich nicht aufgelöst, aber –

„Was ist?" Er runzelte die Stirn und hob mit dem Zeigefinger unter ihrem Kinn ihren Kopf an. „Da ist noch etwas, das dich beschäftigt."

„Mit dir hat das nichts zu tun." Sie zuckte mit den Schultern und versuchte, unbehelligt zu erscheinen. „Ich habe einfach Angst. Nichts Neues."

Das Wort, das er anschließend vor sich hinmurmelte, wäre niemals von dem konservativen Mann gekommen, für den sie ihn zu Beginn gehalten hatte. Schockiert starrte sie ihn an.

Er lachte, entließ sein ansteckendes, tiefes Lachen, das beinahe so überraschend daherkam, wie die Wahl seiner Kraftausdrücke. Er senkte ihre Hand von ihrer Narbe und küsste ihre Fingerspitzen. Nachdem er die Schuhe aufgehoben hatte, legte er den Arm um ihre Schultern und setzte sich wieder in Bewegung.

Als die Flut einsetzte, näherten sich die Wellen Schlag auf Schlag und umhüllten ihre Füße mit aufgeschäumtem Wasser. Sie lächelte. Doch schon bald kehrte das bedrückende Gefühl zurück. Was, wenn sie dieses Glücksgefühl nie wieder erleben dürfte?

Er drückte ihre Schulter und durchbrach ihre Gedanken mit: „Hältst du weniger von dir, weil du Angst empfindest?"

„Ein bisschen. Andere Menschen machen Dinge dieser Art jeden Tag."

„Und wieder andere verstecken sich ihr ganzes Leben in ihren Häusern", sagte er. „Du hast sehr früh in deinem Leben erfahren, was Gewalt bedeutet, Gabrielle. Trotz allem hast du ..."

Sie hob den Kopf und ihre Blicke trafen sich.

„... eine fürsorgende Persönlichkeit. Du verstehst Menschen und möchtest ihnen helfen. Das ist anders als die Denkweise eines Soldaten, und es macht dich verletzlicher zu dem Bösen in dieser Welt." Er zog die Augenbrauen zusammen. „Dieses Thema musst du im College durchgenommen haben. Zudem warst du in Therapie. Also solltest du dir darüber im Klaren sein, Süße."

Ein zaghaftes Lächeln zierte ihre Lippen. „Das bin ich. Das habe ich. Mich jedoch absichtlich in die Schussbahn zu begeben –" Sie brach den Satz ab. Das hatte sie ihm nicht erzählen wollen.

„Mir ist zu Ohren gekommen, dass du dich wegen deiner Freundin freiwillig gemeldet hast." Trotz der Sorge in seinen Augen hielt sein Ausdruck ausschließlich Wertschätzung bereit. „Du bist eine loyale Freundin, Gabi."

Ihr Lachen folgte mit so viel Leichtigkeit, als hätte ihr tränenreicher Zusammenbruch Platz für andere Emotionen geschaffen, für glücklichere. „Vielleicht brauchte ich einfach nur einen Grund, um in einem BDSM-Club abzuhängen."

Er gluckste. Eine Sekunde später fluchte er, da die nächste Welle den Saum seiner Hose erwischte.

Sie kicherte.

Bevor die nächste Welle heranrollte, hob er sie hoch und wechselte mit ihr die Position. Sie quietschte, als das kalte Wasser ihre Waden attackierte und den Hosenstoff durchtränkte. Es lief ihre Beine herunter und sofort bekam sie Gänsehaut. „Du ... du ... fieser Mistkerl!"

Seine Augen verengten sich. „Hast du deinen Dom gerade beleidigt?"

Kichernd protestierte sie: „Du bist nicht mein Dom."

„Ach nein?" Erneut warf er die Schuhe von sich und näherte sich ihr.

„Halt, warte!" Sie hob die Hände und ging rückwärts auf das Wasser zu, bis es um ihre Knie schwappte und jede Welle ihr Gleichgewicht testete.

Er stoppte und sein Lächeln verschwand. „Ich muss es wissen,

Gabi. Sei ehrlich: Willst du, dass ich einen anderen Dom für dich finde?"

Der Gedanke, ihn zu verlieren, schmerzte, als wäre in ihr eine Bombe hochgegangen. Sie war mit ihm weit gegangen und hatte sich auf unsicheres Terrain begeben. Eine Welle schwappte gegen sie und sie schwankte auf dem Sand – auch hier war es unsicher. Sie und Marcus hatten kein nennenswertes Fundament, aber ... für den Moment würde sie ihre Zeit mit ihm genießen. Zur Hölle, es war gut möglich, dass sie bis zum Ende der Woche versklavt wurde oder bereits tot war. Demnach sollte sie jegliche Bedenken über den Haufen werfen und einfach akzeptieren, was ihr das Leben bot. „Ich will dich", sagte sie und verzog dann das Gesicht. „Ähm, aber ... ich muss mich weiterhin wie eine Göre aufführen."

Er gluckste und täuschte mit einem Seufzer vor, von dieser Mitteilung genervt zu sein. „Hast du vor, das nächste Wochenende zu einem Albtraum für mich zu machen?"

„Oh ja." Für sie war es eine Erleichterung, dass er nun wusste, dass es nur Show war. Na ja, das meiste davon jedenfalls.

„In dem Fall werde ich daran arbeiten, mich nicht jedes Mal schlecht zu fühlen, wenn ich dich bestrafen muss." Nüchtern betrachtete er sie. „Ich werde mich oft genug schlecht fühlen, Gabi, das kannst du mir glauben. Mittlerweile verstehe ich, warum Galen und Vance auf Geheimhaltung bestanden haben. Ich denke nicht, dass ich ..." Er schüttelte den Kopf.

Er gehörte zu dem Schlag Dom, dem es Schmerz bereitet hätte, zu tun, was getan werden musste. „Ich weiß. Es ist okay."

„Okay, gut." Seine Hände fanden ihre Hüften und packten fest zu. „Ich bezweifle allerdings, kleine Sub, dass ich das hier jemals bereuen werde."

Sie blickte verwirrt drein. *Das hier?*

Er grinste. Dann hob er sie plötzlich hoch und warf sie ins kalte Nass.

KAPITEL SECHZEHN

A **ls Gabi an** diesem Freitag in das Shadowlands lief, tat sie das mit gemischten Gefühlen. Mit was für einer Behandlung hatte sie nun zu rechnen?

An der Bar entdeckte sie Agent Rhodes und bei seinem wütenden Blick entrang ihr ein Kichern. Hatten Vance und Galen ihm einen Dämpfer verpasst? Vielleicht störte es ihn aber auch nur, dass sie nicht gemaßregelt wurde. Sie lief einen großen Bogen um ihn und näherte sich der anderen Seite der Bar, wo Master Raoul mit dem riesigen Barkeeper sprach.

„Ah, sieh mal einer an. Wenn das nicht unsere widerspenstige Azubine ist." Raoul lächelte sie an, seine warmen braunen Augen direkt auf sie gerichtet.

Sie errötete, als sie sich daran erinnerte, wie er sie gehalten hatte ... und wie unhöflich sie danach zu ihm gewesen war. „Guten Abend, Master Raoul ... Master des Universums!", verbesserte sie sich hastig. Verflucht seien diese Doms, die sie immer wieder vergessen ließen, welche Rolle sie zu erfüllen hatte.

„Master des Universums? Das klingt nicht schlecht." Cullen lehnte einen Unterarm auf die Bar und grinste sie an. „Wie lautet meine Begrüßung, kleine Sub?"

„Hmm ..." Er köderte sie. Absichtlich. Sie versuchte, zu vergessen, dass er ihr für ihre große Klappe einen Ballknebel angelegt hatte, und hob die Stimme, sodass alle an der Bar sie hören konnten: „Oft bekommen riesige Männer Spitznamen, die auf das Gegenteil hinweisen, richtig?" Sie wartete nicht auf eine Antwort, da sie Angst hatte, sie würde einen Rückzieher machen. „Ich schätze, das macht dich zu Master Wichtel."

Raoul verschluckte sich an seinem Bier und fing an zu husten. Hilfsbereit klopfte ihm Gabi auf den Rücken. Mehrere Male, obwohl es sich anfühlte, als würde sie gegen eine Betonmauer hauen.

Erfolgreicher Start – nach nur wenigen Minuten wurde sie bereits von zwei Doms angefunkelt. Indessen stand Andrea hinter Cullen, die Hand in dem Versuch über dem Mund, ein Lachen zu unterdrücken. Nicht sehr erfolgreich, wohl bemerkt.

Die Reaktionen um die Bar variierten. Manche Doms grinsten. Einige sahen wenig begeistert aus – der Ausdruck auf den Gesichtern so ähnlich zu dem ihres Vaters, dass sie instinktiv einen Schritt zurückging und sich ihr Rückgrat aus Eiche in weiches Weidenholz verwandelte.

„Eine kleine Azubine, die mal wieder nicht weiß, wie sie sich zu benehmen hat?" Bei Marcus' kehligem Südstaatendialekt wurde ihre Panik von Erregung abgelöst. Sie wollte sich zu ihm umdrehen, wurde aber sogleich mit dem Rücken an seine Brust gezogen. Sein unnachgiebiger Oberkörper und sein Griff leerten ihren Verstand, als hätte jemand einen Stöpsel gezogen.

„Impertinente Sub", knurrte Raoul. Seine dunklen Augen wechselten zu einem gemeinen Ausdruck. „Das ist ja bei ihr nichts Neues. Einen besonders guten Job machst du nicht, sie gefügig zu machen, Marcus."

„Gefügig machen? Als wäre ich ein Hund?" Ohne nachzudenken, riss sich Gabi von Marcus los und zischte: „Fickt euch!"

„Ja, ich denke, Gefügigkeit würde ihr gut stehen." Marcus'

blaue Augen waren deutlich abgekühlt. „Cullen, hast du noch die Spielzeuge, die Margery hier gelassen hat?"

Cullen lachte, laut und beherzt. Ihr Magen rebellierte. *Verdammt*, sie war erst vor wenigen Minuten in den Club gekommen. Es war ihr nicht mal Zeit zum Aufwärmen geblieben.

Unter der Bar kramte er in den Regalen und sie verspürte einen Hoffnungsschimmer. Wenn man bedachte, wie viel Müll er dort bunkerte, würde er, was auch immer er suchte, vielleicht nicht find –

„Bingo!" Er warf Marcus eine braune Papiertüte zu.

„Gibt es hier ein Problem?" Master Z spazierte vorbei.

Oh Gott, jetzt rotten sie sich auch noch zusammen! Nicht fair!

Raoul zog die Tüte zu sich. „Leider ja, Z", sagte er. Dann lächelte er sie an. „Ausziehen, Sub."

„Ganz sicher nicht. Ich trage dieses Outfit noch keine halbe Stunde!", protestierte sie. „Ich mag mein Kleid." Um ihren Worten Nachdruck zu verleihen, verschränkte sie die Arme unter den Brüsten.

Marcus legte den Finger unter ihr Kinn und fand ihren Blick. „Du hast dich gegenüber den Doms respektlos verhalten und warst ungehorsam. Da ein Spanking bei dir keine Wirkung gezeigt hat, werden wir sehen, ob Demütigung dich dazu ermuntert, dein Benehmen anzupassen."

Sein unbarmherziger Ausdruck und die Kontrolle, die seine Stimme innehielt, erhitzten ihren Körper und ihre Knochen schmolzen dahin. Es dauerte eine Sekunde, bis die Bedeutung seiner Worte bei ihr ankam. *Bitte was? Demütigung?*

Er zog sie zu sich und öffnete den Reißverschluss ihres hautengen, schwarzen Latexkleides. Ihre Haut sehnte sich nach seinen Berührungen. Als wüsste er das, glitt er mit den Fingern unter das Material und umfing ihre Brüste. Dabei hielt er ihren Blick gefangen, rieb über ihre Nippel, bis sie sich aufrichteten und ein Lustschauer durch ihren Körper jagte.

„Sehr schön", sagte er. „Du bist bereit für ein wenig Spaß."

Spaß? Ihr kamen die Nippelklemmen in den Sinn und sie trat instinktiv den Rückzug an.

Er packte sie und zog ihr das Kleid über den Kopf. „Ich bevorzuge meine Subs ohnehin nackt."

Mit seiner warmen Hand um ihren Arm hielt er sie an Ort und Stelle. Sie sah zu ihm auf und tauchte in das klare Blau seiner Augen ein. Immer, wenn sie ihn ansah, schien die Welt aus den Angeln zu geraten.

Sie schüttelte den Kopf. *Komm drüber weg.* Sie blinzelte und beobachtete, wie Raoul ihr Kleid an Cullen weiterreichte. *Nackt. Verdammt.* Am schlimmsten war jedoch, dass dies mit hoher Wahrscheinlichkeit erst der Anfang war.

Marcus nahm ein Hundehalsband vom Tresen und legte es ihr um den Hals. Die dominante Hitze in seinen Augen war es, die sie erfolgreicher festnagelte als jede ihr bekannte Fessel. Etwas in ihr regte sich – wie ein Erdbeben so tief unter der Oberfläche, dass oben nichts davon zu spüren war.

„Es gefällt mir, dich in einem Halsband zu sehen", flüsterte er. Mit seinen Fingern begutachtete er, dass es gut saß, nicht zu eng, nicht zu weit. Er glitt an der unteren Kante entlang und streifte dabei hin und wieder ihre Haut. Die Erregung ließ nicht lange auf sich warten. Es fühlte sich an, als hätte er direkt ihre Pussy berührt. Lächelnd wechselten seine Finger die Richtung.

Nach einer Weile zog er ihr Fellfäustlinge an und fixierte diese mit winzigen Verschlüssen, die sie nur mit der Hilfe ihrer Zähne öffnen können würde. Flauschige Handschuhe. Ein Halsband. Ihr kam eine böse Vorahnung. *„Als wäre ich ein Hund."* Ihre Wortwahl war wohl nicht die beste gewesen.

Marcus zog einen Haarreifen aus der Tüte, der seitlich zwei flauschige braune Dinger zeigte. Er setzte ihr den Reifen auf, sodass die buschigen ... *Ohren* ... neben ihren Wangen baumelten.

Entsetzt starrte sie ihn an. Die Doms verkleideten sie als Hund. Ein Hund mit Schlappohren. Das konnte doch nicht ihr Ernst sein! Ein Spanking war eine Sache, aber das hier ... das war

... „Du verachtenswerter Blödmann, das wirst du dir nicht wagen!"

Gelächter ertönte. Als Reaktion riss Master Marcus sie von den Füßen und legte sie mit dem Gesicht nach unten auf den Tresen. Ihr nackter Bauch kam in Kontakt mit dem kalten, polierten Holz und ihre Beine baumelten über die Kante. Er hatte sich mit dem ganzen Gewicht gegen die Rückseite ihrer Schenkel gepresst und stellte sicher, dass sie sich nicht bewegen konnte. Er tätschelte ihren Po und sagte: „Es wäre dir anzuraten, weniger frech zu sein, Süße."

Cullen warf Marcus etwas zu. Papier riss. Plastik knirschte. „Gute Größe", sagte Marcus beifällig.

Oh, das klang nicht gut. Als er sie das letzte Mal in dieser Position hatte –

„Raoul, würdest du?", fragte Marcus.

„Es wäre mir ein Vergnügen." Raoul spreizte mit seinen Händen ihre Pobacken. Kalte Flüssigkeit träufelte zwischen ihre Spalte.

Gabi zappelte. „Oh nein! Das wirst du nicht tun!", brüllte sie.

Das Gewicht an ihren Schenkeln verstärkte sich. Etwas presste sich gegen ihren Anus. Marcus zeichnete mit dem Gel einen Kreis um ihr Loch. Nervenenden erweckten und schickten Empfindungen an ihre Pussy weiter. „Ganz ruhig, Süße. Komm mir entgegen, sodass es weniger schmerzhaft wird."

„Du Bastard! Ich –"

Ein Klaps auf ihre Pobacke brachte sie zum Schweigen. „Du strapazierst schon wieder meine Geduld, Süße." Erbarmungslos schob er den Analplug in sie. Größer als beim letzten Mal dehnte das Spielzeug sie, bis ein brennendes Gefühl entstand und sie sich unter seiner Handhabung wehrte und stöhnte.

Sie kam nicht weit, konnte nicht entkommen. Und dann, mit Marcus' Körper, der sie gegen die Bar drückte, seinen warmen Fingern zwischen ihren Pobacken und seiner entschlossenen Invasion ihrer geheimsten Stelle, unterwarf sie sich vollkommen. Es fühlte sich an, als würde er durch die Einnahme dieses Bereiches, seine Rechte über sie bekräftigen. Langsam verebbte ihr Bedürfnis, sich gegen ihn aufzulehnen, und sie blickte über ihre Schulter. Aufmerksam betrachtete er sie. Als ihr unterwürfiger Blick auf seinen traf, flammte in seinen blauen Tiefen ein Besitzanspruch auf, der sie erschauern ließ.

Für eine lange Zeit hielt er sie mit seinen Augen gefangen, bis er schließlich den Blick abwandte und sie aus seinem Bann entließ.

Zittrig atmete sie ein und rief sich in Erinnerung, wo sie war. Zwischen ihren Schenkeln verspürte sie eine Nässe, die nicht nur von dem Gleitgel herrührte. Ihr Körper gierte danach, von ihm berührt, von ihm gefickt zu werden. Vor den Augen aller? *Oh Gott*, war sie wahnsinnig geworden? *Ich liege auf einem Bartresen. Bin vollkommen entblößt.* Wie konnte es sein, dass sie das erregte? Unfähig, die Demütigung noch eine Sekunde länger zu ertragen, zappelte sie erneut.

Raouls Hände legten sich fester um ihre Pobacken.

Dann war der Plug drin und der Schmerz verblasste. Sie spürte einen Ruck, der sie zusammenzucken ließ. Bei einem Blick über ihre Schulter sah sie, dass Raoul einen flauschigen ... Schwanz in der Hand hielt.

Der verdammte Plug kam mit einem Hundeschwanz. *Ich werde sie umbringen. Jeden Einzelnen von ihnen.*

„Was denkst du, Master Z?", fragte Marcus höflich. Dabei ruckelte er an dem Plug, nur um ihr – in dem Punkt war sie sich sicher – eine Reaktion zu entlocken.

Obwohl sie dies wusste, tat sie genau das. Sie reagierte und wand sich unter den Blicken der Master.

In seiner Stimme schwang Belustigung mit, als Z sagte: „Ein wirklich hübscher Welpe, Master Marcus." *Verflucht seist du, Z.*

„Oh ja, ich stimme zu." Marcus tätschelte ihren Po und befahl: „Öffne dich für mich, Gabrielle."

Das wollte sie nicht. Nicht hier. Aber ... oh, sie wollte von ihm berührt werden. Langsam spreizte sie die Schenkel und schnappte nach Luft, als seine Hände ihre Pussy fanden. „Ah, so feucht", flüsterte er. „Dann lass uns mal schauen, ob wir dir ein bisschen Spaß bringen können." Er glitt mit den Fingern in ihre Spalte, betörte ihre Klitoris, bis jeder Gedanke ihren Verstand verließ und sie sich nur noch auf seine Berührungen konzentrieren konnte.

Er streichelte ihren Po. „Jetzt knie dich hin."

„Auf dem Tresen?"

„Auf dem Tresen." Er hob sie hoch und stützte sie, als sie sich auf dem polierten Holz hinkniete. Ihr Po ruhte auf ihren Fersen. Bei jeder Bewegung wurde das Ding in ihr angestoßen und schickte elektrisierende Empfindungen durch ihren Körper. Ihre Pussy pulsierte. Als sie in die grinsenden Gesichter der Anwesenden blickte, baumelten ihre Schlappohren neben ihren Wangen.

„Mach Platz, kleines Hündchen." Marcus klopfte auf den Tresen.

Sie überlegte, gegen den Befehl anzugehen, aber nur Gott wusste, mit was er als Nächstes aufwarten würde. Für den Moment hatte sie genug davon, aufzubegehren. Sie lehnte sich vor, platzierte die Unterarme vor ihren Knien und betrachtete das Holz unter ihr. Cullen polierte es regelmäßig, erinnerte sie sich, und so sah sie ihr Spiegelbild. Sie hatten sie tatsächlich nackt auf den Tresen gesetzt. Demütigung schien irgendwie schlimmer, als ausgepeitscht zu werden. Und sie fühlte sich verlassen. Vollkommen verlassen.

Marcus zog sie an die Kante, bis ihre Schulter gegen seine Brust lehnte. Die Wärme seines Körpers nahm sie kaum wahr, verschlungen von dem Abgrund ihrer plötzlich aufgetretenen Traurigkeit. „Sieh mich an, Gabrielle."

Sie regte sich nicht.

Mit einem genervten Seufzer drehte er sie zu sich und stützte sich mit den Händen zu beiden Seiten ihres Gesichtes ab.

Sie betrachtete seinen markanten Kiefer, seine strengen Lippen und seine durchdringenden Augen.

„Kleine Sub." Er streichelte über ihre Haare, zog sanft an einem Schlappohr. „Süße, Galen und Vance wollten, dass wir heute mindestens eine Bestrafung vornehmen, die andere Doms einbezieht und dich in das Zentrum der Aufmerksamkeit bringt. Dies war meine Idee. Ich habe gehofft, dass dich ein paar Worte von Raoul anstacheln würden und ich wurde nicht enttäuscht."

Er hatte alles arrangiert? „Du wolltest mich demütigen?"

„Ich habe diese Session aus mehreren Gründen gewählt, Gabi. Zum einen ist dir damit die Aufmerksamkeit des gesamten Barbereiches sicher. Zum zweiten ..." Er presste die Lippen zusammen und seine Augen verdunkelten sich, als hätten sich Wolken vor einen Sommerhimmel geschoben. „Keiner von uns mag den Gedanken, dich zu schlagen und auszupeitschen, Süße. Jedenfalls wären wir nicht dazu in der Lage, es hart genug zu tun, um es glaubwürdig erscheinen zu lassen."

Der Knoten in ihrem Magen löste sich. „Oh."

„Der dritte Grund ..." Sanft streichelte er mit den Fingerknöcheln über ihre Wange. Dabei fühlte sie die Erhebungen seiner Narben. „Du wolltest herausfinden, ob du es erträgst, wenn dich mehr als ein Mann berührt. Erinnerst du dich?"

„Ich –" In seinem Haus. Sie hatte sich gefragt, was wohl einen Flashback auslösen würde. „Ja, das wollte ich."

„Auf diese Weise konnte ich die Situation kontrollieren. Gleichzeitig musste ich sicherstellen, dass niemand auf die Idee kommt, dass wir in einer Beziehung sind."

Richtig. Denn das sind wir nicht. Die Worte schmerzten. Sie drückte das Gefühl des Verlustes nieder. Galen und Vance meinten, dass Marcus zwar hin und wieder mit ihr eine Session spielen würde, aber dass es nicht zur Gewohnheit werden durfte. Er folgte einer Anordnung und gab zudem sein Bestes, ihre Wünsche zu erfüllen. „Ich verstehe. Okay." Tief atmete sie ein. „Ich schaffe das. Ich kann die Erniedrigung ertragen."

„Langsam glaube ich, dass du so ziemlich alles schaffst",
murmelte er, und der Respekt in seiner Stimme hätte sie beinahe
jeglicher Selbstkontrolle beraubt. „Dein Safeword ist ...?"

„Rot."

„Du kannst auch *Gelb* benutzen, wenn dich eine Situation
überwältigt. In dem Fall können wir eine Pause einlegen und
danach fortfahren." In seinem Kiefer zuckte ein Muskel.
„Benutze deine Safewords, Gabrielle, wenn es zu viel für dich
wird. Spiele nicht den Helden."

„Ja, Sir." Er sorgte sich um sie. Das warme Gefühl, das sich in
ihrem Körper ausbreitete, war nicht auf Erregung
zurückzuführen.

„Sehr gut." Er gab ihr einen kleinen Kuss auf die Lippen und
sagte: „Auf die Knie."

Sie richtete sich wieder auf. Er nickte und sprach den
nächsten Befehl lauter aus: „Bleib, Hündchen."

Er ließ sie – einen Hund mit Schlappohren – auf dem Bartresen zurück. Schamesröte schoss in ihre Wangen, als ihr klar
wurde, dass sie sich der Aufmerksamkeit der gesamten Bar
sicher war.

Anstelle von Spott und Hohn hörte sie wertschätzendes Getuschel, Komplimente über ihre Brüste, ihren Arsch und wie sexy
sie aussah. Die Doms wirkten belustigt. Es handelte sich um eine
wohlwollende Belustigung, sodass das Gefühl der Demütigung
nicht lange anhielt.

Während sich Marcus mit Z unterhielt, kam Master Cullen
mit den Anfängen einer Bestellung zu ihr. Nicht weit von ihr
stellte der riesige Barkeeper alles auf dem Tresen ab. Er zwinkerte
ihr zu und machte sich ans Mischen der Zutaten.

Wenn sie ein Welpe war, dann war er ein Wachhund. Marcus
überließ nichts dem Zufall.

Im Barbereich erhob Marcus die Stimme. „Gentlemen." Nicht
laut genug, um die Sessions zu stören, die in den abgetrennten
Bereichen vor sich gingen. „Dieser kleine Irish Setter hat gerade

mit dem Welpentraining begonnen. Sie kann knurren, wimmern, winseln oder jaulen. Sonst nichts." Er fand ihren Blick, um zu sehen, dass sie verstand.

Sie nickte.

„Ihr Name ist Gabi oder Hündchen. Nichts anderes. Jeder, der abwertende Bezeichnungen gegenüber meinem Welpen benutzt, wird aus dem Club eskortiert."

Er wollte nicht das Risiko eingehen, dass jemand Wörter verwendete, die sie triggern könnten. Dass er sich daran erinnerte, dass es ihm wichtig war, fühlte sich gut an.

Ein Dom in ihrer Nähe sagte in einem sarkastischen Ton: „Und wer wird uns aus dem Club *eskortieren*, wenn wir den Anweisungen nicht Folge leisten? Der aalglatte Mann im Anzug?"

Ein älterer Dom schnaubte. „Wenn Atherton *eskortieren* sagt, so meint er das im übertragenen Sinne. Als das letzte Mal jemand einer Auszubildenden blöd gekommen war, hat er den Kerl auf die andere Seite der Bar geworfen. Gleich darauf ist er langsam zu ihm spaziert, hat gewartet, bis das Arschloch aufgestanden ist, und hat ihm dann die Lichter mit einem Schlag ausgeknipst. Am Kragen hat er den Idioten aus dem Club gezogen. Eskortieren? Von wegen. Der *aalglatte* Mann hatte seinen Anzug danach nicht mal richten müssen." Er nahm einen Schluck von seinem Bier und fügte hinzu: „Atherton ist stets höflich, aber keiner, der weiß, was gut für ihn ist, legt sich mit seinen Auszubildenden an."

Marcus wartete, bis sich alle beruhigt hatten. „Sie wird eine Runde um die Bar drehen und zeigen, welche Kommandos sie bisher gelernt hat. Da sie ein wenig langsam ist, kennt sie bisher nur: Komm, Sitz, Platz, Hoch und Bleib. Wenn sie ein guter kleiner Welpe ist, darf sie gestreichelt werden. Ist sie ungehorsam, hat sie sich einen Klaps auf ihr Hinterteil verdient."

Oh, mein Gott! Sicher meinte er, dass sie auf zwei Beinen die Bar umrunden sollte, richtig? Nicht auf allen vieren!

Er gluckste. „Natürlich heißt *Komm* in diesem Fall nur, dass sie zu euch krabbeln soll. Das hat nichts mit einem Orgasmus zu tun." Gelächter hallte durch den Raum. Er nutzte den Moment und quetschte sich zwischen zwei sitzende Männer. Dann setzte er einen strengen Ausdruck auf, schnippte mit den Fingern und sagte: „Komm, Hündchen."

Er wollte, dass sie auf allen vieren zu ihm krabbelte. Sie starrte ihn an und schüttelte den Kopf. *Nein.* In diesem Moment verschmolz die Anordnung der Agents, ungehorsam zu sein, mit ihrer angeborenen görenhaften Persönlichkeit. *Auf keinen Fall.* Und da sie auf ihrem Hintern saß, würde niemand ...

Jemand schlug ihr hart genug auf den Schenkel, dass es zwiebelte. „Aua!" Sie wirbelte den Kopf herum.

Master Dan hatte sich zwischen zwei Männer gedrängt. „Knurren, wimmern, winseln oder jaulen", erinnerte er sie und teilte einen zweiten, weniger harten Klaps aus.

Mein Gott! Sie fauchte ihn an. *Ich hasse dich und wenn du mich nochmal schlägst, beiße ich dich.*

In seinen braunen Augen zeigte sich Belustigung und er grinste sie an. Weit riss sie die Augen auf. *Wow*, er war also doch ein Mensch.

„Beweg dich, Süße", sagte er in einem sanften Tonfall und wies mit dem Kopf in Marcus' Richtung.

Auf allen vieren. Nach einem lauten Seufzen trat sie den Weg über den Tresen an. Der Analplug löste Funken in ihr aus und der flauschige Schwanz strich bei jeder Bewegung gegen die Rückseiten ihrer Schenkel.

Warum hatte Master Z so eine riesige Bar? Doms streckten die Hände aus und tätschelten ihren Po. Einer erhob die Stimme, die an einen LKW erinnerte, der über Kieselsteine fuhr. „Hündchen, mach Platz!"

Sie drehte den Kopf. Master Nolan. Sie zögerte. Marcus hatte sie zu sich befohlen. Nur war er plötzlich wie vom Erdboden verschluckt. Mit ihrem Zögern verdiente sie sich einen sanften Klaps auf den Hintern, gefolgt von einem unerbittlichen Befehl: „Mach. Platz!"

Das tat sie, senkte die Unterarme auf das kühle Holz.

„So ein gutes Mädchen", lobte er sie. Mit der Hand fuhr er über ihren Rücken nach unten, dann ihren Arm entlang. „Stimmt ihr mir nicht zu, Gentlemen?"

Weitere Hände streckten sich nach ihrem Körper aus und sie zuckte zusammen, als sie berührt wurde.

„Ganz ruhig, Gabi", sagte er mit seiner rauen Stimme. Er wickelte die Finger um ihren Arm – keine einschränkende Geste, sondern eine unterstützende. Innerlich bebte sie. Bei dem Blick in seine dunklen, dunklen Augen, die sie aufmerksam musterten, wurde ihr bewusst, dass Marcus den Sinn hinter dem Puppy-Play vor den anderen Mastern ausgebreitet hatte. Als ein grauhaariger Dom über ihren Hintern streichelte, über ihre Rippen fuhr, stellte sie fest, dass sich ihre Atmung normalisiert hatte. Sie war an diesem Ort nicht mehr auf sich allein gestellt.

Nolan schenkte ihr ein zufriedenes Lächeln und trat zur Seite.

Am anderen Ende der Bar lehnte sich Master Raoul vor: „Komm zu mir, Hündchen."

Am liebsten hätte sie gelächelt. Master Marcus war also auf Nummer sicher gegangen. Gezielt hatte er die Master platziert, um sie zu unterstützen und gleichzeitig die Grenzen für die Doms zu setzen. Schon fühlte sie sich leichter und trotz der Schlappohren, die an ihren Wangen kitzelten und dem Ding in ihrem Arsch krabbelte sie lebhaft auf Raoul zu.

Seine weißen Zähne blitzten in seinem dunklen Gesicht auf. „Hübsches Hündchen. Sitz."

Augenblicklich kam sie dem Kommando nach und setzte sich auf ihre Waden. Sie quietschte, als sich dabei der Plug tiefer in sie schob. So merkwürdig. Ihr Herz hämmerte noch immer von der Panik, ihre Wangen brannten vor Verlegenheit und doch war sie feucht zwischen ihren Schenkeln. Erregt? *Gott steh mir bei.* Sachte senkte sie ihren Po ab.

„*Bueno*", lobte Raoul und fuhr mit den Fingern über ihren Arm. Er drehte den Kopf zu dem Mann neben sich. „Streichle unser Hündchen und zeig ihr, was für ein gutes Mädchen sie ist", sagte er.

Von überall schienen Hände zu kommen, streichelten ihren Hintern, ihre Schenkel und ihren Rücken.

Dann packte Raoul eine ihrer Brüste.

Sie zuckte und wimmerte.

„Ganz ruhig, Hündchen", sagte er. In seinen Augen entdeckte sie das gleiche aufmerksame Verständnis wie bei Nolan. Er massierte ihre Brüste, seine schwieligen Finger rieben sanft über ihre Nippel. Indessen berührten die anderen Männer sie weiter. *Zu viele Hände.*

Sie winselte, ballte die Hände zu Fäusten, als sich die Angst einen Weg an die Oberfläche suchte.

„Gabi, heb den Kopf", flüsterte ihr Raoul zu.

Als sie sich ihm zudrehte, wies er nach rechts.

Ein paar Meter die Bar runter stand Master Marcus. In seinen Augen flammte blaues Feuer, sein Blick auf ihr so potent, dass sie ihn auf ihrer Haut spürte. Ohne auch nur ein Wort sagen zu müssen, beruhigte er ihre Nerven und versicherte ihr, dass sie nichts zu befürchten hatte.

Er hatte sie nicht verlassen. Er würde sie beschützen. Allmählich entspannte sie sich.

Er schenkte ihr ein Lächeln und schweifte dann mit den Augen über sie, verharrte auf ihren Brüsten, ihren leicht gespreizten Beinen, bevor er den Blick wieder zu ihrem Gesicht hob. Die Hitze, die sie in seinen Tiefen sah, schürte das Feuer in ihr.

Gott, sie wollte ihn.

Er wandte sich Raoul zu und nickte. Als Raoul wieder ihre Brüste streichelte, wurden sie von Marcus beobachtet. Seine Präsenz war es, durch die sie alle Zärtlichkeiten noch bewusster wahrnahm. Wie er mit seinen Fingern in ihre Nippel zwickte. Wie jemand an ihrem Schwanz zog. Wie jemand ihren Po knetete. Erregung breitete sich in ihr aus. Unter Marcus' Blick hatte sie das Gefühl, dass alle Hände zu ihm gehörten. Es fühlte sich an, als würde nur er sie intim berühren.

Raoul gluckste und zog somit ihre Aufmerksamkeit auf sich. „Viel besser. Hoch mit dir, Hündchen."

Ihre Brüste schwangen, geschwollen und schwer, als sie sich auf ihre Hände und Knie begab. Am anderen Ende der Bar schnippte Master Sam mit den Fingern: „Komm zu mir, Hündchen."

Sie setzte sich in Bewegung. Auf halbem Wege wurde sie plötzlich hart in den Schenkel gezwickt. Überrascht und schmerzerfüllt entließ sie ein Jaulen.

Rhodes grinste sie mit einem garstigen Ausdruck an. Im nächsten Moment packte Cullen die Hand des Agents und knallte sie auf den Tresen. „Da du nicht in der Lage bist, die einfachsten Anweisungen zu befolgen, schlage ich vor, dass du dich von der Bar entfernst", knurrte er. „Sofort."

Rhodes trat nach hinten, stolperte dabei über einen Barhocker und wäre beinahe auf den Arsch gefallen.

„Tut mir leid, Hündchen." Cullen lehnte einen Arm auf den Tresen und lächelte Gabi an.

Dankbar sah sie ihn an, leckte über seine Fingerknöchel und wackelte mit dem Po, sodass ihr buschiger Schwanz freudig baumelte.

Sein Lachen war laut genug, um eine Lawine auszulösen. Er zeigte auf das andere Ende der Bar. „Weiter, Hündchen. Sicher willst du Master Sam nicht erbosen."

Kichernd krabbelte sie über den Tresen. Mittlerweile genoss sie die Berührungen und das Zureden der Doms.

„Hübsches Hündchen."

„Sie ist bezaubernd."

„Lässt Marcus bereits Anfragen auf Sessions mit ihr zu?"

Vielleicht war diese Bestrafung doch nicht so schlimm, wie sie zuerst angenommen hatte.

Als sie Master Sam erreichte, zeigte er auf den Tresen. „Mach

Platz, Hündchen, und bleib."

Sie beäugte ihn und ihr kam ein Gedanke. Sie musste sich mal wieder ein wenig daneben benehmen. Marcus hatte allerdings gesagt, dass die Master sich schlecht fühlen würden, wenn sie eine Bestrafung ausführen müssten. Master Sam war jedoch ein Sadist. Ihm würde es sicher nichts abverlangen, richtig? Anstatt Platz zu machen, knurrte sie und biss in sein Handgelenk. Ganz, ganz sanft natürlich, aber ja, es war ein Biss. Er entließ einen überraschten Laut und riss seine Hand weg. „Du kleine −" Er fing sich und zischte: „Böses Hündchen."

Ein Blick auf seinen bedrohlichen Ausdruck reichte, sodass sie entschied, dass nur ein Volltrottel einen Sadisten beißen würde. Hastig versuchte sie, an ihm vorbeizukrabbeln.

Er umfing ihren Fußknöchel und riss sie erbarmungslos zu sich zurück. Sie wimmerte.

„Lass uns das nochmal versuchen." Sein Knurren klang weitaus tiefer als das ihre, als er sie an die Kante des Tresens zog. Seinen rechten Arm schob er unter sie, um ihren Hintern anzuheben, und packte dann ihren Schenkel. Sie brauchte eine Sekunde, bis sie verstand, was er vorhatte. Im selben Atemzug landete seine Hand auf ihrem Po. Hart.

Nach einer Weile schaffte sie es, ihre Schreie in ein Jaulen umzuwandeln. Drei brutale Schläge und ihr Arsch brannte wie Feuer. Ein weiterer und ihre Augen füllten sich mit Tränen.

Er ließ von ihr ab und befahl: „Und jetzt mach Platz, verdammt nochmal."

Das wollte sie, bis ihre wunden Pobacken auf ihre Fersen stießen und sie sich am liebsten gegen den Befehl gewehrt hätte. Langsam und noch langsamer senkte sie ihren Po ab. Hoffentlich hatte der Täter ihren aufopferungsvollen Ungehorsam und die Bestrafung gesehen, damit der Schmerz nicht umsonst gewesen war. Das hatte wirklich wehgetan.

Er nickte, seine Augen noch immer eiskalt. „Kein Streicheln. Das hast du dir nicht verdient."

Die Doms um ihn herum entließen enttäuschte Laute. Sam betrachtete sie für eine Minute und bündelte ihre Haare in seiner Faust. Sie verzog das Gesicht zu einer Grimasse, als er sich vorlehnte. Seine raue Stimme drang an ihr Ohr: „Nebenbei bemerkt: Ich genieße es nur, Partner zu schlagen, die an Schmerz interessiert sind. Das gerade habe ich nicht genossen, Mädchen."

Als er sie losließ, sah sie die angespannten Muskeln in seiner Wange. Er hatte es ernst gemeint. *Oh, zur Hölle nochmal*, nun fühlte sie sich schuldig. Sollten Doms nicht widerstandsfähiger sein? Sie entließ ein entschuldigendes Wimmern und stieß mit ihrem Pelzfäustling sanft gegen ihn.

Sein rechter Mundwinkel zuckte und seine Augen hellten sich leicht auf. „Geh schon, Hündchen, und benimm dich."

Holt verlangte nach ihr. Er gab ihr nur ein Kommando und hielt sie lange genug bei sich, sodass alle in der Nähe sie streicheln konnten. Danach ging es zu einem älteren Dom mit grauen Schläfen. Auf dem Weg zu ihm sah sie sich nach Marcus um. Er wechselte stets Positionen, blieb aber in Sichtweite und wachte über sie. Und sein heißer Blick verwandelte jede Berührung der Doms zu etwas Erotischem. Immer feuchter wurde sie. Immer erregter.

Verdammt.

Als sie sich dem Ende der Bar näherte und an ein paar Gläsern vorbeistrauchelte, hörte sie: „Kleines Hündchen." Ein Bariton mit einem Südstaatendialekt, der sich wie warmer Sonnenschein anfühlte. *Marcus.*

Nicht weit von ihr schnippte er mit den Fingern. „Komm zu mir, Hündchen", befahl er.

Erleichterung schwappte über sie hinweg, gefolgt von einer Welle der Lust. Sie krabbelte zu ihm und stupste wimmernd mit ihrem Fäustling gegen seinen Arm.

Eine Hand legte er auf ihre Wange, musterte sie für eine Weile. Mit dem Daumen zeichnete er ihre Unterlippe nach. „Fast geschafft, Süße", flüsterte er nur für ihre Ohren. „Danach hast du dir eine Pause verdient. Bist du bereit, die Göre bei einem Dreier zu spielen?"

Sie zuckte zusammen. Von Fremden gefickt werden? Von *zwei* Fremden? Ihr Herz rutschte ihr in die Hose.

Er schien genau zu wissen, was sie dachte, denn die Lachfalten neben seinen Augen vertieften sich. „Mit mir, Süße. Und Raoul. Du hast mich um einen Dreier gebeten."

Oh, mein Gott! Marcus und Raoul? Scharf sog sie den Atem ein. Begierde und Unsicherheit wirbelten in ihrem Körper. Hinter ihrer derzeitigen Rolle versteckend, bellte sie zweimal. Dann biss sie ihm in die Hand.

Sein unkontrolliertes Lachen ließ sie erschauern und sie grinste. *Verdammt. Nicht lächeln! Ich bin eine Göre!* Er streckte die Hände nach ihr aus. Knurrend biss sie sich an seinem Sakkoärmel fest.

„Was zum –"

Sie stemmte ihre Hände auf den Tresen, zog an dem Material und schüttelte den Kopf wie ein Hund. Er hätte es nicht anders verdient, wenn sie den Anzug mit Löchern versah.

„Böses Hündchen." Er teilte einen Klaps auf ihren wunden Hintern aus und riss ihr den Ärmel aus dem Mund, als der Schlag sie aufjaulen ließ. Nun brannte ihr Arsch aufs Neue. Sie knurrte ihn an.

Glucksend warf er sie sich über die Schulter und raubte ihr damit den Atem. Mit einer Hand fixierte er sie, während er mit der anderen ihren wunden Po streichelte.

Als sie wimmerte, lachte er. „Ich genieße es sehr, dich mit einem roten Arsch zu sehen, Süße."

Er stellte sie auf einem langen Couchtisch ab, neben dem bereits seine Spielzeugtasche stand. „Sitz, Hündchen."

Oh je. Unsicher betrachtete sie ihn und wartete in der angewiesenen Position. *Ich. Mit zwei Männern.* Ihr Herzschlag beschleunigte sich. Wenig später traten Stiefel in ihr Sichtfeld und sie hob den Kopf. Master Raoul.

KAPITEL SIEBZEHN

„**Ein wirklich traurig** dreinblickendes Hündchen hast du hier, Marcus." Eine große Hand streichelte über ihre Haare. „Sieht recht fertig aus."

„In einer Minute wird sie noch fertiger aussehen", sagte Marcus, seine Stimme lauter als sonst. „Das kleine Hündchen hat mich gebissen." So wollte er ihr helfen. Alle sollten hören, dass sie eine Bestrafung zu erwarten hatte.

Raoul verschluckte sich an einem Lachen.

„Ich glaube, Hündchen lecken so ziemlich alles, was ihnen vorgesetzt wird", sagte Marcus deutlich amüsiert. „Master Raoul, würdest du ihr etwas zum Lecken geben?"

„Mit Vergnügen", antwortete Raoul.

Zum Lecken? Oh Gott! Ein wenig überrascht, beobachtete sie, wie er seine Lederhose öffnete. Sein Schwanz war hart, lang und so dunkel wie seine Haut. Die Eichel tendierte eher zu einem Lila. Zudem fiel ihr auf, dass seine Länge leicht nach links zeigte. Mit seiner großen Hand umfing er den Schaft. Sie hob den Blick zu seinem Gesicht. Er grinste und ließ seine weißen Zähne aufblitzen. „Na komm, Hündchen, ich möchte wissen, ob du so gut bist, wie mir berichtet wurde. Nicht beißen", warnte er.

Sie spannte sich an und bereitete sich darauf vor, zu gehorchen. Mit geschlossenen Augen öffnete sie den Mund.

Nichts passierte. Sie öffnete ein Auge. Geduldig wartete er. Master Raoul würde sie zu nichts zwingen, für das sie nicht bereit war.

Galen hatte aber gesagt, dass die entführten Frauen Sex praktiziert hatten. Öffentlichen Sex. Sie musste es tun.

Und ... sie hatte Marcus darum gebeten. Unsicher oder nicht, Erregung meldete sich bei ihr an. Ein Dreier. *Heilige Scheiße!*

Zumindest hatte Marcus jemanden gefunden, den sie mochte. Sie erinnerte sich daran, wie viel Geduld Raoul in ihrem Apartment bewiesen hatte. Er hatte mit ihr gekuschelt, bis sie nicht länger gebebt hatte. *Okay. Los geht's.* Behutsam leckte sie über seinen Schwanz, neckte die dicken Venen auf seinem Schaft.

„Sehr gut, *Querida*", sagte er sanft. Dann zog er ein Kondom aus seiner Tasche und rollte es sich über. „Master Sam hat erwähnt, dass du Orangen magst."

Sie lachte, als er seinen Schwanz zwischen ihre Lippen schob und sie den Zitrusgeschmack wahrnahm. Langsam erhob sie sich, denn sie wollte ihre Hände benutzen. Im gleichen Moment drangen Worte an ihre Ohren: „Ein gutes Hündchen springt nicht an Menschen hoch. Bleib auf allen vieren, Süße."

Oh, verdammt nochmal! Raoul legte eine Hand auf ihren Hinterkopf und stieß zu. „Leg deine Lippen enger um mich, Gabrielle", flüsterte er, „und benutze deine Zunge."

Sie gab ihr Bestes, sich nicht einschüchtern zu lassen, aber ... Was, wenn er in ihren Rachen rammte? In dem Moment bemerkte sie, dass er noch immer seine Hand um den Schaft gewickelt hatte. Das würde verhindern, dass er zu weit in sie vordrang. Erleichterung breitete sich in ihr aus. *Ich schaffe das.* Mit ihrer Zunge und ihren Lippen wollte sie ihm Vergnügen bereiten, während sich auch in ihr die Begierde ankündigte.

In der gesamten Zeit spürte sie Marcus' Blick auf sich. Seine

Hände massierten ihren Po. Seine Anwesenheit war es, die bei ihr für Entspannung sorgte.

Raouls Hand packte ein Bündel ihrer Haare.

„Ah, sehr nett, Hündchen", knurrte er.

Nach einer Weile legte Marcus etwas auf ihren Rücken. Sie wollte nachsehen, aber Raoul ließ das nicht zu. Der Rhythmus seines Schwanzes und das Wissen, dass Marcus plante, sie von hinten zu nehmen, entfachten ein Feuer in ihrer Mitte.

Marcus schob seine Finger zwischen ihre Beine, fand ihr feuchtes Geschlecht und entließ bei dem Beweis ihrer Erregung einen befriedigten Laut. Ein Kondom wurde geöffnet und schon spreizte er ihre Beine weiter auseinander, öffnete sie für sich.

Sie stöhnte um den Schwanz in ihrem Mund.

Marcus' Eichel stieß gegen ihren Eingang. In ihren Fäustlingen ballte sie die Hände. *Oh bitte!*

Stetig gewann er an Tiefe. *Oh Gott!* Sein dicker Schwanz dehnte ihre geschwollene Pussy, glitt gegen ihren Analplug und setzte ihre Klitoris in Verzückung.

So lange war sie bereits erregt ... Ihr Mund war gefüllt, ihre Pussy wurde gedehnt, sie war zwischen zwei Männern eingekeilt und es war ... zu viel. Alles in ihr bereitete sich vor, Druck baute sich auf und dann passierte es: Sie explodierte.

„*Bueno*", murmelte Raoul.

„So ein gutes Hündchen." Marcus drang tiefer in sie, was er erreichte, indem er ihren Po anhob und den Winkel änderte. *Zu tief.*

Sie winselte, seine Größe unangenehm und doch so lustvoll.

„Dein Hündchen klingt ein wenig verstimmt", bemerkte Raoul. Er streichelte ihre Haare und drang dann so tief in ihren Mund, dass er gegen ihre Kehle stieß. Damit erinnerte er sie daran, dass sie an beiden Enden einen Schwanz zwischen ihren Lippen hatte.

„Lass sie uns zum Jaulen bringen", sagte Marcus. Er fühlte sich riesig in ihr an, füllte sie komplett. Dann zog er an ihrem buschigen Schwanz, ruckelte an dem Analplug und setzte schockierende Empfindungen in ihr frei. Sie konnte das Stöhnen nicht zurückhalten.

Raoul lachte, stieß rhythmisch in ihren Mund und sie nahm ihn hilflos in sich auf, hoffte, dass Marcus es ihm gleichtun würde. „Ein Jaulen habe ich nicht gehört."

„Das wirst du noch." Mit einem unerbittlichen Griff packte Marcus ihre Hüften. Langsam zog er sich aus ihr zurück, stieß in sie und erhöhte das Tempo mit jedem Stoß. Es fühlte sich so gut an, ihn wieder in ihr zu haben.

Sie konzentrierte sich für eine Weile auf Raoul, saugte und leckte, festigte die Lippen um seinen Schaft. Er murmelte etwas in Spanisch und stieß schneller zu. Mit einem tiefen Stöhnen kam er, das Zucken seines Schwanzes eine Belohnung für ihre Mühen. Indessen packte er mit der Hand in ihren Haaren fest zu, was sie zusätzlich anheizte.

Von Marcus dargeboten, von Raoul akzeptiert.

Als sich Raoul zurückzog, beschleunigte Marcus seine Stöße. Sie kam ihm entgegen, passte sich seinem Rhythmus an. Da sie bereits einen Orgasmus erlebt hatte, konnte sie sich voll und ganz auf seine Befriedigung konzentrieren.

Marcus hob an, was er ihr auf den Rücken gelegt hatte. Eine Sekunde später hörte sie ein verdächtiges Summen. Ein Vibrator. *Oh!*

In Intervallen traten die Vibrationen an ihre Ohren. Marcus griff um sie herum und presste den Vibrator gegen ihre Klitoris.

„Ahh!" Ihr Jaulen entlockte ihm ein Glucksen. *Bastard.*

„Das war ein beeindruckendes Jaulen", sagte er zu Raoul.

Gabi senkte das Kinn auf ihre Brust, als die Begierde sie zu überwältigen suchte. Ihre Konzentration zersplitterte und ihr wurde bewusst, dass dies nur eine andere Form des Kontrollentzugs war. Sie konnte keinen klaren Gedanken fassen, konnte sich nur den Anweisungen nach bewegen, und akzeptierte, was er ihr gab.

Marcus' Schwanz. Der Analplug. Sie fühlte sich voll und gedehnt! Der Vibrator machte sich an ihrer Klitoris zu schaffen und verlangte eine Reaktion. Ihr Nervenbündel schwoll an, die Haut spannte. *Es fehlt nicht mehr viel ...*

Bevor es zu einem Orgasmus kommen konnte, nahm er den Vibrator weg, umkreiste ihre Klitoris. Gleichzeitig hämmerte er in sie, sein Schwanz ein Werkzeug, um sie zur Unterwerfung zu bringen.

Sie wollte schreien, ihn verfluchen! Jedes Mal, wenn sie sich der Erlösung näherte, bewegte er den Vibrator woanders hin. *Verdammt*, Sam war nicht der Sadist, es war Marcus. Mit dieser Routine brachte er ihr Geschlecht zum Brennen. Der Druck baute sich auf, bis sie sich wie ein überdehntes Gummiband fühlte.

Bei jedem Stoß drang er bis zum Anschlag in sie. Der Vibrator an ihrer Klitoris schickte elektrisierende Empfindungen durch ihre Venen. Funken sprühten und löschten jeglichen Gedanken in ihrem Kopf aus. Nicht aber das Gefühl, Marcus in sich zu spüren. Und schon bald erhoben sich in ihr die unmissverständlichen Anzeichen auf einen Höhepunkt. Sie stöhnte, ihre Beine bebten.

„Gutes Hündchen", sagte er gedehnt. Sie fühlte, dass sich die Vibrationen verlagerten. Direkt auf ihre geschwollene Klitoris presste sich das vibrierende Spielzeug. „Komm für mich, Süße."

„Ohh!" Das Gummiband schnappte und ihr Orgasmus brach über ihr ein. Eine brutale Welle nach der anderen schwappte über sie hinweg. Die Wände ihres Geschlechts zogen sich um seinen Schwanz zusammen, prallten von dem Analplug ab, was neue Empfindungen in ihr lostrat, bis sie vollkommen die Kontrolle über ihren Körper verlor. Ihre Arme gaben nach und sie landete auf ihren Unterarmen.

Der Vibrator krachte auf den Tisch. Er gab ihr keine Chance zur Ruhe zu kommen. Stattdessen packte er ihre Hüften, zog ihren Arsch höher und riss sie wieder auf seinen Schwanz. Hart nahm er sie, mit ruckartigen Stößen, bis er schließlich zur Erlösung fand und ihr damit einen weiteren Orgasmus entlockte.

Nach Luft schnappend senkte Marcus das Kinn auf seine Brust. Noch immer in ihr vergraben, genoss er, wie ihre Pussy auf eine Weise seinen Schwanz massierte, die als intimste Zärtlichkeit auf Erden galt. So wunderschön kam sie. Sie hielt sich nicht zurück, gab aus vollem Herzen und erlebte ihre Orgasmen, wie er das bisher noch nie bei einer anderen Frau gesehen hatte. Es war unglaublich. Wenn sie ihn in sich aufnahm, schien sie alles von ihm bereitwillig zu akzeptieren.

Seine Befürchtung war gewesen, dass sie ihm nie wieder vertrauen könnte. Stattdessen hatte sie ihn als Anker benutzt, um gegen die Ängste anzugehen, die sie bei der Bestrafung durchmachen musste. Sie hatte ihr Vertrauen in ihn gesetzt und sich darauf verlassen, dass er sie beschützen würde. Das Gefühl, das sie damit in ihm auslöste, war berauschender als jeder Orgasmus.

Mit einem befriedigten Seufzer bahnte er sich küssend einen Weg ihre Wirbelsäule hinauf, über ihren verletzlichen Nacken und zu ihrer Schulter. Während des Puppy-Play hatte seine Anwesenheit ihre Angst in Erregung umgewandelt. Diese Erkenntnis hatte ihn unglaublich hart gemacht. Indessen hatte die Beobachtung, wie sie von anderen Männern berührt wurde, in ihm das unbändige Verlangen ausgelöst, endlich in ihr zu sein und sie als sein Eigen zu markieren. Territorial? Besitzergreifend? Oh ja!

Noch immer hielt er ihre Hüften in seinen Händen. Hüften mit einem wunderschönen, saftigen Arsch, der wackelte, wenn sie lief und bei jedem Mann das Bedürfnis freisetzte, sie zu packen und sich bis zum Anschlag in ihr zu vergraben. Er löste seine Finger. Sicher würden sich schon bald blaue Flecke zeigen. Ihre Haut war so hell und er konnte es nicht erwarten, die roten Abdrücke auf ihrem Hintern mit seinem Kunstwerk zu ergänzen.

Er rieb über die Stellen und genoss ihr Gezappel und das Quietschen und das Zusammenziehen ihrer Pussy an seinem Schwanz.

Leider konnte er nicht ewig in ihr verweilen, so verlockend das auch klang. Begleitet von einem Gefühl des Verlustes zog er sich aus ihr zurück. Gleichzeitig entfernte er den Analplug und grinste, als sie bei der unerwarteten Empfindung den Rücken wölbte. Dann sackte ihr ganzer Körper zusammen und er legte hastig einen Arm um ihre Taille.

„Ich halte sie für dich, mein Freund", bot Raoul an.

„Danke." Als Marcus einen Schritt zurücktrat, schwang Raoul sie in seine Arme. Dann wartete er, sodass sich Marcus in Ruhe des Kondoms und des Analplugs entledigen konnte. Anschließend holte er eine Decke aus einem Regal, mit der er Gabi bedeckte, bevor er sie Raoul abnahm.

Ihr Mund war geschwollen und leuchtete in einem dunklen Rosa, ihre Augen blickten glasig drein. Die Schlappohren fielen gegen ihre roten Wangen. „Du bist so niedlich", flüsterte Marcus.

Grinsend stimmte Raoul ihm zu, gab ihm einen freundschaftlichen Klaps auf die Schulter und ließ ihn schließlich mit Gabi allein.

Marcus machte es sich mit seiner kleinen Sub auf einem Sessel bequem. Sie hob den Blick, sah ihn für einen Moment konzentriert an. Offensichtlich zufrieden mit dem, was sie sah, schmiegte sie ihre Wange an seine Brust.

„Master Marcus." Andrea stand vor ihm. „Cullen meinte, dass dein Hündchen sicher gerne etwas Wasser hätte. Und nachdem du auch viel Schweiß gelassen hast, hättest du sicher auch nichts gegen eine kleine Erfrischung."

Marcus zog eine Augenbraue hoch. „Wer?"

Sie errötete. *Dios*, du bist pingelig. *Master* Cullen."

„Schon besser. Bitte öffne mir die Flaschen und stelle eine auf den Couchtisch."

Das tat sie. Die zweite Flasche reichte sie ihm.

„Danke dir, Sub. Danke auch deinem Dom von mir."

„Werde ich machen." Sie grinste ihn an und marschierte davon, bevor er sie zurechtweisen konnte. Er schüttelte den Kopf. Andrea war eine wunderschöne Frau. Um ihr freches Mundwerk beneidete er Cullen allerdings nicht. Und wen hielt er gerade in den Armen? Eine kleine Sub, die Andrea mit Ungehorsam noch übertraf. Oh ja, ihm war sehr wohl bewusst, dass Gabi nicht alles vortäuschen musste – zumeist kam ihr tollkühner Widerstand ganz natürlich.

Er küsste sie auf die Nasenspitze und gluckste, als sie ihn stirnrunzelnd betrachtete. „Mich über den Tresen krabbeln zu lassen, war wirklich eine fiese Bestrafung, Sir."

Er versuchte, sein Lächeln zu unterdrücken, verlor jedoch den Kampf. Sie trug den befriedigten Ausdruck einer Frau, die hart gekommen war und doch fand sie die Kraft, ihn wütend anzufunkeln.

„Das war es, oder?" Er rieb die Nase über ihre Wange, genoss den Duft nach Rosen und Sandelholz, der mit dem typischen Geruch nach Sex eine berauschende Verbindung einging. „Wie sehr hat es dich gestört, von so vielen Männern berührt zu werden?"

Sie wandte den Blick ab und erstarrte kaum merklich.

„Sieh mich an, Gabi."

Große, verletzliche, braune Augen trafen auf seine.

„Antworte mir."

„Zuerst hatte ich Angst, aber du ... du hast mich beobachtet. Dadurch habe ich mich sicher gefühlt. Zudem sah ich, wie sehr du dir gewünscht hast, dass ich es genieße, und irgendwie habe ich das. Danke." Bei der Dankbarkeit und der Wärme in ihrem Blick fühlte er sich plötzlich drei Meter groß.

„Und mit Raoul? Hat dir der Dreier gefallen?" Er hielt den Ton gelassen. Wenn sie wirklich das Bedürfnis nach mehreren Männern hatte, würde er ihr den Wunsch regelmäßig erfüllen. Irgendwie. Sein Kiefer spannte sich an. Am liebsten hätte er Raoul das Genick gebrochen, als er sie berührt hatte. *Meine Sub!*

Zwischen ihren Augenbrauen formte sich eine Falte. „Ich mag Raoul und diesen Moment mit euch beiden erlebt zu haben, war aufregend, aber ... Ich konnte es genießen, weil du bei mir warst. Weil ich wusste, dass du mich zu jeder Zeit im Auge hattest. Und als du dann in mich eingedrungen bist, konnte ich nur daran denken, dass du gerade in mir bist." Sie biss sich auf die Lippe. „Ich bin froh, es probiert zu haben, aber ich muss es nicht unbedingt wiederholen."

Wiederholen. Sie würde nur noch einen weiteren Tag im Club verbringen. War ihr das klar? Er schob den Gedanken in den Hintergrund. „Und was sagst du zum Puppy-Play?"

Sie kicherte. „Das Beißen und Knurren fand ich lustig. Vor allem das Beißen."

Göre. „Nach einer Weile scheinst du es wirklich genossen zu haben. Wir haben das auch. Wie du von den Berührungen angetörnt wurdest, wie deine Brüste schwangen und dein buschiger Schwanz gependelt hat. Ich bin mir ziemlich sicher, dass die ganze Bar gejubelt hat, als du vor wenigen Minuten schreiend zum Orgasmus gefunden hast."

Schamesröte schoss von ihrer Brust in ihre Wangen.

„So wunderschön bist du gekommen, Süße. Es ist eine wahre Freude, dich dabei zu beobachten. Bestimmt gefällt es den Doms, zu wissen, dass sie daran beteiligt waren."

Sie teilte die Lippen. Wie es schien, hatte sie Schwierigkeiten, die Worte herauszubekommen und entschied sich stattdessen für eine Frage: „Was jetzt?"

„Jetzt kannst du dir wieder deine eigene Kleidung anziehen. Das ist äußerst großzügig von mir. Dafür solltest du mir angemessen danken. Ich akzeptiere einen Kuss."

Ihr Mundwinkel zuckte. „Danke, Sir."

Belohnt wurde er mit einem langen, ausgiebigen Kuss, der ihm in Erinnerung rief, wie viel Spaß es machen konnte, eine Frau zu küssen. Vor allem, wenn es sich um diese Frau handelte.

Wirklich unterhaltsam. Der Rekrutierer der *Harvest Association* beobachtete das Ende des Puppy-Play und schüttelte den Kopf. Die Sub machte sich gut als Hund. Für einen Moment ließ er seine Gedanken ziehen: Wie sie sich wohl bei einem Pony-Play machen würde? Mit Zaumzeug und einem langen Schweif, der natürlich an einem übergroßen Analplug befestigt war. Oh, beim Reinschieben des Plugs würde sie so laut schreien.

Eine Kutsche sollte sie ziehen.

Er genoss es, Ponys mit einer Peitsche anzutreiben. Dann konnte er beobachten, wie sich die Muskeln anspannten und der Schweiß über die nackten Körper floss.

Mit einem Blick zu Gabrielle, dem neuesten Zuwachs zur *Association*, konnte er sich einem zufriedenen Grinsen nicht erwehren.

Ein paar Stunden später musste Gabi zugeben, dass sie Spaß hatte. Jeder Dom im Club behandelte sie wie ein Haustier. Es folgten viele *Komm zu mir, kleines Hündchen* von den Doms, die ein Getränk wollten. Gelegentlich war sie frech. Die richtig guten Beleidigungen hob sie sich aber für die Master auf.

Ihre Füße taten allerdings weh. Mehr als ihr wunder Hintern. Die Auszubildenden hatten viel zu tun. Z meinte, dass Sally im Moment ihre Familie besuchte. *Ein recht spontaner Urlaub*, dachte Gabi. Es beruhigte sie jedoch, dass Sally gerade nicht hier war. Die Sub passte genau auf das Profil der entführten Frauen.

Ihr kam ein Gedanke und sie verengte die Augen. Hatte jemand, dessen Name mit einem Z begann, sichergestellt, dass ein potenzielles Opfer aus der Schussbahn war? Oh, natürlich hatte er das! Sie war sich absolut sicher. Grinsend nahm Gabi das Tablett voller Getränke von dem Tresen.

Als Gabi sicherstellte, dass jeder zufrieden war, bemerkte sie etwas aus den Augenwinkeln, bei dem ihr Herz einen Schlag aussetzte. Marcus stand neben dem Andreaskreuz und unterhielt sich mit der Blondine, die ständig um ihn herumschlich. Seine Freundin hatte Sally gesagt. Celine. Irgendwie empfand sie es als merkwürdig, dass Marcus eine Freundin zu haben schien und trotzdem mit anderen Frauen rummachte. Andererseits hatte Gabi nicht besonders viel Erfahrung im BDSM-Bereich. Vielleicht verstand er die Dinge, die er mit ihr gemacht hatte, einfach nur als Teil seines Ausbilderjobs. Nichts Besonderes für ihn. Nichts, das einer festen Freundin Sorgen bereiten sollte.

Sie war wunderschön. *Verflucht sei sie.* Wie eine strahlende Version von Marcus – mit goldblonden Haaren, hellblauen Augen und einem sonnengebräunten Hautton. Groß und schlank. Eifersucht schoss durch Gabis Venen und es fühlte sich an, als hätte sie es mit Säure zu tun.

Die Frau kniete sich mit der Anmut einer Ballerina hin. Perfekte Maniküre, perfekte Pediküre, perfekt gestylte Haare, perfektes Make-up. Ihr Outfit schien ein maßgeschneidertes Lederkorsett zu sein. Sie war reich. Sie und Marcus sahen ... perfekt zusammen aus.

Marcus sagte etwas zu der Frau. Sie senkte den Kopf und küsste seinen Schuh, sodass sich ihre goldblonden Haare wie ein Umhang um ihren Kopf legten. Bei dem verehrenden Blick, den sie ihm zuwarf, knirschte Gabi mit den Zähnen.

Fass ihn nicht an, Miss Perfekt! Er gehört mir! Gabi blinzelte und ging einen Schritt zurück, noch einen und noch einen, und so entfernte sie sich von den Sesssion-Separees.

Er gehört nicht mir. Was habe ich mir dabei nur gedacht? Und doch ... schon von Anfang an wandelte sie auf diesem Pfad. *Nicht sehr klug von dir, Gabi.* Nichts zwischen ihnen würde über dieses Wochenende hinausgehen. Er hatte nur zugestimmt, mit ihr als seine Auszubildende zu arbeiten. Nicht mehr, nicht weniger.

Gabi biss sich auf die Unterlippe. Die Anziehungskraft, die sie zu ihm verspürte, war wie eine reißende Flut, der sie nicht entkommen konnte. *Ich will mehr.*

Die Blondine hob einen Flogger vom Boden auf und reichte ihn Marcus, während sie anzüglich mit ihrem Hintern wackelte. Gabi ertrug es nicht länger. Nach der Erfahrung am Samstag – mit Marcus – verstand sie nun, wie intim eine Flogging-Session sein konnte. *Das kann ich mir nicht ansehen.*

Schnell wandte sie ihnen den Rücken zu und lief zu der Bar. Die Traurigkeit umschloss sie wie ein dunkler Umhang.

Als sie anschließend den Mund gegenüber Cullen öffnete, war sie so unmanierlich, dass er sie auf den Tresen warf und ihr mit der Hand ein paar Schläge auf den Arsch verpasste.

Besser fühlte sie sich dadurch nicht, aber zumindest musste sie nicht länger eine Szene beobachten, die ihr das Herz aus der Brust riss.

Gereizt sah er die Frau zu seinen Füßen an. Obwohl er seit Monaten nicht mehr mit ihr ausgegangen war, hing sie noch immer wie eine Klette an ihm. Hin und wieder spielte er eine Session mit ihr, weil sie ihn anflehte und er sie nicht ständig enttäuschen wollte. Sanftes Flogging, kein Sex, keine aufrichtigen Emotionen. Beschweren tat sie sich nicht. Sie bevorzugte Sessions dieser Art, mochte es nicht, ihre Grenzen ausgetestet zu bekommen, und hatte kein Interesse an einer tiefgründigen Vereinigung.

Ich schon. Sogar bevor er Gabi kennengelernt hatte, wusste er, dass er mehr brauchte. Nun hatte er Liebe mit ihr gemacht und eine Verbindung aufgebaut, die so tief reichte, dass er niemals in der Lage wäre, weniger zu akzeptieren.

Für eine Sekunde musterte er Celine. Den Wink mit dem Zaunpfahl schien sie nicht zu verstehen. Sie war nicht besonders scharfsichtig. Am Anfang hatte sie ihn mit ihrer lieblichen Art und ihrer anmutigen Unterwerfung verzaubert. Mittlerweile widerte ihn ihr Verhalten an. Zu süß. Oberflächlich und niemals eine Erfahrung für die Seele.

Sie wollte eine Session mit ihm spielen.

Marcus seufzte. Galen und Vance hatten klargestellt, dass Gabi ungebunden erscheinen und sie mit verschiedenen Doms spielen musste – ihm hatten sie angeraten, das Gleiche zu tun. *Verdammt.*

Nachdem er das Puppy-Play für Gabi organisiert hatte, war er innerlich darauf vorbereitet gewesen, sie danach mit mehreren Männern beobachten zu müssen. Mit einem Mann oder auch mit zweien, wenn sie das wünschte. Als sie jedoch panisch wurde und niemals den Blick von ihm nahm, hatte er erkannt, dass sie an Sex mit anderen kein Interesse hatte.

Er fühlte genauso. Dennoch musste er für die Ermittlung den Eindruck verstärken, dass er mit Gabi keine Beziehung führte und es ihm nicht auffallen würde, wenn sie plötzlich verschwand.

Aber ... es ging nicht. Er konnte es nicht tun.

„Bitte spiele eine Session mit mir, Master", wiederholte Celine.

Marcus verzog das Gesicht zu einer Grimasse.

Sie wusste es. Sie wusste, dass der Ausdruck *Master* anstelle von *Master Marcus* implizierte, dass sie ihm gehörte. Wenn sie dachte, dass ihn das locken könnte, dann kannte sie ihn nicht besonders gut. *Master* bedeutete eine Verpflichtung. Zu einer Frau. Es bedeutete Liebe. Oh ja, Liebe war ein Muss. „Ich bin nicht dein Master. Benutze meinen Namen."

„Darf ich dir Befriedigung verschaffen?"

„Nein." Er hatte sie mit einer direkten Antwort nicht verletzen wollen, aber wie es schien, hatte er sich bisher nicht deutlich genug ausgedrückt. „Celine, du bist eine hübsche Frau, jedoch empfinde ich für dich nicht, wie ich das für eine Freundin oder Sub tun sollte."

Die Muskeln in ihrem Gesicht spannten sich an, bis sich ihre

Wangenknochen weiß färbten. „Ich bin perfekt für dich, Marcus. Lass es mich dir beweisen."

„Nein. Ich werde nicht nochmal mit dir eine Session spielen." Er hielt kurz inne. „Möchtest du, dass ich dir andere Doms vorstelle?"

„Nein!" Sie blieb auf den Knien, als erwartete sie, dass er sogleich seine Meinung änderte. Dickköpfig war sie; das musste er zugeben.

„Ich hoffe, dass du schon bald einen guten Master findest. Pass auf dich auf, Sub." Bevor sie ihm antworten konnte, entfernte er sich. Nach einem kurzen Blick auf seine Azubis, würde er sich einen Drink holen.

Später müsste er dafür sorgen, dass Gabi erneut ihre gören-haften Talente vollführte. Er gluckste. Sein Lachen verblasste so schnell, wie es gekommen war. Er konnte sie nicht schon wieder toppen. Sie hatten heute Abend bereits zu viel Zeit miteinander verbracht.

Als er überlegte, welchen Doms er vertraute, spannte sich sein Kiefer an. Er war ein Idiot. Es gab keinen Grund, sich dermaßen besitzergreifend aufzuführen. Bisher hatten sie noch nicht mal darüber gesprochen, wie es nach dem Wochenende mit ihnen weiterging. Nichtsdestotrotz waren das eben seine Gefühle.

Und sie musste heute Abend noch mit einem anderen Dom als ihm spielen. Vielleicht ein leichtes Flogging, an dem nichts erotisch wäre.

Damit er dem Dom nicht den Kopf abriss, würde er einen wenig ansehnlichen Spielpartner für sie finden. *Guter Plan.*

Es war fast zwei Uhr nachts und Maganti wartete, dass sein letztes Opfer auftauchte. Lange dürfte es nicht mehr dauern, da Jang von der Ausfahrt Bescheid gegeben hatte, dass sie auf dem Weg war. Da sich das Shadowlands außerhalb der Stadt befand, hatte sich Jang einen recht öffentlichen Beobachtungsort suchen müssen.

Schnecke Nummer Vier. Die Letzte. Hübsch. Er lächelte. Vielleicht würde er das Boot erst später herbeirufen, sodass Jang und er mehr Zeit mit ihr bekamen.

Mit einer erwartungsvollen Vorfreude sah er ihr Auto auf den Parkplatz fahren. Sehr gut.

Hinter ihr leuchteten Alarmlichter auf. Magantis Kinnlade klappte herunter, als ein Polizeiauto auf den Parkplatz bog und direkt auf die Stelle zufuhr, wo er stand. Was zum Teufel?

Verdammte Scheiße, hatten sie ihn erwischt? Schweiß rann ihm über das Gesicht, als er sich zurückzog und durch einen Schleichweg hinter dem Gebäude einen Abgang machte. Aus einem sicheren Versteck beobachtete er, wie zwei Bullen aus dem Streifenwagen sprangen und die Treppe hochrannten. Sie hämmerten an eine Tür.

Ein Mann brüllte: „Verpisst euch!" Zwischen zwei Gebäuden sah er, wie im anderen Gebäude Lichter angingen. Türen wurden geöffnet. Das Arschloch hatte jeden in dem Wohnkomplex aus dem Bett geholt.

Maganti konnte nur hilflos zuschauen. Er knirschte mit den Zähnen, als sich seine Zielperson näherte und dann die Stufen zu ihrem Apartment nahm.

Auf dem Weg zu ihrem Apartment war sie so nervös gewesen, dass sie beinahe einen Unfall gebaut hätte, als hinter ihr ein Polizeiauto aufgetaucht war. Es folgte ihr auf den Parkplatz und raste dann an ihr vorbei.

Es ist wegen mir hier. Als sie jedoch aus dem Auto stieg, kribbelte ihre Haut. Jede Zelle in ihrem Körper schien ihr verständlich machen zu wollen, dass sie beobachtet wurde. Sie wusste, dass Rhodes immer in ihrer Nähe war, aber heute fühlte es sich anders an. Unheimlich. Dennoch tauchte niemand auf. Vielleicht machte sie das Wetter nervös. Ein Sturm näherte sich vom Golf und die dunklen Wolken blockierten bereits die Sterne. Eine starke Brise schüttelte die Bäume durch und presste ihre Kleidung gegen ihre Haut.

Sie lief über den Parkplatz, als die Polizisten weit entfernt von ihrer Wohnung gegen eine Tür schlugen. Noch bevor sie ihr Gebäude erreichte, kam das nächste Polizeiauto um die Ecke gerast, gefolgt von einem Krankenwagen. *Okay.*

Nachdem sie die Außenstufen zu ihrer Etage hochgestiegen war, entdeckte sie ihre Nachbarin aus der Tür lunzen. „Was ist passiert?", fragte Gabi.

Die winzige weißhaarige Frau strahlte sie bei dem Gedanken an, ihren Klatsch weiterzutragen. „Oh, der Mann in 282 kam betrunken nachhause und hat dann seine Freundin verprügelt. Bis hier haben wir sie schreien hören. Clara aus der 280 rief mich an und ich habe sie angewiesen, die Polizei zu rufen."

Es hat also nichts mit mir zu tun. Die Erleichterung zauberte ihr ein Grinsen auf die Lippen. „Abartig – ein Mann, der eine Frau schlägt." Die Abdrücke auf ihrem Hintern brannten.

„Er kam mir schon immer unheimlich vor. Ich meinte zu Clara, dass er wie ein wahrer Grobian aussieht." Mrs. Peters zog ihren Bademantel enger um ihren Körper, um sich gegen die Regentropfen zu schützen und trat neben Gabi, von wo sie beide beobachteten, wie besagter Grobian auf den Rücksitz des Polizeiwagens verfrachtet wurde.

Gabi sah über das Geländer. Betrunken und aggressiv. Sie zögerte und fragte sich, ob sie vielleicht nach der Freundin sehen sollte. In dem Moment entdeckte sie eine Polizistin, die das Apartment betrat. Also legte sie die Hand auf Mrs. Peters zerbrechliche Schulter. „Ich wünsche noch eine gute Nacht."

„Das wünsche ich dir auch, Liebes."

Nach einer schnellen Dusche kroch Gabi in ihr Bett. Ihr Verstand war zum Schlafen noch nicht bereit. Als der Regen gegen die Fenster prasselte, schnitt sie das Bein einer kaputten Strumpfhose ab und bastelte daraus ein mausähnliches Katzenspielzeug inklusive eines Schwanzes. Dann warf sie es auf den Teppich. Zwei Fellknäuel sprangen aus ihren Verstecken.

Horatio war der Sieger. Der braune Ball in seinem Maul bewegte sich auf eine überzeugende Art, als er Hamlet anfauchte und seinen buschigen Schwanz bedrohlich in die Höhe reckte.

Hamlet zögerte. Er leckte sich über sein Fell, um zum Ausdruck zu bringen, dass er kein Interesse an der Maus hatte. Stattdessen sprang er auf das Bett und schmiegte sich an Gabi.

Auf ihrer Seite liegend vergrub sie ihr Gesicht an seinem weichen Fell. Als sie mit Marcus am Strand war, hatte sie ihn gebeten, ein nettes Zuhause für ihre Babys zu finden, falls ihr etwas ... geschehen sollte. Sein Ausdruck war furchterregend gewesen. Dann hatte er sie ruckartig an sich gezogen und die Arme fest um sie gewickelt. Flüsternd hatte er das Versprechen abgelegt.

„Egal was auch mit mir passieren mag, euch wird es an nichts fehlen", sagte sie. „Noch einen Abend."

Und dann?

Sie kraulte Hamlet unter dem Kinn und gewann sich damit ein Schnurren. Könnte sie einfach nach Miami zurück und ihre Zeit im Shadowlands vergessen? Marcus vergessen?

Wäre sie dazu fähig? Zurück nachhause? Kein Problem. Vergessen? Wahrscheinlich niemals.

Bis zu ihrer Erfahrung im Shadowlands mit Marcus, war ihr nicht bewusst gewesen, wie sehr sie sich nach mehr als – wie hatte es Marcus ausgedrückt? – Vanillesex sehnte. Schließlich hatte sie sich in den BDSM-Clubs während des Colleges niemals wahrhaftig unterworfen.

Marcus jedoch hatte ihr gezeigt, wie erfüllend es sein konnte, die Zügel abzugeben und sich hinzugeben. Das wollte sie nicht wieder aufgeben, selbst wenn sie sich einen anderen Dom suchen musste, um dieses Bedürfnis zu stillen. Sie würde den Lifestyle also weiterhin erkunden, wenn sie wieder zuhause war. Master Z konnte ihr bestimmt einen sicheren Club in ihrer Gegend empfehlen.

Dort wäre Master Marcus nicht ihr Dom. Um die plötzlich auftretende Leere in ihr zu füllen, hob sie den Kater auf ihren Bauch. Er blinzelte sie an und machte es sich schnurrend bequem, seine Ohren in Erwartung auf ihre Worte gespitzt.

„Weißt du, Hamlet, ich verstehe ihn einfach nicht." In Marcus' Haus hatte sie so viel Spaß mit ihm gehabt. Sie hatten gekocht, sich geneckt, waren schwimmen gegangen und hatten sich über Gott und die Welt unterhalten. Die Art und Weise, in der er seinen Dom-Modus an- und ausschaltete, hatte sie zu jeder Zeit in einem gewissen Maße erregt gehalten. Am Strand war er so süß und verspielt gewesen und ... *Verdammt*, sie hatte angenommen, dass er etwas für sie empfand.

An Celines Verhalten erkannte sie jedoch, dass die beiden in einer Beziehung waren.

„Du bist doch ein Mann", sagte sie zu Hamlet. „Verrate mir also eines: Wie war es Marcus möglich, mit mir Liebe zu machen, wenn er mit Celine zusammen ist?"

Seine Augen öffneten sich einen Schlitz breit, als würde er sie daran erinnern wollen, dass Männer eben Arschlöcher waren.

Heute Abend hatte Marcus sie an einen anderen Dom weitergereicht, um mit ihm eine Session zu spielen. Das war nicht gerade das Verhalten eines Mannes, der Interesse an ihr hatte, richtig? Na ja, und sie hatte mit eigenen Augen gesehen, wie gut Celine zu ihm passte. So verdammt perfekt waren die beiden. „Sie sehen gut zusammen aus, Hamlet." Gabi seufzte. „Ich schätze, ich kenne ihn einfach nicht gut genug."

Nur tat sie das sehr wohl. Mit ihrer rebellischen, ungehorsamen Art hatte sie ihn erzürnt. Nichtsdestotrotz hatte er niemals die Kontrolle über sich verloren. *Über mich auch nicht.* Wie er mit ihr Liebe gemacht hatte, sagte viel aus. Großzügig war er, immer darauf bedacht, dass sie Befriedigung erfuhr. Besprachen sie ein Thema und waren sie dann unterschiedlicher Meinung, zeigte er diese Beherrschung ebenso. Er war gerecht, lobte sie sogar, wenn sie ein besonders gutes Argument vorgebracht hatte, und er hörte ihr zu jeder Zeit aufmerksam zu.

Sie tat es ihm gleich. *Und ich bringe ihn regelmäßig zum Lachen. Ist die liebliche Celine auch dazu in der Lage?*

Verdammt nochmal. Morgen war ihre letzte Nacht im Shadowlands. Sie würde ihn beobachten, ihn vielleicht sogar fragen, ob ... ob ... er dachte ... sie wollte ... Gabi stöhnte. *Super Idee. Eine Frage zu stottern, wird sicherlich zu einer Menge Antworten führen.*

KAPITEL ACHTZEHN

Bewegungslos – **und nackt** – saß Gabi in einem der abgetrennten Separees und wartete auf Marcus' Rückkehr. Die Plastikabdeckung auf dem hüfthohen Bondage-Tisch unter ihrem Hintern knisterte. Um sie herum summte das Shadowlands mit seiner einzigartigen Hintergrundmusik: dem Soundtrack von *Cruxshadows*. Den Impact-Spielzeugen, die auf Haut trafen. Einer schreienden Sub in einem Käfig und dem männlichen Stöhnen aus dem Flogging-Bereich.

Der Ledergeruch vermischte sich mit dem Duft nach Sex, Schweiß und Parfum. Sie hob den Arm und führte die Stelle an ihre Nase, wo Marcus ihr Handgelenk umfasst hatte.

Heute ist meine letzte Nacht im Club, dachte Gabi. Es war fast vorbei und bisher hatte niemand auch nur versucht, sie aus dem Gebäude zu locken. Würde es der Täter später probieren? Nachdem sie den Club verlassen hatte? Vielleicht hatte er den Köder auch nicht geschluckt. Hatte er es auf jemand anderes abgesehen?

Was, wenn heute Abend rein gar nichts passierte? Bei der Vorstellung würde sie am liebsten aufspringen und tanzen ... und weinen. Was war mit den Frauen, die er bereits in seine Gewalt gebracht hatte? Was war mit Kim? Sie ballte die Hände zu Fäusten. Sie bemerkte dies und zwang sich, die Finger zu entspannen. *Du hast dein Bestes gegeben. Mehr kannst du nicht tun.*

Heute Abend würde sie sich wie eine Göre aufführen. Das war ihre Aufgabe. Sie würde sich Mühe geben, ihre Zeit zu genießen. Denn, wie Kim und viele andere Frauen herausfinden mussten, wusste man niemals, was der nächste Tag bereithielt. Wenn es der Entführer schaffte, Gabi in die Hände zu bekommen, wusste sie zumindest, dass sie ihr Leben bis zu diesem Moment in vollen Zügen genossen hatte.

Und dass sie geliebt hatte. Sie schüttelte den Kopf. *Lebe den Tag. Morgen kann warten.*

Ein Schrei der Erlösung riss ihre Aufmerksamkeit zu der Flogging-Session, wo sich eine Sub am Andreaskreuz wand. Der Dom ließ den Flogger fallen und schob die Finger in ihre Pussy. Ihr Schrei erreichte eine Oktave höher und sie kam erneut.

Zumindest eine Person genoss ihren Abend. *Ich bin mir nicht sicher, ob ich das gerade tue.* Beim Kellnern war sie so frech geworden, dass sie sich ein paar Verwarnungen von Mastern eingehandelt hatte. Nun plante Marcus mit ihr eine Session. Und Wachs sollte dabei zum Einsatz kommen.

Das nannte er dann spielen? Was war aus Schach geworden? Spielkarten? Oder Fangen?

Als er in den abgetrennten Bereich kam, tat er das mit einem Tablett voller ominöser Gegenstände. Ein warmes Gefühl der Erregung breitete sich in ihrem Bauch aus. Begleitet von einer nervösen Vorfreude.

Er stellte das Tablett auf einem Wagen ab und rollte ihn näher zu ihr. „Na bitte, alles bereit."

Ihre Hände waren schwitzig. „Ich denke nicht, dass ich das tun möchte."

Marcus lächelte, spreizte ihre Beine und fixierte ihre Knie auf beiden Seiten des hüftbreiten Tisches. Er schenkte ihr einen kleinen Kuss und presste dann die Hand gegen ihre Stirn, um sie in eine liegende Position zu zwingen. Das entlockte ihr ein Kichern, bis sich ein Riemen über ihren Bauch legte. *Oh je.*

„Bevorzugst du es, deine Arme über dem Kopf oder seitlich an deinem Körper fixiert zu bekommen?", fragte er in seinem höflichen Ton. Bastard. Als könnte sie nicht die Belustigung sehen, wenn sie sich nervös unter ihm wand.

Zappelnd testete sie die Einschränkungen. Als sie feststellte, dass sie sich nicht bewegen konnte, fuhr eine Lustwelle durch ihren Körper. Gleichzeitig beschleunigte sich ihr Atem und Panik breitete sich in ihr aus. Nein, heißes Wachs war keine gute Idee. „Ich würde es wirklich bevorzugen, es nicht zu machen. Ich habe meine Meinung geändert."

Er rieb sich über das Kinn und betrachtete sie. „Habe ich dich um deine Erlaubnis gebeten? Nein, das habe ich nicht. Kleine *Azubine*" – er betonte das Wort – „wenn du etwas nicht als Grenze markiert hast, wirst du es versuchen."

Oh Gott! „Aber –"

Neben ihrem Kopf stützte er sich mit dem Unterarm ab und sah ihr tief in die Augen. „Wenn du die Empfindungen zu überwältigend findest, kannst du dein Safeword benutzen. Vertraust du mir, Gabrielle?"

„Viel zu sehr, wenn du mich fragst", grummelte sie. „Sieh dir nur an, zu was du mich bereits alles getrieben hast."

„Und was du dabei alles über dich selbst gelernt hast, Süße." Er küsste sie, eignete sich die Kontrolle über ihren Mund an und ließ sie fühlen, dass er sie nicht aufgeben würde. Bis er seinen Kopf hob, konnte sie die Begierde nicht länger abstreiten, die zu einem Flächenbrand anwuchs, als er eine ihrer Brüste umfing. Wie machte er das nur? Ständig gelang es ihm, ihr den Kampfeswillen zu rauben.

Wie schaffte er es, sie mit einem Lächeln in diesen Zustand zu versetzen?

Noch immer auf seinem Unterarm betörte er ihre Brüste. Mit der Zunge hatte er seine Fingerspitze befeuchtet, mit der er nun ihren Nippel umkreiste. Als hätte er nichts Besseres zu tun, beobachtete er, wie sich die Knospe vor seinen Augen aufrichtete. Ein unerbittliches Zwicken in beide Nippel schickte einen Blitz, der direkt auf ihrer Klitoris einschlug. Gab es in ihrem Körper etwa einen Freeway, der von ihren Brüsten direkt zu ihrem Geschlecht führte?

Seine Augen verweilten auf ihrem Gesicht, während seine Hand zwischen ihre Beine wanderte. „Für jemanden, der das alles nicht will, bist du verdammt feucht, Süße", sagte er. Seine Finger glitten durch ihre verräterische Nässe, über ihre Schamlippen und neckten ihren Eingang.

Ihre Klitoris verhärtete sich und sie fühlte, wie sich das Blut in ihrem Geschlecht sammelte, bis sie pulsierte. „Das kommt nicht von dem Wachs." Scharf sog sie den Atem ein, bevor sie atemlos fortfuhr: „Du bist dafür verantwortlich. Du allein."

Die Lachfältchen neben seinen Augen vertieften sich. „Also das höre ich wirklich gern, Süße."

Er richtete sich auf und legte einen Riemen direkt unter ihre Brüste, um die Arme seitlich an ihrem Körper zu fixieren. Ein weiterer Riemen gesellte sich oberhalb ihrer Nippel dazu, ihre Brüste zwischen dem Leder gefangen. „Sehr hübsch", sagte er und ließ es sich nicht nehmen, simultan ihre Knospen zu necken. So zeigte er ihr, wie empfindlich sie nun waren.

Sie unterdrückte ein Stöhnen und versuchte, sich daran zu erinnern, ungehorsam zu agieren. Er machte es ihr nicht leicht. Ein strenger Blick von ihm und sie würde am liebsten mit der weißen Fahne schwenken.

Oder wenigstens bis sie ihre Fassung zurückgewonnen hatte.

Nachdem er Massageöl auf ihren Bauch hatte tröpfeln lassen, massierte er es in ihre Haut, auch auf ihr Dekolleté und ihre Schenkelinnenseiten. Als er etwas davon auf ihre Klitoris rieseln ließ, erschauerte sie. Dann trat eine Frage in ihr Bewusstsein und sie schluckte schwer: Warum bedeckte er ihre Pussy mit dem Zeug? „Warum Öl?"

„Du hast wunderschöne, zarte Haut, Gabi", sagte er sanft. „Das Öl verhindert, dass das Wachs zu sehr festklebt. Irgendwann probieren wir es vielleicht ohne."

Irgendwann stand nicht zur Option. Bei dem Gedanken verspürte sie einen reuevollen Stich. Könnte es ein Irgendwann geben? Hätte er Interesse daran, sie wiederzusehen, wenn alles vorbei war?

Er zog den Rollwagen näher zu sich und zündete eine weiße Kerze an. Ihre Arme zuckten in den Einschränkungen. *Geh weg! Oh Gott*, er würde es wirklich und wahrhaftig tun!

Nachdem er sich die Ärmel seines weißen Hemdes hochgekrempelt hatte und ihr seine muskulösen Unterarme präsentierte, die an einem Anwalt eigentlich nichts zu suchen hatten, griff er nach der Kerze. Die ersten Tropfen testete er auf der Innenseite seines Ellbogens. Er grunzte und hob die Kerze höher. Mehr Wachs landete auf seinem Arm. „Das sollte gehen."

Es war ihr nicht möglich, den Blick von der tanzenden Flamme zu nehmen. Nein, das war nicht richtig. Kerzen sollten für Meditation benutzt werden ... bei einem romantischen Abend. Oder auf einem Geburtstagskuchen!

Wo war der Kuchen? Die Geschenke? Das Geburtstagsständchen?

Als er nähertrat, was die verdammte Kerze zu ihr brachte, fing sie an, zu singen: „Happy Birthday to me. Happy Birthday to me ..."

Marcus hielt inne und starrte sie ungläubig an.

Wusste ich es doch. Er hat keinen Sinn für Humor. „Happy Birthday, dear Gabi" – sie hob den Kopf und blies die Kerze aus – „happy Birthday to me."

Mit offenem Mund sah er sie an. Sie erstarrte unter seinem intensiven Blick, bis er plötzlich in Lachen ausbrach. Er lachte so laut, dass sie kicherte. *Gott*, er war so unfassbar heiß, wenn er sich gehen ließ.

Der stets ernst dreinblickende Master Nolan kam in den abgetrennten Bereich und starrte sie aus gnadenlosen, dunklen Augen an. „Marcus, du bist wirklich ein jämmerlicher Dom und Ausbilder," sagte er in einem harschen Ton. Und sehr laut. „Du sollst sie schlagen und nicht über ihre Scherze lachen."

Wütend funkelte sie ihn an. „Geh weg. Wir brauchen dich hier nicht."

Mit einem angewiderten Schnauben hielt Nolan einen winzig kleinen Flogger hoch. Das Impact-Spielzeug bestach durch einen handgroßen Griff und dünne Wildlederzungen. „Die hat Z heute bekommen. Ein Flogger ist als Geschenk für deine Auszubildende gedacht."

Das Spielzeug war superniedlich! Marcus konnte sie damit den ganzen Tag auspeitschen und würde keinen Schaden anrichten. Sie grinste. „Ein Flogger in Ewokgröße. Oh, ich hab ja so Angst!"

„Ich schätze, du hast recht. Die Auszubildende muss in ihre Schranken verwiesen werden", sagte Marcus in einem verdächtig sanften Tonfall. Er nahm den Flogger und lächelte sie an. „Er ist winzig, Süße, weil er für kleine Bereiche entworfen wurde." Er holte aus und die Wildlederzungen landeten auf ihrer Pussy.

„Ahh!" Sie krümmte den Rücken, kämpfte gegen die Riemen an und versuchte, ihre Beine zu schließen, als er zwei weitere Schläge auf ihre intimste Stelle austeilte. „Heilige Mutter Gottes! Was zum –"

Zusammen mit seiner rechten Augenbraue hob sich auch der Flogger.

Ihr Mund klappte zu. Ihre Klitoris war bereits von seinen Fingern geschwollen gewesen. Nun pulsierte und brannte das Nervenbündel. Ihr Nektar tropfte durch ihre Spalte. Sie sog scharf den Atem ein. *Gott*, wenn er nochmal zuschlug, würde sie wahrscheinlich kommen.

Nolan sah auf ihre Pussy und gluckste. „Keine angemessene Bestrafung für sie, Marcus. Es gefällt ihr zu sehr."

Schmunzelnd presste Marcus seine Handfläche zwischen ihre Beine, seine durchdringenden blauen Augen waren auf ihr

Gesicht gerichtet, als seine Finger durch ihre Spalte glitten. „Oh, Süße, ich denke, damit können wir später am Abend noch viel Spaß haben."

Bei der Drohung – dem Versprechen – zogen sich die Wände ihres Geschlechts um seine Finger zusammen. Er lachte.

Nolan schüttelte den Kopf, klopfte ihm auf die Schulter und kehrte zu seiner rothaarigen Sub zurück, die außerhalb des Separees auf ihn wartete.

Marcus umkreiste ihren Eingang, fuhr so geschmeidig über ihr Fleisch, dass sie ahnte, wie feucht sie war. „Ich denke, du brauchst etwas in deiner kleinen Pussy." Er ließ von ihr ab, erregt und pulsierend, und kramte in seiner Ledertasche.

Ihre Augen weiteten sich, als er den ihr bekannten Vibrator herauszog. „Ich habe vergessen, zu erwähnen, dass das jetzt deiner ist, Süße. Bevor du ihn mit nachhause nimmst, sollten wir ihn erneut in Gebrauch nehmen."

„Oh nein, das wirst du doch nicht wirklich tun!"

Belustigt betrachtete er sie. „Oh doch. Hast du das während deines Aufenthalts noch nicht verstanden?" Er drückte den nachgebildeten Penis gegen ihren Eingang. Sie war nicht nur verdammt feucht, sie war zudem auch noch wund von gestern. Sie stöhnte, als sich das empfindliche Fleisch dehnte. Tief schob er es in sie und ihre Vagina pulsierte mit jedem Herzschlag um den einfallenden Gegenstand.

Zumindest hatte er das Ding noch nicht angeschaltet.

Marcus ging zum Rollwagen, nahm die Kerze in die Hand und runzelte die Stirn. Nach einer Sekunde zog er eine Augenbinde aus seiner Tasche und legte ihr den weichen Stoff um die Augen. „Ich will dich nicht knebeln, Süße. Vermeide also, dass es eine weitere ausgeblasene Kerze wird. Ich schätze, wenn du die Flamme nicht siehst, kannst du sie auch nicht ausblasen."

Sie konnte nichts sehen ... hatte keine Ahnung, was er tat. Ein Schauer schüttelte ihren Körper durch.

„Oh ja, nichts zu sehen, lässt dich alles intensiver empfinden."

Sie spitzte die Ohren und hörte in der Ferne den Aufprall eines Paddels. Stöhnen. Ein Mann nicht weit von ihr schluchzte herzerweichend. Eine Frau sprach Befehle aus. Cullens gelöstes Lachen.

Das Feuerzeug klickte. *Oh Gott* ... Sie blähte die Nasenflügel auf, um herauszufinden, ob er die Kerze näher zu ihr gebracht hatte.

„Ich benutze geruchlose Kerzen, Gabi", sagte er glucksend. „Das ist sicherer. Du wirst also nicht riechen, wenn ich mich dir nähere."

Etwas landete auf ihrem Bauch. Sie zuckte bei dem kurzzeitigen Brennen und entspannte sich, als die Empfindung verebbte.

Nach einer Sekunde pulte Marcus das Wachs von ihrer Haut und rieb mit dem Finger über die Stelle. „Sehr schön", murmelte er.

Er ließ ihr keine Zeit, das Gefühl zu verarbeiten und formte stattdessen mit dem heißen Wachs eine Linie über ihren Bauch, ein Tropfen nach dem anderen, jeder löste eine brennende Empfindung aus, die schnell verblasste. Er bahnte sich einen Weg über ihren Unterbauch und bewegte sich wieder nach oben, umkreiste ihren Bauchnabel. Die Hitze nahm zu, kühlte ab. Sie konnte nicht vorhersehen, wo der nächste Tropfen landen würde. Ihre Haut wurde empfindlicher, stets in Erwartung auf den sanften Schmerz, die Wärme.

Er bedeckte ihren gesamten Bauch, näherte sich langsam ihren Brüsten. Sie hielt den Atem an, als das Wachs nach links wanderte und den Hügel ihrer Brust einrahmte. Rundherum, immer näher an ihren Nippel. Manchmal heiß, manchmal angenehm warm, sodass sie nie wusste, welche Empfindung folgen würde.

Ein Tropfen landete direkt auf ihrem Nippel. Sie krümmte sich unkontrolliert. *Heiß, heiß, heiß!* Wie brennende Lippen schloss sich das Wachs um ihre zarte Knospe. Das Gefühl hätte sie beinahe zu einem Orgasmus getrieben.

Sie keuchte, unglaublich erregt, und hörte ihn flüstern: „Du machst dich so gut, Süße. So gut." Er schob ihr die Haare aus dem Gesicht und küsste sie auf die Stirn.

Wachs tropfte wieder auf ihren Bauch, die Hitze sickerte in ihre Haut und begab sich auf direktem Weg zu ihrer rechten Brust. Als der Schmerz den Nippel auf dieser Seite vereinnahmte, fühlte sie sich eingehüllt in Watte. Nichts erreichte sie noch außer diesen schleichenden Empfindungen auf ihrem Körper und der Begierde, die sich in ihr aufstaute.

Sie fühlte seine Hand zwischen ihren Beinen und der Vibrator erwachte zum Leben. Marcus klickte durch die einzelnen Stufen und die Intensität der Vibrationen schwappte über sie hinweg wie die Brandung über den Sand. Alle Nervenenden in ihr meldeten sich zu Wort, als befände sich eine zweite Klitoris tief in ihrer Vagina. Fixiert von dem Riemen, versuchte sie, das Becken zu heben. Natürlich erfolglos, sodass die Wände ihres Geschlechtes um den Eindringling pulsierten.

Unerwartet rieselte das Wachs wieder auf ihren Bauch, viel heißer als zuvor, aber das spielte keine Rolle mehr. Mit jedem Tropfen bewegte er sich tiefer und tiefer über ihre Schenkel, über ihre Schenkelinnenseite nach oben. In dem Moment wurde ihr klar, was er als Ziel auserkoren hatte. Bei der Erkenntnis stöhnte sie, nicht fähig, Worte zu formen.

Ihre Klitoris pochte und schwoll in Erwartung an. Erbarmungslos ließ er das Wachs auf sie niederrieseln, in einem Bogen von ihrem linken Schenkel bis zu ihrem Venushügel, das rechte Bein runter und wieder hoch. Mit jeder Runde näherte er sich ihrer Mitte. Als sich die Vibrationen verstärkten, wechselte er die Richtung. Ein Tropfen landete auf ihrem Venushügel. Es folgte eine Pause. Der nächste Tropfen fühlte sich näher zu ihrer Pussy an. Pause. Noch ein Tropfen. Mit jedem versengenden Kontakt spannte sich ein weiterer Muskel in ihrem Körper an.

Näher ... und das Warten auf den nächsten Tropfen schien sich ewig in die Länge zu ziehen.

Er landete. *Oh Gott*, hart und heiß traf das Wachs sie direkt auf ihre extrem empfindliche Klitoris.

„Ahh!" Eine Explosion in ihrem Inneren breitete sich wellenartig in ihr aus. Qualvolle Lust bewegte sich durch ihren Körper. Sobald die Empfindungen nachgelassen hatten, wurde der Rhythmus des Vibrators in ihr verändert und ein neuer Höhepunkt schwappte über sie hinweg. Ihre Hüften zuckten, aufgehalten durch den Riemen, ihr gesamter Körper unternahm den Versuch, sich zu wölben.

Als alles stoppte, keuchte sie angestrengt. *Gott, das war –*

Flüssigkeit wurde auf ihre Pussy geschüttet – *heiß, heiß, heiß!* – und sie schrie den nächsten Orgasmus in die Welt hinaus. Sie kam so hart, dass sie wild durchgeschüttelt wurde.

Als die Nachbeben abebbten, als das Rauschen in ihren Ohren verschwand, erkannte sie, dass die Flüssigkeit gar nicht heiß gewesen war. Ganz im Gegenteil: Er hatte eiskaltes Wasser auf ihre Pussy gekippt.

„Du ... du Sadist", presste sie heraus. Sanft entfernte er den Vibrator und sie erschauerte. Die Einsamkeit kehrte ein, noch immer gefangen in den Wolken. Verloren.

Mit einer Hand befreite er sie von der Augenbinde. Die andere strich behutsam über die wunden Stellen an ihren Schenkeln. Seine Berührung war es, die sie wieder auf die Erde zurückholte. „Ganz ruhig, Süße. Ich bin bei dir."

Sie traf auf seinen Blick und alles in ihr schmolz dahin. Wie das Wachs, mit dem er ihr gerade so viel Befriedigung verschafft hatte. *Ich liebe dich.*

Trotz des Öls hatte die Entfernung des Wachses von Gabis Haut zu einer Überwältigung ihrer Sinne geführt, sodass sie erneut in das Subspace eingetaucht war. Nun wartete sie eingewickelt in eine Decke und blinzelte ihn verdutzt an. Schweigend beobachtete sie, wie er den Bereich reinigte. Nachdem er fertig war, reichte er Gabi das Korsett und ihren Rock, und hob sie dann in seine Arme.

Mit der Nase rieb er über ihre Schläfe und atmete ihren Duft ein. Noch immer schoss Adrenalin durch seine Venen. Kein Wunder, schließlich hatte er diesen kleinen Hitzkopf getoppt, erfolgreich ihre Reaktionen interpretiert und dementsprechend gehandelt, um sie fliegen zu lassen. Manchmal erinnerte ihn das Toppen einer Sub an seine Arbeit und wie er eine Geschworenenjury bearbeitete, bis sie reagierte, wie er das wollte. Die Geschworenen sollten den Beschuldigten wütend anblitzen und mit dem Opfer sympathisieren.

Eine gute Session mit einer empfänglichen Sub war sogar noch besser. Und mit Gabi? Seine Arme festigten sich um sie, woraufhin sie seufzte und ihre Wange an seiner Brust rieb. Hatte es jemals eine niedlichere Göre gegeben? Sein Herz setzte einen Schlag aus.

Bevor diese Nacht endete, mussten sie sich dringend unterhalten.

Er suchte nach einem guten Ort, um von dem Hoch runterzukommen. Dabei entdeckte er Dan und Kari, Cullen und Andrea auf der gegenüberliegenden Seite des beinahe leeren Raumes gleich neben der Kettenstation, an der Nolan gerade mit seiner Sub spielte. Ah, richtig, beim Mastermeeting vor der Cluböffnung hatte Nolan erwähnt, dass er am Ende des Abends Beth über ihre Grenze hinausführen wollte. Dazu hatte er die anderen zum Zusehen eingeladen. Das hätte Marcus beinahe vergessen.

Mit Gabi in seinen Armen nahm er gegenüber von Dan Platz.

Dan grinste. „Die Schreie aus deiner Richtung waren nicht zu überhören." Er runzelte die Stirn und wies auf Marcus' Füße.

Er brauchte eine Sekunde, bis er verstand, dass sie unter den bekannten Umständen nicht auf seinem Schoß sitzen sollte. Mit dem Dom zu kuscheln, erlaubte nicht besonders viele görenhafte

Momente. Mit einem lautlosen Seufzer schüttelte er sie sanft, obwohl er sie am liebsten küssen würde.

„Mmm?" Sie blinzelte zu ihm auf.

Mein kleines Hündchen. Er stellte sie auf die Füße und wies auf den Boden. „Wo du hingehörst, Süße."

Sie betrachtete ihn mit so einem hinreißenden Ausdruck, dass er sie am liebsten wieder auf seinen Schoß gezogen hätte. Im gleichen Atemzug erinnerte sie sich an ihre Rolle. „Wo ich hingehöre? Auf den Boden?"

Zur Antwort zeigte er auf seine Füße.

„Bastard", murmelte sie. Sie kniete sich vor ihm hin, und als er dachte, dass sie ihre Durchschlagskraft verloren hatte, hob sie den Blick und sagte laut: „Es ist nicht zu glauben, dass von einhunderttausend Spermien gerade *du* der Schnellste warst!"

Dan verschluckte sich an seinem Drink und Cullens beherztes Lachen füllte den Raum. Mit bebenden Schultern vergrub Kari ihr Gesicht an Dans Brust, während Andrea sich beim Lachen nicht zurückhielt.

In dem Versuch, wütend zu wirken, riss Marcus sie am Nacken zu sich, um ihr ins Ohr zu flüstern. Hoffentlich schien es, als machte er ihr die Hölle heiß. „Wenn du so weiter machst, Süße, werde ich mich nicht lange halten können."

Sie senkte den Kopf und unterdrückte ein Kichern. Die kleine Göre war zu bezaubernd, und woher nahm sie ihre Beleidigungen? „Wie fühlst du dich? Bist du fähig, dich hinzuknien?" Ein Teil von ihm hoffte, dass sie auf seinen Schoß zurückwollte.

Die kleine Sub war jedoch nicht unterzukriegen. „Es geht mir gut." Ihre Stimme klang wenig überzeugend.

„Ich behalte dich besser in meiner Nähe, damit du mich nicht wieder wütend machst." Dann zog er sie zwischen seine Beine und legte die Hand zurück auf ihren Nacken. „Sag mir, wenn du dich unwohl fühlst, Süße", flüsterte er ihr die Worte zu, die nur für ihre Ohren bestimmt waren.

Als sie sich an ihn lehnte und entspannte, glitt er mit den

Fingern über das Kettengliedertattoo um ihren Hals. Auch um ihre Fußknöchel zeigte sich das abwaschbare Design. Eine unberechenbare, faszinierende Frau.

Was hatte sie nach dem heutigen Abend geplant? Würde sie sofort nach Miami zurückkehren?

Das würde nicht funktionieren. Sie brauchten Zeit, um zu erkunden, was sich zwischen ihnen entwickelt hatte. Sie fühlte sich von ihm angezogen. Seine kleine Sub konnte ihre Gefühle vor ihm nicht verheimlichen und auch nicht ihre Reaktionen bei Sessions.

Da er nun auseinanderhalten konnte, welches Verhalten gestellt und was einfach zu ihrer Persönlichkeit gehörte, fand er sie nicht länger nervig, sondern einfach verdammt amüsant. In der Zukunft – wenn sie denn eine hatten – könnte er sie auf eine Weise bestrafen, die ihnen beiden Spaß bringen würde. *Funishment.*

„Heute ist dein letzter Abend bei uns", sagte er testend. Er wollte sehen, ob sie ihre Pläne mit ihm teilen würde.

„Richtig." Darüber klang sie nicht gerade erfreut.

Er lehnte sich vor und massierte ihre Schultern. Eigentlich sollte ihr Körper nach der Session nicht so angespannt sein. Er küsste sie auf den Haarschopf und sagte: „Etwas beschäftigt dich."

Sie rieb ihre Wange an seiner. Ein unbewusster Ausdruck von Zärtlichkeit, den er nie wieder missen wollte. „Was, wenn er nicht gefasst wird? Was wird dann aus meiner Freundin? Den anderen Frauen?", hauchte sie.

Ihre Loyalität machte ihm das Herz schwer und er bot ihr die einzige Zusicherung an, die ihm einfiel: „Unsere ... Freunde ... werden nicht aufgeben."

Ihre Schultern entspannten sich ein wenig. „Das stimmt, das werden sie nicht." Ein sanftes Lächeln stahl sich auf ihre Lippen. „Sie sind fast so dickköpfig wie du."

Als Strafe knabberte er an ihrem Ohrläppchen und lächelte

bei ihrem heiseren Kichern. Sie legte ihre Wange an seinen Schenkel und er bemerkte in dieser Sekunde, wie wohl er sich bei ihr fühlte. Entspannt und glücklich. Auf eine Weise, wie er es zuvor noch nie erlebt hatte.

Zwischen Marcus' Beinen fühlte sich Gabi sicher und geborgen. Er spielte mit ihren Haaren und streichelte mit den Fingern über ihren Nacken.

Die anderen beiden Paare beobachteten die Session, bei der der gemein aussehende Master Nolan mit dem Rohrstock ... Was hatte Andrea noch gleich gesagt, wie seine Sub hieß? Beth? Ketten fixierten die Arme der Rothaarigen über ihrem Kopf und mit einer Spreizstange hielt er ihre Beine offen, während sie von ihrem Dom geschlagen wurde. Ein Flogger lag vergessen auf dem Boden und nun warf er auch den Rohrstock von sich, um sich einen Lederriemen zu greifen. Beth hatte Tränen in den Augen, aber ihre Nippel waren hart und ihr Gesicht wies eine erregte Färbung auf. Sie wackelte mit den Hüften und wölbte sich bei jedem Schlag auf eine Weise, die darauf hinwies, dass die Lust über den Schmerz herrschte.

Gabi erschauerte, denn sie erinnerte sich an das Flogging von Marcus und wie sich das Brennen allmählich zu Lust gewandelt hatte, bis sie nicht länger einen Unterschied ausmachen konnte. Das Stöhnen der Rothaarigen klang jedenfalls nicht qualvoll. Ihr Dom trieb sie höher und höher. Nach einer Weile wechselte er zu dem winzigen Pussyflogger, den auch Marcus an Gabi benutzt hatte. War das Spielzeug ein Geschenk von Z an alle Master gewesen?

Nolan schlug mit dem Flogger auf Beths Brüste. Der nächste Hieb landete zwischen ihren Schenkeln. Schreiend krümmte die Sub ihren Rücken und wurde von einem beeindruckenden Orgasmus durchgeschüttelt.

Bei dem Lächeln auf Master Nolans Lippen musste sie

zweimal hinsehen. Sein gesamtes Gesicht änderte sich, und nun verstand Gabi, was seine Sub so anziehend an ihm fand. Seine gegrummelten Worte erreichten auch die Zuschauer, als er eine Hand in Beths Haare schob, eine Faust formte und sich gegen ihren Körper lehnte. Ihr Beben verebbte. Dann trat Nolan von ihr ab und teilte drei weitere Hiebe auf ihre Pussy aus, hart und schnell. Mit einem überraschten Blick auf dem Gesicht kam Beth erneut, so gewalttätig, dass die Ketten rasselten.

Die zusehenden Doms grinsten und murmelten ihre Wertschätzung über Nolans Talente.

Der Rest der Master war nun auch anwesend. Gabi war von der Session so eingenommen gewesen, dass sie ihr Erscheinen nicht bemerkt hatte. Sam, eine Peitsche an seinem Gürtel hängend, stand mit seinen verschränkten Armen vor dem Separee. Mistress Anne saß auf einem Ledersessel, ein Sub in einem Kettenharnisch kniete zu ihren Füßen. Raoul lehnte hinter Dan und Kari gegen das Sofa.

Dan zog Kari auf seinen Schoß, um mehr Platz zu schaffen. Seine große Hand spreizte sich auf ihrem Schwangerschaftsbauch und er lächelte sie wie ein Mann an, der seinen sehnlichsten Traum in den Armen hatte.

Gabi seufzte. Würde sie jemals in den Genuss eines solchen Blickes kommen?

Mistress Olivia setzte sich neben Dan und Kari.

Master Z hatte abseits gestanden und wählte nun einen der leeren Stühle. Heute hatte er seine kleine, kurvige Sub an seiner Seite, was ihr nur auffiel, weil Gabi sie in letzter Zeit nicht zu Gesicht bekommen hatte. Z wies auf den Boden. Ausdruckslos sank Jessica in eine kniende Position.

Als Nolan einen Arm um seine gefesselte Sub wickelte, hob Gabi den Blick zu Marcus und den anderen Mastern. „Warum sind alle so glücklich?", flüsterte sie die Frage.

Er lehnte sich vor, verschränkte die Arme unter ihren Brüsten und hauchte in ihr Ohr: „Beth war mit einem Sadisten verheiratet, der ihr Narben zugefügt hat, nur um sie schreien zu hören. Schließlich hielt sie es nicht länger aus und ist weggerannt."

Gabi verengte die Augen und entdeckte die weißen Linien und die erhobenen Kreise. Narben, die sie auch an Überlebenden gesehen hatte, mit denen sie regelmäßig arbeitete. „Ich hoffe, das Arschloch verrottet im Knast."

„Unter der Erde, soweit ich weiß. Als Beth in das Shadowlands kam, hatte sie schreckliche Angst davor, Kontrolle abzugeben. Z hat sie dazu gezwungen, Nolan als ihren Dom zu akzeptieren, um daran zu arbeiten."

Gabi unterdrückte ein Lachen. Der fieseste Dom an diesem Ort? An Beths Stelle hätte sie die Beine in die Hand genommen und wäre erneut geflüchtet.

„Seit Monaten arbeitet er mit ihr, um ihr die Angst vor Einschränkungen zu nehmen. Nun vertraut sie ihm. Vollkommen. Sie vertraut ihm so sehr, dass sie keine Panikattacken mehr bekommt, wenn er einen Flogger und den Rohrstock herausholt. Den heutigen Abend sieht er als ihre Abschlussprüfung. Er wollte ihr zeigen, wie weit sie es geschafft hat."

Gabi beobachtete, wie Nolan seine Sub befreite, während er einen Arm um sie schlang. Beths Augen waren auf ihren Dom fixiert, als wäre er der Mittelpunkt ihrer Welt. „Ich denke, sie hat die Prüfung bestanden."

KAPITEL NEUNZEHN

Jessica seufzte, als Nolan seine Beth in die Arme hob und sie zu der Gruppe trug.

Z drehte sich, holte einen Auszubildenden zu sich und wies auf den Sessionbereich. Die Mitglieder wussten, dass sie nach dem Spielen den Bereich reinigen sollten, aber manchmal brauchte die Sub besondere Aufmerksamkeit, und so stellte Z sicher, dass immer eine Person zum Reinigen des Equipments parat war. Der Auszubildende nickte und verschwand.

Beths Augen waren glasig und sie sah unglaublich glücklich aus, als sie sich auf Nolans Schoß an ihn kuschelte. Er flüsterte ihr süße Worte ins Ohr, sein Ausdruck so sanft, wie es Jessica noch nie zuvor gesehen hatte. *Gott*, die beiden sahen toll zusammen aus. Sie freute sich für das Paar, war aber ein wenig ... neidisch.

Nolans nächste Worte waren etwas lauter: „Beth, liebst du mich?"

Sie hob den Kopf und lächelte ihn verträumt an. „Du weißt, dass ich das tue."

„Wohnst du gerne mit mir zusammen?" Er rahmte ihr Gesicht mit seinen Händen ein, die so vernarbt waren wie der Körper seiner Sub.

„Natürlich."

„Du vertraust mir."

„So sehr", flüsterte sie.

„Bin ich dein Dom, kleines Häschen?"

„Ja." Ihre rotbraunen Augenbrauen zogen sich verwirrt zusammen. „Was ist mit dir?"

„Nichts." Ein Lächeln zierte seine Lippen und seine ohnehin grummelige Stimme vertiefte sich. „Ich dachte, ich sollte dich darüber informieren, dass wir nächsten Monat heiraten werden. Wir müssen also deiner Mutter ein Flugticket schicken."

Jessica konnte regelrecht sehen, wie Beths Verstand Nolans Ankündigung verarbeitete. Die Rothaarige zuckte in eine sitzende Position. „Bitte was?", hauchte sie.

„Du hast mich gehört, Kleine."

„Das ... was war das denn für ein Antrag? Du kannst doch nicht einfach ..."

Nolans Lippen pressten sich aufeinander und er warf ihr einen Blick zu, den jede Sub auf dieser Erde zu interpretieren wusste – die Art von Blick, die eine Sub warnen sollte, da sie drauf und dran war, einen Dom wütend zu machen.

Beth brach den Satz ab. Sie senkte den Blick auf ihre Hände.

„Beth, liebst du mich?"

Ihr Kopf schoss nach oben. „Ja!", zischte sie.

„Magst du es, mit mir zusammenzuleben?"

Beth schnaubte genervt. „Okay, du Blödmann. Du brauchst das nicht alles zu wiederholen. Trotzdem hättest du deine Rede mit einer *bestimmten* Frage beenden sollen. *Willst du mich heiraten?* So schwer ist das doch nicht."

Ein schiefes Lächeln zeigte sich bei ihm. „Ich wollte nicht riskieren, dass du mit *Nein* antwortest."

„Du bist so ein Dom", murmelte sie, bevor sie ihm ihr strahlendstes Lächeln zuwarf. „Natürlich will ich dich heiraten."

Als die gesamte Gruppe in Jubel ausbrach, reichte Cullen Nolan einen Ring, der ihn Beth dann auf den Finger schob. Mit weit aufgerissenen Augen entließ sie ein aufgeregtes Quietschen. Sie legte beide Hände auf das Gesicht ihres Doms und gab ihm einen dicken Schmatzer.

Anschließend hüpfte sie von seinem Schoß und zeigte den Ring Kari.

Jessica grinste, als Nolan sein Gesicht verzog und seine auffällige Erektion richtete.

Dan schnaubte und sagte Nolan in einem tiefen Ton: „Du solltest sie schnell nachhause bringen, bevor du noch langfristige Schäden davonträgst."

„So lange kann ich nicht warten. Sobald sie damit fertig ist, den Ring zu präsentieren, gehen wir ins Obergeschoss." Grinsend beobachtete Nolan, wie Beth von Kari zu Andrea lief. „Wenn ich es mir recht überlege: Vielleicht sollte ich sie einfach über den Sessel beugen."

Die Männer lachten, während Beth sich vor Jessica runterließ. „Sieh nur, Jessica."

Jessica lächelte sie an, denn sie sah das Glühen in ihren Augen, die uneingeschränkte Freude. „Ich freu mich sehr für dich."

Beth umarmte sie. „Ohne dich und dein gutes Zureden wäre ich wahrscheinlich schon nach den ersten zwei Tagen geflüchtet. Dafür wollte ich mich bedanken."

„Oh je, bin ich mal wieder sentimental." Jessica blinzelte die Tränen in ihren Augen fort und erwiderte die Umarmung. „Okay, und jetzt zeig mir nochmal den Ring."

Er war atemberaubend. Ein Diamant umrandet von kleineren, farbenfrohen Edelsteinen, die eine blühende Blume nachbildeten. Perfekt für eine Landschaftsgestalterin. „Ich bin so neidisch", sagte Jessica. Sie versuchte, ihre Worte leicht dahin gesagt klingen zu lassen, obwohl sie es aus vollem Herzen meinte. „Ich bin mir absolut sicher, dass ihr beiden sehr glücklich werdet."

„Danke dir." Beth küsste sie auf die Wange, bevor sie Z angrinste. „Danke, Sir."

Z strich ihr über die Haare. „Ich wünsche dir alles Glück der Welt, Elizabeth."

Sich ein wenig ausgegrenzt und neidisch fühlend, beobachtete Gabi, wie Beth zu Nolan zurückkehrte.

Er hatte seine Sub keine Sekunde aus den Augen gelassen.

Beth wedelte mit ihrer Decke in seine Richtung. „Willst du nach oben gehen, mein Herr und Gebieter? Oder willst du mich einfach über die Lehne deines Sessels beugen?"

Alle im Umkreis lachten.

Nolans Ausdruck verdunkelte sich. Er stand auf.

Instinktiv nahm Beth einen Schritt zurück.

Gabi kicherte, als Nolan ihr die Decke wegriss und sich Beth über die Schulter warf. Er schlug ihr auf den Hintern, sah sich in der Runde um und grinste. „Wir werden uns für eine Weile nach oben verziehen, Z", sagte er.

Master Z neigte den Kopf. „Gerne dürft ihr die Nacht hier verbringen, Nolan. Benutze so viele Räume, wie du für nötig hältst, um sie angemessen mit dir zu verloben."

Nolan gluckste, rieb über Beths schlanken Schenkel. „Gute Idee, Z. Es sollte nur eine Handvoll Räume brauchen, um sich eine ruhige kleine Verlobte zu sichern."

„Bitte was?", kam es von der Rothaarigen, während die anderen Doms breit grinsten.

Cullen hatte die Spielzeuge aus dem Sessionbereich eingesammelt und sie in Nolans Tasche gepackt, die er ihm nun über die Schulter warf. „Die wirst du brauchen, Kumpel."

Ein bisschen entsetzt schüttelte Gabi den Kopf. Jeder Raum im Obergeschoss stellte ein anderes Gerät bereit – von Spanking-Bänken über Andreaskreuze bis hin zu Bondage-Tischen. Bei Sonnenaufgang wäre die arme Beth wahrscheinlich nicht mehr in der Lage, zu laufen.

„Also das hat mich erschöpft." Dan küsste den Hals seiner

schwangeren Sub. „Hat mich zu dem furchtbaren Moment meiner Verlobung zurückgebracht."

„Oh, das hat es nicht", sagte seine Sub.

Gabi schnappte nach Luft, als sie ihrem gemein aussehenden Dom in die Rippen pikste. War sie wahnsinnig?

„Denkst du nicht auch, dass wir über ein Überangebot von frechen Subs verfügen?", knurrte Master Dan, die Frage an Cullen gerichtet. Er packte Kari an den Handgelenken und hakte die Fesseln über ihrem Schwangerschaftsbauch zusammen.

Cullens Sub Andrea grinste. „Mich kann er nicht meinen. Schließlich bin ich ein Paradebeispiel, was meine Kleidung, mein Verhalten und meinen Gehorsam angeht."

Das klang nach einem Zitat, aber wenn das in der Einweisung für das Auszubildendenprogramm gestanden hatte, war es Gabi entgangen.

Cullen starrte seine Sub ungläubig an. „Für diese faustdicke Lüge wirst du mir ein Bier holen – für dich nur Wasser."

Als sie ihn wütend anfunkelte, riss er ihr das Kleid über den Kopf, sodass sie nur noch einen Tanga am Leib trug. Er schob die Finger an ihrer rechten Hüfte unter das dünne Stoffband. „Sieh mich noch einmal so an und ich nehme dir auch das hier, Liebling."

Eilig marschierte sie davon und Cullen grinste. „Es wird niemals einen Tag geben, an dem ich es nicht genieße, ihren Arsch zu sehen. Je wütender, desto anziehender."

Marcus lachte. Er rieb seine Wange an Gabis und sein stoppeliger Kiefer bildete eine berauschende Empfindung. „Zieh dich an, Süße. Dann holst du uns einen Drink. Da du – in den letzten fünf Minuten – ein gutes Mädchen gewesen bist, darfst du dir bestellen, was auch immer du magst."

Gott, sie könnte seiner Stimme bis in alle Ewigkeit lauschen. Sie wandte sich ihm zu und flüsterte: „Danke, Sir."

Dann küsste er sie auf dieselbe Weise, in der er sprach. Ausgedehnt und erregend.

Nachdem sie sich ihren Vinylrock angezogen und ihr Korsett eingehakt hatte, wartete Gabi an der Bar, um ihre Bestellung zu tätigen. Ein älteres Paar hatte sich in dem nächstgelegenen Separee eingefunden. In einem pinken Bustier und einem passenden Halsband wurde der Frau von ihrem weißhaarigen Dom auf einen Strafbock geholfen. Die beiden mussten um die siebzig Jahre alt sein und sie waren wirklich goldig. Der Gedanke allein, dass man mit jemandem fünfzig Jahre zusammen sein konnte, wärmte ihr das Herz.

Mit Fingern verbogen von Arthritis streichelte er mit den Knöcheln über die Wange der Sub, und sie tauschten einen Kuss und ein Lächeln.

Gabis Herz schmerzte. *Das will ich auch. Ich will Marcus als meinen Dom. Als meinen Mann.*

Von dem Dom, der heute als Barkeeper herhielt, bestellte sie Marcus' liebsten Wodka und für sich selbst eine Limo. Als sie dann wartete, fuhr sie mit dem Zeigefinger durch die nassen Stellen von verschütteten Getränken und zeichnete geometrische Formen. Marcus' Verhalten ihr gegenüber erweckte den Eindruck, dass er ihr zugetan war. Die Frage war nur, ob er dieses Benehmen bei allen Auszubildenden an den Tag legte. Hätte er nicht etwas zu ihr gesagt, wenn er plante, sie auch nach dem heutigen Abend wiederzusehen?

Als hätte sie anstelle des Thunfisch-Sandwiches ein Panik-Sandwich zum Mittag gegessen, setzte ihr Herz einen Schlag aus. Vielleicht dachte er, dass sie kein Interesse hatte und dass sie gleich Morgen nachhause fliegen und ihn vergessen wollte. *Er ist ein Dom, Gabi.* Bestimmt weiß er um ihre Gefühle, sagte eine Stimme in ihr. Der optimistische Teil in ihr bestand darauf, dass sie es ihm sagen sollte, bevor sie eine Zukunft mit ihm aufgab.

„Hi."

Gabi drehte den Kopf und entdeckte die blonde Sub, die von Marcus vollkommen eingenommen war. Miss Perfekt mit den goldblonden Haaren. „Hi."

„Mein Marcus meinte, dass du seine neue Auszubildende bist."
Die Stimme der Frau war sanft und zuckersüß. „Ich heiße Celine."

Mein Marcus. Der Schmerz dieser Wortkombination fühlte
sich wie ein Stich in Gabis Herz an, so plötzlich auftretend, dass
sie sich nicht hatte davor bewahren können. Vorsichtig atmete sie
ein und wagte ein Lächeln. „Freut mich, dich kennenzulernen."
Nicht wirklich. Ich hätte auch gut ohne dieses Treffen leben können. „Ich
bin Gabrielle. Wie lange seid ihr schon zusammen?"

„Seit dem Frühjahr. Er ist alles, was ich mir immer gewünscht
habe." Celine lächelte und tätschelte Gabis Hand. „Ich habe dich
beobachtet. Ist dir denn nicht bewusst, dass die Doms Gören
verabscheuen?"

„Oh. Wirklich?" *Irgendwo vermisst jemand seinen Dorftrottel.*
„Das ist mir doch glatt entgangen."

Celine spitzte die Lippen. „Aus dem Grund hat diese eine
Auszubildende – Sally – auch noch keinen Dom gefunden.
Niemand erträgt sie lange. Es überrascht mich, dass es Marcus
mit ihr aushält. Er hasst respektloses Benehmen."

Gabi schaffte es, nicht das Gesicht zu verziehen, und antwortete in einem gelassenen Ton: „Verdammt. Wer hätte es gedacht?"

„Nimm es nicht zu schwer", sagte Celine. „Ich will dir nur
helfen."

Auf der anderen Seite von Celine runzelte Master Dans
schwangere Sub die Stirn. Vielleicht wurden sarkastische Subs
hier auch nicht gern gesehen.

„Aus dem Grund liebt mich Marcus so sehr", sagte Celine.
„Ich mache ihm niemals Probleme und gebe keine Widerworte.
Was er will, das will auch ich."

*Ich sollte ihr eine reinhauen, sollte ihr ein Bündel ihrer perfekten
Haare herausreißen. Nicht eine Sub in diesem Club würde es mir
nachtragen.*

Der Barkeeper kam – endlich – und stellte Gabis Bestellung
vor ihr ab. „Grey Goose und eine Cola."

„Danke", sagte Gabi.

„Oh, ist das für meinen Master?" Celine nahm Marcus' Drink in die Hand. „Ich erspare dir den Weg, sodass du die anderen Mitglieder bedienen kannst." Sie lief davon, anmutig und beeindruckend schnell. Um aufzuholen, müsste Gabi ihr wie ein Jagdhund hinterherrennen.

Gabi sah Celine nach, der perfekten Sub, und beobachtete, wie sie den Drink an Marcus weitergab und sich dann zu seinen Füßen hinkniete.

Das ist mein Platz.

Marcus sagte etwas und Celine rieb ihre Wange an seinem Knie.

Als Gabi den Atem entließ, den sie zu lange gehalten hatte, fühlte es sich an, als wären ihre Rippen zu einem Knochenhaufen zusammengefallen. Das beantwortete dann also die Frage, die sie über ... alles hatte. Er war bereits vergeben, und selbst wenn er das nicht wäre, war Gabi nicht die Art Sub, die er für sich wollte. Das hatte er ihr von Anfang an deutlich zu verstehen gegeben. Keine Göre für ihn. Wieso war sie davon ausgegangen, dass er vielleicht seine Meinung geändert hatte?

Sie blickte auf ihr Getränk. Kleine Bläschen erhoben sich in der dunklen Flüssigkeit, platzten und verschwanden. *Der Ball ist vorbei, Aschenputtel-Sub.* Das Märchen war zu Ende und sie musste jetzt nachhause gehen. Wirklich eine Schande, dass ihre eigene Geschichte keinen Prince Charming bereithielt.

Auf dem Weg zum Ausgang brach ihr das Herz.

Bevor sie die Tür erreichte, hörte sie: „Gabrielle." Nicht Marcus. Es fehlte die samtweiche Betonung der letzten Silbe. Es war Z. Sie drehte sich zu ihm.

Mit zusammengezogenen Augenbrauen betrachtete er sie. „Wolltest du gehen, ohne dich zu verabschieden?"

Sie schluckte an dem Kloß in ihrem Hals vorbei. „Das macht es leichter."

„Leichter ist nicht immer besser", sagte er in einem sanften Ton.

„Nein, in diesem Fall aber schon." Ihre Augen glitten zu Marcus. Seine blonde Sub hatte die Arme um seine Beine gewickelt. Eine Klette auf Bestellung. „Bitte sag allen, dass ich ihre Hilfe sehr geschätzt habe."

Indem sie dies aussprach, erinnerte sie sich daran, was wirklich wichtig war. Wieso ließ sie sich von diesen unreifen Emotionen runterziehen, während Kim wahrscheinlich um ihr Leben bangen musste? „Ich wünschte, wir hätten den Kerl geschnappt."

Seine grauen Augen nahmen die Farbe eines hartnäckigen Graublaus an. „Wir werden nicht aufgeben, Gabrielle."

„Ich weiß." Sie schaffte ein zaghaftes Lächeln. „Na ja, also, danke."

Ohne Worte breitete er die Arme aus.

Sie akzeptierte die Umarmung und er hielt sie fest umschlungen, als sie gegen ihre Tränen ankämpfte. Tief atmete sie ein und löste sich schließlich von ihm. Er legte einen Finger unter ihr Kinn und zwang sie so, dass sie ihm in die Augen blickte. Mit dem Daumen entfernte er eine Träne, die ihr entwischt war. „Pass auf dich auf, Kleine."

Sie ergriff die Flucht.

Okay, damit hatte sie ihre Antwort, dachte Jessica, als sich Z auf den Weg zu der verdammten Auszubildenden machte.

Und dann presste sich Gabrielle an ihn, als wäre es nicht das erste Mal, dass sie ihn umarmte.

Auch der letzte Hoffnungsschimmer in Jessica erlosch. Nur ihr sollte es erlaubt sein, ihn auf diese Weise in die Arme zu schließen.

Er hat mich heute nicht hier haben wollen. Sie war vielleicht kein Psychiater, kein Gedankenleser, jedoch wusste sie genau, wenn er unzufrieden war. Z hatte sie nur wegen Nolans Plänen kommen lassen, aber willkommen fühlte sie sich nicht.

Jetzt wusste sie auch, woran das lag. Sie war ersetzt worden. Diese Erkenntnis traf sie so heimtückisch, dass ihr die Folgen erst bewusst wurden, als der Schmerz ihre Sinne attackierte und ihr der Atem stockte. Um sie herum unterhielten sich die Master, tauschten Erfahrungen über ungünstig gelaufene Sessions aus. Niemand schenkte ihr Beachtung, als sie aufstand. Sie musste von hier verschwinden, bevor Z zurückkehrte – wenn er das überhaupt tat.

Jessica lief seitlich an der Wand entlang, bis sie den Ausgang erreichte.

Im Eingangsbereich sah sie sich um. Z stand auf der anderen Seite der Bar, sein Rücken ihr zugewandt. Obwohl niemals etwas dazu in der Lage war, seine antrainierte Militärkörperhaltung zu ruinieren, sah sie die Achtsamkeit in seinen Bewegungen. Sie zögerte. War es möglich, dass sie falschlag?

Sie bezweifelte es.

Bei der Tür zum Büro stoppte sie. Z hatte die persönlichen Daten der Mitglieder auf dem Computer, und da sie seine Buchhaltung für ihn erledigte, konnte sie zu jeder Zeit die Informationen aufrufen, die sie brauchte. Wie zum Beispiel die Adresse einer bestimmten Auszubildenden.

Vielleicht sollte sie die Sub besuchen und sich ein wenig mit ihr unterhalten. Z war nicht willig, ihr zu erklären, was vor sich ging, Gabrielle aber würde sicher kein Problem damit haben. Jessicas Finger fühlten sich taub an, als sie den Code eintippte und das Büro betrat. Sie wollte in Erfahrung bringen, wie lange Z schon etwas mit der Azubine hatte. Danach würde sie sich ihre nächsten Schritte überlegen.

Auf dem Parkplatz ihres Wohnkomplexes stieg Gabi aus dem Auto und atmete die saubere, frische Nachtluft in ihre Lungen. Der Sturm war vorbeigezogen, sodass in der sanften Brise überall Palmwedel über den Asphalt glitten. Sie erschauerte, als der Wind über ihre nackten Schultern und Beine wehte. *Passend für das Wetter bin ich nicht gerade gekleidet.* Sie entließ ein bitteres Lachen.

Sie hatte sich nicht mal die Zeit genommen, um sich umziehen. Auch Schuhe trug sie nicht. Sie hatte einfach alle ihre Habseligkeiten in ihre Tasche geworfen und hatte dann den Club verlassen. Zu verharren, bedeutete, dass Marcus vielleicht ihre Abwesenheit bemerkt hätte. Andererseits schien er mit seiner wahren Sub recht beschäftigt gewesen zu sein. Ein zynisches Lachen löste sich aus ihrer Kehle. Wahrscheinlich würde er erst zur Clubschließung erneut einen Gedanken an sie verschwenden.

Sie stoppte und schloss die Augen. Nein, das war ihm gegenüber wirklich nicht fair. Selten war es ihr vergönnt gewesen, einem so verantwortungsbewussten Mann wie Marcus zu begegnen. Irgendwann hätte er sich auf die Suche nach ihr begeben ... und dann hätte er ihr einen anderen Dom an die Seite gestellt – so wie er das auch gestern Abend getan hatte. Durch ihren frühzeitigen Abgang hatte sie ihm viel Arbeit erspart.

Als sie sich vorbeugte, um auf dem Beifahrersitz nach ihrer Tasche zu greifen, hörte sie ein: „Netter Arsch."

Sackgesicht. Konnte der Abend noch schlimmer werden? Sie drehte sich um und bemerkte, dass sie zwischen dem Auto und seinem Körper eingekeilt war. Augenblicklich bereute sie ihr knappes Outfit. Sie festigte die Hand um ihren Autoschlüssel und sagte: „Du lässt deine Tarnung auffliegen."

„Die Ermittlung ist beendet. Thompson hat den Entführer geschnappt."

Hoffnung erhob sich in Gabi und schob jede andere Emotion in den Hintergrund. *Kim. Sie können Kim retten.* „Wo? Wann? Wollte der Täter einen der Lockvögel entführen? Wie habt ihr es herausgefunden?" *Warum hat mich niemand angerufen?*

Rhodes' Ausdruck zeigte Verdrießlichkeit. „Thompson hat die Verhaftung im St. Pete vorgenommen. Er wartete vor dem Club auf den Lockvogel und hörte Laute aus der Seitengasse. Dort hatte der Verdächtige eine Frau angegriffen, die das Gebäude durch die Hintertür verlassen hatte." Rhodes schüttelte den Kopf. „Wieso sie so dumm war, den Club über die dunkle Gasse zu verlassen, ist mir ein Rät –"

„Aber er wurde festgenommen? Wurde jemand verletzt?"

„Die Frau hat etwas abbekommen, als Thompson auf den Kerl los ist. Die Sanitäter haben sich aber um sie gekümmert."

„Wow, okay, ich schätze, dann hat sich mein Aufenthalt hier wohl erledigt." Es fühlte sich merkwürdig an. Als würde sie noch immer laufen, obwohl das Rennen bereits vorbei war.

„Verdammt, ich wollte die Festnahme vornehmen." Sein Blick landete auf ihr. „Du hättest dich mehr anstrengen müssen."

„Ich habe mein Bestes gegeben." Gabi seufzte. Ein bisschen verstand sie seine miese Laune. Nach der ganzen Arbeit war es nun einfach vorbei. Jetzt musste sie nachhause und zu ihrem normalen Leben zurückkehren. Zu einem traurigen Leben, wenn sie ehrlich war. Von außen hatte sie festgestellt, wie leer es war. Kein tiefes Männerlachen, kein heißer Sex, keine starken Arme um ihren Körper. Sie rieb sich mit den Händen über ihre Oberarme, um die Einsamkeit zu vertreiben.

Damit zog sie Rhodes' Aufmerksamkeit auf ihren Mangel an Kleidung, ihre nackten Schultern, ihre Beine und den tiefen Ausschnitt ihres Korsetts. Sein Ausdruck veränderte sich. „Du wärst erfolgreicher gewesen, wenn es dir nicht so viel ... Spaß gemacht hätte." Sein Blick schweifte über ihren Körper. Ein Blick, der sie anwiderte. „Da wir aber beide hier sind, können wir ja zusammen ein bisschen Spaß haben." Er wies mit einem Nicken auf ihr Apartment. „Ich kann das besser als dein Arschlochausbilder, das kannst du mir glauben."

„In deinen Träumen vielleicht." Marcus gegen ihn eintauschen? Von wegen. *Ich will meinen Marcus!* Ihre Kehle schnürte sich zu, bis sie befürchten musste, gleich in Tränen auszubrechen. Um gegen diese jämmerliche Emotion anzugehen, zischte sie: „Du bist ein Schleimbeutel, Rhodes. Der lebende Beweis dafür, warum Geschwister nicht heiraten sollten."

Es dauerte eine Sekunde und dann zeigte sich Wut auf seinem dummen Gesicht.

Das war nicht besonders klug von dir, Gabi. Erschöpft lehnte sie sich an das Auto. *Verschwinde einfach.* „Geh nachhause, Rhodes. Ich will dich nicht melden müssen." Sie würde es trotzdem tun, obwohl sie bezweifelte, dass es zu etwas führte.

Sein Ausdruck verdunkelte sich. „Du wirst mich so oder so melden. Weißt du, Renard, wenn ich in meinen Bericht schreibe, wie sehr du die Erfahrung genossen hast, wirst du keinen Job haben, zu dem du zurückkehren kannst."

Ihr wurde schlecht. Sie hatte diese Reaktion erwartet. An einem einzigen Abend schienen sich alle ihre Hoffnungen und Träume in Rauch aufzulösen ... „Was bist du nur für ein verdammtes Arschloch", presste sie heraus.

„Oh, ich bin mir sicher, dass wir uns einigen können." Er lehnte sich mit der Seite an ihr Auto, legte seine Hand auf ihre Brust und drückte zu.

„Nein!" Mit einem unkontrollierbaren Knurren schlug sie seine Hand weg, holte aus und traf ihn mit dem Handballen direkt an der Nase. Ein Knacken war zu hören und bei dem Laut drehte sich ihr der Magen um. Sein hoher Schmerzensschrei warf sie in ihre Albträume zurück.

Er packte sich an die Nase, Blut floss durch seine Finger.

Obwohl ihr die Galle in die Kehle stieg, hob sie mutig beide Fäuste. „Geh, Rhodes. Verschwinde."

Mit einem wahnsinnigen Ausdruck in den Augen trat er den Rückzug an. Zehn Schritte hatte er sich entfernt, als sie ihre Autotür zuknallte und mit langen Schritten über den Parkplatz marschierte. Dann vernahm sie, dass jemand Gas gab, und sie entspannte sich.

Autoreifen quietschten auf dem Asphalt, als er wie ein Verrückter vom Parkplatz fuhr.

Das Herz hämmerte in ihrer Brust, ihr Körper mit Adrenalin gefüllt. Am liebsten würde sie lachen. Er war wirklich fort.

Und ich habe ihm die Nase gebrochen!

Den furchtbaren Laut versuchte sie aus ihrem Verstand zu vertreiben. Tja, das Sackgesicht hätte sich eben nicht mit einer Frau anlegen sollen, der gerade erst das Herz gebrochen wurde!

Ihre Stimmung wurde erneut düster.

Als sie zu ihrem Gebäude lief, bog ein Kleinwagen in die Feuerwehrzufahrt und blockierte ihr damit den Weg. Der Motor wurde abgestellt und eine kleine Blondine sprang heraus.

Zs Sub. Jessica. Das Gesicht der Frau war angespannt, ihre Hände zu Fäusten geballt, ein wütendes Funkeln in ihren Augen, das direkt auf Gabi gerichtet war.

Meine Güte, ist heute der Tag, an dem alle auf Gabi herumhacken müssen?

Maganti schüttelte den Kopf. *Scheiße, alle sind heute gegen mich*, dachte er.

Was brauchte es noch alles, um sich diese Fotze zu schnappen? Gestern Nacht waren plötzlich die Drecksbullen aufgetaucht und nun wollte diese Blondine einen Zickenkrieg anzetteln.

Er musste diese Schlampe heute zu packen bekommen. Jetzt. *Verschwinde, Blondi, damit ich meinen Job machen kann.*

Als er die Szene aus den Schatten heraus beobachtete, sagte die kleine Blondine in einer schroffen Stimme: „Wir müssen reden. Wie lange trefft ihr euch schon hinter meinem Rücken?"

„Was? Mit wem soll ich mich treffen?"

„Mit Z natürlich!"

Die Rothaarige rollte mit den Augen. „Wenn du und Z

Probleme habt, dann ist das nicht meine Schuld. Geh und rede mit ihm."

Augenblick mal ... Maganti erstarrte und verlor den Anschluss an das Gespräch. Die kurvige Blondine hatte auf seiner Liste gestanden. Er hatte seine Nachforschungen angestellt und sie ausgeschlossen, da sie einen festen Partner hatte. Sollte sie sich aber mit ihrem Liebhaber in den Haaren haben, konnte er sie wieder auf die Speisekarte setzen. Keine Menschenseele würde sich wundern, wenn jemand, der betrogen wurde, von der Bildfläche verschwände.

Er betrachtete sie und sah Dollarzeichen.

Sein Zielobjekt runzelte die Stirn und lief davon, aber die Blondine hatte nicht vor, sie gehen zu lassen. Sie packte die Rothaarige am Arm und verlangte: „Ich brauche Antworten. Bitte!"

Die andere Frau entließ einen genervten Seufzer. „Mein Gott, du bist hartnäckig. Na gut. Komm mit in meine Wohnung. Dort können wir uns unterhalten. Es ist wirklich nicht, was du denkst."

„Is' klar."

Die Rothaarige lehnte sich vor und flüsterte der Blondine etwas in das Ohr, die augenblicklich zurückzuckte und die andere Frau mit weit aufgerissenen Augen anstarrte. „Nein! Wirklich? Nein."

„Oh ja. Den Rest erzähle ich dir oben."

Ein mittelmäßiger Abend verwandelte sich gerade in eine verdammt großartige Nacht, als sich die beiden gemeinsam in Bewegung setzten.

Schließlich betraten sie die Gasse zwischen den Wohnkomplexen und gleich darauf zog Maganti seinen Taser. Er wartete, bis sie ihm den Rücken zuwandten, um die Stufen emporzusteigen. Er trat aus seinem Versteck, sicherte sich eine freie Schussbahn und setzte beide außer Gefecht. *Peng, peng.* Eine Minute später hatte er die Haken aus den Körpern gelöst und die Frauen in seine bewährte Box gehoben. Sie waren leicht verknotet, aber das war ihm egal. Hastig schob er die Sackkarre unter die Box und fuhr seinen Van näher an die Gasse, um seine Ware aufzuladen. Und dann saß er auch schon hinter dem Lenkrad.

Das war doch mal eine hervorragende Ausbeute.

Gabi kam zu sich. Ihr Kopf pochte und ihr war schlecht. Ihr Mund fühlte sich an, als hätte sie Sand gegessen und ihr vernebelter Verstand erinnerte sie an eine alkoholreiche Nacht. Nur ... hatte sie keinen einzigen Tropfen getrunken, richtig?

Sie versuchte, sich aufzusetzen und erkannte, dass sie auf einem Metallboden lag und nicht in ihrem Bett. Es rasselte, als sie die Arme bewegte. Fesseln? War sie noch immer im Club? Vorsichtig hob sie den Kopf, damit er nicht explodierte. Sie trug Handschellen. Eine anderthalb Meter lange Kette führte zu einem Bolzen in der grauen Metallwand, gesichert durch ein Vorhängeschloss.

Die Welt drehte sich, als sie sich in eine sitzende Position brachte. Sie schluckte schwer. *Bin ich im Shadowlands?* Dafür war es zu leise. Auf keinen Fall befand sie sich in Marcus' Haus. Sie hatte ihn im Club zurückgelassen. Warum also die Fesseln?

Sie war zu ihrem Apartment gefahren. Genau. Richtig. Und sie hatte das Sackgesicht geschlagen? Sie spannte die Finger an und knirschte die Zähne. Ja, ihre Fingerknöchel schmerzten. Also war es kein Traum gewesen. Dann war ... Jessica gekommen und gemeinsam hatten sie sich der Treppe genähert. Ein Mann in den Schatten. *Schmerz.* Gabi erstarrte, als der furchtbare Schmerz zu ihr zurückkam und sie sich daran erinnerte, wie sich jeder Muskel qualvoll angespannt hatte. Dann ...

Hier. Sie drehte den Kopf. Jessica lag neben ihr. Bewusstlos. In Handschellen.

Sie befanden sich nicht im Club. Dies war keine Session, kein Spiel. *Nein, nein, nein!* Ein Schrei wollte ihr entringen, blieb jedoch in ihrem zugeschnürten Hals stecken. Das Schwindelgefühl, die Kopfschmerzen, die Erschöpfung ... unter Droge gesetzt.

Die furchtbare Erkenntnis kam von tief in ihr und krachte gegen ihr Gehirn. *Entführt.* Thompson hatte den Flaschen festgenommen.

Ich wurde entführt. Mit Jessica. Todesangst meldete sich in ihr, schwappte so unaufhörlich auf sie zu wie eine hohe Welle, setzte ihre Gedanken unter Wasser, bis sich der Bereich um sie herum rot färbte. Kalt. Sie erschauderte.

Ich muss hier raus. Sie riss an dem Bolzen. Keine Chance. *Nein! Oh Gott, bitte nicht!* Sie riss und riss an der Kette. *Lass mich los, verdammt nochmal, lass mich sofort gehen!* Sie zog und die Kette rasselte, bis das Metall auf ihrer Haut zu Abschürfungen führte.

Autsch. Es war dieser ansteigende Schmerz, der sie über den Zustand der Panik hinausbrachte. Keuchend brach sie an der kalten Wand zusammen.

Oh Gott, Panikattacke, Panikattacke. Sie schüttelte den Kopf und atmete tief ein, zwang sich, ihre Atemzüge zu verlangsamen. *Dafür hast du jetzt keine Zeit, Gabi.* Als sie die Rinnsale des Blutes beobachtete, die über ihre Handgelenke rannen, verharrte die Todesangst in ihrem Bewusstsein und lehnte sich gegen ihre Kontrolle auf.

Sie musste ihre ganze Willenskraft aufbieten, um so den Blick von ihren gefesselten Handgelenken zu nehmen.

Wo sind wir? Graue Wände, grauer Boden. Metall. Kein Raum. Ein Van. Es roch nach Schweiß, Angst und Kotze. Und Sex. Sie presste sich gegen die Wand, zog ihre Knie an ihre Brust und rollte sich zu einem Ball zusammen.

Das einzige Licht kam von einem kleinen Drahtgeflechtfenster in der Tür, die den hinteren Teil von der Fahrerkabine trennte. Davor standen eine Kühlbox, eine bewegliche Toilette und eine riesige Box aus Wellpappe gedacht für eine Waschmaschine, an der eine Sackkarre lehnte. Nichts war in greifbarer Nähe.

Ihre Brust verengte sich und dann entließ Jessica ein Stöhnen.

Eine Sekunde später hob die Blondine den Kopf, ihre Lider noch nicht ganz geöffnet. „Was ist passiert?"

„Wir wurden entführt."

„Bitte was?"

Das hättest du auch besser kommunizieren können, Gabi. „Tut mir leid. Vor meinem Apartment hat uns jemand getasert und uns betäubt. Wir sind gefesselt." Gabi lauschte. Sie hörte keinen Straßenverkehr, keine schreienden Menschen, kein Lachen oder Getuschel.

Die Ketten rasselten, als Gabi ihre pochenden Schläfen massierte. „Niemand weiß, wo wir sind, nicht mal, dass man uns gekidnappt hat." Das FBI dachte, dass sie den Täter bereits in Gewahrsam hatten. Wie lange würde es dauern, bis sich jemand bei Gabi meldete? Die Angst kehrte ohne Umwege zu ihr zurück. *Keine Rettung. Keine Hoffnung.* Ihre Hände ballten sich zu Fäusten und sie gab ihr Bestes, um nicht vollkommen die Fassung zu verlieren.

„Ganz ruhig. Alles wird gut." Jessica rutschte zu ihr.

Nicht allein. Sie hatte jemanden bei sich, der auf sie zählte. *Ich kann jetzt nicht austicken.* „Tut mir leid", flüsterte Gabi. Ihr Herz hämmerte in ihrer Brust und es dauerte ein wenig, bis sie sich von dem dunklen Abgrund entfernen konnte. Nachdem sie erfolgreich gegen sich selbst angekommen war, drehte sie sich der anderen Frau zu. „Wir stecken in Schwierigkeiten."

Mit den Händen geballt sah sich die Blondine im Van um, ihr Gesicht blass. Nach einer Weile hob sie entschlossen das Kinn. „Nur damit du es weißt: Meinen Ausraster in Bezug auf dich und Z hebe ich mir für später auf. Jetzt musst du mir erstmal sagen, was zum Teufel hier los ist."

Trotz des kalten Schauers, der ihr über den Rücken jagte, wagte Gabi ein Lächeln. Natürlich hatte Z keine schwächliche Sub. „Folgendermaßen …"

. . .

Als Gabi redete, versuchte Jessica verschiedene Dinge, um ihren Handschellen zu entkommen. Ohne Erfolg. Nachdem Gabi alles vor ihr offengelegt hatte, hätte sie Z am liebsten umgebracht. Jetzt verstand sie, wieso er in den letzten Wochen bei ihrem görenhaften Verhalten so erbarmungslos gehandelt hatte. Deswegen hatte er sie ständig geknebelt und … „Er hat versucht, mich aus dem Club zu halten", sagte sie gedehnt.

„Verständlich." Gabrielle seufzte. „Für mich empfindet er nur Mitleid. Es tut mir leid, dass er es dir nicht erzählen konnte." Sie verzog das Gesicht zu einer Grimasse. „Marcus war stinksauer, als er es herausgefunden hat."

„Aber … wenn du mit dem FBI zusammenarbeitest und ein Lockvogel bist, wird uns schon bald jemand retten, richtig?" Hoffnung erhob sich in ihr. In ihrem Verstand hörte sie bereits die guten Kerle auf dem Van.

„Nein. Gott, das ist alles so beschissen gelaufen. Meine Rückendeckung, Agent Sackgesicht, hat mich behandelt, als wäre ich leicht zu haben und wurde immer widerlicher. Es hat ihm jemand gesagt, dass sie den Entführer geschnappt haben, also dachte er sich, dass er mich nun angraben kann." Gabrielle erschauerte.

„Oh."

„Er ging von Beleidigungen zum Begrapschen über."

„Was ist dann passiert?"

„Ich habe ihm die Nase gebrochen und er hat die Flucht ergriffen."

Entsetzt starrte Jessica sie an. „Dein Beschützer hat dich im Stich gelassen?"

Gabrielle zuckte mit den Schultern. „Na ja, wir haben angenommen, dass der Täter in Gewahrsam ist. Dummerweise ist das nicht der Fall."

„Es weiß also niemand, dass wir entführt wurden." *Oh, mein Gott!* Jessicas Fingernägel bohrten sich in ihre Handflächen. „Ich schätze nicht, dass du über spezielle FBI-Talente verfügst?"

Gabrielle entließ ein bitteres Lachen. „Ich bin eine Sozialarbeiterin, kein Agent. Ich habe mich freiwillig gemeldet, weil ich ein bisschen Erfahrung in BDSM-Clubs habe. Okay, es ist länger her, aber na ja ..."

„Du bist kein Agent?"

„Nein, tut mir leid. Ich kann es nicht fassen, dass er dich auch erwischt hat", flüsterte Gabi. „Er wird uns verkaufen." Ihr Gesicht hatte die Farbe ihrer weißen Narbe angenommen. Sie zitterte am ganzen Körper und es wurde deutlich, dass sie kurz vor einem Nervenzusammenbruch stand.

„Alles okay mit dir?"

„Die letzten Wochen hatte ich Albträume von diesem Moment. Von dieser Situation. Und jetzt ist es Wirklichkeit geworden." Gabrielle starrte auf ihre Hände. Ihre Atemzüge waren vollkommen außer Kontrolle.

Jessica erinnerte sich, wie einige Mitglieder bei den Bestrafungen der kleinen Göre gelacht hatten. Nur war sie keine Göre. Seit einem Monat spielte diese arme Frau einen Lockvogel, immer in der Hoffnung und mit der Befürchtung, dass sie mit dem Verhalten entführt wurde. Jessica schüttelte den Kopf. Das Mitleid, das sie für sie empfand, war überwältigend. *Nun war es an mir, ihr ein wenig von der Last abzunehmen.*

Jessica dachte nach, berücksichtigte mögliche Optionen und bewegte sich, so weit es ihre Kette erlaubte. Mit dem Arm stieß sie freundschaftlich gegen die Schulter der Frau. „Hey, wenn es zwei Gören nicht schaffen, aus dieser Situation herauszukommen, wer dann?"

Gabrielle erstarrte und blinzelte sie ungläubig an.

Jessica blickte entschlossen drein und neigte den Kopf, so wie es Z tat, wenn er sie herausforderte, etwas Neues zu probieren.

Gabrielle drückte die Schultern durch. „Oh, okay." Ihre Augen klarten auf. „Hier rauskommen? Sicher. Kein Problem. Kinderspiel."

„Darauf kannst du wetten."

„Danke."

„Immer gern." Jessica schwieg für einen Moment. „Ich schätze, dich in eifersüchtiger Rage k. o. zu schlagen, hat sich hiermit erledigt."

Gabrielle kicherte. „Kein Wunder, dass Z dich verehrt."

Jessica blinzelte.

„Oh, ich bitte dich. Ich bin doch nicht blind. Ich habe gesehen, wie er dich ansieht und wie er dich behandelt." Ein höhnisches Schnauben entrang ihren Lippen. „Ich dachte eigentlich, dass du eine blöde Kuh bist, aber wie es scheint, dachtest du, dass ich mich an deinen Mann ranmache. Totaler Blödsinn. Nicht in einer Million Jahren würde er Interesse an mir zeigen. Dein Verhalten hat wohl die Zicke in mir freigeschaltet. Aber mal ehrlich: Der Mann liebt dich."

Der Knoten in Jessicas Magen löste sich auf und verschwand. Tränen sammelten sich in ihren Augen. „Danke."

„Immer gern."

„Überraschenderweise geht es mir jetzt besser. Sicher, ich habe noch panische Angst, aber … ja, ich fühle mich besser. Ich bin so glücklich, dass ich meine Freude gerne … herausschreien würde." Sie ließ ihre Augenbrauen auf- und abspringen.

„Klingt nach einem Plan."

Jessica entließ einen ohrenbetäubenden Schrei und Gabrielle tat es ihr gleich.

Die Tür zur Fahrerkabine öffnete sich und bei dem plötzlichen Lichteinfall wurden ihre Augen wässrig.

„Cesar, die Ware ist wach."

„Gut." Eine zweite Männerstimme. „Es geht gleich los."

KAPITEL ZWANZIG

M arcus hatte keinen Schlaf gefunden, und so war er bei Sonnenaufgang aufgestanden, um sich auf eine Zeugenvernehmung vorzubereiten. Dummerweise konnte er sich nicht konzentrieren. Im Büro seines Hauses griff er nach dem Telefon und wählte Gabis Nummer. Noch immer antwortete sie nicht.

Hatte die kleine Sub doch tatsächlich einfach den Club verlassen, ohne sich von ihm zu verabschieden. Nicht mal ein: *Ich wünsche dir noch ein schönes Leben.* Das war alles Celines Schuld. Nachdem sie ihm den Drink gereicht und ihm gesagt hatte, dass Gabi auf der Toilette war, hatte sie wieder mit diesem *Mein Master*-Scheiß angefangen. Wahrscheinlich würde sie das nicht nochmal probieren, da er einigen Doms klar gemacht hatte, dass sie auf der Suche nach einem Master war.

Als er sich endlich von ihr befreit hatte, begab er sich auf die Suche nach seiner vermissten Sub und musste herausfinden, dass sie den Club verlassen hatte.

Erschöpft rieb er sich über das Gesicht. Fast hätte er Z angerufen und ihn um ihre Adresse gebeten. Zu ihrer Wohnung zu rennen, könnte jedoch die Ermittlung stören. Sie sollte sich besser beeilen und an ihr Handy gehen.

Warum war sie einfach gegangen?

Lag sie in der Annahme, dass es zwischen ihnen vorbei war, nur weil ihr Auftrag zu einem Ende gekommen war? In dem Fall irrte sie sich gewaltig.

Mit den Armen hinter seinem Kopf lehnte er sich auf seinem Bürostuhl zurück. Lächelnd erinnerte er sich, wie sie die Kerze ausgeblasen hatte. *Kleine Göre.* Er musste sie davon überzeugen, eine weitere Woche zu bleiben. Er brauchte mehr Zeit mit ihr. Wenn er eine Geschworenenjury für sich gewinnen konnte, sollte er doch in der Lage sein, seinen eigenen Fall für sich zu entscheiden. Oder er könnte Urlaub nehmen und nach Miami fahren.

Nein, Süße, wir sind noch nicht fertig miteinander.

Als sein Telefon klingelte, nahm er erwartungsvoll den Hörer ab. Niemand rief ihn so früh am Tag an – abgesehen vielleicht von einer reumütigen Sub. „Hallo?"

„Marcus, ist Gabrielle bei dir?" Zs Stimme.

Seine Enttäuschung machte Platz für Besorgnis. „Nein, ist sie nicht. Warum fragst du?"

„Sie geht nicht an ihr Handy. Auch ihren zugewiesenen Agent können wir nicht erreichen. Die Rückendeckung, die am Morgen übernommen hat, meinte, dass sie nicht in ihrem Apartment ist. Ihr Auto steht aber auf dem Parkplatz."

Plötzlich stand Marcus. Er zwang sich, einen Atemzug zu nehmen. *Die Fakten, Atherton. Du brauchst die Fakten, bevor du dich uninformiert auf den Weg machst.* „Vielleicht sind der Agent und sie spazieren gegangen?"

„Die Regel besagt, dass auch der andere Agent über einen Ortswechsel informiert werden muss."

Bei der Schlussfolgerung legte sich eine Faust um sein Herz. „Bist du in ihrer Wohnung?"

„Auf dem Weg. Galen und Vance sind bereits dort."

„Gib mir die Adresse."

Zwanzig Minuten später fuhr Marcus auf den Parkplatz vor Gabis Wohnkomplex. Dreistöckiges Gebäude, braun, keine Grünflächen. Es schmerzte ihn, dass sie hier gewohnt hatte. Er ließ die Augen schweifen und entdeckte ihre Apartmentnummer.

Nieselregen fiel vom Himmel, als er über den Parkplatz rannte. Er umrundete einen kleinen Ford Taurus, der direkt auf der Feuerwehrzufahrt parkte und hastete die Treppe nach oben, indem er zwei Stufen auf einmal nahm.

Gabis Apartmenttür stand offen, ein Mann in einem dunklen Anzug blockierte den Eingang. „Lass ihn rein", rief Z aus dem Inneren.

Marcus schob sich an dem Mann vorbei.

Vance und ein weiterer Mann standen im Wohnzimmer. Z befand sich in dem kleinen Küchenbereich, sein Ausdruck von Erschöpfung gezeichnet. „Marcus."

„Gibt es etwas Neues?", fragte Marcus.

„Nichts Gutes." Z rieb sich über den Nacken. „Das ist Jessicas Auto auf der Feuerwehrzufahrt. Unverschlossen. Ihre Handtasche lag auf dem Beifahrersitz. Genau wie ihr Handy. Zuhause antwortet sie nicht."

Marcus starrte ihn an. „Beide sind verschwunden?"

Galen kam aus dem Schlafzimmer. Behutsam schob er mit dem Fuß eine Katze in den Raum zurück, bevor er die Tür hinter sich schloss. Zur Begrüßung nickte er Marcus zu und richtete sich dann an alle Anwesenden: „Ich habe mit der Zentrale telefoniert. Die Peilsender funktionieren, sind aber nutzlos. Sowohl Gabrielles Schuhe als auch ihre Handtasche sind noch in ihrem Auto."

„Kann es sein, dass es nur ein Missverständnis ist?", fragte Marcus hoffnungsvoll.

Galens Augen landeten auf einem Schlüsselbund, der auf dem Küchentisch lag. „Vance fand Gabis Wohnungsschlüssel auf der Treppe."

Der Zorn, der sich in Marcus' Venen ausbreitete, wurde von panischer Angst begleitet. *Wo bist du, Gabi?*

„Wollt ihr nochmal schreien? Wir befinden uns mitten im Sumpf – bringt also nichts." In einem Tanktop und einer Jeanshose stieg ein abartiger Mann mit von Pocken vernarbter Haut und fettigen schwarzen Haaren in den Van und brachte ihn mit seinem Gewicht ins Schunkeln. Gabi entdeckte die Gangtattoos auf seinen Armen und hätte beinahe die Panik gewinnen lassen.

Sein Mund verzog sich zu einem hässlichen Grinsen, als er auf Gabis Brüste starrte. „Cesar weiß, dass ich es mag, wenn die Ware schreit."

Mit wild pochendem Herzen blickte Gabi an ihm vorbei. Eichen mit Hängemoos, dichtes Unterholz und eine Schotterstraße. Es war so still – abgesehen von Wassertropfen, die von einem Baum in eine Pfütze fielen und ein paar Vögeln. Sie sah zu Jessica und bemerkte ihre unglückliche Miene. Niemand würde ihren Schreien nachgehen.

Der Mann namens Cesar stieg in den Van und schloss hinter sich die Tür. Gefärbte blonde Haare, schlammbraune Augen, knapp einen Meter neunzig groß und muskulös. Er trug einen Overall, auf der Brust das Logo eines Haushaltswarenladens. „Ich will den Van nicht schon wieder von Pisse befreien müssen, nur weil ihr dummen Weiber euch anpinkelt. Benutzt also das verdammte Klo in der Ecke. Bis ihr auf dem Boot seid, bekommt ihr dazu keine andere Chance."

„Was ist hier los? Wo sind wir?", fragte Jessica leicht hysterisch.

Cesar schnaubte. „Immer die gleichen Fragen. Ihr werdet an Interessenten verkauft, die eure besonderen Qualitäten zu schätzen wissen."

„Jetzt? Hier?" Die Todesangst zusammen mit der Nachwirkung des Betäubungsmittels lösten sich auf Gabis Magen aus. *Wie viel Zeit haben wir?*

„Nein, aber bald. In zwei Stunden wird in Clearwater ein Boot für euch anlegen. Wir werden unseren Weg gleich wieder fortsetzen."

„Was passiert dann?"

Er zuckte mit den Schultern. „Weiß ich nicht und interessiert mich einen Dreck." Er sah zu dem Mann. „Jang, eine nach der anderen. Ich pass auf." Er tätschelte den Taser an seinem Gürtel.

Als Jang einen Schlüssel aus seiner Jeanstasche zog, fiel Gabis Blick auf den Umriss eines Handys. Ihre Nasenflügel blähten sich auf. Es roch nach Hoffnung. *Ein Handy.*

„Du zuerst." Seine Augen schweiften über Gabi und es lief ihr eiskalt den Rücken runter. „Wir werden auf der Fahrt ein wenig Spaß haben. Na ja, ich werde das. Du wirst schreien." Er packte ihre Handgelenke und schob seine andere Hand in ihr Korsett.

Ohne groß nachzudenken, trat sie ihm so hart wie möglich in die Eier.

Er entließ einen schmerzerfüllten Laut und stolperte zur Seite. Seine Beine gaben nach und er fiel auf seine Knie, während seine Hände auf seinem Sack landeten und er keuchend nach Luft schnappte.

Gabi zog ihre Beine zu sich. Das kurzzeitige Erfolgsgefühl wurde von Angst eingeholt. Im nächsten Moment hob sie stolz ihr Kinn. Sie würde dafür bezahlen, ihn getreten zu haben, aber ... das war es wert gewesen.

Bei dem Stöhnen Jangs entließ der andere Kerl ein Lachen. „Du hast wohl vergessen, dass beide nur mit einer Handschelle gefesselt sind. Die Beine sind frei, du Vollidiot. Und jetzt beweg dich."

Jang stolperte auf die Füße, seine Schritte unsicher, sein Gesicht blass. In einem großen Bogen lief er um sie herum. Bevor sie reagieren konnte, packte er ein Bündel ihrer Haare und knallte ihren Kopf gegen die Wand des Vans.

Wie bei einer Explosion meldete sich in ihr der Schmerz. Ihr Magen drehte sich und sie würgte.

„Scheiße." Jang ließ sie los und ging hastig auf Abstand.

„Volltrottel." Cesar entließ einen angewiderten Laut. „Es

stinkt noch von der Letzten, die ihre Organe rausgekotzt hat. Lass sie einfach pissen und dann ist gut."

Knurrend löste Jang eine Seite ihrer Handschellen, zog die Kette heraus und hob sie auf ihre Füße. Er schubste sie zu der Toilette.

Absichtlich schwankte sie – was nicht schwierig war, denn ihr war verdammt schwindelig. Sie drehte sich, um sich auf den Toilettensitz zu setzen, und krachte in den Entführer. Als er nach hinten stolperte, packte er sie instinktiv an den Oberarmen. Da Jang mit seinem Körper die Blicke des anderen Mannes blockierte, ließ sie den Kopf gegen seine Brust fallen, um ihn davon abzulenken, dass sie die Hand in seine Jeanstasche schob.

Ihre Finger schlossen sich um das Handy.

Sie krachte auf den Toilettensitz, das Handy in ihrer Hand und an ihren Bauch gepresst, mit dem anderen Arm darüber verschränkt, um den Eindruck zu erwecken, dass sie sich gleich übergeben musste. Von ihrem Kopf zu urteilen, war dies nicht so weit hergeholt. Tief atmete sie ein, bevor sie den Blick hob und Jessica wütend anblitzte. „Warum starrst du mich so an? Schließlich ist das hier alles deine Schuld!"

Beide Männer drehten den Kopf zu Jessica.

Der Mund der Blondine klappte auf.

Zur Hölle nochmal ... Gabi fing Jessicas Blick ein und formte mit den Lippen: *Schrei mich an.*

Jessica blinzelte. Dann verstand sie. „Meine Schuld? Du bist doch die kleine Nutte, die mir meinen Mann stehlen will!" Sie riss an ihren Fesseln.

Während die Aufmerksamkeit der Männer auf Jessica lag, schob sich Gaby das Handy in ihren Ausschnitt und versteckte es zwischen ihren Brüsten. Dann, auch um ein wenig ihre Fassung zurückzugewinnen, erleichterte sie sich. Den Laut in dem ansonsten leisen Van nahm sie als besonders demütigend wahr.

Noch immer o-beinig laufend riss Jang sie von der Toilette,

fesselte sie wieder an die Wand und erlaubte dann Jessica, die Toilette zu benutzen.

Gabi lehnte sich zurück und beobachtete unter ihren Wimpern die Situation. Sie betete, dass niemand Jangs Handy anrief. Egal, wie dumm er auch war, würde es ihm wohl auffallen, wenn plötzlich ihre Titten klingelten. Zu ihrer Erleichterung fesselten sie Jessica lediglich wieder und gingen dann zu der Tür, die zur Fahrerkabine führte.

Nach einer Weile brummte der Van los.

Gabi runzelte die Stirn. In der Tür war ein winziges Fenster. Die Männer konnten in den hinteren Bereich schauen, aber viel würden sie nicht sehen, wenn es zudem die einzige Lichtquelle darstellte. Warum gab es diese Tür überhaupt?

Ach, verdammt, ihr wurde schlecht. Wahrscheinlich damit niemand durch die Windschutzscheibe die Frauen in Handschellen sah. Ihr Atem stockte. *Nein. Du hast keine Zeit für eine Panikattacke!*

„Was sollte das eben?", flüsterte Jessica. Ihr schien entgangen zu sein, dass Gabi ihre Talente aus ihrer Vergangenheit eingesetzt hatte.

Wenn du von der anderen Seite zusiehst, Danny: Danke für deine Lektionen.

„Ich habe sein Handy." Mit ihrem pochenden Kopf kämpfte Gabi mit der kurzen Kette und schaffte es schließlich, das Handy aus ihrem Korsett zu fischen. Sie wählte 911. *Besetzt.*

Sie versuchte es erneut. *Besetzt.*

Verdammt, verdammt, verdammt. Sie wählte Rhodes' Nummer. Keine Antwort. „Ich erinnere mich nicht an Galens Nummer. Gib mir die von Z."

Jessica gab die Zahlen wieder. Niemand hob ab, und Gabi entschied, ihm eine Nachricht auf der Mailbox zu hinterlassen. Kurz und bündig. Entführt. Clearwater. Docks. Van.

„Beschreibe die Männer, erzähl ihnen von den Tattoos", flüsterte Jessica. Das tat Gabi. Zum Schluss betonte sie, dass sie nicht diese Nummer wählen durften. Nachdem sie den Anruf beendet hatte, stellte sie das Handy für den Fall auf lautlos.

„Scheiße, scheiße, scheiße." Jessica hatte Gabi die Nummer seines Büros gegeben.

Noch eine Voicemail, verdammt. Gabi hinterließ die gleiche Nachricht und löschte dann den Verlauf. „Lass mich 911 nochmal versuchen." Sie gab die 9, die 1 und die −

„Ich kann mein beschissenes Handy nicht finden!", schrie Jang aus der Fahrerkabine.

Gabi fühlte, wie ihr die Farbe aus dem Gesicht wich. *Oh Gott!*

Der Van fuhr an die Seite und hielt an. Mit klopfendem Herzen stellte sie das Handy auf laut und ließ es über den Metallboden schlittern. Neben der Toilette stoppte es. Sie ließ ihre Muskeln erschlaffen und gab ihr Bestes, ihre Atmung zu kontrollieren.

Die Tür knallte auf und krachte so gewaltsam gegen die Wand, dass das gesamte Fahrzeug wackelte. Das Licht von der Windschutzscheibe rahmte Jangs Körper ein, als er ihnen näherkam. „Wo ist es?"

Gabi imitierte Jessicas ahnungslosen Ausdruck.

„Okay, dann werde ich selbst auf die Suche gehen." Er lief noch immer, als würden ihm die Eier wehtun. Ihre Füße meidend riss er Gabi auf die Seite, bis ihre Einschränkungen ihre Arme begradigten. Die Handschellen gruben sich in ihre wunden Handgelenke. Er zog an ihrem Korsett. Erfolglos. Fluchend nahm er sich die kleinen Häkchen vor.

Gabi wehrte sich, krank vor Sorge, erfüllt mit panischer Angst. Als sich ihr Korsett zur Hälfte öffnen ließ, packte Jang ihre Brüste.

Sie erstarrte, konnte sich nicht bewegen, konnte nicht atmen.

„Was dauert denn so lang?" Cesar trat in den hinteren Bereich und sah Jang genervt an. „Du Arschloch, ich habe für diesen Scheiß keine Zeit." Er zog sein eigenes Handy heraus, wählte eine Nummer und ... das Gerät neben der Toilette ertönte. „Wie kann man nur so dämlich sein? Es ist dort drüben!"

„Ist ja gut, Alter." Jang drückte Gabis Brust ein letztes Mal. „Das war nur die Kostprobe für später", flüsterte er und warf sie am Arm wieder an die Metallwand.

Beim Aufprall grunzte sie und Tränen füllten ihre Augen. *Bitte, bitte, jemand muss uns hier rausholen.*

Nachdem er sein Handy aufgehoben hatte, drückte Jang ein paar Knöpfe. Sicherlich sah er nach, ob irgendwelche Anrufe getätigt worden waren.

Erstarrt beobachtete Gabi ihn. Sie konnte nicht glücklicher sein, dass sie daran gedacht hatte, die gewählten Nummern zu löschen. Ihr Kopf pochte, ihre Schulter, ihre Handgelenke und ihre misshandelte Brust schmerzten. Wenn er zu ihr zurückkäme, würde sie weinen. Ihr Kiefer spannte sich an. *Nein. Nein, das werde ich nicht.*

Mit einem Achselzucken sagte er zu Cesar: „Alles gut."

„Schätze dich glücklich, Arschloch." Cesar wies ihn an, in die Fahrerkabine zu kommen, was er auch tat.

„Alles okay?", flüsterte Jessica.

Gabi nickte, dankbar, dass sie nicht vollkommen allein war.

Sie lehnte sich an die Metallwand und betrachtete ihre Handgelenke, die blutigen Abschürfungen unter den Metallfesseln. Blutflecke waren auf dem Boden zu sehen. Benutzte Marcus aus diesem Grund Lederfesseln? Sie erinnerte sich an das eine Mal, als er ihr nahe gekommen war, und sie seinen männlichen Duft wahrnehmen konnte. Wie er sie mit einem festen Griff gehalten hatte, während er einen Finger unter die Fessel schob, um sicherzugehen, dass sie nicht zu eng saßen. Und wenn sie den Kopf gehoben hatte, lagen seine Augen stets auf ihr. Bei der Erkenntnis, dass sie wusste, wie aufmerksam er sie beobachtete, zeichnete sich ein schiefes Lächeln auf seinen Lippen ab. Am Anfang nur ein bisschen, dann immer mehr, bis sie seine Zähne hatte sehen können. Es hatte sich um ein Lächeln gehandelt, das ihr sagen sollte, dass er sie kannte, und dass er sie *gut* kannte. Es war das besitzergreifende Lächeln eines Mannes, der sich dem Interesse einer Frau sicher war und wusste, dass er sie erneut haben konnte.

Und obwohl sie in ihrem gefesselten Zustand nicht die Möglichkeit gehabt hatte, dies auszudrücken, hatte es stets zur Folge, dass sich ihre Sehnsucht nach ihm verstärkte. Die Sehnsucht nach seiner besitzergreifenden Kontrolle. Dann war es nicht länger *Zwing mich, Sir*, sondern *Nimm mich, Sir*.

Nun würde sie ihn niemals wieder sehen.

Eine Sklavin. Würde es ihnen gelingen, sie zu brechen? Vielleicht. Vielleicht würde sie aber auch vorher sterben, ihr Körper so verstümmelt wie das ihre Handgelenke bereits waren, ihre Stimme vom Schreien verschwunden. Ein Angstschauer fuhr durch ihren Körper. Vor dem Sterben hatte sie keine Angst. Jeder segnete irgendwann das Zeitliche. Was ihr Panik bereitete, war der Gedanke, was vor dem erlösenden Tod passieren würde – dass ihr jemand absichtlich unaussprechliche Schmerzen zufügen würde. Vor Angst am ganzen Körper zitternd beobachtete sie, wie das Blut aus ihren Handgelenken auf den Metallboden tropfte.

Okay, ja, ich habe Angst. Es brauchte nicht viel, um sie in ein eingeschüchtertes Tier zu verwandeln. *Das will ich nicht nochmal erleben.* Also würde sie alles probieren, um zu fliehen. Egal, wie winzig auch die Chance war, es zu schaffen. Es ergab keinen Sinn, zu warten und auf Rettung zu hoffen.

Und wenn es ihr gelang, ins Visier zu geraten, könnten Jessica und vielleicht sogar Kim gerettet werden.

Sie drückte die Schultern durch. Schwacher Plan, aber zumindest war es ihr damit gelungen, sich einen Schritt von einem Nervenzusammenbruch zu entfernen. *Ich bin mehr als ein geistloses Tier.*

Als der Van über die Straße holperte, versuchte sie, sich daran zu erinnern, dass sie eine erwachsene Frau mit einem Rückgrat war. Sie wandte sich Jessica zu. „Für das Shadowlands habe ich mir so viele Beleidigungen aufgeschrieben und natürlich habe ich sie Jang nicht an den Kopf geworfen. Willst du sie hören?"

Jessica blickte sie verdutzt an. Dann atmete sie zittrig ein und grinste. „Sicher. Ich verrate dir auch ein paar von meinen Favoriten."

„Cool. Mein Favorit ist: Deine Geburtsurkunde ist eine Entschuldigung von der Kondomfabrik."

„Oh, ich denke, Jang ist zu dumm, um den zu verstehen." Jessica dachte nach. „Wie wäre es mit: Warum siehst du nicht mal auf Ebay nach, ob sie vielleicht ein Leben im Angebot haben?"

Gabi grinste. „Nicht schlecht. Hmm. Oh, ich weiß! Ist das dein Gesicht oder hat dein Hals das ausgekotzt?"

Jessicas Lachen wärmte Gabi das Herz. Ja, es war gut, in dieser Situation nicht allein zu sein.

Mit steigender Frustration beobachtete Z die FBI-Agents, die ihr Bestes gaben, an einen – irgendeinen – Anhaltspunkt zu kommen, der sie in die richtige Richtung führen würde. *Verdammt*, wo könnte die Übergabe vorgenommen werden? Die Angst um Jessica stieß ihm auf den Magen. Er stand auf und lief in der Küche auf und ab. Immer und immer wieder.

Aus dem Schlafzimmer war das Miauen der Katzen zu hören. Vorhin war er reingegangen, hatte die Kater gehalten und sie gestreichelt, während Vance das Apartment durchsucht hatte. Die Katzen wollten Gabrielle. So wie er Jessica wollte. Er fuhr mit den Fingern durch seine Haare, sehnte sich so verzweifelt nach ihr, dass seine Arme schmerzten. Er wollte sie dafür durchschütteln, dass sie ihn dermaßen in Angst versetzt hatte. Er wollte sie halten und sie wissen lassen, wie viel sie ihm bedeutete. Ständig erinnerte er sich daran, wie unglücklich sie gestern im Club gewesen war. Seine Schuld.

Er starrte auf seine Hände, nutzlos, wenn es niemanden gab,

den er angreifen konnte. Das Ungewisse ... der Gedanke, dass er nichts tun konnte ...

Auf dem klapprigen Sofa hatte Galen sein böses Bein hochgelegt. Er war am Telefon und mit jedem weiteren Wort wurde er wütender und wütender, seine tiefe Stimme trat so schneidend über seine Lippen, dass die Person am anderen Ende wahrscheinlich in einer Blutpfütze stand. Fluchend legte der Mann auf und rief einen der ansässigen Agents zu sich. „Campbell, triff dich mit Rhodes in deinem Büro. Befrage ihn. Ich will wissen, was genau er gestern gesehen hat."

„Was ist mit ihm passiert?", hakte Campbell nach. „Warum ist er nicht hier? Geht's ihm gut? Wo ist Ms. Renard?"

Galens Augen waren nun vollkommen schwarz. „Das verdammte Arschloch meinte, dass Gabrielle ihre Fassung verloren und ihn geschlagen hat. Seine Nase ist gebrochen. Er hat die Nacht in der Notaufnahme verbracht."

Campbell blinzelte. „Er hat sie einfach allein gelassen und niemandem Bescheid gegeben?"

„Was für eine Ausbildung genießen diese Agents?", zischte Marcus.

Ohne zusammenzuzucken, akzeptierte Galen die verbale Attacke. „Er dachte, die Ermittlung sei vorbei. Gestern Abend hat ein Agent, der einem anderen Lockvogel zugewiesen war, einen Mann festgenommen, der sich hinter dem St. Pete-Club einer Frau aufgedrängt hat. Bei dem Kampf wurde die Frau bewusstlos geschlagen und Thompson ging in der Annahme, dass er den Täter festgesetzt hatte. Gleich darauf rief er Rhodes an, um ihm seinen Erfolg unter die Nase zu reiben."

Obwohl er die Antwort bereits kannte, fragte Zachary: „Er war nicht der Entführer?"

„Nur ein Paar aus dem Club, das eine Rape-Fantasie ausleben wollte. Als die Frau wieder zu Bewusstsein kam und alles erklärt hat, haben wir den Mann freigelassen. Thompson jedoch hat es nicht für nötig gehalten, Rhodes darüber in Kenntnis zu setzen."

„Rhodes geht es also gut und muss sich keine Gedanken machen?" Marcus' Hände ballten sich zu Fäusten. Zachary warf ihm einen warnenden Blick zu.

„Nein, Marcus", sagte Vance. „Was auch immer passiert ist, niemals hätte er seinen Posten verlassen dürfen, ohne vorher für einen Ersatz zu sorgen. Um ihn kümmern wir uns später."

Marcus atmete tief ein und zwang sich, sich etwas zu entspannen. „Ich habe überreagiert, meine Herren. Es tut mir leid."

Galen schenkte ihm ein verständnisvolles Lächeln. „Ich werde dafür sorgen, dass er bald weg vom Fenster ist. Das verspreche ich dir, Marcus."

Zachary wandte sich ab und marschierte wieder auf die andere Seite des Raumes. Der Drang, etwas zu unternehmen, nun noch stärker ausgeprägt. Irgendetwas. Akzeptabel wäre auch in sein Auto zu steigen und ihre Namen alle paar Meter aus dem Fenster zu brüllen. *Verdammt, Jessica!*

Mit der Geräuschkulisse, für die mehrere Menschen nun mal sorgten, konnte Zachary nicht gleich die Musik aus dem Schlafzimmer wahrnehmen. Mangiones *Feels So Good* war zu hören. Der Klingelton seines Handys! „Nein!"

Zachary rannte durch das Apartment, preschte in das Schlafzimmer, stolperte über die Katzen und schaffte es noch, die Tür zuzuknallen, bevor die Haustiere entwischen konnten. Er schnappte sich seine Jacke vom Bett und fand sein Handy in der Tasche.

Das Klingeln stoppte. *Nein, nein, nein! Verdammt!*

Er entsperrte das Gerät. Eine Voicemail. Fast hätte er sie sich angehört, entschied aber, zuerst zu den anderen zurückzukehren, bevor er *Wiedergabe* drückte.

„Z." Gabrielles Stimme. Kratzig. Gepresst.

„Ruhe!", knurrte er. Er machte den Lautsprecher an und erhöhte die Lautstärke.

„Er hat uns – Jessica und mich. Taser und Betäubung. Wir sind in einem großen Van. Ein Boot soll uns an den Docks in Clearwater abholen. In zwei Stunden." Zachary hörte ein Flüstern. Jessica sagte etwas von Tattoos. Sein Herz machte einen so gewaltigen Satz, das es schmerzte. Sie lebte!

Gabis Nachricht ging weiter: „Zwei Männer. Sie nennen sich Cesar und Jang. Jang hat Gangtattoos auf seinen Armen. Rufe nicht zurück. Wir benutzen sein Handy."

Stille.

Galen hing bereits am Telefon und brüllte Befehle. Auch Vance hatte sein Handy draußen, hielt jedoch inne und sah zu Marcus und Z. „Die meisten Frauen wären hysterisch geworden. Die beiden zeigen viel Stärke. Es wird immer deutlicher, dass auch ich eine Göre brauche." Er reichte Zachary einen Zettel mit einer Nummer. „Schicke die Voicemail an diese Nummer für eine Klanganalyse. Ich bezweifle, dass wir damit irgendetwas erreichen, aber versuchen können wir es."

Zachary nickte.

Marcus trommelte mit den Fingern auf den Tisch. Dann blickte er zu Zachary und sagte in einem gedämpften Ton: „Ich werde nicht darauf warten, dass mir gesagt wird, dass ich nicht helfen kann. Ich verschwinde."

Zachary warf einen Blick auf die Agents, die mit ihrer Strategie beschäftigt waren. „Ich fahre."

KAPITEL EINUNDZWANZIG

Puffende **Schalldämpfer**, **röhrende** Motoren, quietschende Bremsen. Eine Autohupe. Gabi wusste nun, dass sie Clearwater erreicht hatten. Der Van verlangsamte sich, nahm an Geschwindigkeit zu, fuhr wieder langsamer, sodass die Handschellen ständig über ihre wunden Stellen rieben. Ihre Handgelenke brannten. Mehr Blut tropfte auf den Boden.

Jang trat von der Fahrerkabine in den hinteren Bereich. Er ließ die Tür offen und kam mit einem Lappen und einer Rolle Paketklebeband auf sie zu.

Ihr Herz hämmerte gegen ihre Rippen. Sie befanden sich mitten in der Stadt. Überall waren Menschen. Wahrscheinlich waren alle zu schnell unterwegs, um sie schreien zu hören. Nichtsdestotrotz ... *Keine Chance vorbeiziehen lassen. Wir sterben so oder so irgendwann.* Sie schrie so laut, wie sie konnte und Jessica tat es ihr eine Sekunde später gleich.

Er verpasste Gabi eine Ohrfeige. Ihr Kopf schnappte zur Seite und auf ihrer Wange breitete sich ein brennendes Gefühl aus.

Anschließend trat er Jessica in den Bauch. Ihr Stöhnen brachte ihn zum Lachen, bevor er sich wieder Gabi zuwandte.

„Behandle die Ware besser, Arschloch", brüllte Cesar.

Ihre Wange pochte, dennoch wehrte sich Gabi gegen ihre Fesseln und schaffte es, mit der Schulter gegen ihn zu krachen. Jang ließ sich jedoch nicht vertreiben. Stattdessen packte er sie am Kinn und zwang ihren Mund auf. Er stopfte einen dreckigen Lappen zwischen ihre Lippen. Trotz ihres Versuchs, ihm einen Kopfstoß zu verpassen, bekam er es hin, mit dem Klebeband das Material in ihrem Mund zu fixieren. Damit hatte er ihr erfolgreich die Stimme genommen. Als er sich aufrichtete, rutschte sie so weit gegen die Wand, dass sie genug Raum hatte, um ihm gegen das Knie zu treten. Er brüllte und stolperte nach hinten.

Mit Kraftausdrücken um sich werfend wich er ihren Beinen aus. In der nächsten Sekunde packte er sie noch härter und warf sie rücksichtslos auf den Metallboden. Sie landete auf dem Kopf und es fühlte sich an, als würde jemand mit einem Hammer auf ihr Gehirn einschlagen.

Sein Stiefel krachte gegen ihre Rippen. Ein schmerzender Tsunami fiel über sie ein. Sie würgte und hustete, schaffte es nicht, einen Atemzug in ihre Lungen zu bekommen.

„Kotzt du mit dem Lappen in deinem Mund, stirbst du." Grinsend beobachtete er ihre Qualen, bevor er ihr die Arme hinter dem Rücken zusammenband.

Gabi war zu schwindelig, um sich aufzusetzen. Sie lag nach Luft schnappend auf der Seite. *Nicht kotzen, nicht kotzen.* Es war ihr nur möglich, durch die Nase zu atmen. *Ich ersticke …* Sterne füllten ihr Sichtfeld. *Langsam atmen. Langsam.* Weitere Sterne zeigten sich am schwarzen Firmament. *Hilflos.*

Jang war zu Jessica übergegangen. Gabi konnte ihr nicht helfen. Sie hörte einen Aufschlag und einen hohen Schmerzensschrei, gefolgt von Schritten. Gabi lag still und allmählich normalisierte sich ihr Herzschlag. *Ganz ruhig. Keine Panik.*

Eine halbe Ewigkeit oder vielleicht auch nur wenige Minuten später kam der Van zu einem Halt. Der Motor wurde abgestellt.

„Boot schon hier?", fragte Jang.

„Sie haben noch nicht angerufen. Der Sturm hat sie wahrscheinlich aufgehalten. Zumindest sorgt der Regen dafür, dass weniger Leute an den Docks sind."

Wir sind an den Docks. Erstmal auf dem Boot gab es kein Entkommen. *Gott!* Gabis Angst erreichte neue Höhen, bis sie fühlte, wie ihr das Gefühl die Kehle zuschnürte. Sie drückte es nieder. Ließ sie die Panik gewinnen, war sie so gut wie tot. *Denk nach, Blödi.* Wäre es ihr möglich, auf die Beine zu kommen?

„Verpacke zuerst die Rothaarige", sagte Cesar.

„Keine verfickten Beinfesseln, erinnerst du dich?"

„Alter." Cesar verengte die Augen. „Benutze das Klebeband und die Kette. Mach sie handlungsunfähig."

„Ja, okay." Jang wandte sich Gabi zu. Zu mitgenommen, um sich zu wehren, blieb sie still liegen, als er Klebeband um ihre Knöchel wickelte. Die Kette kam zum Einsatz, indem er die Handschellen hinter ihrem Rücken mit dem Klebeband an ihren Knöcheln verband. „Fertig."

Sie versuchte, sich zu bewegen, und musste erneut die aufkeimende Panik niederringen. Jessica fand ihren Blick und sie nickte Gabi einmal zu. Aufgeben stand nicht auf dem Plan. Auch Gabi würde das nicht.

„Weit habt ihr es nicht mehr. Dort angekommen, könnt ihr schreien, bis ihr blau anlauft", sagte Cesar vom Fahrersitz.

Du Bastard.

„Gönnen wir uns noch ein bisschen Spaß, bevor das Boot kommt", fragte Jang.

Cesar lachte schadenfroh. „Denkst du, dass dein Schwanz bis dahin wieder einsatzbereit ist?"

Sanft legte Jang die Hand auf seinen Intimbereich und knurrte.

Bitte lass seinen Schwanz funktionsunfähig bleiben. Sie richtete den Blick auf die Stelle und verengte die Augen. Vielleicht sollte sie sich gleich wünschen, dass das Ding verrottete und abfiel. *Oh ja, das klingt gut.*

Cesar kam zurück und stopfte sich eine Waffe in eine Overalltasche. Dann riss er die Waschmaschinenaufkleber von der Box und ließ nur den Hinweis mit HIER OBEN zurück. „Rein mit ihr."

Er packte Gabi unter den Schultern, Jang nahm sie an den Beinen und zusammen hoben die Männer sie hoch. Den Großteil des Weges in die Box hielten die Entführer sie, bevor sie Gabi auf dem letzten halben Meter fallen ließen. Der Aufprall raubte ihr den Atem. Lichter tanzten in ihrem Sichtfeld, bis sie es schaffte, einen Atemzug zu nehmen.

„Zukleben?", fragte Jang mit einem Blick zu ihr herunter, seine gelben Zähne bei seinem dummen Grinsen zu erkennen.

Bin ich froh, dass ich dir die Eier bis in die Kehle getreten habe.

„Ein paar Streifen, damit die Box nicht aufgeht. Ich habe keinen Bock, beim Umladen Klebeband abzupulen."

Die Laschen schlossen sich und tauchten sie in Dunkelheit. Ihr Herz hämmerte und Blut rauschte so laut in ihren Ohren, dass sie es nicht einmal hörte, als Jang Klebeband von einer Rolle abriss.

„Verdammte Arschlöcher. Sie sollten anrufen, wenn sie sich verspäten." Cesars Stimme drang gedämpft durch die Wände der Box.

Nimm dir ruhig Zeit, Boot. Gabi krümmte sich, bis sich ihre Wirbelsäule anfühlte, als würde sie entzweibrechen. Dennoch schaffte sie es, das Klebeband um ihre Fußknöchel zu erreichen. Mit einem Finger strich sie entlang der Einschränkung. Sie fluchte. Durch die Kette hatte sich das Band eingerollt, sodass sie den Anfang nicht fand. *Verdammt. Ich brauche nur ein oder zwei Zentimeter. Na ja, und ein wenig Zeit.*

Ein Handy klingelte. „Ja?" Cesars Stimme. „Verstanden. Wir sind auf dem Weg."

„Sind sie hier?"

Mit einem zufriedenen Ton antwortete Cesar: „Sie legen an."

Stiefel stampften in den Van und Gabi hörte, wie die hintere Tür geöffnet wurde.

„Hol die Rampe. Ich bringe sie zum Boot und sage ihnen, dass ich noch eine hab", sagte Cesar. „Bereite Blondi vor."

Verdammt. Gabi wollte stöhnen. Und da war es, der Anfang des Klebebandes.

Die Box neigte sich, sodass sie den Griff verlor. Sie wurde mit der Sackkarre transportiert, erkannte Gabi. Krampfhaft versuchte sie es erneut. In dem Moment kratzte etwas gegen die Box. Halteriemen. Der Boden der Box hob sich und sie glitt nach vorn, als die Sackkarre die Rampe herunterfuhr.

Sanfte Klopflaute verwirrten sie. Regen? Wieder krümmte sie sich, um das Klebeband zu erreichen. Die Fahrt war jedoch holprig und sie blieb erfolglos.

Nach einer Weile veränderte sich der Untergrund und sie hörte das Rauschen der Wellen. Sie hatten die Anlegestelle erreicht.

Gott, ihr lief die Zeit davon. Die Karre fuhr über etwas, wodurch sich die Box neigte. Sie blinzelte. *Vielleicht ...*

Dann kamen sie zu einem Halt. Tiefe Stimmen waren zu hören.

Gabi zappelte und rutschte umher, bis ihre Füße nach oben zeigten. Sie rollte mit Schwung über ihre gefesselten Hände und rammte mit ihren Knien und dem Kopf gegen die Boxwand. Alles schwankte. Sie wiederholte den Prozess und rollte härter gegen die Pappe.

Die Box bekam eine Delle. Cesar fluchte.

Die Docks im Zentrum von Clearwater waren viel zu groß. Fluchend wischte sich Marcus den Regen aus dem Gesicht. Der zeitversetzte Donner übertönte den Straßenverkehr von der Memorial-Causeway-Brücke, die weit über dem Wasser thronte. Er fühlte, wie ihm die Zeit wie Sand durch die Finger rann. Jede vergeudete Minute machte ihn nervöser.

Wie zur Hölle sollte er das Boot, das die Abholung vornehmen würde, von jedem anderen unterscheiden? Trotz des schlechten Wetters waren die Docks gut besucht – zumeist von Sonntagsseglern und von denen, die wussten, dass ein Sturm beim Fischen hilfreich sein konnte.

Eine Yacht entfernte sich und ließ nur eine blaugraue Wolke zurück. Er erstarrte. Was, wenn Gabi an Bord war? Wenn sie zu spät waren?

Er sah Vance und seine Kollegen auf den angrenzenden Docks. Z und er waren bereits dabei gewesen, die Anlegestellen abzusuchen, als das FBI schließlich auch dazustieß. Das Unausweichliche akzeptierend hatte Vance ihnen Aufgaben zugeteilt. Z schickte er auf den südlichen Parkplatz, einen Agent auf den im Norden, um in dem Meer aus Fahrzeugen nach dem Van Ausschau zu halten. Bei der Größe des abzusuchenden Bereiches hatte Galen die Hilfe der örtlichen Polizei angefordert.

Seine Augen sprangen von einem Schiff zum nächsten. Am Ende eines Stegs sah er zwei Männer in dunkelgrünen Regenjacken und Jeanshosen, die ihr Fischerboot sicherten. Einer trat auf den Steg und lehnte sich mit verschränkten Armen gegen einen Pfosten.

Marcus musterte das Wasserfahrzeug für eine Minute. Einstiegsluke geöffnet. Es war nichts zu sehen, nichts zu hören. Ihm wurde klar, dass alles und nichts im Inneren aufbewahrt sein könnte. Der Verzweiflung nahe machte er kehrt.

Ein Mann in einem Overall, der eine Box auf einer Sackkarre manövrierte, fuhr an ihm vorbei.

Marcus nickte ihm zu und stoppte nach ein paar Schritten. *Das ist eine sehr große Box.* Er drehte sich um.

Der Mann von dem Fischerboot trat nach vorn und begrüßte den Zusteller. Als sie Hände schüttelten, wackelte die Box kaum merklich. Marcus runzelte die Stirn. Dann erschien seitlich eine Beule.

Der Mann fluchte und schlug mit der Hand auf die Box.

Trotz des Adrenalins in seinem Blut zögerte Marcus. Schrie er um Verstärkung, würde das Boot vielleicht entkommen. Jedoch konnte er nicht riskieren, dass sie, was auch immer sich in der Box befand, auf das Boot luden …

„Hier!", brüllte er. Der Ausruf hallte über das Wasser. „Vance, hier!"

Als sich die Männer in seine Richtung drehten, krachte er in sie, um sie von der Box wegzubekommen. Sie verloren ihr Gleichgewicht und stolperten nach hinten. Die Sackkarre samt Box kippte um und landete auf der Kante des Stegs. Ein Rad verfing sich für eine Sekunde und das Gewicht der Box sorgte dafür, dass sie sich auf das Wasser zu bewegte.

Scheiße! Hastig packte Marcus nach dem Reifen, bekam ihn zu fassen und riss die Sackkarre, auf der die Box mit Transportriemen befestigt war, unter größter Kraftanstrengung zurück. Die Karre kratzte über den Betonsteg. Aus den Augenwinkeln sah er, wie ein Rohr auf seinen Kopf zuflog. Hastig wich er aus. Das Metall streifte seine Schläfe. Der Schmerz folgte auf dem Fuß.

Instinktiv blockierte er den nächsten Versuch und trat dem Mann im Overall gegen seine Knie.

„Hier! Vance, hier!" Zachary folgte Marcus' Schreien. Hoffnung begleitete ihn, übertroffen nur durch das Adrenalin in seinem Körper.

Ein Mann auf der anderen Seite des Parkplatzes stieg aus einem Van und richtete den Blick auf die Anlegestelle. Tanktop. Tätowierte Arme. Kurzerhand rannte Zachary los.

Der Mann entdeckte ihn. Er sprang in den Van und knallte die Tür zu.

Zachary preschte über den Parkplatz. „Galen! Hier!" *Zu weit weg, zu weit weg. Verdammt!* Der Mann startete den Motor und fuhr rückwärts von dem Parkplatz. Reifen quietschten, als er Gas gab und unaufhörlich auf die Ausfahrt zusteuerte.

Zachary fluchte. Niemals wäre er in der Lage, das Fahrzeug einzuholen. Sirenen heulten in der Ferne – zu weit entfernt.

Der Van näherte sich der Freiheit. Plötzlich riss er das Lenkrad nach rechts und krachte in ein geparktes Auto. Der Motor würgte ab.

Was zum Teufel? Zachary rannte schneller. Er hörte den Versuch, den Van erneut zu starten. Durch die Scheibe sah er den Fahrer. Blut tropfte aus seiner Nase.

Aus dem Nichts erschien ein Fuß, der dem Mann ins Gesicht trat. Zwei Menschen. Jemand auf dem Beifahrersitz.

Zachary sprang seitlich in den Van und landete auf dem Metallboden. Er erhob sich und riss die Tür zur Fahrerkabine auf.

Der Fahrer schlug mit der Hand nach ihm.

Er packte ihn am Arm, riss ihn vom Sitz und schaffte es, ihn aus dem Van zu werfen. Der Mann stolperte, schwankte, fasste sich aber schnell. Er wirbelte herum und holte mit der Faust aus.

Zachary blockierte den stümperhaften Versuch, legte die Finger um das Handgelenk des Angreifers, drehte den Arm und zog ihn hinter den Rücken des Mannes. Es knackte. Er hatte ihm erfolgreich die Schulter ausgekugelt.

Er brüllte vor Schmerzen und holte ziellos mit dem anderen Arm aus. Gekonnt wich Zachary aus und jagte ihm dann die Faust in den Bauch. Grunzend beugte sich der Mann nach vorn und so rammte ihm Zachary das Knie ins Gesicht.

Das nächste Knacken war zu hören. Ein Schrei. Am liebsten würde er ihn erneut vor Schmerzen schreien lassen.

Mit dem Knie hatte er den Bastard genügend aufgerichtet, um einen weiteren Schlag in den Bauch zu landen. Zachary ließ sich nicht lumpen. Er sammelte all seine Wut zusammen und schlug mit der Faust in die Rippen des Mannes. Das befriedigende Knacken – und wie die Augen des Bastards nach oben rollten – entließ etwas von Zacharys Wut.

Der Entführer fiel zu Boden. Bewusstlos.

Die Schüsse von der Anlegestelle waren kein gutes Zeichen. Marcus war nicht bewaffnet. Zachary musste sich jedoch konzentrieren.

Er trat an die Fahrerseite. Vorsichtig. Mit Bedacht. Er kannte diese Füße. Oh, sein Kätzchen war über diese Situation sicher nicht gerade erfreut.

Mit ihren zerwühlten, blonden Haaren lag Jessica auf dem Beifahrersitz, die Hände hinter dem Rücken gefesselt. Paketband über ihrem Mund. Grüne Augen aufblitzend. Ihre Beine waren angehoben. Bereit, ein jeden in das nächste Universum zu treten.

Verdammt, er liebte sie.

Sie entdeckte ihn und ihre Augen weiteten sich. Der Blick, den sie ihm gab, rückte seine Welt ins rechte Licht zurück. Zorn und Erleichterung und Liebe. Oh ja, er sah Liebe.

Er neigte den Kopf und lächelte. „Harter Tag, was?"

Sie würgte ein hysterisch klingendes Lachen heraus. Ja, das waren jene Worte gewesen, die er am ersten Tag ihres Kennenlernens zu ihr gesagt hatte.

Er trat von dem hinteren Bereich in die Fahrerkabine und näherte sich ihr. Er half ihr in eine sitzende Position. Sein unbändiger Zorn zündete erneut, als er ihre lädierte Wange und die Abschürfungen an ihren Handgelenken sah. Aber sie lebte. In Sicherheit. Er vergrub sein Gesicht an ihren Haaren und schwelgte in dem Moment, sie wieder in den Armen zu haben.

Gabi hatte Marcus' Stimme gehört, bevor die Box plötzlich ins Schwanken geraten war. Alles hatte sich gedreht und ihr Kopf tat das noch immer. Sie war auf ihren gefesselten Händen gelandet. Die Box lag auf der Seite und durch die wenigen Schlitze traten Lichtstrahlen ins Innere.

War Marcus wirklich hier?

Muss hier raus. Mit den Fingern fand sie erneut das Klebeband. *Gefunden.* Der Anfang. Gegen ihre Handschellen ankämpfend schaffte sie es, die Ecke zu fassen zu bekommen. Es löste sich. *Oh ja!* Die Kette, die um die Handfesseln und das Klebeband gewickelt war, verlor an Spannkraft.

Hastig, mit dem Wunsch nach Freiheit, bewegte sie die Beine, um sich auch vom letzten Rest zu befreien. Ihre Arme waren noch immer hinter ihrem Rücken gefesselt, aber sie konnte sich bewegen. Sie rutschte zum oberen Ende der Box und trat dagegen. Die Laschen öffneten sich und sie rollte heraus.

Grelles Licht. Sie verengte die Augen gegen die schmerzhafte Sinneseinwirkung. Regen rieselte auf sie nieder. Auf dem Steg war das Brüllen von herannahenden Männern zu hören. Sie drehte den Kopf. Cesar lag bewegungslos neben ihr. Weiter unten kämpften Männer. Gegrunzte Flüche traten an ihre Ohren. Die unscharfen Umrisse waren mit der Zeit klarer zu sehen.

Marcus. Ein Mann in einer Regenjacke schwang ein dickes Metallrohr in seine Richtung und Gabi schrie hinter ihrem Knebel.

Nein, bitte, nein! Es fiel ihr schwer, auf die Beine zu kommen. Marcus wich aus und schaffte es, einen Schlag gegen den Angreifer auszuführen.

Neben Gabi erhob sich Cesar und zog die Pistole aus seinem Overall.

Nein! Gabi zog die Beine unter ihren Po, sodass es ihr gelang, sich abzustoßen und sich auf Cesar zu werfen. Mit der Schulter krachte sie gegen die Rückseite seiner Knie. Seine Beine bebten und er entließ einen überraschten Laut, als er nach hinten fiel.

Sein Gewicht landete auf ihrem Rücken und hätte ihr fast die Schultern ausgekugelt. Ihre Knie kratzten über den Betonboden und mit dem Lappen in ihrem Mund fiel es ihr schwer, Luft zu bekommen.

Knurrend rollte Cesar von ihr herunter und sprang auf die Pistole zu, die er bei seinem Fall verloren hatte. Sie sog scharf den

Atem ein, drehte sich und attackierte mit dem Fuß. Sie traf ihn an der Wade und er fiel auf die Knie. Das war befriedigend.

Sein Kopf wirbelte zu ihr herum. Der Hass in seinen Augen war unverkennbar, und schon kam er auf sie zu. *Oh Gott!* Hastig entfernte sie sich von ihm, rollte davon, was erneut ihre Arme in Mitleidenschaft zog.

„Gabi!" Marcus half ihr auf die Füße und riss sie zur Seite. Gerade rechtzeitig, denn ein Rohr flog nur wenige Millimeter an ihrem Kopf vorbei. Indessen rannte ein Mann auf ein Boot zu, das gerade ablegte.

Leicht benebelt schwankte Gabi nach rechts. Sie gewann ihr Gleichgewicht zurück und drehte sich in die Richtung der Angreifer. Ihr Atem stockte, als Cesar die Pistole auf sie richtete. „Du dumme Fotze!"

„Dumme Fotze." Hände rissen an ihrer Kleidung, schreckliche Beschimpfungen ... Gabi erstarrte, ihr Gehirn vollkommen leergefegt. Dann erreichte sie Marcus' Stimme: „Gabi! Runter!" Seine Worte prallten an ihr ab.

Etwas krachte gegen sie und sie landete mit der Seite auf dem Boden. Durch den harten Aufprall wurde sie aus ihrer Starre gerissen. Marcus blockierte mit seinem Körper ihren Blick auf Cesar.

Der Laut einer abgeschossenen Waffe erschütterte die Luft. Marcus entließ ein tiefes, erschreckendes Grunzen und zuckte über ihr zusammen. Blut, alarmierend rot, breitete sich auf seinem hellen Hemd aus. Immer und immer größer wurde der Fleck.

Nein!

Explosionen, die an ein Feuerwerk erinnerten, übertönten alle anderen Laute. Cesar schrie und fiel zu Boden.

Männer – viele, viele Männer – rannten über den Steg.

Marcus. Sie versuchte, sich aufzusetzen, versagte, versuchte es erneut. *Oh bitte nicht!*

Nicht weit von ihr lag Cesar regungslos und mit offenen

Augen. Ein uniformierter Polizist tauchte neben ihr auf und trat die Waffe weg. Ein anderer Mann brüllte nach einem Krankenwagen.

Noch immer stehend presste Marcus eine Hand gegen seine Schulter. Blut floss auf albtraumhafte Weise durch seine Finger. *Er ist verletzt. Gott, nein, das darf nicht sein!* Gabi würgte, rollte sich auf die Knie und versuchte verzweifelt, auf die Füße zu kommen. Jedoch fehlte ihr die Kraft.

Jemand packte sie an den Schultern. *Hände berührten sich. Nein, nein, nein!* Eine Welle des Schreckens erfasste sie. Sofort ging sie in den Kampfmodus über, riss an ihren Fesseln, unfähig auch nur einen Ton zu entlassen.

Plötzlich waren ihre Hände nicht länger hinter ihrem Rücken gefesselt. *Ich bin frei!* Und Marcus war hier, sein Gesicht füllte ihr Sichtfeld. Sie blinzelte. Kein Traum. Regen rann über ihre Wangen, als sich seine warmen Finger um ihre nackte Schulter legten.

„Ganz ruhig, Süße. Es ist vorbei. Du bist in Sicherheit." Seine Stimme, wie es keine andere vermochte, überzeugte und tröstete sie.

Ihr Herz hämmerte noch immer in einem besorgniserregenden Rhythmus, während sie ihn einfach nur anstarren konnte. *Er lebt.* Sie versuchte, zu reden, erinnerte sich jedoch an den Knebel zwischen ihren Lippen.

„Verdammte Wichser", murmelte er, als er sich daran machte, das Klebeband von ihrem Mund zu lösen.

Jemand umfasste seinen Ellbogen. „Sie sind verletzt."

„In einer Minute." Marcus zog den Lappen aus ihrem Mund. Als sie einen langen Atemzug nahm, vertieften sich die Lachfalten neben seinen Augen. „Na also, jetzt kannst du wieder dein freches Mundwerk einsetzen."

Mit sanften Fingern berührte er ihre Wange. Hinter ihr kniete sich jemand hin. Sie zuckte fort, wollte entkommen, aber Marcus hielt sie an den Schultern und flüsterte: „Ganz ruhig, Gabi."

Handschellen. Der Mann öffnete ihr die Handschellen. Sie bewegte sich nicht, wagte es nicht, zu atmen, als er das Metall von ihren blutigen Handgelenken entfernte. „Schon besser, Kleine." Sie kannte diese Stimme.

Den Schmerz in ihren Schultern ignorierend nahm sie die Arme nach vorn. *Frei.*

Vance trat in ihr Blickfeld. „Eine Decke für diese Frau, und bringt diesen Mann sofort ins Krankenhaus!", rief er. „Setz dich hin, du Idiot", sagte er zu Marcus, „bevor du noch umkippst."

Er war so blass. Kreidebleich.

Gabi saß neben Marcus' Bett. Den Arm hatte sie durch das Bettgitter geschoben, sodass sie seine Hand halten konnte. In seinem Arm hatte er Schläuche, und Kabel verliefen zu einem Monitor, der seinen Puls anzeigte. Sie mied es, auf den Bildschirm zu sehen. Zu jeder Zeit befürchtete sie, dass sich die Linie abflachen könnte, so wie das in Filmen oft geschah.

Die OP hatte er gut überstanden. Gäbe es ein Problem, hätten sie ihn auf die Intensivstation gebracht und nicht auf die Normalstation, richtig?

„Gott, ich hasse Krankenhäuser", flüsterte sie ihm zu. „Wach auf, verdammt. Sie meinten, dass du nach der OP aufgewacht bist. Öffne die Augen erneut."

Es war ein sehr langer Tag gewesen. Als Marcus aus dem OP-Saal kam, hatte sie sich ihre Infusionsnadel aus dem Arm gezogen, die Wunde mit einem Taschentuch abgedrückt und war ihm gefolgt. Im Wartezimmer hatte sie ihre Zeit damit verbracht, auf den Fernseher zu starren, während der Horror in ihrem Kopf fortgeführt wurde. *Die Waffe. „Gabi, runter!" Marcus war vor sie gesprungen, war geschwankt. Das Blut.*

Meine Schuld.

Als seine Großeltern gekommen waren, hatten die Kranken-

366

schwestern bereitwillig Informationen über den Verlauf der OP weitergegeben. Gabi war also näher herangetreten, um zu lauschen. Das bereute sie, als das ältere Paar darüber sprach, ob sie seine Freundin – Celine – anrufen sollten, die er ihnen im Juni vorgestellt hatte. Gott sei Dank hatte sein Großvater die Idee abgelehnt.

Die Wartezeit war furchtbar gewesen. Endlos hatte es sich angefühlt. Da sie nicht fähig war, lange still zu sitzen, hatte sie sich um eine Teenagerin gekümmert, deren Mutter nach einem Autounfall operiert werden musste. Schließlich war sie zu einer älteren Frau gegangen, deren Ehemann wahrscheinlich nicht überleben würde.

Nachdem Marcus in seinen Raum gerollt worden war, hatten sich seine Großeltern zu ihm gesetzt. Nach einer Weile hatten sie das Zimmer verlassen, um Anrufe zu tätigen und sich etwas Kleines zum Essen zu holen. Den Moment nutzend war Gabi zu ihm gegangen.

Würde er jemals aufwachen?

Stimmen im Flur erregten ihre Aufmerksamkeit. Galens abgehackter New-England-Dialekt und Vances grummeliger Bariton. *Verflucht seien sie.* Mit Sicherheit waren sie auf der Suche nach ihr, um sie für weitere Behandlungen wieder in ihren Raum zu zerren. Aber sie wollte Marcus nicht verlassen. Noch nicht. Das konnte sie erst tun, nachdem er aufgewacht war.

Sie funktionierte gerade vielleicht nicht reibungslos, aber das war ihr egal. Er musste aufwachen. Und dann musste sie ihm sagen, wie leid es ihr tat.

Humpelnd lief sie in das winzige Badezimmer, um sich zu verstecken. Schnell wurde ihr schwindelig und so setzte sie sich auf die Toilette und wartete.

Als sie fort waren, kehrte sie zu ihrer Bettwache zurück. Sie hatte Angst einzuschlafen. Ihr Kopf fühlte sich an, als würde jemand mit einem Holzschläger darauf einhämmern. Ihr Kiefer wollte sich nicht öffnen. Sie hob die Hand und zuckte bei der

Berührung zusammen. Bei jeder Bewegung beschwerten sich ihre Schultern, so wie das Scharniere taten, die seit Jahrzehnten der Witterung ausgeliefert waren. Ihre Rippen ... Na ja, obwohl die Röntgenaufnahmen nur auf geprellt hingewiesen hatten, fühlte es sich doch wie gebrochen an. *Jang, dieser Mistkerl.*

Jedoch waren ihre Verletzungen im Vergleich zu einer Schusswunde nebensächlich. „Es tut mir so leid, Marcus. So leid."

Wäre sie nicht erstarrt, wäre sie aus dem Weg gesprungen, hätte er sich nicht vor sie werfen müssen. Dann wäre er nicht angeschossen worden. Sie bedeckte ihr Gesicht mit ihren Händen und stöhnte. *Bitte, bitte, es muss dir gut gehen. Es muss dir einfach gut gehen.* Sobald er einmal die Augen geöffnet hatte, würde sie sein Zimmer verlassen und tun, was auch immer Galen und Vance von ihr verlangten. Bleiben würde sie nicht – er würde sie nicht in seiner Nähe haben wollen.

Sie war nur eine Auszubildende. Sein ausgeprägtes Verantwortungsbewusstsein hatte ihn dazu getrieben, die kleine hilflose Sub zu beschützen. *Er hätte sterben können.*

Weitere Minuten verstrichen.

Marcus stöhnte.

Gabi drückte die Schultern durch und wimmerte bei dem Schmerz, der ihre Nervenenden in Aufruhr versetzte. Sie lehnte sich vor, ihre Finger um seine Hand festigten sich.

Seine Augenlider flatterten. Dann sah er sie an, sein Blick noch etwas unfokussiert. Aber ... er war wach. Am Leben.

Danke, Gott! Oh, vielen Dank!

Sie schaffte es auf die Beine, stützte sich mit den Unterarmen auf dem Geländer ab und berührte sein Gesicht. Warm. Mit den Fingerspitzen fuhr sie über seinen stoppeligen Bart, einen Farbton dunkler als seine Haare, und zeichnete einen blauen Fleck auf seiner Stirn nach. Etwas ramponiert, aber ... er lebte.

Seine Augen klarten sich auf. Er runzelte die Stirn, blickte verwirrt auf den Raum, die Infusionsstange und den Monitor.

„Du bist im Krankenhaus", sagte sie ihm. Ihre Schuldgefühle

waren so stark ausgeprägt, dass ihr das Sprechen Schwierigkeiten bereitete. „Du wurdest angeschossen – wegen mir. Aber du wirst wieder gesund."

Als sie seine Hand losließ, drehte er seine um und griff stattdessen die ihre. Er versuchte, zu sprechen. Es kam nichts raus und so räusperte er sich. Seine Stimme war kratzig, sein geschmeidiger Ton vollkommen verschwunden. „Geht's dir gut?"

Zittrig atmete sie ein. „Ja. Schließlich bist du derjenige, der angeschossen wurde." Ihre Kehle schnürte sich zu, bis ihre Stimme so rau klang wie seine. „Ich hätte es sein sollen. Es tut mir so, so leid."

Er wollte etwas sagen, aber sie ertrug es einfach nicht länger. Sie küsste ihn auf die Wange und flüsterte: „Lebwohl, Marcus."

Humpelnd verließ sie sein Zimmer. Mit Erleichterung entdeckte sie seine Großeltern im Flur. Er war nicht allein. Sie wandte den Blick ab und schaffte es zu den Fahrstühlen. Unerwartet traf sie ein Schwindelgefühl, vor ihren Augen sah sie nur noch Schwarz. *Nein! Ohnmächtig werden, ist dir nicht gestattet, Gabi!*

Es war vorbei. Alles. Die Ermittlung. Ihr Aufenthalt in Tampa. Ihre Zeit mit Marcus.

Sie wollte nur noch nachhause.

KAPITEL ZWEIUNDZWANZIG

D as Zwitschern der Vögel drang durch das offene Fenster in Zacharys Schlafzimmer. Er lächelte bei den friedvollen Melodien.

Eingekuschelt in die Decke lag Jessica. Sie schlief noch. Eine Hand ruhte unter ihrer runden Wange. Ihre langen goldfarbenen Haare fächerten über das Kissen, die hellen Strähnen ein starker Kontrast zu dem schwarzen Material der Bettwäsche.

Auch zu ihm stellte sie diesen Kontrast dar – ein strahlendes Leuchtfeuer in seinem dunklen Leben. Er zog seinen Stuhl näher zum Bett und schloss die Hand um ihre zarten Finger. Wusste sie, wie viel sie ihm bedeutete? Er arbeitete mit Kindern – mit traurigen, gebrochenen, misshandelten Kindern, die in ihrem Leben schon mehr Leid ertragen mussten als so mancher Erwachsene. Um zu heilen, brauchten sie oftmals jemanden – irgendjemanden –, der ihren Kummer begriff und ihnen ein bisschen von der Last nahm.

Schmerz und Kummer hatten sich über die Jahre bei ihm aufgestaut und nicht mal der Liebe von Freunden und Familie war es gelungen, die ansteigende Traurigkeit zu vertreiben. Dann war Jessica wie ein Wirbelsturm in sein Leben gerauscht. Ihr scharfer

Verstand und ihr Logikverständnis wurden von ihrem Temperament, ihrem Mut und ihrer Liebe ergänzt. Sie hatte ihn daran erinnert, dass die Welt viel mehr Gutes als Böses bereithielt.

Meine Fresse, heute hätte er sie beinahe verloren. Seine Schultern spannten sich an. Er lehnte sich vor und schob ihr eine Strähne aus dem Gesicht. Samtweiches Haar auf einer cremeweißen Wange.

Als sie blinzelte, verfluchte er sich für seinen Kontrollverlust. Sie brauchte ihren Schlaf.

Ihre Hände ballten sich zu Fäusten. Dann spannte sich plötzlich ihr gesamter Körper an. Er nahm ihre Angst wahr, sah, wie sie von der Emotion überwältigt wurde.

„Jessica", sagte er in einem gleichmäßigen Tonfall.

Ihre Augen konzentrierten sich auf sein Gesicht und er sah – fühlte – Erleichterung durch ihren Körper fließen. „Du bist sicher, Kätzchen", versicherte er ihr verbal.

Zittrig atmete sie ein. Sie sah sich im Raum um, ihre Augen fielen auf das Bett, das Fenster. Als sie wieder zu seinem Gesicht zurückkehrte, zeigte sich ein Lächeln auf ihren Lippen. „Du hast mich gerettet."

„Ich denke, du hast dich selbst gerettet."

Sie überlegte, seine logisch denkende Sub, und schüttelte den Kopf. „Nein. Wärst du nicht aufgetaucht, hätte er irgendwann gewonnen. Ich war gefesselt. Selbst wenn ich es aus dem Van geschafft hätte, wäre ich nicht in der Lage gewesen, wegzurennen. Nicht, nachdem ich mir den Knöchel verletzt hatte." Sie schmollte. „Gerne würde ich sagen, dass ich ihn mir verletzt habe, als ich ihm in sein Gesicht trat. Ich denke aber, das Lenkrad ist schuld."

„Blutrünstige kleine Sub", murmelte Zachary.

„Oh, natürlich. Ich habe Jang gesehen, nachdem du mit ihm fertig warst. So viel Schaden habe ich nicht angerichtet."

Zacharys Hände spannten sich an, als hätte er den Hals des Mannes vor sich. Er hätte ihm noch mehr Schaden zufügen sollen.

Sie lächelte ihn an, ihre grünen Augen strahlten. „Sieh also ein, dass du der Held in diesem Szenario bist. Wie ein guter Dom hast du die Subs gerettet."

Gerettet. Er runzelte die Stirn. „Du hättest überhaupt keine Rettung nötig gehabt, wenn du nicht in der Nähe dieser Männer gewesen wärst. Jessica, warum bist du letzte Nacht einfach verschwunden, ohne mir vorher Bescheid zu geben?"

Er sah, wie sie die Worte *Oh, Scheiße* formte. Dann zögerte sie ihre Antwort heraus. „Na ja ..." Um auf Augenhöhe mit ihm zu sprechen, setzte sie sich auf und verzog dabei das Gesicht zu einer Grimasse.

Verdammt. Er konnte es nicht ertragen, sie leiden zu sehen. Er umfasste ihre Arme und half ihr behutsam in eine sitzende Position. Indem er Kissen hinter ihrem Rücken positionierte, machte er es ihr bequemer. Ihr Gesicht war kreidebleich. Nichtsdestotrotz konnten sie die Unterhaltung nicht länger hinausschieben. In den letzten Wochen hatten sie sich zu oft angeschwiegen. Sein Kiefer spannte sich an. Wenn sie ihn verlassen wollte, musste er es wissen. „Nun erzähl es mir. Wieso hast du das getan?"

Sie senkte den Blick und berührte die Abschürfungen, die sie von den verfluchten Handschellen davon getragen hatte. „Zwischen uns ... Du warst so anders. Für eine Weile. Du hast dich abweisend verhalten, warst ständig wütend auf mich. Immer, wenn ich im Club frech zu dir oder einem Mitglied war, hast du mich sofort geknebelt, als würdest du mich zum Schweigen bringen wollen. Ich wusste, dass du nicht glücklich bist. Ich dachte, es liegt an mir."

„Nein, ich –"

„Zachary, lass mich ausreden."

Zachary. Es kam selten vor, dass sie seinen vollen Vornamen benutzte. Normalerweise im Bett, oder wenn sie emotional war. Als hätte der Name eine besondere Bedeutung für sie. Er nahm ihre Hand in seine. Jede Zelle in seinem Körper sehnte sich danach, ihr zu widersprechen, ihr zu sagen, dass sie nicht verstand. Er wollte die Situation so verzweifelt erklären. Auf keinen Fall durfte sie denken, dass die Beziehung zwischen ihnen am Ende war. Stattdessen neigte er den Kopf und erlaubte ihr, sich auszusprechen.

„Ich habe dich mit Gabi beobachtet. Ich konnte dir ansehen, dass du ein Geheimnis hast. Mit ihr. Und du hast sie ... anders behandelt als die sonstigen Subs. Fast so, wie du auch mich behandelst."

Er runzelte die Stirn. „Das verstehe ich nicht."

„Die Zärtlichkeiten, die du mir zukommen lässt – und ihr – sind signifikant ausgeprägter als bei anderen", sagte seine kleine Mathematikerin. „Dein Beschützerinstinkt ist bei uns beiden im vollen Effekt."

„Aber –"

Sie starrte auf ihre Hände. „Und dann hast du mich deinen Söhnen vorgestellt." Sie biss sich auf die Unterlippe. „Eric mag mich nicht. Er denkt, dass du dir jemanden suchen solltest, der mehr wie du ist. Ich bin nur eine Steuerberaterin, von einer Mittelstandsfamilie. Ich bin weder reich, intellektuell oder wunderschön. Ich habe Fotos von deiner Ex gesehen. Sie ist all das. Wenn Eric dich nicht wieder mit seiner Mutter zusammenbringen kann, möchte er jemanden für dich, der klassischer und ... älter ist."

Er nickte. Eric sah immer zuerst mit seinen Augen und nicht mit seinem Herz.

„Ich hatte das Gefühl, dass du dich von mir zurückziehst, dass du mich nicht mehr in deiner Nähe haben willst. Du hast mir sogar gesagt, dass du mich nicht im Club möchtest. Ich war eifersüchtig. Und unsicher. Ich dachte, dass du in Bezug auf uns vielleicht deine Meinung geändert hast."

Vergangenheitsform. Sie hatte die Vergangenheitsform benutzt. „Du weißt jetzt, dass das nicht stimmt, richtig?"

„Zum Teil, ja. Ich verstehe, dass Gabi als Lockvogel in den Club kam und dass du verhindern wolltest, dass ich zum Zielobjekt werde. Das erklärt aber nicht ...“ Zittrig atmete sie ein. „Nolan und Beth sind verlobt. Dan und Kari sind verheiratet und erwarten ein Baby. Beide Paare sind nach uns zusammengekommen.“

Er rieb sich über das Gesicht. Ein Vorhaben konnte noch so gut gemeint sein und würde niemals so funktionieren, wie das eine Person gerne hätte. „Jessica, wie das mein Junge so nett ausgedrückt hat, bin ich älter als du. Ich habe schon erwachsene Kinder. Du fängst dein Leben gerade erst an, Kätzchen. Ich wollte dich nicht zu etwas drängen, für das du noch nicht bereit bist und du vielleicht später bereust. Zumal eine Person, die neu im Lifestyle ist, die Begierde unterworfen zu werden, oftmals mit der Begierde nach dem Dom verwechselt.“

Für einen Moment betrachtete sie ihn. Dann verengte sie die Augen. „Wir können also keine Beziehung haben, weil du mich für zu jung hältst? Gott, Z, ich bin dreißig! Wie alt muss ich sein, um zu wissen, was ich will?“

Die Funken in ihren Augen waren berauschend. Sie war auf dem besten Weg, wieder zu ihrem alten Selbst zurückzufinden. Er hatte jedoch genug Erfahrung mit Frauen, um zu wissen, dass er jetzt nicht grinsen durfte. Täte er das, würde sie ihm etwas an den Kopf werfen. „Ich habe es mit der Vorsicht vielleicht etwas übertrieben“, gab er kleinlaut zu.

„Ja, das denke ich auch. Ich bin noch hier, oder? Ich weiß, wo die Tür ist, und ich weiß auch, wie man *Nein* sagt. Du hast dich dämlich verhalten.“

Ein wenig schockiert lehnte er sich auf dem Stuhl zurück. Ihre Wangen waren rot von ... ja, eindeutig Wut. Er nahm keine Zweifel in ihr wahr. *So sei es.*

Oh je. **Der** Ausdruck in seinen Augen verhieß nichts Gutes. Dennoch konnte sie nicht glücklicher sein, denn sein Gesicht wies nicht auf einen Mann hin, der von seiner Freundin gelangweilt war. Nein, sie sah Besitzanspruch – den Besitzanspruch eines Doms.

Sie verzog das Gesicht zu einer Grimasse. Hatte sie ihn wirklich als dämlich bezeichnet?

„Lass mich das Ganze noch einmal zusammenfassen", sagte er in seiner geschmeidigen Stimme. „Du willst, dass ich es offiziell mache. Und Kinder möchtest du auch?"

Sie stotterte: „D-Du lässt es wie eine Bestellung in einem Restaurant klingen. Okay, Ma'am, möchten sie auch Pommes dazu?"

Er zog eine Augenbraue hoch.

„Ja, ich möchte Pommes ... also, Kinder. Mit dir." Ihm von ihren Hoffnungen und Wünschen zu erzählen, gab ihr das Gefühl, im kalten Wind nackt an einer Klippe zu stehen. Es fiel ihnen so leicht, über die verschiedensten Dinge zu sprechen, aber bei diesem Thema ... Es war hart. „Ich möchte mindestens ein Baby, vielleicht auch zwei. Wenn ich an Eric denke, bin ich mir sicher, dass ich bei der Erziehung einen besseren Job machen werde als deine Ex."

Sein Mundwinkel zuckte, als würde er am liebsten lächeln. Es fühlte sich viel zu einseitig an, was sie hier gerade tat. Schließlich legte sie ihre Seele vor ihm frei. „Hast *du* Interesse an mehr K-Kindern?", fragte sie.

Vor seinem Mund brachte er seine Finger zusammen und sah sie darüber hinweg an. „Jessica, ich arbeite mit Kindern. Ich mag Kinder. Ich würde es genießen, dieses Mal anwesend zu sein, wenn sie aufwachsen. Als Eric und Richard noch klein waren, war ich viel zu selten im Land. Das habe ich immer bereut."

Oh. Sie entließ den Atem. Wie ein Ballon fühlte sie sich, bei dem die Luft entwich. „Wirklich?"

„Wirklich. Ich sollte vielleicht hinzufügen, dass Eric mich gebeten hat, eine Entschuldigung für sein Benehmen auszurichten." Z lächelte. „Er wird sich an uns gewöhnen, Kätzchen. Aber bitte fahre fort. Was noch?"

Was noch? Sie sammelte ihre Gedanken, brachte seine Argumente in Formation. Ihre Bedürfnisse hatte sie tabellarisiert und nun musste sie ein Fazit hervorbringen. Okay, die Sache mit dem Alter. Hach, er konnte so ein Blödmann sein. „Du bist also älter. Nicht bei viel. Und da du es liebst, in Form zu bleiben, und ich mich weigere, aus welchem Grund auch immer, zu rennen, verfallen wir wahrscheinlich ungefähr zur gleichen Zeit. Wenn ich vor dir dran bin, werde ich wohl lernen müssen, einen Gehstock zu benutzen, sodass ich dich zur Abwechslung mal vermöbeln kann."

Er lachte. Ja, er lachte, laut und ausgelassen, was ihr ein breites Grinsen entlockte. Vielleicht würden sich ihre Wünsche nicht erfüllen, aber sie fühlte bereits jetzt, dass der Bund zwischen ihnen heilte. Alles fühlte sich wieder richtig an.

„Du bist eine furchtbare Sub", sagte er in einem sanften Ton. „Du bist eine kleine Göre. Wirst du das Problem auch ansprechen?"

Sie drückte die Schultern durch. Oh ja, er hatte genug von ihrer großen Klappe. Ihre Hoffnung schwand dahin. Dann erinnerte sie sich daran, was Gabi zu ihr gesagt hatte. *„Kein Wunder, dass Z dich verehrt."* Der Blödmann benutzte seine Psychotricks an ihr! Sie warf die Haare über ihre Schultern und rümpfte die Nase. „Nein. Du magst mich so, wie ich bin."

Er schüttelte den Kopf. Ein Lächeln zierte seinen Mund. „Nein, Jessica. Ich *liebe* dich so, wie du bist." Er stand auf und riss ihr die Bettdecke vom Körper. In dem Moment wurde ihr bewusst, dass sie vollkommen nackt war. Bevor er sie ins Bett gesteckt hatte, musste er ihr die Kleidung ausgezogen haben. Quietschend streckte sie die Hand nach der Decke aus.

Er packte ihre Handgelenke, wobei er die wunden Stellen von den Handschellen mied, und sah ihr in die Augen. „Ich werde dich nicht fesseln. Nicht heute. Davon hattest du in den letzten Stunden genug. Stattdessen wirst du dich umdrehen und dich hinknien. Halt dich am Kopfende des Bettes fest. Spreize deine

Beine. Jedes Mal, wenn du diese Position aufgibst, werde ich dir einen zusätzlichen Schlag mit Mistress Annes liebsten Paddel verpassen."

Sie verzog das Gesicht. Die Domina hatte ein Paddel mit der Aussparung MEIN. Ein Schlag rötete die Haut nicht nur, sondern hinterließ weiße Abdrücke mit diesem Wort. Er beobachtete sie, sein Kiefer angespannt, als sie sich auf ihre Knie rollte und dann mit beiden Händen das Kopfende packte.

„Weiter spreizen, Jessica."

Oh Gott! Dennoch fühlte sie den Beweis ihrer Erregung zwischen ihren Beinen und die Beschleunigung ihres Herzschlags. Sie blickte über ihre Schulter und sah, wie sich seine grauen Augen bei ihrem Anblick mit Begierde füllten. Ihre eigene stieg in ungeahnte Höhen. Seine erbarmungslosen Hände öffneten sie noch weiter und dann berührte er sie, fuhr mit den Fingern durch ihre Spalte, neckte ihre Klitoris, bis sie sich wand. *Verdammt*, vor einem Jahr hatte es sie noch gewundert, wie gut er ihren Körper beeinflussen konnte. Mittlerweile war es geradezu erschreckend.

Sie hörte, wie er seinen Gürtel und seine Hose öffnete. Anschließend trat er hinter sie, seine Knie zwischen ihren. Die drahtigen Haare an seinen Schenkeln neckten ihren Po. *Oh Gott,* sie brauchte ihn so sehr, dass sie wimmerte.

Er zog sie an seine Brust und drehte sie ein wenig zu sich. Mit den Fingern in ihren Haaren lenkte er ihre Lippen zu seinem Mund. Der Kuss war brutal und besitzergreifend und es dauerte nicht lange, bis sie in Empfindungen ertrank. Da er sie noch immer an den Haaren hielt, weiterhin seinen Mund auf ihren drückte, konnte sie nichts tun, als er mit der freien Hand ihre Brüste berührte. Er neckte die Hügel, bis sie anschwollen und jedes Zwicken in ihre Nippel einen elektrisierenden Sturm in ihr lostrat, der sich unaufhörlich auf ihre Pussy zubewegte.

Bis ihr Verlangen nach ihm nicht mehr kontrollierbar war. Sie brannte. Als sie mit ihrem Hintern gegen seine dicke Erektion stieß, entließ er sie lange genug von seinen Lippen, sodass sie ein Flehen herausbekam: „Bitte!"

Mit seinem nahezu schmerzhaften Griff an ihrem Haar neigte er ihren Kopf zurück und er musterte sie für einen langen Moment. Ihr Geschlecht pulsierte im Einklang mit ihrem Herzschlag. Es eilte. Sie brauchte ihn in sich. Dann rieb er seine Wange an ihrer. „Ich denke, ich möchte dich noch länger betteln hören." Er ließ ihre Haare los und fand ihre Pussy. Mit einer Hand auf ihrem Geschlecht und der anderen auf ihren Brüsten hielt er sie in seiner erotischen Umarmung. Er rollte einen Nippel zwischen seinen Fingern und zeichnete eine Acht um ihre Klitoris und ihren Eingang. *Nicht genug Druck, verdammt!*

Er wechselte zu ausgedehnteren, aber festeren Berührungen. *Zu langsam, verdammt!* Auf sadistische Weise trieb er sie im Schneckentempo an den Rand der Klippe. Ihre Beine bebten, ihr Hinterkopf ruhte an seiner Schulter, ihre Fingerknöchel waren weiß, da sie sich verzweifelt an dem Kopfende festkrallte, um nicht ihre angewiesene Position zu verlieren.

„Gott, bitte!"

Sein Finger in den niederen Gefilden pausierte und konzentrierte sich dann ausschließlich auf ihr Nervenbündel. Sie zuckte mit der Hüfte nach vorn. Wenn er doch nur über ihre Klitoris reiben würde ...

Er entließ ihre Brust und legte den Arm um ihre Taille, womit er sie auf eine Weise einschränkte, die keinerlei Bewegung ihrerseits zuließ. Sein Finger an ihrem Geschlecht zog wieder Kreise.

Ihr Körper bebte. „Ich ertrag es nicht mehr! Ich flehe dich an!" Dann benutzte sie ihre ultimative Waffe: „Master, bitte, ich liebe dich ..."

Sein tiefes, hoch zufriedenes Lachen hätte sie beinahe zu einem Orgasmus getrieben. „Kluge kleine Sub", hauchte er und knabberte an ihrem Ohrläppchen. Als er die Hand von ihrer Pussy nahm, entließ sie ein frustriertes Stöhnen.

„Ganz ruhig." Von hinten glitt er mit seiner Eichel durch ihre

Nässe und fuhr dann über ihre Klitoris.

Oh ja! Sie hielt den Atem an. *Bitte, bitte, bitte.*

Dann drang er mit einem Stoß in sie und füllte sie auf eine Weise, wie nur er es konnte.

„Ahh!" So dick und hart und ... Ihr entrang ein Schrei und sie keuchte bei dem unglaublichen Gefühl, ihn endlich in sich zu spüren. In seinen Armen schmolz ihr Körper dahin.

Durch seine unerbittlichen Stöße blieb ihr keine Wahl, als sich vorzubeugen. Nur ihr Griff am Kopfende und sein stählerner Arm um ihre Taille hielten sie aufrecht. Er trieb ihre Beine weiter auseinander und rahmte ihre Klitoris mit zwei Fingern ein, sodass er bei jedem Stoß das Nervenbündel in Verzückung versetzte. Ihre Zehen spannten sich an und ihre Fingernägel krallten sich in das Kopfende. Das Bedürfnis nach einer Erlösung wuchs stetig an.

Etwas fühlte sich anders an, aber sie konnte nicht nachdenken. Ihr Verstand war wie leer gefegt. Dann spürte sie nur noch seine Finger auf ihrer Klitoris und den dicken Schwanz in ihrer Pussy. Genau an der Kante hielt er sie, während ihr Köper vor Verlangen bebte.

„Nach der Tradition sollte sich ein Mann bei einem Heiratsantrag hinknien", murmelte er ihr ins Ohr und stieß im selben Moment hart in sie.

Was? „Was?"

„Ich bin ein traditionsbewusster Mann. Das solltest du wissen." Er küsste die Stelle direkt unter ihrem Ohr, und sie erschauerte. „Ich liebe dich, Kätzchen. Willst du mich heiraten?"

Härter und härter stieß er in sie, bis sie bei jedem Stoß zusätzlich durchgeschüttelt wurde. Dann nahm er Tempo heraus, ließ sie auf der Kante balancieren, der Orgasmus so nah und doch unerreichbar. „Antworte mir, Jessica."

Ihr Sichtfeld verschwamm. Nur mit den Fingerspitzen hielt sie den Kontakt in diese Welt aufrecht. *Oh Gott!* „Ja, ja, ja!"

„Ausgezeichnet." Sein Rhythmus veränderte sich. Sein dicker

Schwanz dehnte sie mit jedem Stoß. Wenn er sich aus ihr zurückzog, fuhr er mit den Fingern über ihre Klitoris. Ihr geschwollenes Nervenbündel festigte sich, genau wie die Wände ihres Geschlechts um seinen Schaft. Ihr Orgasmus schwappte auf sie zu, so unausweichlich wie der Gezeitenwechsel.

Für eine qualvolle Sekunde schwankte sie auf der Klippe und dann fiel sie. Die Ekstase war so berauschend und überwältigend, dass der Raum vor ihren Augen verschwand. Nur seine unerbittlichen Hände waren dazu in der Lage, sie in diesem Universum zu halten. Um ihn herum kam sie, die Lust nahm sie vollkommen in Besitz.

Während sie verzweifelt versuchte, Sauerstoff in ihre Lungen zu bekommen, flüsterte er ihr ins Ohr: „Nichtsdestotrotz gehört mir im Alter der Gehstock."

Ihr Lachen wandelte sich zu einem Wimmern, als er unerwartet in ihre Klitoris zwickte und sie so in den nächsten Höhepunkt schubste.

Eine Sekunde später drang er so hart in sie, dass er gegen ihren Muttermund stieß. Seine Hände festigten sich an ihren Hüften und er pulsierte in ihr, während sie von seiner Wärme gefüllt wurde. In dem Moment erkannte sie, was heute anders war.

Sie hatte nicht das Rascheln eines Kondoms vernommen. Sein Schwanz in ihr fühlte sich heute samtweich und heiß und echt an.

Seine große Hand lag mit gespreizten Fingern auf ihrem Bauch und in einem nahezu bedrohlichen Ton sagte er: „Mit dem Kindermachen wird sofort begonnen."

„**Guten Morgen, Mr.** Atherton."

Marcus zwang seine Augen auf. Zuerst war die Person unscharf, doch dann kam eine grauhaarige Krankenschwester in den Fokus, die grüne Krankenhauskleidung mit pinken, tanzenden Bären trug. Sie faltete seine Decke bis auf seine Hüfte herunter. Weißer Verband bedeckte seine Schulter und die Wunde schmerzte.

Sein vernebelter Verstand klarte etwas auf. Er hatte eine Kugel abbekommen, hatte eine OP gehabt. Sein Mund fühlte sie wie an dem Tag nach der Entdeckung von Tequila an. „Ähm." Er schluckte und versuchte es erneut: „Guten Morgen. Wie spät ist es?"

Sie wies auf die Uhr an der Wand. „Noch sehr früh. Ich heiße Mary und ich bin heute Ihre Krankenschwester. Ihr Arzt kommt gleich zu Ihnen, um den Verband zu wechseln. Auf einer Skala von eins bis zehn, wobei eins bedeutet, dass Sie so gut wie gar nichts fühlen, wie schlimm sind Ihre Schmerzen?"

Seine Schulter tat scheiße weh. „Drei würde ich sagen."

Sie lachte. „Männer. Versuchen Sie es nochmal und jetzt möchte ich die Wahrheit."

Mit einem spitzbübischen Grinsen gab er zu: „Sieben." Sie wäre eine gute Domina.

„Das dachte ich mir." Sie nahm ein kleines Gerät, das an der Infusionsstange hing. „Das habe ich Ihnen bereits gestern gezeigt, aber ich bezweifle, dass Sie sich daran erinnern." Sie drückte den Knopf. „Ich habe Ihnen gerade eine Dosis verabreicht. Gleich sollte es sich besser anfühlen. Wenn der Schmerz vier erreicht, drücken Sie den Knopf. Zu oft erlaubt das Gerät das nicht, also können Sie nicht überdosieren. Verstanden?"

Er nickte und musste erkennen, dass auch sein Kopf schmerzte. *Verdammter Rohr schwingender Bastard.*

„Das Frühstück wird gleich serviert. Zudem haben sich Ihre Großeltern für einen morgendlichen Besuch angemeldet, falls Sie sich nicht erinnern sollten."

Er runzelte die Stirn. War Gabi bei ihm gewesen? „War gestern noch jemand hier?"

„Oh ja!" Sie lächelte. „Eine junge Frau in einem schlechten Zustand. Sie war vollkommen erschöpft und hat Ihnen von dem

Moment, in dem Ihre Großeltern das Zimmer verlassen haben, bis zu ihrer Rückkehr, Gesellschaft geleistet."

Die Freude darüber, dass sie sich so sehr um ihn sorgte, dass sie an seinem Bett Wache gehalten hatte, wurde von dem Gefühl der Sorge seinerseits abgelöst. „Sie hätte selbst in einem Krankenbett liegen sollen."

„Sie ließ sich nicht vertreiben. Als zwei Agents nach ihr gesucht haben, hat sie sich erfolgreich versteckt."

„Dickköpfige kleine Göre", murmelte er.

Die Krankenschwester lächelte und richtete ihre Aufmerksamkeit darauf, seine Temperatur zu messen und seine Lungen zu untersuchen. Bis sie den Raum verließ, zeigten die Schmerzmittel Wirkung und er entließ einen erleichterten Seufzer. Kugeln waren abartige kleine Scheißer. Sie hatten Glück gehabt. Er und Gabi hätten genauso gut sterben können. Stattdessen war sie zwar etwas verbeult, aber sie lebte. Und dieses Loch in seiner Schulter würde auch irgendwann verheilen.

Für eine Weile konzentrierte er sich darauf, seine medikamentenverseuchten Träume von der Realität zu trennen. Zu viel vom gestrigen Tag erschien ihm wie ein Albtraum – seine Angst, dass sie zu spät kommen würden und dass Gabi verletzt war. Die Box, die langsam von dem Steg rutschte. *Zur Hölle nochmal*, es war wirklich eng gewesen. Ein paar Minuten länger und das Boot hätte abgelegt. Mit ihr an Bord. Der Gedanke schaffte es, den Raum in Dunkelheit zu tauchen.

Er berührte die Seite seines Kopfes und entdeckte eine Beule. Er verdankte seiner kleinen Azubine das Leben. Anstatt aufzugeben, hatte sie sich nicht nur von ihren Fesseln befreit, sondern war zu seiner Rettung herangeflogen. Sie war gegen den Entführer gekracht. Marcus gluckste, als er sich daran erinnerte, wie der Bastard geschwankt war. So mutig. Sein kleiner Hitzkopf hatte sich nicht unterkriegen lassen.

Auch war sie danach nicht zusammengebrochen. Noch immer konnte er nicht fassen, dass sie in sein Zimmer geschlichen war, um nach ihm zu sehen. Sie war loyal und hatte in den letzten Wochen bewiesen, wie unerschrocken sie war. Eigenschaften, die er bei einer Partnerin nicht voraussetzte, aber er konnte sie sehr wohl wertschätzen.

Er blickte zur Tür. *Verdammt*, er wollte mit eigenen Augen sehen, dass es ihr gut ging.

Bei der Erinnerung von Gabi in seinem Zimmer runzelte er die Stirn. Blut an einer geschwollenen Lippe, Kratzer an ihrer Wange, überall grün und blau. Sie hatte ihm zugeflüstert, hatte ihn gebeten, aufzuwachen. *„Tut mir leid …"* Hatte sie ihn um Verzeihung gebeten? Für was?

„Ich hätte es sein sollen." Er presste die Lippen zusammen, als ihre heisere Stimme in seinem Verstand widerhallte. Was zum Teufel meinte sie damit? Er verengte die Augen. Sie hatte ihn geküsst und sich verabschiedet. Kein *Auf Wiedersehen*. Kein *Bis später*. *„Lebwohl."*

Ihm kam eine schlimme Vorahnung. Sein Blick landete auf einem Telefon. Er griff danach und unterdrückte ein Stöhnen, als er dabei an die Verletzung in seiner Schulter erinnert wurde. Dann wählte er ihre Nummer. Es klingelte, bevor eine Stimme ihm sagte, dass die Nummer nicht länger vergeben war.

Die Sorgenfalte zwischen seinen Augenbrauen vertiefte sich. Das Denken fiel ihm durch die Schmerzmittel schwer. Ihr Handy … Ah, wahrscheinlich ein Gerät, das sie nur für ihre Aufgabe als Lockvogel verwendet hatte. Er erstarrte. Was war mit ihrem Apartment? Befand sie sich überhaupt noch in Tampa?

„Hallo, mein Junge." Sein Großvater kam in das Zimmer und hielt an, um den Blick prüfend über Marcus schweifen zu lassen. Ein Lächeln zeigte sich auf seinem ledernen Gesicht. „Du siehst heute schon viel besser aus."

„Danke." Marcus lächelte und hielt ihm seine Hand entgegen.

Danach umfasste seine Großmutter seine Hand, beugte sich für eine behutsame Umarmung und einen Kuss auf die Wange vor. Ihre Augen füllten sich mit Tränen. „Wir haben uns so große

Sorgen gemacht", sagte sie mit einem Lächeln. „Deine Mama hat angerufen."

„Ich hoffe, du hast den beiden gesagt, dass sie nicht kommen müssen. Marissa braucht sie mehr." Vor einem Monat hatte der Arzt seiner Schwester Bettruhe verordnet. Sie war schwanger und hatte bereits zwei Kinder unter fünf. Sie brauchte jede Hilfe, die sie kriegen konnte.

„Sie haben nur zugestimmt, weil ich versprach, jeden Tag anzurufen."

„Das machen wir."

„Seit wann werden Anwälte in eine Schießerei verwickelt, Junge?" Ex-Richter Atherton zog sich einen Stuhl heran. Anscheinend wollte er seinem Enkel zeigen, dass er immer noch das Zeug für ein Kreuzverhör hatte.

„Komplizierte Geschichte." Wie sollte er seine Beziehung mit Gabi erklären? „Eine Frau, die ich ... kenne ... wurde entführt. Ein Freund und ich haben dabei geholfen, sie zu finden." Keine schlechte Zusammenfassung, dachte er. Dann versaute er alles, als er sagte: „Eine Kugel ist ein kleiner Preis, um sie zurückzubekommen."

Die Augen seiner Großmutter weiteten sich. „Wirklich? Reden wir von der Frau, die wir letzten Juni kennenlernen durften? Celine?"

Marcus unterdrückte ein Lächeln. Celine hatte sich bei einem Abendessen dazugesellt. Seine Großeltern waren ... höflich gewesen. Die Reaktion der beiden jedoch hatte ihm die Bestätigung gegeben, dass diese Beziehung keine Zukunft hatte. An einer oberflächlichen, manipulativen Frau hatte er kein Interesse. Er wollte eine, die ihn auch mal anschreien würde, eine Frau, die ihn auf lange Zeit auf Trab halten konnte. So wie das bei seinen Großeltern der Fall war.

In seinem Lifestyle würde man seine Großmutter auch als Göre bezeichnen. „Nein, Nana, du hast sie noch nicht kennengelernt."

„Wird das bald passieren?", fragte sie direkt.

Er lächelte bei dem Gedanken eines Treffens. Wenn Gabi neue Leute traf, erinnerte sie ihn immer an die Frühlingssonne, die ihre Wärme auf neue Bekanntschaften niederstrahlte. Sie mochte Menschen. Trotz ihres frechen Mundwerks wollte sie nur das Beste für ihre Mitmenschen, und das konnten sie fühlen. Die kleine Göre würde es seinem dominanten Großvater nicht einfach machen und er hätte auch noch Spaß daran. „Das hoffe ich, ja."

„Reden wir von der Frau, die gestern bei dir saß?", fragte seine Nana.

„Niemand war bei ihm", sagte Großvater.

„Erinnerst du dich noch, als wir von der Cafeteria zurückkamen? Eine junge Frau kam aus Marcus' Zimmer." Sie pausierte. „Dieselbe, die während unseres Besuches im Wartezimmer gesessen hat."

Sein Großvater runzelte die Stirn, seine buschigen Augenbrauen formten eine gerade Linie, als er nachdachte. „Das Mädchen, das der kleinen Jugendlichen geholfen hat, von einer Panikattacke herunterzukommen?"

Seine Großmutter nickte.

„Kurvig. Helle Haut mit erdbeerblonden Haaren." Er schnaubte belustigt. „Und einer blauen Strähne?"

„Genau", sagte Marcus mit einem breiten Lächeln auf den Lippen.

„Sie sah aus, als hätte jemand auf sie eingeprügelt." Der Ausdruck seines Großvaters verhärtete sich. „Habt ihr euch den Bast – den fiesen Kerl geholt?"

„Das haben wir."

„Sehr gut." Blaue Augen in derselben Farbe wie die von Marcus richteten sich direkt auf ihn. „Holst du dir auch das Mädchen?"

„Das ist der Plan."

KAPITEL DREIUNDZWANZIG

In ihrem Auto saß Gabi vor der FBI-Zentrale Tampas. Diese emotionale Sache musste wirklich bald aufhören, verdammt. Sie musterte ihre Hände. Kein Zittern zu sehen. Ihr Gesicht wirkte trotz der gelben Flecke auf ihrer Wange und ihrem Kinn ruhig und gelassen.

Im Inneren jedoch fühlte sie sich wie eine große Schüssel Wackelpudding. Wenn das Sackgesicht Geschichten über sie verbreitet hatte, dann würde sie ... na ja, sie hatte keine Ahnung, was sie tun würde. Zumindest arbeitete sie nicht in Tampa.

Zu ihrer Überraschung machte es ihr niemand schwer. Ganz im Gegenteil: Die Leute, von denen sie erkannt wurde, bedankten sich bei ihr und sie alle versprachen ihr, dass sie nicht aufgeben würden. Keine merkwürdigen Blicke. Nicht einer.

„Gabrielle? Gabrielle Renard?"

Gabi stoppte im Flur und drehte sich vier Frau in schicken Kostümen zu. Die Dame an der Spitze grinste sie breit an und hielt ihr die Hand hin. „Ich bin Marjorie – eine der Lockvögel. Ich wollte mich bedanken. Du hast einen großartigen Job gemacht. Agent Kouros hat dich als positives Beispiel hervorgehoben, da du dich so schnell in deine Rolle einfinden konntest, und das, obwohl du nicht mal ein Agent bist."

„Ähm, danke."

„Und du hast nicht aufgegeben", sagte eine junge Frau. „Nicht mal, als dich deine Rückendeckung im Stich gelassen hat."

Gabi musste es einfach wissen. „Ich habe nicht mal erfahren, was aus Agent Rhodes geworden ist."

Marjorie schnaubte. „Nicht länger ein Agent. Noch etwas, für das wir uns bedanken müssen." Sie rollte mit den Augen. „Er meinte, dass du ihn angemacht hast. Der Vollidiot. Seit Jahren schafft er es, schriftliche Beschwerden verschwinden zu lassen. Jeder hier weiß, was für ein Arschloch er ist. Als er versucht hat, dir die Schuld in die Schuhe zu schieben, haben sich die Frauen im Büro zusammengetan und die Sache ins rechte Licht gerückt. Die vielen Beschwerden, die Tatsache, dass du dich gegen ihn verteidigen musstest und er dich anschließend unbeaufsichtigt gelassen hat, ohne einen Ersatz anzufordern, hat ihm den letzten Rest gegeben."

Eine große Brünette neigte würdevoll den Kopf. „Und die Frauen in dieser Abteilung danken dir."

Okay, es gibt also doch einen Gott. Gabi grinste. „Klingt mir eher danach, dass ich *euch* danken muss. Ihr habt mir wirklich den Tag gerettet."

Die Frauen liefen weiter und Gabi öffnete die Tür zu Galens Büro. Die gleiche fade Ausstattung. Und wieder entdeckte sie ihn an einem kleinen Tisch. Er befand sich im Gespräch mit Jessica.

„Da bist du ja!" Jessica humpelte durch den Raum und zog Gabi in eine Umarmung. „Ich wollte dich im Krankenhaus besuchen, aber Z hat mich den ersten Tag nicht weggelassen. Am nächsten Morgen haben mich diese Kerle" – sie wies mit gerümpfter Nase auf Galen – „beschäftigt und dann warst du plötzlich fort. Wo bist du hin? Mr. Schweigsam hier wollte es mir nicht verraten."

„Ich war bei meinen Eltern in Orlando." Noch einen Tag mit ihnen und dann ging es für sie nachhause.

„Besuchen sie Disney World?"

„Nein, sie leben dort. Mein Vater ist ein Anwalt bei *Thompson & Dunn International*." Ein wichtiger und ehrwürdiger Job. Skandale waren nicht gestattet. Als Galen die beiden von Gabis Krankenhauszimmer angerufen hatte, war ihr nicht entgangen, was ihre Eltern von ihrer Beteiligung hielten. Es könnte auf sie abfärben, richtig? Galen jedoch hatte nicht locker gelassen, bis sie ihm die Bestätigung gaben, dass sich Gabi für eine Weile in ihrem Haus erholen konnte.

Sie legte die Hand auf ihren flauen Magen. Der Aufenthalt war schwierig gewesen. Nachdem sie fast gestorben wäre, musste sie sich nun eingestehen, dass ihre Eltern sie niemals lieben würden. Das fühlte sie bis tief ins Mark. Es gab nur einen Weg, um ihren Respekt zu gewinnen: Sie musste zu einem faden Abgleich von ihnen werden.

Ich mag mich. Wenn sie sich das oft genug sagte, würde der Schmerz von der Zurückweisung hoffentlich irgendwann vergehen. Und na ja, sie hatte Freunde, die sie so mochten, wie sie war. Ganz zu schweigen von einer Großmutter, die sie liebte und ihre Schutzbefohlenen, die sie brauchten. Ein Mensch konnte auch ohne die Liebe ihrer Eltern überleben. *Reiß dich also zusammen, Gabi.*

Als Gabi lächelte, verschwand der besorgte Ausdruck von Jessicas Gesicht.

Galen klopfte auf einen Stuhl. „Bitte nimm Platz", sagte er.

Gabi setzte sich. Vorsichtig. Auch mehrere Tage nach der Entführung fühlte sich ihr Körper weiterhin lädiert an. Zudem hatte sie heute Kopfschmerzen.

„Eine letzte Besprechung mit euch beiden", sagte er. „Was auch immer ihr noch hinzufügen wollt, wie klein das Detail auch sein mag, haltet euch nicht zurück."

Bis sie fertig waren, fühlte sich Gabi vollkommen ausgesaugt und ihr schmerzender Körper protestierte. Andererseits sollte sie sich wahrscheinlich nicht beschweren. In einer anderen Dimension wurde sie vielleicht gerade ausgepeitscht. Vergewaltigt. Von jemandem wie Jang ...

Ihr Magen drehte sich und schon bald war sie einer Panikattacke nahe. *Atme.* Sie schloss die Augen und versuchte, ihre Kontrolle zurückzuerlangen. *Denk an etwas anderes.* In ihrem Kopf hörte sie Marcus sagen: *„Ganz ruhig, Süße. Es ist vorbei. Du bist in Sicherheit."* Es war erstaunlich, wie seine Augen es bewerkstelligten, sie aus der Dunkelheit zu ziehen. *Atme.*

Ihre Verspannungen lösten sich und sie öffnete die Augen.

Jessica hatte ihre Hand genommen.

Galen sah sie besorgt an. „Ich hole dir etwas Wasser."

„Tut mir leid." Die Panikattacken und die emotionale Nachwirkung würden schon bald besser werden, das wusste sie. Schließlich war das nicht ihre erste erschreckende Erfahrung.

Nach ihrem Besuch bei Marcus war sie im Fahrstuhl des Krankenhauses ohnmächtig geworden – so wie auch vor zehn Jahren. Daraufhin wurde sie auf ein Zimmer gebracht, musste sich mit Polizisten und dem FBI unterhalten, bevor sie schließlich ihren Eltern aufgezwungen wurde, um sich vollständig zu erholen.

Bald ging es in ihren Alltag zurück.

Als Galen ihr ein Glas Wasser reichte, kam Vance in das Büro. „Hey, Jessica."

„Hi, Vance."

„Gabrielle." Der hochgewachsene Agent kam grinsend zu ihr und schüttelte ihr zur Begrüßung die Hand. „Du siehst scheiße aus."

Gabi schnaubte. Merkwürdigerweise fühlte sie sich jetzt besser. „Vielen Dank auch." Sie nahm einen Schluck von ihrem Wasser und war froh, dass es ihrem Magen keine Schwierigkeiten bereitete.

„Triffst du dich heute noch mit Marcus?", fragte Vance.

Und schon blieb ihr das Wasser im Hals stecken. Sie

verschluckte sich, hustete und versuchte, nicht zu wimmern, als ihre Rippen durchgeschüttelt wurden. In einem heiseren Ton sagte sie: „Nein."

Vance runzelte die Stirn. „Weiß er ...?" Er schüttelte den Kopf. „Zuerst zu einem anderen Thema. Galen, mach deinen Computer an. Ich habe ein Problem, bei dem du mir helfen musst."

Galen nahm seinen Gehstock. „Entschuldigt uns, meine Damen."

Als sich die beiden Männer entfernten, drehte sich Gabi zu Jessica „Habt ihr ... also du und Z ... ähm ..."

Die Blondine lachte. „Oh ja, wir haben sowas von geähmt. Und Gabi? Was du zu mir gesagt hast, hat sehr geholfen – nicht nur die Erklärung, dass du ein Lockvogel bist, sondern auch im Hinblick auf Zs Gefühle für mich. Wir werden bald heiraten."

„Oh, mein Gott!" Gabi umarmte sie und ignorierte erneut ihre nervigen Rippen. „Das waren die besten Nachrichten diese Woche."

„Ich bin so glücklich." Jessica hüpfte aufgeregt auf dem Stuhl herum. Dann zog sie die Augenbrauen zusammen. „Allerdings ist er immer noch sauer, dass ich in dieser Nacht den Club ohne ihn verlassen habe. Er hat etwas von Knöchelfesseln erwähnt."

Gabi kicherte. „Mein Mitleid hast du dir sicher." Sie wartete kurz, sodass sich ihre Stimme normalisierte, und fragte: „Also, äh, wie geht's Marcus? Hast du ihn mal gesehen?"

„Das habe ich. Wir haben ihn fast jeden Tag besucht und ihn auch mit Lebensmitteln versorgt. Zuerst schien er etwas schockiert, dass ständig Leute vor seiner Tür stehen. Aber er macht sich gut. Seinen Arm darf er erstmal nicht benutzen. Der Arzt hat ihm eine Schlinge verordnet."

Jessicas Worte erleichterten sie wie eine kühle Brise im Sommer. „Gut. Das ist gut."

„Oh!" Jessica zog beide Augenbrauen hoch. „Bist du ihm so verfallen wie die anderen Auszubildenden?"

Eine Auszubildende von vielen ... Gabi setzte ein reumütiges Lächeln auf. „Ich schätze."

„Hast du seine Freundin kennengelernt?"

„Oh ja. Die herzallerliebste Celine hat es sich nicht nehmen lassen, sich mir vorzustellen." *Er hat etwas Besseres verdient.*

„Das wundert mich nicht. Sie stellt stets sicher, dass sich auch ja alle bewusst sind, dass er ihr gehört." Jessica zuckte mit den Achseln. „Wundert mich immer noch, wie sie sich ihn gekrallt hat. Sicher, ich kenne ihn nicht besonders gut. Na ja, ich schätze Männer sind manchmal einfach dämlich. Sie scheint die Art Sub zu sein, die er mag. Zuckersüß. Jedermann weiß, dass er keinen Gefallen an den Gören findet."

„Das hat Sally bereits erwähnt." *Und er hat es mir auch selbst gesagt.*

Jessicas Mundwinkel zuckte. „Du bist Sally sehr ähnlich. Ich wette, dass du ein Problem gehabt hättest, wenn dich die Agents gebeten hätten, eine liebreizende und passive Sub zu spielen."

„Okay, danke", zischte Gabi leicht genervt. Dann stellte sie sich als Sub vor, die stets nett und freundlich war. *Kotz.* „Verdammt, du hast recht."

Jessica kicherte. „Wieso fragst du Marcus nicht einfach, ob er dich einem Dom vorstellen kann, der Gören mag?"

Sicher, wie erbärmlich wäre das denn? *Bitte, Marcus, wenn du mich schon nicht willst, kannst du mich vielleicht zu jemandem schicken, der das tut?* „Nein, am Montag geht's für mich zurück nach Miami."

„So bald?"

„Ich muss zurück zur Arbeit. Den ganzen Tag herumzusitzen, ist ..." *Gefüllt mit Erinnerungen und Hoffnungen und Enttäuschungen.* Nicht nur lehnten ihre Eltern jede ihrer Entscheidungen ab, nein, nun war sie auch noch in einen Mann verliebt, der ihre Persönlichkeit verabscheute. Sie brauchte eine Ablenkung, wollte zurück zu ihren Freunden, bevor sie sich die größte Tüte Mitleid aller Zeiten kaufte.

„Verstehe." Jessica lächelte. „Ich wollte schon gestern wieder ins Büro, aber Z meinte, ich soll bis Montag warten. Für jemanden, der darauf besteht, dass er nur im Schlafzimmer dominant ist, ist er ziemlich herrisch."

„Und du liebst es."

„Na ja, schon. Ich denke trotzdem, es ist besser, wenn er das nicht weiß."

Gabi zog die Augenbrauen hoch. „Wenn du denkst, dass er dir das nicht ansieht, bist du verrückt."

Jessica kicherte. „Da hast du nicht unrecht." Sie sah auf ihre Uhr und verzog das Gesicht. „Ich muss los." Ihre Finger legten sich um Gabis Hand. „Ich wünschte, du könntest noch ein bisschen bleiben. Wenn du in der Nähe bist, vielleicht für einen Besuch deiner Familie, melde dich bei mir. Dann können wir uns treffen."

„Ich ... besuche meine Eltern nicht. Ich bin gerade nur in ihrem Haus, weil Galen mich in der Nähe von Tampa behalten wollte und es mir nicht gut genug ging, um allein zu sein." Gabi schaffte ein Lächeln. „Sie sind recht konservativ und sie befürworten meine Lebensentscheidungen nicht. Kein bisschen." *Gott, Gabi, wie jämmerlich bist du?*

„Oh." Jessica runzelte die Stirn. „Dann komm uns direkt im Shadowlands besuchen. Wie klingt das?"

„Jessica, ich denke nicht, dass das eine gute Idee wäre."

Die Augen der Blondine zeigten Mitleid. „Du hast dich wirklich in Marcus verliebt, oder? Oh, Gabrielle ..."

„Ich weiß, ich weiß. Es würde nicht funktionieren. Ich stimme zu." Gabi wies Jessica an, zu gehen. „Du musst los. Ziehe den Abschied nicht in die Länge, sonst heulen wir gleich beide. Ich weiß nicht, ob Galen das ertragen könnte."

Jessica nickte, umarmte sie und hastete aus dem Raum.

Gabi drehte ihren Stuhl zum Fenster und gab vor, die dunklen Wolken am Horizont zu beobachten. Als sie sich wieder unter Kontrolle hatte, wandte sie sich dem Raum zu und sah, dass Vance gegen den Tisch lehnte und sie aufmerksam beobachtete.

„Sind wir hier fertig?", fragte sie in einem kühlen Ton.

„Nur noch ein paar Sachen", antwortete Galen. „Deine Freundin ... Kimberly. Es tut mir leid, Gabrielle. Es ist keine gute Nachricht. Wenn wir die Organisation zerschlagen können, finden wir sie vielleicht. Sie vor der Auktion aufzuspüren, hat sich als wenig erfolgreich herausgestellt." Er sah so traurig aus, dass sie ihn am liebsten umarmt hätte.

„Ich weiß." Als sie die Fakten akzeptiert hatte – dass es nichts gab, was sie noch tun konnte – hatte sie einen Tag heulend im Bett verbracht und getrauert. „Aber ... bitte gebt nicht auf."

„Das werden wir auf keinen Fall", versicherte ihr Vance.

„Danke." Für eine Sekunde wandte sie den Blick ab. „Okay, was noch?"

„Z und die anderen Master haben angerufen, um sicherzugehen, dass es dir gut geht. Wir haben ihnen versichert, dass das der Fall ist."

Zu hören, dass sich die Doms um sie sorgten, wärmte ihr das Herz. „Danke. War's das?"

„Marcus hat seither jeden Tag angerufen und nach dir gefragt. Er wollte wissen, wo er dich finden kann. Und deine Handynummer hätte er gern." Vance grinste. „Es hat ihn wahnsinnig genervt, als ich sie ihm nicht einfach ausgehändigt habe. Die Vorschriften verbieten, dass ich persönliche Informationen herausgebe. Ich nehme an, dass du nichts dagegen hättest?"

Sie wollte ihn nicht sehen. Sie hatte sich bereits von ihm verabschiedet. Den letzten Hoffnungsschimmer hatte Jessica im Keim erstickt. Sie verstaute ihre Gefühle in einer Box und machte den Deckel zu. „Das habe ich sehr wohl."

Vances Lächeln erlosch. „Bitte was?"

„Mein Job hier ist beendet. Ich möchte die ganze Sache hinter mich bringen, ohne ständig daran ... erinnert zu werden. Bitte gib weder ihm noch jemand anderem meine Informationen."

„Marcus hat nicht den Eindruck gemacht, dass alles vorbei ist", sagte Vance gedehnt.

In ihren Augen sammelten sich die Tränen. „Er ist eben ein netter Mann. Wenn du ihm sagst, dass es mir gut geht, wird er schon irgendwann aufgeben."

Galen lehnte sich auf seinem Stuhl zurück, sein intensiver Blick auf sie gerichtet. „Ich denke, da schätzt du ihn falsch ein. Er scheint dich sehr zu mögen."

„Er mag alle seine Auszubildenden."

„Ich ... verstehe." Vance seufzte. „Okay, Gabrielle. Niemals wird uns dieser Kerl glauben, dass wir ihm deine Nummer nicht mitteilen dürfen. Er wird uns bis in alle Ewigkeit nerven. Könntest du ihn nicht einfach kurz anrufen und ihm eine Erklärung geben?"

Der Wunsch, erneut Marcus' Stimme zu hören, versickerte bei dem Wissen, was der Klang mit ihr anstellen würde. *Ich habe bereits zu viele Tränen vergossen.* „Ihr werdet es überstehen." Sie schob den Stuhl zurück. Nichts wünschte sie sich sehnlichster, als endlich hier rauszukommen.

Galens Kiefer spannte sich an. „Er verdient mehr als das, Gabrielle. Der Mann hat sein Leben für dich riskiert."

Schuldgefühle machten sich in ihr bemerkbar. Aber Marcus wollte sie nicht, nicht wirklich. Wieso konnten sie das nicht verstehen? Mit monotoner Stimme sagte sie: „Das weiß ich, und dafür bin ich ihm auch sehr dankbar."

„Dankbarkeit, zur Hölle nochmal." Galen warf einen Notizblock und einen Stift auf den Tisch. „Du wirst ihm einen Brief schreiben. Tust du das nicht, werde ich ihm jede Information aushändigen, die ich über dich in unseren Akten habe."

Sie trat einen Schritt nach hinten, denn es fühlte sich an, als hätte er sie geschlagen.

Seine schwarzen Augen waren eiskalt. Unnachgiebig. „Tu es jetzt."

Du Bastard. Sie drängte ihre Tränen zurück. „Weißt du, jede

Ähnlichkeit zwischen dir und einem menschlichen Wesen ist totaler Zufall", murmelte sie.

„Das habe ich gehört." Mit den Fingern trommelte er auf den Tisch. Dann stand er auf. „Du kannst den Brief hier liegen lassen. Ich werde sicherstellen, dass er ihn bekommt." Er drehte sich zu Vance. „Wir werden in Bentons Büro erwartet."

Vance nickte.

Galen humpelte zur Tür und sah auf der Schwelle nochmal über seine Schulter: „Pass auf dich auf, Gabrielle."

Sie wandte den Blick ab.

Vance umarmte sie. „Wir haben es sehr genossen, mit dir zusammenzuarbeiten, Gabrielle. Lass dich nicht unterkriegen."

„Danke." Als er sich zu der Tür aufmachte, räusperte sie sich. „Das hat er doch nicht ernst gemeint, oder? Die Sache mit dem Brief?"

Vance sah sie direkt an. „Galen blufft niemals."

Am Samstag marschierte Marcus in das Shadowlands. Eine Sub grüßte ihn, fand seinen Blick und ging instinktiv auf Abstand. Die Reaktion sollte ihn amüsieren, tat sie aber nicht. Gott sei Dank hatte Z die Verantwortung der Auszubildenden bis Ende September an Mistress Olivia weitergegeben, sonst würde er sie wahrscheinlich verängstigen.

Die Musik von der Tanzfläche hallte durch den Raum, der Bass schüttelte sein Skelett regelmäßig durch. Er nickte, wenn er von Mitgliedern begrüßt wurde, und war dankbar, dass der Arzt ihm gestattet hatte, die Armschlinge abzulegen. Auf diese Weise musste er sich nicht ständig erklären.

Er sah sich um. Z meinte, dass die FBI-Agents heute Abend vorbeikommen wollten, um den Mastern ein Update zu geben und offiziell ihren Dank auszusprechen. Marcus hatte Fragen. Die

Arschlöcher weigerten sich, ihm Gabis Aufenthaltsort zu verraten. Vielleicht wären sie mitteilungsbedürftiger in Person.

„Hey, Marcus." Hinter der Bar wedelte Cullen mit einer Flasche Bier.

Marcus zögerte, lief dann jedoch zu ihm und akzeptierte die Flasche. Gestern hatte er zum letzten Mal Schmerztabletten genommen und natürlich pochte seine Schulter, als wäre ein sadistischer Arzt am Werk. „Danke, Cullen."

„Du siehst genervt aus. Kann ich etwas für dich tun?"

Marcus' Laune hellte sich ein wenig auf. Zu seiner Überraschung hatten ihn alle Master im Krankenhaus besucht. Dies setzte sich fort, als er schließlich nachhause durfte. Am Montag hatten Z und Jessica ihm Lebensmittel und Bücher gebracht. Einige Stunden später waren Dan und Kari vorbeigekommen. Kari hatte ihm mehrere Mahlzeiten gekocht, die er einfach nur in der Mikrowelle hatte aufwärmen müssen. Am Dienstag kamen Nolan und Beth, um für ihn Erledigungen zu tätigen. So waren sie seinem Sensei und der Gruppe Teenagern begegnet. Beth hatte die Jungs eingeteilt, um Marcus' Garten in Ordnung zu bringen. Sie war so beeindruckt von ihnen gewesen, dass sie zwei für ihre Garten- und Landschaftsgestaltungsfirma engagiert hatte.

Am Mittwochmorgen wurde er von Anne, Olivia und Sam besucht. Anschließend hatte Andrea sein Haus geputzt – trotz seiner Einwände –, während Cullen eine Mahlzeit zubereitet hatte. Z und Jessica waren am Donnerstag zurückgekommen – zusammen mit ein paar seiner Kollegen aus der Staatsanwaltschaft. Am Freitag hatte Raoul Steak zum Grillen mitgebracht. Kurze Zeit später hatte sich das Barbecue zu einer inoffiziellen Verlobungsparty für Z und Jessica sowie Nolan und Beth gemausert. Er wohnte erst seit einem Jahr in Tampa. Ohne es zu merken, hatte er bereits gute Freunde gefunden.

Sie hatten ihm nicht die Möglichkeit gegeben, sich einsam zu fühlen. Nichtsdestotrotz hatte er ständig an Gabi denken müssen.

Er vermisste sie, als hätte er ein Körperteil verlegt. Sein Herz wahrscheinlich.

Marcus nahm einen Schluck von dem Bier, sein Blick auf Cullen. „Nein, du kannst nichts tun. Es sei denn natürlich, dass du es zu deinem Hobby machst, FBI-Agents zu vermöbeln."

Cullen grinste. „Verlockend ... Gibt es einen Grund oder bist du einfach nur gelangweilt?"

„Gabrielle ist nicht mehr in der Stadt." Jeden Tag hoffte er, von ihr zu hören. Aber sie hatte nicht angerufen, hatte ihm nicht mal eine Nachricht hinterlassen. Die Erinnerung an ihre Augen, als sie *Lebwohl* zu ihm gesagt hatte, verfolgte ihn bis in die Träume. „Zu ihrer Arbeit ist sie noch nicht zurückgekehrt. Ich kann sie nicht finden. Niemand rückt ihre Handynummer oder ihre Adresse heraus. Weder das Büro in Miami noch Vance. Nicht mal eine Nachricht von mir sind sie bereit weiterzutragen."

„Dass dich das ankotzt, kann ich nachvollziehen." Cullen runzelte die Stirn. „Die Agents sind vor ein paar Minuten angekommen. Sie haben sich persönlich bei mir bedankt." Cullen sah zu seiner Sub. „Süße, hast du gesehen, wo Z und die anderen hin sind?"

Andrea zapfte ein Bier und musterte Marcus. „Du siehst furchtbar aus. Du solltest nicht hier sein."

„Unwichtig", sagte Marcus. „Wo ist Z?"

Andrea stellte das Bier vor Olivia ab und murmelte: „Männer sind solche Idioten." Damit gewann sie sich ein Lachen von der Domina.

„Sub", warnte Cullen.

Sie schnaubte und stemmte die Hände in die Hüften. Ihr aufmüpfiges Verhalten erinnerte ihn so sehr an Gabi, dass sich seine Sehnsucht nach ihr wie ein Messerstich in sein Herz anfühlte. „Is' ja gut. Stirb halt; interessiert mich nicht. Sie sind ganz hinten, nahe den Käfigen, gleich hinter dem riesigen Farnbusch."

„Danke dir, Andrea", sagte Marcus. „Cullen, bitte versohle

ihren Hintern für mich."

„Mit Vergnügen, Kumpel."

Als Marcus davonlief, hörte er ein Quietschen und den unmissverständlichen Laut, der darauf hinwies, dass eine Sub auf die Bar geworfen wurde. Danach folgte der Klaps einer flachen Hand auf nackte Haut.

Andreas Stimme wehte zu ihm. *„Chíngate, Cabrón!"*

Marcus grinste. Bei der Beleidigung würde ihr Cullen sicher einen Knebel anlegen.

In dem abgelegenen Bereich fand er die FBI-Agents und einige Shadowlands-Master. Er wurde begrüßt und Raoul verwies auf den leeren Stuhl neben sich. „Wir haben schon auf dich gewartet."

„Danke", sagte Marcus.

Die einzige anwesende Sub war Jessica. Wie ein Kätzchen hatte sie es sich auf Zs Schoß bequem gemacht und erinnerte somit an den Spitznamen, den der Clubbesitzer für sie hatte. Marcus lächelte sie an. Der Schmerz, Gabi nicht in den Armen zu haben, tat mehr weh als das Loch in seiner Schulter.

Z nickte den Agents zu – eine Geste, die ihnen verständlich machen sollte, dass sie das Wort hatten.

Vance lehnte sich vor. „Zuerst möchte ich betonen, dass diese Informationen mit niemandem geteilt werden dürfen – nicht mal mit euren Subs." Er blickte zu Jessica. „Mit absolut niemandem."

Sie nickte.

„Wie ihr wisst, war die Entführung von Jessica und Gabi auf drei weitere in Tampa gefolgt." Vance blickte gereizt drein. „Der Mann, der auf dem Anlegesteg getötet wurde, Maganti sein Name, arbeitete in dieser Stadt als Privatdetektiv. Er bekam eine Liste mit Frauen, hat Nachforschungen über sie angestellt und dann entschieden, welche ihm die wenigsten Schwierigkeiten bereiten würden. Und es war nicht das erste Mal. Vor zwei Jahren ist er diesem Muster auch schon gefolgt."

„Vor zwei Jahren?" Nolan drückte die Schultern durch. „Das

klingt nach einer verdammt langen Pause."

„Das dachten wir auch." Vance rieb sich über den Nacken. „Wir sind nicht an genug Informationen gekommen, verdammte Scheiße. Das Boot ist entkommen. Maganti ist tot. Der Komplize wusste recht wenig."

„Hatten diese Kerle auch etwas mit den Entführungen in Atlanta zu tun?", wollte Marcus wissen.

Vance schüttelte den Kopf. „Sie waren nur hier aktiv."

„Vor zwei Jahren. Mehrere Städte. Ihr habt es mit einem Menschenhändlerring zu tun", schlussfolgerte Marcus.

„Einem, der genau weiß, was er tut", stimmte Galen zu. „Wir wüssten nicht mal etwas davon, wäre dem einen Opfer in Atlanta nicht die Flucht gelungen. Seither haben wir zwei andere Städte mit demselben Muster identifiziert."

„Das ist nicht gut", murmelte Dan. Der Polizist sah zu Z. „Gibt es Subs, die vor zwei Jahren aus dem Shadowlands verschwunden sind?"

„Ich habe nachgesehen." Zs Kiefer spannte sich an. „Eine junge Frau. Rote Haare. Collegestudentin. Sie war aber keine Göre." Um sich zu versichern, dass Jessica sicher in seinen Armen lag, zog er seine Sub enger zu sich und sie schmiegte ihre Wange an seine Schulter.

Kontrolliert atmete Marcus ein. Er musste mit eigenen Augen sehen, dass Gabi in Sicherheit war.

„Ich verstehe nicht", warf Raoul ein. „Wenn die Studentin keine Göre war –"

Vance antwortete: „Wir haben uns durch die Berichte gelesen. Soweit wir wissen, sind vor zwei Jahren vier rothaarige Subs entführt wurden."

Nolan grunzte. „Besondere Ware für eine Auktion oder vielleicht die Erfüllung einer Privatbestellung."

„Waren Maganti oder Jang Mitglieder in einem der Clubs?", fragte Marcus.

„Nein", antwortete Galen. „Eine dritte Person fertigte die

Liste für potenzielle Opfer an, und meine Herren, ihr müsst davon ausgehen, dass sich diese Person noch hier aufhält. Natürlich werden wir unser Bestes geben, sie herauszulocken, aber ..."

„Wir werden wachsam bleiben", sagte Dan. Die anderen Master nickten.

Nolan knackte mit den Fingern. „Wäre sicher befriedigend, wenn wir ihn selbst fänden."

„Das habe ich nicht gehört", sagte Vance gestellt ernst, eindeutig ein Grinsen unterdrückend. „Um zu einer positiven Sache zu kommen: Der Agent, der Gabi im Stich gelassen hat – sie hat ihm übrigens die Nase gebrochen –, arbeitet nicht länger für das FBI."

Tiefes Gemurmel war zu hören. Rauszuhören waren insbesondere die Worte *Arschloch* und *Bastard*. Nolan, wie es üblich für ihn war, knurrte.

„Das war alles." Vance stand auf, während es Galen schwerfiel, auf die Beine zu kommen. Mit jedem Anwesenden schüttelten sie Hände. Marcus übte sich in Geduld.

Als sich Vance mit Dan unterhielt, lehnte sich Galen zu Jessica herunter. „Es tut mir wirklich leid, dass du in diese Sache reingezogen wurdest, Kleine."

„Das war ja nicht deine Schuld. Ich stand von Anfang an auf der Liste." Ihr Lächeln verwandelte sich zu einem Grinsen. „Zumal ich dadurch Zeuge davon werden durfte, wie Z jemandem die Hölle heißmacht."

Galen zog sanft an einer ihrer Haarsträhnen und grinste Z an. „Ich mag deine Göre."

Z lächelte. „Das tue ich auch. Ich fürchte, du und Vance müsst euch eure eigene Göre anlachen."

Schließlich ging Galen zu Marcus. „Danke für deine Hilfe. Es tut mir leid, dass wir nicht schnell genug waren, um zu verhindern, dass du angeschossen wirst." Er zog einen Briefumschlag aus der Innentasche seines Sakkos. „Das ist für dich. Von Gabrielle."

Hoffnung flammte in ihm auf. Und erlosch. Ein Brief bedeutete, dass sie nicht mit ihm sprechen wollte. *Verdammt.* „Lieber hätte ich ihre Handynummer."

In Galens Augen entdeckte er Mitleid. „Das kann ich nicht tun, Marcus. Zum einen ist es verboten, zum anderen hat sie es uns untersagt, sie dir zu geben."

Marcus trat einen Schritt zurück. *Was?* Sie wollte ihn nicht sehen. Unhöflich oder nicht, er riss dem Agent den Brief aus der Hand und öffnete ihn, um die wenigen Zeilen zu lesen:

Marcus,

vielen Dank, dass du dich im Shadowlands so gut um mich gekümmert hast. Danke, dass du mein Leben gerettet hast. Es tut mir so, so leid, dass ich für deine Verletzung verantwortlich bin.

Galen meinte, dass du meine Nummer willst, aber ich möchte einfach nur vergessen, dass der letzte Monat überhaupt passiert ist.

Sein Magen schmerzte. Der letzte Monat war für ihn so besonders gewesen, und sie wollte alles vergessen?

Bestimmt ist es für dich eine Erleichterung, dass du dich nicht länger mit einer Göre auseinandersetzen musst.

Danke für alles.

− Gabrielle

Gabrielle, nicht Gabi. Soll das heißen, dass wir nicht mal mehr Freunde sind? Er sah, dass sich Galen nicht vom Fleck bewegt hatte. „Sie denkt, dass ich erleichtert bin, sie loszuhaben. Dass ich in meinem Auszubildendenprogramm keine Göre wollte. Sie will alles vergessen und hat kein Interesse an einem Gespräch mit mir."

„Als Agent rate ich dir, die Wünsche der Lady zu akzeptieren. Als Dom ..." Galens Mundwinkel zuckte. „Marcus, es ist ihr nicht leicht gefallen, diesen Brief zu verfassen. Sie leidet. So wie du auch. Ich denke, dass sie die falsche Entscheidung getroffen hat."

Vance war zu ihnen dazugestoßen. Er nickte zustimmend und schüttelte Marcus' Hand. „Viel Glück. Das wirst du brauchen – aber sie ist es wert."

Die beiden FBI-Agents entfernten sich. Dann stoppten sie plötzlich, ihre Blicke auf Sally, die einen Dom über die sachgemäße Anwendung einer Gerte unterwies.

Marcus ließ sich auf den Stuhl herunter und las ihren Brief ein zweites Mal. Als er den Kopf hob, hatten auch die anderen wieder Platz genommen. „Es ergibt keinen Sinn. Wie kann sie unsere Zeit so einfach abschreiben?"

„Kari hat erwähnt ... Also, sie hat dich mit Gabrielle gesehen und dachte, dass ihr zwei ... Und dann hat sie mich gefragt, ob ... Zur Hölle." Dan fuhr sich mit beiden Händen durch die Haare und blickte genervt drein. „Okay, folgendermaßen: Letzten Samstag hat Kari ein Gespräch zwischen dieser Sub, mit der du ausgehst und –"

„Celine?"

„Genau die. Celine meinte zu Gabi, dass Doms freche Subs nicht mögen, und dass es sie überrascht, dass du sie noch nicht aus dem Programm geworfen hast."

Marcus schloss die Augen. „Na toll."

„Es wird noch besser. Celine erzählt herum, dass du ihr Master bist und dass du sie liebst, weil sie dir niemals Ärger macht."

„Bitte was?" Wutentbrannt packte er den Brief fester. Beinahe hätte er erwartet, dass der Brief in Flammen aufgeht. Glaubte Gabi diesen Schwachsinn? Glaubte sie, dass er mit ihr Liebe machen würde, obwohl er mit einer anderen Frau in einer Beziehung war? „Totaler Blödsinn. Ich war nie ihr Master, bin nicht mal nah dran gewesen, mich in sie zu verlieben. Das habe ich ihr auch gesagt."

Jessica räusperte sich. „Alle Subs denken, dass du ... Ähm, Celine erzählt im ganzen Club herum, dass ihr ein Paar seid."

Marcus seufzte. „Okay, das erklärt einiges, aber nicht alles." Er bemerkte, dass Jessica nervös mit ihren Händen spielte. „Sag mir lieber, was du noch weißt, Sub."

Für eine Sekunde zögerte sie. „Hat sie gelogen, als sie meinte, dass du ungehorsame Subs nicht ausstehen kannst? Obwohl deine Ex-Frau ..." Sie errötete und ihr Kiefer spannte sich entschlossen an. „Jeder weiß, dass du Gören nicht magst, Master Marcus. Das stimmt doch, oder?"

Er hätte genervt sein sollen, aber die kleine Sub hatte Tränen in den Augen. „Nein, Kleine, nicht mehr." Er lächelte sie sanft an. „Ich dachte nicht, dass ich freches Verhalten akzeptieren könnte, bis ich Gabi traf. Mir gefällt die Herausforderung. Und ich mag ihre Ehrlichkeit. Wenn sie sich unterwirft, dann ist das ..." *Das Berauschendste, was ich mir vorstellen kann.* „Ich lag falsch."

„Du willst Gabrielle also an deiner Seite?"

Marcus seufzte. „Ja, Jessica, das will ich. Ich habe vor, sie davon zu überzeugen, dass sie zu mir gehört." Er hatte ausreichend Verbindungen, dass er sie irgendwann aufspüren würde. Irgendwann war nicht früh genug.

Jessica musterte ihn und blickte dann zu Z.

„Die Wahrheit", sagte Z sanft.

Vor Marcus positionierte sie sich mit verschränkten Armen. „Wenn du ihr das Herz brichst, werde ich dir viel Schmerz zufügen."

Überrascht sah Marcus zu Z.

Z schmunzelte. „Erinnerst du dich noch, warum sich die Entführer für unsere Subs entschieden haben?"

Marcus schloss die Augen und schüttelte den Kopf, bevor er erneut den Blick der winzigen Blondine fand. „Ich werde mein Bestes geben, sie nicht zu verletzen, Jessica."

„Okay." Jessica lächelte. „Wow, würde ich gerne ihr Gesicht sehen, wenn du plötzlich vor ihrer Tür stehst." Spitzbübisch blickte sie ihn an und mit einem Schlag wurde Marcus klar, wie sie Zs Interesse für sich gewinnen konnte. „Gabrielle ist bis Montag bei ihren Eltern in Orlando. Ihr Vater arbeitet als Anwalt bei *Thompson & Dunn International*." Sie runzelte die Stirn. „So wie ich das verstanden habe, sind sie sehr konservativ. Von Gabis Entscheidungen halten sie nicht viel. Als sie von ihnen gesprochen hat, klang sie ... traurig. Das tut sie auch, wenn sie von dir spricht."

Ein gut platzierter Seitenhieb. Sie war ehrlich. Er erinnerte sich sehr genau an die Unterhaltung über ihre Eltern und daran, dass sie als Jugendliche weggerannt war. „Kleine Miss Ungezogen, hatten deine Eltern ein Problem mit deinem Verhalten?"

„Nein, gar nicht. Sie haben sich immer für mich gewünscht, dass ich meinen Weg im Leben gehe und auf eigenen Füßen stehe." Sie grinste. „Ich musste oft auf die Treppe als Kind und über mein Verhalten nachdenken, aber ..." Ihr Lächeln verschwand. „Aber meine Familie mag mich so, wie ich bin."

Marcus nickte. Gabi dachte, dass Marcus sie nicht für gut genug befand. Dass er konservativ war. Spießig. Er erinnerte sich an ihren überraschten Gesichtsausdruck, als sie ihn das erste Mal in einer Jeans gesehen hatte. Oder als er sie in das Meer geworfen hatte. Um dem Ganzen die Krone aufzusetzen, war er, genau wie ihr Vater, ein Anwalt. Ja, das würde schwierig werden. „Ich denke, ich verstehe, was du mir sagen willst, Jessica. Danke."

Es würde kein Problem darstellen, die Adresse ihres Vaters herauszubekommen. Nun hatte er alle wichtigen Informationen eingeholt und wusste genau, mit was er es zu tun hatte: Celines Lügen. Seine angebliche Ablehnung von Gören. Dass er sie zu sehr an ihre Eltern erinnerte. Sie musste noch viel lernen. Er sah zu den anderen Mastern und auf seinen Lippen breitete sich ein Lächeln aus. „Jetzt kommt es mir wirklich zugute, wie viel Erfahrung ich darin habe, kleine Subs anzuleiten."

KAPITEL VIERUNDZWANZIG

Nach der Kirche wechselte Gabi in eine Jeans und eine grüne Bauernbluse. Sie entschied, in ihrem Zimmer zu bleiben, um ihr Gleichgewicht wiederzufinden. Zumal sie nun Zeit mit ihren gelangweilten Katzen verbringen konnte. In ihrem Raum eingesperrt zu sein, nervte ihre beiden Jungs. „Nicht mehr lange, meine Süßen. Morgen geht's nachhause." *Dann bin ich wieder unter Freunden und werde den ganzen Tag beschäftigt sein.*

Mit neuer Energie ging sie in das Wohnzimmer. Es war erst zehn Uhr am Morgen und der Tag hatte bereits holprig gestartet. Gekleidet in einem sittsamen Kleid, High Heels und, trotz der Hitze, in einer Strumpfhose hatte sie ihre Eltern zum Gottesdienst begleitet – immer mit der Hoffnung, sie zufriedenzustellen. Großer Fehler.

Als sie danach ihre Runde gedreht hatten, waren die Freunde ihrer Eltern nicht in der Lage gewesen, ihre hässlichen Wunden und die blauen Flecke zu ignorieren. Da in den Nachrichten nur von einem Schusswechsel an den Docks gesprochen wurde, konnte Gabi ihre zugerichtete Erscheinung nicht erklären. Jeder einzelne ging erstmal davon aus, dass sie einen Freund hatte, der seine Fäuste nicht kontrollieren konnte. Mit jeder Vorstellung waren ihre Eltern ruhiger geworden. *Super, Gabi, du hast sie mal wieder bloßgestellt.*

Nur noch einen Tag, dann geht's heim.

Schon bald fand sie ihre Eltern. Sie sprachen über die Predigt. Auf der Türschwelle hielt Gabi an. „Ich möchte mir einen Kaffee machen. Will jemand einen?"

„Ich hätte gerne einen Milchkaffee", sagte ihre Mutter. „Danke, Gabrielle."

Gabi hatte gerade den Kaffee fertig, als es an der Tür klingelte. *Großartig. Weitere spießige und voreingenommene Freunde ihrer Eltern.* Demnach würde sie den Milchkaffee an ihre Mutter weitergeben und sich dann in ihr Zimmer verziehen. Sie trug die zwei Tassen aus der Küche. In dem Moment trat ihre Mutter in das Wohnzimmer, gefolgt von Marcus.

Marcus? Hier? Nicht im Club? Hier! Ihr Gehirn schaltete sich ab, als hätte jemand einen Schalter betätigt.

Er kam zu ihr. „Ganz ruhig, Süße." Behutsam nahm er ihr die Tassen ab, bevor ihr der Kaffee auf den weißen Teppich ihrer Mutter schwappte, und stellte sie auf den Couchtisch.

„Erinnerst du dich an Marcus Atherton, Gabrielle?", fragte ihre Mutter, die seinem dunkelgrauen Anzug einen anerkennenden Blick gab. Als Gabi nicht antwortete, fügte sie hinzu: „Er meinte, dass ihr euch bei einem Spezialauftrag in Tampa kennengelernt habt."

„Ähm. Ja, ich erinnere mich an ihn." *Was will er hier?* Ihre Brust schmerzte, als wäre ihr Herz zusammengeschrumpelt. Sie sah zum Flur, der zu ihrem Schlafzimmer führte. Wenn sie die Flucht antrat, würde ihre Mutter einen Herzkasper bekommen. Sie hatte keine andere Wahl und musste sich höflich geben.

Sie ließ sich auf die Couch fallen. Ihr entging nicht, wie ihre Mutter bei dem Mangel an Grazie das Gesicht verzog. „Was bringt dich nach Orlando, Marcus?" *Und wie hast du mich gefunden? Hast du meinen Brief nicht bekommen?*

Den leeren Sessel ignorierend nahm er direkt neben ihr auf

der Couch Platz. Er war ihr so nah, dass sie die Wärme seines Schenkels an ihrem fühlte. Nah genug, sodass jeder wusste, dass sie mehr als Freunde waren. Die Augenbrauen ihrer Mutter schossen nach oben.

„Ich bin hier, weil ich dich zum Mittagessen ausführen möchte, Süße." Er nahm ihre Hand und schickte ein Lächeln an ihre Eltern. „Natürlich entschuldige ich mich dafür, dass ich mich nicht rechtzeitig angekündigt habe."

Gabi versuchte, ihm ihre Hand zu entziehen, ohne dass es ihre Eltern bemerkten. Ihr entging nicht, wie amüsant er ihren Versuch fand. Genervt funkelte sie ihn an. „Hast du dich mit Galen und Vance getroffen?"

Sein Griff festigte sich, um sie daran zu erinnern, wie stark er war. „Habe ich. Sie haben mir deinen Brief gegeben und mir gesagt, wie sehr du dich darauf freust, mich wiederzusehen."

Das haben sie nicht! Das würden sie nicht tun. Oder? Sie erinnerte sich an Galens Ausdruck, als sie zu ihm meinte, dass sie nicht mit Marcus reden wollte. *„Er verdient mehr als das"*, hatte er gesagt.

Das ist nicht fair.

Marcus beobachtete, wie sich das Gesicht der kleinen Sub zu einem strahlenden Pink färbte. Als sie ihn zum ersten Mal erblickt hatte, war Freude in ihren Augen zu sehen gewesen. Nun schossen Funken in seine Richtung. Ein Lachen unterdrückend wandte er sich ihren Eltern zu. Wie war es einem derart unterkühlten Paar gelungen, jemanden zu kreieren, der so hell strahlte, wie Gabi es tat? Er kannte Menschen wie die Renards. Bei seiner letzten Staatsanwaltschaft arbeiteten viele Menschen von diesem Schlag. Erst jetzt erkannte er, wie sehr er es genoss, sich von diesen aufgeblasenen Wichtigtuern gelöst zu haben.

Für einen Moment betrachtete er Gabi. Sie war durch die Hölle gegangen und bei dem Beweis auf ihrem Gesicht musste er die aufsteigende Wut in ihm niederkämpfen. Sein Blick fiel auf ihre geschundenen Handgelenke. Am Anfang musste er vorsichtig mit ihr sein. Dennoch kam er nicht umhin, Befriedigung dabei zu empfinden, sie endlich vor sich zu haben.

„Mr. Renard." Er stand auf, um ihrem Vater die Hand zu schütteln. „Ich wage mich zu erinnern, dass Sie für *Thompson & Dunn* arbeiten? Als Jurist?"

Die Brust des Mannes blähte sich auf. „Ich habe mich auf Unternehmensstrafrecht spezialisiert."

„Ein spannendes Feld." Marcus lächelte und fügte hinzu: „Ich arbeite als Staatsanwalt in Tampa."

„Wie nett", sagte ihre Mutter. Den anerkennenden Blick, den Gabi daraufhin von ihren Eltern bekam, wärmte ihm das Herz und ruinierte wahrscheinlich auch seine letzte Chance mit ihr. „Kann ich Ihnen etwas zum Trinken anbieten, Mr. Atherton?"

„Nein, aber vielen Dank." Er lächelte. „Ich wollte Ihren Morgen nicht stören." Er beobachtete Gabis Eltern, die Körpersprache und die Mimik, und erkannte schnell, dass das Verhalten gegenüber ihrer Tochter an zwei siamesische Katzen erinnerte, die einen lebhaften Welpen zu sich genommen hatten. Ihm brach das Herz. Gabi war so herzlich und einfühlsam ... Hatten sie dieses Verhalten auch an den Tag gelegt, als Gabi noch klein gewesen war? Wenn ja, wunderte es ihn nicht, dass sie weggelaufen war. Er wäre ihr gefolgt.

Falls sie ihn nach heute immer noch mit ihrem Vater gleichsetzte, müsste er ihr wohl den Arsch mit einem Paddel versohlen.

„Es wäre uns eine Ehre, wenn Sie uns beim Mittagessen Gesellschaft leisten würden", sagte Mrs. Renard.

„Er kann nicht bleiben", verkündete Gabi, ihre Stimme bewusst unhöflich. Sie funkelte ihn an. „Tut mir ja leid, Marcus, aber ich bin heute sehr beschäftigt. Wirklich eine Schande, dass du nicht zuerst angerufen hast. Damit hättest du dir viel Zeit erspart."

Ihre Mutter schnappte entrüstet nach Luft und das Gesicht ihres Vaters kühlte sichtlich ab.

Marcus lachte. *Da ist sie ja, seine kleine Göre.* Nun musste er ihr nur zeigen, dass ihr Verhalten nicht dazu in der Lage war, ihn zu vertreiben. „Du kannst mir an den Kopf werfen, was auch immer du willst, meine Süße." Er legte die Hand auf ihre Wange und zwang sie damit, ihm in die Augen zu sehen. „Erinnere dich aber, dass ich es täglich mit Drogenhändlern, Mördern und – am schlimmsten von allen – Polizisten zu tun habe. Ich bezweifle also, dass du mich schockieren kannst."

„Du willst keine G –"

„Oh doch, das will ich." Er nahm ihre Hand, glitt zu ihrem unverletzten Unterarm, um sie daran zu erinnern, wer das Sagen hatte, und zog sie auf die Füße. „Ma'am, Sir, ich schätze es sehr, dass Sie mir erlaubt haben, Sie am Sonntagmorgen zu stören." Ohne Gabi loszulassen – denn sie würde rennen, das wusste er –, schüttelte er zum Abschied die Hand des schockiert dreinblickenden Vaters.

Dann zerrte er seine widerspenstige Sub aus ihrem Elternhaus.

Als er ihr die Autotür öffnete, hegte sie erneut einen Gedanken an Rebellion und sagte: „Würdest du mir mal zuhören? Das ist nicht ... Ich will nicht ..."

„Gabrielle." Er umfasste ihre Wange und sah in ihre braunen Augen. „Steig. Ein."

Gabi rieb die Hände über ihre Jeans und versuchte, ein ausdrucksloses Gesicht aufzulegen, als Marcus durch die Stadt fuhr. Verstand er denn nicht, dass es nicht funktionieren würde? Sah er sich als eine Art Raubtier, bei dem der Jagdinstinkt entfacht wurde, sobald seine Beute die Flucht ergriff?

„Wenn du deine Gedanken nicht rauslässt, wird dein Gehirn noch explodieren", sagte er in einem trägen Ton. Er parkte das Auto an der Straßenseite und nahm ihre Hand in seine. „Wir können uns jetzt unterhalten. Oder wir können bis nach dem Mittagessen warten, aber es wird passieren. Du hast die Wahl."

Gott, wie war es möglich, dass die Entschlossenheit in seiner Stimme sie verzauberte? Sie schluckte schwer und wünschte sich so verzweifelt, dass sie eine Zukunft haben könnten. Aber ... *seht ihn euch doch an!* Wie immer in einem Anzug.

Andererseits, wenn sie sich an sein Verhalten bei ihren Eltern erinnerte ... Er war unhöflich zu ihnen gewesen. Das sah ihm nicht ähnlich. *Ich bin so verwirrt.* „Später. Bitte."

„Na gut, Süße." Er küsste sie auf die Lippen und sie sehnte sich nach mehr. Während sie sich nach ihm verzehrte, zog er sein Handy aus seinem Anzug und wählte eine Nummer. Eine Sekunde später sagte er: „Wir sollten in dreißig Minuten da sein." Das Gerät glitt in seine Sakkotasche zurück.

„Wer war das?"

„Ich dachte, da ich heute deine Familie kennengelernt habe, dass du dich auch mit meiner bekanntmachen solltest. Meine Großeltern werden zu uns stoßen."

Bitte was? Entsetzt senkte sie den Blick auf ihre Jeans und die Bauernbluse, bevor sie den Kopf zu ihm drehte. „Marcus, ich bin für ein schickes Restaurant nicht angemessen gekleidet." *Guter Gott, ist er wahnsinnig?*

Sein Mundwinkel zuckte. „Ich bin mir nicht sicher, ob das ein Kompliment oder eine Beleidigung sein sollte. Du hast dir keine Gedanken über dein Outfit gemacht, als du noch dachtest, wir wären allein."

Ihre Kinnlade klappte herunter. *Das stimmt.* „Ähm ..."

„Du scheinst nicht länger zu denken, dass ich dich basierend auf deiner Kleidung verurteile. Wir machen Fortschritte." Er zupfte an dem bauschigen Ärmel ihres Oberteils. Da es elastisch war, konnte er es herunterziehen und ihre Schulter entblößen. Er küsste die nackte Haut und flüsterte: „Also ich mag dieses Top."

Großartig. Ihre Kleidung war nicht nur leger, sondern auch die Art, mit der er gerne spielen würde. Leicht genervt zog sie den Ärmel wieder hoch.

Er riss das Material nach unten.

Sie war verloren.

Zehn Minuten später, noch immer mit einem breiten Grinsen im Gesicht, fuhr er wieder los. Bei dem Straßenschild runzelte sie die Stirn. „Wir fahren zu Animal Kingdom?" Mr. Anzug und Disney?

„Ist es dir überhaupt gestattet, in Florida zu leben, wenn du Disney nicht magst?" Er gluckste bei dem Blick, den sie ihm zuwarf. Beim Sicherheitsdienst hielt er an, gab dem Mann seinen Namen und wurde dann durchgewunken.

Eine Weile später lief Gabi mit großen Augen durch die afrikanisch gestaltete Lobby der Animal-Kingdom-Lodge und dann ging es eine Treppe herunter zu dem Restaurant Sanaa. Blumenampeln und Lehmlampen. Farbenfrohe Teppiche und Mosaike dekorierten die Wände. Äste schienen direkt in der strohbedeckten Decke zu verschwinden. Sie hielt an, um alles in sich aufzunehmen. „Das ist unglaublich."

Er lächelte. „Warte, bis du den Ausblick aus den Fenstern siehst." Mit einer kleinen Reisetasche über seiner Schulter platzierte er eine Hand auf ihrem Rücken und führte sie zu einem Tisch mit einem älteren Paar. Seine Großeltern. In einer beigen Stoffhose und einem kurzärmligen Hemd zeichnete sich der silberhaarige Mann durch scharfsichtige Augen, Lachfältchen, eine Römernase und einen angespannten Kiefer aus. Als sie sich dem Tisch näherten, erhob er sich.

„Gabrielle, das ist mein Großvater Ben und meine Großmutter Abby." Seine Großmutter hatte weiße Locken und ein paar Falten. Das Einzige, was Gabi jedoch sah, war das ansteckende Lächeln auf ihren Lippen.

Marcus küsste Gabis Fingerspitzen und fuhr fort: „Und das hier ist Gabi − meine widerwillige Freundin."

Widerwillig. Sie sollte ihn umbringen. Na ja, später, sobald sie allein waren. „Es freut mich, euch kennenzulernen."

„Gramps", sagte Marcus zu seinem Großvater, „ihr Vater ist William Renard, einer der Anwälte bei *Thompson & Dunn Interna-*

tional. Möglich, dass du ihm mal begegnet bist."

Bens buschige Augenbrauen zogen sich zusammen. „Ja, ich habe seine Bekanntschaft gemacht. Ich denke allerdings nicht, dass ich mal das Vergnügen im Gerichtssaal hatte."

Marcus schloss die Hand um Gabis und flüsterte ihr zu: „Es klingt nicht immer danach, aber mein Gramps war vor seiner Pension ein Richter."

Ich beschwere mich über Anwälte, also muss ich mit einem Richter zu Mittag essen? Nicht fair.

„Er ist ein großer Freund von Regeln und Vorschriften. Recht kleinkariert, dachte ich." Ben neigte den Kopf und betrachtete Gabi aufmerksam. „Wenn es stimmt, was mein Enkel über dich sagt, hast du ihn sicher regelmäßig auf die Palme gebracht, junge Dame."

Ihre Kinnlade klappte herunter. Schnell versuchte sie, sich wieder zu fassen. „Ähm, ja, stimmt haargenau."

„Bitte setzt euch alle", sagte Abby.

Marcus rückte Gabi den Stuhl zurecht und küsste ihre Wange. „Ich bin gleich zurück, Süße. Ich möchte mich umziehen."

Und dann verschwand der Bastard einfach und ließ sie mit seinen Großeltern allein.

Im Badezimmer zog sich Marcus schnell um. Anschließend spazierte er durch das Restaurant. Als er sah, dass sein Großvater allein war, erstarrte er. Dann entdeckte er Gabi bei den riesigen Fenstern. Seine Großmutter stand neben ihr. Er entspannte sich. Eine Giraffe lief vorbei und die beiden waren vollkommen gebannt. Er entließ einen erleichterten Seufzer. In dem Moment musste er sich eingestehen, dass er befürchtet hatte, sie würde fliehen.

Als sich Marcus setzte, blickte sein Großvater zu den Frauen wenige Meter entfernt. „Sie ist höflich, aber sie lässt sich nicht einschüchtern. Ich denke, ich mag sie."

Marcus schnaubte. „Natürlich tust du das. Das Problem besteht darin, sie davon zu überzeugen, an meiner Seite zu bleiben. Sie denkt, dass ich zu dem gleichen Schlag wie ihre Eltern gehöre. Du lagst bei der Einschätzung seiner Persönlichkeit goldrichtig. Ihre Mutter ist noch schlimmer."

Sein Großvater presste die Lippen zusammen. „Renard ist ein aufgeblasener Bastard, der zum Lachen in den Keller geht. Ihr seid euch kein bisschen ähnlich, Junge."

„Hoffentlich kann ich sie davon überzeugen, lange genug zu bleiben, sodass auch sie es versteht."

„Übrigens haben wir für dich bestellt. Zumindest in Bezug auf Essen ist deine kleine Lady abenteuerlustig."

Das Brotkörbchen kam, kurz bevor sich die zwei Frauen an den Tisch setzten. Beide lächelten sie und unterhielten sich, als würden sie sich schon ewig kennen. Seine Großmutter konnte jedem die Befangenheit nehmen. Marcus lächelte. In dem Moment erkannte er, wie sehr Gabi seiner Großmutter ähnelte.

Die Augen seiner Sub weiteten sich, als sie ihn entdeckte. *Was? Oh, die Kleidung.* Nachdem sie sich wieder neben ihn gesetzt hatte, lehnte er sich zu ihr und flüsterte ihr ins Ohr: „Die meiste Zeit verbringe ich in Jeans, Süße. Tut mir leid, dass ich dich enttäuschen muss."

Sie grinste. „Du willst mir alle meine Illusionen nehmen, oder?" Sie senkte die Stimme. „Nebenbei bemerkt: Du hast einen großartigen Arsch ... Sir."

Er verschluckte sich und war augenblicklich steinhart. Mit einem *Dafür wirst du bezahlen*-Blick starrte er sie an, und so entlockte er ihr ein bezauberndes Kichern.

Als er schließlich den Kopf hob, strahlte seine Großmutter ihn an. *Okay, perfekt.* Nun musste er nur noch seinen Großvater vollends von Gabi überzeugen. Wenn seine Großeltern sie anerkannten, würde das auch der Rest des Atherton-Clans tun.

Marcus lehnte sich in seinem Stuhl zurück und lächelte Gabi an. Mit Sicherheit war ihr Weihnachten immer formell und kühl verlaufen. Würdevoll und anmutig. Sobald er sie das erste Mal mit nach Georgia zu seinen Eltern nahm, hatte sie einen Kulturschock zu erwarten.

„Schon die ganze Zeit bewundere ich deine Haare, Gabi", sagte seine Großmutter. „Ich denke schon lange darüber nach, pinke oder grüne Strähnen in meine zu machen, um die Damen im Bridgeclub ein wenig zu schockieren."

Marcus' Kinnlade klappte herunter. Indessen erinnerte ihn sein Großvater an einen Fisch außerhalb des Wassers.

„Ich denke, damit würdest du nicht nur die Damen schockieren." Belustigt berührte Gabi die blaue Strähne in ihren Wellen. „Du bist mutiger als ich. An sich war es nie geplant, mir etwas derart Permanentes zu holen."

Marcus hatte angenommen, dass sie es aus Trotz getan hatte. Wenn er so darüber nachdachte, war Blau eine interessante Wahl für sie, die nicht zu ihrem Bedürfnis passte, Farben zu koordinieren. „Warum hast du es getan?"

„Mein Beruf hat unerwartete ... Begünstigungen." Sie sah ihn reumütig an. „Ich bin zu einer Teenagerin, die ... Schlimmes erlebt hat. Sie hat sich geweigert, mit mir zu sprechen, und wollte, dass ich verschwinde. Dann meinte sie plötzlich, dass sie sich ihre Haare färben möchte." Gabis Augen verdunkelten sich. „Das ist ein Mädchen-Ding. Die Hoffnung, wenn wir unsere Frisur verändern, dass sich auch unser Leben ändert."

Marcus griff nach ihrer Hand. Irgendwann würde er sie fragen, was sie damals getan hatte, um sich zu verändern.

„Na ja, ich habe also angeboten, ihr dabei zu helfen. Auf halbem Weg hat sich meine Begeisterung gezeigt. Als ich mir die blaue Farbe in die Haare geschmiert habe, fing sie an zu lachen und ..." Gabis Finger festigten sich um seine und er wusste, dass sich das Mädchen ihr anschließend geöffnet und schreckliche Erinnerungen mit seiner herzensguten Frau geteilt hatte. „Die

Unterhaltung lief sehr gut. Schon bald ist mir klar geworden, dass ich die blaue Strähne mag. Im letzten Monat bin ich erneut zu ihr und bat sie, die Farbe aufzufrischen."

Oh ja, er liebte diese Frau. Am liebsten würde er sie in seine Arme ziehen. Stattdessen glitt er mit seinen Fingerknöcheln über ihre Wange.

Misstrauisch sah sie ihn an. „Was ist?"

„Du kannst dir nicht vorstellen, wie sehr du mich erfreust, Gabi", hauchte er. Ihre Wangen erröteten. Bereits bei ihrem ersten Kennenlernen hatte er geahnt, dass er viel Freude an ihren roten Wangen haben würde.

„Ähm. Danke."

Lächelnd reichte er ihr ein Stück des traditionellen Naan-Brotes. Sie tauchte es in den Hummus und nahm einen Bissen. Als sie die Augen genussvoll schloss, kam ihm in den Sinn, dass sie diesen Ausdruck auch zeigte, wenn sie ihm einen blies, wenn er sie küsste, wenn er sie vorn über beugte und ... Er rutschte auf seinem Stuhl umher. Am liebsten würde er sie sofort in das Hotel-zimmer bringen.

Gegenüber von ihm tauschten seine Großeltern amüsierte Blicke aus. Er machte es so offensichtlich, oder? Und es ging ihm am Arsch vorbei. Nichtsdestotrotz hatte er einiges mit ihr zu klären und er würde zwei Fliegen mit einer Klappe schlagen. „Gramps, erinnerst du dich an die Frau, die ich euch zu Beginn des Sommers vorgestellt habe? Celine?"

Neben ihm erstarrte Gabi. Ihr Gesicht verlor jegliche Farbe. Um ihre Reaktion zu verstecken, nahm sie einen Schluck von ihrem Getränk. Im Gegensatz dazu machte seine Großmutter deutlich, was sie davon hielt, dass er von seiner Ex anfing.

„Ich erinnere mich", antwortete sein Großvater. „Zucker würde in ihrem Mund nicht schmelzen. Rückgratlos."

„Gute Beschreibung." Aus den Augenwinkeln sah er zu seiner kleinen Sub. Offenes Entsetzen. Der erste Knacks in ihrem Glauben, dass es stimmte, was Celine ihr gesagt hatte. Ausgezeichnet.

Nun war es an der Zeit, sie direkt zu konfrontieren. „Zudem hat sie ein Problem mit Ehrlichkeit. Anscheinend erzählt sie Leuten, dass wir in einer Beziehung sind und dass ich sie unsterblich liebe."

Gabi verschluckte sich an ihrem Getränk.

„Ah, eine Zeugin. Was hat sie dir erzählt, Süße?"

Ihre Augen verengten sich. „Ich sitze hier doch nicht im Zeugenstand. Beherrsch dich, Mr. Anwalt."

Ein wertschätzendes Schnauben von seinem Großvater war zu hören.

Marcus legte den Zeigefinger unter ihr Kinn. „Erzähl es mir, Gabrielle."

„Sie hat zu mir gesagt, dass du sie liebst, weil sie dir niemals widerspricht. Was auch immer du willst, das will auch sie."

„Bevorzugst du fügsame Frauen?", fragte sein Großvater ungläubig.

Seine Großmutter schnalzte mit der Zunge. „Natürlich tut er das nicht, Schatz. Und jetzt sei ruhig."

„Glaubst du wirklich, dass ich in meinem Leben jemanden möchte, dem ich meinen Willen aufzwingen kann?", fragte Marcus und streichelte sanft über ihre Wange. „Ist dir klar, wie langweilig das wäre?"

„Aber ..." Von ihrem verwirrten Ausdruck zu urteilen, war das genau, was sie glaubte.

„Ich verstehe. Das Thema werden wir später noch vertiefen." Er ließ sie sehen, wie wütend er war. „Hältst du so wenig von mir, dass du denkst, ich würde —" Er erinnerte sich an die Anwesenheit seiner Großeltern und musste den Satz umformulieren. „Ähm. Denkst du wirklich, dass ich dich mit zu mir nachhause nehmen würde, wenn ich mit einer anderen Frau eine Beziehung führe?"

„Nein." Beschämt senkte sie den Blick. „Zuerst nicht. Aber sie meinte zu mir ..."

„Sie hat gelogen, Gabi." Marcus stützte sich mit einem Ellbogen auf dem Tisch ab. „Ein paar Verabredungen machen noch keine Beziehung. Und abgesehen von den wenigen Sessions in der letzten Zeit habe ich mich lange vor unserem ersten Kennenlernen nicht mehr mit ihr getroffen. Sie wollte es nicht wahrhaben, also habe ich vor zwei Wochen gesagt, was Sache ist und dass ich niemals wieder ... irgendetwas ... mit ihr tun möchte."

Braune Augen trafen auf seine und er sah, wie ihr Temperament Funken erzeugte. „Sie hat mich angelogen? Angelogen!"

Marcus schmunzelte. „Leider ja, Süße."

Ihr Knurren erinnerte an eine höhere Version von Nolans.

Sein Großvater knallte mit der Hand auf den Tisch. „Was wirst du in Bezug auf diese Frau unternehmen?"

„Hast du einen Vorschlag, Gabi?"

Für einen Moment dachte sie nach. Plötzlich zuckte ihr Mundwinkel. „Was auch immer du willst, das will sie auch ... Was also, wenn du willst, dass sie den ganzen Abend mit Mas –" Sie brach das Wort ab und errötete. „Mit Sam verbringt?"

Marcus blinzelte und begann, aus vollem Hals zu lachen. „Du kannst so bösartig sein, kleine Göre."

„Was ist mit diesem Sam? Ist er ... unansehnlich?", fragte seine Großmutter.

„Ganz und gar nicht. Zudem ist Sam ein reizender Mann, aber er ist dafür bekannt, eine kinky Seite zu haben." Marcus zwinkerte seinen Großeltern zu. „Er ist ein Sadist, Nana, und er hat eine besondere Vorliebe für Peitschen."

Sein Großvater lachte.

Gleichzeitig riss seine Großmutter die Augen weit auf. „Oh, du liebe Güte, wo triffst du immer diese interessanten Menschen?" Sie tippte mit dem Zeigefinger gegen ihre Lippen, nickte und schockierte sowohl ihn als auch Gabi mit: „Das wäre eine gute Bestrafung und die passende Konsequenz für ihre Lügen."

Marcus lächelte Gabi an. „Das bedeutet wohl, dass du für die Show nach Tampa kommen musst, Süße."

„Ich ... Ich ..." Sie wandte den Blick ab. „Wir sollten wirklich essen, solange es warm ist."

Okay. Er hatte vielleicht eine Schlacht gewonnen, aber der Krieg war noch nicht vorbei.

Ihre Zeit mit Marcus' Großeltern war wundervoll gewesen, dachte Gabi, als Marcus die Tür zu seinem Hotelzimmer öffnete. Wow, die beiden hatten ihr wirklich Spaß gemacht.

Seine Großmutter arbeitete in Tampa ehrenamtlich für mehrere Tierrettungsorganisationen und hatte versucht, Gabi zum Helfen zu bewegen. Sie war so enttäuscht, als Gabi ihr erzählt hatte, dass sie in Miami wohnte.

Im Gegensatz dazu hatte Marcus' eigensinniger Großvater sie mit idiotischen Behauptungen geködert. Sie hatte sich wie ein Affe in einem Zoo gefühlt, den er mit einem Stock durch die Käfigstäbe pikste. Letztendlich war es seine Aussage, dass es kein allgemeines Recht auf eine Krankenversicherung geben sollte, bei der sie ihre Beherrschung verlor. So viele Kinder liefen dort draußen herum, die nicht versichert waren und das machte sie einfach krank. Sie hatte alle seine Argumente in der Luft zerrissen. Sein offenes Lachen erinnerte sie stark an seinen Enkel. Nachdem er sich wieder gefasst hatte, sagte er zu Marcus: „Sie wird gehen."

Sie mögen mich. Ja, sicher, das taten die meisten Menschen, aber nicht in einer Million Jahren hatte sie erwartet, von Marcus' Familie akzeptiert zu werden.

Und Marcus? Er hatte sich kein bisschen spießig verhalten. Gegen seinen Großvater konnte er bestehen, er scherzte mit seiner Großmutter, und jedes Mal, wenn sie ihn lachen hörte, wurde das Feuer in ihr angefacht.

Marcus hielt ihr die Tür auf. „Komm rein, Süße", sagte er.

„Ich kann nicht fassen, dass du in einem Disney-Resort ein

Zimmer gebucht hast." Das afrikanische Thema setzte sich im Raum fort, mit warmen Gold- und Brauntönen, Schnitzereien und knalligen Mustern auf dem Bett – einem riesigen Bett. Schnell wandte sie den Blick ab.

„Da du die schwarzen Panther in diesem Schutzzentrum für Raubkatzen so gerne magst, dachte ich, dass du daran gefallen findest."

Er erinnerte sich. Ihr wurde warm um das Herz, sodass sich ihre Nerven etwas beruhigten.

Nachdem er zwei Gläser mit Wein eingegossen hatte, ging er auf den Balkon. „Komm her, Süße. Lass uns reden."

Plötzlich fühlte es sich an, als hätte jemand die Hand um ihre Kehle gewickelt und ihr die Stimme geraubt. Ihre Füße bewegten sich nicht. Dann lockte er sie mit dem Zeigefinger zu sich und instinktiv kam sie seiner Aufforderung nach.

Also gut. Schließlich mussten sie sich wirklich dringend unterhalten. Sie gesellte sich auf dem Balkon zu ihm, trank von dem Pinot noir und gab vor, die Tiere auf der Grasfläche zu beobachten. *Reden.* Wie sollte sie es ihm verständlich machen? Er glaubte vielleicht, dass er sie wollte, aber das stimmte nicht. Vielleicht am Anfang. Sie durfte ihn nicht in etwas hereinziehen, das er in ein paar Monaten bereute.

„Worüber willst du reden?", fragte sie unschuldig. Tiefes Gemurmel von Unterhaltungen auf Nachbarbalkonen drangen zu ihnen. Ein Junge, der seine Frustration herausbrüllte. Jemand hörte Rockmusik.

Marcus zog die Augenbrauen zusammen und schüttelte den Kopf. „Das wird nicht funktionieren."

Ihre Hoffnung, die sie niemals hätte zulassen dürfen, verblasste, als er sie in den Raum schob und die Balkontür schloss. „Okay." Ihre Stimme zitterte nicht. Jedenfalls nicht sehr. „Das dachte ich mir schon." Sie stellte ihr Glas auf den kleinen Tisch in der Sitzecke.

Verwirrt legte er den Kopf auf die Seite. Dann lächelte er und packte ihre Hand, als sie sich auf den Weg zur Tür machen wollte. „Nein, Süße, ich meinte damit nur, dass wir nicht auf dem Balkon reden können. Zu viele Menschen in der Nähe. Zudem scheinst du für eine rationale Unterhaltung nicht mehr fähig zu sein."

„Was?"

„Wir müssen also irrational versuchen." Er umfasste den Saum ihrer Bluse und riss sie ihr über den Kopf. Bevor sie geschockt seinen Namen ausrufen konnte, landete ihr BH bereits auf dem Boden. „Was machst du denn?"

Er gluckste und ignorierte ihre Versuche, ihn davon abzuhalten, den Reißverschluss an ihrer Jeans nach unten zu ziehen. „Was denkst du, was ich mache?"

„Das ... das hat nichts mit Reden zu tun."

„Natürlich hat es das. Und jetzt stell dich genau hier hin, Süße."

Als sie stattdessen einen Schritt nach hinten trat, waren es sein Blick und der angespannte Kiefer, was sie in ihrem Rückzug stoppte. In den wenigen Wochen hatte sie viel zu gut gelernt, wie man dem Ausbilder gehorchte. Bevor sie ihre Entschlossenheit fand, hatte er ihr die Jeans und ihren Tanga ausgezogen.

„Marcus ..." Sie zwang die nächsten Worte über ihre Lippen. Wie hatte sie es so weit kommen lassen? „Das ist keine gute Idee."

Er trat näher, berührte mit den Fingerspitzen sanft ihre Wange. „Ich habe dich vermisst, Gabi."

Die freigelegte Emotion in seiner tiefen Stimme erschütterte sie. Wie eine heftige Strömung fühlte es sich an gegen die Gefühle, die sie für ihn hegte, anzugehen. „Nein", flüsterte sie.

„Du bist furchtbar dickköpfig", sagte er. Sanft zog er an einer ihrer Haarsträhnen und trat einen Schritt zurück.

Scharf sog sie den Atem ein.

„Dann lass mich mal einen Blick auf dich werfen." Seine Augen schweiften über ihren Körper. Sein heißer Blick war so potent, dass es sich anfühlte, als berührte er sie. Schließlich streckte er die Hand aus und glitt über den dunkelblauen Fleck auf ihrer linken Brust. „Wie genau ist das passiert?"

Ihre Kehle schnürte sich zu und sie schluckte die Galle herunter, die bei der Erinnerung in ihr aufstieg. „Jang wurde gewalttätig."

Er presste die Lippen fest zusammen, nickte und begutachtete die blauen Flecke auf ihrem Rücken, ihrer Hüfte und ihren Schultern. „Wie kamst du an diese?"

„Stürze." Sie schaffte es, ihn anzulächeln. „Ich wurde schließlich in eine große Box geworfen und auf den Stegboden gestoßen." Sie berührte die Abschürfung an ihrer Stirn. „Das hier war auch der Steg."

Er zeichnete den blauen Fleck auf ihrer rechten Seite nach und sie zuckte. Er runzelte die Stirn. „Sind deine Rippen angeknackst oder gebrochen?"

„Nur geprellt." Sie seufzte, als er eine Augenbraue hochzog. „Von den Tritten, die Jang gegen mich ausgeteilt hat, habe ich ein paar Risse. Na ja, das hat er getan, nachdem ich ihm in die Eier getreten habe."

Sein Mundwinkel zuckte. „Sehr gut, Süße." Mit unerbittlichen Händen platzierte er sie auf der Bettkante. Mit der Hand auf ihrer Wange untersuchte er die blauen Flecke auf ihrem Gesicht. „Vom Steg?"

„Jang."

„Ich schulde Z einen Drink dafür, dass er sich für mich um ihn gekümmert hat." Seine Worte klangen leicht dahingesagt, aber sie sah die Wut in seinen Augen und bemerkte die Anspannung in seinen Muskeln. Dass er ihretwegen wütend war, schaffte es merkwürdigerweise, etwas von dem Schmerz aus ihrem Gedächtnis zu verbannen.

Sie rieb ihre Wange an seiner Handfläche. „Vance meinte, dass Z sehr gründlich vorgegangen ist. Jangs Rippen waren also mit Sicherheit gebrochen."

„Dass ihm für eine lange Zeit jeder Atemzug Schmerzen bereitet, hilft ein bisschen." Er neigte ihren Kopf nach hinten und sah ihr direkt in die Augen. „Er hat dich angefasst ... Wie sehr beschäftigt dich das? Ich kann mir gut vorstellen, dass es andere Erinnerungen an die Oberfläche bringt."

„Ein paar." Sie schloss die Augen, nicht fähig, seinen durchdringenden Blick zu tolerieren. „Ich hatte ... Angst." Gefangen, Schmerzen, kein Ausweg. Sie erschauderte.

Neben ihr nahm er Platz und legte ihre Hände in seine warmen. „Sprich weiter."

Gerne würde sie die Schultern zucken und alles herunterspielen. „Ich hatte Panikattacken. Es wird schon besser, da es mir gelungen ist, mich dieses Mal zu wehren. Und schließlich habe ich mich selbst dazu entschieden, Lockvogel zu spielen. Die Entführung kam also nicht als Überraschung. Was mich nicht loslässt, ist ..." Sie schluckte an dem Kloß in ihrem Hals vorbei. „Meine Freundin. K-Kim. Es gibt nicht mehr viel Hoffnung."

„Oh, Süße, das tut mir so leid", hauchte er. „Komm her." Seine starken Arme wickelten sich um sie und er zog sie an seine Brust. Ihre Augen füllten sich mit Tränen, denn hier hatte sie jemanden, der ihr eine Schulter zum Weinen anbot. Selbst, wenn es nur für eine Weile war, half es ihr, gehalten zu werden. Seit dem Krankenhaus hatte ihr niemand gut zugesprochen und Gott, sie sehnte sich so sehr danach. Als wüsste er genau, was ihr durch den Kopf ging, festigte er die Arme, zog sie enger an sich und spendete den ersehnten Trost. Sein Kinn ruhte auf ihrem Kopf und sie fühlte sich umgeben von Wärme und Sicherheit.

„Dir ist hoffentlich klar, dass du mich zu Tode erschrocken hast, kleine Sub. Erst, als ich gehört habe, dass du entführt wurdest, und dann ein weiteres Mal – was noch schlimmer war –, als ich mit ansehen musste, wie sich deine Box auf das Wasser zuneigte."

Sie lächelte an seinem Hemd. Wie es schien, bekamen auch andere Menschen Angst. „Danke, dass du mich vor dem Ertrinken bewahrt hast. Vance meinte, dass du mit dem Rohr

geschlagen wurdest, während du mich auf den Steg gezogen hast."
Sie lehnte sich zurück und berührte die Stelle an seiner Stirn, halb
bedeckt von seinen Haaren. Auch an seinem Kiefer hatte er einen
blauen Fleck. Von der Faust, die in seinem Gesicht gelandet war.
„Danke, dass du mich gerettet hast."

„Es war mir ein Vergnügen."

Sie knöpfte sein Hemd auf. Der weiße Verband an seiner
linken Schulter wirkte auf seiner goldenen Haut fehl am Platz.
Auf der rechten Seite thronte über seinen Rippen ein blauer
Fleck, der von der gelben Färbung zu urteilen, auf dem besten
Weg war, zu heilen. Sie begutachtete ihn auf dieselbe Weise, wie
er das bei ihr getan hatte.

„Dort musste ich einen Schlag einstecken."

Gott, sieh ihn dir nur an. Verbände, blaue Flecke, Kratzer. Nur,
weil er ihre Bekanntschaft gemacht hatte. Fast hätte er sein
Leben verloren. Ihre Augen füllten sich mit Tränen.

„Na aber, wegen der paar Kratzer wird nicht geweint, Süße."
Er zog sie wieder an sich. „Bei Karatestunden habe ich schon
mehr einstecken müssen."

„Du wärst fast gestorben", flüsterte sie. Mit dem Kopf
schmiegte sie sich an seinen Arm. Sie bebte so heftig, dass sie das
Gefühl hatte, gleich in tausend Stücke zu zerbrechen. Das meiste
hatte sie gut verarbeitet. Es gab allerdings diesen einen Moment,
der sie immer wieder in ihren Träumen heimsuchte. *Cesar brüllte:*
„Dumme Fotze!" Ihr Körper nicht länger ihr zugehörig. Erstarrt. Marcus
schrie: „Gabi, runter!" Der Schuss aus einer Pistole. „Hätte ich mich
geduckt, als du es gesagt hast, dann ..." *Die Laute, die ihm entrangen*
waren, das Blut, so verdammt rot. „Es tut mir so leid, Marcus. Du
hast dir so viel Mühe gegeben, mir zu helfen. Trotzdem erstarre
ich noch immer. Ich habe es einfach nicht geschafft, mich zu
bewegen und ... und ... Es tut mir so leid!"

„Und seither hast du Schuldgefühle." Er gluckste und sie hob
den Blick, um ihm in sein amüsiertes Gesicht zu sehen. „Dachtest
du wirklich, dass ein Abend ausreichen würde, um dich zu ...

heilen? Erinnerungen dieser Art verschwinden nicht einfach, Gabi. Würdest du kurz darüber nachdenken, wüsstest du das selbst, Miss Sozialarbeiterin."

Sie starrte ihn an. „Du gibst mir nicht die Schuld?"

„Für etwas, das du nicht kontrollieren konntest? Natürlich nicht. Muss ich dich daran erinnern, dass du mich eine Minute vor deiner Schockstarre davor bewahrt hast, angeschossen zu werden? Die Kugel hätte mich wahrscheinlich auf der Stelle getötet. Ich denke, wir sind quitt, Süße." Er wischte ihr die Tränen von den Wangen und lächelte sie an. „Abgesehen davon kannst du dir nicht vorstellen, was es für meinen Ruf bei der Arbeit getan hat, bei einer erfolgreichen FBI-Operation mitgewirkt zu haben."

„Oh, na gut." *Männer. Komische Kreaturen.*

„Gibt es noch etwas, das du gerne besprechen würdest?"

Sie schüttelte den Kopf. Deshalb wollte er sie also nackt sehen – um sich ihre Verletzungen anzuschauen. Ihre Sorge, ihm taktvoll zu sagen, dass sie kein Interesse hatte, fühlte sich nun dämlich an. Sie war erleichtert ... und enttäuscht. Schließlich beugte sie sich vor, um ihre Hose und ihren Tanga aufzuheben.

„Oh nein." Er nahm ihr die Klamotten ab und wies auf das Bett. „Dort hin."

„Aber –"

„Wir sind noch nicht fertig, Süße."

KAPITEL FÜNFUNDZWANZIG

S ie öffnete den Mund, mit Sicherheit, um ihm zu widersprechen. Dann sah sie seinen *Ich habe dir schon mal den Arsch versohlt und ich werde es wieder tun*-Blick. Hastig glitt sie auf dem Bett zu der angewiesenen Stelle. Sie zog die Beine an ihre Brust und wickelte die Arme um ihre Knie. Sie fühlte sich entblößt. Als sie seine Ledertasche aus dem Club neben dem Kopfende bemerkte, erschauerte sie. *Hinterhältig. Was hatte der hinterhältige Anwalt geplant?* Ihre Hände waren schwitzig und ihr Herz hämmerte so hart gegen ihren Brustkorb, dass sie um ihre Rippen fürchtete.

Er entledigte sich seines Hemdes und warf es auf einen Stuhl. Auf dem Bett lehnte er sich neben sie an das Kopfende. „Jetzt werden wir über uns sprechen. Komm her."

Warum behielt er seine Jeans an? Sie musste zugeben, dass sie das etwas beruhigte. Vielleicht wollte er also nicht mit ihr Liebe machen. Warum durfte sie sich dann aber nicht wieder ankleiden? *Ich bin so verwirrt.* „Ich bevorzuge es, genau hier sitzenzubleiben. Marcus, warum willst du nicht verstehen, dass es nicht funktionieren kann? Es gibt kein du und ich. Wir sind nicht kompatibel."

Er entließ ein genervtes Schnauben, packte sie am Arm und

verfrachtete sie behutsam auf seinen Schoß. Bei dem Gefühl seiner starken Arme um sie herum kamen ihr die Tränen. Schon wieder. *Bitte tue mir das nicht an, Marcus.*

„Unser Problem besteht in mangelnder Kommunikation", sagte er mit seiner Stimme, die noch belegter klang als sonst. „Ich möchte also jetzt hören, warum du vor mir geflüchtet bist und stattdessen Galen einen Brief mitgegeben hast."

„Ich bin nicht geflüchtet. Ich bin nach Orlando, um für eine Weile bei meinen Eltern zu bleiben."

„Versuch nicht mal, mich hier zu verarschen, Gabrielle."

Die unhöfliche Bemerkung stoppte ihre Gedanken. Sein Ausdruck war unheimlich und das gefährliche Aufblitzen in seinen Augen war die Warnung, dass er mit seiner Geduld am Ende war.

Sie schob alle ihre Bedenken beiseite und entschied, ihm die Wahrheit zu sagen. „Ich gehöre nicht zu den zuckersüßen Subs, Marcus."

„Du wirst es nicht glauben, aber das ist mir nicht entgangen."

„Du willst keine Göre. Mit dem Problem willst du nichts zu tun haben. Das weiß ich und ..." Sie blickte auf ihre Hände. „Mir kam der Gedanke, so zu tun, als wäre ich lieb und gehorsam. Für dich. Nach dem Aufenthalt bei meinen Eltern ist mir jedoch bewusst geworden, dass mir das niemals möglich sein wird. Es würde mir das Herz brechen, wieder diesen Ausdruck auf deinem Gesicht zu sehen."

Er legte seine Hände auf ihre Wangen und strich mit den Daumen über ihre Wangenknochen. „Welchen Ausdruck meinst du, Süße?"

„Enttäuschung", flüsterte sie.

„Manchmal wirst du mich enttäuschen", sagte Marcus. Ihr Blick traf auf seine blauen Tiefen. „Würde ich dich enttäuschen, Gabi, würdest du dann von mir erwarten, dich zu verlassen?"

„Nein. Aber das ist etwas anderes. Ich kenne dich und auf keinen Fall möchte ich, dass du dich änderst."

„Na bitte. Gabrielle, ich möchte nicht, dass *du* dich änderst. Ich liebe, wer du bist, kleine Göre."

Ihr Atem stockte. Wie ein Wirbelwind aus Glitzer breitete sich in ihr unbändige Freude aus. *Liebe? Er liebt mich? Mich?* Sie schüttelte den Kopf. „Nein. Nein, das tust du nicht."

„Eigenwillige kleine Sub – niemals kannst du einfach etwas akzeptieren. Warum überrascht mich das nicht?" Mit einer geschmeidigen Bewegung wechselte er die Position mit ihr. Nun lehnte sie gegen das Kopfende, während er rittlings auf ihren nackten Schenkeln saß. „Gabrielle, im gesamten letzten Monat hast du jede liebreizende, gehorsame Sub in den Schatten gestellt."

Der Hoffnungsschimmer verglomm, als die Logik in ihren Verstand zurückkehrte. „Du hasst es, wenn ich deine Befehle missachte. Das habe ich mit eigenen Augen gesehen."

„Süße, als du geschauspielert hast und ich nichts von den Hintergründen wusste, hast du mich wahnsinnig gemacht", stimmte er zu.

Gedankenverloren streichelte er ihre Brüste, womit er sie erfolgreich ablenkte. *Verflucht sei er!* Wie nach einer Droge verzehrte sie sich nach ihm. Sie wollte ihm nah sein, in seinen Armen, unter ihm. Sie legte die Finger um seine Handgelenke und stellte so sicher, dass er hörte, was sie zu sagen hatte. „Ich habe nicht immer vortäuschen müssen. Wieso willst du das nicht verstehen?", sagte sie. „Und –"

„Das verstehe ich sehr wohl, Gabi." Seine Lippen zierte ein Lächeln. „Ich schätze, dass du von deinem görenhaften Verhalten nur um die fünfzig Prozent vorgetäuscht hast."

Sie blinzelte. *Er hat es gewusst?* „Warum bist du dann hier?"

„Weil ich festgestellt habe, dass ich es mag, mich geistig mit dir zu duellieren. Ich mag es, wie ehrlich du bist. Ich mag es, deine Schwierigkeiten beim Unterwerfen zu beobachten, und wie du ab und zu an Boden gewinnst und dann wieder verlierst." Er zog sanft an ihrer blauen Strähne.

Alles in ihr verwandelte sich zu Matsch. Das konnte nicht wahr sein, was er da sagte! Hatte er sich den Kopf gestoßen? „Nein."

„Oh ja." Er runzelte die Stirn. „Aber ich will, dass du nach Tampa ziehst. Oder ich nach Miami. Wo ist mir egal, aber ich will dich in meinem Haus."

Sie erinnerte sich, dass Vance eine mögliche Versetzung nach Tampa erwähnt hatte. *Nein. Sie musste hier raus.*

Er schmunzelte. „Wenn ich aufwache und den Arsch einer kleinen Sub versohlen will, möchte ich, dass mir ihr hinreißender Arsch zur Verfügung steht."

Der amüsierte Funke in seinen Augen bewies, dass er in diesem Moment scherzte, aber dass er es auch ernst meinte. Sie schluckte schwer, stellte sich vor, wie er mit der Hand auf ihren Po schlug. Die Lustwelle wirkte sich auf ihre Nippel aus und sie salutierten für ihn.

Sein Blick senkte sich auf ihre Brüste und er zog die Augenbrauen hoch. *Gott, sein Lächeln!* „Wie es scheint, gefällt dir die Idee eines morgendlichen Spankings", murmelte er.

„Nein, ganz und gar nicht." Hoffnung und Angst trugen einen Kampf aus und tauchten sie in eine aufgewühlte See aus Emotionen. *Ich kann nicht denken.* An eine Tatsache klammerte sie sich verzweifelt fest: Er musste verstehen, dass eine Beziehung zwischen ihnen auf Dauer keine Zukunft hatte. „Ich werde nicht mit dir kooperieren. Nicht immer, und dann wirst du mich hassen."

„Du hast dich festgebissen, oder?" Aus seiner Tasche zog er eine breite Lederfessel und eine Rolle Verbandsmull. „Dann müssen wir wohl einen Testlauf vornehmen."

Was? „Nein. Das werden wir nicht."

Ihr Gezappel ignorierend fixierte er sie mit seinem Gewicht und fing eine ihrer Hände ein. Das erlaubte sie ihm nur, da sie nicht riskieren konnte, ihn an der Schulter zu verletzen. Nachdem er um ihre lädierten Handgelenke Verbandsmull gewickelt hatte, legte er ihr die Fessel an. „Nolan hatte diese extrabreiten Handfesseln", kommentierte er. Er hob ihren Arm und hakte die Fessel bei einem Seil ein, das am Kopfende befestigt war.

Wie war ihr die Vorrichtung am Bett entgangen? Wahrscheinlich weil sie den Blick stets auf ihn gerichtet hatte.

Er wiederholte das Verfahren mit ihrem zweiten Handgelenk und tätschelte ihren Handrücken. „Für dich sind sie momentan die beste Wahl. Ich bin mir sicher, du bist noch wund." Auch diese Fessel befestigte er an einem Seil. Nach getaner Arbeit lehnte er sich zurück.

Ihre Handgelenke waren zu beiden Seiten ihres Kopfes fixiert. Sie riss daran und zuckte zusammen, als die Bewegung ein Ziehen in ihren Rippen verursachte. „Ich kann nicht glauben, dass du das wirklich getan hast!"

„Oh, ich bin noch nicht fertig, Süße." Um das Holz am Kopfende war ein Seil gewickelt. Daran hing eine Fessel.

„Du hast alles vorbereitet. Du hast das geplant!"

„Meine Kleine, ich war nicht nur ein einfacher Pfadfinder. Ich war ein Eagle Scout und hatte damit den höchsten Rang inne." Er fuhr fort und legte ihr die Fessel um den linken Fußknöchel. Anschließend folgte die rechte Seite. „Es gefällt mir, wie gelenkig du bist, aber bitte gib mir Bescheid, sobald deine Rippen wehtun." Aufmerksam betrachtete er sie, als er die Einschränkungen enger zog, sodass sich ihre Füße auf ihren Kopf zubewegten und ihre Beine gespreizt wurden.

„Wenn du vollkommen geheilt bist und wir wieder daheim sind, werde ich deine Füße bis zu deinem Kopf bringen", sagte er. Bei dem Gedanken, in seinem Bett gefesselt zu werden, regte sich die Begierde unter ihrer vorherrschenden Frustration.

Er fixierte die Seile. „Ich schätze, für heute wird es gehen." Sie lag an das Kopfende gelehnt, ihre Handgelenke neben ihrem Kopf. Ihre Beine waren angehoben und ihre Füße zeigten auf ihren Kopf, hingen auf halbem Weg zwischen ihrer Hüfte und ihren Schultern. Sie testete die Einschränkungen ihrer Beine und schaffte es nicht mal, das Kopfende zum Beben zu bringen. *Verdammtes solides Bett.* In dem Moment sah sie, dass er sie mit einem Lächeln auf den Lippen beobachtete. Es wurde deutlich, wie sehr es ihn befriedigte, sie in dieser Position zu sehen.

Die Gewissheit, dass es ihn erregte, sie hilflos auf dem Bett liegen zu haben, erhitzte ihr Blut.

Mit den Händen fuhr er über ihre Schenkelinnenseiten. Direkt neben ihrer Pussy stoppte er. „Es gefällt mir, dich entblößt und gespreizt zu sehen." Er berührte ihre Klitoris, ganz sanft, und schickte damit eine lustvolle Empfindung durch ihren Körper, die ihre Begierde nach mehr anfachte. „Deine Füße in dieser Position zu haben, führt dazu, dass deine süße Pussy angehoben wird. So kann ich besser mit ihr spielen." Sein Blick auf ihr war so warm wie die Finger, mit denen er sie berührte und ihre Schamlippen neckte. „Nur so zur Info: Du bist ein wenig erregt."

„Ich bin n –"

Ein sanfter Klaps auf ihre Pussy führte zu einem Brennen, mit dem sie nicht gerechnet hatte. Sie schnappte nach Luft.

„Lüg mich nicht an, Gabrielle." Seine Augen waren entschlossen. „Das hat nichts mehr mit Widerstand zu tun. Wir werden ehrlich miteinander sein. Verstanden?"

„Ich werde es versuchen. Ich bin nicht dafür bekannt, zu lügen. Manchmal ... Wenn es mir schwerfällt, ein Thema anzusprechen ..." Sie wusste nicht, wie sie es erklären sollte.

Sein Lächeln zeigte, wie zufrieden er gerade mit ihr war. Ihr wurde warm ums Herz. „Das verstehe ich, Süße. Du hast nur als Göre gelogen. Und es fällt dir schwer, deine Gedanken und Gefühle zu teilen. Daran werden wir arbeiten."

Weiterhin ging er davon aus, dass es eine Zukunft für sie gab.

„Ich möchte jedoch klarstellen, dass ich nicht angelogen werden möchte. Unter keinen Umständen. Niemals. Keine Lügen. Verstanden?" Seine Finger folgten dem Bereich, an dem ihr Schenkel auf ihr Becken traf. So sanft berührte er sie, sodass sein harter Ausdruck, den er ihr zuwarf, im totalen Kontrast dazu stand. „Antworte mir.“

„Ja, Sir.“

Sie war wunderschön, dachte Marcus. In ihren großen braunen Augen brühte ein Sturm aus Emotionen, ihre Brüste bebten bei jedem Atemzug und ihre Nippel hatten sich aufgerichtet. *Ich liebe diese Frau.*

Es war noch zu früh, würde Marcus normalerweise denken. Wie konnte er sich nach so kurzer Zeit so sicher sein? Jedoch war er mit genügend Frauen ausgegangen, um zu wissen, dass es sich mit Gabi einfach richtig anfühlte. Sie mit seinen Großeltern zu beobachten, wie sie sich unterhielten, wie sein Großvater sie geneckt hatte und ihre Reaktion darauf, hatte dies nur bestätigt. Gabi passte zu ihnen wie das letzte Puzzleteil. Sie füllte eine Lücke, die auch seine Ex-Frau niemals in der Lage gewesen war, auszufüllen.

„Marcus?“

Er lächelte sie an. Gefesselt und am ganzen Körper bebend. So hinreißend. Ihr Ausdruck zeigte Begierde und Vertrauen und … eine gewisse Besorgnis – eine Mischung, die für einen Dom erregender war als jedes Aphrodisiakum. Dass er die Kontrolle hatte, erregte sie, und obwohl sie ihm vertraute und sie wusste, dass er ihr nicht wehtun würde, war ihr im selben Augenblick bewusst, dass er dazu fähig war und er sie an ihre Grenze bringen würde. Vor allem heute.

Und ja, auch das bisschen Sorge in ihren Augen genoss er.

„Dann zeig mal, wie frech du sein kannst, kleine Sub“, sagte er.

Sofort feuerte sie bei seinem herablassenden Ton zurück: „Ich bin frech, wenn ich das will und nicht, weil du es befiehlst.“

„Das reicht mir“, murmelte er und stieß einen Finger in sie.

Heißes, feuchtes Fleisch umfing ihn und verdammt, sein Schwanz wollte in ihrer Pussy sein. *Noch nicht.* Sie wölbte sich und entließ ein Quietschen. *Jetzt wird nicht mehr geredet, kleine Sub.*

Er legte sich zwischen ihre Schenkel. Bei dem Versuch, sich abzustützen, meldete sich seine Schulter und er wechselte zum anderen Arm. Dann atmete er tief ein. Oh ja. Der Duft ihrer Erregung überlagerte den Seifengeruch. Ohne seinen Blick von ihrem Gesicht zu nehmen, leckte er über ihre Klitoris.

Sie schnappte nach Luft, der Schock und die Lust traten klar in ihrer Mimik zu tage, und er lächelte. Wusste sie, wie bezaubernd sie war?

Als sie in seinen Augen erkannte, wie entschlossen er war, erstarrte sie. Ihr wurde mit einem Mal klar, was er mit ihr plante. „Marcus", flüsterte sie. „Nein." Verzweifelt riss sie an ihren Einschränkungen und verzog schmerzerfüllt das Gesicht.

Ihre Rippen. „Hör auf damit, Gabi."

Das tat sie nicht. Um genau zu sein, verstärkte sie ihre Bemühungen, bis sie vor Schmerz mit den Zähnen knirschte.

Dickköpfige Frau. Er teilte einen Klaps auf ihren runden Hintern aus – hart genug, dass es zwiebelte. Sie erstarrte. Ihr überraschter Blick traf auf seinen.

„Wenn du so weitermachst, wird es mit deinen Rippen nur schlimmer. Du wirst sofort damit aufhören."

Bei seinem unnachgiebigen Befehl weiteten sich ihre Pupillen. Die Muskeln in ihren Schenkeln entspannten sich, dann in ihren Armen. Es folgte ein Seufzen.

Süße Hingabe. Wie erwartet, war ihr görenhaftes Verhalten zumeist oberflächlich gewesen, während ihre Unterwerfung tief in ihrem Herzen verborgen lag. Er konnte nicht widerstehen und glitt mit den Lippen über ihre Schenkelinnenseiten. So weich. „Ich liebe dich, Gabi, und wir werden diese Zweifel von dir ein für alle Mal vertreiben. Noch heute."

Ihre Atemzüge beschleunigten sich, als sie merkte, dass sie ihn nicht stoppen konnte. Auch konnte sie sich nicht wehren.

Dann wandte er sich seiner Aufgabe zu, entdeckte ihre erogenen Zonen aus den vergangenen Sessions neu. Er leckte seitlich an ihrer Klitoris vorbei, schnellte mit der Zungenspitze über die Perle. Lächelnd stellte er fest, wie sich das Nervenbündel verhärtete. Er trieb sie direkt an die Klippe. Da sie das Fesseln bereits heißgemacht hatte, dauerte es nicht lange, sie an diesen Punkt zu bringen.

Lustwellen schossen durch ihren Körper, als er sie auf der Klippe hielt, sie mit gemächlichen Zungenschlägen neckte und dabei mit dem Finger in ihre Höhle stieß. Die Einschränkungen leisteten bereits ihren Beitrag, dennoch schaffte er es, sie seinem Mund noch näher zu bringen.

„Sag: *Ich liebe dich, Master*." Er schmunzelte. Noch war sie nicht blind vor Lust, sodass er genau wusste, wie ihre Reaktion ausfallen würde.

„Du bist nicht mein Master. Du bist ein Arschloch. Oh ja, das bist du. Und jetzt hör auf, mich zu foltern!", sagte sie in einem heiseren Ton.

„Ein Arschloch? Hattest du keine Anatomiestunden im College?" Er griff in seine Spielzeugtasche und zog einen Analplug heraus – größer als alle, die er zuvor an ihr benutzt hatte. „Ich werde dir zeigen, was ein Arschloch ist. Da ich schon bald deines benutzen möchte, sollten wir es wirklich auf diesen besonderen Tag vorbereiten."

„Nein, warte!"

Nach einem Klecks Gleitgel zwischen ihre Pobacken und einen weiteren auf die Spitze des Plugs presste Marcus das Spielzeug gegen das besagte Loch.

Oh Gott! „**Du** Bastard." Der Analplug suchte sich brennend einen Weg in sie, dehnte den Ring aus Muskeln. Weit … weiter. Unkontrolliert wand sie sich. Mit einem undefinierbaren Plopp fand er seinen Platz. Der Schmerz verebbte und ließ nur ein erotisches Kribbeln zurück. „Verflucht seist du", krächzte sie.

„Na das sieht doch wirklich hinreißend aus", sagte er. Wieder leckte er über ihre Klitoris, seine Zunge heiß und feucht, als er damit Muster um ihre empfindliche Perle zog.

Wenn er so weiter machte, würde sie das wohl nicht überleben. Anders war es nicht zu erklären. Ihre Hüfte zuckte nach oben, als der Analplug ihr unbekannte Nervenstränge alarmierte, die auf ihrer Wirbelsäule einen Stepptanz vollführten. Unter seinen entschlossenen Zärtlichkeiten schwoll ihre Klitoris an, bis sie sich wie eine überreife Melone kurz vor der Explosion anfühlte. Sie schloss die Augen. *Oh Gott!*

„Bitte", flüsterte sie. „Verdammt, Marcus ..."

„Noch nicht ganz", murmelte er. Mit dem Finger umkreiste er ihren Eingang. Der Analplug presste sich gegen die Wand ihrer Vagina, als er in ihre Enge tauchte. Zu viel! Ihre Pussy pulsierte um die neue Invasion, die Empfindung zu überwältigend.

Sein Finger übte Druck aus, rieb dabei über einen Punkt in ihr, der das Gefühl intensivierte. Skrupellos leckte er über ihre Klitoris, stieß weiterhin in sie, trieb sie höher und höher, bis sie nur noch an den nächsten Kontakt seiner Zunge mit ihrem Fleisch und den noch folgenden Stößen seines Fingers denken konnte.

Er stoppte, sein Finger glitt aus ihr und ließ sie leer und pulsierend zurück.

„Sag: *Ich liebe dich, Master*", wiederholte er die Anordnung, ohne den Kopf zu heben. Sein warmer Atem wehte quälend über ihr empfindliches Fleisch.

Sie konnte nicht denken, fühlte nichts abgesehen von den Lippen an ihrer Klitoris. „Verflucht seist du!", stöhnte sie. *Bastard, Blödmann, Volldödel.* „Ich liebe dich!" Und das tat sie. Master fehlte noch ... *Arschloch.* Für die Beleidigung hatte er sich eindeutig revanchiert und nun pochte ihr Anus wegen des Kraftausdrucks im Einklang mit ihrer Pussy. „Master. Oh, bitte, bitte, bitte ..."

Er bewegte sich nicht. Sie öffnete die Augen.

Sein Gesicht zeigte keine Regung, seine blauen Augen waren direkt auf sie gerichtet. „Ja, mir gefällt es, wie du ... *Master* sagst", sinnierte er. Dann bildete sich ein breites Lächeln auf seinem Mund. „Sehr nett, Gabrielle." Seine Lippen schlossen sich um ihre Klitoris und zwei seiner Finger pressten sich tief in sie.

Bei der berauschenden Empfindung schnappte sie nach Luft.

Es folgte eine winzige Pause und dann saugte er brutal an ihrer Klitoris, während er mit seinen Fingern hart in sie stieß.

Sie explodierte. Das Feuerwerk aus zügelloser Begierde sprühte Funken, breitete sich nach außen aus, bis sogar ihre Fingernägel kribbelten.

Sanft und doch unerbittlich fuhr er fort und entlockte ihr auch die letzten Nachbeben. Ihr Herz hämmerte so laut in ihren Ohren, dass sie nicht mal ihre keuchenden Atemzüge vernahm.

Als er sich auf seine Fersen zurücksetzte, sah sie die Befriedigung in seinem Lächeln und seinen Augen.

Verdammt, sie hatte gebettelt. Sie hatte ihn *Master* genannt. Hatte sie ihm nicht aufzeigen wollen, wie problematisch es wäre, mit ihr eine Beziehung zu haben? Auf keinen Fall hatte sie nachgeben wollen! Er war in diesen Dingen zu talentiert. *Hinterlistiger Anwalt.* „Mach mich sofort los. Schließlich hast du bekommen, was du wolltest", grummelte sie.

„Oh, nicht mal annähernd, kleine Sub. Noch habe ich dich nicht von uns überzeugt", sagte er. Das Gefühl seiner starken Hände an ihren Schenkelinnenseiten ließ sie zusammenzucken. Mit den Daumen öffnete er ihre Schamlippen. Er betrachtete sie ... dort unten und hob dann den Kopf, um sie anzulächeln. „So schön pink und feucht. Genau wie ich es mag. Und jetzt sag: *Ich liebe dich, Master.* Ich möchte beides zusammen hören."

Was sollte das? „Träum weiter. Diese Master-Sache interessiert mich nicht." Wieso fiel ihr nichts Gemeineres ein? Wo war ihre innere Göre hin?

„Ich verstehe." Ohne Eile öffnete er seine Jeans und sein

Schaft sprang heraus. Seine Dicke war sicher über dem Durchschnitt, aber es war seine Länge, die sie stets besorgniserregend fand, denn sie hatte im letzten Monat für ein paar schmerzhafte Momente gesorgt. Langsam bedeckte er seinen Schwanz mit einem Kondom, seine Augen auf sie fixiert. „Ich nehme an, dass du es nach ... einer weiteren Diskussion so sehen wirst wie ich."

Lächelnd drang er in sie, ein wundervoller Stoß, bei dem Fleisch an Fleisch rieb. Er füllte sie und füllte sie. Bei dem vollen Gefühl, heraufbeschworen durch den Analplug in ihrem anderen Loch, wand sie sich, während sich sein Schwanz unaufhörlich einen Weg in sie bahnte.

Als sie wimmerte, nahm er etwas Tempo heraus. Indessen lag sein Blick auf ihren Augen, ihrem Mund und ihren Schultern. „Ganz ruhig, Süße. Du kannst mich aufnehmen und das wirst du auch." Erst als er tief in ihr steckte, stoppte er.

So voll. Ihre pulsierende Pussy schickte Funken durch ihre Venen.

Mit den Fingerspitzen streichelte er über ihre Wange. „So hinreißend errötet", murmelte er. Sein Blick hielt ihren gefangen und die Welt geriet aus den Fugen. Sie unternahm den Versuch, das Gefühl in Besitz genommen worden zu sein, abzuschütteln. Hilflos starrte sie zu ihm hoch.

Sein Gesicht nahm einen sanften Ausdruck an und er rieb seine Wange an ihrer. „Ja, kleine Sub, heute wirst du mir alles geben."

Auf einem Arm abgestützt lehnte er sich vor und dann legte er bei seinen Stößen einen harten Rhythmus vor. Gleichzeitig küsste er sie, der Kuss sanft, tief, niemals nachlassend.

Zu ihrer Überraschung steigerte sich ihre Erregung und sie stöhnte. Wie machte er das? Würde sie jemals genug von ihm bekommen?

Als wüsste er genau, was ihr durch den Kopf ging, entriss er ihr seine Lippen und lächelte sie an. „Ich liebe dich, Gabrielle", flüsterte er. Bevor sie antworten konnte, schob er die Hand zwischen ihre Körper und wandte sich mit den Fingern ihrer Klitoris zu.

„Oh Gott!" Sie war noch nicht bereit gewesen, aber sie explodierte dennoch und ihre Hüften zuckten an seinen. Der Orgasmus war weniger intensiv, doch die Wellen rollten immer und immer wieder durch ihren Körper, bis sich die Luft um sie herum verdichtete. Jetzt wollte sie sich ihm nur entgegenwölben und die Ekstase genießen.

Schließlich normalisierte sich ihre Atmung. Ein Schweißfilm bedeckte ihre Haut und sie schmeckte Salz auf ihren Lippen. Bei jedem Herzschlag nahm sie den Plug und seinen Schwanz wahr.

Er war noch hart?

Mit seinem Intimbereich an ihrem richtete er sich zu einer knienden Position auf. „Sag: *Ich liebe dich, Master*."

Sie entließ ein genervtes Schnauben. Es fühlte sich an, als hätte sie an einem Marathon teilgenommen. Ihr Verstand war verschleiert. „Diese Diskussion hatten wir doch bereits."

Er gluckste. „Trotzdem möchte ich es auch weiterhin diskutieren."

Gott, er war noch nicht gekommen. Ihr Körper schien mit der Matratze zu verschmelzen, während er noch nicht zur Erlösung gefunden hatte.

Er zog seine Ledertasche näher zu sich und holte ... verdammt nochmal ... Nippelklemmen heraus.

Sie riss an ihren Einschränkungen, was nur bewirkte, dass sein Schwanz gegen den Analplug in ihr stieß. Ihre Vagina pulsierte um ihn, die Empfindung so schockierend, dass sie nach Luft schnappte. Ihr Körper schien nicht mehr ihr eigener zu sein.

Er rieb über ihre Nippel und seufzte. „Da du bereits gekommen bist, sind die süßen Knospen wieder ganz passiv. Das müssen wir zunächst ändern." Mit einem niederträchtigen Lächeln lehnte er sich vor und leckte über ihren rechten Nippel, nahm ihn in den Mund und saugte. Zuerst sanft, dann ein bisschen härter, bis sie fühlte, wie sich das Blut an dieser Stelle sammelte. Jedes Mal, wenn er saugte, löste er etwas in ihrer Mitte aus. Schließlich ließ er von ihr ab. „Hinreißend, oder?" Ein Finger berührte die rote, aufgerichtete Knospe.

Er rieb den Nippel trocken und befestigte die Klemme, beobachtete sie, als er das Spielzeug fester und fester zog, bis das beißende Brennen zu einem pulsierenden Druck heranwuchs.

„Es tut weh", protestierte sie, was ihm ein Grinsen entlockte. Als Antwort schnippte er gegen ihren Nippel. Sie jaulte und die Wände ihres Geschlechts zogen sich um seinen Schwanz zusammen.

Von seinem Lachen zu urteilen, genoss er das Gefühl. „Für mich fühlt es sich perfekt an." Er neckte ihren anderen Nippel und befestigte auch da die Klemme. Zu ihrer Bestürzung fügte er ein erbsengroßes Gewicht zu den baumelnden Ketten. Die Gewichte fielen zur Seite und zogen beständig an den Klemmen.

Instinktiv versuchte sie, mit den Händen ihre Brüste zu erreichen. Frustriert stöhnte sie auf, als sie bemerkte, dass dies nicht möglich war. Ihre Nippel schmerzten und brannten ... nichtsdestotrotz spürte sie erneut die Erregung in ihr aufblühen. Vielleicht lag es daran, dass sie bei jeder Bewegung an das Ding in ihrem Arsch erinnert wurde, vielleicht an seinem Schwanz, der –

Er lehnte sich vor, stützte sich auf seinem gesunden Arm ab und zog seinen Schaft aus ihr zurück. Wieder rein. Sie stöhnte bei der ausgedehnten Reibung und wie er sich dabei, getrennt von einer dünnen Hautschicht, gegen den Analplug presste. Funken tänzelten über ihre Haut und Blut sammelte sich in ihren niederen Gefilden an.

Ihr Blick richtete sich auf die Tür, den Fluchtweg, und in dem Moment erkannte sie, dass sie nicht gehen wollte. Niemals. Sie hatte das Gefühl, mit ihrem kleinen Finger an einer Klippe zu hängen.

Eine schwielige Hand zwang sie, dass sie ihn wieder ansah. Er musterte sie und machte deutlich, dass es nichts gab, das sie vor ihm verbergen konnte.

„Warum machst du das?", flüsterte sie. „Ist es eine Bestrafung?"

„Süße, ich denke nicht, dass es als Bestrafung gilt, seine Sub zum Orgasmus zu bringen." Die Intensität in seinem Blick blieb bestehen. „Aber es kann ihr etwas lehren."

Zu ihrer Überraschung legte er an Tempo zu, stieß härter in sie, sodass die Gewichte in Schwingung kamen und sie gewaltsam an ihren Nippeln zogen. Die Empfindung schoss direkt auf ihre Klitoris zu. Sie musste kommen. Dringend. Nur bezweifelte sie, dass sie das nochmal konnte.

Marcus blickte in ihre erstaunten Augen, als ihr Körper ein neues Hoch erreichte. Wurden ihre Nippelklemmen geneckt, zog sich ihre Vagina um ihn zusammen und stellte seine Kontrolle auf die Probe. Bevor seine eigene Lust überhandnahm, fand er ihre Klitoris, die bereits geschwollen war. Unter der feuchten Vorhaut lag die harte Perle und er rieb über die erogene Zone, bis das Nervenbündel hervortrat. *Verdammt*, das Gefühl allein hätte ihn beinahe zur Erlösung gebracht. Härter schnellte er über die Klitoris, da er wusste, dass sie mehr Stimulation brauchte, nachdem sie schon zweimal gekommen war. Dann spannten sich ihre Muskeln an. Sie keuchte, rollte mit dem Kopf vor und zurück, als wäre sie dazu fähig, sich gegen die Reaktionen ihres Körpers aufzulehnen.

Wahrscheinlich könnte sie das, erkannte er. Sie würde ihre eigenen Bedürfnisse ignorieren, weil sie in diesem Eingeständnis eine Schwäche sah. Na gut, daran konnten sie in der Zukunft arbeiten. Für den Moment drehte er die Hand, sodass er ihre Klitoris zwischen seinem Daumen und seinem Zeigefinger einfangen konnte. Anschließend zwickte er bei jedem Vorstoß in ihre Hitze zu. Durch diese Kombination staute sich der Druck in ihr auf, bis ihr der Atem wegblieb und ihr gesamter Körper erstarrte.

Ihr Höhepunkt. Er zwickte härter zu und sie kam so laut, dass er froh war, die Balkontür geschlossen zu haben. Sie erschauerte und ihre Pussy massierte seine Länge, was ihn beinahe gleichermaßen über die Klippe gestoßen hätte.

Die Ehre zu haben, sie sein gesamtes Leben ficken zu können, würde ihn zu dem glücklichsten Mann auf Erden machen.

Mit glasigen Augen blickte sie zu ihm. „Bist du wahnsinnig?"

Um ihr zu antworten, kniete er sich erneut hin. Für die unhöfliche Frage zwickte er in ihre empfindliche Klitoris. Sie quietschte und ihre Vagina zuckte um seine Länge. Er lächelte. „Sehnt sich deine kleine Klitoris nach einer Klemme?", fragte er.

Ihre Augen weiteten sich und wäre sie dazu in der Lage, sich von ihm zu entfernen, hätte sie es getan. Er gluckste und befahl wiederholt: „Sag: *Ich liebe dich, Master.*"

Er sah ihr an, dass sie frech werden wollte, und so setzte er sich quälend langsam in Bewegung. Oh ja, er war noch immer hart. Ihre Kinnlade klappte herunter. „Du ..." Als sie erkannte, dass sich seine Hand weiterhin an ihrem Nervenbündel zu schaffen machte, schloss sie hastig den Mund. „Warum machst du das?"

Weil du verstehen sollst, dass es nichts gibt, was meine Liebe zu dir ändert. Ihr dies zu sagen, würde aber nichts bringen. Sie musste es selbst herausfinden, musste es bis tief ins Mark spüren. „Sag: *Ich liebe dich, Master.*"

Sie spannte den Kiefer an und hob dickköpfig ihr Kinn.

„Nein?" Er seufzte. „Du machst es mir nicht leicht." Deswegen hatte er sich diese Methode für den Notfall aufgehoben. Er schob die Hand zwischen ihre Pobacken und legte an dem Analplug den Schalter um.

Was machte ...? Der Plug in ihrem Hintern erwachte zum Leben. Gabi fühlte sich bereits so voll und nun vibrierte das Teil auch noch! Jede Zelle in ihrem Körper wurde aktiviert. „Oh nein, nein, nein!"

„Oh doch, kleine Göre", sagte er sanft. „Ich liebe die Herausforderung, meine Kleine, und ich weiß schon jetzt, dass wir noch viel Spaß zusammen haben werden." Seine Augen zeigten Belustigung und tiefe Leidenschaft, als er sich vorlehnte und ihr einen harten Kuss aufdrückte.

Dann setzte er sich in Bewegung. Innerlich brannte sie und die Vibrationen in ihrem hinteren Loch breiteten sich auf ihre Vagina aus. Hinzu kam sein Schwanz in ihr und die erotische Reibung, durch die sie zusätzlich angeheizt wurde. Ihre Hände klammerten sich an die Seile, als er schneller in sie stieß, regelrecht in sie hämmerte. Erst jetzt erkannte sie, dass er sich zuvor zurückgenommen hatte. Jeder Stoß verleitete die Gewichte an ihren Nippeln, sich in Bewegung zu setzen. Es fühlte sich an, als würde stets jemand an ihren Nippelklemmen ziehen und die elektrisierende Empfindung verschmolz mit den Vibrationen weiter unten. Lustwellen rauschten über sie hinweg. Es erinnerte an das Gefühl, sich bei einem Sturm auf hoher See zu befinden.

Ihre Vagina pulsierte. Ihre Schenkel spannten sich an. Ihr Körper erstarrte.

Er ließ sie nicht warten. Stattdessen änderte er den Winkel seiner Stöße. Bei jedem harten Stoß rieb er mit dem Schambein gegen ihre Klitoris. Höher und höher trieb er sie. Ihr Blickfeld verschwamm. Nur seine blauen Augen nahm sie noch wahr. Seine blauen Tiefen, die zu jeder Zeit direkt auf sie gerichtet waren, sie niemals losließen, sie an sich ketteten. Durch das Rauschen in ihren Ohren hörte sie ihn sagen: „Ich liebe dich, Gabrielle."

Begleitet von einem Stöhnen stieß er so tief in sie, dass er ihren Muttermund kitzelte. Sein Schwanz zuckte in ihr, als auch er zur Erlösung fand, und so wurde sie mit den Vibrationen und dem Gefühl an ihrer Klitoris in einen weiteren Orgasmus katapultiert. Wie ein Hurrikane schwappte der Höhepunkt über sie hinweg und vernichtete alle Schutzmauern, die noch in seinem Weg gestanden hatten. Lust vereinnahmte sie, ihr Körper vollkommen seiner Gnade unterlegen.

Als er sich aus ihr zurückzog, trat er weitere Nachbeben los und die nächsten beim Entfernen des Plugs. Dann folgten die Nippelklemmen. Der beißende Schmerz entlockte ihr einen weiteren Orgasmus.

Noch bevor sich ihre Atmung beruhigte, hatte er ihr die Fesseln an den Fußknöcheln und den Handgelenken abgenommen. Ihr Verstand war gefüllt mit flauschigen Wolken. Würde sie jemand bitten, das Bett zu verlassen, wären Kraftausdrücke aus ihrem Mund gekommen. Na ja, wenn sie ihre Zunge fand.

Marcus legte sich neben sie und nahm sie in die Arme – das wundervollste Gefühl aller Zeiten. Ihr Körper hatte sich in der Strömung verloren, aber er hatte sie gefunden und hielt sie über der Wasseroberfläche. „Du siehst ein wenig verloren aus, Süße", bemerkte er amüsiert. Am liebsten würde sie ihn treten.

Aber lieber wollte sie in seinen Armen liegen. Für immer.

„Ich liebe dich", flüsterte sie. Falls sie es noch zu leise aussprach, würde er das verstehen. Seine Arme festigten sich um sie.

„Und?"

„Ich liebe dich, *Master*. Du Arschloch." Mit ihrem Kopf an seiner Brust hörte und fühlte sie sein Lachen, tief und gelöst. Seine Reaktion erinnerte sie daran, dass sie eigentlich von Anfang gewusst hatte, dass er mehr war als Mr. Perfekt. Er küsste sie auf den Kopf, woraufhin sie einen zufriedenen Seufzer entließ.

Eine Sekunde später richtete er mit einem Finger unter ihrem Kinn ihren Kopf aus, bis sie ihm in seine durchdringenden Augen sah. „Ich liebe dich, Gabrielle, und du gehörst mir. Wir sind jetzt zusammen, Süße." Sein Mundwinkel zuckte. „Wenn mich dein görenhaftes Verhalten mal stören sollte, weißt du jetzt, dass ich es einfach aus dir herausficken kann und auch werde."

Eine Lektion. All das hatte er getan, um ihre widerspenstige Seite herauszulocken. Auf diese Weise hatte er ihr gezeigt, wie sehr er eine Herausforderung schätzte. Diese Erkenntnis erreichte einen Teil tief in ihr.

Seine Augen nagelten sie fest, als er auf eine Reaktion wartete.

Oh, vor ihm konnte sie nichts verbergen. Mit diesem Wissen gab sie sich ihm vollständig hin. Ihre Augen füllten sich mit Tränen.

Sanft streichelte er über ihre Wange. „Na bitte. Meine kleine Göre."

„Ich liebe dich wirklich." *Gott*, und wie sie das tat! Und sie wollte alles, was er ihr gesagt hatte: Sie wollte mit ihm leben, mit ihm Sessions spielen. *Er liebt mich – er* mag *mich*. Sie wusste nicht, wo sie mit ihren Gefühlen hinsollte. Mit dem Herz auf ihrer Zunge küsste sie ihn so, wie sich das jeder Master wünschte.

Sein tiefes Lachen drang an ihre Ohren. Er rollte sie auf den Rücken und küsste sie auf eine Weise, der ihren Versuch in den Schatten stellte.

Als er sich zurückzog, rieb er seine Wange an ihrer. *Mein großes Kätzchen.* „Ich denke, ich höre den Wein rufen. Und der Balkon möchte, dass wir Tiere beobachten." Die Lachfältchen neben seinen Augen vertieften sich. „Natürlich nur, wenn du dich zu benehmen weißt. Sonst müssen wir im Zimmer bleiben."

Sie funkelte ihn an und atmete tief ein. „Ich werde ganz artig sein", sagte sie so lieblich, dass er die Augen verengte.

Und das würde sie, denn wenn sie heute einen weiteren Orgasmus hätte, würde sie das wahrscheinlich umbringen. Aber morgen …

Wo habe ich noch gleich die Liste mit den Beleidigungen hingepackt?

Ende

ÜBER DIE AUTORIN

Über die Autorin

Autoren sagen oft, dass ihre Protagonisten mit ihnen argumentieren. Dummerweise sind Cherise Sinclairs Helden allesamt Doms. Was bedeutet, dass sie keine Chance hat, jemals ein Argument für sich zu entscheiden.

Als USA-Today-Bestsellerautorin ist Cherise dafür bekannt, herzzerreißende Liebesromane mit hinreißenden Doms, amüsanten Dialogen und heißem Sex zu schreiben. BDSM, Leute. BDSM! Wer kann dazu schon ‚Nein‘ sagen?

Mit den Kindern aus dem Haus lebt Cherise mit ihrem geliebten Ehemann und ihren Katzen am pazifischen Nordwesten, wo nichts gemütlicher ist als ein regnerischer Tag, den sie damit verbringt, neue Bücher zu schreiben.

Rezensionen:

Ich hoffe, Dir hat das Buch gefallen! Ich würde mich freuen, wenn Du für Marcus und Gabi eine Rezension verfasst. Das hilft mir als Autor und auch anderen Lesern, die auf der Suche nach neuem Lesestoff sind.

www.ingramcontent.com/pod-product-compliance
Lightning Source LLC
Chambersburg PA
CBHW070307040726
47501CB00018B/234